U0638655

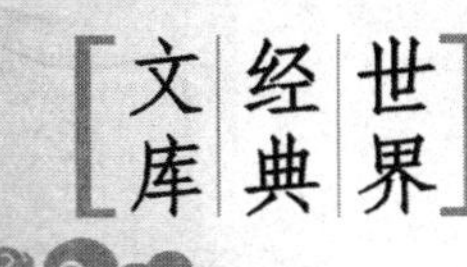

中外神话故事

欣赏美丽神话 探索古今故事

图文珍藏版

刘凯◎主编

忒修斯的故事

忒修斯的传奇身世

雅典国王忒修斯是埃勾斯和妻子埃特拉所生的儿子。他的父亲埃勾斯是雅典国王,母亲埃特拉是特洛曾国王庇透斯的女儿。雅典与特洛曾这两个国家挨在一起,两国国王也是要好的朋友。平常难得清闲,一旦聚首,两个人就通宵达旦地攀谈着。这一次,庇透斯放下手头公事,前去迎接已经统治雅典多年的国王埃勾斯。

忒修斯

两个老朋友见面,酒足饭饱之后,庇透斯带着埃勾斯进了书房。一进入这个没有任何外人的房间,埃勾斯立马就改变了神情。刚才的满面红光、志得意满不见了,取而代之的是颓唐焦虑。在蜡烛的光线下,庇透斯发现,几年不见,老朋友就见老了,眼角布满了皱纹、耳边出现了白发。于是他就问埃勾斯究竟出了什么麻烦。埃勾斯犹疑了半天,才说出来。原来埃勾斯没有儿子,因此十分惧怕有五十个儿子并对他怀有敌意的兄弟帕拉斯,担心自己死了之后,王位将落入兄弟之手。他想瞒着妻子,悄悄再婚生个儿子,继承他的王位。庇透斯一听,大喜。他正在为自己女儿的终身大事焦虑呢。

还在庇透斯居住比萨时,柏勒洛丰曾请求娶他的女儿埃特拉为妻,但婚礼尚未举行,柏勒洛丰就因名誉扫地,被遣送邓卡里亚。虽然埃特拉在名义上许配给柏勒洛丰,但他回来娶她的可能性实在很小。庇透斯对女儿被迫终身不嫁感到悲哀,就去祈祷海神。前几天,庇透斯刚好得到一则神谕,说他的女儿不会有公开的婚姻,却会为一个他乡人生下一个有名望的儿子。他还在纳闷这个他乡人会是谁呢?谁承想就是自己的老朋友。于是,庇透斯决意把女儿埃特拉悄悄地嫁给埃勾斯,尽管埃勾斯已有妻室。

埃勾斯和埃特拉秘密结了婚,在特洛曾又多待了几天后回到雅典。他在海边跟新婚的妻子告别。告别时,他把一把宝剑和一双绊鞋放在海边的一块巨石下,说:“如果神祇保佑我们,并赐给我们一个儿子,那就请你悄悄地把他抚养长大,不要让任何人知道孩子的父亲是谁。等到孩子长大成人,身强力壮,能够搬动这块岩石的时候，你将他带到这里来，让他取出宝剑和绊鞋，叫他到雅典来找我！在此之前，你必须保持沉默，免得我的侄子们，帕拉斯的五十个儿子，会来阴谋杀害他。”

埃勾斯走后不久，埃特拉十月怀胎，生了一个儿子，取名忒修斯。忒修斯在外公庇透斯的抚养和庇护下渐渐长大。母亲埃特拉从未说过孩子的生身父亲是谁。庇透斯对外面宣称忒修斯是埃特拉公主与海神波塞冬的儿子。特洛曾人把波塞冬看作城市的保护神，对他特别尊重。他们把每年采下的新鲜果实拿来献祭波塞冬，而波塞冬手中的三叉戟就是特洛曾城的标志。因此，国王的女儿为一位受人敬仰的神生了一个儿子，这完全不是一件羞耻的事，反而相当光荣。

忒修斯渐渐长大，不仅健壮英俊，而且沉着机智，勇力过人。他心目之中的偶像就是全希腊都闻名的大英雄赫拉克勒斯。其实，他和赫拉克勒斯还有亲戚关系。他们的母亲是表姊妹，论起来赫拉克勒斯还是他表哥。忒修斯五岁时，赫拉克勒斯前来拜访他的外祖父。中午的时候，忒修斯与赫拉克勒斯同桌用餐。赫拉克勒斯把披在身上的狮皮解下来，放在一旁。其他孩子看到狮子皮都非常害怕，尖叫着跑开了。可年仅五岁的忒修斯却一点儿也不怕。他走出去，从一位仆人手上接过斧子，大胆地朝狮子皮砍了过来。他还以为眼前是一头真狮子呢！赫拉克勒斯对这个神勇过人的小孩子顿生好感，而忒修斯自从这次见了赫拉克勒斯以后，也一直仰慕这位大英雄，并想着将来能像他一样建立功绩。

儿子过罢十六岁生日，母亲埃特拉把他带到海边的岩石旁，一五一十向他吐露了他的真实身世，并要他取出可以向他父亲埃勾斯证明自己身份的宝剑和绊鞋，然后让他带上它们到雅典去。忒修斯听到这个消息，内心非常激动。他一把抱住巨石，稍一用力就轻松地把它掀到一旁。埃特拉看到这一幕终于有些放心了，她看着自己心爱的儿子佩上宝剑，又把鞋子穿在了脚上。

忒修斯选择了走陆路。特洛曾临近大海，所以母亲和外祖父一再要求他走海道。其实他们之所以不想让忒修斯走陆路还有一个原因。那时候，从伯罗奔尼撒到雅典的陆路旅途上充满危险，到处都有拦路打劫的强盗和恶徒。有几个强盗虽然已被赫拉克勒斯打死了，可是他去吕狄亚后，因为没有人能够制止他们，他们就又猖獗起来。

外祖父庇透斯给忒修斯一一描述了凶险，并且强调说这些强盗和恶徒对外乡人尤其残暴。没想到他不描述还好，一说忒修斯更是非走陆路不可，因为忒修斯决心以赫拉克勒斯为榜样。十六岁的忒修斯怎么能眼看着自己的表兄到处建功立业，自己却回避斗争呢？

“人们把我当作是海神波塞冬的儿子，如果我从海上安全渡过去，我的信物鞋子上没有沾上征战的灰尘，宝剑上也没留下血迹，我真正的父亲又会怎么说呢？”忒修斯的这些话讲得慷慨激昂，外祖父庇透斯听了很高兴，因为他曾经也是一位英勇善战的英雄。母亲听了儿子的话，连忙为儿子祝福。忒修斯整理了行装，勇敢地踏上征途。

寻父路上屡建奇功

外祖父说得没有错，忒修斯在前往雅典寻找父亲的路上，遭遇到无数凶悍的大盗。他最先遇到的人是大盗佩里弗特斯。此人手里持一根棒，舞动起来旋转如风，十分厉害，人称“舞棍手”。当忒修斯来到埃比道罗斯闯进了他的地盘，这个穷凶极恶的强盗猛地从密林中窜出来，挡住去路。忒修斯面无惧色，大喝一声：“来得正好！”话没说完，便扑向强盗。两人恶斗了几个回合，“舞棍手”根本不是他的对手，被打死在地。忒修斯拾起铁棍，带在身旁，既纪念自己的初战告捷，也拿它当一件顺手的武器。

到了科任托斯，他又遇到了另一个恶徒——“扳树贼”辛尼斯。这个强盗力大无穷，两手能同时扳倒两棵树。他把过往行人绑在树梢上，然后弯起树梢，一松手，猛地向上弹去，行人的肢体就被血腥地撕为两半。可是这次算他倒霉，他遇到的却是忒修斯。忒修斯愤怒地挥舞着刚从“舞棍手”那里得来的铁棍，三下五除二便打死了这个恶徒。辛尼斯虽然蛮横凶恶，却有一个漂亮温柔的女儿珀里吉纳。她生性善良，常看不惯父亲那么残忍地杀害行人，也劝阻过好些次。但何辛尼斯嗜血成性，又怎么会听一个小姑娘的劝阻呢？这次，她见父亲被杀，便惊恐万分地逃走了。忒修斯只顾着除去恶贼辛尼斯，这才发现还有一个人影闪过，他以为是盗贼的伙伴，便紧追不舍。情急之中，姑娘藏入灌木丛里，天真地祈求树丛救她一命。她暗暗发誓，如果树丛愿意救她，掩护她，那么今后绝不损伤或焚烧树林。忒修斯追到这里，看到原来是一个手无缚鸡之力的柔弱姑娘，就让她出来，并保证不伤害她。他一个男子汉，怎么会伤害一个手无寸铁的女孩子呢？珀里吉纳这才惴惴不安地走了出来，此后就一直在忒修斯的保护下生活。后来忒修斯把姑娘嫁给俄卡利亚的国王欧律托斯之子达埃阿纳宇斯为妻。她没有违背自己的誓言，一生都没有干过损伤或焚烧树林的事。并且，她的后代也继承了她的誓言，从不焚烧森林。

像自己的偶像赫拉克勒斯一样，忒修斯不仅消灭了沿途的强盗恶徒，还无所畏惧地征服了一些凶猛的野兽。在克罗米翁的时候，他碰到了一头无恶不作的野猪费亚。这头野猪为害一方，经常吞噬过往行人，整个克罗米翁到处是白森森的骸骨，大白天都散发着一股幽冷的气息。忒修斯看到这种情景怒火中烧，他一下子跳得老高举起铁棍就朝野猪费亚那颗硕大无朋的头打去。顿时，费亚脑浆迸裂，哼了一声就倒下去了。

到达墨伽瑞斯边界时，忒修斯又遇到无恶不作的大盗斯喀戎。这强盗通常出没于山林地区，住在高大的岩洞之中。他是一个让人闻风丧胆的恶盗。他有一个坏习惯，抓住了外乡人就命令他们给自己洗脚。趁这些人低头洗脚时，他便会飞起一脚，把他们踢下山去摔死或者踢到大海里淹死。他自己则看着这些人的痛苦挣扎哈哈大笑，以此为乐。忒修斯这次也以其人之道还治其人之身，把这个恶人一脚踢下山去摔死了。然后，他进入阿提喀地区，在埃琉西斯城附近遇到了强盗刻耳库翁。刻耳库翁强迫所有的过往行人同他角力，败给他的人就要被杀掉。忒修斯接受了他的挑战，并轻松地战胜了他，为地方除去一大祸害。

不久，忒修斯遇到这一路上最后一个，也是最残酷的对手达马斯特斯，这是一个拦路大盗，外号叫“铁床大盗”。这个强盗有两张床，一张很长，一张很短。如果过往的外乡人是个小个子，他就把他带到大床跟前，说：“你看，我的床太长了，好朋友，还是让我把你拉长吧，让你努力适合这张床！”说完，就用力把外乡人的身体拉长，直到断气为止；如果来的人是高个子，就让他睡小床，然后说：“真对不起，朋友，这张床太小了，不是为你做的。这样吧，我来帮你一下。”说着就把来人的脚砍掉，砍得正好跟床一样长。忒修斯对这个凶残的大盗也没有客气，如法炮制地抓住这个高大的强盗，强迫他睡在小床上，用利剑砍断了他的身体，直到他痛苦地死去。在艰难的旅途之后，忒修斯来到菲索斯河，碰到了几个菲塔利腾族人。他们热情地接待了忒修斯，主人们按照传统的风俗给他洗礼，让他涤除沾染的血迹，并在家中招待他吃喝。恢复精力后，忒修斯衷心感谢正直的主人，然后朝父亲的故乡走去。

父子相认

忒修斯终于到了雅典。但一进城，忒修斯这位年轻的英雄就发现雅典并没有他所期望的平静和快乐。他发现市民互不信任、相互残杀，城市一片混乱，父亲埃勾斯的王宫也笼罩着一片阴影。而这一切都是美狄亚的到来造成的。原来，美狄亚与伊阿宋分手离开科任托斯之后，来到了雅典。美狄亚答应用魔药让国王恢复青春，骗取了国王埃勾斯的宠爱，天天与国王厮混在一起，成为王宫中的红人。

忒修斯这时到雅典与父亲相认似乎相当不是时候。他一到雅典，精通魔法的女巫师美狄亚就知道了。她害怕自己会被这未来的王子忒修斯赶出王宫，就劝说埃勾斯，把进宫的那位外乡人毒死。她说他是个危险的奸细。埃勾斯根本不认识自己的儿子。沉迷于酒色的国王一点也不理解他的市民为什么要相互争斗，还以为是外乡人在捣鬼，因此猜疑一切新来的人，就同意了美狄亚的建议。

第二天，忒修斯进宫用餐。他非常高兴，希望能利用这个机会让父亲认出自己。毒酒端到面前，美狄亚焦急地等待着年轻人喝。可是忒修斯急于认父，就把酒杯推到一旁。他装作在切肉，抽出从前父亲压在岩石下的宝剑。埃勾斯看到这把熟悉的宝剑，立马明白了面前这个年轻的外乡人的真实身份，他立即跑过去扔掉忒修斯面前的酒杯。随后，他向忒修斯询问了几句，确信面前的青年就是他从命运女神那里祈求得来的亲生骨肉。他激动得热泪盈眶、张开双臂，拥抱儿子，并把他向周围的人做了介绍。忒修斯也把一路上既惊险又精彩的冒险故事说给大家听。雅典人听后，非常敬佩这位年轻人的英勇机智，他们热烈地欢迎这位年轻的英雄，为自己的国家有这么一位出色的王子而感到高兴。到这时，国王也认清了美狄亚的险恶用心，他毫不犹豫地把诡计多端的她驱逐出境。美狄亚逃到故乡科尔喀斯，那时她父亲埃厄忒斯的王位已被他的弟弟篡夺，美狄亚跟父亲达成了谅解，用魔法帮助父亲重新登上了王位。

克里特迷宫与爱琴海的由来

找到父亲的忒修斯成了雅典最有权势的王子和真正的王储，也成了自己的堂兄弟们的眼中钉。这些人眼看埃勾斯老迈无力马上就要见阎王，他们就可以继承王位了，谁知道半路杀出一个程咬金，忒修斯当上了王子。别看这五十个堂兄弟平时为了王位闹内讧，一旦忒修斯成了王子，他们立马就一致对外。首先，他们制造谣言，说忒修斯是一个野种，怎么可能是雅典皇族的血统呢？忒修斯知道消息之后，怀恨在心，暗中寻找收拾他们的机会。他还没有开始动手，叔父帕拉斯的五十个儿子却动手了。他们拿着武器，设下埋伏，准备袭击忒修斯。可是他们的传命兵，也是一个外乡人，他向忒修斯告发了这一阴谋。忒修斯立即冲到敌人的埋伏地，一举歼灭了这五十个人。虽然他对自己的五十个堂兄的诛杀是出于自卫，但毕竟这是一场家族内部的杀戮。为了不引起人民的反感，聪明的王子忒修斯立即外出做了一件利国利民的大好事：制服马拉松野牛。这头野牛是大英雄赫拉克勒斯从克里特捉来，后来又奉欧律斯透斯之命把它放掉了。但是，从此之后它在阿提喀一带横行无忌，危害人民。忒修斯征服了野牛，他鞭打着野牛在雅典的大街上游街，供雅典人民观看以平民愤。后来，忒修斯又将它宰杀，献祭给了太阳神阿波罗。

就在这时，克里特的国王弥诺斯第三次派使者来索取贡物——七对童男童女，国内顿时一片嘘声。雅典人要向克里特的国王弥诺斯献贡的原因很复杂：弥诺斯的儿子在雅典境内的阿提喀被人杀害。弥诺斯起兵报仇，引发了大规模的战争。战争期间，雅典旱灾与瘟疫并行，国家全成了荒漠。这个时候，阿波罗降下神谕，来制止战争：雅典人如果能平息弥诺斯的愤怒，取得他的谅解，那么雅典的灾难会立即解除。弥诺斯接受雅典人的求和，条件就是每九年送七对童男童女到克里特，作为贡品。弥诺斯接到童男童女后，把他们关进有名的克里特迷宫里，由丑陋的半人半牛怪物弥诺陶洛斯把他们杀死。现在到了第三次进贡的时间，童男童女面临着可怕的命运。家里有小孩的父母们怨声载道，他们私下里埋怨国王埃勾斯，认为他是祸根，竟然让一个私生子继承王位而对别人家的孩子漠不关心，任人宰杀。

埋怨声自然传到忒修斯的耳中，他非但没有仇恨这些抱怨的人，反而觉得自己责任在身、义不容辞。于是在大家集合的时候，他毅然站出来，宣布自己愿意去做贡品，用不着抽签。雅典人非常佩服他的品质，赞赏他的勇敢无私。可是埃勾斯却不同意，自己好不容易有了一个继承王位的儿子，难道又要送死。他急忙奔过去，再三要求儿子改变主意。忒修斯态度坚决，他安慰父亲，保证一定能够制服弥诺陶洛斯，不让其他的童男童女受到伤害。没有办法，埃勾斯只好同意。不过，他提了一个条件：以前，童男童女送往克里特，船挂黑帆。现在，船上照旧挂黑帆，但是埃勾斯也另外交给舵手一张白帆。如果忒修斯平安回来，就把船上黑帆换成白帆，否则，就仍旧挂着黑帆，这样远远一看就知道事情失败，做贡品的童男童女回不来了。

其他人抽完签后，忒修斯带着中签的童男童女来到阿波罗神庙，向阿波罗神献上白羊毛缠绕的橄榄枝来祈求保护。在一番虔诚的祈祷之后，他们在众人的陪伴之下来到海边，登上了令全国民众见之心碎的大船。

得尔斐的神谕曾告诉忒修斯他应该选择爱情女神作他的向导，并祈求她的庇佑。忒修斯虽然不明白这是什么意思，但他是个虔诚的人，仍向爱情女神阿佛洛狄忒献祭，结果却很有效。到了克里特岛，忒修斯和其他童男童女立即被带到国王弥诺斯面前。这位充满青春活力的美男子一下子打动了国王的女儿——美丽的阿里阿德涅公主。在去往迷宫的途中，她偷偷地向忒修斯吐露了爱慕之意，并交给他一个线团，教他把线团的一端拴在迷宫的入口，然后跟着线团直走，就能到达丑陋的怪物那里。与线团一起的，还有一把利剑，用来斩杀弥诺陶洛斯。

弥诺斯一等忒修斯进入迷宫，马上关闭大门。忒修斯走在前面。他按照阿里阿德涅公主的吩咐，跟着线团到达怪物的居所，还没等它有所反应，忒修斯就砍下它的头。出来时，又是因为线团，他们才没有迷路，和等在门口的阿里阿德涅会合。这时，阿里阿德涅说要跟他们一起出逃。时间紧迫，他们必须马上离开，否则等到国王发现，一个也走不了。忒修斯听从阿里阿德涅的建议，凿穿所有克里特人的船底。上船以后，他们以为太平无事了，于是便一路顺风来到迪亚岛。就是在这个岛屿上，忒修斯梦见了酒神狄俄尼索斯。酒神告诉忒修斯：阿里阿德涅跟他早就订了婚。他威胁忒修斯，如果不把阿里阿德涅留下来，忒修斯就面临灾难。

从小跟外祖父一起长大的忒修斯，很听外祖父的话。外祖父曾经告诫他要敬畏神灵，因此忒修斯非常敬畏神祇，只得将一腔哀怨的公主留在荒凉的孤岛上。这天晚上，酒神狄俄尼索斯把公主带到了德烈斯山。一上山，他便稳身不见了，阿里阿德涅公主也跟着消失了。

忒修斯和他的随从登上了回国的船只。失掉了善良美丽的姑娘阿里阿德涅，忒修斯既伤心又愧疚，他的随从们也非常悲伤颓唐。由于一直沉浸在悲痛之中，大家竟然忘了国王的嘱托，船上仍然挂着出发时升起的黑帆。海船朝家乡的海岸驶去。埃勾斯在海岸上翘首眺望，他突然看到远方驶来一条船，船上挂着黑帆。埃勾斯的心中涌出了无限的伤痛，他以为心爱的儿子已经死了。绝望之下，埃勾斯纵身跳入大海，溺水而亡。后来，人们为了纪念爱子情深、投海身亡的埃勾斯，就把那片海叫作埃勾海，也就是爱琴海。

不一会儿，忒修斯率领众人登陆。忒修斯自己留在海岸上向神祇献祭，同时他派了一名使者前往城里，把童男童女获救、大家平安归来的消息告诉大家。报信人一进城，立马把好消息告诉了迎接的人。可是，他非常奇怪地发现，有些人兴高采烈，给他戴上胜利的花冠。有些人却仿佛对面前的一切无动于衷，沉浸在悲哀之中。他搞不清怎么回事，一直到国王的死讯传来，他才弄清楚缘由。报信人立即摘下头上的花冠，挂到手中拿着的节杖上。一路跑回了海边。使者回到海边的时候，忒修斯正在庙中虔诚专注地献祭。报信人静静地站在门外等候，没有声张，害怕这悲哀的消息扰乱了神圣的仪式。等到浇祭完毕后，他才把埃勾斯国王的死讯告诉了远归的人们。一听到父亲的死讯，忒修斯这个经历了无数险境的英雄又懊悔又悲伤，昏倒在地上。大家怀着无限悲恸的心情等待着忒修斯苏醒，然后一行人缓缓地回到了雅典城。

国王忒修斯

忒修斯怀着无比悲痛的心情埋葬了父亲，并把七对童男童女乘坐的那艘船献给阿波罗。这是一艘容纳三十个水手的大船，雅典人为纪念这次神奇的历险，设法保全着这艘船，他们不断用新木板更换船上的朽木。因此，许多年以后，亚历山大大帝时期的人都还可以看到这一古老而珍贵的纪念物。

忒修斯继承了父亲的王位，成了新一任的雅典国王。事实表明，他不仅在战斗中是位英雄，能征善战，而且在治理国家方面也是位天才。他在位期间，国家太平，人民安居乐业，生活得很幸福。在治理国家这方面，他甚至超过了自己的榜样赫拉克勒斯。在他执政之前，阿提喀的居民大多数居住在雅典小城或散居在周围的农庄以及稀稀落落的小村庄里。一旦有什么事情，如果要把所有的人召集起来非常的麻烦。而且这些散居的住户邻里之间经常会为一些鸡毛蒜皮的小事发生没有多大意义的争端。为了解决这些问题，忒修斯把整个阿提喀地区的居民全部集中到城里，并且把由零星的下村庄组成的小城邦组织起来，建成一个统一的国家。最可贵的是，他并没有像一个暴君一样使用武力去完成这一伟大的事业，而是周游各方，亲自去一村一镇，向人们说明这样做的好处，征得他们的一致同意。那些穷人或低贱的平民比较好说服，因为他们和富人联合起来不会吃亏只会沾光。为了让富人和有权势的人也赞同他的计划，忒修斯严于律己，从自身做起。他宣布限制国王的权力，并答应制定一部保障自由的宪法。“至于我本人，”他说，“在战争的时候，我愿意做大家的首领，身先士卒。平时，我和大家一样是一名保护宪法的人。我认为，全体国民在宪法面前人人平等。”有些贵族逐渐意识到，这种改革可能会给他们带来利益，因此对他的计划持欢迎态度；还有一些守旧的人虽然在心里不同意这种做法，但是他们畏惧忒修斯在民众中的威信，畏惧他的果敢和惊人的胆量，因此趁着忒修斯还没有强迫他们的时候，也纷纷表示愿意听从他的劝说接受改革。

于是，忒修斯顺利地取消了各个城镇单独的议会和独立的机构，以雅典为中心建立一个共同的议会。他还给全体居民规定了一个公共假日，称为“泛雅典节”，即“全体雅典人的共同节日”。从此以后，雅典才逐步发展成为一个名扬天下的真正城市，被越来越多的人所接受。而在这之前，它只不过是一座以他的创立者命名的城堡，建造的人把它称作开克罗普斯城，周围稀疏地散落着几户居民。为了继续扩大这一城市，把雅典建成一个多民族聚居的中心城市，忒修斯宣布，凡进入阿提喀居住的人，都享有同等的公民权利，以此吸引新的移民。当然，为了避免大量的人涌入后可能造成的混乱，他在新城内把居民分为贵族、农民和手工业者三个阶级，并为各阶级规定了不同的权利和义务。贵族因其显赫的地位而受到敬重，农民因专注农业生产稳定国家的农业而受到欢迎，手工业者因其人数众多也占有重要的地位。每个阶级各有特点，各得其所。作为国王，忒修斯严守诺言，限制自己的权力。他削弱了王权，并把自己的权力置于贵族议会和人民会议的监督和制约之下。

忒修斯和亚马逊女人国的战争

忒修斯建立了新体制的国家之后，教导国民敬仰神灵以求得长治久安。他们把雅典娜女神作为雅典的保护神。同时，为了纪念长久以来被认为是自己父亲的波塞冬，忒修斯也要国人敬仰这位威严的海神，把雅典人看作波塞冬特别看顾的宠儿。赫拉克勒斯曾经为了庆祝胜利敬奉宙斯而举办奥林匹克运动会。忒修斯也效仿他的榜样，在哥林多地峡举行了神圣的运动会。就在他忙于这些国家大事的时候，一场意外的新奇的战争威胁正一步步向雅典逼来。

忒修斯早年寻父冒险之时，曾经经过亚马逊河岸，到达了好战的亚马逊女国。奇怪的是这些好战的亚马逊女人并不畏惧这位魁梧的英雄，反而待他为上宾，热心接待了他，送给他许多礼物。忒修斯对这些礼物来之不拒，并且喜欢上了那位来送礼物的美丽姑娘希波吕忒。忒修斯邀请她上船，等她上船后，忒修斯马上解缆开船。他回到雅典后，同希波吕忒结了婚，可是好斗好战的亚马逊女人对他的拐骗行为感到非常愤怒。长久以来，她们一直在寻找机会报复。这时，趁雅典正忙于运动会，她们开来船队，围困雅典，并很快攻陷了雅典城，甚至在雅典的城中心扎下营盘。雅典的居民们纷纷惊恐地逃进了城堡。双方对峙起来，好长时间都不敢先贸然进攻。

于是，忒修斯给复仇女神献祭。得到神谕的他，开始巡视城堡，组织战斗，进行反攻。开始时，雅典的男子们遭到亚马逊女人的猛烈攻击节节败退，一直退到了复仇女神厄里尼厄斯的神庙。后来，在复仇女神对雅典人的庇佑下形势急转直下，亚马逊女人的右翼被击溃了，伤亡惨重。战争最后和平解决，双方缔结和约。亚马逊人离开了雅典，退回本国。

据说，忒修斯的王后亚马逊人希波吕忒不顾自己的出身，在战斗中跟丈夫一起抗击亚马逊人。一支飞镖从忒修斯旁边击中了她，希波吕忒被刺死。雅典人为纪念这位亚马逊女子，为她建立了一根大柱。

忒修斯参加婚礼

忒修斯击败了来犯的亚马逊人，缔结了和约。一时间以其力壮和英勇闻名于世。当时，还有另外一位闻名天下的英雄，伊克西翁的儿子庇里托俄斯。他们两个是惺惺相惜的莫逆之交。说到忒修斯和庇里托俄斯的相交，还有一段佳话。当年忒修斯杀掉了牛头怪物之后，成为全希腊都非常景仰的人物。这些称赞四处流传，不知道怎么的，传到了一个少年人的耳朵里。这个少年人是伊克西翁的儿子庇里托俄斯。他比忒修斯小，当时不很有名。少年人血气方刚，心里很不服气，一直想跟忒修斯一比高下。为了寻找比赛的理由，他就故意偷走忒修斯的几头牛。偷牛的时候，他生怕人家不知道，还有意制造出一点动静，连逃跑的路线也留下些许的蛛丝马迹。在路上，他听到忒修斯全副武装追赶他的声音，不但不害怕，反而非常高兴。他不往前走了，专门在路旁守候，准备较量。两人相遇，二话不说就打起来。可是，双方都发现谁也奈何不了谁，打到最后，两个英雄互相赞赏对方的英武和胆略，不约而同地把手中的武器放在地上，然后朝对方奔过来，抓住对方的手。两个人不打不相识，英雄惜英雄，因为这件事情成了好朋友。他们拥抱在一起，相互立誓，永远忠于友谊。

后来，庇里托俄斯要迎娶拉比泰族的公主希波达弥亚。拉比泰人是驯马人的后裔，以野蛮凶横而著称于世。但是，希波达弥亚公主虽然出身这个野蛮民族，脾气秉性却与她的族人大相径庭。她不仅长得身材苗条，容貌秀丽，而且生性温柔善良，所以深得大英雄庇里托俄斯的喜爱。

婚礼的这一天，天气晴朗，万里无云，正是七月之中最好的一个天气。天气好，心情也好，庇里托俄斯站在门前的台阶上，看着来来往往的宾客，高兴得合不拢嘴。院子里，张灯结彩，花花绿绿，客人们言笑晏晏，一派和平喜庆的气氛。由于今天是庇里托俄斯大喜的日子，所以他放下自己惯常穿戴的盔甲和宝剑，一身红色的吉祥婚装，在门口迎接客人。他一边朝客人们抱拳鞠躬，一边不时地回头朝西边望望。西头就是他的新房，新娘子正坐在新房里呢。

中午十一点左右的时候，客人都快来齐了，庇里托俄斯心里变得有些焦虑，不时地探头朝路上望去。正在这个时候，一群怪物来到他的面前。这群怪物，都是人头马身，他们就是所谓的肯陶洛斯人怪物，都是庇里托俄斯的亲戚。当年，国王伊克西翁坑杀了岳父，逃到了宙斯那里避难。谁知道在那里，伊克西翁还贼心不死，又打天后赫拉的主意。宙斯看破他的用心，用乌云冒充赫拉。伊克西翁拥抱乌云，生下了那些半人半马的怪物。庇里托俄斯是伊克西翁的儿子，论起来，他和这些半人半马的怪物还是兄弟呢。

一看这些怪物兄弟来了，庇里托俄斯马上迎接过去，他让他们暂等一下，叫出马人怪物中的夫妻契拉罗斯与许罗诺默。契拉罗斯一头金黄的卷发，蓄着胡须，脖子、肩膀、双手和胸部长得十分匀称，身体的下半部虽然是马身，却长得很好看。他美丽的爱人许罗诺默也相当漂亮。这一对是马人怪物中比较好说话的。

庇里托俄斯对这对夫妻说："契拉罗斯兄弟，许罗诺默嫂子。你们来了，我非常高兴。但是你们知道，新娘是拉庇泰人，他们与你们肯陶洛斯人互相打斗了多年，是世敌。但今天是小弟的吉日，你们双方能否和平相处呢？那一边，我已经说好，但这一边，我还希望兄弟你帮帮忙，说一下。"

契拉罗斯拍了拍他的肩膀，让他放心。然后，契拉罗斯来到那群人马怪物之中，低声说了几句。这个时候，就听见最野蛮的欧律提翁的声音："契拉罗斯，你放心，今天是庇里托俄斯兄弟的好日子，我们不会不识趣，破坏气氛的。今天就放过那批家伙！"

有了欧律提翁这些话，庇里托俄斯那颗悬着的心放下了，因为他最担心的就是这个野蛮的欧律提翁。马人怪物被引入宴席，隔着拉庇泰人很远，双方遥遥地愤怒相对，相安无事。宴会开始了，人群吆喝着，可是庇里托俄斯还是等在门口。正当他非常不耐烦、快要失去信心的时候，一个魁梧而熟悉的身材出现在眼前。他小跑着扑过去，抱住那个人。对方也是一样，抱住他哈哈大笑："兄弟，我总算没有耽搁你的婚礼。一接到你的喜帖，我马不停蹄地赶向这里，不想路上遇到两个打劫的毛贼，耽误了一下。不过，还是赶了过来。"

这个人就是希腊的大英雄忒修斯。庇里托俄斯结婚，作为最好的朋友的忒修斯当然也在邀请之列了。他在正午的时候赶到了这里。人已到齐，宴席进入了白热化的气氛，酒桌上的人互相敬酒，杯来碗往，好不高兴。婚礼在一种难以言传的欢乐之中进行着。人人都兴高采烈，大口饮酒说话。就在这个时候，出事了。

欧律提翁饮酒过多，喝得醉意朦胧以后，眼神就不对劲了。他的眼睛黏在了美丽的新娘希波达弥亚身上。看到新娘苗条的身材在宾客之中彩云一样转来转去，欧律提翁不由得心醉神迷。谁都不知道那是怎么一回事，谁也没有注意那是怎么发生的。酒气熏天的欧律提翁一把抓住希波达弥亚的头发，把她拖走。可怜的新娘子竭力挣扎，大呼救命。那些喝得醉醺醺的肯陶洛斯人也照样行事，各人拖走一个宫里的使女或前来参加婚礼的女客人。只有美丽的契拉罗斯夫妻大声呼喊，让他的兄弟姐妹们冷静下来，不要胡来。但是这批脾气暴躁的怪物根本都不听从，拖着女人，放肆地狂笑着。一霎时，妇女们的惊叫声和呼喊声响成一片，把宫殿都要震塌了。新娘的亲戚朋友们都异常愤怒地从座位上跳起来，眼看就是一场混战。

就在这个时候，忒修斯站了出来，堵住门口，大声叫道："你们这些野人，太放肆了，竟敢当着我忒修斯的面侮辱我的朋友庇里托饿斯，不想活了吗？"说着，他一把就从欧律提翁的手中抢回新娘子。野蛮的欧律提翁挥手朝忒修斯的胸口打了一拳，匆忙之中，忒修斯顺手捞起一盆热汤，劈面砸过去。欧律提翁躲闪不及，被打倒在地，头上鲜血涌出，汤水淋漓。

其他的马人一看同伴受伤，再也不能忍受下去，呼喊起来。霎时杯盏飞舞，酒瓶碰撞。整个宴席一片混乱。新郎庇里托俄斯勃然大怒，把手中的长矛朝大个子马人珀特勒奥斯刺去。珀特勒奥斯正想从地上拔起一棵大栎树当武器，就被矛钉在树干上。另一个马人狄克提斯被忒修斯打倒在地，摔倒时压断了一根粗大的棒木。第三个马人想上来报仇，被忒修斯一棍打死。战斗激烈地进行着。但是马人显然抵挡不住英勇的忒修斯等人，被彻底打败，连无辜的契拉罗斯夫妻也死于混战之中。契拉罗斯是个英俊的美男子。一头金色的长发漂浮在象牙般的面庞上。他的面庞、脖子、双肩、胸膛和双手都像是艺术家手下雕塑出的艺术品。而他的下半身虽然是马身，但也毫不难看：宽广的身躯，挺拔的腰板，除了尾尖和腿脚长的是淡色的毛发外，一身毛皮黝黑发亮。他的爱人许罗诺默也幽婉动人，在宴会上，她温柔地依偎在丈夫的身边。看到起了争端，她也挺身而出，伴随在丈夫身边。契拉罗斯冷不防被一个长矛刺中心脏，倒在了美丽的妻子怀中。许罗诺默悲伤地看着爱人逐渐合上的眼睛，她使劲地抱着爱人的身体，深情地吻着他，希望能挽回他的生命，但是，他的身体还是一点一点地冷下去了。最后，这个柔弱的马人女子猛地从丈夫的胸口上拔出带着血的长矛，刺向了自己的心脏，然后永远倒在了丈夫的怀里。可怜这一对温文尔雅的夫妻却因为荒淫野蛮的族人而成了殉葬品。

马人失败后在逃跑的时候互相践踏，又被追赶的人杀掉不少。直到这时，庇里托俄斯才稳稳地占有了自己的新娘。第二天清晨，忒修斯跟他告别。由于这次共同的战斗，他们兄弟般的情谊更加坚固，牢不可破。

忒修斯、淮德拉与希波吕托斯

建立了许多功业的忒修斯现在又要娶新婚夫人了，未婚妻就是曾在克里特迷宫之中救过他的阿里阿德涅的妹妹淮德拉。当年，杀掉牛头怪物之后，他把老国王弥诺斯的女儿阿里阿德涅和淮德拉带离克里特岛。在返回雅典的海面上，阿里阿德涅被酒神狄俄尼索斯抢去，而淮德拉自始至终一直跟在忒修斯身边，待在雅典。直到弥诺斯去世，她才回到了哥哥，也即国王丢卡利翁的宫殿里。

自从妻子希波吕忒死后，忒修斯一直独身，可是他还一直惦记着那个一直纠缠在他身边让他唱歌的小女孩。他出门游历，往往听到人们对淮德拉的赞美。别人一赞美淮德拉，他就想起美丽的阿里阿德涅，想淮德拉一定跟姐姐一样美丽、善良。恰好，克里特的新国王丢卡利翁不像自己的父亲那样仇视大英雄忒修斯，为了重修旧好结成同盟，丢卡利翁想将妹妹淮德拉嫁给忒修斯为妻。忒修斯也正有此意，双方一拍即合。不久，忒修斯带着年轻的妻子从克里特回国。淮德拉的容貌跟姐姐阿里阿德涅几乎一模一样。忒修斯对她的姐姐一直怀着爱意与愧疚交加的感情，所以能娶到淮德拉非常的高兴，并且对她非常的宠爱。

忒修斯沉浸在婚姻的甜蜜幸福中，淮德拉结婚一年便给他生了一对双胞胎儿子，阿卡玛斯和得摩佛翁。但是，淮德拉虽然长得几乎和阿里阿德涅一样漂亮，但是心里对婚姻的态度却和姐姐不一样，她不是一个贞洁的女人。很显然，忒修斯比淮德拉想象的要衰老很多，这让淮德拉很是伤心失望。当然忒修斯现在是全希腊都闻名的大英雄，可是在她眼中他就是一个糟老头子！

国王的儿子希波吕托斯，正好跟淮德拉同岁。他年轻英俊，风流潇洒。希波吕托斯的母亲是亚马逊女人。忒修斯把年幼的希波吕托斯送往特洛曾，在埃特拉的兄弟们那儿接受教育。希波吕托斯长大成人后，曾经发过誓愿：愿把自己的一生献给处女神阿尔忒弥斯。所以现在尽管都二十多岁了，还不知道女人为何物，并且厌恶女人。他曾经拒绝了许多骄傲的美少女。这些女孩非常恼火，私下议论，就诋毁希波吕托斯，甚至在神庙前控诉希波吕托斯，说他讨厌女人，甚至讨厌美神阿佛洛狄忒。本来,阿佛洛狄忒与阿尔忒弥斯就面和心不和,现在这个凡人竟敢侮辱她。她不能容忍,就让儿子小爱神厄洛斯发出两只性质相反的神箭,一只正中淮德拉的心脏,箭头为金色,是相思之箭;另一只却插在希波吕托斯的肩头,箭头是铅色的,拒绝任何爱情。就这样,纯洁的希波吕托斯成为神发泄愤怒的牺牲品。

淮德拉与希波吕托斯的第一次见面,还是希波吕托斯回到雅典参加神圣的庆典时。淮德拉第一次看到了他,还以为面前站着是年轻时的忒修斯呢。他那优美的身姿和纯洁的心灵点燃了她一度熄灭的情火。但是她是他的继母呀!她怎么说得出口呢?没办法,她只能把浓烈的感情深埋在心。她常常一个人坐在那里眺望大海,心潮随着波浪起伏,要不就是躲在后花园那棵桃金娘树下悲哀自己的命运。

她苦苦坚持一个月,实在控制不住,就向她的年老的乳母吐露了心事。这个狡黠、无知的老女人找到希波吕托斯,把后母的相思之情委婉暗示给他。可是,一心祈祷的希波吕托斯十分厌恶,一口回绝掉头就走。一往情深的淮德拉却以为希波吕托斯害羞,亲自找他,建议希波吕托斯推翻父亲,和她共享王位。淮德拉的用心暴露了,希波吕托斯再也不顾面子,把继母大骂一顿,然后跑到野外打猎,远离王宫。他准备等到父亲回来,把情况告诉他。

淮德拉遭到拒绝后,非常愤怒。良知和私欲在内心激烈交战,最后,还是恶念占了上风。当忒修斯征战归来,却发现心爱的小妻子自缢了,手上拿着一封遗书,上面写道:"希波吕托斯破坏了我的名誉。我无路可走,与其对丈夫不忠,还不如一死了之,这样才能保住我的清白。"

嫉妒和愤怒之火让大英雄忒修斯气得发抖,他呆呆地站了一会,最后伸出双手指着青天,祈祷说:"伟大的海神波塞冬,我的父亲。我爱你像爱自己的生身父亲。从前,你说过可以满足我的三个愿望,现在我祈求你兑现诺言。我情愿把三个愿望并为一个:让我那卑劣的儿子今天就毁灭吧!"希波吕托斯接到父亲征战归来的消息,就回来了。他走进宫殿,听到父亲恶毒的咒骂,平静地说:"父亲,我的良心是清白纯洁的,我没有做过任何坏事。"但是,被愤怒冲昏了头脑的忒修斯却不相信,他把淮德拉的那封遗书扔在儿子面前,命令儿子马上从他面前消失。面对着无情的父亲,满怀冤屈的希波吕托斯只能呼求女神阿尔忒弥斯为他的纯洁和无辜作证,然后流着泪离开了他的第二故乡特洛曾。

当天晚上,一位使者来到国王忒修斯的面前说:"国王啊,你的儿子希波吕托斯已经离开了人间了。"

忒修斯冷冷地听着,苦笑地说:"他侮辱了一位妇女,就像侮辱了他父亲的妻子一样,因此被仇人杀死了,是吗?"

"不,国王,"使者回答说,"是他的马车杀害了他!"

"哦,波塞冬!"忒修斯一听,赶紧举起了双手向着苍天感谢:"您真的如同我的父亲一样,实现了我的请求!告诉我,使者,那个不孝之子是怎样死的?"

使者便向忒修斯讲述了事情的经过:

当时,我们几个仆人正在河边洗马。主人希波吕托斯走过来,命令我们立即备马套车。当一切都准备好以后,他举起双手向天祈祷说:“宙斯,如果我有罪,那么就请你把我毁灭!而且,无论我是生是死,请让我的父亲知道,他对我的斥责是没有理由的!”说完,他拿起马鞭,跳上马车,抓住缰绳,向亚各斯和埃比道利亚奔去。我们紧跟其后,来到一处荒凉的海滩。海滩右面波浪起伏,左面高山悬崖。突然,一阵嘈杂的声响,犹如地底下传来的隆隆雷声,马都惊讶地竖起耳朵。正在这时,我们看到海面上升起一股排山倒海似的巨浪,遮住我们的视线,连对岸的海岸和地峡都看不见了。波浪犹如一朵巨大的山墙,吼叫向我们奔来。波涛间,一个妖怪分开水面走了出来。这是一头巨大的公牛,它一声吼叫,地动山摇,马儿都被吓得狂奔起来。可是希波吕托斯抓住缰绳,毫不慌张,像老水手握着航舵一样。马儿又奔跑起来,正当马儿拉着马车走上平坦大道的时候,水怪跳上前来挡住了去路。马车掉头跑回岩边,想给妖怪让道,可是妖怪还是步步紧逼,这样马车终于碰在岩石上。不幸的希波吕托斯一头倒栽下去。但是受了惊的马匹还在狂奔,拖着他在沙石上翻滚。这一切发生得太突然,我们都来不及去救他。他被拖得肢体破碎,但仍在吆喝着马匹,同时哭诉着遭受您的诅咒的悲哀。后来,他在山道的转弯处消失了,那个海怪也不见了,好像被大地吞吃了似的。其他人还在拼命地追赶马车,我急忙赶回来向您报告这个不幸的消息。

忒修斯默默地呆望着地上,显现出一副悲伤的样子。过了好久,他才说:“对他的不幸,我并不感到高兴,但也不感到悲哀。”说完这句话好久,他好像想到了什么似的,脸上显出了一种疑虑的神情,说:“但愿我能见到他还活着回来,站在我面前,亲口说出他的罪孽。”他的话被一个老妇人的哭喊声打断了。老妇人推开仆人跑过来,跪在国王忒修斯的脚下。这人就是王后淮德拉的乳母,她听说希波吕托斯在父亲的诅咒下惨死后,深受良心的折磨,不敢再隐瞒,含着眼泪把王后的歹毒和盘托出,为王子的纯洁无辜作证。不幸的父亲还没有反应过来,他的儿子已躺在担架上被抬了进来,虽然肢体拖残,但尚有一口气在。忒修斯后悔而绝望地扑在奄奄一息的儿子身上。儿子气息微弱,断断续续地问道:“我的无辜是否已得到证明?”身边的人都默默地点着头,心中悲痛万分。希波吕托斯得到了最后的慰藉,用着仅剩的最后一丝力气道:“可怜的父亲,我原谅你!”说完,就气绝身亡了,任痛苦和悔恨的父亲心痛不已。

忒修斯把儿子葬在了桃金娘树下。在这棵树下,淮德拉曾经在爱与恨之间反复挣扎过。以前每当她对希波吕托斯涌起既爱又恨的感情时,就会到这棵树底下,折断树上的小枝,扯碎上面的绿叶,来缓解内心那极大的痛苦和矛盾。由于她喜欢这个地方,忒修斯便把她的尸体也埋在了这里。虽然妻子不忠并且恶毒,但是毕竟她已经死了,忒修斯体体面面地安葬了她,不想因她的不忠而羞辱她。

抢婚

大英雄也有迟暮的时候，忒修斯一天天地衰老了，尤其在第二任妻子淮德拉和长子希波吕托斯辞世之后，他更是陷入了难言的孤独与颓废之中。有一天，他突然想起了年轻时与庇里托俄斯叱咤风云的光辉岁月，心中又涌出了一股久违的激情，甚至想做点年轻人才会做的鲁莽事。这个时候，忒修斯与庇里托俄斯都是单身一人，庇里托俄斯的妻子希波达弥亚婚后不久就去世了，而忒修斯在淮德拉死之后也一直没有再娶，已经单身独居多年了。想到这里，一个念头浮现在他的脑海里。

这一天，忒修斯看到庇里托俄斯又沉浸在对妻子希波达弥亚的怀念之中，更加坚定了自己的想法，他决定让庇里托俄斯振作起来。他走过去，拍了拍庇里托俄斯的肩膀，庇里托俄斯愕然地抬起头来。

“自从希波达弥亚去世之后，你一直这么颓唐不振，恐怕武艺耽搁下去了吧。我比你长几岁，本来武艺就比你好，长此以往，恐怕你是赶不上我了。”

望着忒修斯心不在焉的眼神，庇里托俄斯非常气愤。他一下子站起身来，二话不说，就往他的练武场走去。到了场地中央，他收紧衣裳，摆好姿势，一扫先前颓废的情态，虎视眈眈地注视着忒修斯。

忒修斯心里高兴，也不多话，跳进场子中。两人拳来脚往，打斗得非常激烈。看看一个时辰过去了，忒修斯找了一个破绽，一个虎跳，跳出了场子。他拍了拍衣服，哈哈大笑：“你现在这个样子，才配称为我的兄弟。我要的是一个英雄，而不是一个整天悲哀忧郁的家伙。要是希波达弥亚泉下有知，也希望你能活得健康快乐一些。”

庇里托俄斯这才明白了忒修斯的用意，他笑了笑，抱起拳头：“谢谢！”忒修斯却冲他诡异地一笑：“愿不愿意和我去冒一次险？”庇里托俄斯这个时候感到全身精力充沛，一拍胸脯：“你说，冒什么险，我庇里托俄斯都不怕，就是上刀山，下火海，我也不畏惧。”

忒修斯大笑：“这次冒险可是相当刺激。你听说过海伦吗？希腊的那个大美人。咱们去把她给抢回来。我独身多年，你也是刚死了媳妇。我们抢来，正好让她当我们的夫人。”庇里托俄斯不再说话，伸出巴掌，忒修斯冲上前来，只听见啪的一声，两位英雄重重地击了一下掌。

海伦的美名在当时几乎天下皆知。要是问：“谁是全希腊最美丽的女人？”那么答案肯定只有一个，那就是美女海伦。她是宙斯跟勒达所生的女儿。当母亲改嫁给斯巴达国王廷达瑞俄斯，她就跟着母亲在继父宫里长大。她小小年纪，就是美人坯子，举手投足自有一股风流韵味。长大到十七八岁，豆蔻年华时节，更是让斯巴达举国上下全都为之痴迷疯狂，就连那些七八十岁的老头在海伦经过的时候，都为之侧目。一时间，海伦的美名传遍整个希腊，自然也传到大英雄忒修斯和庇里托俄斯的耳朵里。

两个人晃晃悠悠到了斯巴达，找人打听。海伦太有名了，马上有几个中年人告诉他们，海伦每天早上七点，去阿尔忒弥斯神庙里跳舞。那几个中年人走之前，还很暧昧地冲他们笑了笑。两个人随便找了一家靠近神庙的旅店歇息了一夜，天还不亮，他们就偷偷地溜进神庙前面的幕布下躲藏起来。

七点刚到，神庙的大钟响起来，美女海伦在一群侍女的簇拥下，来到祭坛前。一会儿，香烟袅袅，鼓乐齐鸣，海伦来到神庙中央，长袖飘飘，身体摇曳地舞蹈起来。忒修斯和他的朋友，从幕布下探出头来，盯着海伦的身影，两个人看得如痴如醉，都不知道自己身在何处了。他们两人呆呆地看着，突然听见一声鼓响，声音停止，舞蹈停止，场地中现出海伦绝世的容光来。这两个痴呆的人猛然惊醒过来，忒修斯一碰朋友的肩膀，冲了出去。他跑到美女的身边，宝剑搁在美女嫩白的脖子上，而庇里托俄斯则挥舞着宝剑，挡住那些冲上来解救公主的侍卫。等到这批侍卫想起来招呼其他人的时候，两个人早就劫持着海伦，到了郊外的一个山坡的森林里。

来到郊外，两个人想必须分开跑。但是现在问题来了，海伦应该归属于谁。按理，当然是忒修斯，因为他是老大，现在没有妻子，可是当初劫持美女，忒修斯是想用海伦来安慰丧偶的庇里托俄斯。但在神庙中，见到了海伦的轻歌妙舞之后，两个人都爱上了这个容光焕发的少女。

两个人尴尬地看了看，都从对方眼睛里看到那熊熊燃烧的爱火。可是，双方的手扶着各自的宝剑，都没有拔出来，因为他们不想因为一个女人就把他们纯真的友谊破坏了。两难之中，忒修斯突然哈哈大笑起来，他看了一眼昏睡在地的海伦，对兄弟说：“你看现在这个女人，我们两个人都割舍不下。按照习惯，我们两个人当然刀枪相向，谁赢了，这个女人就归谁。可是要知道，我们兄弟两个人结识的时间虽不太长，却一直肝胆相照。如果传出去，说我们两位英雄，因为一个小小的女人而拔刀相对，恐怕会让天下人耻笑。这么办吧，我们两个人来抽签，一切全凭天意，谁赢了，海伦就归谁！这样，也避免我们兄弟干戈相见。”

庇里托俄斯想了想，说：“行，你这个办法很好！”

忒修斯继续说：“那咱们两个人说好了，谁获得了海伦，就必须帮助另一个人去抢其他美女。否则这就太不公平了。”

两个人折掉一长一短两根树枝，放在一个罐子里。树枝长短不同，却也相差无几。两人约定谁拿到了那根长的，海伦就是他的妻子，否则的话，就是另一个人的了。安排好后，忒修斯让庇里托俄斯先动手，庇里托俄斯也不推辞，手伸进罐子，也不停留，就退了出来。

结果出来了，获胜的是忒修斯。庇里托俄斯冲忒修斯抱了抱拳头说：“祝贺你娶得美女！”

忒修斯拍了拍他的肩膀说：“不必灰心。你想一想，你打算抢回哪位美女？只要你开口，我把你嫂子安顿好之后，立即找你，我们再去干他一次！”

失望的庇里托俄斯心情终于缓了过来：“我早就听说冥后珀耳塞福涅美貌无

比，等你有空，我们两个人去地狱一趟！”

两个人在岔路中分开，忒修斯把海伦带到阿提喀地区的阿弗得纳，由母亲埃特拉照料。然后，他和庇里托俄斯一起，来到了地狱。他们的冒险失败了。两人被哈里斯永远拘押在地府里。赫拉克勒斯想要救出他们两人，但结果只救出了忒修斯。

当忒修斯被关在地狱之时，海伦的两个哥哥卡斯托耳和波吕丢刻斯带兵包围了雅典，想要回自己的妹妹。他们先礼后兵，一开始很有礼貌地要求雅典人归还海伦。但雅典人说年轻的海伦公主不在雅典，而且他们确实也不知道忒修斯把她藏在哪里。兄弟俩一听勃然大怒，觉得这肯定是他们的推脱，于是率领着带来的部队准备向雅典开战。雅典人十分害怕，其中一人名叫阿卡特摩斯，他知道忒修斯的秘密，于是告诉他们，海伦藏在阿弗得纳。卡斯托耳和波吕丢刻斯立即围攻该城，很快攻陷城池，救出了海伦，带着她离开雅典回到故乡。

与此同时，雅典城里发生了另外一件不利于忒修斯国王的事。厄瑞克透斯的孙子、帕透斯的儿子摩尼斯透斯，自立为人民的领袖。他想篡夺王位，因此，在雅典城内大肆散播传言，蛊惑人心。他对城里的贵族们说，忒修斯让他们从乡村迁移到城市，实际上是为了控制他们，奴役他们。对那些自由民，他说他们放弃了乡间的圣殿和神祈，追求的只是忒修斯虚构出来的一个自由之梦。并且，他们背离了当地的大小贵族，却去服从一个外地人、一个暴君。他就是用这些言论来煽动民众对忒修斯国王的不满情绪。现在，雅典被卡斯托耳和波吕丢刻斯带领的部队占领了，雅典人正惊恐不安，摩尼斯透斯就利用人民的恐慌情绪，说这两个人只是为了要回自己被忒修斯抢去的妹妹，与雅典的其他人并无仇怨，劝人们给廷达瑞俄斯的两个儿子打开城门，友好地迎接他们入城。海伦的两个哥哥入城后的所作所为也证实了摩尼斯透斯的话。两兄弟及他们所带的士兵从打开的城门里冲了进来，控制了城内所有的地区，但他们真的做到了秋毫无犯。他们救出了海伦，在雅典市民的欢送下离开了雅典，回到故乡去了。

忒修斯的结局

被赫拉克勒斯从哈里斯的地府营救回来的忒修斯俨然成了一位严肃的老人。他听到海伦已经被她的哥哥们救回去的消息非但没有感到难过，反而如释重负，因为经过了在地府的磨砺，之前他那回光返照般的狂乱激情已经退去，现在他为抢夺海伦和冥后的事情感到惭愧。他回到雅典之后虽然重新执政了，但发现他的王位已经动摇。国内一片混乱，摩尼斯透斯煽动了一大批贵族在各地发起了叛乱。这些叛乱者打着忒修斯的叔叔帕拉斯以及他被杀死的五十个儿子的旗号，声称自己是“帕拉斯党人”。那些本来就不太赞同忒修斯的改革方式的人，现在也对他无所畏惧了。就连那些普通的民众在摩尼斯透斯的鼓动下也不再愿意服从国王的命令了，他们听信了摩尼斯透斯的话，认为只有造反才能求得应有的地位和势力。

面对这种情况，忒修斯一开始企图动用武力去平定叛乱，但是叛乱势力已经达到了一定的规模,并且有愈演愈烈之势,忒修斯的努力不可避免地失败了。于是,不幸的国王忒修斯决定彻底放弃这座已经不在自己控制之中的城市。事先他已经偷偷把两个儿子阿卡玛斯和德摩丰送往欧玻亚,让他们投奔那里的国王埃尔弗诺阿。而忒修斯本人则在阿提喀的一个叫作伽尔盖托斯的小镇对雅典人诅咒了一番。诅咒完之后,忒修斯拍去了身上的灰尘,告别了自己倾注了大量心血的雅典,乘船来到了斯库洛斯岛。忒修斯的父亲在这座岛上给他留下了大笔的财富,所以他把这座岛上的人看成自己特殊的朋友。

那时斯库洛斯岛上的国王是吕科墨得斯。忒修斯去拜见了他,提出想拿回父亲留给他的遗产,以便能够在这座岛上生活下去。然而命运之神却把他引上了一条绝路。不知吕科墨德斯是自己惧怕这位大英雄的名声,还是他和摩尼斯透斯订好了秘密协议。总之,他准备把忒修斯这个不速之客除掉。他跟忒修斯说要带他去看一下父亲留给他的财物,把忒修斯带到了岛上的一座高峰的悬崖边。忒修斯对这个阴险的国王完全没有防范,他高兴地观赏着父亲留下来的奇珍异宝,突然,感到背后有人猛地一推,便倒栽着跌入了大海……原来是吕科墨得斯乘忒修斯不备,猛地推了他一把。

在雅典,摩尼斯透斯称心如意地登上了执政者的王位,他好像合法地继承了祖先的王位一样心安理得、毫无愧色。忒修斯被送往欧玻亚的两个儿子被当作普通士兵,跟随着庇护了他们的国王埃尔弗诺阿一起参加了特洛伊战争。直到摩尼斯透斯死后,他们才回到雅典,重新执掌了王杖。

数典忘祖的雅典人很快就忘记了他们的国王忒修斯。直到几百年以后,他们才给予了大英雄忒修斯应有的尊崇。事情是这样的:雅典人在马拉松平原与波斯人进行了一场战争。就在雅典人陷入不利的境地时,忒修斯这位大英雄的灵魂从地底下冒了出来。他一身披挂、威风凛凛,率领着雅典人民击败了野蛮而强悍的波斯人的入侵。于是,得尔斐的神谕要雅典人取回忒修斯的遗骸,重新进行隆重的安葬。但是,人们该怎么去寻找他的遗骸呢?而且,忒修斯是死在斯库洛斯岛上的,即使雅典人在斯库洛斯岛上找到了他的坟墓,又怎能从异族人的地盘上夺回遗骸呢?

就在这时,弥尔策阿特斯的儿子,一个名叫西门的希腊人在一次新的讨伐中征服了斯库洛斯岛。他一上岛就着手寻找忒修斯遗骸,正当他起劲地寻找那位民族英雄的坟墓时,他看到一座山的上空盘旋着一头雄鹰。那只雄鹰一直在那一座山的上空徘徊,西门仿佛意识到了什么,赶紧朝那里跑去。他跑到那座山之后,那只雄鹰突然像箭一样猛地直冲下来,用爪子刨着地面上的泥土。西门觉得肯定是神在暗示自己,于是他命人在那里挖掘,在泥土深处,果然埋着一副巨大的棺材,棺材旁还埋葬着一根铁矛,一把宝剑。西门和其他人都毫不怀疑,这一定就是大英雄忒修斯的墓。他们把神圣的遗骸抬到三艘战船上,起程运回了雅典。雅典人听到这个消息后,倾城出动,列队迎接忒修斯的遗骸,那场面就像忒修斯活着回到故乡似的。

俄狄浦斯的故事

卡德摩斯与底比斯的创建

路边的一棵大柳树下，一群人正在聊天，他们不时地议论几句天气，或者议论一下各自的庄稼。这个时候，一个老头忽然对其他人说："你们看，前面路上是什么呀？"

一群人抬头看着路面，干燥的路面上，横着一个黑乎乎的包裹一样的东西。其中一个年轻人眼睛尖，看清楚了，是一个昏倒在地的人。

俄狄浦斯

这群人围过去一看，还真是一个饿昏的男子，二十多岁。一个年轻人扶起这个昏倒的人，把他背到了树荫下，然后蘸了一点凉水，滴在这个年轻男人的额头上。年轻男人醒了过来。他张开眼睛，想说话，却声音嘶哑，发不出声来。村头的老人连忙叫人把这个年轻人扶到自己的屋子里，自己则烧水煮粥。一碗稀粥灌下去，年轻男人的眼睛里有了活力，身体慢慢活泛起来。他一回过身来，就抓住老头问道："您见没见一个年轻的女孩子，眼睛大大的，穿着红色的纱裙子，叫欧罗巴？"老头摇摇头，让他坐下，再歇息一阵。可是青年看到他摇头，拼死拼活地要走，也不管自己身体虚弱，老头如何苦劝。老头无奈之下，只好放行。不过，他把自己家里剩下的一个冷馒头给年轻人当了干粮。年轻人眼里含泪，捏着这块馒头，踏着月色，走上了前行的道路。

这个年轻男人，叫卡德摩斯，是腓尼基国王阿革诺耳的儿子，欧罗巴的哥哥。宙斯带走欧罗巴后，阿革诺耳痛苦万分，急忙派卡德摩斯其他的三个儿子福尼克斯、基立克斯和菲纽斯外出寻找，并下了死命令：必须找到欧罗巴。如果找不到欧罗巴的话，他们也就不用回来了！可怜的卡德摩斯东寻西找，逢人就问。

一年过去了，卡德摩斯找了很多地方，饱受磨难和风吹雨打，却毫无结果，好像是妹妹彻底从这个世界上蒸发了。找不到人，他又不敢回乡。无可奈何，卡德摩斯只有向太阳神阿波罗求助，希望他能告诉自己该到哪里去是好。

太阳神阿波罗说："卡德摩斯，你不要灰心，继续前行。将来有一天，你会在一块孤寂的牧场上遇到一头还没套上轭具的牛，它会为你指引方向。跟着它走，一旦它躺下歇息，那它的歇息之地，就是你的安身之所，你可以在那里造座城市，把它命名为底比斯。"

卡德摩斯继续流浪，四处追问，这天到了阿波罗赐福的卡斯泰利阿圣泉附近，突然看到前面一片偌大的绿色草地上，一头母牛正在静静地啃草。卡德摩斯大喜过望，仰望着天空，谢过正从头顶上经过的太阳神，按照神谕，紧跟着母牛。母牛领着他趟过了凯菲索斯浅流后就站在岸边不走了。它朝着远方发出了欢快的叫声，满意地躺在绿草深软的草地里。卡德摩斯一下子就知道了，这个地方，就是太阳神赐福的地方，是他建城立命、繁衍后代的福地。他怀着感激之情跪在地上，亲吻着这块陌生的土地。

在这块母牛躺倒的地方，卡德摩斯一待就是十年。十年下来，他已经盖了一些小房子。遮身之地是有了，可是距离建城发展还远得很呢？就是这样，卡德摩斯已很满足了。饮水思源，卡德摩斯非常感谢神灵，想给宙斯献一份祭品，而祭品之中，最好有杯清水，以供神祇品饮。房屋四周水井较多，水质苦涩，给人饮用还勉强凑合，但是用之祭奠则就不行了。相传，城边的原始森林里有清泉一泓，水质晶莹甜蜜。于是，卡德摩斯就派人前去取水，以供神祇品饮。

一个星期过去了，仆人们还无消息。卡德摩斯不知道是怎么回事，决定亲自去寻找他们。他披上狮皮，手执长矛和标枪，还有他那颗比任何武器都坚强勇敢的心。刚一进树林，他就看见一大堆尸体，原来他的仆人全死了。很快他就发现了一条毒龙，紫红的龙冠闪闪发光，眼睛赤红如火。它正吞吐出血红的信子，满口毒烟臭气，舔食着遍地的尸体。

"可怜的人啊！"卡德摩斯痛苦万分，大叫起来，"我要为你们复仇！"他抓起一块大石头朝着巨龙投去。但是石头打在身上，那条皮粗肉厚的毒龙却蹭痒一样，坚硬的鳞皮没有划伤，只有一道白印子。卡德摩斯一看不好，心慌之下，狠狠地投出标枪。枪尖透喉而入，深入龙的内脏。巨龙疼痛难熬，狂暴地咬断标枪，尾巴卷着标枪甩来甩去，把枪杆弄得粉碎。可是，留在体内的枪尖嵌在恶龙的喉咙里，吞不下去，吐不出来，折腾了半天，还是毫无办法。恶龙被激怒了，箭似的冲过来，喷吐着剧毒的白沫。卡德摩斯连忙后退一步，用狮皮裹身，再次把长矛刺进龙口。谁想这只恶龙嘴巴一合，咬住了长矛。卡德摩斯拼命用力抵住长矛，缓慢地搅动，恶龙的牙齿纷纷掉落，脖子上也流出了血水，但伤势并不严重，还能躲避攻击。卡德摩斯很难一下子置它于死地。不过，卡德摩斯越斗越勇，提着宝剑，看准机会，一剑刺去。这一剑刺得又狠又重，不仅刺穿恶龙的脖颈，还扎进后面的一棵大栎树里，把恶龙紧钉在树身上。恶龙被制服了。

卡德摩斯久久地凝视着被刺死的恶龙。正在他转身准备离开的时候,却看见女战神雅典娜不知什么时候站在他的身旁。女神摆摆手,制止了准备下拜的卡德摩斯:“卡德摩斯,恶龙杀死了。你能取回圣水。你杀死的这条龙是战神阿瑞斯的宠物,你看没看见,那些掉在地上的龙牙?要知道,这些都是神物。听我的话,把这些牙埋在泥土里,这将你是未来发展壮大的力量,也是你未来种族的种子。”话一说完,女神就消失了。

卡德摩斯收集了这些龙牙。他并没有把这些龙牙埋在一处,而是像播种庄稼一样,在地上开了一条宽沟,然后把龙牙纷撒入土内。不一会儿,奇迹就发生了,埋下龙牙的新土活动起来。卡德摩斯首先看到一杆长矛的枪尖露出来,然后冒出一顶武士的头盔。整片树林都在晃动。又过一会儿,泥土下面又露出了肩膀、胸脯和四肢,最后一个全副武装的武士从土里站起来。不,不是一个。片刻之间,地下长出一整队武士。

卡德摩斯吃了一惊,准备投入新的战斗。他摆开架势,可是泥土中生出的一个武士对他喊道:“不要害怕,别拿武器反对我们。千万不要参加我们兄死之间的战争。”他一边说着,一边抽出腰上的剑对准刚从泥土中生长出来的一位兄弟狠狠地挥去,那个刚生出来的武士瞬间就又失去了生命。而杀人的武士本人又被别人用标枪刺倒在地,立时毙命了。一时间,一整队人厮杀起来,直杀得天昏地暗、难解难分。大地母亲在吞饮着她所生的第一批儿子的鲜血。最后,这群武士中只剩下了五个人,其中后来取名为厄喀翁的一个武士首先响应了雅典娜女神的建议,放下武器愿意和解,其他的四个人也同意了。这五个武士成了卡德摩斯的士兵。

于是,在五位武士的帮助下,腓尼基王子卡德摩斯建立了一座新城。根据太阳神的旨意,他把这座城市叫做底比斯。诸神为嘉奖卡德摩斯,便把女神阿佛洛狄忒美丽的女儿哈墨尼亚嫁给他为妻,并参加了他们的婚礼,还送了不少的礼物。女神阿佛洛狄忒也送给他们一条贵重的项链和一条做工精致的丝面纱。它们出自匠神赫菲斯托斯之手,具有神秘的魔力。谁戴上这宝物,就会招来不幸。因为这个项链和面纱,卡德摩斯家族曾经有不少人死于非命。

由于卡德摩斯杀了战神阿瑞斯的宠物,从此之后便得罪了战神,他们的城邦底比斯长期战火绵延,百姓生灵涂炭。而这对不幸的夫妇偏偏活得很长久,他们眼睁睁地看着自己的子孙互相残杀,被弃尸荒野,尝尽了白发人送黑发人的伤痛。有一次,他们忍不住感叹说:“战神竟然爱龙而多于爱人,那自己还不如也变成龙呢。”话音刚落,两人便双双变成了龙。不过这两个心地善良,完全不像阿瑞斯养的那条毒龙,他们从不伤害人类。他的后代继续在底比斯繁衍生息,著名的酒神狄俄尼索斯就是他的外孙,底比斯不幸的国王俄狄浦斯也是他们的后裔。

俄狄浦斯杀害父亲

拉伊俄斯是底比斯城的创建者卡德摩斯的后裔。他的老父亲拉布达科斯,底比斯的老国王心地善良，待人和善，却对儿子要求很严厉，稍不如意，就是一顿责骂，因此拉伊俄斯非常害怕父亲。平时，拉伊俄斯小心翼翼，在父亲面前毕恭毕敬，虽然被狠骂过多次，父子两人也还相安无事。但是现在，他却倒了霉，犯了禁。拉伊俄斯因和国王宠爱的臣子争吵失去冷静，便拔出剑来刺进了对方的心脏，对方躺在地上，身体抽搐着，鲜血淌了一地。拉伊俄斯失手杀死了对方，想到父亲严厉的面容，他慌里慌张地，也不收拾行李，只身逃离底比斯。一路上，拉伊俄斯惶惶如惊弓之鸟，来到伯罗奔尼撒半岛，不想却受到当地国王珀罗普斯的礼遇。珀罗普斯将他迎到宫里，好生伺候着，让小儿子克律西波斯拜其为师。克律西波斯是珀罗普斯和女神阿刻西俄刻的私生子，长得漂亮，却命运不幸。拉伊俄斯临走时，却恩将仇报，拐走了克律西波斯。

珀罗普斯非常愤怒，带领军队，包围了拉伊俄斯，救出克律西波斯，由他的异母兄弟阿特柔斯和提厄斯忒斯看护。克律西波斯最受父王的宠爱，一直为两兄弟嫉恨。现在他被救了，阿特柔斯兄弟的王位继承权就非常危险。在母亲希波达弥亚的唆使下，混战中兄弟俩杀害了克律西波斯。痛失爱子的珀罗普斯，满腔怒火无处发泄，就怪罪到拉伊俄斯的头上。临死的时候，他跪倒在宙斯的神坛面前，祈求道："天神呀，可怜可怜我这个失去了儿子的老头子吧。当年，我对拉伊俄斯如同兄弟般热情款待，谁知道这个家伙，却抢走了我的儿子！我就要死去了，天神，你就可怜可怜一个老头子，满足他临死前的要求，惩治惩治这个恶人吧！"祈祷完毕，珀罗普斯筋疲力尽，含恨死去。

拉伊俄斯逃脱了珀罗普斯的追捕，流浪在外。十多年过去，他的父亲拉布达科斯已经垂垂老矣，非常想念儿子，就找回了拉伊俄斯。一年后，老人去世，拉伊俄斯继承了王位，娶底比斯人伊俄卡斯特为妻。婚后的日子非常幸福，一晃，七八年过去，两人感情好得跟新婚一样。不过，幸福的生活中，国王拉伊俄斯心里还有一丝阴影：他不知道，为什么这么多年了，自己还没有一个孩子！他非常渴求一个孩子能继承王位，于是来到阿波罗神庙，祈求神谕。

神谕告诉他："拉伊俄斯，你不要急躁，将来你会有一个儿子。可是你要知道，如果他长大成人，你会死在自己的儿子手里。你当年得罪了珀罗普斯，宙斯因为你抢去珀罗普斯的儿子，所以惩罚你遭受厄运！"

拉伊俄斯非常清楚自己做过的事情，也知道自己罪孽深重，所以对这个神谕深信不疑。他追悔莫及，想不到年轻时候犯下的错误，却要遭到报应。现在，怎么避免这一厄运呢？为了防止怀孕，他一直跟妻子分居。可是夫妻毕竟情深，他顾不上神谕的警告，又与妻子同床共寝，结果伊俄卡斯特为丈夫生了一个儿子。

孩子的啼哭，让这对夫妻非常恐惧，看着这个初生的婴儿，他们又想起了那则可怕的神谕。对他们来说，儿子就是一个大包袱，杀掉他才是上上之策。于是，为了防止神谕的实现，他们在孩子生下的第三天，就派人用钉子刺穿婴儿双脚，捆绑起来，丢弃在喀泰戎的荒山下。如果没人施救，孩子不是活活饿死，就是让野兽吞吃。

执行这一命令的牧人是个老头，婴儿的啼哭声让他下不了手，婴儿纯真的小眼睛，更让他产生同情。收养婴儿，他又害怕泄漏出去惹来杀身之祸。他想了想，连夜赶到一个朋友家里。这个朋友常和他一起牧羊。他是邻国科任托斯国王波吕玻斯的牧羊人。老头把孩子交给朋友，自己赶紧回去报告国王孩子已死。一直忐忑不安的夫妇放下了心。儿子已死，神谕将不会实现。他们相互宽慰，过着平静的日子。

再说国王波吕玻斯的牧人，他解开孩子脚上的绳索，给孩子起了个名，叫俄狄浦斯，意为肿疼的脚。他把孩子带到科任托斯，交给国王波吕玻斯。国王可怜这个弃婴，自己又没有子女，就把孩子交给妻子墨洛柏抚养。可怜的俄狄浦斯渐渐长大，墨洛柏夫妇待他如亲生儿子，他也深信自己是国王波吕玻斯的儿子和继承人。可是偶然的一件事却戳破了他的自信心，他一下子从希望的顶峰上跌到绝望的深渊。那是在一次宴会上，一个嫉妒他地位的科任托斯人喝醉了酒，大声叫着："俄狄浦斯，你有什么……骄横的。你根本就不是……什么王子，你是从山上拣来的。你根本没什么成绩，不像我……靠自己的军功……当了……"

话没说完，这个家伙已经醉得扶都扶不住，躺在地上，泥也似的，发出了鼾声。

俄狄浦斯大怒，挽起袖子，要打这个没大没小的家伙，却被人拦下了。他愤愤地回到家里，难以入眠。天一亮，他就跑到父母面前询问这件事。波吕玻斯夫妻非常生气，为什么总有些人喜爱搬弄是非呢？他们故意用话排解儿子的疑虑，说他当然是他们的亲生儿子。

父母的话充满爱心，令俄狄浦斯非常感动，可是怀疑仍在折磨他，因为那个人所说的话太让他难受。没有办法，他只好求助于太阳神，他来到得尔斐神庙，祈求神谕，希望太阳神证明他所听到的话完全是诽谤。可是阿波罗不但不给他满意的答复，相反，一个新的更为可怕的预言出现在他面前："俄狄浦斯，你将会杀死你的父亲，你将娶你的生母为妻，并生下可恶的子孙。"

俄狄浦斯脑子里一片空白，出了神庙，没有知觉一样往前走去。他无意识地来到宫殿门口，正要进门的时候，神谕闪现在脑海里。连太阳神都这么说，看来不假，难道自己真要杀掉慈祥的波吕玻斯父亲，迎娶母亲墨洛柏吗？他为这个可怕的神谕所恐吓，他再也不敢回家去，害怕自己将会干下十恶不赦的罪行。太可怕了！为了杜绝惨剧，他决定到俾俄喜阿去。于是，俄狄浦斯逃离故乡，流浪在外。

这天，他来到得尔斐和道里阿城之间的十字路口。一辆马车朝他驶来，车上坐着一个陌生的老人，一个使者，一个车夫和两个仆人。车夫一看路面上有人，就粗暴地让对方让路。俄狄浦斯生性急躁，挥手朝无礼的车夫打了一拳。车上的老人脾气也不小，一看这个蛮横的年轻人，竟敢打他的车夫，便举起鞭子狠狠打在俄狄浦斯头上。俄狄浦斯怒不可遏，他挥起手杖朝老人打去。老人一跤跌到马车下。一场格斗发生了，英勇的俄狄浦斯抵挡三个人。他年轻有力，把那伙人打倒在地，扬长而去。

他想自己只是自卫才打了那个卑鄙的俾俄喜阿人，谁叫那个家伙仗着人多势众企图伤害他呢？他哪里知道，命运的诅咒已经降临到他头上，那个被俄狄浦斯打下马车而死的老人正是底比斯国王拉伊俄斯，他的生身父亲。当时，底比斯国王正要前往皮提亚神庙。真是造化弄人，父亲和儿子都竭尽全力小心回避的神谕，还是悲惨地应验了。

俄狄浦斯娶母为妻

四处流浪的俄狄浦斯路遇老人之后，来到通往底比斯城的大道之上。在那里，他碰到了一个带翼的人头狮身的怪物斯芬克斯。这个怪物是巨人堤丰和蛇怪厄喀德娜所生的女儿之一。蛇怪厄喀德娜生了许多有名的怪物，如地狱三头狗刻耳柏洛斯，九头蛇许德拉，口中喷火的喀迈拉等。斯芬克斯也是他们中的一个，她长着美女的头，狮子的身子，凶残而又狡猾，盘坐在路口的巨石上。凡是经过这里的底比斯居民，斯芬克斯都要他们猜一个谜语。猜不中的人都会成为她的腹中物。

这个凶残的怪物出现的时候，正好赶上底比斯全城都在哀悼被不知名的路人杀害的老国王。老国王遇难后，现在正在执政的是国王的妻弟、王后伊俄卡斯特的兄弟克瑞翁。他的执政本来就很不得民心，现在斯芬克斯到处肆虐，恰好说明了克瑞翁的无能。克瑞翁迫于民众舆论压力，急需马上解决斯芬克斯危害民众的问题。恰好在这个时候，连执政王克瑞翁自己的儿子也给怪物吞食了，因为他经过时也未能猜中谜底。这下克瑞翁更是坚定了不惜一切代价除掉怪物的想法，于是，他张贴了这样一个告示：谁能除掉城外的怪物斯芬克斯，就可以成为底比斯新的国王，并且可娶他的姐姐，老国王的妻子伊俄卡斯特为妻。

恰好在这个时候，俄狄浦斯来到了底比斯。他看到了克瑞翁贴的这张告示，俄狄浦斯生性勇敢、喜欢冒险，所以在知道了这件事情的危险之后，他反而更想去会会这个让人闻风丧胆的怪物了。此外，他的心里一直记着那个不详的神谕，非常害怕自己真的会做出杀父娶母的事情，所以也十分不看重自己的生命。于是，他爬上高高的山岩，来到斯芬克斯盘坐的地方，准备主动要求解答她的谜语。斯芬克斯一见有人过来，还没等俄狄浦斯开口，就朝着他喊道：“年轻人，过来，猜一个谜语！你要知道，你猜不中谜语，就要被我吃掉。猜中了，你就可以走人！”

俄狄浦斯微微一笑，对怪物说：“猜谜语吗？这太简单了。请你出谜！”

斯芬克斯非常奇怪，不知道这个年轻人为什么这么安静，还微微地笑着，一点也不知道害怕。要知道，在此之前，多少人被吓得屁滚尿流呀。她想：小子，你现在得意，到时候成为我牙缝里的食物，后悔可就来不及了。于是，她挑了一个她认为十分难猜的谜语，然后张开血盆大口，瓮声瓮气地喊道：“什么动物在早上用四条腿走路，中午用两条腿，晚上用三条腿？在一切动物之中，这是唯一一个用不同数目的腿走路的。用腿最多的时候，正是力量和速度最小的时候。这是什么动物呢？

年轻人,说!”

俄狄浦斯听到这谜语,微微一笑,毫不犹豫地说:“你这个谜语太简单了,连三岁的小孩都知道。这个动物不是人吗?”接着,他解释说:“人在幼年,是人生的早晨,比较软弱,只能在地上手脚并用地爬行;到了壮年,正是生命的中午,当然可以用两条腿走路;但老年是生命的迟暮,他们那时候只好拄着拐杖,好像三条腿走路。”

说完谜底,他还不忘记嘲讽一下:“老怪物,就凭这个谜语,你就敢在这里耀武扬威?”俄狄浦斯的一番话,让心高气傲的斯芬克斯羞愧难当,绝望之下从山岩上跳下去,摔死了。

底比斯人民十分感激俄狄浦斯为他们除去祸害,克瑞翁也兑现了自己在告示中的承诺,把底比斯王国交给了俄狄浦斯,并把老国王的王后伊俄卡斯特许配给他为妻。俄狄浦斯当然不知道她是自己的生母,但是还是在不知不觉中让神谕兑现了。

婚后,伊俄卡斯特给俄狄浦斯生下了四个儿女,先是双生子厄忒俄克勒斯和波吕尼刻斯,然后是两个女儿,大女儿叫安提戈涅,小女儿叫伊斯墨涅。俄狄浦斯非常高兴,以为自己终于摆脱了杀父娶母的神谕,在其他的国家逃避了悲惨的命运,找到了自己的幸福。然而他不知道,冥冥之中的命运有着令人恐惧的强大力量,就像是一个巨大的泥潭,他越挣扎就陷得越深。他称之为儿女的这四个人,其实既是他的子女,也是他的弟妹。所有的人都不知道命运所开的这个巨大的玩笑,所以一切似乎都很平静。俄狄浦斯本来就是善良、正直、能干的,现在在伊俄卡斯特的辅佐下,把底比斯治理得井井有条,深受民众的爱戴和尊敬。

惊天秘密被揭露

然而,秘密总有被揭露的那一天,俄狄浦斯身上这个可怕的秘密也不例外。一场突如其来的瘟疫成了揭开这个秘密的序曲。

在俄狄浦斯成为底比斯的国王三年后,底比斯城天降瘟疫,药物无能为力,祈祷也没有作用。底比斯人一致认为,这场可怕的灾难是天谴。他们相信国王是神祇的宠儿,一定会有办法的。于是,祭司们手拿着橄榄树的枝条,带领着大队的男女老少,涌到王宫前,坐在神坛周围和台阶上,要求国王接见他们。

俄狄浦斯听到了王宫外面的喧闹声,从宫里面走了出来,来到了神坛,询问为何到处香烟缭绕,怨声震天。一位年老的祭司回答说:“尊贵的国王啊,你可曾看到你的子民正在遭受着怎样的灾难?瘟疫四处流行,干旱烧焦了牧场、田地和山林。我们眼看着身边的亲人一个个离开了我们,实在受不了这折磨了。我们来找你是来请求你的帮助的,你肯定是众神的宠儿,所以众神让你把我们从残酷的斯芬克斯的口下解救出来。所以我们信任你,这一次一定也会有神暗中帮助你,你一定能够再次拯救我们于水火之中的。”

“可怜的人们哪，”俄狄浦斯语重心长地说，“我怎么会看不到我的子民正在经受的苦难呢？看到瘟疫肆虐、众生遭殃，我比谁都要难过，因为没有人比我更关心这些了。我要关心的不只是身边的三两个人，我还要关心整个城市的命运！我也觉得这场瘟疫来得蹊跷，所以想看看众神的意思。其实在你们来之前，我已经派我的妻弟克瑞翁到得尔斐去寻找阿波罗的神谕了，我想请神给我们指点一下怎样做才能解救我们自己，解救这座城市。”

恰好在这时，俄狄浦斯派去请求神谕的克瑞翁回来了。于是，俄狄浦斯让他当着神坛前男女老少的面报告神谕的内容。克瑞翁说：“尊敬的国王呀，整个城市陷于毁灭，是因为老国王拉伊俄斯的血债还没有偿还。神祇吩咐，只有我们找到凶手并把他驱逐出去，底比斯城才能平安。否则，我们将永远摆脱不了苦难的惩罚，因为杀害老国王拉伊俄斯的血债将会使整个城市陷于毁灭。”

俄狄浦斯压根就想不到正是自己杀害了国王，他要求克瑞翁把杀害国王的事讲给他听。听克瑞翁讲完事情的经过之后，俄狄浦斯也只是把它当成了一件普通的拦路抢劫案，丝毫没有跟自己联系在一起。他当众发誓，一定要亲自处理这桩杀人案，找到杀人凶手，即使那个凶手是隐藏在王宫的，也不会让他逃脱重责。并且，他还立即当众发布了一条命令，规定所有底比斯的国民无论谁只要知道杀害拉伊俄斯的凶手的情况，就必须立即前来报告。如果有人胆敢知情不报，或者窝藏凶手，那么一定会受到严厉的惩罚。被发现以后，将被剥夺参加祭祀神灵仪式的权利，并且不得享受圣餐，也不得跟国人有任何来往。最后，他还发誓表示自己要诅咒杀害老国王的杀人凶手，诅咒那个凶手的一生都会被痛苦和不幸折磨。此外，他还派出了两位使者去邀请盲人预言家提瑞西阿斯，因为这个预言家预测事情的能力简直不亚于阿波罗本人。

提瑞西阿斯这位远近闻名的盲人预言家在一名男孩的引导下过来了，他来到国王俄狄浦斯和底比斯的居民面前就停住了。俄狄浦斯把底比斯国人正在遭受的灾祸告诉了他，说这场瘟疫不仅像一座山一样压在他的心头，而且也压在所有底比斯人民的心头。他请提瑞西阿斯运用他神异的能力，帮助底比斯人找出杀害老国王的凶手，好让他们早日从瘟疫中解脱出来。听完俄狄浦斯的诉说，提瑞西阿斯发出了一声长长的悲叹，他避开了国王正朝着他伸过来的双手，像躲避毒蛇猛兽一般。他推辞说：“如果神灵给我一次重新选择的机会，我宁愿现在的我不再具有神异的能力，因为这种能力是多么可怕呀，它将给他知情的主人带来杀身之祸！国王呀，让我回去吧！你承受你的重担，让我也承受我的重担！咱们各自做各自的事情吧！”

俄狄浦斯听了盲人先知提瑞西阿斯的这番话，便明白他已经找出了杀害老国王的凶手，于是命令他不应含糊其词，把凶手的名字说出来。围在周围的居民们也纷纷跪在他的面前，请求他帮助被瘟疫横扫的底比斯脱离苦海。可是，提瑞西阿斯仍然不肯回答，只是更加坚决地摇了摇头。急于平息瘟疫的俄狄浦斯勃然大怒，忍不住大声地呵斥他:"提瑞西阿斯,你不是先知吗?现在底比斯陷入困境,需要你的帮助,你怎么一句话也不说。你对得起别人的尊敬吗?你知情不报,我会好好地惩治你的!"国王的指责逼得提瑞西阿斯不得不说出真相了。"俄狄浦斯,"他说,"你没有权利指责我。你不是说无论如何也要找到这个杀人凶手吗?我告诉你,这个凶手,远在天边,近在眼前。这个人就是你,是你罪恶累累,让整个城市遭殃!你就是杀害国王的凶手,又是你,把自己的母亲当做妻子一起生活。"

先知的话一出口,全场哗然。人们都很尊敬先知,却无法接受这个结论。俄狄浦斯压根都不相信这些话,他愤怒之中,大骂预言家是个骗子和恶棍,和克瑞翁一起编造了这个谎言来合谋篡夺他的王位。提瑞西阿斯闻言更是毫不含糊地说:"你就是杀父的刽子手和娶母为妻的人,你将会面临巨大的灾难。"他一边说,一边牵着孩子的手,面无表情地离开了国王。克瑞翁也怀着委屈,他激烈地指责俄狄浦斯毁谤他。愤怒中的俄狄浦斯毫不示弱,于是两个人激烈地争吵起来。伊俄卡斯特则劝着他俩,但是她竭尽了全力也无法使他们平静下来。最后,克瑞翁愤愤不平地离开了俄狄浦斯。

王后伊俄卡斯特比俄狄浦斯更不明白事情的真相,她满怀着嘲讽的语气说:"这个先知是不是老糊涂了?我的前夫拉伊俄斯当年曾经得到过一则神谕,神谕里说拉伊俄斯将死在自己亲生儿子的手里。可事实呢,我们唯一的儿子在刚出生后就被绑住双脚,扔在荒山上,出世还没有三天就死了;而拉伊俄斯也被陌生的强盗打死在十字路口。"

王后说这番话本来是想为丈夫辩护的,却没想到正是这番嘲讽的话,使俄狄浦斯听了大受震动。他满脸惶恐地问:"拉伊俄斯死在十字路口?告诉我,他是什么模样,他有多大岁数?"

伊俄卡斯特并没有注意到俄狄浦斯的情绪变化,她不假思索地说:"他个子高大,头发灰白。至于模样嘛,说起来跟你还非常像呢。"果然是自己打死的那个老头,俄狄浦斯心中那个不详的预感被证实了。他感到说不出的惊恐:"天哪!提瑞西阿斯并不是瞎子,提瑞西阿斯是眼睛最明亮的人!"俄狄浦斯大声说。他明白提瑞西阿斯的话没有说错,是自己杀害了老国王拉伊俄斯,是自己让整个底比斯城市陷入了瘟疫。他虽然知道了自己杀害老国王的可怕事实,但还是对各个细节问了又问,因为他是多么希望能找出一些蛛丝马迹证明这只是一场巧合和误会呀。可是,问完之后俄狄浦斯陷入了更加绝望的境地,一切细节都与他在十字路口杀掉老人之事吻合。最后,他听说当时曾经有一个仆人逃了回来,报告国王被杀害的消息。但是这个仆人赶回来的时候,正好碰到俄狄浦斯登上王位的登基仪式,他看到俄狄浦斯之后就恳求离开底比斯,到最远的牧场上去为国王放牧了。当时,人们正在忙着新国王的登基,所以就没顾得上详细地问这个仆人相关细节,让他按照自己的意思去牧场放牧了。俄狄浦斯想亲自盘问一下这个仆人,看看自己在十字路口碰到的那帮人是不是确实就是老国王和他的仆人,于是就派人把他召回来。

把人派出去之后，俄狄浦斯又被另外一个问题搞得迷惑不已。就算老国王确实是自己杀的，可为什么盲人先知提瑞西阿斯还说王后是自己的母亲呢？怎么可能呢？我的母亲不是墨洛柏吗？他是不是在胡说？我还是详细地问个清楚！

正在这个时候，宫殿里来了一批客人。他们是科任托斯的使者，他到宫殿后告诉俄狄浦斯说他父亲波吕玻斯去世了，要他回去继承王位。

王后听到这个消息如释重负，她禁不住得意地说："尊贵的神灵啊！看来你给我们的神谕并不总是会应验呀！你刚才还借盲人先知提瑞西阿斯之口说俄狄浦斯会杀掉自己的父亲，可是现在，应该被俄狄浦斯杀死的父亲现在却寿终正寝了！"但敬畏神的俄狄浦斯听了这话却是另外一种想法。他一直就相信波吕玻斯是他的父亲，因此对父亲不是死在自己手中也感到庆幸。但是，这只是神谕的一部分，他不能不相信神谕是灵验的，因此不愿回到科任托斯去。因为他的母亲墨洛柏还在科任托斯，而神谕的另一半内容，说他将会娶母亲为妻。他十分害怕这一点，所以非常忌讳，坚决不愿意回去继位。但他的这种疑虑很快被科任托斯来的使者打消了，因为他刚巧是多年以前在喀泰戎山上从拉伊俄斯的仆人手中接过婴儿的另一位牧人。他对俄狄浦斯说："你完全不用担心这一点，既然现在老国王已经不在了，急需你继位，我就不妨跟你说实话吧，你虽然是我们科任托斯国王波吕玻斯的合法王位继承人，但是你只是国王夫妇的养子。当年，是一位牧人把你交给我的，是我把你带到了科任托斯，交给了波吕玻斯国王。"俄狄浦斯闻言大惊，赶紧追问把自己送给他的那位牧人是谁，现在在哪里？这个仆人告诉他，那个人就是在底比斯的老国王被害时逃出来的仆人，现在正在边境放牧。

这时，一直在一边听着的王后伊俄卡斯特脸色越来越苍白，最后绝望地大叫了一声，绝望地跑了，离开了俄狄浦斯和聚在宫门口的众人。俄狄浦斯的心不由得紧了一下，似乎预感到了什么，但是他还是对众人也对自己解释说："呵呵，真是个爱慕虚荣的女人，她知道了我低贱的出身所以羞愤而走了。我不是科任托斯国王的亲生儿子，只是一个被遗弃的婴儿。可是，我不会为自己低贱的出身而感到羞耻的，因为我相信我是幸运之神的儿子。"其实，在说这番话的时候俄狄浦斯是忐忑不安的，与其说这番话是说给众人听的，不如说这是俄狄浦斯对自己的劝慰。他宁愿自己真的出身低贱，也不愿意面对那个越来越近的巨大而可怕的事实。俄狄浦斯的话音刚落，那个在边境放牧的年老的牧人就从遥远的地方被召回来了。他一进门，科任托斯的使者就认出了他，说就是他把那个婴儿交给自己的。老牧人吓得面如土色，他极力地否认这一切，说自己对使者所说的一切一无所知。俄狄浦斯从他的神态和语气中看到了恐惧和隐瞒，其实这也是他自己的恐惧，但是他还是想得到一个确定的答案。于是，俄狄浦斯愤怒地威胁他说出事情的真相。老牧人叹了一口气，鼓起勇气说出了真相：俄狄浦斯是国王拉伊俄斯和王后伊俄卡斯特的亲生儿子，他们曾经得到过一则神谕说他们生下的孩子将会杀父娶母，就派我用钉子刺穿婴儿的双脚，捆绑起来，丢弃在喀泰戎的荒山下。我出于同情偷偷救下了这个婴儿，交给了科任托斯的使者。

现在，一切都清楚了。可怕的神谕已经应验：他杀死了亲生父亲，并娶了自己的母亲为妻。

俄狄浦斯对自己的惩罚

面对可怕的事实，俄狄浦斯狂叫一声，冲出了人群。他在王宫中狂奔着，从侍卫手中夺出一把宝剑就朝着自己和伊俄卡斯特的卧室跑去，他要除掉那个曾经抛弃了他的女人，那个既是他母亲，又是他妻子的妖怪。所有人都被他疯狂的样子吓坏了，都远远地避开，没有人敢阻止他的任何行为。最后，他跑到了自己的卧室门前，一脚踢开紧锁着的房门，就冲了进去。他刚举起宝剑，就被眼前的一副悲惨景象震惊了：他的母亲与妻子伊俄卡斯特高高地吊在床的上方，头发披散下来遮住了脸，绳索紧紧地勒进了她的脖子里。俄狄浦斯痛苦地盯着伊饿卡斯特的尸体，不动也不说话。过了很长时间，他突然爆发出一阵撕心裂肺的哭声，踉跄着走上前去，解开绳索，把伊俄卡斯特的尸体放在了地上。然后，他从她胸前的衣服上扯下了他送给她的那枚金胸针，用右手紧紧抓住、高高地举起，诅咒自己的眼睛永远不要再看到这样悲惨和罪恶的景象，然后用尽全力朝着自己的眼睛刺去……一下、两下，转眼间金胸针刺穿了俄狄浦斯的两只眼睛，剧烈的疼痛从双目传来，但是这疼痛却不及他心中痛苦的万分之一。

双眼流血的俄狄浦斯走到广场，来到底比斯市民面前，宣布自己就是神祇诅咒的恶徒，愿意接受神灵的惩罚。但是，底比斯人一点也不嫌弃这位他们从前爱戴和尊敬的国王。他们对他表示同情，连被他责骂过的克瑞翁也不嘲笑他，而是连忙把这位遭到神灵惩罚的人带进皇宫内室，把这个被神灵诅咒了的人交给他的孩子们照看。心灵破碎的俄狄浦斯被这种宽容善良的举动深深地感动了，他把底比斯的王位交给了克瑞翁，让他代替自己的两个年幼的儿子执掌王权。此外，他又吩咐孩子们好好埋葬他可怜的母亲，让她在地下得到安息。最后，他还把两个无人照应的女儿托付给新国王克瑞翁照料。

至于他本人，俄狄浦斯表示不能原谅自己，他将离开底比斯四处漂泊，因为他以杀父娶母的双重罪孽玷污了这块土地，给底比斯人带来了可怕的瘟疫。他说，自己将会到喀泰戎山上去寻找自己的归宿，那里是他的父母曾经遗弃他的地方。最后，他又一次把两个女儿叫了过来，想最后听听她们的声音。当俄狄浦斯的手在两个女儿的头顶轻轻抚过、同她们诀别的时候，泪水和着血水从他的双目中流了出来。他再一次感谢了克瑞翁的宽容和深情厚谊，并祈求神灵保护克瑞翁，希望瘟疫能够早日从底比斯离开，底比斯的人民在新国王的领导下能够永远受到神灵的庇护。

俄狄浦斯和安提戈涅

在俄狄浦斯知道了关于自己杀父娶母的可怕真相的那一刻，他完全无力承受这残酷的命运，只求速死。他甚至觉得如果全体底比斯人民起来反抗他，用石块把他砸死，那对他真是一件大好事，是一种最好的解脱方式。因为是自己杀父娶母的行为给底比斯带来了可怕的瘟疫，并且自己也觉得活着原来比死去更难。但是他的请求落空了，因为底比斯人非但没有群起用石块打死他，反而纷纷表达了对他的同情。于是，求死不能的俄狄浦斯又请求将他放逐出底比斯，并且认为这样已经是底比斯人送给自己的厚礼。但是，当他自怨自艾的狂乱心情慢慢平静下来之后，眼前的一片黑暗突然让他产生了极大的恐惧心理。他开始感到双目失明之后漂泊异乡实在是件可怕的事，并且在心中重新泛起了对底比斯的深深的眷恋。他想，自己毕竟是无意中犯下杀父娶母的罪孽的，并且他和母亲也已经受到了足够的惩罚，伊俄卡斯特悬梁自尽了，他也用金胸针刺瞎了自己的眼睛。因此，孤独而又恐惧的他又想留在底比斯了，因为这里有他的家，有他的儿女，能给他极大的安全感。可是，当他把这个心愿对新国王克瑞翁和自己的双生子厄忒俄克勒斯和波吕尼刻斯说了之后，克瑞翁对他的态度好像突然发生了一百八十度的大转变，他的两个儿子也变得自私无情。克瑞翁一改先前对他的热情和宽容，强迫他离开。他的两个双生子也不支持他留下，他们塞给他一根讨饭棒，逼他离开王宫，没有给他一丝一毫的安慰。

跟克瑞翁和两个儿子的态度完全不同的是他的两个女儿，她们都爱他、同情他。大女儿安提戈涅决定陪着已经成为盲人的父亲一起流放，而小女儿伊斯墨涅则留在两个哥哥的家中，好借以维护被赶走的父亲应有的权益。被克瑞翁和两个儿子的所作所为伤透了心的俄狄浦斯被两个女儿深深地感动了，但是，他还是不愿意大女儿安提戈涅跟他一起受流亡之苦。安提戈涅什么也没说，她只是牵着父亲的手就往王宫外走去。从此之后，她陪着父亲受尽了苦难。她成了俄狄浦斯的眼睛，牵着父亲，四处漂泊。后来，他们的鞋子都磨破了，他们就赤着双脚、风餐露宿，穿过了无数的森林，翻过了无数的高山。经受了无数忍饥挨饿、日晒雨淋的日子的安提戈涅却从来没有后悔过自己的选择，从来没有再想过要回到王宫里过那种锦衣玉食的舒适生活。

一开始，俄狄浦斯打算到喀泰戎的荒野上，他的父母曾经把他遗弃在那里，他也想在那里找到自己的归宿。但是，虽然神谕赋予了他残酷的命运，但他却依然非常敬畏神灵，一切都听命于神的意志。因为没有得到神的吩咐，他不敢擅自这样做。于是，他来到阿波罗神庙，请求神谕的指示。在这里，他得到了一则使他感到安慰的神谕。神们知道，俄狄浦斯虽然触犯了自然界的神圣法则，违犯了最基本的人伦道德，但他却是在完全不知情的情况下做这一切的，并非出于自己的意愿。不过，这个罪孽太沉重了，尽管是误犯也必须受到惩罚。然而惩罚并不是永久的、不会永无止境。神灵们通过神谕告诉他:经过一段长时间的磨难后,俄狄浦斯可以等到赎罪的那一天。到了那个时候,命运女神将会把他引导到一个国家,严厉的复仇女神将会在那里帮助他获得解脱。这则神谕像谜一般含混不清,俄狄浦斯还是琢磨不清自己会不会得到复仇女神的饶恕。但是他笃信神谕,自己的前半生就是因为想逃离神谕所说的残酷命运反而更快地促成了神谕的实现,现在,他要把自己的未来交给命运女神来安排。于是,他遵从了神谕的指示,在女儿安提戈涅的陪伴下在整个希腊到处流浪,乞讨度日。他生活节俭,需求极微,但却感到心满意足,获得了内心的宁静。因为在长期的放逐中,生活中的苦难和与生俱来的高贵精神已经教会他如何从苦难中获得快乐与宁静。

俄狄浦斯在库洛诺斯的圣林

经过了漫长的流亡漂泊后,俄狄浦斯和他的女儿安提戈涅在一个宁静的夜晚来到一个绿树成荫的美丽村庄。夜莺在树林里浅吟低唱,正在开花的葡萄藤上散发着阵阵怡人的清香。一阵微风吹过,橄榄树和桂花树的叶子发出了沙沙的声音,给炎热的夏夜带来了丝丝的凉意。俄狄浦斯虽然眼睛看不见,但他听到了也感受到了这里的平和与安详。听了女儿安提戈涅的描述后,他更确信这儿一定是个神圣的地方。俄狄浦斯想起了神谕,心中不由得一震,让安提戈涅打听一下这是什么地方。在前面不远处的地平线上,一座城市的城堡高高矗立着,安提戈涅打听后知道,那座城市就是雅典城,他们现在所处的地方也属于雅典的管辖范围。

经过了一天的奔波,俄狄浦斯感到有些疲倦了,便坐树林里的一块石头上休息。过了一会儿,一个正好路过此地的村民看见了俄狄浦斯与安提戈涅,他走过来叫他们离开这里,因为这是祭神的圣地,是任何人的足迹都不能玷污的。直到这时,这两个流亡的人才知道,他们到了雅典人敬奉复仇女神欧墨尼得斯的库洛诺斯,而他们感受到了无限魅力与静谧的地方正是复仇女神的圣林。听到复仇女神这几个字,俄狄浦斯心中十分高兴,因为他牢牢地记着那则神谕,明白他已经到达流亡的终点,自己困厄的命运将得到解脱,深爱着自己的女儿也终于可以得到休息了。心中高兴的俄狄浦斯不禁抬起了刚才一直低着的头,双手向上天举起感谢命运女神对自己的指引。月光下的俄狄浦斯显得既高贵又虔诚,刚才还让那个他们离开的库洛诺斯人见了他的风采大吃一惊。他明白眼前的这个人肯定不是一个普通的乞丐,不敢再把这位坐在石头上的外乡人赶走,只想马上去向国王报告。

"你们的国王是谁?"俄狄浦斯问道。长期的流浪漂泊生涯已经让他变得不问世事,对这种大事都感到陌生了。"我们的国王就是强大而高贵的英雄忒修斯呀,"村民自豪地说,"难道你连他都没有听说过吗?他的声名都已经传遍全世界了"

"如果你们的国王真的如此高贵,"俄狄浦斯说,"那么请你给他带个口信,请他到这儿来一趟。如果他肯屈尊过来,我将以最大的报酬回报他的好意。"

"一位双目失明的人能给我们伟大的国王什么回报呢?"村民半是同情半是嘲

讽地说。俄狄浦斯没有说话，村民看了他一眼，觉得这个人既威严又高贵，有一股凛然不可侵犯之气。于是，他小心翼翼地说："如果你不是双目失明的话，你的仪容还真是又威武又高贵呢。我由衷地尊敬你，所以我愿意把你的要求告诉我们的国王和我的同胞们。留在这里吧，不要乱动，我马上去叫大家过来，让众人决定你的去留。"说完，这个村民就一溜烟地走了。

现在，圣林里只剩下俄狄浦斯和他的女儿安提戈涅了，他从石头上站起身来，然后伏在地上，捧着心口虔诚地向复仇女神祈求道："威严而又仁慈的女神呀，请实现阿波罗的预言吧！请告诉我对我的惩罚是不是到了终点。请告诉我我人生的结局！悲悯的女神，黑夜的女儿呀，请可怜我吧！伟大的雅典城呀，请可怜可怜站在你面前的俄狄浦斯的影子吧！虽然他人还站在你们面前，但他的肉体早已经不复存在了！"

俄狄浦斯祈求完没多久，就有一群人来到了他们所处的圣林，围聚在父女俩的身边。原来，那位村民在去向国王忒修斯禀报情况的途中，他向村里人先说了自己的所见所闻。于是，一位神态高贵的盲人坐在复仇女神的圣林里的消息在村子里传开后，村里的老人们吃了一惊，因为他们这个村的人就是负责看守复仇女林的圣林的。看到俄狄浦斯之后，村民们之中最年长的那个对他说："外乡人，你知道这是哪里吗？这里是复仇女神的圣林呀！还从来没有哪个凡人像你这么大胆地公然坐在里面呢。赶快离开这里吧，否则你会受到女神的惩罚的。"俄狄浦斯闻言向他们讲述了自己的事情，告诉他们自己是在命运女神的指引下来到这里的，他将在这里等到自己命运的终点。当村民们知道这个盲人是被神谕所诅咒、犯了杀父娶母大罪的人时，他们更是恐惧万分。他们害怕众神会迁怒于他们，所以不敢让这个遭到神惩罚的人继续留在圣地，要求他立即离开。俄狄浦斯请求他们不要把他赶走，因为这的确是神为他指定的流亡的终点。安提戈涅也一再哀求道："不要赶走我们吧！如果你们因为我的父亲曾经犯过大罪而不肯相信他，也不肯同情这个白发苍苍的老人，那么就请相信我吧，我是无辜的。我敢向宙斯起誓，我的父亲所说的一切都是真的，的确是神指示他到这里来的。"

听完俄狄浦斯和安提戈涅的话，村民们既同情俄狄浦斯的不幸命运，又佩服这位年轻姑娘的善良坚韧。但是，他们又十分敬畏复仇女神，正在他们踌躇不定的时候，一位姑娘骑着一匹小马向他们走来。她头上戴了一顶遮阳草帽，一身赶路人的打扮，后面跟着一个仆人，也骑着马。安提戈涅惊喜地对着俄狄浦斯叫起来："父亲，这是我的妹妹伊斯墨涅呀，她一定给我们带来了家乡的消息！"

就在这时，那位姑娘下了马，站在了众人面前，的确是俄狄浦斯的小女儿伊斯墨涅。她带了一名忠实的仆人，离开底比斯出来寻找父亲，就是想来告诉父亲他走之后国内发生的一些情况。原来，俄狄浦斯的两个双生儿子现在正处在灾难之中，而这灾难完全是他们自己召来的。起初，他们因为害怕家族的厄运和父亲的罪孽会威胁他们，所以愿意听从父亲的意思把底比斯的王位让给舅父克瑞翁。但是后来他们渐渐淡忘了对父亲和父亲的所作所为的记忆，后悔了当初的决定，又渴望重新拥有统治权和作为国王的威仪。克瑞翁让出王位后，波吕尼刻斯和厄忒俄克勒斯兄弟两人谁也不愿意把王位让给对方，于是两人共同治理国家。但是，一山不容二虎，两人执政，下属听谁的命令呢？于是兄弟俩商量，两人轮流执政，任期两年。先上任的是次子厄忒俄克勒斯。两年任期很快就过去了，到了年末政权交接的时候，厄忒俄克勒斯却拒绝放弃王位，并以波吕尼刻斯禀性恶劣为由，煽动民众叛乱把自己的哥哥逐出了底比斯。据说，哥哥波吕尼刻斯被驱逐后逃亡到了伯罗奔尼撒半岛的亚各斯，并在那里娶了亚各斯国王阿德拉斯托斯的女儿。婚后，他还赢得了阿德拉斯托斯和其他一些朋友和盟国的帮助，准备兴兵报复，夺回底比斯的王位。就在兄弟两人的战争一触即发的时候，又流传了另外一则神谕：国王俄狄浦斯的儿子们如果离开自己的父亲将会一事无成。假如他们想得到一切，获得幸福，就必须找回俄狄浦斯，无论他是死是活。

这就是伊斯墨涅带给父亲俄狄浦斯的消息，安提戈涅和在场的库洛诺斯人听到这个消息都惊讶不已。俄狄浦斯静静地听完了小女儿的诉说，缓缓地从石头上站起身来，脸上有着不可侵犯的王者威仪。

“原来如此，这就是你带来的全部消息吗？他们要向一个瞎眼的流亡者和不名一文的乞丐寻求帮助？你确定我就是他们需要的人吗？”

“是的，父亲，正是这样，”伊斯墨涅继续说，“凭借神的指示，我的舅父克瑞翁也会马上来到这里，我是马不停蹄地赶路才赶在他前面过来的。他想要说服你，把你劝回底比斯，这样他和我的哥哥厄忒俄克勒斯就会获得战争的胜利了——现在他们俩是一伙儿的。如果不能说服你，他会用武力劫持你回到底比斯的，因为只有得到你才能满足神谕的要求，使他和厄忒俄克勒斯既能够长久地占有底比斯的王权，又不致亵渎底比斯城。”

“孩子，你怎么知道我们在这里的呢？”俄狄浦斯关切地询问风尘仆仆的小女儿伊斯墨涅。

“那是去得尔斐神庙祭拜的人告诉我们的。”

“如果我死在底比斯的境内，你的舅父和哥哥会把我葬在底比斯的土地上吗？”俄狄浦斯继续问。

“不！”伊斯墨涅回答说，“我曾经听到他们说过这个问题，他们说你身上血腥的罪恶会连累到他们，所以他们不会把你埋葬在底比斯的土地上的。”

俄狄浦斯听到这里，刚才平静的神色也不禁变为了极大的愤怒，他大声地说：“他们永远不会得到我了！如果我的儿子们对权利和地位的欲望大于对自己父亲的感情，神将永远使他们成为死敌。如果真的要我裁定他们的争端，那么，现在正在执掌权杖的厄忒俄克勒斯应该让出王位，被驱逐出去的波吕尼刻斯也不应该重新回到故土执掌王权！只有两个女儿才是我真正的孩子，只有她们善良而忠诚，不应该受到我的罪孽的牵累。我要为她们向神灵祈祷，并为她们请求神灵的保护。”

说完这番话之后，俄狄浦斯又向围聚在旁边的村民请求道："雅典的仁慈的朋友们呀，向我的两个女儿和我伸出援助的手吧，你们自己的城市也将会得到有力的保护！"

俄狄浦斯和忒修斯

俄狄浦斯的所作所为让在场的库洛诺斯人见识到了这个流放国王的威严，俄狄浦斯请求雅典人保护的一番话更是深深地打动了他们。他们对这位饱经风霜的坚毅老人充满了敬畏，都好心地劝他举行灌礼以求得复仇女神的宽恕。村中的长老们更是改变了之前要赶走这父女俩的态度，他们知道站在面前的就是俄狄浦斯。虽然他在不可改变的命运中犯下了大罪，但是这一切都是在他不知情的状态下发生的。正在这时，远处过来了一队人马，为首的是一个高贵而威严的中年男人。等这队人马走近之后，库洛诺斯人发现，这是他们伟大的国王忒修斯。

忒修斯还没到圣林就下了马，然后怀着尊敬而又友好的心情走近这位年长的外乡盲人，握住他的双手，对他说："可怜的俄狄浦斯呀，我知道，知道命运带给你的残酷人生。你在不知情的情况下犯了大错，但是你戳瞎自己的眼睛、流放自己的行为已经告诉了世人也告诉了我，你是一个什么样的人。你的不幸使我伤感，你的坚韧使我感动。现在，既然你在命运的引导下来到了雅典，我会像对待一个最尊贵的客人那样对待你。说吧，令人敬佩的外乡人，你对这个城市有什么要求？对我个人有什么要求？不管你要求什么，只要我做得到就一定不会拒绝，请你尽管说吧。我完全理解你现在的处境，因为我也曾经遭受过苦难和不幸。"

"尊敬的国王，你的这一番真诚的话，已经让我看到了你高尚的心灵。"俄狄浦斯仰起头，他那一双已经快要完全干涸的眼睛里流出了两行晶莹的泪水。他接着说："我对你有一个请求，同时这也是我送你的一件礼物。我想把自己老弱而疲倦的身体送给你。这是一件微不足道，却又十分宝贵的礼物。请你把我埋葬掉吧，你将会因为自己的仁慈而得到丰裕的回报。"

"不行的俄狄浦斯呀，你的要求是多么的小呀，"忒修斯惊讶地说，"再要求一点呀，要求一些更好更高的吧！让我多为你做些事，你会得到满足的。"

"其实，这个要求并不像你想象的那么容易满足，"俄狄浦斯继续说，"埋葬我这具老朽的躯体自然是很容易的，可是你却可能会因此而卷入一场与我的妻弟和两个儿子的战争中。"于是，他向忒修斯讲述了自己被放逐的具体经过以及自私自利的儿子们为了自己的利益要逼他回去的事情。然后，他恳请忒修斯能够给予他帮助，不要让克瑞翁他们凭借武力将自己劫持回去，也不要让他们伤害到自己的两个女儿。

忒修斯聚精会神地听完俄狄浦斯的叙述，然后严肃地回答说："我的王国对每一位朋友敞开大门，我更不会将你这样一位坚毅的人驱赶出去。何况，是命运女神引你来到我的国家的，我怎么会抛弃你这个能给我的国家和人民带来福音的人呢?”在向俄狄浦斯承诺了一定会保护他和他的女儿之后,忒修斯就要回去了。他问俄狄浦斯,是跟他一起回雅典,还是继续留在库洛诺斯。俄狄浦斯选择了留下,因为命运女神指引他来到了这里,他一到这个地方就获得了内心的宁静和直面自己的勇气与力量。他决定留在这里,在这里战胜敌人,然后在这里结束自己的生命。雅典国王忒修斯为俄狄浦斯安排了一些保护的人,然后回雅典城去了。

俄狄浦斯拒绝妻弟克瑞翁

忒修斯刚刚离开不久,俄狄浦斯的妻弟,底比斯的执政者克瑞翁就带着全副武装的随从们侵入了库洛诺斯。

克瑞翁一边走向俄狄浦斯,一边对他周围的库洛诺斯村民说:“我的部队来到阿提喀地区,你们一定会感到惊讶。可是,请千万不要愤怒,也不要发火。我再怎么幼稚,再怎么大胆,也还不至于傻到向希腊最强大的王国雅典挑起战事,这对我们底比斯可没有半点好处。你们也看到了,我只是一位老人,并且是俄狄浦斯的亲戚,底比斯的人民派我来是为了说服这个执意要流放自己的人,让他跟我一起回底比斯去。”

他无耻地编造着谎言,完全不提当初强迫俄狄浦斯离开的事情,也不提他们到底是为了什么要把俄狄浦斯带回底比斯。对库洛诺斯人说完那番话之后,他又转向俄狄浦斯,假惺惺地对这位老国王和他女儿的命运表示同情。

俄狄浦斯举起那根从底比斯带出来的行乞棒,愤怒地挥舞着,示意克瑞翁不要向他靠近哪怕一步。他愤怒地大声说:“无耻的骗子,你还嫌我遭受的折磨不够吗?如果你要把我抢走,那就是在我的伤口上撒盐。放弃你荒唐的幻想吧,休想利用我来帮你免除即将到来的灾难!我是不会跟你走的,我只会派复仇的妖魔与你同去。我那两个不争气的儿子,别指望我会庇佑他们,除了在底比斯有两块墓地葬身外,其余的任何东西都不会属于他们!”

克瑞翁一看来软的已经没有指望了,一下子收起了他那虚伪的笑脸,恶狠狠地命令他手下的随从们用武力劫走这个瞎眼的老国王。库洛诺斯的村民们当然不会袖手旁观,他们一下子围在俄狄浦斯身边,不让克瑞翁他们把他劫走。克瑞翁一看劫走俄狄浦斯没指望了,就趁库洛诺斯人的注意力都在俄狄浦斯身上的时候示意他的随从把伊斯墨涅和安提戈涅从俄狄浦斯身边抢走了。库洛诺斯人手有限,等他们发现了克瑞翁的意图时已经晚了,克瑞翁的随从们不顾库洛诺斯人的强烈抗议,把两位姑娘拖走了。克瑞翁一看抢到了两位姑娘非常得意,他对着俄狄浦斯嘲弄地说:“我夺走了你的眼睛和精神支柱。你这个瞎子,现在一个人去四处流浪吧!”

说完这句话之后,克瑞翁更加胆大包天了,想像抢走两位姑娘一样抢走俄狄浦斯。于是,他再次带领着随从走近俄狄浦斯,亲自动手想把可怜的老人劫持走。他正想动手的时候,却听到了一个惊雷般的声音:“住手!”他被这威严的声音吓了一跳，转过身一看，是雅典国王忒修斯带着人马赶回来了。原来，忒修斯带着人马离开后，走了没多远，就听说了克瑞翁带领武装了的底比斯人侵入库洛诺斯的消息，立即赶回来了。忒修斯听在场的库洛诺斯人诉说完刚才发生的事情之后，非常生气，立即派人骑马去追赶那群劫走两位姑娘的底比斯人。然后，他很严肃地对克瑞翁说："你现在在我们雅典的土地上，俄狄浦斯和那两位姑娘是我们尊贵的客人。你竟敢在我们的土地上公然劫持我们的客人，是要向雅典人挑战吗？你必须立即把俄狄浦斯的两个女儿放回来，否则恐怕我们也不能放你离开这里了。"

克瑞翁听了忒修斯这番义正严词的话不禁心虚起来，他一脸谄媚地对忒修斯说："埃勾斯的儿子，我到这里来绝对不是来跟你、跟你的城市打仗的。我想请俄狄浦斯回去原本是一番好意，他毕竟是我的亲戚，我不想看他一直漂泊在外。我不知道你和你的人民竟会如此热情地对待我的这位瞎眼的亲戚，不知道他们竟会如此地庇护一个娶母的罪人而不愿将他送回国去。"

忒修斯命令他闭嘴，停止那无耻的谎言，并要求他立即说出俄狄浦斯的两个女儿被藏匿的地点，否则将会对他不客气。克瑞翁迫于忒修斯的威武和雅典的强大屈服了，很不情愿地说出了她们被藏的地方。过了一会儿，安提戈涅和伊斯墨涅被救回来了，她们终于能够重新和俄狄浦斯聚在一起了。克瑞翁一看大势已去，带着他的随从们悻悻地离开了众人，回底比斯去了。

俄狄浦斯拒绝大儿子波吕尼刻斯

克瑞翁走了之后，俄狄浦斯感谢了忒修斯的及时营救，之后就和两个女儿在库洛诺斯留了下来。但是，没等过几天安宁的日子，又有人来找他了。一天，忒修斯派人给俄狄浦斯带来消息说，他的一个亲人来到了库洛诺斯，但他不是从底比斯来的。现在，他正在波塞冬神庙的圣坛前祈求神灵的保护，可能过不了多久他就会来找俄狄浦斯了。

俄狄浦斯闻言愤怒地喊道："这一定是我的大儿子波吕尼刻斯，他一定也是来寻求我的帮助的，也是跟他的弟弟和舅父一样自私自利的人。他只会给我带来灾难，我不愿跟他讲话！"但是，善良温柔的安提戈涅跟哥哥波吕尼刻斯的感情却非常好。她一向喜欢这个哥哥，因为他是两个哥哥中比较文雅、善良的。她实在不忍心看到哥哥大老远地白跑一趟，连父亲的面也见不上。于是，安提戈涅便竭力地安慰父亲，让他平静下来，并劝他至少听听波吕尼刻斯的来意。俄狄浦斯已经被两个儿子伤透了心，但是，他实在不忍心伤害安提戈涅的感情，于是答应见见波吕尼刻斯。但是，在见大儿子之前，他再次请求忒修斯保护他，因为他担心儿子也会像克瑞翁一样动用武力劫持他。在做好了充分的准备后，他才让安提戈涅把等在门外的波吕尼刻斯叫了进来。

波吕尼刻斯进来时的样子跟他的舅父克瑞翁完全不一样，他是只身一人前来的，一个随从都没带。这也表明他压根就没想像克瑞翁那样对父亲动用武力。安提戈涅一看这种情形心中松了一口气，她高兴地把看到的一切告诉了瞎眼的父亲："我看到他没有带任何随从，是孤身一人来的。而且，现在的哥哥正泪流满面。"

"真是他吗？"俄狄浦斯缓缓地转过身来，一双瞎了的眼睛空洞无物，散发出让人悲悯的哀愁。

"是的，父亲，"安提戈涅回答说，"现在站在你面前的正是你的大儿子波吕尼刻斯呀。"

没等安提戈涅的话说完，波吕尼刻斯就一下子跪倒在父亲的脚下，伸出双手紧紧地抱住了他的双膝。他抬起头来仔细地看着父亲，看到父亲穿着褴褛的衣服，两个黝黑的、深陷的眼窝里蕴含着无尽的哀愁，皱纹爬满了他的整个面庞，一头凌乱的头发在微微地颤抖着，已经变成了苍老的灰白色……看到原本威武俊朗的父亲变成这样，波吕尼刻斯的心一下子就被悔恨和悲痛占得满满的。他仰头望着父亲那双不再有神的眼睛满含忏悔地说："直到现在我才意识到我有多么的罪孽深重，我知道我是很难得到你的宽恕了，父亲！但我还是用我最后一丝勇气祈求你的原谅。否则我到死都不会安心。你能原谅我吗父亲？哦，我最亲爱的妹妹呀，帮帮我吧，让父亲饶恕我吧！"

"哥哥，先别着急，告诉父亲也告诉我们，你为什么到这里来？"安提戈涅温柔地提醒他说，"也许你的话会打动父亲，让他原谅你以前的过失呢。"

于是，波吕尼刻斯慢慢地叙述了俄狄浦斯和安提戈涅离开之后发生在他身上的一协他跟弟弟厄忒俄克勒斯怎样从舅父克瑞翁那里要回了王位；弟弟怎样背信弃义把他驱逐出底比斯；他流亡到亚各斯之后，那里的国王阿德拉斯托斯怎样收留了他，并把女儿嫁给了他；他在那里怎样联合了七个英雄和他们的军队向底比斯进军，他们怎样围困了底比斯……说完这一切之后，他请求父亲俄狄浦斯跟他一起回去，并承诺在推翻骄横的弟弟和与他联手的克瑞翁之后，把王冠奉还给父亲。

俄狄浦斯平静地听着大儿子波吕尼刻斯的叙述，此时的他已经领略了命运的残酷，看透了人世间虚妄的权利与地位。所以，大儿子最后的承诺显然不能打动他，反而让他想起了当初他和弟弟把一根乞讨棍塞到自己手，把自己赶出底比斯的场景。儿子这时的悔悟已经太晚了，俄狄浦斯的一颗心已经被他的这个儿子伤透了。他用忧伤的语气回答说："当权力和地位在你手上的时候，你毫不留情地亲自驱逐了你的父亲。你和你的弟弟，都不是我真正的孩子。我如果等着你们的悔悟，早已经死过无数次了。幸亏有了两个女儿的贴心照顾和真挚的亲情，我才支持着活到今天。现在，你的手中没有权力，又来找我帮你夺回来，还说是为我夺回的，我还敢相信你吗？你和你的弟弟应该受到神的惩罚，因为你们为了自己的私欲竟然会那么残忍地对待自己亲生父亲。让我告诉你吧，你无法毁灭你的先祖所创建的城市，你和你的弟弟必将会在自相残杀中双双躺在你们自己的血泊里。这就是我对你的回答，你回去吧，回去告诉你的同盟者们。"

父亲的一番话震撼了波吕尼刻斯，每一个字都像是一把重重的锤子，敲在了他的心上，又像是一枚枚锋利的针，刺得他全身不舒服，并且无处可藏。波吕尼刻斯终于受不了这种悔恨和愧疚交加在一起的折磨了，他惶恐地从地上站起来，踉踉跄跄地倒退了几步。安提戈涅看到这一幕非常痛心，她看到父亲不肯原谅哥哥，就转而劝哥哥放弃攻打底比斯，因为底比斯是她和她所有亲人的家，他不想看到亲爱的哥哥带着一群异乡人攻向自己的家园。于是，安提戈涅走了几步，来到波吕尼刻斯的面前，拥抱住自己的哥哥对他说："亲爱的哥哥呀，听我一句劝告吧。带着你的军队撤回亚各斯，你怎么能够给父亲的城市带来战争和灾难呢！"

波吕尼刻斯踌躇了一会儿，但是一想到弟弟把自己驱逐出去的场景他的眼神又变得坚定了，并且刚才对父亲的那种又愧又悔的感情也转化成了对弟弟的憎恨。他大声地说："这是不可能的！如果我真的撤退了，那对我来说不仅是一种耻辱，而且是毁灭！我的心将永远被仇恨所浸泡，永世不得安宁。我宁可两败俱伤、同归于尽，也不向我那卑劣的孪生弟弟妥协。"说完，他挣脱了妹妹的拥抱，绝望地跑了出去。

俄狄浦斯的结局

俄狄浦斯在历经了多年的流浪生涯后，抵挡住了来自曾经背叛过他的亲人的种种诱惑，他诅咒他们必将遭到神的报复。在做这些的时候，俄狄浦斯已经意识到，他自己的命数也将终止了，他终于等到了自己命运的终结。

一天，俄狄浦斯突然听到天空中响起了阵阵雷声，老人明白这是天神在召唤自己。于是，他让安提戈涅去找忒修斯，说自己想见他最后一面。这位双目失明的国王非常希望在自己活着的时候能够再见仁厚的朋友忒修斯一面，因为他有许多话想要跟忒修斯讲，他要最后一次亲自感谢他善意的保护。安提戈涅出门之后，发现整个大地都已经笼罩在黑暗之中了。她跌跌撞撞地来到雅典的王宫，对忒修斯禀报了父亲的情况并转达了父亲的意思。忒修斯一听，马上跟安提戈涅马不停蹄地来到了库洛诺斯，与俄狄浦斯相见了。俄狄浦斯激动地抓住了忒修斯的胳膊，然后很真诚地表达了对他的感谢，并郑重地衷心地为雅典城祝福。最后，他请求忒修斯遵从神灵的召唤，送他到一个他可以死去的地方，那个地方必须从来没有凡人的足迹到达过，并且他死时不容任何凡人的手指碰到他身体的任何地方。他还要求自己死后，忒修斯不能把他死去的地方告诉任何人，更不能说出他的墓地在什么地方。这样可以保护雅典城，抵御敌人的入侵。忒修斯答应了他的请求，允许他往命运女神指引下的圣林的最深处走去，寻找自己最后的归宿。俄狄浦斯允许他的女儿和忒修斯以及库洛诺斯的村民们送他走一段路程，于是，一队人陪着俄狄浦斯蜿蜒走进复仇女神的圣林，在行进的过程中任何人都没有用手指碰他一下。说也奇怪，这个一直靠女儿引路的盲人好像突然恢复了视力一样，昂然阔步走在这一队人的最前面，朝命运女神指引的道路走去。快走到圣林的最深处时，俄狄浦斯停了下来，示意女儿和库洛诺斯的村民们停下，因为他生命中的最后一段路程只能由他一个人完成。安提戈涅姐妹依依不舍地看了父亲最后一眼,然后跟库洛诺斯的村民们一起停下了,站在那里目送着俄狄浦斯孤身一人继续往圣林深处前行。

在走到复仇女神圣林的最深处的时候,俄狄浦斯像受到了什么感召一样停了下来。就在这时,轰隆一声,大地突然开裂了,开裂的洞口有一道铜制的门槛,有许多弯弯曲曲的小道都通到这里。站在不远处的忒修斯等人看到这一幕都被震撼了。在远古的传说中,说圣林中有一个地洞,这地洞是通向地府的一处入口。俄狄浦斯仿佛也看到了这个洞口,他微微一笑,然后在一棵空心的树前停下来。他坐在树下的一块石头上,脱下了一身肮脏破旧的乞丐衣服,然后从面前的小溪中舀了一些洁净的溪水,洗去了在长期的流亡生涯中积在身上的污垢,并穿上了女儿为自己准备的整洁的长袍。做完这一切之后,他焕然一新地站在那里,全身散发着柔和的光芒。这时,那个裂开的洞口中突然传来阵阵隆隆的雷声。俄狄浦斯听到之后,转过身去朝着两个女儿喊道:"永别了,孩子们! 从今以后你们就成了没有父亲的孩子了!"

就在这时,又一阵隆隆的雷声响起,大家不知道这响声是来自天空,还是来自地狱,它仿佛在喊:"俄狄浦斯,怎么还不过来? 你还犹豫什么? 不要耽搁!"

双目失明的俄狄浦斯似乎听懂了这些话,他知道神灵正向他发出最后的召唤。他吩咐所有的人都转过身去,并且回去,然后他一个人走向了铜门槛……忒修斯和安提戈涅他们依照俄狄浦斯的吩咐背过身去,往回走去。走了没几步,他们就发现本来被黑暗笼罩的大地又恢复了光明。回头一望,他们的眼前出现了奇迹,那个大地的巨大裂口不见了,俄狄浦斯也已经无影无踪。天空中既没有闪电,也没有雷声,甚至连一丝风都没有。周围出奇地安静,刚才发生的一切都似乎只是个梦。可他们明白,这不是梦,他们明白俄狄浦斯被命运折磨的一生终于结束了,他最终从痛苦和悔恨中解脱出来了,他的灵魂终于以一种洁净的状态进入了大地深处。忒修斯往前走了几步,独自一人久久地站在那里,他甚至用双手掩住了眼睛,好像刚才那神奇的情景现在还使他睁不开眼似的。最后,他举起双手朝着奥林匹斯山祈祷。做完祈祷后,他来到俄狄浦斯的两个女儿身边,向她们保证永远保护她们,然后带着她们一起回到了雅典。

七英雄远征底比斯

阿德拉斯托斯的女婿:狮子与野猪

亚各斯国王阿德拉斯托斯是塔拉俄斯的儿子,国王一共有五个孩子,其中有两位非常漂亮的公主,也就是阿尔琪珂和得伊皮勒。现在,这两位公主都已经长大成人,越发出落得窈窕妩媚、楚楚动人。周围国家的许多王子听说了两位公主的美名，纷纷前来亚各斯，拜访国王并提出联姻，希望能娶公主中的一位为妻。来的王子非常多，个个都很优秀，而且他们的国家也非常强大。国王阿德拉斯托斯只有两个女儿，选择哪两位都会得罪其他人。怎么办呢？阿德拉斯托斯公告众位王子，他将请教得尔斐神谕，神谕选中了谁，谁就是他的女婿。他本人对各位王子一视同仁，全看天意行事，没有被天神选中的人，也不要抱怨国王。那些求婚的王子想一想，都同意了。一群人簇拥着老国王阿德拉斯托斯前往神庙。太阳神阿波罗给出指示："把在你王宫里打架的公猪和狮子套在一辆两轮车上。"

神谕出来，所有的人都哗然了。因为他们根本都没有想到神的垂青竟然会落在这群求婚的王子之中最为倒霉背运的两个人——流亡的底比斯王子波吕尼刻斯和卡吕冬王子堤丢斯身上。因为底比斯的标志是狮子，卡吕冬的标志是公猪，所以两位流亡的求婚人都在盾牌上刻上自己的标志。天意如此，他们只好作罢。

说波吕尼刻斯和堤丢斯这两人倒霉背运，是因为这两人虽然贵为王子，现在都是被驱逐在外四处流亡的人。两个人背景不一，有一点却相同，他们被驱逐都与自己同胞兄弟相关。

波吕尼刻斯和他的孪生兄弟厄忒俄克勒斯是希腊有名的国王俄狄浦斯的儿子。俄狄浦斯放弃王位自愿被放逐出底比斯后，波吕尼刻斯和厄忒俄克勒斯渐渐开始后悔当初同意把王位让给舅父克瑞翁。所以，兄弟两人就向克瑞翁讨回了王权，开始共同治理国家，轮流执政。先上任的是次子厄忒俄克勒斯，可是到了政权交接的时候，他却拒绝放弃王位，并煽动民众以波吕尼刻斯禀性恶劣为由把他逐出了底比斯。卡吕冬国王俄纽斯之子堤丢斯流亡在外，一样的冤枉。他和自己的哥哥墨兰尼波斯外出打猎，在射杀一只凶悍野猪的时候，一时失手，箭没有射中野猪，倒把墨兰尼波斯射死了。他回到宫里，反复辩解自己不是故意的，可是没人相信，包括他的父亲。长期以来，兄弟两人就因为王位继承的问题，闹得很凶。一次酒醉之后，墨兰尼波斯放出狠话说要杀死他。现在他先杀死墨兰尼波斯，肯定是先下手为强，防止预言变成事实。就这样，堤丢斯也被驱逐出境。

阿德拉斯托斯按照神谕选好了女婿，就把这两个流浪的王子请到宫殿之中。当天晚上排开宴席，欢庆婚事。在酒桌上，波吕尼刻斯和堤丢斯这两位女婿争论起来。他们两人各自炫耀了自己国家的财富和荣耀，都认为自己的国家强大。如果不是阿德拉斯托斯上前劝架，使其言归于好，这两个人立马就干起来了。不过，这场争吵恰好符合神谕，所以阿德拉斯托斯便把阿尔琪珂嫁给波吕尼刻斯，把得伊皮勒许配给了堤丢斯。嫁出两个女儿之后，他又答应帮助两位王子收复王国，重登王位。考虑到距离底比斯更近一些，他们准备先攻打底比斯。

为了远征底比斯，阿德拉斯托斯开始召集了各方英雄。最后，连他自己在内一共七位英雄应召而来，他们分别率领着七支军队。这七位分别是亚各斯国王阿德拉斯托斯，底比斯王子波吕尼刻斯，卡吕冬王子堤丢斯，国王的姐夫安菲阿拉俄斯，国王的侄儿卡帕纽斯以及国王的两个兄弟希波迈冬和帕耳忒诺派俄斯。这七个中，有六个人是出于真心自愿应召的，只有安菲阿拉俄斯是被妻子厄里菲勒强迫参加的。他从前曾经是国王的仇敌，所以一开始不想当国王的盟友。此外，他有未卜先知的本领，知道这场征战必然失败，而且出征的首领们必将命丧战场。所以，他曾反复劝说国王阿德拉斯托斯和其他的英雄们放弃这场战争。可是他苦口婆心的劝说并没有成功，他只得找了一个地方躲了起来，那个地方只有他的妻子厄里菲勒，即国王阿德拉斯托斯的姐姐知道。

国王把能未卜先知的安菲阿拉俄斯看作是整个军队的眼睛，没有他绝不敢远征。于是就派人到处寻找，可是毫无结果。这个时候，国王突然想到了自己的姐姐，安菲阿拉俄斯的妻子厄里菲勒。她肯定知道丈夫在哪里。不过，国王太了解自己的姐姐了，明白要想说服姐姐劝姐夫参战，必须要送给她一件能打动她的礼物。

波吕尼刻斯从底比斯逃出来时，随身带来祖传的项链与面纱。这两件宝物，是女神阿佛洛狄忒送给女儿哈耳摩尼亚与女婿卡德摩斯的结婚礼物。虽然沾上这两件宝物之人，都会惹祸上身，但世人还是非常渴望得到它们。波吕尼刻斯订婚时把这两件宝物送给了未婚妻阿尔琪珂。现在为了找到安菲阿拉俄斯，早日出征底比斯夺回王位，他用项链贿赂厄里菲勒。厄里菲勒也相信丈夫的预言，知道如果丈夫出征的话会命丧战场。可是，她早就垂涎底比斯王子波吕尼刻斯送给侄女的这根项链。所以，当她看到项链上用金链穿起来的闪闪发光的宝石时，实在抵制不了这种巨大的诱惑，终于把波吕尼刻斯带到了丈夫安菲阿拉俄斯的秘密藏身处，并且亲口要求丈夫参加征讨底比斯的战争。

安菲阿拉俄斯不想参加这场远征，因为他实在不想为了一个异乡人命丧黄泉。可是，妻子厄里菲勒的要求却使他不能拒绝，因为他迎娶她为妻时，曾发誓如果以后两个人遇到有争议的问题时，一切由妻子厄里菲勒做主。现在妻子带人找到他并让他出战，他只得佩上武器，召集武士，参与了。但是，他对为了一条项链就肯出卖自己生命的妻子彻底绝望了。于是，他在出发前把儿子阿尔克迈翁叫到自己跟前，庄重地叮嘱他，如果他听到父亲的死讯，一定要向因为贪婪而出卖父亲的母亲报仇。

七英雄在远征途中

安菲阿拉俄斯加入进来之后，其他几个英雄的队伍也整装待发了。没过多久，阿德拉斯托斯就组建成了一支强大的军队。他又把这支军队分成七队，由参战的七位英雄分别率领。除了安菲阿拉俄斯之外，他们每一个人都充满了信心和希望，雄赳赳地离开了亚各斯，往底比斯进发了。

可是没走多久，他们就遇到了途中的第一个灾难。当他们到达尼密阿的森林之前，出发时带的水就已经用完了。他们知道森林里一般会有很多的湖泊、小溪，能提供大量的淡水，所以也没有当回事儿。可是，等他们真的到了那里的时候，才傻了眼。原来，森林里的河流、小溪和湖泊都已经干涸了。这时正是盛夏，经历了几天的征程劳顿的亚各斯勇士们在饱受了炎热之苦之外，还要受干渴的折磨，如今一个个都口干舌燥，嗓子都要冒烟了。士兵们开始变得没精打采，觉得连穿在身上的盔甲和拿在手里的盾牌都成了一种沉重的负担。由于整个森林干旱，大队人马的行进扬起了地上的尘土，纷纷落在他们焦枯的嘴唇上，更增添了几丝烦躁，连随行的马匹都渴得不停喘粗气，发出一阵阵让人很不愉快的声音……

首领阿德拉斯托斯看到这种情形非常着急，他知道找水已经成为整个队伍面临的当务之急。于是，他亲自带了几个敏捷能干的武士在森林里四处寻找着，希望能发现水源，让所有的人马可以饱饱地喝上一顿。可是，阿德拉斯托斯带领着这几个人绕来绕去只能找到一些已经干涸了的溪流湖泊，眼看天就要黑了，不禁有些灰心起来。就在这时，他突然看到前方有一个绝顶美貌的女子，正坐在树荫下。她抱着一个男婴，温柔地唱着催眠曲哄他入睡，可是，让阿德拉斯托斯他们惊讶的是，这么美貌的妇人却穿着一身与自己完全不相称的破旧衣服，并且她的头发飘散着，一副完全没有打理过的样子。可是，就算是这身破旧的衣服和一头凌乱的头发也无法掩饰她绝美的容貌和高雅的气质。

看到这一幕阿德拉斯托斯吃了一惊，同时也在心中暗喜，他以为自己遇到了森林女神。于是，他连忙向她跪下，说道："尊敬的女神呀，我是亚各斯人的首领阿德拉斯托斯。我的队伍行进到这片森林的时候，所有的人都已经口渴难耐了，但是我们在这里转了大半天却找不到一滴水，因为所有的小溪和湖泊都干涸了。仁慈的森林女神呀，请您为我们指点迷津吧，帮我们指明水源的方位，让我们逃离苦难。"这个女人低垂着眼帘，回答说："外乡人，我并不是你认为的森林女神呀。如果你觉得我的外貌有什么跟普通人不一样的地方，那可能是因为我一生经受的苦难比世间很多凡人都要多吧。我叫许珀茵柏勒，是威武的托阿斯的女儿，我曾经是雷姆诺斯岛上的亚马逊人的女王，后来被海盗劫持拐卖，经历了很多磨难。后来，我成了尼密阿国王来喀古图的奴隶，他让我做了他儿子的保姆。所以，我怀里的这个男婴不是我的儿子，他叫俄菲尔特斯，是我的主人来喀古图之子。虽然我不是森林女神，但是我很愿意帮你们找到你们最需要的东西。因为我知道一处秘密的水源，那处水源是这片干旱荒凉的地方唯一的一处。除了我以外，其他任何人也不知道这个地方，所以你还真是找对人了呢。那是一处隐蔽的泉眼，泉水清冽甘甜并且非常丰富，足够你们全军人马解渴了！"

许珀茵柏勒说完这番话之后，抱着孩子站了起来。然后，她轻轻地把孩子放在树荫下一处柔软平坦的草地上，一边轻轻地拍打着他，一边哼唱着一支动听的摇篮曲……那曲子就像是林间吹过的一阵温柔的春风，又像是天上飘着的那朵最轻最软的白云，连树上的鸟儿都被这温柔的调子迷住了，渐渐地停止了叽叽喳喳的叫声，像是要睡着了。过了一会儿，许珀茵柏勒看孩子已经睡熟了，就朝着在一旁静静等候着的阿德拉斯托斯走来。

阿德拉斯托斯招呼全军人马跟着许珀茜柏勒走。他们穿过茂密的森林，蜿蜒地走了好久,终于来到了一处怪石嶙峋的峡谷。刚来到这个峡谷,英雄们就听到了泉水倾泻在岩石上的声音,这声音在嗓子冒烟的亚各斯人听来简直胜过世界上最美的仙乐。

“有水了!”整个峡谷里响起了欢乐的喊声,进而久久地回荡在峡谷森林间。“有水了!有水了!”全体亚各斯将士欢呼雀跃,纷纷扑在泉水涌出后形成的小溪边,张开已经干裂的嘴,大口大口地喝着清冽甜美的泉水。泉水顺着他们干得冒烟的嗓子流过,就如同一道溪流从久旱的田地流过,给他们带来了无比酣畅的滋润。亚各斯人没有忘记那些还在干渴中的马儿们,在自己饱饱地喝足了水之后,他们又回到原来在森林中驻扎的地方,赶着车,牵着马,穿过树林,来到了峡谷里。这次,他们干脆连车带马一起牵到了水里,让马浸在水中享受那冰凉的感觉。马儿一边喝水,一边冲凉,很快就变得精神起来,发出有力的嘶鸣声。现在,亚各斯的全军人马都已经从干渴中解脱出来了,他们精神抖擞、斗志昂扬。

许珀西柏勒一看他们喝足了水,就带领阿德拉斯托斯和所有的亚各斯人往回走去。她准备先到碰见阿德拉斯托斯的地方抱回俄菲尔特斯,再带领他们走出森林。可是,还没有到原先那个树荫下,她就听到了一阵熟悉的婴儿哭声,凭着与孩子的朝夕相处,她知道这就是俄菲尔特斯。伴随着孩子凄厉的哭声,一种可怕的预感攫住了许珀西柏勒的心,她丢下众人飞快地往树荫下跑去。可是,赶到放孩子的那片草地时,她还是看到了最不愿意看到的一幕:原来放在上面的孩子不见了,只剩下铺在草地上的那块布。

许珀西柏勒一看孩子不见了,心头一阵发慌,腿都软了。她努力平息了一下自己的情绪,怀着侥幸的心理朝四周看了一眼,因为她是多么希望是孩子自己爬到周围去了呀!可是这一看把她的最后一丝希望也浇灭了。她看到前面不远的地方有一条大蛇盘绕在一棵大树上,蛇头搁在鼓鼓的肚子上,正满足地吐着血红的信子。

许珀西柏勒一看到这条蛇,便再也忍不住,悲痛地惊叫起来。这时,跟在后面的亚各斯英雄们已经急忙赶过来了。赶在最前面的是英雄希波迈冬,他第一个看到了盘在了树上的恶蛇,马上搬起一块大石头狠狠地朝着蛇掷去。可是,石头扔到恶蛇身上却被弹了回来,碎得像泥土一样,而蛇却毫发无伤。原来,恶蛇的全身长满了坚硬的鳞片,形成了一个很好的保护层。恶蛇一看扔在自己身上的石头碎了一地,也很得意,炫耀似的张开嘴,朝着希波迈冬吐了吐血红的信子。希波迈冬眼疾手快,就在这一瞬间又把手中的长矛投去,正好击中了恶蛇张开的嘴里。他的长矛非常锋利,矛尖从蛇嘴刺穿了,从蛇头上冒了出来。恶蛇痛得把长长的身子缠绕在矛杆上,像个陀螺似的,最后,它终于吱吱地叫着断了气。

恶蛇被打死后,失魂落魄的许珀西柏勒才鼓起勇气追寻孩子的踪迹。在大蛇所缠绕的树的下方,她看到了一副悲惨的景象:树底下的草地被孩子的鲜血染红了,地上全是零乱的孩子的尸骨。许珀西柏勒悲痛不已,她绝望地跪在那片草地上,流着泪拾起那些小小的尸骨,把它们放在一块手帕中包好,然后交给了静静地站在一旁的亚各斯英雄们。英雄们对俄菲尔特斯的死也非常痛心，因为这孩子是因为他们而丧命的，他们隆重地埋葬了可怜的孩子。为了纪念他，他们还举行了神圣的尼密阿赛会，他们把俄菲尔特斯崇拜为半人的神，并称他为“阿尔席莫洛斯”，意即早熟的人。

尼密阿国王来喀古图得知了孩子的死讯非常悲痛，孩子的母亲更是恨死了许珀茜柏勒，她把这个照顾不周的保姆关进了监狱里，并要用最残酷的刑罚来处死她。幸好此时许珀茜柏勒的儿子们已经长大成人了，他们出来寻找自己被海盗抢走的母亲，这时正好来到了尼密阿，救出了他们苦难的母亲。

围困底比斯

“孩子的死也许是这场远征结局的一种预兆吧！”预言家安菲阿拉俄斯在出征前就已经预料到了这次出征将会以失败结束，并且自己和其中的大部分人都会死在战场上。这次，他又一次神色阴郁地向众人表示了自己的看法。可是其他人却不愿意相信他，他们认为恰恰这件事是一种胜利的前兆，因为他们打死了那条凶猛的恶蛇。他们因此都信心满满、斗志昂扬，甚至还嘲笑安菲阿拉俄斯预言的失灵。安菲阿拉俄斯见此情景心情十分沉重，他唉声叹气、长吁短叹，却毫无办法。这时，全军人马已经从干渴中恢复过来，又精神振奋了，于是快马加鞭，日夜兼程，几天后就来到了底比斯城下。

此时，底比斯城里也在紧张的备战中。厄忒俄克勒斯和他的舅父克瑞翁早就知道了波吕尼刻斯召集了亚各斯的七个英雄来攻打底比斯的消息，他们准备进行长期的防守。厄忒俄克勒斯对集合起来的底比斯市民们说：“我想，大家肯定也都知道了，被我们赶走的波吕尼刻斯已经纠集了一批亚各斯人，要来侵犯我们的城市！我们都是光荣的底比斯人，我们应该牢记自己对国家和城市的责任。无论你是青年还是壮年，只要你是底比斯的男人，只要你还能拿得起武器，就都应该起来保卫我们的城市，保卫我们的家园，保卫我们的神坛！保卫我们的父母妻儿和我们脚下自由的土地！我作为底比斯的国王号召大家赶快拿起武器来，到城头上去！据守城墙！据守城垛！亚各斯人马上就要来了，仔细地监视每一条通道，不要让他们进来的机会。不要害怕亚各斯敌人的人数众多！城外有我们的耳目。我相信他们会随时给我们送来关于亚各斯人的确切情报的。我将根据他们送来的情报来决定我们行动的具体方案。”

就在厄忒俄克勒斯对底比斯的市民们发表他慷慨激昂的演讲时，他的妹妹安提戈涅正站在宫殿城墙的最高处，旁边站着一位老人，是她祖父拉伊俄斯的卫士。原来，父亲去世后，安提戈涅和妹妹伊斯墨涅就被仁慈好客的忒修斯带回了雅典的王宫。在那里，忒修斯以对待最尊贵客人的礼仪接待了安提戈涅和伊斯墨涅。过了一段时间之后，安提戈涅和妹妹开始思念起了家乡。因此，安提戈涅谢绝了雅典国王忒修斯的再三挽留，带着妹妹伊斯墨涅回到了往昔父亲统治的城市底比斯。

因为虽然父亲和母亲都已经死了，但是那里毕竟是姐妹俩出生和长大的地方。克瑞翁和她们的兄长厄忒俄克勒斯张开双臂欢迎姐妹俩，这倒不是因为亲人之间的感情，而是因为他们把安提戈涅和伊斯墨涅当作是自投罗网的人质和受到欢迎的仲裁人。

站在底比斯的宫殿城墙最高处的安提戈涅看到城外的田地上驻扎着底比斯城的敌人亚各斯人。他们沿着城墙外的伊斯墨诺斯河岸，在闻名于世的古泉狄尔刻泉的周围安营扎寨。驻扎完之后，军队开始不断地移动，随着他们的移动有金属盔甲和武器的冷光在闪烁。亚各斯人的步兵和骑兵正呐喊着涌向底比斯城，他们把整个底比斯围住了，硬是把一座城池围困得像铁桶一样严密。

看到亚各斯人行动如此迅速，安提戈涅不禁倒吸一口冷气。老人看懂了她的表情，在一旁安慰她说："不要太担心，安提戈涅。我们的城池高大而厚实，简直比得上海神波塞冬给特洛伊建的城墙，我们的栎木城门都配有大铁栓，并且由最勇敢的士兵坚守着，所以他们不会攻破我们的城门的。"接着，他又指着城墙外面的前来围城的各路亚各斯英雄，把他们的情况一一向安提戈涅做了介绍和叙述："看见那边那个戴着闪亮头盔的人了吗？他就是希波迈冬，据说在来我们底比斯的途中他曾经杀死了一条巨大的恶蛇！再过去一点，也就是希波迈冬右边的那一个你看见了吗？他穿着一身外乡人的战衣，看上去像个野蛮人似的。对，就是那个。他就是卡吕冬的流亡王子堤丢斯，他也是阿德拉斯托斯的女婿。"

"那边那个人是谁？"安提戈涅问道，"堤丢斯后面那个年轻的英雄？"

"那是阿塔兰忒的儿子帕耳忒诺派俄斯，"老人告诉她说，"阿塔兰忒可不是个简单的女子，她是月亮和狩猎女神阿尔忒弥斯的女友，是个大名鼎鼎的女猎手、女英雄，她甚至曾经射杀过卡利敦的大野猪。另外那两个英雄你看见了吗？就是站在尼俄柏女儿坟旁的那两位。年龄大一些的是阿德拉斯托斯，他是亚当斯的国王，也是这支远征军的统帅。那个年轻一些的我想你应该是认识的，不是吗？"

"我看到了，"安提戈涅怀着既激动又痛苦的心情说，她的声音都有些颤抖了，"我只能看到他身体的轮廓，可是就这样我也已经认出他了，我又怎么能认不出他呢？他是我最亲爱的哥哥波吕尼刻斯呀！多么让人悲伤的事情呀，竟然是哥哥带着人来攻打父亲曾经统治过的城市。呵，但愿我能变成一朵云，飞到他的身旁，拥抱他，劝阻他！我真的不想看到一场战争下来流的全是亲人的血……"过了有一会儿，安提戈涅才从这种激动的情绪中走出来，继续问老人："那边那个驾着一辆白色车子的人是谁呢？他看起来是那么的从容而镇定。"

"他是阿德拉斯托斯的姐夫，预言家安菲阿拉俄斯。"老人说。

"那个人是谁？他一直在绕着我们的城墙走动，不断地做着测量，如果我猜得没错，他应该是在寻找合适的攻城地点。这个人看起来倒有些危险呢，他是谁？"

"他是骄横的卡帕纽斯。他嘲笑我们的城市底比斯，一点都没有把它放在眼里。他还放出话来说要把你和你的妹妹掳走，送到勒那泽当奴隶。"

听到这话，安提戈涅全身颤抖了一下，吓得脸色刷白。她转过身去，不敢再往下看了。老人用手搀扶着腿有些发软的安提戈涅，一步一步地走下城墙去，送她回到了王宫的内室。

墨诺扣斯的牺牲

在对被召集来的底比斯人发表完演讲，布置了他们在城墙上的据守之后，厄忒俄克勒斯和舅父克瑞翁就开始商量作战计划。他们首先派出了七个最英勇的首领把守底比斯城的七座城门。在开战之前，他们也想从鸟儿的飞翔中看一看预兆，先推测一下战争的结局，并看看有没有神谕启示他们怎样取得胜利。恰好，在底比斯城内住着从俄狄浦斯时代就已经十分有名的预言家提瑞西阿斯。

克瑞翁派自己的小儿子墨诺扣斯去接提瑞西阿斯，并把他领到宫中。过了一段时间，白发苍苍的老人在女儿曼托和墨诺扣斯的搀扶下，颤巍巍地来到了克瑞翁面前。克瑞翁要他说出他所见到的飞鸟对底比斯城命运的预兆。提瑞西阿斯沉默了许久，终于悲伤而缓慢地说："俄狄浦斯的儿子对父亲犯下了沉重的罪孽，他们不顾亲情把父亲赶出了底比斯，他们这种行为给底比斯城带来了巨大的灾难；亚各斯人和卡德摩斯的子孙将会两败俱伤；兄弟将死于兄弟之手，并且兄弟两人将无一人幸免；只有一个办法可以挽救底比斯城，但这个办法是多么的可怕呀，我不敢也不忍告诉你们，再见吧！"

说完，提瑞西阿斯转身就要离开。可是克瑞翁一听有办法可以挽救底比斯，便叫住了预言家，再三地央求他告诉自己那个方法。最后，提瑞西阿斯终于开了口，他严肃地问："你真的想要听吗？我敢保证你会后悔的。"克瑞翁再一次表明自己要听，于是，提瑞西阿斯说："看来，我只好说了。可是你先告诉我，领我来到这里的你的儿子墨诺扣斯在哪里？""他就在你的身旁呀！"克瑞翁回答说。

"让他赶快离开这里，越快越好，越远越好！"老人说。

克瑞翁连忙问："为什么？墨诺扣斯是我最忠实的儿子，他不会把你说的方法随便往外说的。让他知道了拯救我们底比斯的办法一点坏处也没有，相反，他还会非常高兴的。"

提瑞西阿斯叹了一口气，脸上显出了一种悲悯的神情，他说："好吧！或者这一切都是神的旨意吧。请仔细地听着，下面我所说的就是我从飞鸟的声音中知道的事情！幸福女神将会降临，可是她要跨过门槛是沉重的。龙牙种子中最小的一颗必须死亡。只有这样，你们才能得到胜利！底比斯城才能避免灭亡！"

"天哪！"克瑞翁一听这句话，心中就猛跳起来，他紧张地叫了起来，"提瑞西阿斯，你的话究竟是什么意思？"

"神谕的意思是，卡德摩斯后裔中最小的一个必须献出生命，只有这样整个底比斯城才能获得拯救。"

"天哪！你要我最心爱的儿子墨诺扣斯去死吗？"国王愤怒地跳了起来，用右手指着提瑞西阿斯喊道:“快滚！滚你的吧！你简直是一派胡言,我不需要你的什么占卜和预言!”

“这不是我的意思,我只是如实向你传达了神谕的启示。如果事实会带给你灾难,你就否认它是事实吗?”提瑞西阿斯低声地问道。直到此刻,克瑞翁才回过神来,明白了事情的严重性,他一下子跪倒在提瑞西阿斯的面前,双手抱住盲人占卜师的双膝,请求他收回自己的预言,但这盲人只是神谕的传达者,他对这一切也无能为力。他用低沉而悲痛的声音说:“其实,我又何尝不希望墨诺扣斯这个善良单纯的孩子能够继续活着？可是,这牺牲是不可避免的。你们应该也知道,狄尔刻泉那里曾是战神阿瑞斯的毒龙栖息的地方,大地以前曾用龙齿把人血注射给卡德摩斯的后裔。现在,那儿必须也流着卡德摩斯后裔中最小的一个孩子的血,只有这样,大地才能成为你们的朋友。总之,现在大地必须吸收卡德摩斯亲属的血,墨诺扣斯正好是这里面最小的一个。如果这个孩子愿意为他的城市做出牺牲,他将成为全城人的救星,将会受到全城人的膜拜。现在,一切由你自己选择吧:苟且地活着,眼睁睁地看着这座城市毁灭;或者牺牲儿子墨诺扣斯的生命,以他的血换得大地的保佑,让底比斯城获得拯救。”

说完这些话之后,提瑞西阿斯又让他的女儿曼托牵着手离开了。克瑞翁被这残酷的事实弄懵了,他依然跪在地上,久久地沉默着。过了许久,他一下子从地上跳了起来,惊恐地喊叫了起来:“神啊！我是多么愿意亲自去为我的祖国献出生命和热血啊！墨诺扣斯还是个孩子呀,我怎么舍得让他在这么小小的年纪就背上这么沉重的负担?”说完,他转向一边的墨诺扣斯说:“墨诺扣斯,我最亲爱的孩子。我怎么舍得让你牺牲呢,你是那么的纯洁,这里的一切罪恶都与你无关。逃走吧,我的孩子,逃得越远越好。离开这座罪恶重重的该诅咒的城市,它的存在不值得你用你那纯洁无瑕的生命换取。你从这里离开之后一直走,穿过得尔斐和埃托利亚,你会到达多多那神庙,你就躲在那神庙里吧!”

从刚才盲人预言家说出让自己牺牲的神谕到现在父亲让自己逃走,站在一边的墨诺扣斯都十分平静,像是在听着别人的命运。听完父亲的话之后,墨诺扣斯只说了一句:“好的,父亲,你放心。我一定不会迷路的。”但是当他在说这句话的时候,眼中却放着一种奇异的光辉。

克瑞翁本来还担心这个善良的孩子不愿意走,现在听到他答应了才放下心来,又嘱咐了他一些事情之后,就又去找厄忒俄克勒斯商量部署作战计划去了。可是墨诺扣斯却在目送着父亲离开之后突然跪在了地上,双手高举,虔诚地向着神祷告:“原谅我吧,尊敬的神灵。我请求你们在天的圣洁之灵,原谅我用谎话安慰了我的父亲。因为只有这样,我才能顺利地以自己的生命和热血拯救我的祖国。我怎么会逃走呢,我知道父亲是因为爱我所以才让我逃离,可是假如我真的背叛了我的祖国,那我是多么可悲和怯懦啊！众神啊,请听我的誓言,并仁慈宽容地收下我的一片赤诚吧！我愿意用热血浇灌曾经生活着毒龙的狄尔刻泉,我愿意以死亡来换得底比斯城免于毁灭！我将从城墙的最高处跳进幽深的龙穴。正如预言家所说的，我要用我的血使底比斯城与大地结盟，用我的死亡来解脱祖国的灾难。"

说完，男孩离开了宫殿，朝着外面的宫墙走去。一步一步，他走向城墙也走向死亡；一步一步，他走向城墙也走向光荣……他的步子坚定而有力，这时的他简直不再像是一个孩子，而像是一个久经沙场的英雄。最后，他终于站在了城墙的最高处，他看了一眼亚当斯人的阵营，庄严地诅咒他们，希望这些入侵自己国家的人尽快灭亡。然后，他从自己的贴身衣服里抽出一把短剑，果断地划向了自己的脖颈……墨诺扣斯从城头上栽了下去，正好跌落在狄尔刻泉水边上，跌得粉身碎骨，伴随着他跌落的是那从伤口中喷涌而出的热血。血流进了狄尔刻泉里，而墨诺扣斯就静静地躺在狄尔刻泉的旁边，像睡熟了一样。

血战底比斯

年幼的墨诺扣斯献出了自己的生命，神谕实现了，大地成了底比斯人的朋友。克瑞翁竭力忍住了痛失爱子的悲伤，然后与厄忒俄克勒斯一起指挥七位勇敢的首领把守着七座城门，并且把城墙的每一处容易遭受攻击的地方都安排了专人守卫。而这时，亚各斯人也开始进攻了，一场攻防战拉开了序幕。

双方的呐喊声震天动地，苍凉的号角声在底比斯城墙的内外同时响起，把所有人的神经都调到了战斗这根弦上。伟大的女猎手阿塔兰忒的儿子帕耳忒诺派俄斯冲在亚各斯人的最前面，他的任务是率领着自己的队伍以盾牌作为掩护，攻打第一座城门。帕耳忒诺派俄斯一马当先，举着盾牌就冲向第一座城门，他的盾牌上画着他的母亲阿塔兰忒用飞箭征服埃托利亚野猪的图像。这个振奋人心的画面不仅鼓舞了他，也鼓舞了他带领的整队人马；预言家安菲阿拉俄斯带领着自己的队伍冲到了第二座城门下。他是个虔诚的人，对神灵一直很尊敬，因此即使在攻城的时候，他的战车上也装着献祭的供品。与其他的英雄不一样，他的盾牌上什么都没有，既没有装饰物，也没有任何图案和色彩。攻打第三座城门的是希波迈冬。他的盾牌上画着的是百眼巨人阿耳戈斯看守着被赫拉变成母牛的伊娥的图画；卡吕冬王子堤丢斯正率领着部队攻打第四座城门，他的盾牌上画着一张长着长长鬃毛的狮皮。他左手举着盾牌，右手有力地挥舞着一支正在燃烧着的火把。被放逐的底比斯王子波吕尼刻斯正在指挥士兵们攻打自己的先祖所创建的城市的第五座城门，他的盾牌上画着愤怒的野猪。他心中的仇恨比谁都要多，他恨自己的双胞胎弟弟厄忒俄克勒斯和舅父克瑞翁，因为他们两个合伙用诡计把自己赶出了底比斯。这次，自己就是来要回属于自己的王位和权杖的。卡帕纽斯带领着自己的士兵来到第六座城门下。卡帕纽斯的确勇猛过人，但是却非常地狂妄，他甚至吹嘘自己可以和战神阿瑞斯一决高下。他的盾牌上画着一个举起一座城池，将它扛在自己肩上的巨人。最后一座城门也就是底比斯城的第七座城门，由亚各斯人的统帅、亚各斯国王阿德拉斯托斯攻打，他的盾牌上画着一百条口衔底比斯儿童的巨蛇，狰狞而威武。

七支部队同时围攻底比斯的七个城门,他们用尽了各种办法,投石的投石,射箭的射箭,还有一些人挥舞着长矛往城墙里面进攻。但是,亚当斯人的进攻也遭到了底比斯人的顽强抗击,因为他们已经做好了充分的准备。并且,墨诺扣斯的牺牲更是激起了他们对亚当斯人的仇恨,所有的底比斯人同仇敌忾、严防死守,不给亚当斯人留下任何漏洞和机会。亚各斯人久攻不下,被迫后退了一点。堤丢斯和波吕尼刻斯立刻大声命令:“不要后退!胜利就在眼前了。步兵、骑兵、战车一起向城门猛攻啊!”他们的命令传遍了整个部队,亚各斯人重新振作起来,又气势汹汹地发起了进攻。可是,这次他们又遭到了底比斯人的迎头痛击,一排排亚各斯人死在城墙下,血流成河、堆尸如山。

看到这悲壮的场面,阿塔兰忒的儿子帕耳忒诺派俄斯愤怒了,他像旋风一样孤身一人驾着战车冲向了底比斯的第一座城门。他大声呼喊着,声震如雷,说要用斧子和火砸毁并焚烧这座万恶的城门。防守第一座城门的是底比斯人珀里刻律迈诺斯,他见对方的首领冲过来,立即命令手下把铁制的防护墙拉上来,留出了一个空隙,正好容得下一辆战车进出。愤怒中的帕耳忒诺派俄斯一看城门中有个空隙,不知是计,立马驾着战车冲了过去。当他驾车到了铁制的防护墙下时,珀里刻律迈诺斯立刻命人把重重的防护墙猛地放下去,可怜的帕耳忒诺派俄斯立刻被砸死在城下,连他的战车也成了零散的部件。

而在第四座城门前,卡吕冬王子堤丢斯更是暴怒得如同一条恶龙。他急速地摇晃着头盔,那上面装饰的羽毛也急速地晃动着,像是一面迎风招展的旗子。他一只手挥舞着盾牌,发出嗖嗖的声音,另一只手不断地向城上投掷标枪,连连射中在城墙上防守的底比斯人。在他的鼓舞和带动下,他周围的士兵也把标枪朝城上掷去,标枪像雨点般在底比斯的城墙上落下,射中了很多士兵。在堤丢斯锐不可当的强攻下,底比斯人眼看就要支持不住了。正在这时,底比斯的国王厄忒俄克勒斯赶到了,他集合了一批士兵,加入了第四座城门的守卫中,解了燃眉之急。

厄忒俄克勒斯继续逐个城门巡视,查看整个城市的防守情况。来到第六座城门时,他看到气急败坏的卡帕纽斯扛来了一架云梯。卡帕纽斯大声地狂妄吹嘘着,说即使是宙斯的闪电也不能阻止他攻陷底比斯的城池。他把云梯靠在城墙上,然后一手举着画有巨人图像的盾牌作保护,一手勇猛地顺着云梯向上攀登。城墙上底比斯人纷纷往卡帕纽斯这边扔着石块,但是都被他的盾牌和巧妙的躲避避开了。眼看卡帕纽斯就要爬到云梯的最顶端,快要登上底比斯的城墙了,厄忒俄克勒斯看在眼里,急在心里。就在这个时候,主神宙斯出现在了底比斯的城墙上!原来,卡帕纽斯说宙斯也不能阻止他攻陷底比斯城的叫嚣被宙斯听见了,他要亲自来惩罚这个不知道天高地厚的狂妄之徒。所以,就在卡帕纽斯终于成功攻上底比斯的城墙,刚从云梯上跳到城头的那一刹那,宙斯用一个大的炸雷劈向了这个敢蔑视神的人。顿时,雷声震天、大地动摇,而卡帕纽斯也受到了最严酷的惩罚,他的整个身体都被宙斯的炸雷炸碎了,血肉模糊的肢体碎块四处飞散,空气中弥漫着一股人肉和头发烧焦的难闻气味。

所有的人都被这酷烈的一幕震惊了，亚各斯人的统帅和国王阿德拉斯托斯更认为这是宙斯在下令反对他们攻打底比斯城。于是，他立即下令所有的人停止攻城，离开战壕，全体撤退。底比斯人一看亚各斯人撤退了，立即乘胜追击。他们有的乘着战车，有的步行，但是手里都举着武器。他们纷纷从城里冲出来，朝着入侵他们国家的亚各斯人打去。在一场大的混战之后，底比斯人大获全胜，杀掉了很多敌人，并且把剩下的敌人也驱赶到很远的地方去了。

战争结束之后，底比斯人退回城内，并且举行了盛大的献祭仪式，来感谢主神宙斯降给他们的福祉。

亲兄弟对阵

当克瑞翁和厄忒俄克勒斯率领着底比斯人的队伍退回城内后，原本被驱赶的分散各处的亚各斯士兵们又重新集合起来，准备再次攻城。

面对强大而顽强的敌人，底比斯的国王厄忒俄克勒斯做出了一个重大的决定：自己与哥哥波吕尼刻斯单独决斗来决定双方的胜负，以此来避免两边的人员伤亡，速战速决。于是，他派出一名使者前往驻扎在城外的亚各斯人的营地，请求暂时息战。然后，厄忒俄克勒斯爬上了底比斯的城墙，站到最高的城头上向双方的士兵们喊话。他大声地喊道："远道而来的亚各斯的英雄们，英勇的底比斯人，这次战争是我和波吕尼刻斯兄弟俩引起的。你们都有自己的亲人和家庭，都犯不着为我和波吕尼刻斯这两个人而牺牲自己最宝贵的生命！让我们兄弟两个自己来经受战斗的危险吧，既然事情是因我们而起，那就让我和我的哥哥波吕尼刻斯单独对阵，进行一次公平的决斗吧。如果我把他杀掉，取得胜利，那么我就留在底比斯的王位上，请你们回到自己的国家去；如果我败在他的手下，被他杀死了，那么国王的权杖就归他所有。你们亚各斯人也仍然可以安全地回到自己的国土上去，不必再在异国的土地上为了一个异乡人流血牺牲了。"

波吕尼刻斯听过弟弟的话，立即从亚各斯人的队伍里跳了出来，朝着城头上呼喊应战，声明自己十分愿意接受弟弟的挑战。双方士兵也非常高兴，他们都曾亲眼看到过自己身边的伙伴死在这个战场上。双方第一次因为同一件事情而高兴，那些士兵们简直是欢声雷动，表达了对这个提议的赞同。于是，底比斯的克瑞翁和亚各斯的阿德拉斯托斯分别代表双方签订了战争协议，约定以波吕尼刻斯和厄忒俄克勒斯的决斗结果来决定这次战争的胜利。两个首领都对神灵立誓会遵守这个协议。

因为这次决斗关系重大，所以在兄弟两人的决战之前，双方的占卜者都忙碌地向神献祭，祈求神的庇佑，并企图从祭祀的火焰中提前看出战斗的结局。但是，奇怪的是双方得到的预兆都十分含糊不清，让人摸不着头脑。因为根据预兆的显示，好像双方都是胜利者，又都是失败者。波吕尼刻斯一看预兆不明显便不再关注，他转过身来，看着远方的亚各斯国土，然后举起双手向亚各斯的保护神赫拉祈祷："赫拉女神，亚各斯的保护神啊。我虽然生在底比斯，但却在你所庇佑的国土上娶妻生子，在你所庇佑的国土上安居乐业。所以，我祈求你的保佑，让我取得战斗的胜利吧！"

底比斯城的保护神是雅典娜，所以厄忒俄克勒斯也回到底比斯城，来到雅典娜神庙，祈求说："伟大的雅典娜，宙斯的女儿啊。波吕尼刻斯竟然会为了自己的权欲，纠集了一帮异乡人来攻打您所保护的底比斯城。现在，只要我战胜他，就可以赶走这帮入侵者了。所以，女神，保佑我舞动着我的长矛刺中敌人吧，让我取得最后的胜利！"

厄忒俄克勒斯的话音一落，战斗的号角就在底比斯城墙内外吹响了。这对双胞胎兄弟同时冲出了各自的阵营，向着对方冲去，开始了一场亲兄弟间的残酷血战。他们各自挥舞着锐利的长矛向对方刺去，只见两只长矛在空中飞舞着，但都没有刺中对方，而是被各自的盾牌挡住了，不时发出锵、锵、锵的声音。两人一看没有刺中对方，又把长矛朝对方更猛烈地掷去。但是，因为这两个人对对方的招数都太熟悉了，所以仍然没有一个人被刺中，挥出去的每一下都被坚固的盾牌弹回来了。这时，两边观战的首领士兵只看见两只长矛在两人之间飞来飞去，直看得眼花缭乱，紧张得汗水直流。这时，正在刺杀中的厄忒俄克勒斯出现了一个大破绽：他在拼刺时被地面上的一块石头绊住了脚，情急之下，他赶紧用右脚把石头踢到一边去，不料却正是在这一过程中把右脚暴露在了盾牌之外。虽然只有很短的时间，但他的哥哥波吕尼刻斯还是看到了弟弟的这个巨大破绽。他眼疾手快，挺起长矛便刺，一下子刺中了厄忒俄克勒斯的暴露在盾牌之外的右脚。

亚各斯的士兵们一看厄忒俄克勒斯被刺中了都高声欢呼，他们以为已经可以决定胜负了。可是，他们的欢呼声还没有来得及落下，就听到了来自对方阵营的一阵欢呼声：原来，右脚被刺中的厄忒俄克勒斯并没有因此倒下，而是在被刺中的一瞬间忍住疼，找到了进攻的机会。波吕尼刻斯在向厄忒俄克勒斯的右脚刺去时，由于过于兴奋，一时疏忽把自己的右肩膀暴露在了盾牌外面。厄忒俄克勒斯在被刺中右脚的一瞬间发现了哥哥的这个大破绽，提矛便刺，正好刺中了他的肩膀。但是，由于厄忒俄克勒斯这一下用力过猛，他的长矛深深地刺到了哥哥的肩膀里，一时拔不出来了。接着，在波吕尼刻斯右肩血流如注，忙着拔出肩膀上的长矛，无暇顾及其他的时候，厄忒俄克勒斯很快地退后了一步，拾起了刚才绊住他的脚的石头，朝着对方用力掷去，一下子便把波吕尼刻斯的长矛砸断了。

这时，兄弟俩的战局可以说是不分上下，双方都受了伤，而且都失去了一件武器。于是，他们又抽出随身佩戴的宝剑，继续朝着对方挥舞砍杀。激战之中，厄忒俄克勒斯突然想起了一种绝妙的攻击方法。那是他在帖撒利学到的一种绝招，他学这一招的时候没有跟波吕尼刻斯在一起。想到这里，他心下大喜，突然改变姿势，很快地往后退了一步，用左脚支撑身子，一手持盾牌小心防护身体的下半部，一手持剑，然后用右脚跳上去，一剑刺中了波吕尼刻斯的腹部。波吕尼刻斯没有料到厄忒俄克勒斯会出此奇招，受了这重重的一创之后立即倒在了地上，血流如注。厄忒俄克勒斯一看自己的妙招奏效，以为已经取得了胜利，便丢下自己的宝剑，向垂死的哥哥走去。走到波吕尼刻斯的身边之后，他弯下腰去，想获取他的武器。波吕尼刻斯虽然受到重创倒在了地上，但是却没有失去意识，他仍然紧紧地握着剑柄。这时，他看见厄忒俄克勒斯来到了自己的身边，弯下腰来，便挣扎着举剑用力一刺，一下子便刺穿了弟弟的肝脏。厄忒俄克勒斯缓缓地倒在了垂死的哥哥身旁。

他们的父亲俄狄浦斯的诅咒成了现实，兄弟两个谁都没有取得胜利，而是双双死在了底比斯的土地上。

这时，底比斯的七座城门突然统统打开了，女人和仆人们大哭着冲了出来，围着他们垂死的国王厄忒俄克勒斯。只有安提戈涅扑倒在了自己深爱的大哥波吕尼刻斯身上，因为她想要听听哥哥还有没有什么要说的话。兄弟两个人当中弟弟厄忒俄克勒斯伤得比较严重，还没等女人和仆人们围拢过来，就发出了一声低沉的叹息，永远地闭上了眼睛，停止了最后一次呼吸。波吕尼刻斯仍在喘息着，安提戈涅扑过来之后，他朝妹妹转过脸来，努力地睁开了渐渐迷糊的双眼，看着妹妹，气若游丝地说："亲爱的安提戈涅……我该如何悲叹你的命运呀？还有我身边那已经死去的弟弟的命运……我们两个是双胞胎，曾经有着最亲密无间的亲情……可是后来，为了权位我们反目成仇，由原来的相亲相爱变成了水火不容。我一直以为我是恨厄忒俄克勒斯的，可是直到临死我才知道自己是多么地爱他……亲爱的安提戈涅，我是多么后悔当初没有听从你的劝告啊！我请求你……把我埋葬在家乡底比斯的土地上，请求你帮我向愤怒的家乡人求得原谅……如果我真的能葬在底比斯的土地上，跟我的亲人们在一起，那九泉之下也就没有什么遗憾了。用你温柔的手把我的眼睛合上吧，我已经听到了死神的脚步声……"

安提戈涅流着眼泪答应了哥哥临终的请求，而波吕尼刻斯说完上面那些话之后，就安详地死在了妹妹的怀里。这时，人群中传来了争吵声。原来，底比斯人认为胜利应该属于他们的国王厄忒俄克勒斯，而亚各斯人却认为是波吕尼刻斯取得了胜利。双方的争论越来越激烈，亚各斯人说："明明是波吕尼刻斯先刺中了对方，并且厄忒俄克勒斯也比他死得早。所以，胜利是属于我们的！"而底比斯人则争论说："分明是波吕尼刻斯中了我们国王的一剑后先倒下去的，他刺厄忒俄克勒斯那一剑分明是偷袭。你们这些野蛮的外乡人，还不赶紧按照之前的誓约离开我们的土地！"最终，双方的意见也没有统一，激烈的争吵终于发展为新的战争，双方又开始激战起来。但是在这次对阵中底比斯人占了先，因为刚才两兄弟对阵的时候，底比斯人仍然全副武装地在一旁观看，丝毫没有放松警惕。而亚各斯人却早就把武器放在了一边，在一旁呐喊助威，因为他们对波吕尼刻斯非常有信心，以为他肯定能战胜他的弟弟。所以，当战斗再一次开始，底比斯人突然朝亚各斯人这边冲过来的时候，亚各斯人还来不及拿起武器，就被全副武装的对手冲得不成阵型，狼狈地四散逃窜。底比斯人乘胜追击,成百上千的亚各斯士兵死在了底比斯人的长矛下。

在亚各斯人仓皇逃跑的时候,出现了一件大怪事。追击亚各斯的预言家安菲阿拉俄斯的,是底比斯的英雄珀里刻律迈诺斯,他驾着一辆战车追赶着驾一辆白色战车的安菲阿拉俄斯,一直把他追到了伊斯墨诺斯河岸。当安菲阿拉俄斯来到河畔时才发现,此时伊斯墨诺斯河的河水高涨,马车根本就没法过河。他转身一看,紧追在身后的底比斯人珀里刻律迈诺斯已经带着大批人马赶过来了,于是在绝望中咬牙决定冒险渡河。可是,任他的皮鞭怎么抽打驾车的马儿,它都不敢往水中踏出一步。就在这时,追兵已经来到了河边,珀里刻律迈诺斯提矛便向安菲阿拉俄斯刺去,他的长矛几乎已经刺到了亚各斯预言家的脖子。就在这千钧一发之际,宙斯阻止了刺杀的发生。原来,他早在奥林匹斯山看到了发生的一切。他不愿意让自己的预言家就这么耻辱地死在敌人的长矛下,于是降下了一道雷电,把大地劈开一个口子。裂开的大地张着幽黑的巨口,把安菲阿拉俄斯和他的战车整个吞没了。

不久,逃散在底比斯四周的亚各斯人都被消灭了。勇敢的英雄希波迈冬和强大的堤丢斯都已阵亡。底比斯人高兴地清理着战场,从死去的亚各斯人那里得到了大量的盾牌、开架、长矛和战车。他们满载着这些来之不易的战利品凯旋。底比斯城内早已准备好盛大的欢迎仪式,来迎接他们的归来。

克瑞翁的残酷决定

俄狄浦斯的两个儿子在底比斯城前的决斗中双双战死了,神谕应验了,离开了父亲,他们谁都没法获得胜利,争得王权。由于两个人都死了,所以他们的舅父克瑞翁又一次成了自己梦寐以求的底比斯的国王。

刚一上任,克瑞翁就对两个死去的外甥的丧事做出了一个决定:厄忒俄克勒斯是为底比斯而死的,所以要按照底比斯国王葬礼的规格为他举行隆重的丧礼。他要求在厄忒俄克勒斯下葬的这一天,所有的底比斯人都要夹道相送,要一直把灵车送到墓地,让死去的前国王得到最体面、最有尊严的安息。但是,轮到波吕尼刻斯时,他却对这个外甥的丧事下了一个残酷的命令:把波吕尼刻斯暴尸城下,不予安葬。他对众宣布,波吕尼刻斯是个背叛祖国的敌人,他带领着异乡人来攻打自己的祖国,对底比斯和底比斯人都犯下了天大的罪过。所以,波吕尼刻斯非但得不到隆重的安葬,连简单的掩埋都被克瑞翁下令禁止了。他下令要求所有的底比斯市民都不得哀悼他的死,也不得往他的尸体上撒哪怕一粒沙子,要让这个叛国者的尸体曝晒在阳光之下,任凭乌鸦和野兽去啄食。为了防止有人偷偷掩埋波吕尼刻斯的尸体,他还向全城市民宣布说,他已经派人看守住尸体,阻止任何人将它掩埋。如还有人胆敢违反命令,将把他视作叛国者的同谋,一律用乱石击死。

克瑞翁的命令很快被传达到了每一个底比斯人的耳朵里,人们都在窃窃私语,议论着这个残酷的命令。因为在古希腊的神律里,一个人在死后如果得不到掩埋,就不会被地府的神辨识,他的灵魂就永远得不到安息,只能在已经不属于他的人间孤独地流浪。安提戈涅也听到这个残酷的命令，她的内心非常地痛苦。她怎么能任由亲爱的哥哥的尸体曝晒在阳光之下？她怎么能任由哥哥的尸体在炎热的夏天渐渐腐烂，散发着难闻的气息？她怎么忍心看着哥哥的尸体被野兽和乌鸦吞噬，变得血肉模糊、面目全非？甚至一想到有这种可能她的心就会痛苦地像被一千把锋利的刀子切割。他想起了哥哥临终前的遗言，他只有一个愿望，那就是埋葬在底比斯的土地上。可是现在，克瑞翁却不让底比斯的土地容纳这个在这片土地上成长起来的人。安提戈涅在哥哥咽气之前曾经流着泪答应过哥哥的请求，现在，她决定冒险去把哥哥埋葬。

于是，她心情沉重地找到妹妹伊斯墨涅，想说服妹妹跟自己一起运走哥哥的尸体，因为那尸体实在太重了，她自己一个人很难不惊动看守的人而悄悄运走。伊斯墨涅也爱她的哥哥波吕尼刻斯，也为克瑞翁的命令而难过，可是她生性胆小怕事，从来不敢做违背国王命令的事。所以，她流着泪说："姐姐，难道你忘了父母亲是怎么惨死的了吗？难道你忘了两个哥哥已经残酷地毁灭吗？现在，只剩下我们两个了，难道你要我们也遭到同样的结果吗？"

听到伊斯墨涅的话，安提戈涅默默地转过了身子，一个人离开了。她一边走一边说："好吧，伊斯墨涅，我祝福你好好地活下去。我不需要你的帮助了，我将独自一人埋葬我哥哥波吕尼刻斯的尸体。如果我能完成他的遗愿，让他的灵魂得到永恒的安息，即使搭上自己的生命也在所不惜。"

几个时辰之后，一个看守波吕尼刻斯尸体的守尸人惊慌失措地跑到了新国王克瑞翁的面前，他哭丧着脸说："大事不好了！您吩咐我们看守的尸体已被人埋葬了。事情发生得太突然了，我们都不知道，这事到底是怎么发生的。等我们发现的时候，干这事的人已经逃掉了。我们听到这件事时，都感到十分惊异。我们仔细地查看了情况，尸体上只撒了一层薄薄的土。真的很薄，但刚好能够使地府的神们认为，这个人已经被埋葬了。尸体的周围既没有锄子，也没有铲子，甚至连车轮的痕迹都没有，真是奇怪啊。"

克瑞翁一听这个消息勃然大怒，他立即把所有的守尸人召集过来，威胁他们说，如果他们不把干这件事的人交出来，那么他们将全部被处死。同时，他也没有忘记命人立即扒去尸体上面洒上的泥土，重新设立岗哨，严密看守。因为他相信在这么短的时间里，地府的神肯定还没来得及把波吕尼刻斯的灵魂带走。并且，只要把尸体重新暴露在阳光下，那个掩埋尸体的人就一定会再一次出现。新派的看守们这次可不敢怠慢了，他们在烈日下从上午坐到中午，眼睛一眨不眨地盯着尸体。到了正午时分，突然刮起了一阵暴风，空中顿时呜呜作响，灰尘弥漫。守尸人看到原本晴朗的天气出现这种奇怪的现象十分害怕，正在他们纳闷的时候，远远地看到一个姑娘哭泣着走了过来，她哀怨地看着哥哥被重新暴露在烈日下的尸体，就好像一只柔弱的小鸟看着自己被毁的窠巢。看到有人过来，守尸人们赶紧按照克瑞翁之前的吩咐闭上了眼睛假装睡觉，让违反国王命令的人落网。安提戈涅果然中计了，她一看守尸人睡了，就踮着脚尖悄悄地走近波吕尼刻斯的尸体旁边。她的手中拎着一只装满泥土的大铜罐，这时，她举起铜罐，向已经开始腐烂发臭的尸体撒了三次泥土。

看守们一见这种情况，立即从对面的山坡上奔了过来，一把抓住了正在撒土的姑娘，不由分说地把她拖到了国王克瑞翁面前。

安提戈涅和克瑞翁

克瑞翁一眼就认出了被守尸人拖来的这个女子是他的外甥女安提戈涅。他非常生气，冲着安提戈涅喊道："你真是愚蠢透顶的孩子！怎么样，这件事你还有什么话说？你是要否认这是你干的，还是要向我忏悔？"

"我承认是我干的，但我绝对不会为此向你忏悔！"姑娘一面说，一面倔强地昂起了头。

"你难道不知道我的命令吗，"克瑞翁气得脸都白了，"你已经违反了我的命令！"

"是的，我知道，我知道你那残酷而荒唐的命令，"安提戈涅坚定从容地回答说，"可是这个命令不是永生的神发布的，在它的上面还有一个我必须得遵从的命令。而且我知道，只有这个命令才是永恒的，它是不分现在和过去，不分这里或那里的，它是永远神圣的。尽管没有人知道它出自哪里，但是没有任何一个凡人可以违反它，否则就会引起神的愤怒。正是这个神圣的命令，促使我不能让我父亲的儿子暴尸野外，不能任我的亲哥哥让乌鸦和猛兽吞噬。如果有人认为我的这种行为是愚蠢的，那么骂我愚蠢的人才是真正的愚蠢呢。"

看到一个年轻的姑娘都敢这样跟自己说话，克瑞翁简直要气疯了。他朝着姑娘吼道："你以为，你的精神很顽强、不可屈服是吗？既然落在了别人强有力的手中，你就不该这样傲慢！难道你没有听说过吗？一把刀子，刀刃越是锋利就越容易折断！"

听到克瑞翁威胁的话，安提戈涅笑了，她以极轻蔑的口吻说："不就是想处死我吗？除了把我杀死，你还能给我怎样的折磨呢？为什么还要拖延呢？赶紧处死我吧！我的名字会因此而更加荣光，不会因为我被杀而受到一丁点的玷污。残暴的克瑞翁，你去底比斯的市民里听一听吧，听听他们私底下的讨论。他们只是对你的命令敢怒不敢言，他的市民们只是因为害怕才保持沉默。在心底里，他们都赞赏我的行为，因为我埋葬兄长的行为既符合神律，也符合人情。一个做妹妹的尊敬和爱戴她的兄长，是一件天经地义的事情。"

"好吧！如果你这么想尊敬和爱戴他的话，就到地府里去尊敬和爱戴他吧！"国王大声吼道，他已经再也无法忍受了，立即命令侍卫将她拖下去乱石砸死。就在这时，安提戈涅的妹妹伊斯墨涅突然冲了进来。她听到姐姐被抓并且将要被处死的消息之后，好像一下子变了一个人。她不再软弱，不再畏惧，心里只剩下了一个念头:要么把自己唯一的姐姐救下来,要么与姐姐一起死!于是,她勇敢地闯了进来,来到残酷的国王克瑞翁面前,她冷静而坚定地对她们的舅舅克瑞翁说:“如果你一定要处死姐姐的话,不要漏掉我,因为这件事情是我和她一起做的,理应跟她接受同样的刑罚。不过,亲爱的舅舅,我想提醒您一件事,安提戈涅不仅是您唯一的一个姐姐的女儿,也是你的儿子海蒙的未婚妻呢。”

伊斯墨涅的话的确提醒了克瑞翁,安提戈涅和伊斯墨涅是自己的外甥女,也是老国王俄狄浦斯的女儿,而且她们姐妹两个在底比斯人中一直有着很好的声誉。如果自己真的处死了他们,恐怕难逃悠悠众口。并且最要命的是,这个安提戈涅自小与自己的儿子海蒙一起长大,两个人之间的感情相当深厚,她从雅典回来之后两个人就订了婚。如果不是出了现在这件事,可能明年就要结婚了。如果自己真的处死了她,恐怕不仅会使自己的儿子失去心上人,也会使自己失去儿子的感情。克瑞翁只有三个儿子,大儿子早就被底比斯城外的怪物斯芬克斯吞进了肚子,小儿子墨诺扣斯又在与底比斯人的战斗中献出了自己年轻的生命。现在,他只剩下海蒙这一个儿子了,这个唯一继承人的感受还真是不得不考虑。想到这儿,克瑞翁不禁有些忧郁,他沉吟了一会儿,只是命人把伊斯墨涅也抓起来,然后把她们两姐妹都押到内廷去。他明白,在外地的儿子听到未婚妻被抓的消息后一定会赶来找自己的,他要以静制动,等待儿子的到来,看看儿子的态度再决定接下来该怎么做。

海蒙为安提戈涅殉情

克瑞翁终于等到了儿子海蒙,他一看海蒙神色紧张地朝他奔过来,就知道一定是儿子听说了未婚妻被抓起来的事,所以找父亲为未婚妻求得免罪来了。然而出乎克瑞翁预料的是,海蒙对父亲显得十分恭顺,他在表明了对父亲的忠诚,并耐心地回答了父亲的询问之后,才大胆地为安提戈涅求情。

“尊敬的父亲,你知道底比斯的人们都怎么议论这件事吗?”海蒙以平静的语气说,“你可能不知道他们说的是什么,因为他们肯定不敢当着你的面说你不愿听的话。但是,他们的议论我却听得一清二楚,所以,就让我告诉你吧。几乎所有的人都同情安提戈涅,并且为她的被捕而愤愤不平。所有人都认为她的行为不仅没有任何不光彩之处,反而应该被大加称赞。安提戈涅有什么罪过呢?她只是凭着神的律令和自己的本性埋葬了自己的哥哥,让哥哥的尸体不被疯狗和飞鸟撕食,让他的灵魂得到应有的安息。没有人相信,安提戈涅这样的行为非但没有受到嘉奖,反而面临着将被处死的困境。亲爱的父亲,去听一下人民的呼声吧,一个好的国王应该懂得顺应民意。水能载舟亦能覆舟,如果一个国王违逆人民的意愿行事,后果会不堪设想的。”

“住口!还轮不到你这个毛头小子来教育我怎么做一个国王!你有什么资格来教育你的父亲!”克瑞翁轻蔑地说,“不要说得那么冠冕堂皇,你不过是为了袒护一个犯了罪的女人,就不惜反对你亲生的父亲。”

“我是爱我的未婚妻安提戈涅,但是刚才的话确实是为了维护你的利益才讲的,因为我只不过把所有人背着你说的话当着你的面说了一遍。”海蒙激昂地分辩说。

“我非常清楚,”克瑞翁愤怒地说,“对那个胆大妄为的女人盲目的爱情使你失去了原则,竟然不惜为罪犯辩护。就算我不处死她,你也休想同她结婚,我绝不允许这样一个女人成为底比斯未来的王后。我决定不杀她了,免得她的血玷污了底比斯城!我要把她送到远方一个人迹罕至的洞穴里,只给她很少的食物,让她到那里去向地府的神祈求自由吧!我要让她明白,与其听从死人的吩咐,还不如听从活人的命令。但现在就算她明白也已经太迟了,我唯一仅剩的儿子竟然会为了她公然忤逆我,我绝对不会赦她无罪的!”

说完,他不容海蒙再说一句话,就怒气冲冲地转过身走掉了,边走边命令仆人们立即执行他残酷的决定。于是,当着底比斯人民的面,安提戈涅被带走了,关进了坟墓般整日阴森的岩洞里。安提戈涅毫无惧色,她呼唤着神灵和亲人,希望和他们永远生活在一起,然后坦然而从容地走进了坟墓一般的石洞。

安提戈涅第二次洒在波吕尼刻斯尸体上的土早就被克瑞翁命人扫去了,于是,这尸体在炎热的夏天渐渐腐烂了,野狗和乌鸦争相吞噬着尸体上的腐肉。苍蝇也成群结队地赶来。很快,这尸体上便爬满了蛆虫,整个底比斯城里弥漫着一股尸体的臭气。底比斯人在这地狱般的气味里感到越来越不安,只有克瑞翁一个人完全不把这当作一回事儿。

这一天,当年曾经揭露过俄狄浦斯杀父娶母秘密的年迈的预言家提瑞西阿斯在一个男孩的牵引下来到了克瑞翁面前。他告诉国王他从神坛的香烟和飞鸟的语言中得知灾祸将会降临底比斯城。他用颤巍巍的声音指责着克瑞翁:“你都做了些什么事呀!神灵都被你激怒了!我听到吃过尸体腐肉的鸟儿在叽叽喳喳地议论,说连供在神坛上的祭品都在熏烟中冒出了悲惨的晦气。你竟敢违背神律,让一个凡人的肉体在死后得不到埋葬,让他的亡灵无处归依。很显然,神已经对你的所作所为发怒了。你对待俄狄浦斯死去的儿子的方式是多么的不恰当呀,国王哟,你不能再固执己见了!这么恶毒地糟蹋一个死者的尸体,这会给你带来什么光荣呢?这种惨无人道的命令只会令天怒人怨!”

像当年俄狄浦斯不相信自己会是杀父娶母的罪人一样,克瑞翁也不相信这位预言家的忠告,还骂提瑞西阿斯信口开河,说他只不过是为了骗取钱财。预言家被激怒了,看克瑞翁这么冥顽不灵,就当着他的面,毫无顾忌地揭示了将要发生的事情。他严厉地说:“好吧!如果你还执迷不悟,那我告诉你你将会看到些什么:今天的太阳落山之前,你就会因为这具被荼毒的尸体而失去两个至亲的人,而你自己也将为天地所不容!因为你犯了双重罪过:你既不让死者魂归地府,又不让生者享受活在世上的阳光。快些,我的孩子,快领我离开这个罪恶的地方,我不想让这个人的罪恶熏染到我的灵魂。就让命运来惩罚他吧,让他一个人去慢慢品尝他的不幸!”说着,年迈的预言家牵着孩子的手,拄着拐杖,离开了克瑞翁的王宫。

克瑞翁受到惩罚

国王克瑞翁目送着满脸愤怒的预言家提瑞西阿斯走出王宫,突然感到一阵难以名状的恐惧,全身都不由自主地颤抖起来。于是,他连忙把城里的长老们召集起来,商议对策。

这些长老们一开始就对克瑞翁的做法非常不满,但是迫于他的独断和残暴不敢公开反对,现在既然克瑞翁自己来问他们的看法,他们也就无所顾忌了。

“把安提戈涅从坟墓一样不见天日的石洞里释放出来,尽快埋葬波吕尼刻斯的尸体!”他们众口一辞地说。

克瑞翁

顽固的国王克瑞翁本不愿意做出让步,可现在的他被一种极大的恐惧攫住了心神,他老觉得会有什么大事发生。因此,他没有精力再以一己之力反对大家的意见了,他同意了长老们的建议。因为预言家提瑞西阿斯已经说得明明白白了,这是使他全家免于毁灭的唯一做法。于是,他率领着仆人、随从和长老们来到了波吕尼刻斯暴尸的地方,埋葬了已经腐烂不堪的尸体。然后,又往关押安提戈涅的山洞赶去。

克瑞翁的妻子欧律狄刻独自一人留在宫中。到了傍晚的时候,她突然听到王宫外的大街上传来一阵阵悲痛的哭声,声音越来越大,一直传到了王宫内室。一阵不祥的预感向她袭来,她不禁离开内室准备出宫一探究竟,结果刚来到前厅,就迎面碰上了一个仆人,这个仆人正是跟着克瑞翁去埋葬波吕尼刻斯和释放安提戈涅的。还没等焦急的王后欧律狄刻发问,这个仆人就开口了:“我们离开王宫后就去了波吕尼刻斯暴尸的地方,向地府的神灵做完祈祷之后,我们就在克瑞翁陛下的带领下给死者洗了圣浴,然后火化了他那可怜的遗骨,还用他的故乡底比斯的泥土给他垒了一个坟墓。后来,我们就去那个囚禁着安提戈涅、并准备让她在里面饿死的山洞。由于之前是我负责把安提戈涅押送到那里的,所以这次由我在最前面带路。离那个阴森恐怖的山洞还很远,我就听到里面传出了悲痛的哭声。国王也已经隐隐约约听见了,他紧走了几步,这时声音更清晰了,他听出那正是你们的儿子海蒙的哭声,马上吩咐随从中跑得最快的人赶紧先跑过去看个究竟。我听完马上向着山洞跑去,赶到之后便从石缝里往里窥视,结果看到了悲惨的一幕:我看到在石洞里面,安提戈涅用面纱扭成绳索,上吊死了。你和克瑞翁国王的儿子海蒙正跪在她面前,抱住她的尸体放声痛哭。他一边哀悼着年轻的未婚妻的惨死,一边诅咒着他残酷无情的父亲。就在这时,国王陛下也赶过来了,他打开洞门走进洞穴,大声地呼喊着:'海蒙,我的孩子,是父亲错了!你快回到父亲的身边来吧!我跪下来求你了!'海蒙一句话也没有说,他呆呆地看着他的父亲,一脸绝望的神情。突然,他一声不响地从剑鞘里拔出了随身携带的锋利宝剑。克瑞翁陛下非常慌张,以为儿子要为未婚妻向他报仇,于是急忙退出石洞,来躲避他的刺杀。可是谁都没想到的是,海蒙并没有把剑挥向他的父亲,而是重重地刺向了自己。然后,他扔掉了手中的剑,用最后一丝力气把安提戈涅抱得紧紧的,和他的未婚妻一起走向了永恒的安息。"

欧律狄刻一言不发地听着仆人的诉说,心中不祥的预感一点一点变成了现实。仆人说完之后,她默默地走回了内室。过了一会儿,国王克瑞翁绝望地回到了宫殿,跟随着他的仆人们抬着他唯一的儿子的尸体。这时,他突然想起了提瑞西阿斯的预言:"今天的太阳落山之前,你就会因为这具被荼毒的尸体而失去两个至亲的人,而你自己也将为天地所不容!"他赶紧朝着妻子欧律狄刻的寝室奔去,却看到自己的妻子已经自杀了,一把锋利的宝剑还插在她的胸口,鲜血流了一地……

安葬亚各斯的英雄们

在俄狄浦斯的后代中,两个儿子在决斗中同归于尽了,大女儿安提戈涅又自尽了,现在只剩下了小女儿伊斯墨涅和死去两兄弟的两个儿子还活着了。据说,伊斯墨涅始终没有结婚,她孤苦一生,没有子女。在她死后,这个被神诅咒的不幸家族的故事也就结束了。

在攻打底比斯的七位亚各斯英雄中,只有国王阿德拉斯托斯幸免于难,其他人全部牺牲在了底比斯的土地上。在最后的会战中,阿德拉斯托斯逃脱了底比斯人的追击。他之所以成为唯一一个成功逃脱的英雄,要归功于他的马。这是海神波塞冬和农业女神得墨忒耳所生的神马阿里翁,这匹马张着一双翅膀,奔跑起来像闪电一样迅疾。阿德拉斯托斯乘着神马幸运地逃脱了底比斯人的追杀,逃到了雅典。来到雅典之后,他寄居在一座神庙的圣殿里,每天都守着神坛祭拜祈祷,并请求雅典人帮助他安葬在底比斯城下丧身的亚各斯英雄和士兵。

雅典人被阿德拉斯托斯的虔诚打动了,答应了他的请求。他们的国王忒修斯亲自率兵来到底比斯,向底比斯的新国王克瑞翁说明了来意。当克瑞翁去雅典的圣林企图武力劫持俄狄浦斯的时候,就曾经见识过雅典国王忒修斯的雷厉风行。这次,他当然也不敢招惹当时希腊最强盛的雅典,只得同意任他们埋葬那些阵亡亚各斯英雄们的尸体。

阿德拉斯托斯为阵亡的英雄们堆起了七座柴堆,并在狄尔刻泉附近举行了献祭阿波罗的赛会。由于卡帕纽斯在攀登云梯的时候被宙斯用雷劈死了,尸体碎成了一块一块的,所以他的尸体最难找。但是,阿德拉斯托斯还是耐心地找齐了死去的侄子的所有肢体，把它们堆放在一个柴堆上。当他点燃这个柴堆时，卡帕纽斯的妻子奥字阿特纳突然跑了出来，纵身跳入火堆，自焚而死。终于，她的身体和丈夫的身体永远地融为了一体，永不分开。在死去的六个亚各斯英雄中，只有预言家安菲阿拉俄斯的尸体无法找到，因为他已经被大地吞没了。这使阿德拉斯托斯十分难过，他为不能亲自为朋友送葬而感到悲痛。他叹息道："从此以后，我失掉了我军队的眼目。因为他不仅是一个勇敢的战士，也是一个超人的预言家呀！"

在给阵亡的亚各斯人举行完隆重的安葬仪式后，阿德拉斯托斯在底比斯城外给报应女神涅墨西斯造了一座富丽堂皇的神庙，以此来表示对她的感谢。然后，他和忒修斯带领的雅典人一起离开了底比斯。

后辈英雄们

很久很久以前，如果你到得尔斐的太阳神庙去，中午的时候，你一定会看到有个老人站在神庙的墙根前懒洋洋地晒太阳，敞开棉袄捉虱子。这个老人满脸络腮胡子，一根拐杖撑在手里。他的双眼大大地睁开着，可是却只见到眼白，原来这位老人是一个瞎子。到了下午，夕阳西下，落日满城，你又会看到一位美丽的少女走在这位老人的前面，她正在和这个老人演示着什么，走近了，才知道是在传唱歌谣。少女教，老头唱，曲折动人的歌谣很快就吸引了一大批孩子。歌谣又被孩子们传诵，很快就传遍了整个希腊。

这个老人就是著名的迈俄尼亚歌者荷马，而那位少女，却是太阳神庙的祭司、先知提瑞西阿斯的女儿，预言家曼托。她的那些歌谣讲述的是她的亲身经历，也就是八英雄征服底比斯的故事。

故事开始的时候，距离国王阿德拉斯托斯带领女婿波吕尼刻斯征战底比斯，已经十多年了。当年底比斯之战阵亡的英雄们渐渐被人淡忘，可是，他们父亲的宏伟遗志，儿子们都铭记在心，从来没有忘记。现在，这些孩子都成长为有为的青年，时机成熟，到了再次征讨底比斯报仇雪耻的时候啦。他们共有八个人，被称为"厄庇戈诺伊"，意即后辈英雄。这八个人是：安菲阿拉俄斯的儿子阿尔克迈翁和安菲罗科斯，阿德拉斯托斯的儿子埃癸阿勒俄斯，波吕尼刻斯的儿子忒耳珊特罗斯，堤丢斯的儿子狄奥墨得斯，帕耳忒诺派俄斯的儿子普洛玛科斯，卡帕纽斯的儿子斯忒涅罗斯和墨喀斯透斯的儿子欧律阿罗斯。墨喀斯透斯本不是七位英雄中的一个，他是国王阿德拉斯托斯的另一个兄弟，这次他的儿子、阿德拉斯托斯的侄子欧律阿罗斯也参加了战争。

国王阿德拉斯托斯是第一次攻打底比斯的七位英雄中唯一的幸存者，这次他也参加了这次远征，但由于年事已高，已经不再担任统帅了。因为所有人都觉得，这样一个重要的职位应该由一个精力充沛的年轻人担任。众人一致推举安菲阿拉俄斯的儿子阿尔克迈翁，因为八人之中，阿尔克迈翁最为出色，智勇双全，具备领袖气质。谁知道，阿尔克迈翁却拒绝了大家的好意。没有办法，八个后辈英雄只好一起前往阿波罗神庙祈求神谕,请求神为他们选出一个好的统帅。神谕告诉他们:最适合担任统帅一职的是安菲阿拉俄斯的儿子阿尔克迈翁。

可是,阿尔克迈翁闻言却十分犹豫迟疑,因为父亲出征之前留给他的一个遗命他还没有执行。十年前,在阿德拉斯托斯等人征战底比斯之前,他的父亲安菲阿拉俄斯不想参战,妻子厄里菲勒接受了波吕尼刻斯的贿赂,尽力劝服丈夫,虽然她已从神谕中明晓:丈夫将死于这次战争。临走之前,安菲阿拉俄斯立下遗命,要求儿子阿尔克迈翁为他报仇雪恨,杀死贪财的厄里菲勒。父亲阵亡之后,自己迟迟没有向母亲动手,所以他现在不知道在为父亲报仇之前,能不能担任这么重要的职位。于是,他也祈求神谕的指示,神谕指示他说,这两件事可以同时做。

其实,在这之前阿尔克迈翁的母亲厄里菲勒不仅占有了那个给人带来厄运的金项链,而且还获得了阿佛洛狄忒的第二件倒霉的礼物,那个精致的面纱。原来,丈夫死后,这个贪婪的女人不但没有为自己的行为后悔,反而又觊觎起另外一件宝贝面纱来。在波吕尼刻斯死后,那个面纱就传到了他的儿子忒耳珊特罗斯的手中。这次,为了贿赂厄里菲勒说服她的儿子参加讨伐底比斯的战争,他像父亲一样把这件礼物送给了这个贪婪而愚蠢的女人。

有了神谕,阿尔克迈翁放心了,他出任了联军统帅,并准备征战回来后再为父报仇。于是,在阿尔克迈翁的统帅下,一支浩浩荡荡的军队开赴底比斯。

十年前的事情好像又在重演。像父辈们一样,这些少年英雄围住底比斯城,展开激烈的战斗。双方互有胜负。老国王阿德拉斯托斯太不幸了,他的唯一的儿子埃癸阿勒俄斯被底比斯人拉俄达马斯所杀。面对着冰冷的尸体,老国王没有流泪,只是握紧了拳头。年轻的联军统帅阿尔克迈翁信誓旦旦,当众许诺,要为自己的好友复仇。战争没有因为死人停止,反而更加剧烈地进行着。阿尔克迈翁利用自己的智慧,在一次决定性的战斗中,击败了底比斯人。那个罪大恶极的凶手拉俄达马斯,在激烈的肉搏战中被他当场击杀。他的尸体,被阿尔克迈翁的标枪直直地钉在地上。

底比斯人丧失了斗志。他们许多将领还有士兵都已成为战争的幽魂,外面的阵地一个个被亚各斯人占领。没有办法,他们只能放弃阵地,退守城内。外面雄兵压境,内部人心惶惶,他们来到底比斯人的先知、盲人提瑞西阿斯的屋子里,寻求对策。这位长寿的预言家提瑞西阿斯都一百来岁了,还相当精神。他一看目前的状况,打胜仗不可能了,就建议大家派使者向亚各斯人求和,与此同时,趁机弃城而逃。

无奈之中底比斯人接纳了这个办法。他们派使者前往敌营议和。阿尔克迈翁也不愿意再损伤将领和士兵,同意谈判。狡猾的底比斯人乘谈判之机,用大车载着妻儿老小逃离了底比斯城,到了俾俄喜阿的一座城内。他们的盲人先知提瑞西阿斯也逃了出来,却由于喝冷水受寒,又不能忍受逃难的颠簸不幸去世。不过,这个聪明的预言家到了地府也受到器重,因为他就是变成了鬼魂,那高超的占卜本领还保留着。

底比斯人的诡计被识破后，阿尔克迈翁率军进入底比斯城。提瑞西阿斯的女儿曼托没有和父亲一起外逃，她留在底比斯城内，落入占领者的手里。阿尔克迈翁等少年英雄在出征之前，曾向太阳神阿波罗许愿：如果他们攻占了底比斯城池，他们要把在城内发现的最高贵的战利品祭献给他。现在他们一致认为神祇肯定喜欢女预言家曼托，因为她继承了父亲神奇的预言本领。阿尔克迈翁等人把曼托带到得尔斐，把她献给太阳神，做他的女祭司。在这里，她的预言术更加完美，智慧更超常。不久，曼托成了当时最有名的女预言家。也是她，把八英雄征服底比斯的故事编成美丽的歌谣教给了迈俄尼亚的盲眼歌者荷马。很快，这些诗歌就传遍了整个希腊。

阿尔克迈翁和项链

当八个后辈英雄在底比斯的战场上浴血奋战的时候，阿尔克迈翁的母亲厄里菲勒却整日赏玩着出卖丈夫和儿子换来的两件宝物：项链和面纱。她沉迷其中、爱不释手，却不知道灾难正要降临到她的头上。

八英雄征服底比斯之后，凯旋的阿尔克迈翁终于有时间执行父亲的遗命了，他决定去实现神谕的第二部分内容，即为他的父亲报仇，杀死母亲。当他听说厄里菲勒不仅曾经接受贿赂出卖了他的父亲，而且也为了面纱出卖过他时，他对母亲越发感到失望了。不过，一想到这个仇人却是自己的母亲，是生他养他的母亲的时候，阿尔克迈翁就满心忧郁，不知道该怎么办好。父亲之仇不能不报，母亲的行为，他更是痛恨。最终，他狠下心来：这种女人根本都无须怜悯。于是，一天夜里，醉醺醺的阿尔克迈翁带着宝剑闯进母亲的寝宫，气喘吁吁地怒视着母亲。厄里菲勒还没睡觉，正在赏玩自己的两件宝贝。她一看自己儿子脸上那副神情，就知道形势不对，可是也无处可逃。她壮着胆子，大声责问阿尔克迈翁想干什么。阿尔克迈翁冷笑一声，二话不说，举起宝剑，砍下母亲的头颅。报了父亲的大仇之后，阿尔克迈翁带着项链和面纱，连夜离开父母的故居，因为这个地方真是让他既伤心又悲哀。现在，宝物就落入阿尔克迈翁的手中，他并不知道，灾难在这一刻已经从母亲的身上转移到自己身上来了。

虽然神谕明确地告诉阿尔克迈翁，为父报仇无可非议，但无论如何，杀害亲生母亲也是违背伦理的，神祇也不会坐视不管。宙斯派出了复仇女神围堵追捕阿尔克迈翁。阿尔克迈翁四处流窜，一边想要摆脱复仇女神的追捕，一边他又懊悔自己杀母的行为。没过多久，他就丧失了理智，变得疯疯癫癫。后来。他流亡到亚加狄亚，被国王欧伊克琉斯收留了。但复仇女神没有放过他，没容他过几天安宁日子就又驱使着他继续流浪了。最后，他逃到珀索菲斯，投靠了那里的国王菲格乌斯。国王非常喜欢这个年轻人，把女儿阿尔茜诺埃许嫁给了他，流浪多年的阿尔克迈翁终于找到了一块安身之地。作为聘礼，两件不祥的礼物项链和面纱到了阿尔茜诺埃的手里。

生活安定,阿尔克迈翁的疯病有所好转,但灾祸却随即降临到他头上。珀索菲斯连年遭灾,颗粒不收。祈求神谕的结果全是因为国王收留了阿尔克迈翁这个杀母的罪人。神谕说,他只有逃到杀母时地面上还没出现的国家去,才能平安下来,珀索菲斯也才能得到安宁。因为,厄里菲勒在临死前,曾经诅咒过任何一个收留杀母凶手的国家。绝望的阿尔克迈翁离开了妻子和小儿子克吕堤俄斯,流浪远方。在经受了无数的痛苦磨难后,他终于找到一个满足神谕要求的地方。在阿克洛斯河,有一个刚从水里露出来的小岛,阿尔克迈翁就在岛上安住下来,过着无灾无难的平静生活。在这里,欢乐和幸福的生活使他忘掉了他的妻子阿尔茜诺埃和小儿子克吕堤俄斯。他又娶了阿克洛斯河河神的女儿,美丽的卡吕尔荷埃为妻,并生了两个儿子阿卡耳南和阿姆福特罗斯。

可是一切都只是一个开始,灾难才刚刚露出它的狰狞面目。谁都知道阿尔克迈翁拥有两件稀世之宝,年轻的卡吕尔荷埃也不例外。她希望阿尔克迈翁能够把美丽的项链和面纱拿出来给她看看。这两件宝物如今在阿尔茜诺埃的手里,阿尔克迈翁当然拿不出来,但他不愿意告诉新婚妻子他还有一个家庭,于是就开始撒谎,说这两件宝贝他藏在一个遥远的地方,得去把它们取回来。

于是,阿尔克迈翁回到珀索菲斯,来到岳父和被他抛弃的妻子面前。他向他们道歉,说由于疯病犯了,他才离开他们,现在这病还没有痊愈。他撒谎:“按照占卜所示,只有一种办法,才能使我彻底摆脱病魔,那就是把我从前送给你的项链和面纱带到得尔斐,献给神祇。”

阿尔茜诺埃深爱着阿尔克迈翁,只想让他赶紧摆脱疯病的折磨,根本就没有产生任何怀疑。她赶紧回到房间,从自己珍藏的小盒子里取出了项链和面纱交给了阿尔克迈翁。骗回宝物后,阿尔克迈翁高兴地上了路,他完全没有想到这两件倒霉的宝物正在使他走向他毁灭。他的一名仆人同情可怜的阿尔茜诺埃的公主,向国王菲格乌斯告密说出了真相。仆人告诉国王阿尔克迈翁要回宝物根本就不是为了治什么疯病,他又娶了一个妻子,现在是要把宝物送给她。菲格乌斯的儿子们一听妹妹受骗,不禁大怒,急忙追出去。他们在路上埋伏,把阿尔克迈翁杀死了,夺回项链和面纱交还给了妹妹。

可是,阿尔茜诺埃听到丈夫被杀的消息后,非但没有感谢她的兄弟们,反而伤心欲绝。她仍然爱着不忠实的丈夫,责怪兄弟们不该把阿尔克迈翁杀害。现在,这两件带来灾难的宝物又在阿尔茜诺埃身上显示出邪恶的作用了。她的兄弟们听到她的责备后十分生气,决定惩罚这个不知好歹的妹妹。他们把她抓住,锁在一只木箱里,将她运到特格阿,交给了那里的国王阿伽帕诺尔,对他说,阿尔茜诺埃是谋杀阿尔克迈翁的凶手。后来她在那里悲惨地死去了。善良而痴情的阿尔茜诺埃也因为两件宝物丧命了,这一切就像是上天注定的,谁得到了项链,谁就会和灾难结缘。

久等丈夫不归的卡吕尔荷埃终于了解到了丈夫被杀的真相。她悲痛不已,跪倒在地祈求天降奇迹，让她的两个儿子阿卡耳南和阿姆福特罗斯立即长大成人，前去惩罚杀父凶手。宙斯被卡吕尔荷埃这个纯洁而虔诚的女子感动，接受了她的祈求。两个不到八岁的儿子，第二天醒来时已是成人，浑身肌肉鼓荡、满是力量，并且充满了为父报仇的欲望。他们离开了一直生活的小岛，首先来到了特格阿。在那里，他们正好碰上了菲格乌斯的两个儿子帕洛诺俄斯和阿根诺尔。他们刚把不幸的妹妹阿尔茜诺埃交给了那里的国王阿伽帕诺尔，正准备到得尔斐去，把阿佛洛狄忒的不祥的宝物献给阿波罗神庙。两个青年一见仇人分外眼红，冲上去就打，帕洛诺俄斯和阿根诺尔还没弄明白是怎么回事，就被兄弟两人打死了。然后，兄弟两人向阿伽帕诺尔国王说明了事情的原委，又来到了亚加狄亚的珀索菲斯。他们一直走进宫殿，杀掉了国王菲格乌斯和他的王后，又从王宫里把那两件不详的宝物带了出来。他们安全回来后，告诉母亲，他们已为父亲报了仇，并且带回了那两件不祥的宝物。他们的外祖父阿克洛斯是个非常智慧的老人，他告诉他们这两件宝物是神祇的物品，凡人无福消受，哪个凡人拥有了这两件宝物，就会遭受到不幸。他建议两个外孙，前往得尔斐把项链和面纱献给了神。当这件事完成后，安菲阿拉俄斯家族所遭受的灾难才最终结束。

安菲阿拉俄斯的孙子，即阿尔克迈翁和卡吕尔荷埃所生的儿子阿卡耳南和阿姆福特罗斯在伊庇鲁斯地区招集移民，建立了阿卡耳南尼亚王国。而阿尔克迈翁与阿尔茜诺埃的所生的儿子克吕堤俄斯，在父亲被杀后，也怀恨离开了祖父家的亲戚们，逃到了厄利斯，并在那里安下了家。

特洛伊的故事

特洛伊城的建立

远古的时候，爱琴海的撒摩特剌岛由两兄弟伊阿西翁和达耳达诺斯统治着，他们是宙斯与海洋女神普勒阿得斯所生的儿子。伊阿西翁自以为是神的儿子，窥视上了奥林匹斯圣山上的一位女子，狂热地追求着女神得墨忒耳。为了惩罚他这种胆大妄为的行为，他的亲生父亲宙斯用雷电将他击死。得知亲兄弟的死讯后，达耳达诺斯十分悲伤和难过，于是他义无反顾地离开了自己的家乡。他越过了亚细亚大陆，来到了密西埃海湾，那是西莫伊斯河和斯康曼特尔河入海的汇合处。这儿的统治者是透克洛斯，土著的克里特人，所以这个地区的牧民也被称为透克里亚人。

达耳达诺斯在这儿受到了国王透克洛斯热情的接待。他享受了当地的美味佳肴，得到了国王赏赐的一块土地。不仅如此，国王还把自己的女儿许配给了他。于是，这块地方根据他的名字而被称为达耳达尼亚，居住在这个地区的透克里亚人从此改称达耳达尼亚人，后来又根据他孙子的名字特洛斯而称为特洛伊人。达耳达诺斯的儿子厄里克托尼俄斯在他死后继承了王位,后来特洛斯又继承了父亲厄里克托尼俄斯的王位。从此以后,特洛斯统治的地区称为特罗阿斯,特罗阿斯的都城则称为特洛伊。现在人们把透克里亚人和达耳达尼亚人都称为特洛伊人,或称为特洛埃人。

长子伊罗斯在父亲特洛斯死后继承了王位。有一回,他到邻国夫利基阿访问,国王热情地邀请他参加一场正在举行的角力竞赛。伊罗斯取得了胜利,他的奖赏是五十名男孩,五十名女孩以及一头色彩斑斓的母牛。国王把奖赏赐给他的同时,告诉了他与之相关的一则神谕:他必须在母牛躺下休息的地方建好一座城堡。

伊罗斯赶着母牛回去,母牛在特洛阿斯的都城特洛伊躺了下来。于是,伊罗斯就依照那儿的山建起一座坚固的城堡,这个城堡有着很多的名字:伊利阿姆、伊利阿斯,或者柏加马斯。后来,这个地方有时称为特洛伊,有时称为伊利阿姆,有时又称为柏加马斯。在建城之前,伊罗斯祈求先祖宙斯赐以征兆,看看神是否同意他的建城计划。第二天,伊罗斯高兴地发现:从天上落下的女神雅典娜的神像掉在了他的帐篷外面。这个神像被称为帕拉斯神像。它高六尺,双脚合拢,左手拿着纺线杆和纺锤,右手执一长矛。

这副神像有着这样的传说:女神雅典娜出生后由海神特里同养育,特里同有一个名叫帕拉斯的女儿,正好和雅典娜差不多年纪,两个女孩经常一块儿玩耍,成了要好的朋友。一天,两位年轻的姑娘玩起了战争的游戏,两人想要比试比试,看看谁的武艺更强一些。正当帕拉斯摆好刺杀她的玩伴的姿态时,担心女儿受伤的宙斯迅速在雅典娜面前挡了一面由山羊皮做的神盾,坚实牢固的神盾让毫无准备的帕拉斯吃了一惊。就在这一瞬间,她遭到了雅典娜的致命一击。雅典娜对好友的死十分悲痛,为了表示对好友的纪念,她为帕拉斯造了一尊逼真的神像,并把和山羊皮盾一样质地的胸甲穿在神像上。雅典娜把这个神像放在宙斯的神像前,以此表示她崇高的敬意和尊重。与此同时,她本人自称为帕拉斯·雅典娜。现在,宙斯征得他女儿的同意,把帕拉斯神像从天空降落下来,表明伊利阿姆城堡将在他和他女儿的保护之下。

伊罗斯死后,他的儿子拉俄墨冬继承了王位。拉俄墨冬生性乖僻暴戾,专横武断。他不但欺骗国人,也欺骗众神。他想在特洛伊城周围建造一堵城墙,把城围住,这样就有了牢固的防守,从而成为一座真正的城池。那个时候,太阳神阿波罗和海神波塞冬因反抗宙斯而被逐出天国,在人间四处游荡。宙斯的想法是让两个神帮助拉俄墨冬国王建造城墙,让他和他的女儿所保护的城市有一座坚不可摧的城墙。命运女神把阿波罗和波塞冬送到特罗伊城区,他们向拉俄墨冬自荐,愿意为国王做一年的重活,报酬谈妥后,他们开始工作了。在波塞冬的领导下,城墙拔地而起,它被造得高大,宽阔,坚固无比。与此同时,阿波罗在爱达山丛林密布的山谷和蜿蜒起伏的河岸间为国王辛勤地放牧。一年过去了,雄伟的城墙已经建成,可是狡诈的国王拉俄墨冬赖账,拒绝付给他们此前谈妥的报酬。为此,两个神和国王激烈地争论起来。阿波罗愤怒地斥责国王不守信义,但是无耻和无知的国王不讲道理,下令把他们驱逐出境,并放出威胁:要把阿波罗的手脚捆住,并把两人的耳朵割下来。两个神因此发下毒誓,此后与国王结下不共戴天的大仇,从此他们成了国王和特洛伊人的死敌。一直是该城的保护神的雅典娜也不再保护这座城市,后来赫拉也参加进来,众神共同反对这座城市。在宙斯的默许下,这座刚建好高大城墙的城市将由诸神去毁灭,特洛伊人民也将因此领受悲惨的命运。

普里阿摩斯,赫卡柏和帕里斯

国王拉俄墨冬的王位继承人是他的儿子普里阿摩斯。普里阿摩斯娶的第二个妻子是夫利基阿国王迪马斯的女儿赫卡柏,他们生了第一个儿子,名叫赫克托耳。当第二个孩子即将诞生时,王后做了一个奇怪的梦,她梦见自己生下一只熊熊燃烧的火炬,火炬把整个特洛伊城烧成了一片火海,所有的一切变成灰烬。

赫卡柏惊恐不安,她赶紧把这个梦详细地告诉了她的丈夫。普里阿摩斯疑惑不解,他马上召来前妻的儿子埃萨库斯。他是个预言家,从外祖父迈罗泼斯那儿学到了精湛的解梦技艺。听了父亲的叙述后,他开始解释说,他的继母赫卡柏将生下一个儿子,这个儿子将会给特洛伊城带来灾难,因为他的原因,特洛伊城将会遭到毁灭。他劝告父亲把这个新生儿丢弃。

王后赫卡柏果然生了一个儿子。对国家的爱胜过了母子之情,她让丈夫把婴儿交给一个仆人,让他把孩子扔到爱达山上。这个名叫阿革拉俄斯的仆人按照命令把孩子丢弃在山上。但一只母熊却收留并哺乳了这个婴孩。五天以后,阿革拉俄斯看到孩子仍躺在森林里,完好无损,健康活泼,便决定把婴儿带回自己的土地上,并把他抚养成人,还为这个孩子取名为帕里斯。

帕里斯在这片自由开阔的土地上渐渐长成为一个健壮有力、英俊潇洒的小伙子。

一天,帕里斯来到了幽深的狭谷里放牧。这里的山路崎岖难行,树木高大繁茂,野花姹紫嫣红。他透过树林缝隙,看到了特洛伊的宫殿和远处的大海。忽然间他听到了神的脚步声,这使他周围的大地震动起来。他还来不及思考的时候,众神的使者赫耳墨斯已来到他的身旁。奥林匹斯圣山上的三位女神跟在赫耳墨斯的后面,她们轻盈地踏过柔软芬芳的草地,面带微笑地看着帕里斯。这个年轻的小伙子顿时大吃一惊。那个带着翅膀的众神的使者赫耳墨斯对他喊道:“年轻人,你别害怕,三位女神来找你,是神的旨意,她们选择了你作为评判,你要做的只是评一评她们中谁最漂亮。这个使命是宙斯的旨意,宙斯会给你应有的保护和帮助的。”

赫耳墨斯说完话就振起双翼,飞出狭窄的山谷,消失在远方的天空。赫耳墨斯刚才的那番话使得这个年轻人鼓起勇气,刚才他还低垂着头,眼里满是胆怯,现在已经能够大胆地抬起头,用炯炯有神的目光去欣赏站在他面前的三位女神。她们都貌美如花,美艳绝伦。第一眼看时,他就想说他觉得三个女神都一样美貌,无法分出哪一位最美。可是仔细端详,他时而觉得这个最美,时而又觉得另一个更漂亮。最后,他发觉其中一个女神比另外两个更年轻,更温柔,更迷人。

这时,她们中最骄傲的一个,也是身材最高大的一个开口说话了:“我是赫拉,宙斯的妻子。这个金苹果是不和女神厄里斯在珀琉斯与海洋女神忒提斯的婚礼上掷给宾客的礼物,上面写着‘送给最美的人’,你把他拿去吧,如果你愿意把它判给我,尽管你曾是一个被遗弃的牧人,你也可以统治地面上最富有的国家。”

“我是智慧女神帕拉斯·雅典娜,”第二个女神接着发话,她有着宽阔的额头,美丽而妩媚的脸上有双蔚蓝色的明眸,“如果你判定我是胜利者,那么,你将赢得人世间最有智慧的美誉。”

这时,一直用美丽的眼睛说话的第三位女神,她看着帕里斯,神态甜美诱人,她微笑着开了口:“你不要被这些许诺所诱惑,它们不可靠,充满了危险。我愿意送给你一样礼物,它会带给你快乐,让你享受爱情的甜蜜和幸福。如果你把它判给我,我将把世界上最漂亮的女子送到你的怀中,让她成为你的妻子。我是阿佛洛狄忒,专司爱情的女神!”

当阿佛洛狄忒说这番话时,她正束着那条赋予她迷人魅力的魔力腰带,腰带使她看起来是那样的光彩照人、妩媚动人,其他两个女神在她的对比下显得黯然失色。昏昏然地,帕里斯把那个从赫拉的手里得到的金苹果毫不犹豫地递给爱情之神阿佛洛狄忒。赫拉和帕拉斯·雅典娜恼怒地转过身去,发誓不忘今天的耻辱,一定要向他、向他的父亲和所有的特洛伊人报复,直至他们彻底毁灭。尤其是一向心高气傲的赫拉,从此以后成了特洛伊人的最势不两立的敌人。阿佛洛狄忒又庄严地重申了她许下的诺言,并深深地向他祝福,然后也离开了他。

帕里斯作为一个不知名的牧人住在爱达山上,他娶了一个漂亮的姑娘俄诺涅为妻,她是河神与一个仙女所生的女儿。婚后,帕里斯与妻子厮守在一起,生活得很幸福,可是帕里斯在心里依然惦记着女神给他许下的诺言。有一天,帕里斯听说国王普里阿摩斯为一位死去的亲戚举办殡仪赛会,他被吸引着前去参加,他终于踏进了特洛伊这片土地。国王为这场比赛设立的奖品是一头从爱达山牧群里牵来的公牛,这头公牛正好是帕里斯最喜爱的,可是他却无法阻止主人和国王把它牵走。他决心在比赛中赢得这头牛。帕里斯机敏灵活,战胜了所有的对手,甚至战胜了他的同胞兄弟——英勇无敌的赫克托耳。在几个兄弟中,赫克托耳最勇敢,最威猛。普里阿摩斯的另一个儿子得伊福玻斯为自己的失败感到愤怒和羞辱,他冲向这个牧人,想把他刺死。帕里斯惊慌地逃到宙斯的神坛边,在那儿遇到普里阿摩斯的女儿卡珊德拉。她是一位预言家,她的预言本领是神传授给她的,她立刻认出眼前的牧人正是从前被遗弃的哥哥。父母亲听到女儿的话后,高兴地拥抱这个失散多年的儿子。在欣喜中,他们早已忘记了他出生时神谕的警告,收留了这个失而复得的儿子。

帕里斯高兴地回到了妻子和牧群那里,回到了爱达山上,在那里他享受到王子的礼遇，他拥有了一座富丽堂皇的住房。不久，国王委托他去完成一件事。于是他踏上旅途，但他还不知道此番出行将会得到爱情女神许给他的礼物。

海伦被劫

有一天，国王普里阿摩斯在宫里和大臣们议论起往事，说起自己远方的姐姐时，国王忍不住热泪盈眶。原来在普里阿摩斯年幼的时候，赫拉克勒斯攻占了特洛伊城，杀死了他的父亲拉俄墨冬，抢去了他的姐姐赫西俄涅，然后把赫西俄涅赠予他的朋友忒拉蒙为妻。虽然忒拉蒙使她升格成了统治萨拉密斯的王后，可是国王普里阿摩斯家族始终对这场抢劫耿耿于怀。听到这个令人愤愤不平的故事时，帕里斯忽然站起来说，如果给他一支舰队前往希腊，借助神的帮助，他一定能用武力把父亲的姐姐从敌人的手中夺回。帕里斯没有忘记爱情女神阿佛洛狄忒给他的许诺，因此他对此事表现得信心十足。为了获得众人的信任，他向父亲和兄弟们叙述了那天在放牧时遇见女神的所见所闻。这样，普里阿摩斯毫不怀疑他的儿子帕里斯受到了上天的特别庇护，相信当帕里斯带着舰队到希腊时，他一定能够把赫西俄涅顺利带回。

但是此时，赫勒诺斯站起来，说了一通预言：如果帕里斯从希腊带回一个女人的话，那么希腊人就会前来特洛伊，把这座城市踏平，国王和他所有的儿子都将被杀死。赫勒诺斯是普里阿摩斯的另一个儿子，他是个预言家，精通占卜之术。他的预言引起了他的弟弟，普里阿摩斯的小儿子特洛伊罗斯的嘲笑：他认为这位哥哥胆小怕事，劝大家不要因为胆怯而停止了伟大的举动。正当其他人还犹豫不决的时候，普里阿摩斯表示支持帕里斯远赴希腊，因为他是如此思念姐姐。

于是，国王召集市民，发表演说，他告知民众，他的儿子帕里斯将率领一支强大的舰队，用武力来解决数年前受到的侮辱。他的这番言论获得了人们的支持，人群中开始骚动，大家都狂热起来，他们一致要求战争，要求希腊把赫西俄涅无条件归还。普里阿摩斯却显得特别冷静，他知道不能够草率地做出战争的决定，他试图倾听大家的意见。于是，他要求众人说出内心的忧虑，要求大家充分考虑到战争可能带来的种种不良后果。这时特洛伊一位年长的老人潘托俄斯站了出来，他大声地说道："我的父亲曾接受过神谕的暗示，在我幼年的时候我的父亲就把这个神谕告诉了我，如果将来拉俄墨冬家族中有一位王子从希腊带回一个妻子到家时，那么特洛伊将面临毁灭的威胁。因此，我们不要被战斗的荣誉所迷惑。朋友们，我们应当珍惜和平和安宁的生活，不要做战争的冒险者，不然，到了最后，也许自由也将丧失。"但是狂热的人们并不听从老人的建议，他们要求国王普里阿摩斯不要听信一位老人的胆怯言辞，而应该大胆地把心中决定的事付诸实施。

于是普里阿摩斯下令准备战船，同时派儿子赫克托耳到夫利基阿去，派帕里斯和得伊福玻斯到邻国珀契尼亚去，争取众多王国的支持和结盟。特洛伊的青壮年男子纷纷入伍，随时准备为国家的荣誉战斗。帕里斯被任命为军队的统帅，他的兄弟得伊福玻斯、潘托斯的儿子波吕达玛斯以及埃涅阿斯被拜为参将。这支强大的舰队出发了，朝着希腊的方向航行，帕里斯想在希腊岛屿库忒拉登陆。在路上，他们遇到了前往波罗斯访问的斯巴达国王墨涅拉奥斯的船队，他们对这位国王装饰豪华的大船非常惊奇，他们基本上能够断定大船上乘坐的一定是希腊显赫的王侯。而对方也对特洛伊人壮观有序的舰队表示出不住地赞赏。双方互不认识，两支船队在海面上擦肩而过。

特洛伊的战船顺利抵达锡西拉岛。帕里斯准备从这里向斯巴达进发，并将与宙斯的双生儿子卡斯托耳和波吕丢刻斯进行交涉，要求他们归还赫西俄涅。如果希腊人拒绝归还，帕里斯将执行父亲的命令，把舰队开往萨拉密斯湾，用武力夺回王后。

在动身前往斯巴达之前，帕里斯打算在爱神阿佛洛狄忒、月亮以及狩猎女神阿尔忒弥斯的神庙里献上祭品。而这时，这支浩浩荡荡的船队抵达锡西拉岛的消息已经在第一时间被岛上的居民传到了斯巴达。因为墨涅拉奥斯已经外出访问，政事由斯巴达王后海伦主持。海伦是宙斯和勒达的女儿，卡斯托耳和波吕丢刻斯的妹妹，她是那个时候世界上最美丽的女子。她还是个少女的时候，就被忒修斯抢走，后来又被她的哥哥夺了回来，在继父斯巴达国王廷达瑞俄斯的宫中长大后，由于她举世无双的美貌而吸引了大批求婚者。国王害怕如果挑中其中一个作为女婿，其他的求婚者会不高兴而与之为敌，于是希腊英雄中最聪明的一个，伊塔刻国王奥德修斯出了个主意，他让所有的求婚者都发誓，与将来被选中的女婿建立同盟，共同反对因没被选中而怀恨在心、不怀好意的人。廷达瑞俄斯接受了他的建议。于是所有的求婚者都当众发誓。后来，国王选中了阿特柔斯的儿子阿伽门农的兄弟墨涅拉奥斯作他的女婿，并把他的王位交给了他。海伦和墨涅拉奥斯生了一个女儿名叫赫耳弥俄涅。当帕里斯向希腊靠近时，赫耳弥俄涅还只是一个躺在摇篮里的婴儿。

丈夫外出访问的日子里，海伦一个人孤单地住在宫殿里，百无聊赖地打发着时间。当她听说有一位异国王子正率领着舰队来到锡西拉岛的时候，受好奇心驱使，她想去看看这位王子和他的武装随从。于是她动身前往锡西拉岛，准备在阿尔忒弥斯神庙里举行隆重的献祭。当她走进神庙时，帕里斯刚好完成他的献祭。他抬起头迎面看到走进来的美丽端庄的王后，心儿忍不住怦怦直跳，他以为又见到了曾经被自己认定为最美丽的女神阿佛洛狄忒。虽然早就听说过海伦美貌无双的传闻，但他没想到眼前的美女海伦比他想象中的还要美丽，并且他原以为爱情女神许诺给他的美女应当是一个处女，而不是别人的妻子。现在，看着眼前完全能与爱情女神媲美的海伦，他顿时忘记一切，他觉得此次远征的目的似乎全是为了遇见海伦而来，父亲的委托顷刻间早已被他抛到九霄云外。而海伦此时也在打量着这位从亚细亚来的英俊王子，他有着一头飘逸的卷发，身穿一件闪亮的东方色调的华丽长袍，身材挺拔有力。刹那间，她的意识里，丈夫的模样渐渐淡去，取而代之的是这位年轻俊美的异国王子的形象。

海伦回到斯巴达的宫中,对帕里斯的相貌久久不能忘怀,她努力强迫自己思念外出访问的丈夫墨涅拉奥斯,以此来忘记那个外乡人英俊的容貌。但是很快,帕里斯带着几个随从出现在王宫,国王出门在外,王后海伦按照礼仪殷勤地接待了这位造访的王子。帕里斯王子谈吐优雅,琴艺高超,眼神又频频流露出对王后的爱慕之情,这些都打动着海伦那颗不设防的芳心。帕里斯见到海伦更是心旌摇荡,他忘记了父亲的委托和自己的使命,心中想的念的全是这个爱情女神许诺的最有诱惑力的礼物。于是他召集自己带来的全副武装的士兵,说服他们帮助他达到目的。然后他带领着这些士兵冲进王宫,把希腊国王的财富掠夺一空,并劫走了半是反抗半是依从的海伦。

当他带着他梦寐以求的战利品驶过爱琴海时,风突然停了下来,船只前面,波浪自动分开。年老的海神涅柔斯从水中伸出他的头,他头戴芦苇花冠,胡须和头发上滴着水,而船只好似钉在水面一样,老人向舰船喊出一个可怕的预言:"不祥之鸟将伴随你们的行程!希腊人很快将带着大军赶来,他们将誓死拆散你们,摧毁普里阿摩斯的古老王国!看呀,雅典娜已经戴上了她的头盔!多少特洛伊人将因为你们而付出无辜的生命!这一场血战要经历多年,只有一位英雄的愤怒才能阻挡你们的城市的毁灭!一旦那天来临时,特洛伊人将被希腊人彻底蹂躏。"

海神说完了他的预言,潜入海中。听了这些预言,帕里斯心里非常恐惧。不一会儿,海面上恢复了宁静,海风习习,海伦拥在他的怀里,这些诅咒也就随风而去。后来战船来到克拉纳岛,在岛上登陆,墨涅拉奥斯轻薄的妻子海伦与帕里斯举行了隆重的婚礼。他们深深地沉浸在新婚的快乐中,他们依靠带来的财宝,在岛上过着豪华奢侈的生活,故乡和祖国早已被两人抛到脑后。多年之后,他们才航行回到特洛伊。

希腊人

帕里斯这次前往斯巴达,抢劫财富,夺走王后的行为已严重地违背了宾主之道,造成了严重的结果,他激怒了古希腊最有权势的家族。斯巴达国王墨涅拉奥斯和他的哥哥迈锡尼的国王阿伽门农——希腊英雄中最强大的王室王族。他俩都是宙斯的儿子坦塔罗斯的后裔,是珀罗普斯的孙子、阿特柔斯的儿子。他们不仅统治着亚各斯、斯巴达,还主宰着伯罗奔尼撒的其他王国,其余的希腊君主都是他们的盟友。

当墨涅拉奥斯听到妻子被劫走的消息后,这位义愤填膺的国王立刻赶到迈锡尼,把事情告诉了哥哥阿伽门农。阿伽门农和海伦的异父姐妹克吕泰涅斯特拉是这儿的统治者,他们分担了他的痛苦与屈辱,并安慰他,许诺让那些曾向海伦求婚的王子履行他们的誓言。两兄弟走遍希腊各地,力邀所有的王子共同讨伐特洛伊。特勒泊勒摩斯率先答应了他们的要求,他是赫拉克勒斯的一个儿子,现在是罗德岛上有名的国王,他提供了九十只战船出征。其次是神堤丢斯的儿子狄奥墨得斯,亚各斯国王,他提供了八十条海船参战。海伦的两位兄长卡斯托耳和波吕丢刻斯听到妹妹被劫的消息后便立刻扬帆出海。在靠近特洛伊海岸的列斯堡岛,他们遇到风暴,失去消息。传说,他们被父亲宙斯召回天上,变作两颗星星,从此成为海上水手的保护神。

现在,全希腊的男子几乎都响应阿伽门农兄弟的号召,最后还有两个国王犹豫不决,一个是狡黠的奥德修斯,另一个是阿喀琉斯。

伊塔刻国王奥德修斯是珀涅罗珀的丈夫,他不愿因为斯巴达王后的不忠而离开自己年轻的妻子和他襁褓中的儿子忒勒马科斯。因此,当他看到帕拉墨得斯与斯巴达国王前来访问时,他就装疯卖傻起来,他驾着一头驴而不是一头牛到田里耕地,他还特意把盐当作种子撒在田里。这些都骗不过能够识破一切诡计的帕拉墨得斯。他偷偷地走进奥德修斯的宫殿,把奥德修斯的儿子忒勒马科斯抱走,放在奥德修斯正要犁的田埂里。只见这位父亲小心翼翼地把犁头提起来,从他儿子身边绕过,两位英雄见了,立刻大叫起来,这证明了奥德修斯神智完全清醒。奥德修斯的计谋被识破了,他只得同意参加这次征战,并且献出伊塔刻及其邻近岛屿的八条战船,但从此他的心里埋下了对帕拉墨得斯不满的情绪。

另一个还没有答应参战的是阿喀琉斯。他是阿耳戈英雄珀琉斯和海洋女神忒提斯的儿子。当他刚刚降临在这个世上的时候,母亲忒提斯希望他能成为神人,于是把小阿喀琉斯带到冥河边上。在那里,她提起小阿喀琉斯,把他的全身都浸泡在河水之中。经过冥河之水的浸泡,小阿喀琉斯全身上下刀枪不入。不过,女神也有一个疏忽,那就是小阿喀琉斯的脚踵。那里是她浸泡时用手握持的地方,水流没有浸湿,所以只有这个地方,才是阿喀流斯的致命处。此外,忒提斯还在夜里背着丈夫把儿子放在天火中燃烧,以便把他父亲遗传给他的非神的身份烧掉。白天她则用神药治愈烧灼的部位,她每天都这样做。直到有一天,珀琉斯意外发现他的儿子在烈火中发抖,不禁吓得大叫起来,这一来忒提斯就无法顺利完成她的秘密使命。她沮丧地离开了她那没有成为神祇的儿子,离开了丈夫的王宫,躲回自己的海洋王国,和仙女涅瑞伊得斯住在一起。以为儿子受到重伤的珀琉斯慌忙把儿子送到著名的医生喀戎那里医治。半人半马的喀戎是个聪明的肯陶洛斯人,他曾收留和教育过许多英雄,他慈爱地接受了这个孩子,并努力地把阿喀琉斯培育成一个英雄。喀戎喂他狮子和野猪的内脏,同时把医术和其他技艺也一一传授给他。长者福克斯教他辩论术和武功。阿喀琉斯六岁就杀死了一头野猪和狮子,奔跑起来,可以追赶上麋鹿。他的好友帕特洛克罗斯陪他一起,共受教育。当他的老师,让他在庸碌长寿和建功立业但短命两者之间抉择时,他毫不犹豫地选择了后者。

当阿喀琉斯九岁的时候,希腊预言家卡尔卡斯预言,远在亚细亚的特洛伊城,希腊人要用武力把他们毁灭,但如果没有珀琉斯的儿子参战,希腊人将无法占领这个城市。这个预言传到了孩子母亲的耳朵里,忒提斯知道这场征战将会夺去她儿子的生命。于是她从自己潮湿的海洋里出来，潜入丈夫的宫殿，把儿子送到斯库洛斯岛，并给他穿上女孩的服装，交给了国王吕科墨得斯。于是阿喀琉斯便以女孩的身份和吕科墨得斯的女儿们一起生活。当这个青年的下颌长出髭须的时候，阿喀琉斯向国王的女儿得伊达弥亚说出了自己男扮女装的秘密。两人之间渐渐产生了爱情。岛上的居民把还他当成是国王的一个女眷，实际上他已成为得伊达弥亚的丈夫了。

这个神之子是特洛伊征战取胜的关键人物，预言家卡尔卡斯发现了阿喀琉斯居住的地方，于是奥德修斯和狄奥墨得斯亲自去请他参战。两位英雄到达斯库洛斯岛后，被引见给国王和他的一群女儿。可是，这位未来的英雄此时正以女子的装扮混迹于姑娘之中，尽管两位英雄眼力敏锐，仍是无法一眼认出。聪明的奥德修斯想出了一个计策，他把一个长矛和一个盾牌放在姑娘们聚集的屋子里，然后命令人们吹起战斗的号角，仿佛敌人已经逼近。姑娘们大惊失色，逃出了屋子，只有阿喀琉斯一人伫立不动，他毫不迟疑地拿起矛和盾，做出准备迎战的样子。这一下结果不言自明。阿喀琉斯同意率领密耳弥冬和帖撒利人出征，并带着他的教师福克斯和朋友帕特洛克罗斯同行。他们率领五十只战船驶入希腊海，前往俾俄喜阿国的港口城市奥里斯，那里是阿伽门农为所有的希腊王子和战船选定的集合地点。阿伽门农被推选为联军统帅，奥里斯港聚集的英雄还有：忒拉蒙和厄里玻亚的儿子大埃阿斯；他的异母兄弟，著名的弓箭手透克洛斯；从洛克里斯来的俄琉斯的儿子小埃阿斯；雅典的梅纳斯透斯；战神的儿子阿斯卡拉福斯和伊阿尔梅诺斯；从俾俄喜阿来的几位英雄；从佛西斯和攸俾阿来的几位英雄；亚各斯和伯罗奔尼撒人中有斯忒涅罗斯、卡帕纽斯和欧阿德涅以及墨喀斯透斯的儿子欧律阿罗斯；从皮洛斯来的三朝元老；年老的涅斯托耳；从亚加狄亚来的安刻俄斯的儿子阿伽帕诺耳；从厄利斯和其他城市来的安菲玛库斯、塔耳庇俄斯、迪俄瑞斯和波吕克珊诺斯；尼利斯国王奥革阿斯的孙子梅革斯；和埃托利亚人一起来的托阿斯；从克里特来的伊多墨纽斯和迈里俄纳斯；从罗德岛来的赫拉克勒斯的后裔特勒帕勒摩斯；从西马岛来的希腊将士中最英俊的男子尼瑞乌斯；从卡吕冬来的赫拉克勒斯的后裔菲迪普斯和安底福斯；从菲拉克来的伊菲克洛斯的儿子帕达尔克斯和帕洛特西拉俄斯；从弗赖来的阿德墨托斯和贞洁的妻子阿尔刻提斯的儿子奥宇梅洛斯；从特里卡来的两兄弟帕达里律奥斯和马哈翁，兄弟两人医术高明；从奥尔门尼翁来的欧律皮罗斯；从阿格律萨来的波吕帕特斯，他是庇里托俄斯的儿子，忒修斯的好友；从克福斯来的古诺宇斯以及从马克纳西亚来的帕洛托乌斯。

他们就是除了阿特柔斯的儿子奥德修斯和阿喀琉斯以外的希腊王子和国王。他们每人率领一支战船在奥里斯港集合，随时准备为这场荣誉之战而贡献力量。那时希腊人之所以被称为称为希腊人，是因为丢卡利翁和皮拉的儿子名叫希腊的缘故。

希腊和平使团造访普里阿摩斯

希腊人在紧张备战的同时，又在阿伽门农主持下召开的会议上做出决定，不放弃采用和平的方式解决问题。于是，他们派出和平使团前往特洛伊，谴责特洛伊王子违反民法，劫掠希腊财富，劫持斯巴达王后的行为，使团将要求归还墨涅拉奥斯国王的妻子以及一切被掠夺的财物。会议推选帕拉墨得斯、奥德修斯和墨涅拉奥斯为使团代表。奥德修斯尽管在心底里怨恨帕拉墨得斯，可是为了他们共同的利益，还是服从这位国王的见解。帕拉墨得斯毕竟经验丰富，阅历广泛，在希腊军队中深得民心。因此，奥德修斯还是同意由他担任发言人，一同前往普里阿摩斯国王的宫殿。

特洛伊人和他们的国王看到从华丽的战船上走下来的仪表堂堂的使节们，都感到惊慌失措，他们还不明白发生了什么事，因为帕里斯和他抢来的妻子仍住在克拉纳岛，特洛伊人以为帕里斯率领的军队在希腊遭到了进攻，全军覆没了。他本来应该接回姑母赫西俄涅，现在却完全没有音讯。姑母没有接回来，希腊人却全副武装地过来了。因此，希腊使团到来的消息使宫殿中的人都感到紧张不安，但他们依然开了城门，三个威风凛凛的使节被引进宫殿，面见普里阿摩斯国王。国王已经召集他的儿子和城里的有识之士共商大计。

帕拉墨得斯的发言义愤填膺，充满感情，他以全体希腊人的名义谴责普里阿摩斯的儿子帕里斯，认为他劫走王后海伦，是伤天害理，违犯民法和宾主礼节的行为。他希望和平解决这次事端，希望对方立刻归还被抢走的王后。接着，他告诫普里阿摩斯，如果和平的方式不能解决问题的话，他将采用最严酷的手段——战争来摆平一切，而战争将给普里阿摩斯的王国造成无可挽回、不可估量的损失。他高傲地列举出希腊所有强国的王子的名字，说他们将率领一千多条战船远征特洛伊。“啊，国王，”他说，“希腊人宁愿死，也不能够让同胞忍受任何侮辱和欺凌。他们现在都怒火中烧，随时准备拿起手中的武器洗雪他们国家所遭受到的耻辱。全希腊最有名的王子，我们国家的最高统帅，强大的迈锡尼国王阿伽门农，以及所有的希腊英雄和王子都委托我们转告你交出你们劫走的希腊女人，否则你们将自取灭亡！”

听了这一番极具挑衅色彩的外交话语，普里阿摩斯的儿子们早已怒气冲冲，他们拔出宝剑，用剑敲击着盾牌，响声阵阵，大家都异常激动，连长老们都显得斗志昂扬。普里阿摩斯从座位上站起来，用手示意大家安静下来，对这个言辞凿凿的发言人说道：“陌生人，你的这一番咄咄逼人的言辞使我感到异常惊讶，到目前为止，我们对你们指控的罪行毫不知情。相反，我们应该谴责你们刚刚列举的这种罪行。你们的同乡赫拉克勒斯在我们双方和平相处的时候袭击了我们的城市，把我无辜的姐姐赫西俄涅像俘虏一样带走，又把她赠送给忒拉蒙为女奴，感谢忒拉蒙的好意，他使我的姐姐成为他合法的妻子，还把她封王后，可这些都挽回不了它作为抢劫的罪行。过去我们派了使节，现在又派我的儿子帕里斯到你们的国家，要求归还我的姐姐。至于我的儿子帕里斯如何执行我的任务,他在你们国家做了些什么,现在他身在何处,我现在毫不知晓。在我的宫殿和城市里没有一个希腊女子,对于这一点,我作为一个国王,非常清楚。对你们无理的要求,我无法答应。如果我的儿子能平安回到特洛伊,真的带回如你们所说的被他劫持的希腊女子,我可以把她交还给你们,如果她不需要我们的庇护的话。可是,不管怎样,条件是按照礼节,你们先要把我的姐姐赫西俄涅送回来!”

国王温和而有尊严的讲话得到了与会的所有特洛伊人的一致赞同,但是帕拉墨得斯却顽固地坚持说:“实现我们的要求是没有任何先决条件的。我们父辈赫拉克勒斯干的事情,我们没有必要对它负责,赫西俄涅是自愿跟忒拉蒙结合的,她这次还派儿子大埃阿斯来参战。我愿意相信你的话,墨涅拉奥斯的妻子还没有来到你的城市。可是,我敢肯定,她会回来的。你那个沽名钓誉的儿子抢走了她,这是事实。他的做法严重侮辱了我们,我们要你满足我们的要求!要知道,海伦被劫并非自愿。你们感谢神吧,它让你的儿子还逗留在外面,这样你们还有时间做迎战准备,但奉劝你们早做明智的决定,好避免你们的彻底毁灭!”

普里阿摩斯和特洛伊人对帕拉墨得斯的狂妄自大表示出强烈的愤怒,但他们依然保持着国家与国家之间应有的礼仪。会议结束后,特洛伊城的一位长者,贤明的安忒诺尔保护使者们离开,以防止他们被愤怒的市民袭击。他还把使者带回家,按照客人的礼节款待他们。次日清晨,老人送他们来到海滩,看着他们登上华丽的战船,扬帆前行。

阿伽门农和伊菲革涅亚

奥里斯港口聚集着上千条船只,整装待发。战前的阿伽门农百无聊赖,以狩猎来打发时光。一天,一头献给女神阿尔忒弥斯的梅花鹿进入他的射程,国王围猎兴致勃勃,一箭打下了这只雄壮的动物,他还不无得意地说,即使是狩猎女神阿尔忒弥斯本人的水平也不一定比他高。女神听到他如此无礼的话十分生气,决心给希腊人一些教训。她让奥里斯港口风平浪静,缺少了风的推助,船只无法从海湾开出去,可是战争却即将开始。

希腊人束手无策,只好去找大预言家忒斯托耳的儿子卡尔卡斯,向他请教如何摆脱困境的办法。随军的祭司和占卜人卡尔卡斯想了想,说:“现在的唯一办法只有让希腊人最高统帅,即阿伽门农把他和克吕泰涅斯特拉所生的女儿伊菲革涅亚献祭给阿尔忒弥斯女神,这样女神才肯宽恕我们。到那时,海面上将会刮起顺风,也就没有什么会阻碍你们攻占特洛伊城了。”

预言家的话让阿伽门农陷入绝望,他的良心怎么也无法允许他亲手杀害自己的女儿。于是他派来自斯巴达的传令官塔耳堤皮奥斯向全体参战的希腊人宣布,阿伽门农放弃希腊军队最高统帅的职务。希腊人听到这个决定,群情激愤,一时间军心大乱。墨涅拉奥斯急忙奔到他的住处,警告他这个决定可能产生严重的后果。

经过劝说，阿伽门农只得同意把女儿献祭给女神。这件事情如此可怕，以至于他根本无法把实情告诉妻子。他写了一封信给迈锡尼的妻子克吕泰涅斯特拉，他在信里撒了谎，说他想让女儿跟珀琉斯的小儿子、光荣的英雄阿喀琉斯订婚，而阿喀琉斯与得伊达弥亚的秘密婚事此时还没有人知道。因此让妻子把女儿伊菲革涅亚送到奥里斯来。可是，送信的使者刚出发，父女感情又在阿伽门农的心里占了上风。他痛苦万分，后悔不迭，觉得自己做的决定太轻率。于是他在当天夜晚叫来可靠的老仆人，要老仆人另送一封信给他的妻子，信上叮嘱她一定不要把女儿送到奥里斯来，因为他另有打算，把女儿订婚的事推迟到明年春天。

阿伽门农

忠诚的仆人拿着信不敢耽搁，立刻动身，但他没能顺利到达目的地，因为早有察觉的墨涅拉奥斯对哥哥的犹豫不决不太放心，并暗中密切地注视着他的一切行动。清晨，当老仆人刚起程，还没离开大营多远，手中的信就被墨涅拉奥斯搜去。读完信，他便风风火火地跨进哥哥的营帐。

“真见鬼，你又动摇了！”墨涅拉奥斯不由地大声呵斥起哥哥来，“你可曾记得，当时你是多么渴望能够争取到这个远征军的统帅？当时的你显得多么谦恭，多么亲切地跟每个人握手。当时你的大门向每一个愿意进来的人敞开着，这些友好的表示只是为了得到指挥权，现在，指挥权就在你的手上，你却不再像从前那样，把大家当作你的朋友了。你在军中很少露面，大家要见到你的人影多么困难！因为你的原因，奥里斯港的军队遭到神的阻挠，当我们的人开始抱怨，并且说：‘我们不愿老守在奥里斯港，我们要扬帆远航！’你看看，你在做什么？你在举棋不定，你希望能有顺风，我们好尽快起程，你来找我，要我想办法，找出路，我们找到了预言家卡尔卡斯，要你向阿尔忒弥斯献祭你的女儿时，你勉强答应了。可是现在，你却无法兑现你的诺言。像你这样畏缩胆怯不敢前行的人，是不配统率一支军队的，更不配掌管一个国家！”

阿伽门农也不相让：“你何以如此激动？是谁惹了你呢？你为什么这样恼怒？是因为你那美丽的妻子海伦吗？你怎么连自己的妻子都看管不住？我不能亲手杀死我的亲生骨肉，我意识到了自己的错误并理智地纠正因为轻率而做的决定，难道这是愚蠢的？我认为世上没有人比你更愚蠢了，因为我们所做的一切，只为替你追回一个不忠实的妻子！你应该感到高兴，你终于幸运地摆脱了这样一个水性杨花的女人!”

兄弟两人争执起来,互不相让。突然一名仆人进来向阿伽门农报告,说他的女儿伊菲革涅亚已经来到,她的母亲和弟弟俄瑞斯忒斯也陪同前来。阿伽门农突然觉得天旋地转,万分绝望。墨涅拉奥斯连忙上前,握住他的手表示理解和安慰。阿伽门农痛苦地说:“你获得了胜利,你把她带走吧!”

墨涅拉奥斯却改变了主意。他的良心上也无法答应,为了海伦而杀死伊菲革涅亚。“如果神谕让我决定你女儿的命运,”他大声对哥哥说道,“那么我愿意放弃她,并把我的那位拿来取代伊菲革涅亚。”

阿伽门农感动地上前拥抱他的兄弟。“我感谢你,”他说,“亲爱的兄弟,咱们兄弟俩这一推心置腹的谈话使我们重归于好。这是我的命运,女儿的惨死是无法避免的,全希腊要求这样做。卡尔卡斯和狡诈的奥德修斯已达成默契,他们要牺牲伊菲革涅亚。他们在争夺人民,甚至要谋害你和我,即便我们逃到迈锡尼,他们还是会追来,把我们从城中抓走,最后还会踏平古老的希腊城。现在让我请求你,千万别让克吕泰涅斯特拉知道这件事,保证神谕能够顺利实现。”

正在这时,伊菲革涅亚进来热烈地拥抱了许久未见的父亲,墨涅拉奥斯心情忧郁地走开了。阿伽门农心事重重,和妻子略微寒暄了几句,场面既冷淡又尴尬。心细的伊菲革涅亚看到父亲脸上愁云满面,便关切地问道:“父亲,为什么你的眼光如此不安?难道你对我的到来感到不高兴?”

“不,我亲爱的孩子,”国王心情沉重无比,“一个国王责任重大,有许多事情需要烦恼。”

“可你为什么眼睛里含着泪水,父亲?”伊菲革涅亚不解。

“因为我们将要长久分别!”父亲答道。

“呵,如果我能够跟你一起去,”女儿高兴地叫喊起来,“那是多么幸福的事!”

“是的,你也要做一次远行,”阿伽门农神情严峻地说,“首先我们必须做一次隆重的献祭……亲爱的女儿,这次献祭,你是必不可少的!”他说话时,眼泪几乎要掉了下来,当然所有的一切她还蒙在鼓里。最后他让女儿住到为她准备好的帐篷里去。他的女儿和一批随从先行离开了。阿伽门农使出浑身解数来应付妻子克吕泰涅斯特拉,向她介绍新郎的身世和命运,终于把妻子打发走,然后他赶忙去找卡尔卡斯,和他商量献祭的具体细节。

然而,事情正在发生变化。一件偶然的事使得克吕泰涅斯特拉和年轻的王子阿喀琉斯碰了面。阿喀琉斯的士兵早已不耐烦连日干等,所以他代表士兵前来找阿伽门农商量未来的作战计划。克吕泰涅斯特拉见到未来的女婿十分关切,甚至谈到了他和女儿的订婚事宜。阿喀琉斯听到这个毫无准备的消息后,惊讶得连连退后,他赶忙问道:“你说的是谁的婚姻大事啊,王后?我从未追求过你的女儿,而且,统帅阿伽门农从来没有和我提起过这方面的事情!”

克吕泰涅斯特拉这才恍然大悟,自己上当受骗了。她站在阿喀琉斯的面前,满脸羞愧，心神不宁。阿喀琉斯展示了他善良的一面，他安慰王后："请不要难过，一定是有人拿我跟您开玩笑。别把它放在心上。如果刚才我率直的话伤害了您，请多多包容，见谅！"说完，他正准备着离开，这时，阿伽门农的那个忠实的老仆人过来禀告克吕泰涅斯特拉，把那天早晨被墨涅拉奥斯抢去信函的事情告诉了王后，他悄悄地说："阿伽门农想要亲手杀死你们的女儿！"现在母亲终于知道了事实的真相。她痛不欲生，转过身扑在阿喀琉斯脚下，大声地哭诉起来："哦，女神的儿子，求求你，救救我，救救我可怜的孩子！我以为你将成为她的未婚夫，所以我替你帮女儿戴上花冠，还一直送她到军前营帐。我虽然已被蒙蔽，可是仍愿意把你当作她的新郎！当着一切神，当着你的女神母亲的面，我请求你，帮助我救下我的女儿。向我们伸出双手吧，只有你能够援救我们！"

阿喀琉斯满怀敬意地扶起了跪在面前的王后，对他说："请放心，王后！我是在一个虔诚而乐于助人的家庭里长大的人，我向喀戎学会了朴实而又灵活的思考方式。我愿意服从阿特柔斯儿子们的指挥，如果他将我引导到光荣之路的话，但我不愿听从罪恶的命令。因此，我愿意保护你和你的女儿。我会尽我的力量，把你的女儿从这个阴险的诡计中救出。既然是因为关于我的谣传，才把她骗来这儿，而这将把她引向不归之路，那我感到自己负有责任，如果我不能救出你的孩子，那就让我自己去死！"

阿喀琉斯对伊菲革涅亚的母亲作了庄严的许诺后离开了。克吕泰涅斯特拉怀着满腔的怨恨来到了她丈夫阿伽门农的面前。丈夫一语双关地对着妻子她说："把我们的女儿叫出来吧，面粉、水和婚宴前的祭品都全部准备妥当。"阿伽门农还不知道妻子已经知晓所有的秘密。

克吕泰涅斯特拉眼睛里充满仇视怨恨的光，她大声地喊叫："出来吧，女儿，把你的弟弟俄瑞斯忒斯一起带出来！"女儿伊菲革涅亚从内室出来时，她又冷冷地接着对丈夫说："看吧，她就站在这里，准备为你贡献一切。现在，我要你回答我，诚实大胆地告诉我，你真的要杀害我们的女儿吗？"国王听到这些时，沉默许久，最后他终于绝望地叫起来："啊，命运之神啊！我的秘密全泄露了，一切都完了！"

克吕泰涅斯特拉非常愤慨地对阿伽门农喊道："我们的婚姻一开始就以罪恶开始。那时候，你用武力把我夺走，你杀死我的前夫，又把我的孩子从怀中抢走，残酷地把他杀害了。我的哥哥卡斯托耳和波吕丢刻斯带兵追击你，你向我年迈的父亲廷达瑞俄斯请求保护，他不知怎的可怜你，救你保护了你，还让你成了我的丈夫。婚后，我一直努力做一个忠诚贤惠的妻子，使你在家感到幸福，在外感到骄傲。我为你生下了三个女儿和一个儿子。现在你却要亲手杀死我们的大女儿，是吗？为什么？就为了让墨涅拉奥斯能重新夺回他那不忠实的妻子！这时候的祈祷是为些什么？杀害自己的女儿这样伤天害理的事，你都能够做出来！你还指望从祈祷中得到什么吗？祈求不幸地返回故乡，就像你出发时一样，是吗？你要我为你祈福吗？哦，众神作证，我绝不会为一个谋杀者祈福！我不明白，为什么非要拿你自己的亲生女儿去充当牺牲品？为什么你不去对希腊人说：‘为了能够如愿征服特洛伊，抓阄决定谁家的女儿该死。’墨涅拉奥斯是怎么想的？难道为了保全他的女儿赫耳弥俄涅，就要我们牺牲自己的女儿？我不知道，我究竟哪里做错了，你要这样凶狠地对待我！”

伊菲革涅亚听到这些话早已泣不成声，她跪倒在父亲的脚下，用哽咽的声音说道：“父亲，假如我有俄耳甫斯的竖琴的魔音，假如我的声音可以感动顽石，那么我就能说出雄辩的话使你产生怜悯。但是我现在什么都没有，唯一拥有的只有难过的泪水。父亲，看到光明是多么幸福的事！别让我这么年纪轻轻就投入黑夜的怀抱！我还记得您讲过的话，你说，当你从战场上返回时，看到我长成一个亭亭玉立的女子，你将为我挑选一位高贵的丈夫。难道您将这一切全都忘记了吗？我无法想象您真的要让我这样死去！您再想想母亲吧，她十月怀胎生下了我，现在却在这里眼睁睁地看着自己的女儿去赴死，她内心要承受怎样巨大的痛苦？海伦与帕里斯的事与我有什么相干？帕里斯带走海伦，为什么我就该死？啊，父亲，当着母亲的面，请您看着我的眼睛，可怜可怜我吧！”

但阿伽门农主意已定，他站在那里，冷酷得像一块石头，他只是冷静地说：“在我可以同情的时候，我会同情。因为我爱自己的孩子。哦，我的爱妻，你以为我是铁石心肠吗？做这样可怕的事情我的心情是多么沉重，可我必须这样。你们看到了，我统率的是怎样一支舰队，有多少王子身披盔甲环绕在我的周围。孩子，如果不遵照神谕的指示牺牲你，我们就无法占领特洛伊。要知道，全希腊的英雄们为了希腊的妇女今后再也不会遭到特洛伊人的劫持，他们才舍得离开家园，英勇为国效力。这场战争中，我并不是听命于墨涅拉奥斯，而是服从整个希腊。我的权力也是有限的，如果我不遵照神谕的指示，他们会杀掉你们，然后杀掉我。”

国王不再听她们的哭诉，说完便离开了。没过多长时间，珀琉斯的儿子阿喀琉斯大踏步地跨进来，身后跟着一群随从。“全军骚乱起来，现在乱哄哄的，他们要求牺牲你的女儿，”他大声地对王后说，“我过去阻止他们，差点被他们用石头砸死。”

“那么，我家乡的士兵呢？”克吕泰涅斯特拉抬起头问道。

“是他们带头起哄的，”阿喀琉斯继续说，“他们骂我是个害相思病的饶舌者。我带着这些伙伴来保护你们，他们是我忠实的朋友，我不会让奥德修斯他们伤害你们的，我会如我承诺的那样，用生命保护你们。我倒要看看，他们是否真的敢对一个与特洛伊的命运密切相关的女神的儿子下手。”说完这些话，克吕泰涅斯特拉松了一口气，仿佛抓住一根救命稻草。

但现在伊菲革涅亚挣脱出母亲的怀里。她抬起头，勇敢地站在王后和阿喀琉斯的面前：“听我说吧！”她沉着而坚定地表示，“亲爱的母亲，别再因为我而与父亲做对了，他的确不能因为私人感情而违抗这必然要发生的事情。这位陌生朋友的高尚勇敢使我的内心充满感激，可他将为此付出代价，他将永久地遭受众人的侮辱。现在我已经做好决定，我将驱逐内心的胆怯，领受神赐予的死亡。你们瞧，全希腊人的眼睛都在看着我，舰队的出发起航、特洛伊的攻陷全都系于我，希腊女人们的荣誉都决定于我，我的名字将赢得声誉、永留史册，我将成为希腊人的拯救者。作为一个普通的女子，女神阿尔忒弥斯要我为祖国奉献生命，我不能够拒绝。为了全希腊人的幸福和荣誉，我愿意献出自己的生命，牺牲我，征服特洛伊，这就是我的纪念碑，是我的婚礼盛典。"

伊菲革涅亚目光坚定有神，丝毫没有任何畏惧，她好似一个女神那般站在母亲和阿喀琉斯面前。这时，阿喀琉斯突然跪在她的脚下，说："阿伽门农的女儿，美丽和高尚的姑娘，如果你能成为我的新娘，那么众神就使我成了天底下最幸福的人。我由衷地感谢希腊养育了你这样的女子，对你的爱慕使我鼓起勇气告诉你，死亡是可怕的！做出决定必须慎重再慎重，请你再好好考虑吧！我愿意用我的生命帮助你，保护你，让我带你回到你的家乡，去过幸福自由的生活吧！"

伊菲革涅亚微笑着摇头，回答他说："在海伦身上，我们都看到了女人的美貌能够引起战争和残杀。我亲爱的朋友，你不要为我而死，也不要为我而去杀害别人。让我来拯救希腊吧，我是心甘情愿的！"

"高尚的灵魂啊，"阿喀琉斯大声地说，"跟随你的心吧！但我仍然要手拿武器赶到祭坛，去阻止你的死亡。但愿你在临死前能够回心转意。"说完，阿喀琉斯大步流星地朝祭坛走去。可怜的母亲此时早已承受不住，悲恸地倒在地上，她无法接受这即将到来的悲惨一幕。

位于奥里斯城外的女神阿尔忒弥斯的圣林里聚集了希腊所有的士兵，祭祀的一切早已准备妥当，站在祭坛旁边的是祭司和预言家卡尔卡斯。当人们看见伊菲革涅亚在使女的陪伴下踏进圣林朝她父亲坚定走去时，军队中响起一阵惊异和同情的呼声。阿伽门农深深地叹了口气，背过脸去，强忍住泪水，勇敢的女子走到他面前说："亲爱的父亲，我来到了这儿。我自愿服从神谕，为了全希腊的胜利，我愿意在女神的祭坛前献出我的生命。但愿你们都能幸运而又胜利地返回故乡，那样我在天国也会为你们高兴！"说完这些，她便迈着坚定的步伐朝祭坛走去。预言家卡尔卡斯抽出一把锋利而雪亮的钢刀，将它放在祭坛前的金匣子里。此时，阿喀琉斯挥着宝剑走上祭坛，但女子勇敢无畏的目光使他改变了主意。他把宝剑掷在地上，用圣水浇洒祭坛，然后双手捧起金匣，绕着神坛走动，一边虔诚地祈祷说："啊，高贵的女神阿尔忒弥斯，请接受这个自愿而又神圣的祭礼吧！阿伽门农和全希腊现在郑重地把她献祭给你，让我们的军队一帆风顺吧，让特洛伊落败于我们的长矛之下！"

阿特柔斯的两个儿子和整个军队全都低头致敬，默默无声。祭司卡尔卡斯拿起钢刀，念着祷词，准备行礼。人们清楚地听到他挥刀的声音。然而，奇迹出现了，就在这一瞬间，姑娘在全军的视线中消失了，出现在刀下的是一只高大美丽的牝鹿，它躺在地上挣扎着，鲜血溅满了祭坛。原来，阿尔忒弥斯生了怜悯之心，将她带走了。

“希腊联军的首领们,”卡尔卡斯从惊喜中恢复过来,他喊道,“你们看吧,这里的祭品是女神阿尔忒弥斯送来的,她用牝鹿代替了我们希腊勇敢无畏的少女。女神原谅了我们,她将使我们的舰船顺利航行,并将护送我们征服特洛伊。奋勇向前吧,战士们,今天我们就要离开奥里斯港!”当献祭的牝鹿在火中烧成灰烬,直到最后一点火星熄灭的时候,呼啸的风声打破了祭坛的宁静,船只在海面上随风晃动,士兵们发出欢呼声,他们都高兴地奔回了帐篷,整装待发。

阿伽门农回到住处,但妻子克吕泰涅斯特拉早已经不在了。伊菲革涅亚一被救下祭坛,好心的仆人就赶来把女儿获救的好消息告诉了王后。怀着一种解脱的心情,克吕泰涅斯特拉擦干眼泪,举起双手,痛苦地向上天号叫:“我的孩子被抢走了!他是造成这一切的凶手。我再也不愿看见这个杀害无辜孩子的罪犯!我要离开这里。”于是她坐上马车,带着随从离开了。等到阿伽门农完成了祭礼回来时,他的妻子早已经离开,往迈锡尼去了。

菲罗克忒忒斯被遗弃

当天希腊人就扬帆起航,一阵顺风将他们送到卡律塞岛,他们在岛上登陆,以便补充水源。在岛上,墨里波阿国王珀阿斯的儿子,赫拉克勒斯的战友,有着百发百中的箭术的菲罗克忒忒斯发现一个废弃的祭坛,这是阿耳戈英雄伊阿宋在航行途中为女神雅典娜建立的。这位虔诚的英雄对自己的发现十分高兴,他准备给希腊人的保护女神献上祭品。正在这时,一条毒蛇窜了上来,在英雄的脚跟上咬了一口,英雄立刻倒下,被人们慌忙抬回战船,船照常起航了。可是菲罗克忒忒斯的伤口越来越严重,他常常疼痛难忍得大叫起来。同船的士兵渐渐无法忍受化脓伤口的散发出的恶臭和他痛苦不堪的号叫声。

终于,阿特柔斯的儿子们和诡计多端的奥德修斯聚在一起,共同商议解决的办法。因为病人周围的士兵早已把怨言传播到全军,不安的情绪已扩散到全军上下。大家现在担心的是:受伤的菲罗克忒忒斯会在他们到达特洛伊前传播瘟疫,而他不定时的惨叫则会扰乱希腊人的军心,削弱他们的斗志。所以军队的首领做出残忍的决定,他们要把可怜的英雄遗弃在雷姆诺斯岛的荒无人烟的海滩上,他们可不会想到,失掉了这个英雄,就等于失掉了一位无人能敌的弓箭手。

狡猾的奥德修斯被派去执行这项阴谋。当菲罗克忒忒斯睡着后,奥德修斯悄悄地把他装上一条小船,把船划到了很远的雷姆诺斯岛海滩边,然后把病人扔在了一个幽僻的岩洞里。留下了少许的衣服和食物后,奥德修斯便驾着小船追上了前面的大队战船,接着大部队继续航行。就这样,可怜的菲罗克忒忒斯被他的同胞们遗弃在荒凉的岛上。

希腊人进攻密西埃

希腊人的船队让一阵顺风带到了密西埃湾,这里远离了特洛伊的方向。他们在这里抛锚登陆,沿岸地区到处都有武装士兵守卫。士兵们以当地国王的名义禁止希腊人登陆,要求他们派代表觐见国王,禀告他们的具体情况。巧合的是,密西埃的国王忒勒福斯也是希腊人,他是赫拉克勒斯和奥革的儿子。经过种种奇遇后他来到了密西埃国王忒宇特拉斯的宫中,与国王的女儿阿尔基俄珀成亲,并在国王去世后,继承了王位,成为密西埃的统治者。

希腊的士兵根本不打算遵守这儿的外交礼仪,他们遭受到阻拦后直接拿起武器进攻沿岸守卫的士兵,试图占领这个国家的海岸。有几个逃脱的士兵匆忙地向国王忒勒福斯报告沿岸遭遇强敌的情况。国王闻讯,立即召集军队,抵御外乡人的进攻。他本人就是一位骁勇善战的英雄,不愧为赫拉克勒斯的儿子,他按照希腊人的方式训练他的军队。因此希腊人遭到了对方顽强的抵抗,双方展开了一场难分难解的殊死搏斗。希腊人著名的国王俄狄浦斯的孙子,波吕尼刻斯的儿子,狄奥墨得斯的忠实战友忒耳珊得耳冲锋在前,把国王的将领和亲密的战友们都杀死了。为此,国王怒不可遏,他迅速地和忒耳珊得耳展开激烈的对阵。一阵厮杀后,国王忒勒福斯赢得了胜利,忒耳珊得耳被一枪刺倒在地。狄奥墨得斯从远处看到他的朋友倒下,急忙奔了过去,一把抢过战友的尸体,把他扛在肩上,以最快的速度逃离了厮杀得天昏地暗的战场。他背着尸体经过埃阿斯和阿喀琉斯大部队的面前。忒耳珊得耳的死激起队友们因悲愤而带来的狂怒。很快,希腊人集合溃散的军队,兵分两路,运用巧妙战术出击,扭转了战局,取得了优势。

忒勒福斯的异母兄弟忒宇脱朗堤俄斯被埃阿斯一箭射中倒地。忒勒福斯见到他的兄弟遇险,连忙过来帮助,不料被希腊人事先埋伏好的葡萄藤绊了一跤,阿喀琉斯见状,把手中的长矛抛向国王,刺中了他的左腿。忒勒福斯坚持着站起来,强忍疼痛,拔出了腿上的矛,并在赶来的士兵的掩护下逃脱了。

夜幕降临,双方的激战无法继续,现在他们只得撤离战场。第二天,双方互派使者,要求暂时休战,以便寻找各自阵亡的将士并将他们掩埋。直到这时,希腊人才惊讶地了解到,这位英勇保卫自己国土的国王忒勒福斯乃是他们的同乡,是伟大的半神赫拉克勒斯的儿子。忒勒福斯这才知道自己手上也沾满了同乡的鲜血。希腊人的军队中有三个王子是忒勒福斯的亲戚,他们是赫拉克勒斯的儿子特勒帕勒摩斯,赫拉克勒斯的孙子菲迪普斯和安底福斯。在密西埃使者的带领下,他们到国王忒勒福斯那儿,向他解释说明在海岸上登陆的是什么人,他们为什么来到亚细亚。忒勒福斯友好地接待了远道而来的亲戚,饶有兴致地倾听他们的叙述。由此,他才知道帕里斯侮辱希腊人的行为,也知道了墨涅拉奥斯和他的兄长阿伽门农以及其他希腊王子前去讨伐特洛伊的情况。特勒帕勒摩斯作为国王的异母兄弟,代表他们发言:“亲爱的兄弟和同胞,你也是希腊人,请不要离开你的同乡,我们的父亲赫拉克勒斯在世界的许多地方为我们的人民而战,全希腊因为他爱国的英勇行为建造了许多的纪念碑。请加入我们的军队,和我们共同征讨特洛伊吧,以此来弥补你给希腊人造成的伤害!”

受伤在床的忒勒福斯费力地站起身来，平静地回答说："你们的责难是不公正的，我的同胞，你们从朋友和亲戚变成我在战场上凶恶的敌人，那是你们的过错。我守护海岸的士兵问你们是什么人，从哪里来，他们对待你们并不是用野蛮的方式相反是遵照友好的外交礼节，可是你们，却像对待野蛮人那样，不回答我士兵们的询问，不听他们的劝告，直接冲上岸来杀死他们。你们也在我的身上……"他指了指自己的伤口，"留下了永恒的纪念。我一定不会忘记昨日的血战。可是我却没有记恨你们，现在不是很高兴地在我的国家里接待你们了吗？"

国王继续说道："但是我不会答应跟你们一起讨伐普里阿摩斯的，我的后妻阿斯堤俄刻是他的女儿。他是一位虔诚的老人，就我所知，他的其余的几个儿子都是品德高尚的人，轻率的帕里斯犯下的罪过与他们没有任何关系。你们看，那是我的儿子欧律皮罗斯，我怎能让幼小的他看到，他的父亲去毁灭他外祖父的王国？正如我不反对普里阿摩斯一样，我的同胞们，我也不会反对你们。我愿意给你们准备一点粮草，以此作为同乡的薄礼。然后请你们出发，由神来决定胜负吧。这是一场我无法参与的战争。"

三位王子对这番中肯的回答表示满意，他们回到希腊人的军营中，向阿伽门农和其他首领报告已和忒勒福斯建立了友谊。英雄们召开军事会议，决定派埃阿斯和阿喀琉斯去谒见国王，慰问他的伤情。阿喀琉斯看到赫拉克勒斯的这位儿子忍受着极度的痛苦，感到了悔恨，他后悔在无意中伤了一位希腊同乡，于是他要求派出两名举世闻名的医生帕达里律奥斯和马卡昂去为国王治疗。而国王也友好地挽留他们住在岛上，为他们提供生活用品和食物，直到严冬过去。国王还向他们详细介绍了特洛伊的地理位置，告诉他们该怎样到达那里，并向他们透露了唯一的登陆地点斯康曼特尔河的河岸口。

帕里斯的归来

帕里斯终于决定率领船队返回家乡特洛伊了。当他带着众多劫掠回来的财物和美丽的新婚妻子海伦回到故乡时，父亲普里阿摩斯并不高兴。看到儿子果然带着一名希腊女子回到家里，他想起了先前对希腊使团做出的承诺，于是他立即召集儿子们和贵族举行紧急会议。这时，国王的儿子们早已经接受了帕里斯赠送的大量金银财宝，那些尚未成婚的男子还得到了海伦带来的希腊美女作为礼物，这使得他们完全沉醉于现有的祥和气氛之中。再加上这些年轻人多数喜欢争强斗勇，在这样的情况下，会议做出的结果是以王家的力量保护这位外乡女子，绝不把她交给希腊人。

可是城里的居民们却对这个决定表示出深深不满。虽然他们还不清楚庞大的训练有素的希腊舰队已经逼近他们的国土，但是自从希腊使节离开以后，全国人民都处在一种惶惶不安的状态之中，他们十分害怕希腊人会大肆攻城。在帕里斯王子和海伦穿过大街时，经常能听到沿街群众的怒骂，有时民众甚至拿起石头掷向这位给人民带来焦虑的王子，只是出于对年迈的国王的敬畏，人们才没有采用激烈的方式反对这位新来的女子。

在会议上做出了收留海伦的决定后，普里阿摩斯派王后赫卡柏到海伦那里，以证实她是否真的是自愿跟随帕里斯到特洛伊来的。海伦声称，她的身世可以表明她是希腊人，同时也是特洛伊人，因为丹内阿斯和阿革诺尔是她的祖先，也是特洛伊王室的祖先。她说被抢走虽然并非自愿，但现在她已深深爱上自己的丈夫，她是自愿成为他的妻子的，现在她愿意与他生死与共，紧密相连。并且，海伦不无担忧地说，在发生这件事后，她是不可能获得前夫和希腊人的原谅的。如果她被国王驱逐出去，交给希腊人处置的话，那么等待她的命运将只有耻辱和死亡。

海伦声泪俱下地说完这一切后，含着眼泪跪倒在王后赫卡柏的面前，她楚楚可怜的样子博得了王后赫卡柏的同情。王后把她扶起来，告诉她国王和所有的儿子都已做出保护她的决定，国家随时准备抵抗希腊人的攻击。

希腊人兵临特洛伊城下

这样海伦在特洛伊顺利地住了下来，后来又随她的新婚丈夫帕里斯移居到他们的宫殿里。民众也逐渐适应了她的存在，并且日益喜欢上了她的风姿绰约和希腊式的美丽可爱。因此，城里的居民那恐惧不安的心也逐渐平复下来。

希腊人的战船已经到达特洛伊的海岸。首领们开始了作战准备。通过调查发现，他们参战的市民和援助的同盟军在数量和力量上都超过了希腊人。因此特洛伊人显得信心十足。他们还知道，众神之中爱神阿佛洛狄忒、战神阿瑞斯、太阳神阿波罗还有万神之父宙斯都站在他们这一边。他们相信凭借众神的力量他们能够战胜敌人，保卫家园。

国王普里阿摩斯虽然年迈得不能作战，但他有五十个年轻有为的儿子，其中十九个儿子是赫卡柏所生。还有四个可爱的女儿，即克瑞乌萨、劳迪克、卡珊德拉和波吕克塞娜。他的儿子们个个骁勇善战。他们当中最出色的是赫克托耳，其次是得伊福玻斯。此外还有预言家赫勒诺斯、帕蒙、波吕忒斯、安提福斯、希波诺斯和特洛伊罗斯。军队早已做好了战斗的准备，赫克托耳担任最高统帅，率领全军迎敌，辅佐他的是国王普里阿摩斯的女婿，克瑞乌萨的丈夫，女神阿佛洛狄忒和老英雄安喀塞斯的儿子埃涅阿斯。另外一支部队由吕卡翁的儿子潘达洛斯统帅，他曾经得到阿波罗赠送的神箭，以善射著称；前来援助的特洛伊的军队首领有阿德拉斯托斯及其兄弟安菲俄斯；阿西奥斯及其儿子阿达玛斯和弗诺珀斯；来自拉里萨的战神的后裔希珀托乌斯和彼勒俄斯；安忒诺尔和伊庇玛达斯的儿子阿革诺耳、阿尔席洛库斯和阿卡玛斯；皮赖克墨斯、弗莱迈纳斯、荷迪奥斯及其兄弟埃庇斯特洛福斯；密西埃也派来援军并派克洛密斯和恩诺摩斯作为军队首领；福耳库斯和阿斯卡尼俄斯是夫利基阿援军的首领；墨斯忒勒斯和安提福斯是梅俄尼恩援军的首领；纳斯忒斯和安菲玛库斯兄弟是加里亚援军的首领；吕喀亚人萨耳佩冬和格劳库斯也领兵前来援助,他们是英雄柏勒洛丰的两个孙子。特洛伊人在最短的时间里部属好他们的军队。与此同时,希腊人已经登陆,他们沿着海岸安营扎寨,一座座连绵的营房有序地排成一条线,看上去非常有气势;他们还把拉上岸的战车整齐地排列成行;各支军队的战船也被编排成纵队,船只的底下用石块垫着以防止船底受潮腐烂。这样希腊人也在第一时间里把他们的军队井然有序地部属妥当。

双方交战之前,希腊人惊喜地接待了一位朋友,就是密西埃国王忒勒福斯。原来,自从被阿喀琉斯用矛刺伤后,他的伤口一直愈合不了,即使是希腊医术高明的两位医生帕达里律奥斯和马卡昂给他的药也不能奏效。于是他虔诚地求助于阿波罗的神谕,阿波罗给的答复是:只有刺中他的矛才能治愈他的伤口。虽然并不十分明白神的回答,忒勒福斯还是勇敢地追到了希腊船队的所在地。在斯卡曼德罗斯河口,他被随从抬上岸,来到阿喀琉斯的营帐。年轻的阿喀琉斯看到国王痛苦的样子,不知所措,他把他的矛拿来放在国王的脚边,但他不知道具体应该怎样做,英雄们围着国王也都不知如何是好,还是聪慧的奥德修斯有办法。他连忙请来随军的两位医生,向他们请教神谕的内涵。帕达里律奥斯和马卡昂应召赶来,他们听到阿波罗的神谕,不愧是阿斯克勒庇俄斯的富有智慧的两个儿子,他们很快明白应该如何处置伤口。只见他们从阿喀琉斯的矛上刮下一点铁屑,小心翼翼地敷在伤口上,顿时奇迹出现了:铁屑刚刚撒入化脓的伤口,伤口便在英雄们的眼前愈合了。没过几个小时,刚才还是重伤的国王现在已经能够正常走路。忒勒福斯十分感激,向几位英雄再三道谢,并祝希腊人战事顺利,然后登上自己的船,离开了他们。因为他不想亲眼看到这场在他亲密的朋友和他所拥戴的亲戚之间爆发的战争。

战争开始

正当希腊人和国王忒勒福斯告别时,特洛伊城的几座城门突然大开,全副武装的特洛伊士兵在赫克托耳的率领下像潮水似的冲击希腊人的前方。他们几乎没有遭遇到任何抵抗。希腊士兵始料未及,根本还没有做好准备。挡在最前面的希腊士兵急忙拿起武器抵抗,但终究是寡不敌众,他们招架不住了。等到营帐里的其余的希腊人也武装集合起来,摆开阵势朝对方进攻,战争正式开始了。

战争形成了多种战局:赫克托耳所到的地方,特洛伊人就占优觐在离他很远的地方,特洛伊人则被希腊人击败。在希腊人中,最先阵亡的是伊菲克洛斯的儿子帕洛特西拉俄斯,他被特洛伊英雄强悍的埃涅阿斯杀死。他在希腊刚订婚就被派出远征特洛伊,他漂亮的未婚妻拉俄达弥亚将永远见不到他的新郎了。

战火已经开始蔓延。但阿喀琉斯还远离战场,他把国王忒勒福斯一直送上船,怀着依依惜别的心情目送船只远去,直到船只在海面上消失。忽然克罗斯急匆匆赶到他跟前,着急地对他喝道:“你到哪里去了?我们非常需要你!战争的号角已经吹响,特洛伊统帅赫克托耳凶猛得像头狮子,他们国王的女婿埃涅阿斯还杀死了我们的帕洛特西拉俄斯。请你赶快披挂上阵吧!”

阿喀琉斯急忙回到营房，拿起武器，奔赴战场。阿喀琉斯一上场便显示了他的威猛作风，他接连杀死普里阿摩斯的两个儿子，他的攻击连赫克托耳也抵挡不住。此外，和他并肩作战的还有忒拉蒙的儿子大埃阿斯，他身材高大，在人群中显得十分突出。在两位英雄猛烈的攻击下，特洛伊人如同鹿群遇到了凶猛的狮子，他们只得落荒而逃，逃回城里。就这样，特洛伊人慌忙地关上了城门。

希腊人从容地回到船边，继续建设他们的营房，接受教训后的阿伽门农指派阿喀琉斯和埃阿斯守卫船只。他们又派了其他英雄分别守护各自的战船，加强防备。帕洛特西拉俄斯被希腊人隆重安葬，他们将他放在高大的柴堆上火化，然后把他的骨灰埋在海湾半岛上的一株枝叶繁茂的榆树下。葬礼还没有结束，特洛伊人又发起第二次攻击，他们又紧张地投入战斗。

希腊人被偷袭

在特洛伊附近有个科罗奈王国，国王库克诺斯是海神波塞冬和一个女仙所生的儿子。国王从小在忒纳杜斯岛长大，是一只通人性的天鹏把他抚育成人，为了纪念这段奇异的经历，他取名为库克诺斯，意思是天鹅。他是特洛伊人忠实的盟友。当库克诺斯看到希腊人的军队在特洛伊登陆时，他便暗自在国内召集了一支精兵强队，还没来得及通知他的好朋友普里阿摩斯，他就开始了自己的突袭计划。夜晚时分，希腊人开始追悼他们的阵亡英雄，他们非常哀伤地站在火堆旁边，为帕洛特西拉俄斯举行简短而又隆重的火化仪式。他们每个人手里都拿着白色的蜡烛，为英雄默默地哀悼，都没有任何武器在手，全然没有注意到营地早已经被全副武装的敌军包围。当战车驶入营地时，他们才醒悟过来，但是库克诺斯没有给他们思考的时间，便率领他的军队与此时手无寸铁的希腊人展开了一场血腥的搏斗。幸运的是，参加帕洛特西拉俄斯的葬礼的只是一小部分亚各斯人，其他士兵都还待在船上和营帐里。当他们听到杀戮声时，连忙拿起武器，冲了出来，而军队的将领阿喀琉斯也闻讯赶来。只见阿喀琉斯威风凛凛地站在战车上，手舞长矛，奋勇地刺杀敌人。他的出现使得科罗奈人个个抱头鼠窜，落荒而逃。两军混战中，阿喀琉斯发现远处敌人的统帅正在追杀自己的士兵，他赶忙用鞭子催动战马拖动马车，朝库克诺斯奔去。他举起手中的长矛，面对着库尔诺斯大声喊道："年轻人，让你看看女神忒提斯的儿子的厉害！你将死得其所！"他一边说着一边把标枪用力地掷出去。尽管他瞄得很准，但奇怪的是，标枪落在库克诺斯的胸膛上又弹了回来，阿喀琉斯心下一惊。

"不用奇怪，女神的儿子，"对方得意并且微笑地说，"不是我的盔甲，也不是我的盾挡住了你的标枪，这些东西对我而言只是一种装饰，就如同战神阿瑞斯有时拿着武器只是一种摆设一样，阿瑞斯根本不需要任何武器保护自己的身体。我的身体如钢铁一般坚硬，即便我脱下盔甲，你的标枪也伤害不到我的身体。要知道我不是一般的女神的儿子，我是海神波塞冬的儿子，我的父亲统治着海神涅柔斯和他的女儿们。”说着，他毫不犹豫地把长矛朝阿喀琉斯掷去，矛尖刺穿了他的青铜盾面，但是没有真正刺到阿喀琉斯。阿喀琉斯见状，赶忙从盾中拔出长矛，准确地朝对方投去，但是对方还是安然无恙。紧接的第三枪还是无法刺伤神的儿子，阿喀琉斯发怒了，他索性直接冲过去，希望能够近距离地制服这个强大的对手，可是他每次都扑空。忽然，他逮着个时机，用木削制的标枪狠狠地往前投，击中了对方的左肩，肩上顿时出现一片血迹，库克诺斯不由地大叫起来。可是，阿喀琉斯高兴得太早了，这不是库克诺斯的血，而是库克诺斯身边的战友被击中，血飞溅到了他的肩头。阿喀琉斯愤怒得咬牙切齿，他跳下战车，拿着宝剑，朝库克诺斯刺去。可是库克诺斯身体如钢一般坚硬，宝剑都砍断了，他还是没有受到任何损伤。阿喀琉斯几乎绝望了，最后他冲到对方面前，朝他的太阳穴猛砸了三四次，这猛烈的击打使得库克诺斯脑袋一片空白，眼前天昏地暗，他痛得无法自持，连连后退，不幸绊到一块石头上，摔倒了。阿喀琉斯见状，冲了过去，抓住库克诺斯的颈子，将他按在地上，用盾牌压住无法动弹的库尔诺斯，并用膝盖抵住他的胸口，用盔甲的皮带勒住他的喉咙，将他勒死了。科罗奈人见他们的国王已经倒地身亡，大家都惊慌失措，纷纷丢盔弃甲，四处逃窜。

这次袭击的结果是，可怜的库克诺斯被杀死，他的儿子被希腊人从都城墨托拉带走了，他的王国的财物也被希腊人夺走。最后，希腊人还趁机进攻邻近的基拉国，占领了这座坚固的城池，满载着战利品回到他们的营地。

帕拉墨得斯之死

帕拉墨得斯是希腊军队中最受欢迎的英雄之一。他为人聪明正直、勤劳诚恳，并且他长相俊美，多才多艺，还能言善辩，正是他的游说使得全希腊的大多数王子赞同远征特洛伊。他才智过人，识破了拉厄耳忒斯的儿子奥德修斯的诡计，也因此他得罪了奥德修斯。奥德修斯一直对他的行为耿耿于怀，试图伺机报复。

现在，阿波罗的神谕又启示希腊人，要他们向阿波罗，即斯明透斯献上一百头牲口作为祭品。斯明透斯是特洛伊地区尊称阿波罗所用的别名，这个尊称有着一段奇特的来历：远古的时候，国王透克洛斯为寻找驻地率领着透克洛斯人从克里特来到小亚细亚海湾，神谕启示他说，将来可以驻扎在从地下钻出敌人来的地方。当他们到达本地的哈马克西托斯城时，许多老鼠从地底下钻出，夜里把他们的盾牌全都咬坏。他们认为神谕应验了，便驻扎在那儿，并为阿波罗建了神像。他的脚边还伏着一只老鼠，在当地伊俄利斯方言中，斯明透斯就是老鼠的意思。

神选中帕拉墨得斯作为押送祭品的人，他把祭品放在神庙和神像前面，阿波罗的祭司克律塞斯将在那里接受祭品，并主持隆重的献祭仪式。祭司接受了一百只圣羊向太阳神献祭。但是，阿波罗神不知道选定帕拉墨得斯操办祭品，非但没给他至高无上的荣誉，反而导致了他的死亡。因为奥德修斯对他更加妒嫉，已经在设计陷害他。奥德修斯偷偷地把一盒黄金埋在帕拉墨得斯的营帐内，然后他又以普里阿摩斯国王的名义写了一封信给帕拉墨得斯,信中感谢帕拉墨得斯透露了希腊人的军事秘密,并谈到那盒黄金是对他的回报。奥德修斯故意把信落到一个俘虏手上,然后假装被他发现了,他马上下令杀死这个收信人,最后他召集希腊王子们,在会议上公布了这封信。

希腊的英雄们得到了消息都非常愤怒,他们决定审判帕拉墨得斯。显赫的奥德修斯被阿伽门农委任担任主审官,他当即下令搜查帕拉墨得斯的住处,结果那盒预先埋在床下的黄金给挖出来了。在奥德修斯的主使下,审判官们不问清事情的真相,一致同意判处帕拉墨得斯死刑。帕拉墨得斯看出了其中的阴谋,明白这是奥德修斯的陷害,但他却不想为自己申辩,因为他找不出被人陷害的有力证据,因此他只能坐以待毙。当审判的最终结果是用乱石击死时,他只是说:"啊,希腊人啊,你们杀死的是一个博学、无辜、歌声最优美的夜莺!"可是他的这番临终遗言没有得到在场的王子们的理会,这位希腊军队中最有见识的英雄便这样接受了残酷的命运。当一阵雨点般密集的乱石朝帕拉墨得斯砸来,他只是从容而勇敢地对天呼喊:"真理啊,你应当欢呼,因为你死在我的前面。"他的话音刚落,奥德修斯用尽全力将一块大石头砸向他的脑袋,他倒在地上,死了。正义女神涅墨西斯从天上看到了这一切,她决定给希腊人以惩罚,尤其是导致这一切局面出现的奥德修斯,她将让他们遭受灾难。

阿喀琉斯和埃阿斯各自攻城

以后几年围攻特洛伊的情况,人们无从知晓,因为传说中没有详细说明。

希腊人驻扎在特洛伊城的那段时间里,特洛伊城内的居民养精蓄锐,从不放松警惕,所以希腊人很少有机会正面进攻。但是,希腊人没有就此罢休,他们组织兵力,袭击特洛伊附近的地区。他们的英雄阿喀琉斯率领船队从海上攻破了十二个城市,还从陆上占领了十一座城池。讨伐密西埃时,他劫持了祭司克律塞斯的美丽的女儿克律塞伊斯。攻占吕耳纳索斯时,他们攻占了王宫,逼得国王兼祭司勃里塞斯走投无路,自杀身亡。他们劫走了国王的女儿布里塞伊斯,也叫布洛达弥亚,把她作为女奴使唤。列斯堡岛和位于密西埃的普拉科斯山麓的底比斯城也没能逃脱被劫掠的命运,底比斯国王厄厄提翁是普里阿摩斯的亲家,他的女儿安德洛玛刻嫁给了特洛伊著名的英雄赫克托耳。阿喀琉斯攻进王宫时,杀掉了厄厄提翁和他的七个儿子。厄厄提翁身材高大,容貌威严,年轻的阿喀琉斯在他的尸体前感到恐惧,他不敢摘下死者的武器作为战利品,于是他派人把国王的尸体火化,并造了一座巨大的坟墓将他埋葬。阿喀琉斯还掳走国王厄厄提翁的妻子,即安德洛玛刻的母亲,后来他得到一大笔赎金,才将她释放回国。可是这位可怜的王后回国后,仍然没有逃脱死亡的悲惨命运,当她坐在纺车前纺纱时被女神阿尔忒弥斯的神箭射中而死。

阿喀琉斯没有从国王身上得到任何战利品,但是他在王宫中搜到不少奇珍异宝。他夺走了国王的骏马佩达索斯。这匹马强壮有力,奔跑速度极快,能与他的神马媲美。他还从国王的武器库中带走了许多珍藏品,其中有一个巨大的铁饼,如果用它来制造农民用的农具,足以让一个农民使用五年之久。

希腊人中另一个英雄忒拉蒙的儿子埃阿斯,他以掠夺城市而闻名。他率领战船一直攻击到色雷斯半岛。这里的国王是波林涅斯托耳,普里阿摩斯把自己宠爱的小儿子波吕多洛斯送到这里,以免他遭到战祸。为报答波林涅斯托耳国王对自己儿子的抚育,普里阿摩斯送给国王许多黄金和珠宝。然而波林涅斯托耳国王不讲信义,当埃阿斯打到城下时,他向希腊人求饶,交出了普里阿摩斯的小儿子波吕多洛斯,并给埃阿斯许多黄金和珠宝。此外,他还用收到的抚育波吕多洛斯的钱和谷物来援助希腊士兵。这样,他彻底地出卖了自己和普里阿摩斯的友谊。

埃阿斯在色雷斯半岛取得胜利后,又继续向夫利基阿海岸进攻。他对忒耳特拉斯的王国进行了猛烈的攻击,他杀死了国王,抢走了他的女儿忒克墨萨——一个高贵而气质出众的女子,埃阿斯欣赏她并且十分宠爱她,将她留在了身边,待她如同妻子一般。

经过了数次征战,阿喀琉斯和埃阿斯终于满载而归。他们率领战船几乎同时到达特洛伊城外的军营,希腊人热烈地欢迎他们,把橄榄枝的花冠戴在两位英雄的头上,以此祝贺他们的凯旋。然后,英雄们聚在一起,开始分配他们掠夺回来的战利品。希腊人把战利品看成是他们的财产。女俘虏们是分配财产时最令人激动的时候,她们的美貌令人称赞。阿喀琉斯理所当然地分到了吕耳纳索斯国王的女儿布里塞伊斯,埃阿斯也得到了忒耳特拉斯国王的女儿忒克墨萨。布里塞伊斯的使女狄俄墨得在被分配时,哀求阿喀琉斯能够收留她,让她留在国王的女儿的身边,因为她们从小一块儿长大,感情深厚,不愿意分离。阿喀琉斯同意了,他留下了布里塞伊斯的使女狄俄墨得。为了表示对统帅阿伽门农的尊重,祭司克律塞斯的女儿克律塞伊斯被赠给阿伽门农,同时,他还得到了大量的金银财宝。当然,为了表示公平,阿喀琉斯把他的一些战利品,无论是女俘还是抢来的财产,都在士兵中平均分配,他的这次分配使得大家都十分满意。

波吕多洛斯

最后,英雄们商量如何处置最特别的战利品国王普里阿摩斯的小儿子波吕多洛斯。他们从不讲信义的波林涅斯托耳国王那得知,这个孩子是国王普里阿摩斯最为宠爱的儿子。经过商量,他们一致决定,派奥德修斯和狄奥墨得斯为使节前往特洛伊,要求以波吕多洛斯来交换海伦。海伦的丈夫墨涅拉奥斯作为第三名使节也一同前往。他们带着年幼的波吕多洛斯来到卫城前,按照国与国之间的交往礼节,他们三人没有被阻拦,顺利地进入城内,受到特洛伊人的接待。

普里阿摩斯和他的儿子们住在高高的卫城上,他们还没有听到使节到来的消息。使节到达特洛伊的城内广场上,墨涅拉奥斯开始了他的演说。这时广场上早已聚集了一群特洛伊民众。他严厉地谴责帕里斯违背民法，抢夺他神圣贵重的所有财物，掳走他的妻子海伦，他讲得声情并茂，充满感情。在场的特洛伊人被深深触动了，他们含着眼泪支持这位受伤的王子，认为他的要求是合理的。

奥德修斯见听众受到鼓动，便加入了演讲："特洛伊明智的人民，你们要知道，希腊人不是那种用武力来解决问题的野蛮人。他们是追求荣誉，拒绝耻辱的民族。我们在决定使用武力之前，为了避免两国不必要的损失，曾经派出过和平使节，试图通过谈判友好地解决我们所遭受的侮辱。谈判失败后，是你们先袭击我们，战争才无可避免地爆发。现在，我要告诉你们的是，你们的盟国和属地都已被我们的军队踏平，相信你们也能感受在多年的围城后所面临的不便。而现在，和平解决的希望仍然把握在你们的手上！只要你们把抢走的人交出来，我们就撤兵，上船，起航，带着我们的船队永远地离开你们的海岸。我们今天不是空手而来，我们给你们的国王带来一件珍贵的礼物，这要比海伦要珍贵得多，你们看，我们已为你们的国王送来他的小儿子波吕多洛斯。他期待着你们和你们的国王的决定，如果你们今天把海伦交出来，那么这个孩子将回到他父亲的身边和他的家人团聚。如果你们仍然拒绝交出海伦，那么你们的城池必将毁灭。想想看吧，特洛伊的人民，请你们和你们的国王慎重考虑，不要让悲剧在你们的国家一幕幕地上演！"

奥德修斯

奥德修斯讲完话，全场一片寂静，大家的内心都感到了一种无法释放的沉重，他们仿佛看到特洛伊的未来陷入一片黑暗之中。后来，贤明的老人安忒诺尔打破了安静的气氛，他说"远道而来的希腊朋友，你们曾经是我尊贵的客人！你们所说的这一切，我们都非常明白，我们在心里也都赞同你们的解决办法。但是，与你们希腊人不同，我们生活在一个国王的命令高于一切的国家，我们的法律，我们祖先世世代代留传下来的信仰和规则，都使我们不能违背国王的意志。只有在国王向大家征求意见时，我们才有权利对国事发表看法。即使我们说了话，国王还是可以按照他的意志行事。对此，我将举行长老会议，让你们知道民众中对你们的要求所持的代表性意见，他们会当面对你们说出他们的心里话。"

于是安忒诺尔召开长老会议，大会由他亲自主持，三位使节列席听取意见。令他们感到欣慰的是，特洛伊城的知名人物一致认为帕里斯的行为是令人诅咒的，但是会议上还是遭到了让希腊人非常愤怒的一幕：安提玛科斯在会议上公开地表示，帕里斯抢夺希腊王后的行为并不丑陋，不应该遭到国人唾弃，他认为大家用不着理睬希腊人。这个安提玛科斯曾被帕里斯用许多礼物收买，因此他才在会上竭力阻挠交出海伦，加上他本人喜欢战争，为人居心叵测，他还背着三位希腊使节提出了一个丧心病狂的建议，要把作为使者的这三个最勇敢而又聪明的希腊英雄杀死。他的建议没有被特洛伊人采纳。他又劝说大家把希腊使者拘禁起来，要他们无条件交出波吕多洛斯，否则不予释放，他的建议又被众人拒绝了。安提玛科斯继续公开地侮辱使者，特洛伊人十分生气，终于把他赶出了会场。

安提玛科斯于是愤愤地来到卫城上，把希腊使者到来的消息报告国王。国王和他的儿子们立即召集会议，大家对这事的看法不一，会上还出现了争论。国王最勇敢、正直而又最讲道德的儿子赫克托耳在会上并不赞成交出海伦，虽然他想到兄弟帕里斯的罪行便觉得十分羞愧，但他表达了自己的意见："她是前来我们宫中寻求保护的人，我们答应了她，还给她和帕里斯建造了一座华丽的宫殿，以此表示我们对他们的信赖和祝福。我们不应该拆散他们的幸福。"年迈的潘托俄斯也被邀请出席会议，他忠诚、高尚，是国王最信任的大臣。他转身望着赫克托耳，诚恳地要求他听从特洛伊长老们会议上的意见，交出引起战争的祸根——海伦。他大声地说："帕里斯已经拥有了海伦多年！这本身就不符合国际的民法，更何况，希腊人已经用他们的决心和行动向我们表明，我们的灾难即将来临。看吧，与我们结盟的许多城市都被攻占了，它们的毁灭说明了什么？他们的命运就是我们的命运！再想想你的最小的弟弟还在希腊人的手里，如果不把海伦交出去，波吕多洛斯的后果不堪设想！"

赫克托耳回答潘托俄斯说："现在交出海伦是否显得我们过于胆怯？海伦在宫中住了多年，那时大家明知战争不可避免，却都保持沉默，没有人站出来反对，现在大敌当前，我们又有什么理由驱逐她？"

"我从来没有胆怯，没有沉默，"潘托俄斯回答说，"我的良心是清白的，我曾把父亲的预言告诉过你们，如果不交出这个女人我们的国家将遭到灭亡，今天我再次警告你们，这一切即将发生。即使你们不听我的劝告，我仍然会忠实地在你们身边，保卫特洛伊城和国王！"说完，老人站起身，离开了会场。

最后，按照赫克托耳的建议，他们做出一个折中的决定，仍然不交出海伦，但是把那时从希腊抢来的财物等价偿还。他们还将从国王普里阿摩斯的女儿中挑选一人代替海伦许配给墨涅拉奥斯，她可能是聪明的卡珊德拉，或者是美貌的波吕克塞娜。国王普里阿摩斯还将配给她一份丰厚的嫁妆。希腊使节随后被引见国王和他的儿子，听到这个交换条件时，墨涅拉奥斯当场勃然大怒："真是无稽之谈！如果我现在从敌人中挑选一个妻子，那我千里迢迢地过来做什么！留着你们野蛮人的女儿吧，把我自己的妻子还给我！"

墨涅拉奥斯的这番愤怒之言引起了在场的特洛伊王室的不满，国王的女婿，克瑞乌萨的丈夫埃涅阿斯气愤地站起身来，他粗暴地对墨涅拉奥斯呵斥道："假如事情由我和国王来决定，那么你这个可怜的家伙就既不能要回妻子，也别想得到国王的公主。普里阿摩斯的王国里不是没有人！好了，好话都已经说得够多，请你们最好赶紧撤离我们的国土，否则你将见识到特洛伊人的厉害！别以为在我们邻国取得了胜利就可以在这里大呼小叫，我们还有许多强大的同盟军和久经沙场考验的英雄和战士，还有更多的同盟军在等着与你们交火！”

埃涅阿斯的这些话在国王的殿前会议上受到国王其他儿子们的热烈欢呼和拥护。如果不是赫克托耳保护三位希腊使节，他们将受到更多的凌辱。和谈不成，他们带着一腔的怒气离开了，可怜的波吕多洛斯被希腊人捆绑着带回到营地，国王普里阿摩斯只是从很远的地方看到了自己的爱子，心疼不已。

希腊人听说他们的使节在特洛伊受到了侮辱，群情激动，他们在军中大声嚷嚷，一定要洗刷耻辱，让特洛伊人永远后悔今天所做的一切。希腊人军前特别会议没有过多地征求诸位王子的意见，便把无辜的波吕多洛斯带到城墙边，他被奥德修斯用乱石击死。国王普里阿摩斯听到城外一片喧嚷声，同他的儿子们一起登上城头，他们亲眼看到了惨不忍睹的一幕：石块从四面八方朝他们的小王子的头和没遮拦的身上砸去，他死在无数的石头之下。希腊王子们答应把砸烂的尸体交给可怜的普里阿摩斯国王，让他为儿子举行葬礼。国王的仆人们在特洛伊的英雄伊特俄斯的率领下来到城外，他们含着眼泪，悲伤地把孩子的尸体装上灵车，带回去交给他那不幸的父亲。

阿喀琉斯的愤怒

战争进入了第十年，希腊英雄埃阿斯在特洛伊附近多次出征都凯旋。波吕多洛斯之死在两个民族之间激起了更强烈的仇恨。众神也开始介入了人间的这场战争。雅典娜、赫耳墨斯、波塞冬、赫菲斯托斯站在希腊人一边；阿瑞斯和阿佛洛狄忒反对希腊人的残暴，帮助特洛伊人。所以在特洛伊战争的第十年，即最后一年，这一年，《荷马史诗》记录的要比以前多上好几倍。史诗开始叙述的是阿喀琉斯的愤怒以及他的怨恨给希腊人带来的种种苦难。

自从他们的使节从特洛伊回来后，特洛伊人的威胁就使得希腊人不敢懈怠，他们做好准备迎接决战。这时，阿波罗的祭司克律塞斯带着无数的赎金来到军营，他的女儿被阿喀琉斯抢走后又被送给阿伽门农。为了赎回自己的女儿，他手执一根和平的金杖，杖上缠着阿波罗神圣的花冠，他向全军，特别是阿特柔斯的两个儿子和全军的统帅祈求：“阿特柔斯儿子们，在场的希腊将士们，愿奥林匹斯的神保佑你们占领特洛伊，平安地回到故乡。请你们出于对阿波罗神的敬畏，接受我带来的赎金，归还我的女儿吧！”

在场的所有士兵们听了他的讲话都发出同意的呼声，表示愿意尊敬祭司，接受丰厚的赎礼；阿伽门农却怏怏不乐，他不愿意失去美丽的女奴，他气势汹汹地对祭司喝道：“别再让我发现你出现在我的船边，你的女儿我不释放，她已经是我的女奴，她将远离祖国，到我的王宫里，在我家绕着纺织机走动，为我铺床叠被，直到老去。你赶快走吧，趁我没有生气，赶紧回家去！”阿伽门农这样说，克律塞斯非常害怕，只得顺从地退了出来，默默地朝呼啸着的大海沿岸走去。他走着走着，嘴里开始念念有词，忽然他举起双手，向阿波罗神祈祷说："银弓之神，伟大的太阳神阿波罗啊，请听我的祈祷，多少年来，我为你建造庙宇，清洁神庙，为你献祭丰美的祭品。如果我曾讨得你的欢心的话，请让我的祈祷变成现实吧！请让希腊人在你的金箭下偿还我的眼泪。"

克律塞斯这样祈祷，阿波罗听到了，并愤怒地离开了奥林匹斯圣山。他背着弯弓和装满箭的箭袋朝希腊人驻扎的军营靠近。他的降临有如黑夜覆盖大地，他随即在希腊人军营的上空射箭，银弓发出了令人心惊胆战的声音，起先他只是射向牛羊骡子一些牲口和狗群，紧接着内心的愤怒使得他把箭射向了人群，被射中的人都患上了瘟疫，一个个悲惨地死去，营地上焚化尸体的柴火昼夜不息。就这样，阿波罗神一连九天都没有停下手中的弯弓，瘟疫随之蔓延了九天。第十天，阿喀琉斯受到赫拉的启示，他召集会议，告诉大家宙斯托梦于他，需要请教先知或者祭司或者释梦者，让他们为大家解释，阿波罗为什么发怒，希望能找出办法，平息阿波罗的怒火，消灭军中的灾难。

随军预言家卡尔卡斯，从人群中站起来说，他能从鸟飞中得到预兆，他知道当前、将来和过去的一切事情。他说，如果他直言，请阿喀琉斯可以保护他，因为他的话将惹得一个人愤怒，这个人有力地统治着整个希腊军队。阿喀琉斯安慰他，让他尽管大胆地说出来。于是卡尔卡斯说："天神并不是因为我们疏忽了许愿或是没有献祭而生气，而是因为阿伽门农不敬重他的祭司，不愿意释放祭司的爱女。现在，我们必须把祭司的女儿还给他，这样才能劝得动阿波罗神，求得他宽恕。否则，致命的瘟疫将继续弥漫。"

阿伽门农听到这话，内心充满愤恨，眼中闪出怒火，他凶狠地对预言家说："你这个不祥的预言家，从来没有对我说过一句好话，你总是喜欢预言坏事。现在又在军队中散播谣言，说阿波罗给我们制造苦难，全是因为我拒绝了克律塞斯赎取女儿。的确，我很想把她留在自己家里，因为我喜欢上了她。但是，我愿意把她交出去，为了全军的安全，为了士兵们不再遭受瘟疫之灾。但交换的条件是我要求有一件礼物，以换取我这失去的荣誉。"阿喀琉斯回答说："阿特柔斯最尊贵的儿子，你怎能这样贪婪，你怎么能向希腊人索取礼物？我们从敌方城市里掠来的战利品早已分配出去，这些战利品怎能从每个人手上再要回来？请你按照天神的意思把祭司的女儿释放，如果宙斯保佑我们攻占了特洛伊城，我们再给你三倍甚至四倍的补偿。"

阿伽门农大声对他说："尽管你非常勇敢，但是别施展心机来骗我，你是想保存自己的战利品，劝我归还战利品吧？要不就是希腊人给我一份合心意、等价的补偿，要不就是埃阿斯、奥德修斯或者你，阿喀琉斯得重新分一份战利品给我，我知道这样做，你们都不会乐意。但这事我们留到以后再考虑，现在当务之急要做的是准备一条大船和祭品，把克律塞斯的女儿送上船，派一位王子担任队长，我觉得阿喀琉斯你能胜任，就由你亲自押运这只船，前去献祭，祈求太阳神阿波罗息怒。”

阿喀琉斯听到这样的话，对阿伽门农生气地说：“你这个无耻而自私的君王！今后希腊还有谁愿意听从你的命令？我到这里参加战斗，并不是因为特洛伊人得罪了我，他们在我的眼里没有任何的过失。但我愿意跟着你前来，帮助你，为了你的兄弟墨涅拉奥斯报仇。现在你竟然威胁我，想要夺取我们辛苦得来的战利品。我靠着自己的双手承担了大部分激烈而艰巨的战斗任务，但分配战利品时你却比我多得多，你得到的总是最好的一部分。我打得筋疲力尽，却只收获了一小部分的战利品。我现在要回到家乡佛提亚去！我可不想留在这里，为你挣得财产和金钱，还要忍受你的侮辱！”

“要是你想走的话，那就请便！”阿伽门农大声地回答他，“我不求你为我而留在特洛伊。你是众多英雄中我最不喜欢的一个，你好战、喜欢格斗，总是引起争端。现在你带着你的船只和你的部下离开吧！但是我得告诉你，阿波罗从我这里抢走了克律塞斯的女儿，我要亲自去你的营帐里，把美丽的布里塞伊斯带走作为补偿，我要让你知道，我毕竟比你高贵，比你强大，也以此警告大家，违背我的意志没有好处！”

阿伽门农的话激怒了阿喀琉斯，他此时正考虑是拔出剑来杀死这个阿特柔斯的儿子，还是压住怒火，暂且忍耐。他的手正要把利剑拔出鞘的时候，女神雅典娜悄悄地出现在他的身后，按住他的金发，轻声说：“你要镇静，别伸手拔剑，你尽管拿话骂他，咒骂自会应验。你要听话，今后你将得到三倍的赏赐！”

阿喀琉斯听从雅典娜的劝告，顺从地把剑放回剑鞘里，他开始用愤怒和凶恶的语言对阿特柔斯的儿子说道：“你这个卑鄙的人，你从没有胆量和战士们并肩作战，你最擅长的是从一个敢于顶撞你的人手里抢夺他的战利品。你这个无耻的人，这是你最后一次侮辱人，我凭着这根权杖对你发誓：正如这根权杖脱离树干，不能再像树枝发芽抽叶一样，从现在起，你休想再看到我为你在战场拼杀了！总有一天希腊人会怀念阿喀琉斯的，当凶狠的赫克托耳屠杀希腊人时，你将无所适从，你会了解我的厉害，你的心会将被悔恨咬噬，你知道不该冒犯全希腊最神勇的人！”说完，阿喀琉斯把他的权杖扔在地上，坐了下来。阿伽门农依然在对面发怒，温和善良的涅斯托耳好意地劝说双方和解，但是双方都不理睬。最后，阿喀琉斯愤怒地对阿伽门农说：“你想怎么干就怎么干吧，可是不要对我发号施令，别指望我会听命于你。我不会因为那个女子同你或其他英雄争斗，你可以夺取原来属于我的东西。但是你要记住，别想再碰我船上的其他财产，如果你想尝试，那就让大家都看见，你的鲜血将溅到我的矛尖上。”

集会解散后，阿伽门农把克律塞斯的女儿和祭品送上船，挑选了二十名桨手，由奥德修斯担任队长，把祭司的女儿护送回去。然后，这个阿特柔斯的儿子又对他的传令官塔耳堤皮奥斯和欧律巳特斯下命令，要求把勃里塞斯的女儿从阿喀琉斯的帐篷带来。两位传令官心里并不愿意，但却不敢违抗统帅的命令。他们看见阿喀琉斯坐在帐篷前面，可是由于胆怯和敬畏他们不敢说出他们的来意，但阿喀琉斯已经猜到了他们此来的目的，招呼他们说："宙斯与凡人的传令官，请过来吧，我不会责备你们，这是阿伽门农的过错。帕特洛克罗斯，快把姑娘请出来，交给他们。但是，我要你们在神和众人面前为我作证，如果将来有人需要我的援助而我不答应的话，那就不要责备我，而应怪罪于阿特柔斯的儿子！"

帕特洛克罗斯把姑娘领了出来，她不情愿地跟随两个传令官离开，因为她已经爱上了她那宽厚温良的主人。阿喀琉斯含着眼泪坐在海岸上，望着深蓝色的海水，请求她的母亲忒提斯帮助他。不一会儿，大海深处传来了母亲的声音："唉，我的孩子，我不该生下你，你的生命是如此短暂，你却还要忍受这么多的苦难和痛苦！我会请求宙斯来帮助你。现在你就留在战船附近，尽管发泄你的愤怒，不要去参加战事。"听完母亲的回话，阿喀琉斯便离开海岸，回到了自己的帐篷。

忒提斯果然来到奥林匹斯圣山为他的儿子讨公道。她看到宙斯坐在高山顶上，忒提斯上前，用左手抱住他的双膝，对他说："我的父亲，如果我曾经侍奉你，使你高兴的话，那么请答应我的乞求：阿伽门农深深地侮辱了我的儿子，还夺走他的战利品！众神之父，我祈求你，从现在开始，请让特洛伊保持胜利吧，直到希腊人把荣誉重新还给我的儿子为止！"

宙斯坐在那儿一动也不动，沉默许久，但忒提斯越来越紧地抱着他的双膝，并轻柔地催促着他做出决定："父亲，请答应我的请求吧，或者干脆予以拒绝，这样我知道，你根本不疼爱我！"万神之父终于不满地回答说："这样做，等于与众神之母赫拉作对，她不会就此罢休的。你赶快离开吧，别让她看到你。我点了头，你应该满意。"说着他垂下眉毛，点了点头，奥林匹斯圣山便震动起来。忒提斯满意地离开了宙斯，回到大海里。但赫拉早已看见他俩的会面，她对宙斯的立场表示不满，但是宙斯却很平静地对她说："别干涉我的决定，服从我的命令吧。"赫拉对他的话也感到恐惧，不敢反对他的决定。

很快，奥德修斯把姑娘还给祭司克律塞斯。祭司惊喜交加，他郑重地感谢了阿波罗的帮助，并请神答应停止希腊人的灾难。阿波罗接受了他的请求和祈祷，希腊军队中的瘟疫立刻停止，所有的病人也很快康复。

阿伽门农试探军心

宙斯为了实现他对海洋女神忒提斯的诺言，夜夜睡得不踏实，为此，他派遣梦神给阿伽门农送去一个幻梦。全军的统帅正在帐篷里安睡，梦神立即化身为涅斯托耳的模样，他是国王最喜欢、最敬重的长老之一。化身为涅斯托耳的梦神对他这样说："阿特柔斯的儿子啊，你还在睡觉吗？身为全军的统帅，不应该整夜睡眠。我是从宙斯那里前来的信使，宙斯关心你，怜悯你，他命令你立刻集合全希腊军队，因为特洛伊的末日已经到来，今天你就能让特洛伊城毁灭。这是宙斯的意志，他让你把这事放在心上。"

梦神说完后就离开了。阿伽门农醒来后，立即起床。他真的相信当天能够攻下特洛伊城，于是他穿上漂亮合体的新衣服，扎好鞋带，背起宝剑，再抓起他的王杖，大踏步地朝着他们的舰队走去。他命令传令官让所有的希腊人都到会场集合，并通知王子们赶忙到涅斯托耳的船上开会。当大家在船上聚齐后，阿伽门农说："朋友们，我刚刚在梦中得到了神的启示，一位酷似涅斯托耳的人告诉我，说宙斯已决定让特洛伊城毁灭。但是现在，由于阿喀琉斯的愤怒使得军队的斗志非常涣散。今天，我要试探大家，看看能否通过言语劝说大伙上船，共同离开特洛伊海岸。请在座的各位分布在士兵中，努力动员大家留下来参与战斗。"

阿伽门农讲完话后，涅斯托耳站起来对诸位王子说："如果换了另外一个人对我叙述这个梦境，我一定会当面斥责他，不相信他的谎话，并且对他所说的不予理睬。可是今天说这话的是我们希腊人的最高统帅，我们相信他，并坚决按计行事！"

说完，涅斯托耳、阿伽门农和其他王子们来到会场上，士兵们在那已经等候多时，当看到他们的统帅进入会场时，嘈杂喧哗声瞬间安静下来。阿伽门农站在人群中间，开始讲话："亲爱的朋友们，希腊勇敢的战士们！我们受到了可恶的宙斯的欺骗，他曾经郑重地向我许诺过，说我们可以顺利征服特洛伊，而后凯旋，可是现在他却让我陷入重重困境，使我们白白牺牲了这么多战士，现在他要求我们就这样不光彩地返回希腊。如果我们的后代子孙知道，一个强大的希腊在对付一个比它弱小得多的对手而没有取胜，这当然说是一个耻辱。诚然，特洛伊拥有许多强大的同盟军，阻止我们顺利地攻下他们的城池。现在，战争已经进入第九个年头，我们船上的木板开始腐烂，缆绳也在一节节断裂，我们的女人和孩子在家中热切地盼望我们。这时候，最好的办法，就是遵照宙斯的旨意，让我们登船起航，返回希腊！"

阿伽门农的讲话使得士兵们激动起来，人群中一阵骚乱。大家都飞快地向舰船奔去，人们相互鼓励把战船拖入海中，垫在船下的横木被拉开了，军营通向大海的水道被疏通了。

希腊人的这种场面使得奥林匹斯圣山支持希腊人的众神感到不安。赫拉催促雅典娜赶快下山，阻止希腊人奔逃。雅典娜听从她的建议，从奥林匹斯圣山上直接飞降到希腊人的军营中。奥德修斯正安静地站在他的战船前面，满腹心事的样子，雅典娜走近他，现身在他的面前，亲切地说道："你们真的想就此离开吗？难道你们真的愿意把荣誉留给普里阿摩斯，把海伦留给特洛伊人吗？为了海伦，多少希腊人背井离乡。不，你绝不会忍受这样的结局，聪明又高贵的奥德修斯，别再犹豫了！快利用你的智慧和辩才，去阻止他们吧！"

女神的话提醒了奥德修斯，他马上扔下身上的战袍，朝混乱的士兵们走去。每遇到一位英雄或者一位王子，他就开始劝说："别像懦夫一样贪生怕死，你们应该安静下来想想，阿特柔斯的儿子心里到底在想些什么，难道你们不觉得他是在试探希腊人吗？你们应该留下来，并安顿好其他士兵。"当他看到士兵们吵吵嚷嚷时，他便生气地用权杖敲打他们，并且呵斥道："没脑子的家伙，回到原地去！听听别人都在说些什么，不是每一个人都可以当上国王的！宙斯只把权杖交给了一个人，其他人就该听从他的指挥！”

奥德修斯坚定的声音传遍了全军。士兵们纷纷离开了战船，回到了会场上等待统帅的发令。这时，军队中还有一个人在叽里呱啦地说着丧气话，他是特耳西特斯。他还在那吵闹着，他把心中的怨恨都发泄出来，他用鲁莽的话反对和责骂国王和王子们。他是这群希腊人中面貌生得最丑的人：腿向外弯曲，一只脚跛瘸，斜着一只眼，驼着背，脑袋是尖的，还有一头稀松的残发。他特别为阿喀琉斯和奥德修斯所憎恨，因为他总是同他们争吵，这一回他却对着军队的统帅阿伽门农大声骂道：“阿特柔斯的儿子啊，你在抱怨些什么呢？”他的声音越来越大：“你有什么不满意呢？你的帐篷里不是塞满了金银财宝和美女吗？那是希腊人攻下城池我们首先赠给你的战利品，你在这里养尊处优，多么舒服啊，我们却总是遭受灾难，承受着各种各样的烦恼和苦闷。让我们乘船回去吧！留下他一个人在特洛伊享受战利品，看看我们对他是否有帮助！大家别忘了，他不是侮辱了神勇的阿喀琉斯吗？他夺走了他的战利品！可是这位胆小的珀琉斯的儿子太疏懒，否则，你这个暴君只能最后一次作威作福了！”

奥德修斯听到这些话走上前来，睁着眼睛怒视特耳西特斯，然后拿着权杖打他的后背和肩膀，大声斥责他：“胡言乱语的东西，你最好赶快住嘴，要是再被我发现你像现在这样发狂，如果我不捉住你，剥光你的衣服，把你痛打一顿，让你光着身子哭着回到船上去，我就不是人，也不是特勒马科斯的父亲！”特耳西特斯被打得弯曲着身子，肩上的血痕清晰可见。他痛得大喊大叫，急急忙忙地跑掉了。大家在一旁看着笑着，为这个无耻的人受到了应有的惩罚感到高兴。

奥德修斯站起来，拿着手中的权杖来到战士们的面前，雅典娜化身为传令官，她命令大家静下来，然后奥德修斯对他们说：“朋友们，再忍耐忍耐吧。你们一定还记得我们离开奥里斯港时所得到的预兆，那时候我们在神圣的祭坛前给天神摆百牲大祭，就好像发生在昨天或前天一样，一条浑身血红鳞片的长蛇从祭坛下爬出来，爬上阔叶树，最高的枝头上有一只鸟窝，八只小鸟挤在鸟巢里，第九只是哺育它们的母鸟。小鸟可怜地哀鸣，被长蛇一一吞食，在长蛇吞食了母鸟和八只小鸟后，派它来的宙斯把它变成了一块石头。当时，我们都感到惊奇不已。预言家卡尔卡斯在大会上这样说的：‘你们为什么目瞪口呆地站在那里？难道没有人看出这是宙斯显示给我们的预兆吗？九只鸟表示我们在特洛伊要持续九年，到第十年你们才能攻占这座雄伟的城池。’卡尔卡斯的预言还在耳旁，现在这一切即将应验。战争已经过去九年了，现在是第十个年头，胜利就在眼前，留下来吧，直到我们攻破普里阿摩斯国王的城池！”

听完他的讲话，集合的士兵们人发出一阵欢呼。聪明的涅斯托耳趁机利用会场已经转变的气氛向国王阿伽门农建议说，如果还有人因为思念家乡的缘故不愿坚持下来，就放他上船回家好了。这样的话，就可以确定地知道，战士和统领中谁是英雄，谁是懦夫，而且由此可以知道，阻碍战争进行的到底是神的旨意，还是缺乏作战经验，或者是因为这些将士胆怯愚蠢。国王十分满意，接受了这个建议，说："老人家啊，你不愧是我们中间最聪明的人。如果我们的军营有十个像你这样的人，那么普里阿摩斯的都城早就被攻陷，早就被夷为平地了！我得承认，为了一个女人和阿喀琉斯相争，是我的过错，一定是宙斯给我降下这个苦难，使我陷入这种无益的冲突中。如果我们两人和解，意见一致的话，特洛伊的陷落也就指日可待了。现在大家都去饱餐一顿吧，然后每个人把矛头磨尖，把盾牌理好，让战马吃饱喝足，再备好战车，让我们准备好全力以赴地投入战斗，也许战斗会持续到今天傍晚。如果有人害怕，故意留在船上，那就把他捣烂，喂猪狗鸟兽！"

阿伽门农一说完，战士们都跳起来，大声欢呼。他们急忙奔向自己的战船。阿伽门农向宙斯祭献了一头公牛，并邀请希腊贵族们与自己共同进餐。当这一切结束后，他吩咐传令官召集士兵们出发作战。统领们率领部队涌向原野，阿特柔斯的儿子在众人中显得超群出众，阿伽门农相貌堂堂，魁梧威武，他的前额和眼神像万神之父的一样威严，宽阔的胸脯如同海神波塞冬那样，他身披战袍铠甲就如同战神阿瑞斯本人。

帕里斯和墨涅拉奥斯的决斗

按照涅斯托耳的建议，希腊人全都按家族和部落编排好，做好了战斗的一切准备。特洛伊人列好队，每队由长官率领，他们鼓噪、呐喊、向前迎战。希腊人也开始向前方迈进。当两支军队就这样相向进军，互相逼近时，帕里斯王子从特洛伊人的队伍中跳了出来，他身披豹皮质地的战袍，背着一把弯弓，佩着一柄宝剑，手中挥舞两支有铜尖的长矛，他向阿耳戈斯当中最英勇的将士挑战，说要单独打一场恶仗。墨涅拉奥斯一看是他，跳下战车，满心欢喜地准备收拾这个头号的敌人。

帕里斯看到墨涅拉奥斯露面时感到非常震惊，他手脚颤抖，脸色苍白，不住地退回到队伍里。赫克托耳看到他的表现，便用羞辱的话激他："不祥的帕里斯，你这个好色狂，诱惑者，你空有一副俊俏的外表，却没有任何力量和勇气，你难道不怕成为希腊人的笑柄吗？你除了拐骗女人的本事，其他一无所长。像你这样的人，即使现在遍体鳞伤地躺在地上挣扎、滚爬，漂亮的卷发上沾满了泥土灰尘，我也不会同情你。"

帕里斯回答说："赫克托耳，你对我的责备一点也不过分，因为你自己拥有坚强的心和超群的胆量。可是你不应该嘲笑神赐予我的容貌，那是别人想得也得不到的厚礼。如果要我战斗，那么请叫特洛伊人和全体希腊人放下武器，为了海伦和她的财富，我愿意同墨涅拉奥斯单独决斗。谁获得胜利，谁就带着海伦和她的财产回去。其余的人都各得其所，我们特洛伊人在这里安居乐业，平平安安地建设特洛伊，而希腊人也可以扬帆起航，回到他们牧马的阿耳戈斯土地中去。"

赫克托耳听到兄弟的话，非常高兴，他从队伍里跳到两军的前线，横着长枪挡住特洛伊人的阵线，将士们都纷纷后退。希腊人看到他时，把箭瞄准他，朝他掷飞镖，投石子。阿伽门农连忙对希腊士兵大喊："阿耳戈斯人，赶快住手，赫克托耳有话要说！"希腊人于是停止射击，双手垂立，原地等待。

赫克托耳大踏步地向前，对大家宣布了兄弟帕里斯的决定。听完他的话，希腊人沉默着，一声不吭。最后，墨涅拉奥斯打破了安静说："现在请听我说，我希望阿耳戈斯人和特洛伊人最终能够和解。你们为了我和帕里斯的争斗受尽了苦难。我与他之间有一个注定要遭受死亡的厄运。让我们俩单独解决这场争斗吧，其余的士兵，无论是希腊人还是特洛伊人，都应该和平地生活。现在让我们祭供天地，立下誓言，然后开始这一场不可避免的决斗！"

双方士兵听了这话都很是喜欢，他们都希望结束这场艰苦、旷日持久的战争。他们把各自的战车停留在原地，自己走出来，把武器放下，堆在地上，彼此靠近，中间留了一片空地。赫克托耳派出两位传令官回到特洛伊城，取来献祭的绵羊，同时请来国王普里阿摩斯。阿伽门农也派塔耳堤皮奥斯回船上牵来一头绵羊。神的使者伊里斯化身为海伦的小姑、普里阿摩斯国王的女儿拉奥狄克，赶到特洛伊城，把消息告诉海伦。海伦正在纺机前，织一件紫色的布料，上面的图案是特洛伊人跟希腊人战斗的情景，那是他们为了她作战遭受的痛苦经历。伊里斯着急地对她说："亲爱的夫人，快出来吧，你将看到一件惊奇的事情，特洛伊人和希腊人刚才还互相敌对，现在却罢兵停战了。他们现在安静倚靠在盾牌上，长矛插在地上。帕里斯和墨涅拉奥斯两人将为你上阵决战，谁取得胜利，谁将把你带回去！"

女神这样说着，海伦的心里开始怀念起她的前夫墨涅拉奥斯，她的父母和她的故乡。她立即戴上白色的面纱，遮住已经湿润模糊的泪眼，带着侍女皮特透斯和克吕墨涅来到城门上面。国王普里阿摩斯和几个德高望重的长老坐在城门上面，他们由于年迈无力参加战斗，可是在国事会议上全是重要的角色。老人们看见海伦走来，立刻为她的天姿国色所折服，他们互相悄悄地耳语着："怪不得希腊人与特洛伊人为这个女人长期遭受苦难，都没有抱怨的意思，她看起来就像一位永生的女神！不过，尽管她如此美丽，还是让她回到希腊人那去，不要成为我们子孙的祸害。"

他们这样说着，国王普里阿摩斯却亲切地招呼海伦："我亲爱的孩子，你过来这里吧，坐到我的身旁来！这里可以看到你的前夫、你的亲戚朋友。在我看来，这场苦难的战争，你是没有责任的。只应归咎于神，是他们让我们打这场战争的。你来告诉我，那个身材魁梧的男子是谁？他长得如此高大健壮，我还从来没有见到过，他应该是一个国王吧？"

海伦礼貌地回答说："在我眼里，你是让人尊敬的君王。我真希望在我跟着你的儿子来到这里，离开亲人、伴侣、爱女和朋友之前，我就遭受不幸死亡的命运。但是这些都没有发生，因此我一天天地淹没在泪水里！你问我的这个问题，我一定告诉你。那个人是阿特柔斯的儿子，权力最大的阿伽门农。他是一个高贵的国王，勇敢的统帅,他是我前夫的兄弟。"

国王看见奥德修斯,又问道:"那边的那个人是谁?他比阿特柔斯的儿子矮一个头,但他的肩膀和胸膛却更加宽阔。"

"那人是拉厄耳忒斯的儿子,"海伦回答说,"足智多谋的奥德修斯,他善于使用精明的策略和各种巧妙的伎俩,他生长在怪石嶙峋的伊塔卡岛上。"

普里阿摩斯看见埃阿斯,他又继续问道:"那个巨人是谁呀?他看起来比其他希腊人高大。"

"他是埃阿斯,"海伦回答说,"阿耳戈斯人的顶梁柱。在他附近,站在克里特人队伍中的是伊多墨纽斯,他周围聚集的多数是克里特人的领袖。我认识埃阿斯,因为曾经我们经常招待他。我差不多认识每一位将领,能够说出他们每一个人的名字。但是,为什么没见到我的同胞兄弟卡斯托尔和波吕丢刻斯?难道他们没有来吗?他们是因为害怕关于我的羞耻的舆论吧?"说到这儿,海伦不知道,她的两个哥哥早已不在人世了。

这时候,两位传令官抬着祭品从城里走了出来。祭品是两只绵羊、一袋用山羊皮盛着的美酒和大地的果汁。传令官伊代奥斯端着亮晶晶的酒壶和金杯来到了中心城门,他走到普里阿摩斯面前说:"请起身吧,国王,特洛伊人和希腊人的首领都请你到战场上为他们证实誓言。帕里斯跟墨涅拉奥斯将为海伦单独用长枪决斗。谁获得胜利谁就把海伦和她的财产带回去。其余的人则和平共处,希腊人回他们的国家去,我们也在自己的土地上建设特洛伊。"

国王听了很吃惊,全身都颤抖起来,他马上吩咐随从为他套车。安特诺尔跟他一起上了战车。他们赶着快马驶出城门,来到两军的战场上。国王下了战车,来到两军的中间。阿伽门农和奥德修斯也随即走了过来。传令官把祭品聚在一起,在金碗把美酒兑上净水,然后把圣水撒在两个国王手上。阿特柔斯的儿子从佩在身上的剑鞘里抽出宝剑,割下些羊毛,传令官把羊毛分送给特洛伊人和阿耳戈斯人的英雄将领。阿伽门农举起双手大声地向万神之父宙斯祷告,祈请他为这个盟约作证。然后,他用剑杀死四只绵羊,把祭品放在地上。传令官和将士们一边把酒从酒缸里舀到杯里,向永生的天神祭奠,一边开始祷告祈求,他们口中念念有词:"宙斯,最光荣、最伟大的神啊!永生的众神们,请明鉴,如果我们中间有人违背誓言,那么他和他们的孩子的脑浆将如同这些酒一样流在地上。"祭祀完毕,普里阿摩斯说道:"特洛伊人和希腊人,我要重新回到伊利昂卫城上去,我不忍心看着我的儿子在这里跟墨涅拉奥斯作生死决斗。宙斯和其他的天神知道他们中有一个的死期是预先注定的。"说完后,国王吩咐随从把祭供的绵羊抬上战车,然后登上车,离开战场,返回特洛伊城。

普里阿摩斯之子赫克托耳和奥德修斯首先测量决斗的距离,并抽签决定哪一方先向对方投掷长矛。赫克托耳摇动装有写好名字的签的头盔,写着帕里斯名字的签很快跳了出来。将士们一排排坐下,在他们身边站着的是健跑的骏马,竖着的是精良的武器。两位英雄全副武装,他们走到决斗场上,在那块量好的空地上靠近站立,彼此怒目而视,挥舞手中的长矛。按照抽签结果,帕里斯先投掷长矛,他的矛尖投中墨涅拉奥斯的盾牌,但铜尖未能穿过去,被坚固的盾牌撞弯了。很快墨涅拉奥斯用右手举起长矛冲上去,还一边大声祈祷:"宙斯,请让我惩罚侮辱我的帕里斯,让天下人从此以后都不敢以德报怨。"说着,长矛投掷出去,矛尖穿透帕里斯的盾牌,再迅速刺穿他无比精致的胸甲,刺破他精美的衬袍。帕里斯往旁边闪去,躲过了厄运。墨涅拉奥斯拔出宝剑,抢上前去砍中对方的头盔,但铜剑在上面破成三四块,从手里落了下来。

"可恶的宙斯,你为什么不让我取得胜利?我的长矛根本没有击中要害!"墨涅拉奥斯斯仰天大喊,接着朝对手扑了过去,他抓住帕里斯的头盔,转过身拖向希腊人的阵地。若不是女神阿佛洛狄忒前来帮助,暗中割断了皮带,帕里斯一定早被墨涅拉奥斯用颈带勒死了。那样,墨涅拉奥斯一定就扬眉吐气了。墨涅拉奥斯把空空的头盔一甩,又转身冲去,试图用长矛刺死仇人。但是阿佛洛狄忒利用神术,降下一片浓雾,遮住帕里斯,把他带回特洛伊城。她立刻去召唤海伦,海伦身边围绕着一群特洛伊的女人,她们坐在城墙的塔楼里。女神化身为一个抽织羊毛的老妪,她走近海伦,拉了一下海伦的衣角说:"快来,帕里斯召唤你回家去。他正在房间里,躺在你们的卧榻上等你。他不像是刚和敌人决斗回来,倒像是去参加完舞会,刚跳完舞蹈的样子。"

阿佛洛狄忒这样说,激起了海伦的情绪,她连忙裹上华丽的袍子,在女神的带领下,她悄悄地离开,回到自己的宫殿,看到丈夫正躺在床上。海伦坐下后,对丈夫侧目而视,并且开始谴责他:"你就这样回来了吗?我宁愿看到你被墨涅拉奥斯杀死在战场上。你从前总是夸口说,论力量、手臂、枪法,你都比墨涅拉奥斯强得多!去吧,再去向他挑战!哦,不,我还是要你留在这里,就此罢休吧,不要再去同他单独交手了,免得你很快就在他的矛尖下丧命。"

"我亲爱的妻子,请不要用辱骂谴责我的心灵,"帕里斯回答说:"这一回墨涅拉奥斯有女神雅典娜的帮助,他才能战胜我。下一回是我战胜他,因为我们也有神帮助。你过来,让我们忘掉决斗的不快吧,上去睡觉,享受爱情!"阿佛洛狄忒拨动了海伦的心弦,使她对丈夫产生了无限的情意,她谅解了他,跟随着丈夫睡去了。

战场上,墨涅拉奥斯像野兽一样在人群中寻找失踪了的帕里斯。可是,特洛伊人和希腊人都不知道他到哪里去了。他们都希望帕里斯能够出现,因为立下誓言的帕里斯现在被他们全体所憎恨。最后,阿伽门农大声宣布:"特洛伊人和你们的盟友,请听我说,胜利已经归属墨涅拉奥斯。现在请你们交出海伦和她的财宝,并给我们合适的补偿。"

阿耳戈斯人听了这个建议都欢呼起来。但特洛伊人却沉默着。

潘达洛斯射伤墨涅拉奥斯

众神坐在奥林匹斯圣山上召开大会。青春女神赫柏不停地给他们斟酒,众神举起金杯一饮而尽,他们俯视着特洛伊城,这时宙斯故意用嘲弄的语言刺激赫拉,他对她说:“女神之中有两位是帮助墨涅拉奥斯的,那就是你和雅典娜。而爱情之神显然是袒护帕里斯的,她保护他,眼看他就要死在墨涅拉奥斯的手下,她救了他一命。胜利实际上是属于墨涅拉奥斯的。现在让我们考虑事情应该怎样发展。我们是继续挑起凶恶的战斗还是让双方友好地相处?如果你们大家喜欢和睦相处的话,就让普里阿摩斯的都城继续存在,墨涅拉奥斯带着他的妻子回去。”他说完,坐在身旁的赫拉和雅典娜非常不高兴,雅典娜生她父亲的气,满腔愤怒,但她不敢说话。赫拉倒是很平静地对宙斯说:“你说的什么话?你想让我们白白辛劳一场,那我可不会同意!”宙斯听了,非常不悦,他答道:“普里阿摩斯和他的子民们怎么得罪你了?你要千方百计地置他们于死地!好吧,你想怎样做便怎样做,尽管我心里不乐意,我也绝不阻拦你。但是日后我若想劫掠你所保护的城市的话,你可别阻碍我。要知道,普里阿摩斯和他的子民们对我很恭敬,我的祭坛里从没有缺少过献祭。”赫拉答道:“今后你要怎样做我都同意,现在你赶快命令你的女儿雅典娜到特洛伊战场上去,怂恿特洛伊人违反他们的誓言,侮辱正在庆祝胜利的希腊人。”

雅典娜听从他父亲的吩咐,立即从奥林匹斯山下降,来到战场,混进特洛伊人中,变成安特诺尔的儿子拉奥多科斯。她找到了吕卡翁的儿子潘达洛斯。他是个优秀强大的人,雅典娜觉得他非常适合完成宙斯交给的任务,他是特洛伊人的盟友,率领士兵从吕喀亚前来参战。女神靠近他说:“潘达洛斯,你愿意听从我的话吗?现在正是你建功立业,让特洛伊人永远感谢你的时候,特别是帕里斯,他一定会对你感恩戴德的。现在你只要放胆向墨涅拉奥斯射出致命的一箭,那么你将得到众人的尊敬。”女神的话说得愚蠢的潘达洛斯竟然动了心。他拿起他的弯弓,从箭袋里抽出一支新的羽箭,并把锋利的箭杆搭在弦上,只听见嗖的一声,那尖锐的箭头朝对方飞去,但女神雅典娜却把箭杆引向墨涅拉奥斯腰带的黄金扣环和胸甲形成双重护卫的地方,尖锐的箭头正好落在扣好的腰带上,箭矢迅速穿过那条精制的腰带,透过胸甲,擦伤了表面肌肉,鲜血立即从伤口中涌了出来。

阿伽门农和将士们看到鲜血从墨涅拉奥斯的伤口中涓涓流出,惊恐地围着他,神武的墨涅拉奥斯也吓得发抖。但他看到只是擦破了表皮,于是安定下来。阿伽门农拉住兄弟的手说:“特洛伊人践踏了他们的誓言,射中你,盟誓、羊血、纯酒的祭奠和我们信赖的双方的握手都没有诚信可言,他们差点要了你的命,如果我失去了你,我将多么悲痛啊!”

墨涅拉奥斯安慰他的兄弟阿伽门农:“放心吧,锋利的箭头并没有击中我的要害,它被我的腰带、里面的围裙和布带挡住了。”

阿伽门农立即派传令官去找最高明的医师马卡昂来诊视。很快马卡昂就赶来了。他立刻从墨涅拉奥斯的腰带上把箭头取出，然后解开腰带、里面的围裙和布带，并把英雄的铠甲脱下。当他看见那锐利的箭头刺入伤口时，他就把血吸出来，熟练地敷上止痛的药膏。

当医生和英雄们正在为受伤的墨涅拉奥斯忙碌的时候，手持盾牌的特洛伊士兵已经冲了过来，希腊人急忙拿起武器准备战斗。阿伽门农把战车交给欧律墨冬，自己则徒步往前行走，检阅战士的行列，他要跟士兵们一起步行作战。他一边检阅部队，一边用言语鼓励希腊人勇敢作战，这使得希腊人士气大振。

阿耳戈斯人在首领的带领下有序地冲上战场，大家默默无声。特洛伊人中喧哗叫嚷声不断，队伍中响起了不同民族的不同语言。众神的叫战声也混杂其间，战神阿瑞斯鼓励特洛伊人，站在他们这一边，雅典娜则煽动希腊人复仇的怒火，两军即将浴血奋战。

两军血战

不久，两军进入短兵相接的战斗：盾牌碰撞，长矛交错，人喊马嘶，锣鼓声声，杀声此起彼伏。血腥的战斗使得双方都有许多英雄死于战场上。

特洛伊人埃锡波罗斯一马当先，杀入敌人重围，不料被涅斯托耳的儿子安提罗科斯用长矛刺中前额，倒在地上，成为第一个壮烈阵亡的特洛伊英雄。希腊王子埃勒弗诺阿急忙上去抓住阵亡人的一只脚，想把他拖过来，以便剥下他的盔甲。正当埃勒弗诺阿弯腰的时候，特洛伊人阿革诺耳看见，他赶上去刺中埃勒弗诺阿腰部，埃勒弗诺阿顿时倒在血泊中，死了。

双方开始了激烈的鏖战。埃阿斯遇到冲上来的西莫伊西俄斯，挥起长矛，给了他猛烈的当胸一刺，矛尖从前胸刺进，枪尖斜着从他的肩膀上穿了出来。西莫伊西俄斯踉踉跄跄，倒在地上。埃阿斯扑上去，剥下他的盔甲。特洛伊人安提福斯见状顺手掷出了一枪。埃阿斯及时躲过，枪尖却击中了他身旁的琉科斯。琉科斯是奥德修斯的好朋友，一位勇猛的战将。

奥德修斯见到好友的死，十分悲愤。他仔细地观察周围的战事，掷出他的标枪，在场的特洛伊人见状回头就跑，安提福斯也躲闪在一边。标枪击中了国王普里阿摩斯的私生子特摩科翁，枪尖穿透了他两旁的太阳穴。他轰然一声，倒在地上死了。特洛伊的前锋吓得连忙后撤。赫克托耳也身不由己地往后撤退。希腊人大声欢呼，把阵亡士兵的尸体拖到一旁，进入特洛伊人的阵地。

阿波罗看到这个场面非常恼怒，他鼓励特洛伊人前进："特洛伊人，你们不能够轻易地放弃阵地！他们既不是铁铸也不是石制的。要知道，他们中最勇敢的英雄阿喀琉斯都没有参加作战，那还有什么可畏惧的？"雅典娜则在另一边鼓励阿耳戈斯人奋勇冲击。双方的英雄们死伤无数。

雅典娜大显神通，她给堤丢斯的儿子狄奥墨得斯注入神奇的力量和勇气，让他在希腊人中显得卓尔不群，他可以趁此建功立业。她使他的盔甲和盾牌发出不灭的火光,有如仲夏的星辰在长河的水中沐浴后显得格外明亮。女神把他送到乱哄哄的敌阵中。特洛伊人中有一个富裕而勇敢的人,名叫达瑞斯,他是火神赫菲斯托斯的祭司。达瑞斯的两个儿子菲勾斯和伊代奥斯被父亲送上了战场,两人精通各种战斗艺术,驾着战车直接冲向了徒步前行的狄奥墨得斯。菲勾斯首先朝他投掷铜枪,枪尖从狄奥墨得斯的左肩上飞过,没有命中。轮到狄奥墨得斯了,他向对手掷去一枪,枪刺中菲勾斯的胸口,使菲勾斯从战车上翻身落地。伊代奥斯看到这个情景,他立即跳下战车逃跑,他吓得不敢从兄弟的尸体上跨过。若不是火神赫菲斯托斯及时赶到,把他笼罩在黑暗中,救了他一命,不然他的父亲达瑞斯将陷入悲伤的极点。所有特洛伊人此时都看到,精通战术的达瑞斯的两个儿子,一个死在车旁,一个逃跑,大家都吓得胆战心惊。

这时候,雅典娜握住战神阿瑞斯的手,对他说:"阿瑞斯,我们最好暂时别去插手特洛伊人和希腊人的战事,先看看我们的父亲希望把光荣赐给哪一方。我们先且后退,避免他发怒。"阿瑞斯同意了,和她离开了战场。现在看起来,双方似乎脱离了神的操纵,但雅典娜留了心眼,她的魔力使得狄奥墨得斯还带着神力。现在战争的形势是这样的:阿耳戈斯人的威力迫使特洛伊人退却。阿伽门农首先把奥狄奥斯打下车,他一枪刺中了对手的两肩间的背部,枪尖穿过胸膛,他砰然倒下。伊多墨纽斯用长枪刺死菲斯托斯。墨涅拉奥斯杀死了打猎能手斯卡曼德里奥斯,击倒了心灵手巧的斐瑞克洛斯。还有许多特洛伊人死在了希腊人的长矛铜枪之下。狄奥墨得斯冲过平原,击溃他面前的特洛伊军队。潘达洛斯见状,趁他不备,立刻拉起了弓,瞄准他一箭射去,射中他的右肩,鲜血染红了他的铠甲。潘达洛斯大声地欢呼,鼓励他的士兵们说:"前进吧,特洛伊人,快策马前进,振作起来!阿耳戈斯人最勇猛的战士已经中箭,他肯定无法忍受那凶猛的箭头,他马上就会倒下!"

但是狄奥墨得斯并没有受到致命伤,他稍稍后退,对驾车的斯特涅洛斯说:"亲爱的,快下车,把锋利的箭矢从我的肩上拔出来。"斯特涅洛斯照他的吩咐做了,鲜血溅到衬袍上面。狄奥墨得斯向雅典娜祷告说:"宙斯的蓝眼睛女儿,请听我祈祷,在过去的战争中你曾善意地站在我父亲的这一边,现在请你也对我同样友好,保护我!保佑我的长矛能杀死这个人,让他再也见不到阳光!"

雅典娜听到他的祈求,给他的四肢增添了力量,他突然感到身子变得轻松自如,伤口也不再疼痛,雅典娜站在他的旁边对他说:"狄奥墨得斯,放开胆量去作战吧!我已经把你父亲勇往直前的勇气植入你的胸中;我已拂去了罩在你眼前的浓雾,现在你在战场上能够看出谁是天神,谁是凡人。如果有神来攻击你,你就大胆地跟他一起去战斗!但阿佛洛狄忒除外,如果她靠近你,你就毫不留情地刺伤她!"

狄奥墨得斯

雅典娜说完这些话就离开了。狄奥墨得斯现在增加了三倍的勇气和力量,他像猛狮一样在特洛伊人中间奋勇拼杀。他用铜枪击中阿斯堤诺俄斯,又用大剑砍中牧者许佩戎。他又杀死了欧律达马斯的两个儿子,打死了弗诺普斯的两个儿子。接着他又把普里阿摩斯的两个儿子克洛弥奥斯和埃肯蒙打下战车,剥夺他们的盔甲,把缴获的战车交给手下的士兵,由他们送上战船。

普里阿摩斯国王的女婿埃涅阿斯眼看着狄奥墨得斯把特洛伊人打杀得七零八落,便冒着四处乱窜的标枪找到潘达洛斯那儿,大声对他说:“潘达洛斯,你的弯弓、羽箭、荣誉到哪里去了?这地方没有人能同你比赛,你曾夸下海口没有人能够比你更强。你看到那个人了吗?他是这样强大,他杀害了这么多特洛伊人,他不会是哪位对特洛伊人怀恨在心的神吧?莫非他是对祭礼不满,发怒来报复人间?”潘达洛斯回答说:“埃涅阿斯,我看那人最像堤丢斯的儿子狄奥墨得斯,我看出了他的盾牌、盔顶,看见了他的大马。我还以为已将他射死了。他这样狂暴勇猛,一定有一个神在保护他,而且仍然在帮助他!我真不走运,我已经射中了两个希腊首领,可是都没有能够把他们射死,他们反而变得更加强大。大概我是在一个不吉利的时辰带着弓箭来到特洛伊城前的。”

“不要这样说,”埃涅阿斯安慰他说,“快上我的战车,现在我们赶快行动。”潘达洛斯跳上车,站在埃涅阿斯身旁,两个人驾着快马,飞快地驰向狄奥墨得斯。狄奥墨得斯的朋友斯特涅洛斯看到他们过来了,便朝他的朋友大喊:“我看见两个强大的敌人要同你作战,他们都有巨大的战斗力,其中一个是精通弓箭术的潘达洛斯,另一个则是阿佛洛狄忒的儿子埃涅阿斯。我们还是先躲开吧,不要和他们正面作战,免得丧失了自己的性命。”

强大的狄奥墨得斯瞥了他的伙伴一眼,回答说:“不要对我说逃跑的话,临阵脱逃或者退缩不前不是我的性格。就让我徒步去面对他们吧!雅典娜不允许我临阵脱逃。如果我杀死了他们,你就随后过来,把埃涅阿斯的两匹快马牵着送回船去。他的马匹是太阳下最好的马匹。”他俩正在交谈,潘达洛斯的长枪已朝狄奥墨得斯掷过来,长枪穿过他的盾牌,却被他的铠甲挡了回去。“你的长枪投偏了没有中,我看你们俩是不见冥王不掉泪。”狄奥墨得斯说着投出了手中的长枪,雅典娜引导枪尖击中潘达洛斯的鼻子,穿过白色的牙齿,把整个颌骨刺穿了。潘达洛斯从车上摔倒在地,他的马也惊逃而去。埃涅阿斯提着盾牌,举着长枪跳下战车,他像头勇猛的雄狮站在自己伙伴的身边,随时准备杀死任何敢于碰他朋友的敌人。狄奥墨得斯从地上抓起一块巨石,那是两个强壮的人怎么也搬不动的石头,而他却高高举起,猛击埃涅阿斯的髋骨。埃涅阿斯痛得失去知觉,跌倒在地,不省人事。如果不是女神阿佛洛狄忒爱子心切,她立即抱住儿子,用发亮的袍子把他裹住抵挡标枪,那他一定被阿耳戈斯人给打死了。斯特涅洛斯记住了狄奥墨得斯的叮嘱,他缴下了埃涅阿斯的两匹战马,把它们赶到希腊人战船那,然后又驾着战车找到狄奥墨得斯。狄奥墨得斯认出了女神阿佛洛狄忒,他知道她不是擅长战争的女英雄,于是他在浩荡的人群中追上了带着儿子的女神。他用锐利的长枪刺伤了女神纤细的手掌,刺破了她手上的嫩肉。受了伤的阿佛洛狄忒痛得大叫一声,她的儿子滚落到地上。阿波罗见状，赶紧把埃涅阿斯抱在怀里，用云朵把他罩住，免得阿耳戈斯人趁机刺伤他，夺取他的性命。狄奥墨得斯大声地对爱情女神喊道：“宙斯的女儿，赶快退出战斗和冲突吧，我认为胆小懦弱的你即使在远处，听见战争的名称，你也会吓得发抖。”女神听后怒气冲冲地离开了。她发现她的兄弟战神阿瑞斯正坐在战场的左边，她请求自己的兄弟把两匹好马借给她：“亲爱的兄弟，把你的马车借给我，我好回到奥林匹斯圣山去，我的手受了伤，疼痛难忍，是狄奥墨得斯那个凡人伤害了我，我相信他还要同我们的父亲宙斯作战的。”

阿瑞斯把战车借给她。阿佛洛狄忒驾着快马风驰电掣地回到奥林匹斯圣山，她哭着扑进了母亲狄奥涅的怀里。母亲用轻柔的言语抚慰女儿，并领她来见父亲。宙斯含着微笑对她说“我的孩子，战争的事情不由你司掌，你还是去专门管理婚礼事务吧，这些事由活跃的雅典娜和阿瑞斯去关心。”雅典娜和赫拉却在一旁嘲笑地看着她，用讥讽的口气说道：“可能是哪个漂亮而不忠的希腊女人把阿佛洛忒狄吸引到特洛伊去了，是在抚摸海伦的衣裳时，你的纤纤玉手一不小心被别针划破了吧？”

众神在天上这样交谈，而人间的战场上，战斗则愈演愈烈。狄奥墨得斯朝着埃涅阿斯扑了上去，尽管他知道阿波罗为那人伸开手臂，但他不畏惧，他依然想杀死埃涅阿斯。他三次猛扑都无济于事，三次都被愤怒的阿波罗神用盾牌挡回去。当他第四次扑过去时，阿波罗发出可怕的吼声：“你考虑考虑，你这个凡人，不要放肆地和神对抗！”

听到这话，狄奥墨得斯后退下来，避免阿波罗更强烈地发怒。阿波罗带着埃涅阿斯离开了混乱的战场，回到他在特洛伊的神庙，把埃涅阿斯交给他的母亲勒托和射猎女神阿尔忒弥斯照料。阿波罗并没有忘记在埃涅阿斯刚才倒下的地方制造一个埃涅阿斯模样的假人。假人形象极其逼真，使得特洛伊人和希腊人都在为那个假人进行激烈争夺。然后，阿波罗提醒战神阿瑞斯，把胆敢与神作对的无耻之徒，堤丢斯的儿子，从战场上清除出去。战神变成色雷斯人的领袖阿卡马斯混在特洛伊队伍中，来到普里阿摩斯的儿子们跟前，吩咐他们说：“王子啊，你们想让那个希腊人杀戮到何时呢？是否要等他打到特洛伊的城下？你们不知道埃涅阿斯已经躺下了吗？来吧，让我们从敌人的手中救出我们的英勇的伙伴！”

阿瑞斯的话激励了特洛伊人，他们重新鼓起力量和振作起精神。吕喀亚国王萨耳佩冬跑去找赫克托耳，谴责他说：“赫克托耳，你的勇气跑到哪儿去了？你曾夸海口说：‘即使没有军队和盟友，你和几个兄弟就能守住特洛伊城。’但我现在看不见他们中的任何一个。他们个个像狗见了狮子一样退缩畏怯，倒是我们这些同盟军不得不单独作战。”

赫克托耳被这番话刺伤了。他立即全身披挂从车上跳到地上，挥舞着长矛，穿过各处的军队，鼓励士兵们战斗。他的鼓动奏效了，特洛伊人即刻转向敌人冲去。与此同时，阿波罗也让埃涅阿斯恢复了健康和力量，把他送上战场。战士们看见他完好无损、健康无比地回到队伍中都非常高兴，但是谁也没有多加询问，因为战事正在激烈地进行中。

阿耳戈斯人由狄奥墨得斯、两个埃阿斯和奥德修斯率领着，严阵以待，他们面对特洛伊的力量和攻势并不畏惧。阿伽门农第一个朝着飞奔而来的特洛伊人投去一枪，击中埃涅阿斯的朋友，冲在最前面的得伊科翁。他是一个总在前线奋勇拼杀的英雄。这时埃涅阿斯挥起强有力的手杀死了阿耳戈斯人的两个英勇的战士，即克瑞同和奥尔西洛科斯，他们是富翁狄奥克勒斯的儿子。墨涅拉奥斯看见他们倒地，十分愤怒，他挥动长矛，勇猛地投入战斗。战神阿瑞斯怂恿墨涅拉奥斯前进，有意使他死在埃涅阿斯的手下。涅斯托耳的儿子安提罗科斯担心国王遭受不幸，当两个英雄开始厮杀时，他急忙奔到墨涅拉奥斯的身边。埃涅阿斯虽然勇猛，但是看到对方又多了一个帮手，还是没有冒昧上前。墨涅拉奥斯和安提罗科斯抢出了两位战友的尸体，交给了自己人，然后他们又返回阵前继续作战。他们杀死了战神般英勇的皮莱墨涅斯，并把他的战马赶进特洛伊人的阵里。

赫克托耳看见他们率领着特洛伊强大的队伍冲了过来，战神阿瑞斯和女神埃倪奥与他一道作战。狄奥墨得斯看到战神走来，大吃一惊，他对士兵们说道："朋友们，我们一向称赞赫克托耳是位勇敢的战士，原来他的身边总有一位神在保护他。你们看，战神阿瑞斯正站在他身旁，我们最好往后退，不要贸然地同天神作战。"正说着，特洛伊人已经逼近。赫克托耳杀死了同驾一辆车的两个精通战术的希腊人。忒拉蒙的儿子埃阿斯赶过来，为他们报仇。他用长矛击中了特洛伊人的一个盟友安菲奥斯，使他砰然摔在地上。特洛伊人向他扔出锐利的长枪，阻止他剥取阵亡人的铠甲。

在战场的另一部分，不可抗拒的命运驱使着赫拉克勒斯的儿子特勒帕勒摩斯去对付吕喀亚人萨耳佩冬。还没有靠近，他就开始向对手大声大骂："你这个不懂战斗的胆小鬼跑来做什么，居然敢谎称是宙斯的儿子，可知道强大的赫拉克勒斯乃是我的父亲！你是一个胆小的人，即使你今天领着强大的队伍，也要倒在我的脚下！"萨耳佩冬愤怒地说："如果你认为我还未取得过应有的战斗荣誉的话，那么今天你的命运已经注定，你的死将赠给我荣誉！"说完话，两支长枪几乎同时从两人的手里投出。萨耳佩冬击中过分傲慢的对方的喉咙，使他倒在地上死了。同时对方也刺中萨耳佩冬的左腿，枪尖擦伤了骨头，但他的父亲宙斯不愿意他死，因此，他的朋友们急忙抬着他离开战场。他们是这样的忙乱，以至于没有人想到要把萨耳佩冬的腿上的标枪拔出来。

奥德修斯在作战中看见特勒帕勒摩斯和萨耳佩冬对阵的局面，所以当萨耳佩冬被抬出去时，奥德修斯连忙追赶上去。赫克托耳急忙赶来保护萨耳佩冬，宙斯之子萨耳佩冬心里高兴，但是他显得特别虚弱，他对赫克托耳说道："别让我躺在这里，成为阿耳戈斯人的俘虏，保护我，即使我不能回家看到我的妻儿，也要死在我们的城市里。"赫克托耳没有回答，他只是驱逐萨耳佩冬周围的希腊人。萨耳佩冬的朋友把他抬到一棵高大的橡树下面。他的朋友佩拉贡从他的腿上拔出标枪。萨耳佩冬很快昏迷过去。不久,他又开始呼吸,苏醒过来,一阵凉爽的北风轻轻地吹到他的身上,又使他恢复了精神。

现在,身披铜甲的阿瑞斯和赫克托耳并肩作战,他们一共杀死了希腊的六位英雄,他们勇猛的威力使得希腊人渐渐后退,一直退到他们的战船上。

赫拉从高高的奥林匹斯圣山上,看到特洛伊人在阿瑞斯的帮助下杀死许多希腊人,立即吩咐雅典娜下去阻止阿瑞斯。雅典娜于是把战车装扮一新,车轮是青铜铸的,外面包着不可磨损的黄金,两边转动的车轮是白银的,轭具也是黄金的,闪闪发光。赫拉过去给她的战马套上笼头。雅典娜穿上父亲的铠甲,头上戴着金盔,手持盾牌。她纵身登上发亮的战车,握住结实的长枪,坐在了银椅上。赫拉在她旁边用鞭子轻轻打马,马飞奔而去。由时光女神掌管的天宫大门自动打开,于是两位女神很快驶出了天门。她们看到宙斯坐在奥林匹斯圣山的山顶上。赫拉立即勒住马缰,停下来对他说:“你怎么不为阿瑞斯的暴行所恼怒?他违背天命,屠杀希腊人,他很鲁莽,难控制,令我难以忍受。是阿佛洛狄忒和阿波罗唆使战神作恶,现在请你允许我去收拾他,让他赶快离开战场!”

“你可以去试试,”宙斯回答她,“让雅典娜和他对阵,她知道如何与他作战。”赫拉听后十分满意,她举起鞭子策马飞奔,上面是繁星密布的天空,下面是高山和大地,最后她们把马停在特洛伊的土地和西摩埃斯与斯卡曼德罗斯河汇合的地方。

两个女神迅速地来到战场,她们急着前去帮助阿耳戈斯战士。她们看到无数战士正站在狄奥墨得斯的身边。赫拉变作斯腾托尔,走近他们,用相当于五十个人吼叫的声音大声喊道:“阿耳戈斯人不感到害臊吗?难道只有阿喀琉斯和你们一起战斗时,你们才能战胜敌人吗?”她这样说,激起了士兵们的力量和精神。雅典娜找到狄奥墨得斯,他正靠在战车旁边,让风吹凉被潘达洛斯用箭射中的伤口。他的圆盾的宽肩带下汗水不断流淌,使他感到非常苦闷。他两手软弱无力,懒得把肩带下的血迹擦干。雅典娜抓住马轭,对他这样说:“看来,堤丢斯的儿子一点儿也不像他本人。堤丢斯虽然身材矮小,但比任何人都勇敢。例如他有一次作为阿耳戈斯人使节,独自到忒拜城,置身于卡德墨亚人当中,本来我让他安静地在厅里参加宴会,可是他却无比勇敢地邀请卡德墨亚的青年同他比武。我帮助了他,使得他场场比赛都获得胜利。我现在站在你身边,也同样愿意给予你保护和援助,可是你的状态我搞不清楚,是激烈的战斗使得你手脚疲劳还是令人寒心的恐惧把你缠住?在我看来,你已不像是勇猛的堤丢斯的儿子。”狄奥墨得斯听到她的话,回答说:“我知道是你,宙斯的女儿,我愿意告诉你全部实情:我并没有被令人丧胆的恐惧或者劳累所缠住,我依然记得你曾经告诫过我,不要同别的天神迎面交战,除了阿佛洛狄忒以外。但是现在战场上的局面全都由战神阿瑞斯控制,我毫无办法,只好命令阿耳戈斯人全部后退到这个地方。”雅典娜听了他的话回答说:“狄奥墨得斯呀,我喜爱的英雄,从现在起,你不要惧怕阿瑞斯或其他别的天神,我会来帮助你。你尽管驾驭你的马向着阿瑞斯猛冲过去，我会是你的坚强后盾。”

说完，雅典娜朝狄奥墨得斯的御者斯特涅洛斯打了个手势，她取代了御者的位置坐上了战车，和狄奥墨得斯一块儿抓住缰绳，扬起马鞭，驾着战车朝战神阿瑞斯迅速冲过去。阿瑞斯刚刚战胜了魁梧的埃托利亚人佩里法斯，看到狄奥墨得斯站在战车上向他冲了过来，女神雅典娜把自己掩在看不透的浓雾里。阿瑞斯随即丢开佩里法斯，向堤丢斯的儿子冲去。阿瑞斯用铜枪投向对方马的缰绳的上方，急于要夺去狄奥墨得斯的性命。但是雅典娜在暗处抓住铜枪，把它推向上空，它改变了方向。狄奥墨得斯向阿瑞斯投去铜枪，雅典娜使他的长矛飞向阿瑞斯的下腹部，正是他捆着腰带的下方。战神大吼一声，好似千万个战士在激烈的战斗中大声齐吼，希腊人和特洛伊人听得毛骨悚然。狄奥墨得斯看到披铜甲的阿瑞斯驾着云团升入辽阔的天空。战神很快到达神界，回到奥林匹斯圣山，他坐在父亲宙斯身旁，把伤口指给父亲看。他痛哭流涕，向父亲抱怨道：“父亲呀，你看见这粗暴的行为不感到气愤吗？你的女儿雅典娜总是爱捣乱和撒野，你从来不约束她的任何行为。你看，她先是刺伤了阿佛洛狄忒的手腕，现在又帮助那个凡人刺伤我的腹部。”宙斯没有安慰他的儿子，反而生气地说道：“我的孩子，别再抱怨了！在奥林匹斯圣山的神里，我最不喜欢的就是你了。你总是喜欢吵架、战争和斗殴。你的狂暴和执拗的性情更像你的母亲赫拉。不过，我还是不忍心看见你忍受创伤的痛苦。神医埃昂会给你疗伤的。”

雅典娜

阿瑞斯停止战争后，其他的神也回到奥林匹斯圣山，特洛伊人和阿耳戈斯人的战斗便自行发展。忒拉蒙的儿子埃阿斯首先突破特洛伊人的阵线，他打到了色雷斯人中最出色的战士阿卡玛斯。接着，狄奥墨得斯也剥夺了阿克绪罗斯和他的副将的性命；三位善战的特洛伊人死在墨喀斯透斯的儿子欧律阿罗斯的手下；奥德修斯用铜枪刺中了特洛伊英雄庇底狄斯；透克洛斯杀死了阿瑞塔翁；阿布勒洛斯被安提罗科斯用铜枪杀死；埃拉托斯被阿伽门农杀死；勒伊托斯生擒逃跑的费拉科斯。阿德瑞斯托斯在回城途中，受惊的马被柳树缠住，他也就被迫滚下战车，被墨涅拉奥斯活捉。他随即抱住墨涅拉奥斯的双膝，向他告饶哀求：“放我一条生路吧，阿特柔斯的儿子，我的父亲很富有，他一定会给你大量的珠宝和黄金，以此作为我的赎金！”墨涅拉奥斯听了他的话几乎心动了，正要把他交给战友时，阿伽门农迎面跑来斥责说：“墨涅拉奥斯，你怎么可以对敌人发慈悲？特洛伊人没有一个能逃脱死亡，连母亲肚里的胎儿也逃脱不了！”墨涅拉奥斯听到这话，便用手推开阿德瑞斯托斯，阿伽门农立刻用长矛把他刺死在地。阿耳戈斯人蜂拥而上，涅斯托耳在后面大声呼喊："朋友们，别在后面逗留抢夺财物，获取战利品。我们要先杀敌人，等有时间再慢慢地收取战利品。"

特洛伊人几乎大败，大家都退回城里。若不是普里阿摩斯的儿子，最高明的占卜师赫勒诺斯对赫克托耳和埃涅阿斯说："埃涅阿斯，还有你赫克托耳，你们肩负着特洛伊人的希望，你们要稳住阵脚，到各处把逃跑的人都拦在城门口，阻止他们溃逃，这样我们才能恢复战斗力，战胜阿耳戈斯人。赫克托耳，请你现在到特洛伊城去，告诉我们的母亲，请她动员城里的贵妇人到雅典娜的神庙去，把最美丽贵重的那件衣服献在女神的膝上，向她许愿，答应给她祭供十二头肥壮的牛犊，请女神对特洛伊的妇女和孩子大发慈悲。请她把野蛮的杀手，可怕的狄奥墨得斯清除出去。"听完他弟弟的讲话，赫克托耳急忙赶回特洛伊城去。

格劳科斯和狄奥墨得斯

在战场上，吕喀亚人柏勒洛丰的孙子格劳科斯和堤丢斯的儿子狄奥墨得斯在两军的阵地上碰见，准备厮杀。当他们互相走近时，狄奥墨得斯先问道："这位英雄，你是谁？我在战场上从来没有见过你。但是你现在却以超群的胆量来抵挡我的长矛。我警告你，只有那些不幸的人才敢碰我的长矛。如果你是化身为人的神，我可不愿意跟你作战。因为我害怕神发怒，我不愿与永生的神作对。如果你是一个凡人，那就走进来吧，过来领受死亡。"

希波洛库斯的儿子听了这话，回答说："狄奥墨得斯，为什么要问我的家世？如同林中树叶的枯荣，人类世代如此。秋风将树叶吹落到地上，春天来临，树枝又会重新发芽！你实在想知道，就听着吧，我的祖先是埃洛斯，是赫楞的儿子。埃洛斯生了足智多谋的西绪福斯，西绪福斯生下格劳库斯，格劳库斯的儿子是具有男子气概的柏勒洛丰，柏勒洛丰的儿子是希波洛库斯，我正是希波洛库斯的儿子，格劳科斯。我的父亲派我前来特洛伊，是他让我成为最勇敢最杰出的人，为我的祖先争光。"

格劳科斯说完，只见狄奥墨得斯把枪插在土地上，用温和的声音说道："你我原是世交，我们的祖辈就是朋友。我的祖父奥纽斯曾在厅堂里接待过你的祖父柏勒洛丰，留他住了二十天。他们还互相赠送宾主间的漂亮礼物，我的祖父赠给你的祖父一条紫色腰带，你的祖父回赠了一只双耳金杯。这只金杯现在还保存在我的家中。因此，如果到阿耳戈斯去，你是我的客人；我在吕喀亚就是你的宾客。让我们在战场上不要彼此动武。让我们互相交换武器吧，好使别人知道，我们是如何尊重我们先祖的友情。"他们这样说，两人跳下车来握手，立誓友好。宙斯使得格劳科斯失去理智，他用自己的金铠甲同狄奥墨得斯交换青铜甲，就好像用一百条牛交换九条牛一样。

赫克托耳在特洛伊城

当赫克托耳抵达斯开亚城门，走到宙斯的山毛榉下时，特洛伊的妇孺老弱将他团团围住，不安地向他打听丈夫、儿子、兄弟以及亲友的消息。他无法一一给予答复，只是建议她们向神祇请求保佑。很多人都从他那里听出了可怕的消息，哀伤地垂下了头。现在他来到父亲的王宫。这是一座华丽的建筑，四周都围有粗大石柱的宽敞厅堂，里面是五十间用光滑的大理石建成的宫室，一间连着一间。这里是王子及其妻子居住的地方。在内廷的另一侧是十二间相连的大理石宫室，这里是国王的女儿女婿们居住的地方。宫殿由高大的城墙围绕，构成一座坚固的宫堡。赫克托耳在这里遇到了他慈祥的母亲赫卡柏。她正要到她最喜爱也是最漂亮的女儿拉俄狄克那儿去。年迈的王后急切地朝儿子走过来，握住他的手，忧愁而关爱地问他："你何以离开那血腥的战场归来？想必是希腊人加紧围攻我们，你回来了一定要去祈求宙斯。我去给你带上陈酿的美酒，你好向万神之父宙斯和其他的神祇献上，然后你自己也可以喝一口提提精神！"赫克托耳回答王后说："亲爱的母亲，我不要酒，以免我失去力量。我也不想用一双不洁之手为万神之父行灌礼。母亲，我请求你，带着特洛伊最高贵的女人们手持熏香到雅典娜神庙，把最华贵的衣服献给她，并献祭十二头肥壮的母牛，祈求她保佑我们。我要去喊我的兄弟帕里斯上战场参加战斗。愿大地把他吞没，我绝不怜悯他，因为他生来是要使我们全城毁灭。"

母亲照儿子吩咐的去做了。她进入内室，取出她最华美的衣服，那正是帕里斯带海伦回来时从西顿带来的。她选出最绚丽一件，然后由一群高贵的女人陪同登上雅典娜的神庙。安忒诺尔的妻子，即雅典娜在特洛伊的女祭司特阿诺给她们打开女神的圣殿。女人们围着雅典娜的神像，举起双手向她祈祷。特阿诺从王后手里接过那件衣服，献于神像的膝前，并对宙斯的女儿恳求说："雅典娜，城市的保护神，最庄严而强有力的女神，请折断狄奥墨得斯的矛，让他栽倒在我们的城门下吧！请保佑我们的城市、女人和孩子吧！我们怀着这样的希望，向你献祭十二头肥牛。"然而雅典娜拒绝了他们的祈求。

赫克托耳已经来到帕里斯的宫殿，它紧挨着国王和赫克托耳的宫殿。赫克托耳手执一支长矛，矛长丈余。青铜矛头和矛杆以一枚金环箍住。他看到兄弟帕里斯正在内室检查武器，修理他的硬弓。海伦则坐在一群侍女中间，操持着日常的家事。赫克托耳带着嘲讽的眼神看着帕里斯，同时大声斥责："你坐在这里闷闷不乐实在是不对。因为你的缘故，士兵们都在城外浴血作战。起来，在城市还没有被敌人攻破并烧毁之前，你要和我们一起来保卫它！"

帕里斯回答他说："你说得不是没有道理，可我坐在这里是因为内心感到悲伤。刚才海伦鼓励我，要我重上战场。我正准备披上战袍，你先去吧，我随后就到！"赫克托耳沉默不语。海伦面有愧色，她说："噢，我是个不祥之人，是我带来了巨大灾难！我宁愿在跟帕里斯来到这里之前就葬身大海！现在兵临城下，我多么希望我的丈夫能够勇敢一些，多么希望他正视自己所受的羞辱和谴责。可是他没有骨气，他的懦弱一定会带来可怕的后果。而你，赫克托耳，进来吧，先休息一下，我知道你正顶着巨大压力！”

“不，海伦，”赫克托耳回答说：“我不能休息。惨烈的战争正驱使我回到特洛伊人中去。你要劝说帕里斯，让他尽快随我同去参加战斗。现在我还得赶回宫去，看看我的妻子儿子和仆人。”说着，赫克托耳便转身离去。但他没有在房里看到妻子。女仆告诉他：“当她听说特洛伊人遭到打击，希腊人夺得胜利时，她就着魔般的离开了宫殿，想爬到城楼上去。女佣抱着孩子，只好跟随她而去了。”

赫克托耳飞速跑到特洛伊大街上。当他到达斯开亚城门时，他的妻子安德洛玛刻，底比斯国王厄厄提翁的女儿，迎面朝他跑来。跟在她后面的女佣怀中抱着幼小的阿斯提阿那克斯。父亲默默地看着可爱的儿子，脸上慈爱的笑容几乎不为人所察觉。安德洛玛刻双眼满含泪水向他走来，温柔地握住丈夫的手说：“不幸的人，你的勇敢肯定会使你丧命。你难道忍心不顾你的幼小的儿子，也不可怜你的妻子让她成为一个不幸的寡妇吗？阿喀琉斯杀害了我的父亲，我的母亲死于阿尔忒弥斯的箭下，我的七个兄弟也全被阿喀琉斯杀死。除你以外，赫克托耳，我什么亲人也没有了。对我来说，你就是我的父亲、母亲和兄弟。因此，我请求你留在塔楼上吧！命令军队开往那片长满无花果树的小山丘，那的城墙没人防守，很容易被敌人攻破。最勇敢的亚各斯人已经向那里发动三次攻击了。或许是预言家给了他们启示，也可能是他们自己发现了这里守卫薄弱。”

赫克托耳亲切地看着他的妻子，说：“这也是我所担心的，但是亲爱的，如果我只是这样远远地待在这儿观望，那么我会在特洛伊的男女老少面前感到羞愧。我的内心一直驱使自己到最激烈的前线去战斗。虽然我已经预感特洛伊城总有一天将会毁灭，普里阿摩斯和他的人民也将会遭殃。但更使我难过的不是特洛伊城的毁灭，也不是我的父母兄弟将要遭受的苦难。而是想到希腊人将你掠去，让你在亚各斯那边纺纱织布或者挑水浇灌，遭受强迫劳役之苦。当你伤心落泪的时候，有人一定会指着你说道：‘看，这就是赫克托耳的妻子，他曾经是特洛伊人中最英勇的英雄。可是他的妻子现在却在遭受着奴役。’当你悲痛欲绝的时候，呼唤着我却得不到我的回应。唉，想到这些，我宁愿现在就死去！”

沉寂片刻后他伸手抚抱儿子，但孩子却哭着把脸埋进女仆的胸前，十分害怕父亲头上的铁盔和飘动的马鬃盔饰。父亲微笑地看着孩子和母亲，迅速脱下寒气凛然的头盔，把它搁在地上，然后吻着可爱的儿子，抱着儿子摇晃。他仰望苍天，向诸神祈祷：“宙斯和诸位神！让我的儿子跟我一样，成为特洛伊人的榜样吧！让他强大无比，统领特洛伊，使得人们终有一天会说：‘他比他的父亲更勇敢！让他的母亲也为他感到高兴！’说着，他把儿子放在妻子的手上，妻子抱住孩子，含着眼泪微笑。赫克托耳抚摸着妻子的双颊，说：“可怜的妻子，不要悲伤！没有人敢于违背神意将我杀死，但是任何人都难以逃脱自己的命运！”说完这番话，赫克托耳戴上头盔就离开了。安德洛玛刻朝宫中走去，不禁悲怆地哭了起来。

帕里斯也带着铮亮的武器从城里穿过，他赶上了哥哥赫克托耳，看到哥哥正在跟他的妻子安德洛玛刻告别。“我磨磨蹭蹭把你耽搁了，”帕里斯大声地说，“我来迟了，不是吗？”赫克托耳却亲切地回答说：“好兄弟，不用饶有兴致地跟我讲客套，你总算自愿回来了。特洛伊人为你受尽了苦。当我听到他们鄙夷地议论你时，我就深感痛心。好吧，这件事我们以后再说吧。等到我们把希腊人赶出特洛伊，把盏共饮，庆祝胜利时我们再来谈论这件事！”

赫克托耳和埃阿斯决战

赫克托耳匆匆忙忙地和帕里斯一道出城，兄弟两人都急于要参加战斗。帕里斯杀死墨涅斯提奥斯；赫克托耳用锋利的长矛击中埃伊奥纽斯的脖子。女神雅典娜从奥林匹斯圣山上看到赫克托耳兄弟两人在激烈的战斗中杀死了很多阿耳戈斯人，便匆匆降到特洛伊城。阿波罗在城上望见，便去迎接她，他希望特洛伊人获胜。他们姐弟在一棵橡树旁边相逢，阿波罗首先开口说：“伟大的宙斯的女儿，什么风把你从奥林匹斯圣山上吹下来了？你就这么不怜悯特洛伊人被杀死，而要让阿耳戈斯人胜利？让今天的战斗停止吧。如果你一定要让特洛伊城遭到毁灭，那就让他们下次再打吧！”

雅典娜回答说：“好的，就这样办，我正是怀着这种想法从奥林匹斯圣山上来到他们中间的。可你要怎样制止战争？”

“我们要使强有力的赫克托耳更加勇敢，”阿波罗说，“让他向阿耳戈斯人挑战，要求和他一样勇敢的阿耳戈斯人单独战斗，这样阿耳戈斯人一定会感到气愤，那么大范围的战争就能够阻止了。”他这样说，雅典娜听从。

预言家赫勒诺斯听到两位神的谈话，急忙找到赫克托耳，对他说：“智慧的普里阿摩斯的儿子，请听从我的建议吧！你去要求特洛伊人和希腊人停战，你自己向阿耳戈斯人提出挑战。你这样做不会遭遇不幸，因为我听到神的声音，你命中注定还不会死。”

赫克托耳听了非常高兴，他走到两军的阵前，握着长枪的中部，让特洛伊士兵停止前进。阿伽门农也命令希腊人停止前进。阿耳戈斯人浩荡的队伍就站在平原中，大家吵吵嚷嚷。雅典娜和阿波罗化身为两头苍鹰，双双栖息在宙斯的高大橡树上看着这里纷乱的场面。最后大家都安静下来，赫克托耳开始说话：“特洛伊和希腊的士兵们，请听我发自内心的建议！我们不久前缔结的盟誓没有获得宙斯的赞同，他给我们双方的军队制造灾难，其结果非常明显，或是你们征服特洛伊，或者是让你们连同战船被我们彻底打败。全希腊最勇敢的英雄们就在你们的兵营里，谁有胆量跟我单独作战，请他站出来。我请宙斯在这里为我们作证：如果我的对手用铜剑把我杀死，便让他剥夺我的铠甲，还有我的武器作为战利品，但须把我的身体交给我的家庭，让特洛伊人和他们的妻子给我举行葬礼。但是如果阿波罗赋予我荣誉,让对手死在我的矛下,我将把他的盔甲剥下来挂在特洛伊的阿波罗神庙里。当然,你们可以把死者运回战船,让你们的人为他隆重安葬!"

阿耳戈斯人都默不作声。因为拒绝挑战是耻辱,可是接受挑战又感到恐惧。他们正在为难时,墨涅拉奥斯站了起来,他谴责自己的同胞说:"你们这些爱夸口的人啊,临阵的时候都像妇女似的,根本不是男子汉。如果没有一个人接受赫克托耳的挑战,这将是我们多么大的耻辱!我愿意接受他的挑战,让诸神决定命运吧!"说着他披起漂亮的铠甲,但如果不是希腊的几个王子及时把他拖回的话,这次他必死在赫克托耳的手下。阿伽门农握住他的手说:"墨涅拉奥斯,你是疯了吗?你怎么这样愚蠢。不要因为气愤而接受挑战。要知道,别的人都害怕他而发抖,甚至阿喀琉斯在战场上见到他也不敢鲁莽从事,他比你强得多!请你三思而后行!"

墨涅拉奥斯听从了他的话,安静地坐了下来。然后涅斯托耳站起来对他的军队说了一番谴责的话,告诉他们当年他和阿尔卡狄亚人埃柔塔利昂决战的故事。"如果我还年轻,"他在结束时说,"还跟当年一样强壮有力,赫克托耳马上就会遇到作战的对手!"

老人这样谴责他们,有九个王子站起来,头一个起身的是阿伽门农,后面是狄奥墨得斯,然后是两个埃阿斯,接下去是伊多墨纽斯以及他的伙伴迈里俄纳斯、欧律皮罗斯、托阿斯和奥德修斯。他们纷纷表示要和赫克托耳作战。"抓阄决定吧,"涅斯托耳说,"无论谁,抓到阄,他如能战胜赫克托耳,全希腊人都会为他感到自豪和高兴。"于是,他们每一个人都在阄上做了记号,将它们放到阿伽门农的头盔里。士兵们一起祈祷。涅斯托耳摇了摇头盔,忒拉蒙的儿子埃阿斯的阄跳了出来,传令官把阄穿过人群,给各位英雄看。埃阿斯高兴地大喊起来:"朋友们,这只阄正是我的。我心里很高兴,因为我认为我将战胜赫克托耳。大家过来,在我穿上作战的铠甲时,请为我向宙斯祈祷吧!"

埃阿斯这样说,希腊人都为他向宙斯祈求:"爱达山的主宰宙斯神啊,请赐给埃阿斯以胜利,使他获得荣誉。你若是也宠爱赫克托耳,那就赐他们同样的力量和光荣吧!"这时候,埃阿斯已经穿上金光闪闪的铠甲,大步跨行,手里挥舞着粗大的长矛,有如魁梧的战神出去参加战斗一样,严肃的脸面上还露出笑容。阿耳戈斯人看到他威武的形象都很高兴,而特洛伊的士兵却感到害怕,连威风凛凛的赫克托耳也感到胸中的心在加快悸动。但他不能后退,因为这场决斗是他挑起来的。

埃阿斯把盾牌举在胸前,靠近赫克托耳,威胁他说:"赫克托耳,这下你该清楚地知道,阿耳戈斯人除阿喀琉斯外还有很多的英雄。好吧,让我们开始吧!你先动刀枪吧!"

赫克托耳回答说:"威武的忒拉蒙的儿子,你可不要把我当作一个不懂战事的孩子进行挑逗,要知道我身经百战,精通战术。你是一位勇敢的好汉,我不会偷偷地对你进攻,我要当着你的面用我的长矛刺中你。"说着,他快速地投出他的长矛,长矛击中埃阿斯的盾牌,矛尖穿透了六层牛皮,在第七层停了下来。这时埃阿斯忒动手了，他投掷他的长矛，也击中了赫克托耳的盾牌，又迅速穿过对方制作极其精致的铠甲。赫克托耳立刻将身子一闪，躲过被刺死的厄运。现在双方持矛来回刺杀，都急不可待地朝对方刺去。赫克托耳瞄准埃阿斯的盾牌中心刺去，但没能刺破，枪尖被扭弯。埃阿斯向他刺去，铜枪刺透了对方的盾牌，划破了他的脖子，黑色的血立刻流了出来。赫克托耳往后退了两步，伸手抓起一块大石头，击中埃阿斯的盾牌，发出当的一声巨响。埃阿斯从地上捡起一块更大的石头，用力朝赫克托耳掷去，这块石头打瘪赫克托耳的盾牌，砸伤了他的膝盖。赫克托耳不由得仰面躺在地上，被压在盾牌下面，隐身在他旁边的阿波罗赶忙把他扶起来。两个人又冲向对方，挥剑砍杀。这时，双方的传令官都匆忙走上前来，特洛伊人的传令官是伊特俄斯，希腊人的传令官是塔耳堤皮奥斯。他们在两位激烈交战的英雄中举起了神圣的节杖，伊特俄斯大喊一声："别再打斗了！你们两个都是勇敢的人，都为宙斯所喜爱，这是我们大家都看到的！现在夜幕已经降临，最好听从黑夜的安排。"

"这话和你的同胞说去吧！"埃阿斯说道，"是他向我们最勇敢的人提出挑战的。他若同意停战，那么我也同意！"

赫克托耳对埃阿斯说道："埃阿斯，是神赋予你强壮的身体、力量和聪明才智。现在让我们停止今天的战斗和厮杀，日后再决斗，直到神为我们评判，把胜利的荣誉赐给你或是我为止！你过来，让我们互相赠送礼物作为纪念吧，让特洛伊人和希腊人将来有理由说：'他们曾经在战斗时拼个你死我活，分手时却是友情深厚！'"说着，赫克托耳把银柄宝剑连同剑鞘和精心剪裁的佩带赠给对方，埃阿斯解下他的紫色腰带送给赫克托耳。最后双方各自分手，回到各自的阵营中去。

两军休战

阿耳戈斯人们来到他们的最高统帅阿伽门农的帐篷里。他们向宙斯祭供了一头五岁的肥壮公牛。欢宴时，又把最好的里脊肉赠给了胜利者埃阿斯。在他们酒醉饭饱后，老人涅斯托耳提出明智的建议，他建议大家明天休战，这样可以收集战场上阵亡的阿耳戈斯人，并把死者运到战船旁边火化，等以后返回国家的时候再把骨灰交给死者的子女。大家对他的提议都十分赞同。

与此同时，特洛伊人也在卫城上的王宫里举行会议，聪明的安忒诺尔首先站起来说："特洛伊人的朋友和同盟军，请听我发自内心的建议，让我们把海伦和她的财产交给阿特柔斯的儿子们，由他们带走。潘达洛斯破坏了神圣的盟誓，我们已经失信于人，即使继续进行战斗，这对于我们的人民没有好处。"

帕里斯听后立即站起来说："安忒诺尔啊，你的话我听了非常不高兴。如果你是认真地构思这番话的，那恐怕是神明让你失去了理智。我现在当着所有的特洛伊人表态，我绝不把妻子海伦交出去。但是我从希腊带回的财产可以退给他们。我还愿意从自己的财产中再给他们添上一份！"

年迈的国王普里阿摩斯在儿子讲话后站起来用温和的口气对大家说："特洛伊

人的朋友和同盟军，你们现在去享用晚餐吧，请放松心情，好好休息。黎明时分，我将派使者伊特俄斯到希腊人的船上去，问他们是否愿意跟我们休战一天，让我们火化死者，然后再重新打仗，直到天神为我们裁判，把胜利的荣誉赐给他们或是我们。”

大家都听取了国王的意见，各自回到军营中吃饭。第二天清晨，使者伊特俄斯来到希腊人面前，传达帕里斯和普里阿摩斯的建议，希腊人的英雄们听完他的话，沉默许久。最后，狄奥墨得斯站起来说：“阿耳戈斯人们不需要接受帕里斯的任何财宝，稍微用脑子想一想，便可以知道特洛伊人已经感到灭亡的威胁！”他的发言得到大家的欢呼和认可。阿伽门农对伊特俄斯说：“你已亲耳听到希腊人对帕里斯的建议的答复。对于普里阿摩斯的建议，我们并不拒绝给你们时间去火化死者。让宙斯为我们发出的保证作见证！”说着，他向上天举起了权杖。

伊特俄斯回到特洛伊城。特洛伊人和同盟军正坐在会场上，等待他的返回。他传达了对方的答复，然后全城的人都行动起来，有的人去运尸体，有的人去拾木柴。希腊人的军营里也同样地忙碌着。在阳光的普照下，敌对双方的人又重新正面相遇，他们各自从对方的阵地中寻找同伴的尸体。特洛伊人含着眼泪替他们的阵亡将士清洗肢体上的血污，默默地把尸体抬上车，送上火葬堆顶上；希腊人也满腹悲痛操办着同样的事，直到太阳西沉，火葬堆的焰火熄灭时，他们才回到自己的营帐。

黎明还未降临，夜色依然迷蒙。阿耳戈斯人聚集起一队精选的人马。他们在火葬堆旁边造一个坟墓，在那里建筑壁垒和一些高耸的望楼，用它们来保护自己，保护希腊人的船队。而城墙的外面他们又建造了一扇结实的大门，给车子的通行留下一条出入的道路。然后他们又在墙外挖出一条又宽又深的壕沟，壕沟里面都是木桩。

他们这样辛苦地忙碌着，宙斯和其他的神明在天上看着十分赞赏，海神波塞冬首先发言：“宙斯啊，这些阿耳戈斯人建造围墙，挖造壕沟是为了保护他们的船只吧？可是他们却不向我们献祭以求我们的保护。”宙斯听了说道：“你说得有道理，等到他们返回故土的时候，你去把壁垒摧毁，把它们全部冲进海里。”他们这样交谈着，阿耳戈斯人已经完成了这一浩大的工程。他们开始宰杀公牛，享用晚餐，伊阿宋和许珀茜伯勒的儿子奥宇纳奥斯从雷姆诺斯岛用大船运来许多名酒浆，然后希腊人开怀畅饮，通宵达旦地享受和狂欢。

特洛伊人和他们的盟友也想趁着休战的间隙略微放松一下心情，可是宙斯却不让他们好好放松，一个晚上都是隆隆的雷鸣声。恐惧爬上每一个特洛伊人的心头，他们即使举杯时也不敢把酒往嘴边送。最后他们只得上床睡觉。

特洛伊人的胜利

第二天清晨，宙斯召集众神到圣山开会，他用洪亮而有力的声音说道：“诸位天神，你们听着，你们当中的任何一位天神都不要试图想帮助特洛伊人或者希腊人。你们都要服从，如果有谁敢违抗的话，我就把他扔入幽暗的塔耳塔洛斯深坑，那地方的深度有如天地间的距离。如果你们怀疑我是否能够做到，那么你们可以试一试：你，你们用一根金链从天上吊下去，然后一齐用力拉，看看是否能把我从天上拖到地上。如果我真想往上面拉的话，我会把你们连同大地、海洋全都拉上来，然后用链条系在奥林匹斯圣山上，把所有的东西吊在天空中间。"

众神听了宙斯的话都非常吃惊，大家不敢吭声。后来雅典娜站起来对宙斯说道："克洛诺斯的儿子，我们这些神的父亲啊，我们都知道你力大无敌，威力无比。但是我们可怜那些希腊人，他们将遭受巨大的灾难。我们愿意听从你的吩咐，不参加战斗，但是我们要向阿耳戈斯人提出有益的劝告，这样他们也不至于遭到毁灭的危险。"宙斯神听了女儿的这番话，微微笑了笑，然后说："我的好女儿，你很了解我。"

说完，宙斯很快乘着他的御用金车，驶往爱达山去了，那里有他的圣地和祭坛。他坐在高高的顶峰上面，威严地遥望特洛伊城和希腊人的营地。阿耳戈斯人在营帐里匆匆吃过早饭，然后披上铠甲，准备赴战。特洛伊那边，虽然人数不如对方多，可是他们每一个人都在积极备战，他们清楚知道战斗直接关系着整个特洛伊的安危。很快，城门大开，他们的军队呐喊着冲了出来。清晨血战开始，一直到太阳照到头顶，双方还是分不出胜负，只听见战场上混杂着受伤者的呻吟声、胜利者的热烈呼声和战场无止境的喧嚣嘈杂杀戮声。宙斯将两方死亡的筹码放在一架黄金的天秤的两端，他提起秤杆，希腊人的这一边沉了下去，而特洛伊人的命运却高高地向天空升起。

宙斯立即从爱达山上鸣放响雷，他把一道闪电送到了希腊人的军队中间，以此表示他内心的想法。希腊人都看到了宙斯降下的凶兆，恐惧笼罩在军中上下。伊多墨纽斯、阿伽门农、两个埃阿斯都坚守不住阵地了，他们连连后退，只有年迈的涅斯托耳仍在前线，是因为帕里斯一箭射中他的马的头部，被射中要害的马因此倒地翻滚起来，其他的马也被搅乱。正当涅斯托耳果断地用剑割断马的缆绳时，赫克托耳的快马已经逼近到他的眼前。眼看老人就要丧失性命，狄奥墨得斯看见了，他大声劝阻奥德修斯不要逃跑，要为老人打退凶狠的敌人赫克托耳。但是奥德修斯没有听见，他朝着希腊人的军营奔去。狄奥墨得斯于是迅速来到涅斯托耳的马前，对他说："老人家，不要担心，快先登上我的战车吧！"狄奥墨得斯一边说一边将涅斯托耳的马交给他的侍从，然后把老人抱上了自己的战车，并朝赫克托耳驶去。趁赫克托耳没来得及动手之前，狄奥墨得斯向对方投掷长矛，没有打中赫克托耳，却击中御者埃尼奥佩斯的胸膛。看到自己的朋友死在身边，赫克托耳心情十分悲痛，并让他躺在那里，重新唤来另一个勇敢的御者，继续朝狄奥墨得斯冲了过去。

宙斯看见，双方即将展开生死搏斗，如果赫克托耳死在对方手里的话，特洛伊城将没有保卫者，希腊人就会在当天攻破特洛伊，宙斯连忙阻止狄奥墨得斯的行动。他迅速地把闪电扔到狄奥墨得斯的马车前，熊熊燃烧的火焰使得驾车的涅斯托耳松开手中的缰绳。他心里害怕，大声地对狄奥墨得斯说："快跑吧！宙斯今天并不想让你取得胜利。我们不要和宙斯一直作对！"

狄奥墨得斯回答说："老人家，你的话是对的。可我一想到赫克托耳将会在特洛伊人的大会上吹嘘：'堤丢斯的儿子在我的面前吓得转身就逃。'我的心里就非常气恼！"

涅斯托耳回答说："哎呀，死到临头，你还有空想这些东西！不管赫克托耳如何嘲笑你，特洛伊的人们是不会相信的，因为他们无数的朋友和丈夫死在你的手下。"他一边说，一边穿过混乱的军队，掉转马头逃跑。赫克托耳立即追了上来在后面他大声吼道："堤丢斯的儿子，亏你们希腊人是那样地敬重你，可是现在他们将会瞧不起你，因为今天的你多么像一个软弱的妇人！你不再是攻占特洛伊并把我们妇女用船运走的希腊英雄中的任何一位。"

听到这种挑衅的言语，狄奥墨得斯犹豫着，是否要掉转马头，与赫克托耳决一死战。宙斯此时从爱达山上连鸣三次响雷。狄奥墨得斯心里明白，这一次胜利并不属于他，于是他赶紧逃跑，相反地，赫克托耳受到宙斯的鼓舞，斗志昂扬。他一边策马扬鞭，一边大声吼道："特洛伊人、吕喀亚人还有其他的同盟军们，让我们再勇敢些吧！我看出宙斯神的意思了，他有意要让我们取得胜利，让希腊人遭受灾难。他们建造那些壁垒围墙根本就不可能挡住我们的进攻。我们很快就会到达他们的战船那儿，然后让我们放火烧了他们的船只，再杀死他们！"然后他策马扬鞭，朝狄奥墨得斯的方向紧紧追去。

赫拉在天上看到这个局面，万分焦急。她坐立不安，她对希腊人的保护神海神波塞冬说道："哎呀，你怎么一点也不同情那些正在遭受苦难的阿耳戈斯人呢？他们曾经那样虔诚地给你献祭，你也一心希望他们获胜。现在让我们去帮助希腊人，把特洛伊人赶回去。我们要阻挠宙斯的意志，让他独自坐在爱达山上苦闷去吧！"但是波塞冬听了却非常不愿意，他不敢违抗他强大的兄长的意志，他不安地回答说："赫拉啊，你说的是什么话？我可不愿意看见我们全体的天神和宙斯对抗，他比我们强大得多。"

于是赫拉自己鼓励阿伽门农把惊慌失措的希腊人重新集合起来，稳住阵脚，同心抗敌。赫克托耳本来想放火焚烧希腊人的营帐和战船。阿伽门农站在奥德修斯的大船上，那是营地的中间部分，在那里呼喊，声音很快就能传到两头。阿伽门农披着紫色的战袍站在甲板上对所有处在慌乱中的希腊人大声喊道："阿耳戈斯人的勇气到哪儿去了？你们曾经在大块吃肉、大碗喝酒的时候，说过多少豪言壮语，说你们一人能够抵挡几十个甚至几百个特洛伊人。现在的情形呢？我们居然对付不了赫克托耳一个人？他马上就要焚烧我们的战船。啊，宙斯啊，你不能这样对待我，别让我毁了全体希腊人而成为千古罪人！"说到这里，阿伽门农声泪俱下。万神之父怜悯阿伽门农，于是他放出一只雄鹰，最可靠的预兆鸟，爪下抓着一只幼鹿，将它扔在宙斯的祭坛前。

希腊人看到宙斯赐予的吉兆，又鼓起勇气，朝蜂拥而至的特洛伊人扑去。勇猛的狄奥墨得斯首先从队伍里跳出来，冲在前面，他给了迎面上来的特洛伊人一枪，枪杆刺中想转身逃跑的阿革拉俄斯的后背。阿伽门农和墨涅拉奥斯、两位埃阿斯、伊多墨纽斯、迈里俄纳斯和欧律皮罗斯也跟了上来。透克洛斯第九个作战，他拉开他的弓，站在大埃阿斯的盾牌的后面，他的箭射死了一个又一个特洛伊人，他在射倒了八个人后，又朝赫克托耳拉紧弓弦，希望射中他心目中的头号敌人。可是箭没有中的，却射中了普里阿摩斯的私生子戈尔古提昂的胸膛。透克洛斯对着赫克托耳又放出另一支箭，这回阿波罗让箭偏离了目标，但是箭头击中了驾车的御者阿尔茜泼托勒摩斯。赫克托耳强忍着失去朋友的悲痛，让他躺在车上，又叫来第三个人为他驾车。他发怒得大声呼喊，随手抓起一块大石头，直接投向透克洛斯。透克洛斯还没来得及弯弓射箭，就先被赫克托耳的大石头击中了锁骨。他的手一下子麻了，不能动弹，整个人顺势就摔倒在地上。埃阿斯连忙用盾牌掩护兄弟，直到墨基斯透斯和阿拉斯托尔过来支援，才把呻吟不已的透克洛斯抬离了战场，送上希腊人的战船。

宙斯又鼓起特洛伊人的勇气，他们把希腊人赶到很深的壕沟前面，赫克托耳冲在最前面，犹如猎犬追赶猎物一样疯狂地追击着希腊人。在追击的过程中，赫克托耳杀死了落在后面的阿耳戈斯人，眼看着希腊人就要被特洛伊人逼得走投无路了，他们每一个人互相呼唤着，举起手来，向天神祈求保护。赫拉听见了他们的祈求，怜悯着他们，于是她对雅典娜说："阿耳戈斯人正在危难之中，难道我们要坐视不管吗？那个疯狂的赫克托耳正在追杀着他们。"

"但愿他丧失力量和性命，能够死在希腊人的手下。我的父亲太残忍了，"雅典娜回答赫拉说，"他不记得我曾多次拯救他的儿子赫拉克勒斯。现在宙斯却不愿意站在我这边，而是成全了忒提斯的心愿。忒提斯用她的温柔手段赢得了父亲的信任。但总有一天，这一切会改变的。你帮我的马套上笼头，我去劝说父亲改变主意！"

赫拉执着鞭子策马飞奔，时光女神看守的天门轰然打开。宙斯远远地望见她俩朝自己的方向飞奔过来，大发雷霆，他便命令伊里斯去阻挡两个女神的车，不让她们进入奥林匹斯圣山的大门，并让伊里斯警告她们，同万神之父作对是没有好处的。她们从伊里斯那得到宙斯愤怒的信息便不再坚持，而是掉转马头，回到了住所。随即宙斯驾着御用金车回到圣山，召开众神举行集会。赫拉和雅典娜离开宙斯坐下，不愿意同他讲话，倒是宙斯先对她们说道："雅典娜和赫拉，你们为什么这样忧愁？我知道你们对特洛伊人怀有很深的怨恨，但是现在我还是决定让特洛伊人取胜，我的命令不可违抗。你们和其他的神都不能使我改变主意。没有我的旨意，你们最好不要擅自帮助希腊人，否则，我将用雷电击打你们，到那时，你们就知道后果是多么严重。"雅典娜和赫拉听了心里很不痛快，雅典娜在那儿沉默不语，尽管她的内心充满愤恨。赫拉控制不住自己胸中的愤怒，说道："克洛诺斯的儿子，你说的话我们都听得很清楚。我们服从你的命令，不会参战，只给阿耳戈斯人有益的忠告，使他们不至于全部遭受毁灭。"但是宙斯回答说："赫拉啊，明天你将会看见，特洛伊人将取得更大的胜利。强大的赫克托耳不会停止战斗，直到希腊人在绝望的边缘，重新请出饱受屈辱的阿喀琉斯，这就是我的安排！"赫拉听了，没有回答。

晚上，光荣的赫克托耳把特洛伊人集合起来，他这样说道："要不是黑暗降临，我们说不定已经把敌人彻底歼灭了！现在，让我们顺从黑夜的安排，把我们的马从车前解下来，扔一些草料给它们。我们也开始准备晚餐，派一些人回城把牛羊、面包和葡萄酒拿来，我们在四周燃起篝火，明亮的火焰能擦亮我们的眼睛，以防止那些希腊人逃跑。我们自己则尽情享用晚餐，并且包扎伤口。等到黎明破晓时，我们再披上铠甲，继续投入战斗。我要看一看究竟是狄奥墨得斯把我从船边赶到城边，还是我用铜枪把他杀死，夺走他的盔甲和武器。"赫克托耳的讲话获得了特洛伊人的齐声欢呼。于是他们把那些流汗的马从车前解下来，用皮带拴住，然后从各处找来柴薪，燃起篝火，大家在明亮的焰火前尽情地吃喝。他们的马匹也在一旁啃着大麦和黑麦，等待着黎明的到来。

希腊人去见阿喀琉斯

在希腊人的军营里，将士们还没有从刚才溃逃的惊惶中恢复过来，这时统帅阿伽门农召集诸位王子举行会议，大家坐在会场上，满愎愁肠。军队的最高统帅阿伽门农站起来，神情沉痛地说："诸位朋友和战士，伟大的宙斯是很残忍的，他曾经给了我一个吉兆，即答应我先征服特洛伊人再胜利返乡。可是现在他却让我一次次地陷于灾难之中，让我损失了那么多勇敢的将士。我们虽然已经占领了许多城池，而且还将攻陷更多的城市，可是宙斯的权力至高无上，没有他的同意，我们不可能征服特洛伊。因此，让我们一起坐上我们的战船返回我们亲爱的祖国吧！"

他这样说，大家都默不作声，大家都陷入沮丧的情绪当中。最后，狄奥墨得斯打破寂静，说："阿特柔斯的儿子，你怎么能这样灰心丧气呢？你曾经当着希腊人的面责备我没有战斗精神，缺乏勇气和胆量！现在我看到的却是，宙斯给了你权力，使你受到众人的尊敬。可是却没有给你胆量！难道你真的认为希腊的英雄们像你想象的那样软弱无能吗？如果你急于逃跑回家，那么你就回去吧！前面就是回去的路，你的船随时可以出发。但我们其他人却愿意留下来，直到我们毁灭特洛伊为止。即使你们全都走掉了，我和斯忒涅罗斯将一直战斗到把特洛伊攻下来为止，我相信我们将有天神相助！"

狄奥墨得斯的讲话赢得了在场所有英雄的齐声喝彩。涅斯托耳说："堤丢斯的儿子，虽然你的年纪和我最小的儿子相仿，但你说的话是如此地谨慎和理智，完全是成年人的口吻。阿伽门农，你举办个宴会吧，让你的帐篷里堆满美酒佳肴，留少数守卫的士兵在墙边放哨，全体阿耳戈斯人碰杯，你可以听到大家提出的各种建议。”

于是，阿伽门农在帐篷里举行了宴会，阿耳戈斯人们全都到齐。大家都尽情享用摆在面前的合乎口味的食品。等到酒足饭饱后，涅斯托耳又提议说：“阿伽门农啊，你是我们军队的最高统帅，宙斯把权力赐予你，希望你能做出英明的决策。我们尊重你，服从你，可是那一天你却违反了我们的心愿，我曾经再三劝阻你你都不愿意听从。你不该从阿喀琉斯的营帐里抢去了他心爱的女奴。现在让我们思考这件事吧，我们必须用合心意的礼物和温和的话语把这位受委屈的人请回军中。”

阿伽门农回答说：“我承认这是我的过错。我想挽救我曾经犯下的错误，我愿意给受了侮辱的人赔偿礼物。我当着你们大家的面，准备赔偿阿喀琉斯十泰伦特黄金，七只铜三脚祭鼎，二十口大锅，十二匹良马。我还要给他七位我亲手挑选的漂亮姑娘。并且，我归还美丽的布里塞伊斯。我发誓，我从没有碰过布里塞伊斯。如果众神让我们征服了特洛伊，等到分配战利品时，我愿亲手给他的战船装满大量的青铜和黄金。此外，他可以在特洛伊挑选美貌仅次于海伦的二十个美丽女子。等我们回到我们的故乡阿耳戈斯，如果他愿意，他可以成为我的女婿。我会待他如同待我的幼子俄瑞斯忒斯一样。他不需要送聘礼，我将把七座人烟稠密的城市作为女儿的陪嫁。只要他息怒，这一切都会成为事实。”

“阿伽门农，你赔偿给阿喀琉斯的礼物足够多了，”涅斯托耳说，“我们立即挑选最合适的人去见他。福尼克斯为首，然后是大埃阿斯，足智多谋的奥德修斯，传令官荷迪奥斯和欧律巴特斯也随同前往。”

举行完隆重的灌礼，涅斯托耳提名的代表们离开会场，沿着大海的岸边前行，到达米尔弥冬人的营帐。他们看到阿喀琉斯正在弹奏雅致的弦琴，那架琴美观精致，琴上装饰着银制的琴马，他正在和着琴音歌唱古时英雄的事迹。帕特洛克罗斯坐在他的对面，静静地看着他唱着。当他们走到阿喀琉斯面前时，阿喀琉斯吃惊地站了起来，帕特洛克罗斯也立即起身。阿喀琉斯握住福尼克斯和奥德修斯的手，大声说：“欢迎你们。好久不见了，你们是朋友，尽管我生希腊人的气，但你们仍是我亲爱的阿耳戈斯人。”

阿喀琉斯把他们请进了房间，并吩咐帕特洛克罗斯端来一大罐的葡萄酒。他把一只山羊和一只绵羊背，还有猪的里脊肉用铁叉放在铁架上烧烤。然后大家开怀畅饮，大吃大喝。这时埃阿斯向福尼克斯使了一下眼色，奥德修斯却抢先在前，他斟满一杯葡萄酒，举杯向阿喀琉斯致意说：“向你表示慰问，珀琉斯的儿子，你的餐食丰盛极了，可是我们的心思都不在这里。我们来，是因为我们遭遇了巨大的不幸，我们是否能战胜一切，渡过难关，全在于你是否愿意援助我们了。特洛伊人和他们的盟友已经逼近我们的堡垒和船只。赫克托耳仗着宙斯的信任威胁说要烧毁我们的船只。在这紧要关头，大家都希望你能够拯救希腊人于水深火热之中。请别再赌气了，阿喀琉斯，你的父亲珀琉斯在你出征前也叮嘱过你，要控制骄傲的情绪，温和友善地待人。”接着，奥德修斯又一一列举了阿伽门农承诺给他的珍贵的礼物。

可是，阿喀琉斯却回答说："尊贵的拉厄耳忒斯的儿子，我不得不把心中的实话讲出来，在我看来，阿伽门农就如同地狱的大门一样可恨。无论是他还是其他希腊人都不能劝说我回心转意，重新回到他们的队伍里。阿伽门农何时尊重过我的荣誉？只是为了替阿特柔斯的儿子夺回一个女人，我背井离乡、披肝沥胆、流血流汗地在战场上拼杀，难道只有阿特柔斯的儿子才爱他的妻子？更可恨的是，我在前线夺来的战利品大部分都献给了待在后方的阿伽门农。可他自己占有了大部分的战利品还不满足，还夺走了我最心爱的女人。我现在一点也不想和赫克托耳作战，明天，我会向宙斯和全体天神献祭。然后我将乘船航行在赫勒持滂海湾的海面上，我希望三天以后就能回到富饶的佛提亚。阿伽门农已欺骗了我、冒犯了我。他不会再有机会欺骗我了！你们回去吧，把我的意思告诉他吧。可是我希望福尼克斯留下来，我们一起回到祖辈们生活过的地方去吧！"

福尼克斯也劝不动他的老朋友回心转意。最后，埃阿斯站起来，说："奥德修斯，我们走吧！我们这次来没有完成使命。阿喀琉斯的心已经变得很高傲，即使是朋友们的友情也感动不了这冷漠无情的人！"奥德修斯也站起身来，他们先向众神行了祭祀礼后，然后和同传令官一同离开了阿喀琉斯的营帐，只有福尼克斯留了下来。

双方互派探子打探军情

代表团回到阿伽门农的帐篷里。奥德修斯传达了阿喀琉斯的意思，阿伽门农和其他王子们听了以后都沉默着，十分难过。最后，狄奥墨得斯打破寂静，说道："阿喀琉斯本来就是一个高傲的人物，我们去请求他更激起了他高傲的心情。现在我们先不要管他，让他自己决定去留。总有一天，他会受到心灵的驱使，回来作战的！现在我们大家要做的是养精蓄锐，准备明天的战斗！"他这样说，大家都表示赞同，纷纷回到自己的营帐睡觉去了。唯有军队的统帅一整夜都没能进入甜蜜的梦乡，因为他心里还记挂着军中的许多事务。他思来想去，还是觉得首先应该找到一个权宜之计，使全体的希腊人免却目前的灾难。于是阿伽门农来到涅斯托耳的住处，他看到老人还躺在床上，身边放着作战的全副装备。老人从睡梦中惊醒，他对阿特柔斯的儿子喝道："你是谁？黑夜里大家都在睡觉，你却孤身一人潜入我的营帐？你是在寻找走失的骡子还是在寻找朋友？你说，你到底想干什么？"

"是我，涅斯托耳，"国王小声地回答，"我是阿伽门农。宙斯使我遭受无尽的折磨，只要一想到阿耳戈斯人，我的心神就难以平静。我怎么也无法睡着。你如果愿意，让我们去看看巡视的哨兵，他们是否都醒着，因为我们不知道敌人会不会趁着夜色进行偷袭。"涅斯托耳匆忙穿上羊毛内衣，披上紫金外套，抓起长矛，与国王在战船各处巡视。他们先叫醒了奥德修斯，听到召唤他立刻背上盾牌跟在他们后面；涅斯托耳又来到狄奥墨得斯的营帐里，把他推醒。"不知疲倦的老人，你不睡吗?”狄奥墨得斯睡眼惺忪地说,“不是有许多比你:年轻的人在军中巡逻并负责叫醒大家吗?”

“你说得有道理,”涅斯托耳回答说,“我有足够的人可供差遣,再加上我的儿子们,他们都可以胜任这项工作。但是现在我们处在最困难的时候,我的心指使我亲自出来。生死关头了,你还是先起来吧,帮我们把埃阿斯和梅革斯唤醒。”狄奥墨得斯立刻起来,披上狮皮,找来了两位英雄。他们一齐去查看巡逻的哨兵,看到他们中没有一个在睡觉,他们都全副武装地在各自的岗位上,随时准备战斗。

几乎所有的英雄们都从睡梦中被叫醒了,大家聚在一起开会。涅斯托耳首先发言:“朋友们,我有个建议,不知我们当中是否有人愿意冒险,趁着夜色偷偷地潜入特洛伊人的营地,或者抓一个散兵,或者听到他们的谈话,探明一点消息,看看他们是想留在这里战斗,还是回城去驻守。若是这位英雄能够平安回来,我们将给他重赏!”狄奥墨得斯当即站起来,自告奋勇去执行任务。他说:“要是有人愿意和我同去的话,也许会更有信心,凡事都有人可以商量。”他这样说完,许多英雄都愿意和他同去。他们是两位埃阿斯、迈里俄纳斯、安提罗科斯、墨涅拉奥斯和奥德修斯。狄奥墨得斯说:“如果允许我挑选的话,我选择奥德修斯去,他是那样的机灵和勇敢。要是他和我同去,即使上刀山下火海,我们也能平安返回。”

“别在大家的面前嘲笑我或夸奖我了,”奥德修斯说,“咱们赶紧出发吧,头顶上的星星告诉我,黑夜只剩下三分之一了。”

两个人赶紧披上铠甲,狄奥墨得斯把自己的剑和盾都留在营内,从英雄特拉叙墨得斯那借来他没有任何装饰的双刃剑,护脑袋用的便盔牛皮帽。迈里俄纳斯则交给奥德修斯弯弓、箭、短剑和镶有野猪獠牙的皮制头盔。两人武装完毕,便离开了希腊军营。雅典娜在他们右边放出一只苍鹭,两人看见吉兆非常高兴,他们祈求女神保护他们今夜有所收获。

正当希腊英雄计划侦察特洛伊人军情的时候,特洛伊人也没有安然入梦。赫克托耳在全军召集了会议,在会上做出了同样的决定。他答应给有胆量侦察敌情的人奖励一辆战车和两匹最名贵的骏马,那些是从希腊人那儿缴获的战利品。特洛伊人中有一位名叫多隆的,他是传令官欧墨得斯的儿子。他虽然其貌不扬,但是却对这个使命有着十足的兴趣和把握。他信誓旦旦地向特洛伊人和赫克托耳保证,能够直达敌方军营,带回情报。于是他即刻背上弯弓,披上灰狼皮,戴上貂皮帽,拿着长矛出发了。他正好朝两位希腊英雄的方向走来。奥德修斯远远地看见有人匆匆走来,便悄悄地告诉同伴:“狄奥墨得斯,有人从特洛伊营房走出来,他可能是想来侦查我们的情况,也可能是想剥取战场上死者的铠甲。我们不妨先让他过来,然后走到他的后面把他擒住。要是他跑得比我们快,你就举起你的长矛逼他往我们军营的方向奔跑,不让他回到特洛伊的军营中。”

他们这样说完,便悄悄地躲在一旁,多隆毫无察觉地从他们身旁走过。当他走过一段路后,听到后面有声音,便停住脚步,暗自猜想,可能是赫克托耳有什么新的吩咐。当迎面走来的两个人越来越近的时候，他认出他们是敌人，吃了一惊，立即撒腿逃跑。他俩也紧紧追在后面，就好像两只精于追击的猎狗在袭击一只野兔一样。这时，女神雅典娜把力量赐给堤丢斯的儿子，强大的狄奥墨得斯一边追赶一边大喊："站住，否则我就投掷长矛了。"说完便掷出长矛，并且故意掷偏，矛尖从逃跑者的右肩擦过，插入他面前的土里。多隆停了下来，站在那里，浑身发抖，面色苍白。希腊人抓住他的胳膊，不让多隆继续逃跑，只见多隆含泪哀求道："饶了我吧！我家里很富有，我可以给你们黄金，你们要多少我就给多少。"

"别害怕，"足智多谋的奥德修斯说，"你只要老实地回答我们一个问题就好，深更半夜的，你一个人在这里干嘛？"多隆的双腿在不停地颤抖，他哆哆嗦嗦说出了一切。奥德修斯听后微微一笑，说："你的胃口倒是不错，竟想得到珀琉斯儿子的骏马！要知道，除了阿喀琉斯外，没有人能够驾驭它们。现在你再老实告诉我你在哪里离开赫克托耳的？他的武器在哪里？还有他的马匹在哪里？特洛伊人如何安排守夜和休息的？他们做出了怎样的决定，是继续留在这里还是在战胜了希腊人后回城去？"多隆对他的问题一一回答："我会把一切的情况完完全全地告诉你。赫克托耳和王子们在伊罗斯坟墓旁聚集开会。士兵们点燃篝火互相提醒防范敌人的偷袭，但是却没有特别派人加以巡逻查看。盟军们则在睡梦中，没有人在守卫。"奥德修斯继续问道："他们怎样宿营，是混住在一块儿还是分开的？"多隆答道："分开住的。一些盟军宿营在海边，另一些则靠近廷布瑞那一块地方。你们要进入特洛伊人的军营，首先遇到的是色雷斯人。他们的国王是阿埃俄纽斯的儿子瑞索斯，瑞索斯的马高大而雄壮，鬃毛洁白如雪，奔跑起来速度如飞。他的战车用金银装饰，他自己的铠甲也是黄金制成，就像神用的一样。你们可以把我送上你们的战船，或者将我捆着留在这里。你们放心前去，自己去证明我说的是否全都属实。"

狄奥墨得斯脸色阴沉地对他说："别打主意想从我这儿逃跑。要是我放了你，今后你还是要和我们面对面作战，不如现在先死在我的刀下，你就再无机会危害到希腊人啦。"多隆听到这话，连忙伸出他的手试图摸对方的下巴求饶，但堤丢斯的儿子却毫不犹豫地挥剑砍下了他的脑袋。两位英雄取下了他头上的貂皮帽，剥下他身上的狼皮，拿起弯弓和长矛，然后把这些战利品挂在树上，并收集了一堆芦苇和一些树枝，作为归途的标志。后来，他们朝前走去，很快来到正在熟睡的色雷斯人的地方。他们每人身旁都有一辆双马战车，他们的盔甲武器都整齐地放在地上。瑞索斯睡在中间，他的马匹立在身旁，拴在战车的栏杆上。"这就是我们要找的人，色雷斯的国王瑞索斯，"奥德修斯小声地对同伴说，"现在我们马上动手，你去解下马匹，要不你去杀人，我去抢那些马。"此时雅典娜又把力量赐给了狄奥墨得斯，他疯狂地挥剑砍杀，一口气杀死了十二名色雷斯人。聪明的奥德修斯为了不让马受惊，连忙拖开尸体，给马匹让出通道。这时，狄奥墨得斯挥剑杀死了第十三个人，夺走了正在酣睡的国王瑞索斯的性命。奥德修斯解下车旁的马匹，拉着缰绳，把它们赶出那个混乱的地方，然后给同伴悄悄地打了一声呼哨，狄奥墨得斯正在考虑，是拖着车辕把战车拉出来，还是直接把它扛走，或是再砍杀一些色雷斯人？当他还在犹豫不决的时候，女神雅典娜出现了，她警告他是时候赶快离开了，以免遇上醒着的特洛伊人。于是狄奥墨得斯急忙跳上马背，和奥德修斯一同飞快地奔回自己的营地。

阿波罗远远地看到雅典娜紧跟着狄奥墨得斯，非常气愤。他来到特洛伊人的中间，唤醒瑞索斯的亲戚希波科昂。希波科昂惊醒后发现国王拴马的地方空空荡荡，马匹全都不见，他们的人全都倒在血泊中，他不由得失声痛哭。特洛伊人闻讯纷纷赶来，看到眼前骇人的一幕，所有的人都十分恐惧。

两个希腊英雄已经到了刚才杀死多隆的地方。狄奥墨得斯跳下马，把路旁的盔甲拾起来交到奥德修斯手里，然后又飞身上马。不一会儿，他们就回到战船旁边。涅斯托耳第一个听到马蹄声，他还没有来得及仔细揣测，到底是谁的马匹，两位英雄已经走到他的跟前。人群中顿时欢呼雀跃，大家围着他们热烈欢迎。他们讲述了一路的冒险经历。然后，奥德修斯赶着马走进堤丢斯的儿子的营帐，将缴获的那两匹马拴在放着麦料的马槽边。奥德修斯把沾满多隆血迹的铠甲放在船后，准备用来向雅典娜献祭。最后，两位英雄在海水中洗去身上的汗水和血迹，再到浴室里仔细淋浴，并在身体上涂上一层厚厚的橄榄油。洗完澡后，他们才端起美酒，尽情地享用早餐。

希腊人第二次溃败

清晨，希腊人的最高统帅阿伽门农命令士兵们整装出发，自己也穿上漂亮的铠甲。他首先给小腿穿上精美的铠甲，然后再把胸甲牢牢地固定在胸前。这胸甲闪闪发光，是由十道蓝色铜片、十二道金片、二十道锡片组成的。保护脖子的金甲像三条游蛇，这是塞浦路斯国王基尼拉斯赠送的礼物。然后他把宝剑背到肩上，装饰剑柄的金钉闪闪发光，宝剑收在银制的剑鞘里，系在肩上的金带里。他拿着一面精制的盾牌，上面的装饰可怕而又华丽。上有十道青铜圈，二十个锡钉，盾牌中心呈深蓝色，绘有可怕的默杜萨的脑袋，面目可憎，眼神凶狠。盾带饰有三头褐色的长龙。他头上戴一顶四角战盔，盔顶饰有马鬃，鬃饰威严地抖动着。最后他拿起两支锋利无比的长枪，大步地走上战场。

赫拉和雅典娜看见这威武的国王，立刻抛出响雷，向他表示敬意。与此同时，步兵们也前往战壕整齐列队，他们的战车紧跟在后。士兵们全都精神抖擞，发出一阵阵响亮的呐喊声。

特洛伊人也已聚集在平原的高地上。他们的首领是赫克托耳、波吕达玛斯、埃涅阿斯，后面还有安忒诺尔的三个儿子波吕波斯、阿革诺耳和阿卡玛斯。赫克托耳如同黑夜中一颗闪闪发亮的巨星，他时而出现在队伍的最前面，时而又到队伍的后方指挥战斗。

特洛伊人与阿耳戈斯人互相靠近。他们面对面地开始了最凶狠的厮杀，双方狂勇如同一只只饿狼。希腊人首先突破了对方的阵地。阿伽门农身先士卒，用长枪杀死了比爱诺耳王子和他的御者，接着用锋利的枪尖杀死奥伊琉斯，并取下他的铠甲。希腊人在统帅的带领下深入敌方的阵线。紧跟着，阿伽门农又杀死了普里阿摩斯的两个儿子伊索斯和安提福斯。然后他再进攻安提玛科斯的两个儿子。安提玛科斯曾接受帕里斯的大量礼物，不同意把海伦归还给墨涅拉奥斯，并在特洛伊民会上劝民众杀死作为使节的墨涅拉奥斯。当兄弟俩敌不过阿伽门农的攻击时，他们立即跪在阿伽门农的膝前请求以无数的赎金换取他们的性命，阿伽门农毫不犹豫地拒绝了他们的哀求，并大声喝道："现在你们该用性命来抵偿你们父亲的罪行！"兄弟俩就这样丧失了性命。强大的阿伽门农一直在战场奋勇拼杀，同时也激励了阿耳戈斯人。有如猛烈的旋风刮过茂密的丛林，一棵棵树木被连根拔起，特洛伊人的脑袋就这样在阿特柔斯的儿子手下纷纷落地。

赫拉

在激烈的鏖战中，宙斯亲自保护赫克托耳，使他远离密集的长枪、箭矢、流血和战斗的喧嚣。特洛伊人逃过先祖伊罗斯的坟墓，朝着城市的方向奔去。可是阿伽门农大声呐喊紧紧追赶。当特洛伊人跑到四开埃城门橡树旁，他们停住脚步，在那里等候落后的战友。但阿特柔斯的儿子却丝毫也没有放慢他的脚步，他一边追击一边不断地扑杀跑在最后面的特洛伊人。当阿伽门农准备向城市和那高耸的城墙进攻的时候，宙斯迅速从天而降，派神的使者伊里斯去见赫克托耳，吩咐他躲避阿伽门农的冲杀，而让手下勇敢的战士继续作战，直到阿伽门农受伤为止。到那时，宙斯将给他力量，引导他取得胜利。赫克托耳遵从了神的吩咐，他挥舞着投枪在军队里到处奔跑，不断地鼓励士兵们勇敢地作战。

特洛伊人又重新激起强烈的斗志，他们掉转身来与希腊人正面对抗。阿加门农仍然是第一个向前冲，首先遭到抵抗的安忒诺尔的儿子伊斐达玛斯。他从小在肥沃富饶的色雷斯长大，新婚不久他就率领十二条战船前来参战。阿伽门农扔出的投枪没有刺中他，而伊斐达玛斯的枪尖刺在阿伽门农的腰带上扭弯了。阿伽门农一把抓住对方的枪杆，朝他的脖子挥去一剑，伊斐达玛斯随即倒地。他剥下伊斐达玛斯精美的铠甲，提着它们回到阿耳戈斯人中。安忒诺尔的大儿子科昂目睹了这可怕的场面，强忍悲痛奔过来，他站在阿伽门农的斜对面，给了对方一枪，刺中了阿伽门农的手臂肘部正中。阿伽门农感到一阵剧烈的疼痛，但没有停止厮杀，趁着科昂把倒地的兄弟拖走的空当，给了他一枪，砍下了他的首级，科昂倒在兄弟的尸体上死去。

阿伽门农不顾伤口的热血直溢，继续作战。直到伤口的鲜血不再外流，伤口干结后，他才感到难以忍受的剧烈疼痛。阿伽门农只得跳上战车，命令御者驶向营地。

赫克托耳一看到阿伽门农退出战斗，想起宙斯的命令，便对特洛伊人大声呼喊："特洛伊人，还有我们的同盟军，振作起来吧！希腊人中最骁勇的人离开了，宙斯将使我们取得胜利。前进，冲进希腊人的队伍，杀啊！"他一边喊，一边斗志昂扬地向前冲去，有如一股猛烈的风暴掀起巨浪搅乱了昏沉的大海。很快，他杀死了希腊人中的九个王子和许多士兵。希腊人被赫克托耳逼回到他们的战船附近。这时，奥德修斯对狄奥墨得斯说："难道这就是我们的结局吗？不，让我们一起抵抗，来吧，站在我的身边，我们宁死也不让赫克托耳占领我们的战船！"狄奥墨得斯点点头，用投枪刺中特洛伊人廷布拉奥斯的胸口，廷布拉奥斯从战车上滚到地上死了。他的御者摩利昂则被奥德修斯杀死。他们继续到激战的人群中去，反击特洛伊人，使溃逃的希腊人得到了片刻的喘息。在爱达山上观战的宙斯让双方战斗基本保持均衡，两方就这样杀得难分胜负。赫克托耳终于从战斗的队伍里认出了这两个骁勇的英雄，于是率领他的军队朝他们冲了过来。

狄奥墨得斯看到了，内心一惊，立即对奥德修斯喊道："强大的赫克托耳过来了，让我们对抗他！"他投出投枪，击中赫克托耳的头盔，但没有触到皮肉。赫克托耳立即后退，他用手撑住身体，只觉得眼前一阵发黑。直到堤丢斯的儿子狄奥墨得斯赶上前来，赫克托耳才清醒过来，他迅速跳上战车，在士兵们的保护下，奔回自己的营地。狄奥墨得斯非常恼怒，他朝着赫克托耳逃跑的方向大喊："你这个胆小的家伙，又让你逃过死亡！现在让我们去对付其他敌人，谁遇见我算谁倒霉！"说着就把另一个特洛伊人打倒在地，准备剥走他的盔甲。

正在这时，隐藏在伊洛斯墓地碑石后面的帕里斯对准他，张开弓，射出一箭，击中蹲在地上的英雄的右脚，箭头穿过脚掌，刺在脚骨上。帕里斯非常得意，从隐蔽处跳了出来，嘲笑那个受了伤的敌人。狄奥墨得斯回过头来毫无惧色，看到射箭的是帕里斯，大声骂道："原来是你这个讨女人喜欢的家伙。若你敢持刀枪正面和我交手，我看你的弓箭也帮不上任何的忙。现在你偷偷摸摸地射伤了我的脚跟，有什么可得意的。这对我来说就像被小孩碰了一下，根本算不了什么！"这时，奥德修斯正好赶来，他站到受伤的狄奥墨得斯后面，帮他从脚上拔出那支箭。狄奥墨得斯忍受着剧烈的疼痛挣扎着身子爬上战车，命令自己的御者驾车回到希腊人的船队。

现在，只有奥德修斯一位英雄孤军奋战了。他对自己的处境有些恐惧，但是他不愿意就此撤退，觉得在敌人的面前逃跑是奇耻大辱。正当他思考的时候，持盾牌的特洛伊人纷纷向他冲来，把他紧紧地围住。他感到自己像一头被围困的野猪，周围是一群强壮的猎人和不断紧逼的猎犬。他盯着冲来的敌人，奋力反击，很快杀死了面前的五个特洛伊人。第六个迎战的战士是索科斯，他看见他的同胞兄弟被奥德修斯杀死,大声叫道:“狡猾的奥德修斯,今天就是你的末日!”

说完,索科斯一枪刺穿了奥德修斯的盾牌。那支有力的长枪穿过盾牌,穿透了他的护身胸甲,刺伤了他的肋骨。但雅典娜急忙前来保护,没有再让奥德修斯受到重伤。奥德修斯知道自己没有受到致命伤害,便稍稍后退,然后用矛出其不意地向往后逃跑的对方掷去,长矛刺中敌人的后背中央,一直穿过胸膛。索科斯砰然倒地死了。这时,奥德修斯才从自己的伤口和盾牌上用力地拔出索科斯刺中的那支长枪,鲜血顿时喷薄而出,奥德修斯一阵软瘫,倒在地上。特洛伊人看到他倒了下来,立即互相激励,冲了过来。奥德修斯急忙起身后退,向同伴大声呼救。

墨涅拉奥斯最先听到他的三声呼救声,连忙对身旁的埃阿斯说:“我听见了勇敢的奥德修斯的呼救声,让我们赶紧冲入敌阵,把他救出来吧!”说完两人迅速在混乱的局面中找到受伤的奥德修斯,看到他正艰难地用长枪抵挡步步逼近的特洛伊人。埃阿斯赶紧举起盾牌,站到他的前面,特洛伊人害怕得慌忙逃散。墨涅拉奥斯挽住奥德修斯的手,穿过人群,扶他上了战车。而英勇的埃阿斯则扑向特洛伊人,杀死了特洛伊人无数的战马和将士。

赫克托耳不知道这里的局面已经陷入混乱。他在战场的左侧,在斯卡曼德罗斯河的河岸边厮杀,赫克托耳在这里勇猛地挥枪使剑砍杀紧随着英雄涅斯托耳和伊多墨纽斯的许多阿耳戈斯士兵,他冲了上去,砍倒了许多士兵。阿耳戈斯人后退,他们仍旧冲在前线,顽强抵抗。这时,帕里斯射出的一支三棱箭,射中丹内阿军队中最有名的医生马卡昂的右肩,阿耳戈斯人入了巨大的恐慌之中。伊多墨纽斯立即大叫:“涅斯托耳,快把马卡昂扶上车!让我们赶紧回到营地。要知道,一个既能治疗箭伤,又能医治疑难杂症的医生抵得上许多人!”涅斯托耳连忙将负伤的马卡昂扶上战车,挥鞭催马急速朝战船的方向奔去。

赫克托耳的御者看见战场的右侧已陷入混乱,连忙提醒赫克托耳,他说:“赫克托耳,我们在战场的最边缘同阿耳戈斯人厮杀,却没注意到其他的特洛伊人和他们的车马已经陷入混乱,埃阿斯在那里追赶着他们,让我们把战车赶向那里。”说完,他们急忙驾着战车疾驰赶去。赫克托耳冲进混乱的战阵,不停地向敌人刺杀。他用长矛、利剑和石块攻击其他的阿耳戈斯人,但他没有同埃阿斯正面交锋,因为宙斯警告过他。同时,万神之父也让埃阿斯的心里产生恐惧,当他看到赫克托耳逼近,便背起盾牌,朝希腊人的战船方向撤去。

特洛伊人看见埃阿斯逃跑,便纷纷追赶,并且不断投掷长矛击打他。埃阿斯心里不甘就这样撤离了战场,他又回转身来,回击特洛伊人的攻击。埃阿斯一边抵抗击打一边缓慢后撤,当他来到通向战船的小路上,他停了下来,在路口抗击涌来的特洛伊人。这时,欧律皮罗斯看见埃阿斯正以一人之力对抗着千军万马,便冲上前去站到他的身旁,和他并肩作战。欧律皮罗斯一边向敌军投掷长矛,一边大声地鼓动阿耳戈斯人护英勇的埃阿斯。就这样,埃阿斯在同伴的中间,勇猛地继续作战。

涅斯托耳带着受伤的马卡昂回到战船营,阿喀琉斯站在战船的高处,观看希腊人的艰苦战斗和悲惨后退。他老远就认出了涅斯托耳，于是他把帕特洛克罗斯叫到跟前，说："我的朋友，请你过去问一下涅斯托耳，他从战场上带回的伤员是谁？看背影好像是高明的医生马卡昂，我没仔细看清楚，因为他的马车从我面前疾驰飞过。现在，我的心里开始对希腊人产生了怜悯之情。"

帕特洛克罗斯听从吩咐，来到阿耳戈斯人中间。老人一见他出现在门边，连忙从凳子上站起来，拉着他的手让他快快进屋。帕特洛克罗斯说："老人家，你真热情，但是我没有时间就座。我那可敬可畏的朋友阿喀琉斯派我来打听，他想知道你带回的受伤者是谁。现在我看到了，他正是希腊人高明的医生马卡昂。我现在就回去禀报我的朋友，你知道他是个急性子！"

涅斯托耳感慨地说："阿喀琉斯现在为什么又这么关心阿耳戈斯人？我们都以为他对全军受到的灾难无动于衷。实际上最杰出的英雄都已经受伤躺在船里。狄奥墨得斯了箭伤；奥德修斯和阿伽门农受了枪伤；欧律皮罗斯的一条腿也受了箭伤；而这位我刚刚带回来的神医马卡昂也受了箭伤。阿喀琉斯的确也算得上英雄好汉，可他却是无情无义的！难道他想等到我们的船只被大火烧毁，等到希腊人一个又一个地死在敌人的手里才甘心吗？我多么希望自己现在还是那样的年轻和强壮！如同当年我作为一位胜利者住在珀琉斯的家中，他很赞赏我的英勇威猛。我还记得，阿喀琉斯的父亲和你的父亲都曾反复叮咛你们要帮助阿伽门农取得胜利的那个情景。那个时候，当你俩在向宙斯献祭时，我和奥德修斯过来劝你们和我们出征，阿喀琉斯的父亲嘱咐儿子作战要奋勇争先。而你呢，你的父亲反复叮嘱你，要年长的你做他的朋友，给他及时的忠告和明智的建议。你向阿喀琉斯重提这些话吧！或许他会听从你。"

涅斯托耳的这番话打动了帕特洛克罗斯，他即刻跑回去见阿喀琉斯。回去的路上，他经过奥德修斯的战船，遇到受伤的欧律皮罗斯，看见他艰难地一瘸一拐地走在路上，伤口的血还在流淌。欧律皮罗斯恳请学过调制药膏的帕特洛克罗斯为他医治箭伤。帕特洛克罗斯很同情他，扶着他走进营帐，让他躺在牛皮褥子上，然后用快刀剐出锋利的箭矢，用温水洗去他腿上的黑血，然后把苦涩的药草捣碎，敷在他的伤口上，直到血液慢慢地结成血痂。终于欧律皮罗斯不再承受巨大的伤痛。

特洛伊人冲向希腊人的壁垒

当帕特洛克罗斯在医治受伤的欧律皮罗斯时，希腊人为保护战船而修筑的战壕和毗连的壁垒眼看就难以支撑。那是因为他们没有给神奉献丰富的祭品，请求神明保护他们的战船和设施。壁垒的建造不符合天神的意志，因此未能永久地留存在世上。波塞冬和阿波罗将一齐用山洪和海水来冲毁阿耳戈斯人的建筑。当然，这一切等到特洛伊城陷落后才发生。

现在壁垒的周围正在进行恶战，阿耳戈斯人怕强大的赫克托耳，于是纷纷胆战心惊地挤在战船上藏身。赫克托耳如同一头雄狮奔了过来，不断鼓励士兵们越过战壕。可是战马却在战壕前停住脚步,因为壕沟挖得又宽又深,里面无数尖锐的木桩林立,战马到了沟边都放声嘶鸣,止住脚步。阿耳戈斯人当初设立它们,就是为了防范特洛伊人的进攻。波吕达玛斯看清了这里的情形,便和赫克托耳商议:“我们强迫马匹越过战壕不是办法,因为越过这战壕太困难,这里的地形太险恶,不适合马匹前进。更何况,战车也无法过壕,还是让驾车的御者们留在壕边看守战车,我们披甲持矛,在你的率领下越过战壕,冲向敌人的围墙。”

赫克托耳同意他的想法。于是将士们都从战车上跳下来。他们的御者把战车停在壕边,保持严整的队形,他们分成五队。第一队由赫克托耳和波吕达玛斯率领,这一队人数最多,人员最精良;第二队由帕里斯、阿尔卡托奥斯率领;赫勒诺斯和得伊福玻斯指挥第三队;第四队由埃涅阿斯率领;第五队是各路同盟军队,由萨耳佩冬和格劳库斯率领。在所有的英雄中只有阿西奥斯不赞成把战车交给御者看管,他自己驾着马车驶向阿耳戈斯人,朝左面的那条通道转去,那是希腊人自己赶着车马回营的通道。阿西奥斯看到这里大门没有关闭,那是守卫的希腊人特意为最后逃回来的士兵留着的,他便驱车催马冲了过去,许多特洛伊的士兵跟在他的后面,大声呐喊着冲了进去。他们以为找到了歼灭希腊人的捷径。没想到,两个勇敢的看守挡住了他们的去路,他们是勒昂透斯和佩里托奥斯的儿子波吕波特斯,他们就像两头被袭击的凶猛野猪一样,朝涌来的特洛伊人扑过去。雨点般的石块也从壁垒上的希腊人手中落下来。

当阿西奥斯和他的士兵们在这里进行恶战的时候,其他的特洛伊人则步行通过战壕,在各营门勇猛攻击,壁垒周围的希腊人转向保护战船而顽强战斗,那些站在他们这边的神十分担心地从奥林匹斯圣山上俯视着。赫克托耳和波吕达玛斯率领的队伍,人数最多最精良,可是他们这时却在战壕前踌躇不前,这是因为他们看到了不吉利的预兆:一只雄鹰从左侧飞临上空,鹰爪下逮住一条赤色的巨蛇,它拼命挣扎,对着紧抓不舍的老鹰的胸口咬了一口,雄鹰疼痛难忍,把蛇抛下,大喊一声,飞走了。这条巨蛇正好落在特洛伊人的中间,他们看着蛇在地上挣扎,惊恐不已,认为这是宙斯的旨意。

波吕达玛斯对赫克托耳说:“我觉得我们现在不可轻举妄动,我们不要和阿耳戈斯人争夺船舶,我担心我们也会像征兆所显示的:雄鹰没能抓住巨蛇,反而被咬伤。我们即使攻破壁垒和城门,也得牺牲许多士兵,而且不一定能够攻占敌人的战船。我们最好还是收兵后退吧!”赫克托耳怒视着他,说道:“你说的话太打击我们的信心了。你要我相信那空中飞翔的鸟儿,它们是飞向左边还是右边,飞向朝霞还是黄昏,跟我有什么关系?我只相信宙斯的意志!最好的征兆只有一个,那就是为国家而战!我不知道你竟然如此害怕战斗和厮杀,你的心怎么这样不坚定?你最好听着,如果你想临阵脱逃或者巧言惑众,吓唬其他士兵的话,你将在我的投枪下丧命!”赫克托耳说完就率领部队向前冲杀,其他人也呐喊着跟随上去。宙斯从爱达山上朝希腊人吹去猛烈的大风,一时间尘土飞扬,希腊人的斗志也因此受到打击。而特洛伊人则深信神的佑护和自己的力量，他们开始冲击阿耳戈斯人高大的垒墙。

特洛伊人一心想推倒整个垒墙，他们先拔壕边的木桩，那是垒墙的地基部分，阿耳戈斯人让他们的战士手执盾牌排成人墙，坚定地站在垒墙旁边，并用投枪和石块投向冲过来的敌人。两个希腊人在垒墙上巡视和呐喊，激励阿耳戈斯人继续作战。如果不是宙斯激励他的儿子萨耳佩冬扑向敌人的话，特洛伊人和赫克托耳恐怕一直冲不破这道坚固的防线。宙斯的儿子萨耳佩冬举着盾牌，挥舞长枪，如一头饿狮扑向羊群那般勇猛。他对格劳库斯说："亲爱的朋友，我们现在应该站在吕喀亚人的最前列，坚定地投身于艰苦的战斗中毫不畏惧，好让我们在吕喀亚人中能享受到尊敬，并享受荣誉席位、美味佳肴和金杯美酒。来吧！为了荣誉，让我们上前，今天要么我们亲自获得荣誉，要么让其他人在我们的身后歌颂荣誉！"

说完，两个人率领着吕喀亚人一起冲上前线。墨涅斯透斯站在壁垒上方，看到吕喀亚人凶猛地朝他这边冲过来非常害怕，他扫视周围，希望能有援兵把他们解救出困境。他一眼看见两个埃阿斯在远处，立即派传令官托奥特斯请他们过来救援。大埃阿斯和透克洛斯、背着弓箭的潘狄昂沿着内墙急忙赶来。只见墨涅斯透斯的队伍正经受吕喀亚人的猛烈攻击，他们正在攀爬壁垒。埃阿斯从壁垒上拆下一块尖利的巨石把萨耳佩冬的朋友埃皮克勒埃斯砸死。透克洛斯看见格劳科斯暴露在外，就用箭射中他，使他退出了战斗。格劳科斯悄悄地离开了壁垒，免得让希腊人看见并嘲笑他。萨耳佩冬看到他的朋友离开了战场，感到很失望，他用长矛刺死了特斯托耳的儿子阿尔克马昂，然后用双手使劲摇晃墙垛，正面壁墙被他推倒，为特洛伊的部队开辟了前进的通道。埃阿斯和透克洛斯一起向萨耳佩冬冲来，透洛克斯一箭射中他系在胸前的悬挂盾牌的皮带，但宙斯不想让儿子就这样死在希腊人手下，他保护着儿子。萨耳佩冬因此稍稍后退，但他仍在呼喊吕喀亚人："吕喀亚人，你们要鼓起勇气！无论我如何拼命地投入战斗，单凭我一个人的力量是无法摧毁敌人防线的！让我们齐心合力，共同抗击敌人！"

吕喀亚人受到首领的鼓舞，紧紧地聚在他们国王的周围，对壁垒发起了更猛烈的攻击。阿耳戈斯人也集合兵力，顽强抵抗，双方士兵隔着一堵围墙展开了猛烈的激战。

吕喀亚人虽然骁勇，但是仍然没有攻破敌人的壁垒，打开通向船舶的道路。阿耳戈斯人也没有足够的力量把他们的对手从围墙前面赶走。战斗进行了很长时间，还是无法分出胜负。宙斯终于又把更大的荣誉赐给赫克托耳，他让赫克托耳首先冲进希腊人的壁垒，其他的战士则带着锋利的长矛攀登望楼。赫克托耳随手抓起一块巨石带在身上，那块巨石即使两个十分强壮的战士也难以搬得动，但是神让它减轻了重量。赫克托耳看到眼前的垒门十分坚固，两扇高大的门紧紧闭着，里面有门闩将大门拴定，于是他便把手上的巨石猛烈地朝门中央砸去，结果门闩被砸断了，城门轰然倒下。赫克托耳走进城门，特洛伊人跟在后面，越过壁垒，还有许多特洛伊人翻过围墙。特洛伊人呐喊着冲进了围墙,希腊人乱成一片,惊慌地朝战船奔逃。

为战船而战

宙斯让特洛伊人取得重大进展的同时,却把希腊人继续留在灾难中。宙斯坐在爱达山上,冷漠地看着希腊人的处境,然后把视线转向色雷斯人的国土,仔细地观察起来。而此时,海神波塞冬也不甘寂寞,他坐在树林茂密的萨莫特拉克岛的山顶上,看着眼皮底下的特洛伊人和阿耳戈斯人。突然,他惊恐地看到希腊人的防线被特洛伊人突破了。他站起身来,离开怪石嶙峋的山顶,迈开使山林震动的脚步,四步就来到爱琴海的岸边,那里的海底深处耸立着的是他那金碧辉煌的著名宫殿。他披上黄金铠甲,抓起金鞭,跳上他那配着金鬃毛的铜蹄马战车,催马破浪地前进。海怪们认出了他们的主人,全都跳出洞穴欢迎他,海水自动分开,战马飞驰而过,他的青铜车轴甚至没有被一滴海水沾湿。波塞冬到了位于忒涅多斯岛和印布洛斯岛之间的山洞里,这儿离阿耳戈斯人很近,他在这儿卸下马匹,用金链锁住马脚,喂他们长生不老的饲料。然后他迅速进入激烈的战场,看见特洛伊人紧紧地团结在赫克托耳的四周,斗志昂扬,他们现在正准备夺取希腊人的战船。

波塞冬混进希腊人的中间,他化身成预言家卡尔卡斯的模样。他先是朝着两个精力旺盛的埃阿斯喊道:"你们两位英雄,如果你们能够保持现有的勇猛状态,我相信凭借你们的力量能够拯救希腊人。我不担心特洛伊人在其他地方的进攻,那里团结一致的希腊人能够防守得住。但我不放心这里,因为猛烈如火的赫克托耳在这里指挥作战。但愿有一位神祇赋予你们坚定的心志,激励自己和他人英勇作战。"随后海神用手杖敲了敲他们,使得他们的四肢变得轻松灵活。他自己则像展翅翱翔的雄鹰一样腾空飞去,消失在他们的视线。

奥伊琉斯的儿子小埃阿斯最先认出了波塞冬,他对他的同名兄弟说道:"埃阿斯,刚才那人不是预言家卡尔卡斯,他是波塞冬,我从后面他离去时的脚步和膝盖认出的。我现在感觉心里有团烈火在燃烧,我渴望着与敌人进行决战!"忒拉蒙的儿子大埃阿斯回答说:"我也一样!现在我紧握长矛的双手也在剧烈发抖,身上的力气正在膨胀,双腿似乎就要飞翔。我渴望与赫克托耳单独较量!"

这期间,波塞冬又去激励那些躺在战船上垂头丧气、疲惫不堪的英雄。他首先上前鼓励透克洛斯和勒伊托斯,还有勇敢的托阿斯、迈里俄纳斯、安提洛克斯。他说出激情洋溢的话来鼓励他们:"耻辱啊!你们这些战士啊,我原以为你们会奋力保卫船舶,可现在你们却迟迟不敢向前!倘若你们回避这场险恶的战争,你们很快就将被特洛伊人征服。可悲啊,我从前想都没有想过,特洛伊人胆敢出现在我们的船只面前。他们从前是不敢正视我们的力量的。为什么他们现在敢远离城市,来到船边战斗?那是因为我们的统帅犯了过错,我们的将领过于懈怠!现在让我们大家都纠正错误,重新接受挑战吧。让大家的心灵都充满惭愧和羞耻吧,激烈的战斗已经展开，强大的赫克托耳已经杀到船边！"

海神波塞冬的一番劝说让所有的勇士重新振奋，他们立刻团结在两个埃阿斯的周围，他们沉着而坚定等待着赫克托耳和特洛伊人。长矛接着长矛，盾牌连着盾牌，战盔靠着战盔，战士们肩并肩。盔上的羽饰飘动，互相触碰着，士兵们井然有序地站成一列，严阵以待。特洛伊人在赫克托耳的率领下，呐喊声震天动地，阿耳戈斯人对着冲上来的特洛伊队伍用手中的长矛和利剑坚决抵御。而面对这样坚定的敌军和这样密集的阵势，特洛伊人不得不停下来调整攻势。"特洛伊人和吕喀亚人，挺住啊！"赫克托耳在后面大声呼喊，"那些列成队伍的希腊人不会坚持多久的。他们必定在我的长矛面前退却。因为雷霆之神一直在支持我们！"他掷地有声的号召激励着每一位特洛伊士兵。

普里阿摩斯的儿子得伊福玻斯用盾牌掩护着，大步地走在队伍中间，迈里俄纳斯举起长矛瞄准他，击中了得伊福玻斯的盾牌，但没能刺穿盾牌，矛尖折断了。迈里俄纳斯很恼火，当即跑回船去，去取一支更结实的长矛。

战斗仍在继续，呐喊声此起彼伏。透克洛斯首先打倒普里阿摩斯私生女墨得西卡斯特的丈夫，英布里奥斯。这是一位很受特洛伊人敬重的英雄，当他一得知希腊人战船逼近特洛伊的消息便立刻率领军队来到特洛伊。在英布里奥斯被杀死后，透克洛斯立刻上前剥去他的铠甲，赫克托耳看到了，即刻向透克洛斯投去锐利的长枪，他及时发现，侥幸地躲过了那支长枪，但枪却射中了波塞冬的孙子安菲马库斯。赫克托耳随即冲过去，摘取死者头上的那顶战盔。这时埃阿斯向他掷出了投枪，可是枪没有中的，但它却迫使赫克托耳放弃了剥夺头盔的举动，向后退去。安菲马库斯被两位希腊战士抬回到希腊阵营中。与此同时，英布里奥斯也被两个埃阿斯抬回去，他们剥夺了这位特洛伊英雄的铠甲，并且砍下了死者的脑袋，以此表明对赫克托耳和特洛伊人的愤恨。还没有参战的波塞冬看到安菲玛库斯的死，无比愤怒。原来，波塞冬与厄利斯王后摩利奥纳生下双生子欧律托斯和克雷阿托尔，克雷阿托尔的儿子就是安菲玛库斯。波塞冬立即赶到阿耳戈斯人那儿，煽动希腊人作战的情绪。在这儿，波塞冬看到伊多墨纽斯背着一个受伤的战士送到医生那里治疗，正当他准备返回战场的时候，海神波塞冬化身为托阿斯的样子上前和他搭话："克里特人的国王啊，为什么阿耳戈斯人被严重削弱了？是不是有人因为胆怯懦弱而退缩不前了？"

伊多墨纽斯立即反驳说道："不是这样的！在我看来，阿耳戈斯人全都是骁勇善战的英雄好汉，没有人因为恐惧而逃避残酷的战争。是因为强大的雷霆之神宙斯喜欢这样，他在惩罚阿耳戈斯人。虽然我们无法抗拒他的意志，但我们仍然应该振作精神，奋勇杀敌！"波塞冬回答道："愿那些畏惧战争的人永远不能从特洛伊回到家乡！你快回营帐取回武器，让我们一起回到战场与敌人厮杀！"天神说完，便往战场奔去了。

伊多墨纽斯从营房里拿出两支长矛走了出来，恰好遇见了匆匆赶路的迈里俄纳斯。当他得知迈里俄纳斯的长矛刚才被得伊福玻斯的盾牌撞断后，对他说："我的帐篷里有二十支我所缴获的长矛，它们靠在墙边上，你别大老远地赶回去了，到我那挑选一根最好的吧！"迈里俄纳斯听后，立即从伊多墨纽斯的营帐选了一根结实的长矛，然后两人一起奔赴战场。迈里俄纳斯询问身边的同伴："伊多墨纽斯，你想从哪里进攻敌人？是战线的右侧，还是中央，或者是左侧？在我看来，那里的希腊人最需要援助。"克里特人的首领伊多墨纽斯回答道："战线的中央部分有两个埃阿斯守卫，还有擅长射箭的能手透克洛斯，我相信他们的力量足够强大。即使赫克托耳非常勇猛，但是没有宙斯的帮助，要焚烧战船不是那么容易的事。强大的埃阿斯是不会轻易让他的愿望得逞的。让我们到战场的左侧去吧！在那里我们将获得应得的荣誉。"说完，他们就穿过阵线，朝战场的左侧跑去。

伊多墨纽斯虽然白发苍苍，可是打仗却丝毫不逊色于年轻的战士。伊多墨纽斯遇到的第一个对手是仰慕卡珊德拉并前来求婚的俄特律墨纽斯。俄特律墨纽斯被一枪投中，伊多墨纽斯不禁高兴地夸口："可怜的新郎官啊，看你还怎么娶普里阿摩斯的女儿？其实，如果你站在我们这边，帮我们征服特洛伊，我们也可以做出承诺，把阿特柔斯之子的最漂亮的女儿嫁给你！现在你跟我一起上船商量婚约吧！"他正在得意地嘲讽，阿西奥斯乘着战车赶来救援。还没等阿西奥斯出手，伊多墨纽斯已经投出他的长矛，一下刺中对方的喉咙，阿西奥斯倒在地上，命丧黄泉。他的御者看到这情景吓得目瞪口呆，竟然忘掉了驱车逃跑。涅斯托耳的儿子安提洛科斯立即举起长矛击中御者的肚皮，他那身铜甲没能护住他的性命，只见他从车上栽倒下来，死了。

阿西奥斯的死让得伊福玻斯非常难过，他走近伊多墨纽斯，向对手掷去投枪，伊多墨纽斯机智地躲过了铜枪，藏身在盾牌后面。投枪从伊多墨纽斯头顶上飞过，击中许普塞诺尔的腹部，被击中者立即瘫倒，得伊福玻斯不禁高兴地夸口说："亲爱的朋友阿西奥斯，我算替你报了仇，你不是一个人孤单地去见冥神哈里斯，我给你送来一个人做伴！"阿耳戈斯人趁他得意的工夫，迅速用盾牌把痛苦呻吟的伤者掩护，把他抬回战船。伊多墨纽斯继续战斗，他希望尽自己的力量让同胞们免受灾难。他杀死宙斯抚育的埃叙埃特斯之子，安喀塞斯的女婿，英雄阿尔卡托奥斯，然后兴奋得大喝一声："得伊福玻斯，你觉得三个换一个怎么样？瞧你刚才那个欣喜若狂的样子。你应该亲自和我交手，我要让你知道我的厉害！"得伊福玻斯听他这样说，便考虑了一会儿，是回去找一个勇敢的帮手，还是就这样单独和他交手？思忖结果认为第一个办法比较合适，于是他便和埃涅阿斯一起向伊多墨纽斯发起进攻。伊多墨纽斯从容地在原地站定等待，同时他也呼叫在附近的伙伴过来援助。阿斯卡拉福斯、阿法柔斯、得伊皮罗斯、迈里俄纳斯和安提洛克斯纷纷过来共同抗击特洛伊强大的对手。埃涅阿斯也叫来同伴共同对付敌人。埃涅阿斯率先向伊多墨纽斯投掷长矛，但没有击中，而是插在土里。伊多墨纽斯却一枪击中奥诺马奥斯的腹部，他倒在地上死了。正当胜利者从死者身上拔出长矛并试图剥夺他的铠甲时，特洛伊人密集的矢石投枪朝他射去，他不得不退后几步。得伊福玻斯愤怒地向他投来长矛，这次也没能击中他，击倒了战神阿瑞斯的儿子阿斯卡拉福斯。战神阿瑞斯当时奉宙斯之命和其他神正禁锢在奥利匹斯圣山上，所以他不知道他的儿子在激战中已被杀死。得伊福玻斯刚从死者的脑袋上取下头盔，迈里俄纳斯就跳上去，击中得伊福玻斯的臂膀，迈里俄纳斯又敏捷地从受伤者的臂膀中拔出投枪，迅速返回自己的队伍中间。波利特斯背着受伤的哥哥得伊福玻斯离开了战场，朝他们的战车走去。

其余的人继续厮杀。埃涅阿斯用投枪杀死了卡勒托尔之子阿法柔斯。安提洛克斯击中托昂。特洛伊人阿达马斯没有击中安提洛克斯，却很快被墨涅拉奥斯杀死。赫勒诺斯用长剑砍中得伊皮罗斯的太阳穴，并劈下了他的头盔。墨涅拉奥斯十分悲痛，用枪掷他，恰好对方也投来一矛，双方都没有击中。但是墨涅拉奥斯的长矛还是刺中了对方的手，赫勒诺斯拖着伤口上的长矛连忙逃回到特洛伊的队伍当中去。他的战友阿革诺尔帮他从手上拔出了那支矛，并扯下随身携带的长带为伤者包扎。

现在佩珊德罗斯的灾难到了。当他和墨涅拉奥斯互相靠近的时候，墨涅拉奥斯向他掷出了投枪，偏向了侧旁。佩珊德罗斯却正好把墨涅拉奥斯的盾牌击中，但矛尖未能戳穿坚固的盾牌。佩珊德罗斯喜上心头，以为投中了目标。墨涅拉奥斯马上拔出宝剑扑上，佩珊德罗斯则从盾下抽出闪亮的战斧，两个人相互砍杀。这个特洛伊人勇猛地击中对方的盔饰，却不幸被对方一剑砍中，晃晃悠悠地摔在地上，奄奄一息。墨涅拉奥斯上前踩住他的胸脯剥他的铠甲，解气地说："你们这些贪婪的特洛伊人啊，你们的丑行迟早要遭到报应。你们那样羞辱我，抢夺我合法的妻子，还把我的许多财宝掠夺。现在你们又想用一把火抛向我们的战船，杀死我们希腊人。伟大的宙斯神啊，人们都说你智慧超过任何人和神，为什么你如此宠爱这般贪得无厌的家伙？"他一边说着一边剥下死者血淋淋的铠甲，交给自己的战友，他自己则又冲进战场继续鏖战。

现在战争正朝着有利于希腊人的方向发展。赫克托耳不知道阿耳戈斯人左翼屠杀特洛伊人，眼看就要取得胜利。因为海神波塞冬仍在激励和保护着阿耳戈斯人在最初闯入营门的地方砍杀，这里士兵和将士的厮杀最为猛烈。

希腊人在这里的防守阵容最为强大。他们奋力阻挡赫克托耳的进攻，两个埃阿斯也在其中并肩作战。当他们感到疲惫的时候，总会有战友接替他的盾牌，奋勇向前，由此形成持久的保卫战。而洛克里斯人却用弓箭和精制的投石器使得特洛伊人军队溃散，特洛伊人在密集的矢石下丧失了斗志，差点就要撤离希腊人的船只和营地，狼狈地逃回伊利昂。幸亏波吕达玛斯及时赶来，对赫克托耳这样说："赫克托耳啊，我知道在神明的帮助下，你有着非凡超群的作战能力，可是你不可能拥有所有的智慧。你看，现在战斗已经明显地偏向了希腊人那一边，你应该暂时退出厮杀，召唤高贵的首领们开一个会，让大家共同商议，看我们是继续冲上敌人的战船，还是保存我们的实力先行撤退。我担心,希腊人会报复昨天的仇恨,因为那个最骁勇的战士还在他们的船边,随时等待着我们!"

赫克托耳听从朋友的建议,并请他快去召集最高贵的首领们举行会议,他自己先回到战场布置战斗。他一路走,一路呼喊着特洛伊人和盟军的首领,命令他们迅速到波吕达玛斯那里去集合。后来,他在战场的左翼找到了他的兄弟帕里斯,帕里斯正含着眼泪,在鼓舞战士们作战。赫克托耳走过去,不问青红皂白地对他的兄弟喊道:"不祥的帕里斯,我们的勇士都到哪里去了?你看到得伊福玻斯、赫勒诺斯、阿达马斯、阿西奥斯,还有奥特里奥纽斯了吗?我们的城市即将毁灭,你也无法逃脱可怕的厄运,你应该继续去战斗!"

帕里斯回答说:"赫克托耳啊,你不能错怪我,虽然从前我的确不止一次地逃避战斗,但是自从你率领军队来到希腊人的战船边,我一直都坚守在这里抗击敌人。你问的这几位勇士,只有得伊福玻斯和赫勒诺斯撤离了战场,但是他们的臂膀都受了伤。其他的战友都已经牺牲了。现在让我跟着你走吧!请相信我的决心和力量!"他这样说,赫克托耳内心的怒气平息了不少。随后,两个人一起来到战斗最激烈的地方。宙斯鼓励着特洛伊人的士气,他们在战场上英勇地砍杀。不久,赫克托耳走到了最前面,他奔跑着对敌人发起一次次的冲击,但是希腊人团结一致,已经不像从前那样害怕他了。勇敢的埃阿斯大胆地向赫克托耳挑战,并断言希腊人将取得最后的胜利,但神勇的赫克托耳却不把他的话放在心上,而是率领着士兵冲向敌人。

波塞冬激励希腊人

战斗在外面进行得如火如荼,喧嚣声传入老人涅斯托耳的耳朵里。此时他正坐在营房里,用酒招待受伤的医生马卡昂。当战斗的呐喊声越来越近的时候,涅斯托耳站起身来,把客人交给女仆赫卡墨得,让她为客人准备温水清洗伤口。他自己则拿起长矛和盾牌走出营帐。他看到战场上十分混乱,壁垒已经被推倒,希腊人正在慌乱地溃逃,而特洛伊人在后面紧紧追赶。老人正在犹豫着,是抓紧时间投入战斗,还是去找统帅阿伽门农共商对策比较合适。这时,阿伽门农和奥德修斯、狄奥墨得斯们从海边的战船上走了过来,他们三人现在都身负重伤。三位将领心情沉重地在观察战斗的形势,当他们看到涅斯托耳时,阿伽门农走过来,无奈地对老人说:"涅斯托耳啊,你怎么也打退堂鼓了?现在我已经没有办法了。我们辛辛苦苦挖掘的壕沟和建造的壁垒都不能保护战船,敌人已进入了我们的腹地。宙斯是不会让我们胜利的。与其让我们在这里毁灭,不如先躲避灾难吧!现在听我说,让我们把离海最近的战船拖下水,等待黑夜的降临,如果特洛伊人停止进攻,那么我们再把其他的船都拖下水,起航回我们的故乡去吧!"

一旁的奥德修斯听到这个丧气的话非常生气,他抢先说道:"阿特柔斯的儿子,你说的是什么话?你应当去率领一支胆小鬼的军队,而不是统帅我们希腊人的军队！这九年多来我们为特洛伊战争付出了多少？现在却要灰溜溜地离开？你刚才说的话太让我生气！战斗正在进行，你却想把战船拖下海去，好让已经占有优势的特洛伊人更占上风。如果我们真的这么做了，希腊人的士气会受到重大的打击，我们就将俯首称臣了！全军的统帅啊！你的想法实在太愚蠢！”

阿伽门农立即回答说：“奥德修斯啊，我很感谢你明智的指责，我并不拒绝倾听别人的建议！但愿有人能够提出更好的建议！”

“最好的办法，”狄奥墨得斯大声说，“让我们回去战斗！即使因为受伤不能亲自投入战斗，但我们作为全军的首领应该自始至终站在那里，激励战士们奋勇向前！”

海神波塞冬早已听到他们的讲话，他化身为一个老兵向他们走过来，握住阿伽门农的手说：“统帅阿伽门农啊，不要灰心丧气。那个阿喀琉斯眼睁睁地看着希腊人惨遭杀戮，却不伸手援助，是个没有良心的家伙。不过，神明对你们毫无恶意，放心吧，你们很快就会亲眼看见特洛伊人从我们的船只和营帐前逃跑。”海神说完，便放声大喊奔过平原，他的呐喊声好似千军万马在齐声呼喊，这使得希腊的英雄们又充满了勇气和信心。

赫拉也在奥林匹斯圣山上极目远眺，她看到波塞冬在战场上来回奔跑，心里顿时感到一阵欣喜。可是当她看到宙斯正坐在爱达山上的峰巅时，她的心中又升起一股强烈的怒火。她想用个方法骗骗宙斯，好转移他对战争的注意力。突然，她有了一个好主意。她马上向她的卧室走去，那是儿子赫菲斯托斯特意为她建造的，一把门闩把门扇锁进门框，别的神都无法打开。她走进卧室，开始沐浴，并用神膏在娇美的胴体上浓浓地抹上一层，这神膏散发出馥郁的馨香，只要在宙斯的宫殿里转个身子，馨香立刻会充满整个天地。她开始梳理美丽的金发，用手把它编成闪亮的发辫，从头上动人地垂下。接着她穿上雅典娜给她缝制的精致华丽的锦袍，在胸前簪上黄金扣针，在腰上围了一根熠熠闪光的腰带，耳朵上戴上金灿灿的宝石耳坠。最后她罩上极其轻柔的面纱，穿上一双美丽的绳鞋。她就这样光彩照人地走出了卧室，去寻找爱情女神阿佛洛狄忒。

赫拉温柔地对阿佛洛狄忒说：“亲爱的孩子，你能帮我个忙吗？希望你别不高兴地拒绝我，因为我帮助希腊人，而你站在特洛伊人那一边。请把你那条能迷惑天神和人的爱情宝带借我一用吧。我要去大地的尽头那里看望我的养父母俄刻阿诺斯和忒提斯，他们一直生活在争吵中，很久没有享受甜蜜的爱情，我想劝说他们相互谅解，言归于好，因此我很需要你的宝带。”

阿佛洛狄忒没有发现这是一场骗局，毫不犹豫地答应她：“母亲，你是万神之父的妻子，拒绝你的请求是不对的。”随即她从腰间解下了那条色彩斑斓、艳丽无比的魔力宝带，“拿去吧！”她说，“贴在你的胸前，你肯定会成功从那返回的。”

神后带着宝物离开了奥林匹斯圣山，前往遥远的利姆诺斯岛，到了睡神居住的地方。她直接走进去，请求睡神在当天夜晚使万神之父进入梦乡。睡神听到这个请求吓了一跳。因为他曾按照赫拉的命令，让宙斯昏睡过一次。当时是大英雄赫拉克勒斯远征特洛伊归来，而他的敌人赫拉却要把他独自遣送到科斯岛去。宙斯醒来后立即大发雷霆，在他的宫殿里把众神到处抛掷，若不是能制服天神和人类的夜神掩护了自己，那宙斯一定不会放过自己的。睡神惊恐地回忆起这一切，然后对赫拉说道："伟大的神后赫拉，我也许能够毫不费劲地让任何一位天神沉沉入睡，但我却不敢走近克罗诺斯之子宙斯。我不想再次惹他发怒。请别让我做我不可能完成的事情。"但赫拉却安慰他说："别害怕，有我在呢。别想远，你以为宙斯帮助特洛伊人会那么热心，就像爱他儿子赫拉克勒斯那样？你按照我的意思去办就好，我将把美惠三女神中最年轻、最漂亮的那个送给你成婚，她将成为你的妻子，帕西特娅，就是你一直渴慕的那一个。"女神这样说，睡神立即高兴地答应了她的要求，但是他要求女神为她的诺言对着神圣的斯提克斯河水起誓。

等赫拉起完誓，行完一切信誓礼仪后，他们便立即离开利姆诺斯岛，来到宙斯所在的爱达山上。睡神为了躲避宙斯的视线，蹑手蹑脚地爬上一棵松树，然后化为一只小鸟隐蔽在浓荫里。赫拉则风情款款地赶到爱达山顶，宙斯正坐在那儿。当宙斯一见到美艳动人的赫拉时，狂热的情欲立刻笼罩在他的心头。他站起来，热情地招呼妻子："你这是要去哪里啊？怎么连马匹和金车都没有？"

赫拉听了狡黠地一笑，回答说："亲爱的，我要去大地的尽头，调解我养父母的争端。他们已经很久没有享受爱情的甜蜜啦。"

宙斯回答说："你改日再去吧，现在还是让我们在这里尽情享受爱情吧，你今天是这样的娇媚动人！"宙斯这样说，紧紧搂住妻子，完全沉浸在爱情当中。赫拉赶紧示意隐身在松树上的睡神，他立刻会意地点点头，走到宙斯面前，悄悄地阖上了宙斯的眼睑。抵挡不住睡意的宙斯很快把头埋在妻子的怀里，沉沉地睡去。赫拉急忙派睡神做使者到波塞冬那儿，告诉他说："宙斯在我的迷惑下已经进入梦乡，现在是时候赐给希腊人荣誉了！"

波塞冬听后，更加热切地帮助希腊人，他很快冲到希腊人的阵前，放声大喊："战士们，难道我们要把胜利拱手让给赫克托耳吗？让他光荣地摧毁我们的战船吗？他是利用阿喀琉斯袖手旁观拒绝参战才这样肆无忌惮地夸下海口。如果我们大家都能振奋精神，并肩作战的话，即使没有阿喀琉斯，我们也能战胜赫克托耳！来吧，让我们鼓起勇气，前进！"大家在他的激励下都振作起来，受了伤的阿伽门农、狄奥墨得斯和奥德修斯都开始重新整理队伍，命令大家束紧铠甲，拿好武器，向前进发。海神波塞冬率领着大家，他手里握着令人胆战心惊、有如闪电的宝剑，所到之处，所向披靡，谁也不敢轻易跟他较量。

但是勇敢的赫克托耳毫无畏惧，他率领特洛伊战士冲进战场，双方开始了新一轮的厮杀。赫克托耳首先向大埃阿斯掷出长矛，那长矛击在大埃阿斯的胸前两根交叉的皮带上，盾牌和他的宝剑带保护了他的身体。失去了武器的赫克托耳只得退回自己的队伍中。他正在后退，埃阿斯迅速捡起一块巨石朝他砸去，没有防备的赫克托耳被击中了，他一下子跌倒在地，盾牌和头盔也掉在地上，身上的铠甲发出刺耳的声响。希腊人大声欢呼起来地冲过来，想把倒地的赫克托耳拖走，并向他掷出密集的长矛，但没有人能伤着特洛伊的最高统帅，因为一个个勇敢的将领过来护卫着他。他们是埃涅阿斯、波吕达玛斯、阿革诺耳、吕喀亚人萨耳佩冬和格劳库斯。他们高举着盾牌，挡住赫克托耳的身体，并用手把他托起，抬上战车，送回特洛伊城。

希腊人看到赫克托耳远离战场，丝毫没有松懈斗志，而是更加勇猛地扑向特洛伊人。埃阿斯在战场上最为英勇，他朝着敌人拼命刺杀，许多特洛伊人不幸丧命于他的长矛之下。虽然希腊人中也有几位英雄阵亡，但此时战场上的优势明显偏向希腊人这一边，特洛伊人被打击得抱头鼠窜，撤回到了他们战车停驻的地方。

赫克托耳放火烧船

特洛伊人逃到他们战车的附近才停下脚步。这时，爱达山顶上的宙斯醒了过来，他从赫拉的怀里抬起了头，清醒后的他很快跳起来站定，一眼就看到了下面战场的景象：特洛伊人在混乱中逃跑，希腊人在后面紧紧追击，波塞冬正在希腊人的队伍中间。他又看见赫克托耳昏沉沉地躺在战车上，喘息着不断地口吐鲜血。人神之父宙斯对赫克托耳充满着怜悯之情。然后他回过头怒视赫拉，责备她："你这恶毒的女人，又是你使的诡计吧？是你让赫克托耳受伤，让特洛伊人遭受不幸的吧？难道你忘了使阴谋的后果了吗？你可记得当年你被吊在半空中示众的样子，你的双脚缚在铁砧上，双手捆绑的是永远挣脱不断的金链子，奥林匹斯圣山上所有的神都不敢帮助你。现在我重提这件事，是为了让你记住教训，不要随便对我使用阴谋诡计。"

赫拉听了心里害怕，但是她还是辩驳说："现在我请大地、天空以及那斯提克斯河的流水为我作证，波塞冬并不是因为我的命令才去反对和加害特洛伊人的。出于对阿耳戈斯人的同情，他才去帮助他们的。其实我很希望能劝说他，按照你的命令去行事。"

宙斯听了她的话，微微一笑，他回答说："如果你和我的意见一致，那么波塞冬很快就会按你我的意思改变主意的。如果你刚才的话完全出于真心的话，那就请你回到众神中间去，命令伊里斯和阿波罗立即到我这里来。我会叫伊里斯转告波塞冬立即停止战斗回到宫殿去。我要让阿波罗去激励受伤的赫克托耳，要让他忘记痛苦，重新投入战斗，使阿耳戈斯人恐慌，转身逃窜。这样，他们就不得不请阿喀琉斯出山了。"

赫拉不敢违抗，立即离开爱达山巅，回到奥林匹斯圣山。她走进诸神正在用餐的大厅，神们见神后的到来，都站起身来，举起酒杯，向她致意。她接过女神忒特斯的酒杯，喝了一口，然后告诉他们宙斯的命令，阿波罗和伊里斯急忙领命离去。赫拉的嘴角挂着微笑，但并不高兴地对大家说："我们真糊涂，竟然想对抗宙斯。他根本不会把我们放在心上，因为他坚信自己是众神中权力最广大、力量最高强的那一位。如果他对你们动用武力，最好是忍受。我看阿瑞斯要注意了，他最亲近的儿子阿斯卡拉福斯已经在战斗中被杀死。”她一说完，战神阿瑞斯便暴跳起来，他愤怒地说道：“即使宙斯用雷电把我击死，我也要前往战场为我的儿子报仇！”他说完，立即披起闪亮的戎装，准备出发。幸好雅典娜阻拦了他，让他再忍耐一会儿，不然，更可怕和激烈的战争将在宙斯和众神之间爆发。

现在，伊里斯接受任务，迅速地来到战场上找到波塞冬，并传达了宙斯的命令。海神心里很不高兴，他说：“他说话未免太狂妄，我和他一样强大，他竟然处处威胁我。当年我们三兄弟抓阄划分权力，我抽中的是掌管蓝色的海洋，哈里斯统治昏冥世界，宙斯则分到广阔的天空，但是大地和奥林匹斯圣山则归我们共同管理！我绝不会按照他的旨意行事的！让他把这些话拿去训示他的儿女吧！”

“我要把你刚才这些强硬的话回复给万神之父吗？或者你想做些改变？”伊里斯试探地问他。

海神波塞冬思考了一会，重又回答他说：“谢谢你明智的劝告。虽然我内心很气愤，但我还是决定先对他让步。但我要声明，今天我记住了他的威胁，但日后他若再反对我，反对保护希腊人的奥林匹斯神，并拒绝毁灭特洛伊，而使希腊人得不到他们的荣誉的话，我们之间的怨隙将不可弥合！”说着他离开战场，回到大海深处。

宙斯派他的儿子阿波罗去见赫克托耳，给他灌入巨大的勇气和力量。阿波罗很快找到赫克托耳，只见他已不再躺着，而是坐了起来，恢复了精神。他也不再喘气和流汗了，自从宙斯决定让他苏醒。阿波罗站到他身旁轻声地问他：“赫克托耳，你为什么离开军队坐在这里？你遭遇了什么？请告诉我，让我替你伸张正义。”他疲惫地抬起头回答说：“你是哪位仁慈的神亲自赶来看望我？你是否听说，正当我在希腊人的船尾进行厮杀的时候，埃阿斯用一块巨石击中我的胸部，阻止我的胜利？我原以为，今天我就将前往冥王哈里斯的宫殿了！”

“请放心吧！”阿波罗回答说，“我会保护你的。我是宙斯的儿子阿波罗，是他派我来帮助你、保护你。就像从前我帮助你那样，我会走在你们的前面，为战车前进开辟道路！现在你立即坐上马车，去激励将士们吧！”

赫克托耳听完阿波罗的话，马上跳起来，迅速地跑去激励特洛伊人的将士们。当希腊人看到赫克托耳重新回到部队，全都惊慌失措。擅长演讲的埃托利亚人托阿斯看到赫克托耳冲在了前面，他马上对大家说：“天哪，真是一个奇迹啊！我们都亲眼看到埃阿斯用巨石击倒了赫克托耳，原以为这次他必死无疑，没想到现在他居然又驾着战车冲了过来。一定是哪位神明救了他！你看他现在斗志昂扬的，肯定是宙斯在援助他！现在我提议，让全军部队都退回战船，把最优秀的将士们聚拢到最前线，抵挡赫克托耳和特洛伊人新一轮的攻击。”

英雄们都赞同他的意见，立即到两位埃阿斯、伊多墨纽斯、迈里俄纳斯和透克洛斯的周围，其他的部队则有序地后退到战船上。特洛伊人的队伍开始蜂拥般地冲过来，赫克托耳站在队伍的最前列，率领着士兵们前进。阿波罗则隐身在云雾中，手持可怖的盾牌，为特洛伊人提供最强有力的保障。希腊英雄们严阵以待，震耳欲聋的呐喊声响彻云霄。很快，战场上无数的投枪飞舞，数不清的箭矢脱离弯弓。阿波罗握住盾牌不动，双方的枪矢往来，特洛伊人击中了希腊人的身体，但是希腊人在阿波罗的金盾面前失去了勇气，陷入了恐慌。

现在，阿波罗赐予赫克托耳和特洛伊人巨大的荣誉。赫克托耳先是杀死了波奥提亚人的国王阿尔克西拉奥斯，接着又刺死墨涅斯透斯的好友司级提奥斯；埃涅阿斯杀死雅典人伊阿索斯和埃阿斯的异母兄弟墨冬；波吕达玛斯杀了墨基斯透斯；波里特斯一剑就砍下埃基奥斯的脑袋；克洛尼奥斯在阿革诺耳的长矛下丢了性命。帕里斯从后面击中了正在逃跑的得伊奥克斯的箭头，长矛从后背穿过了胸部。正当特洛伊人忙着剥取死者的铠甲时，阿耳戈斯人逃往壕沟和木桩那里，有些因为恐惧躲在了壁垒后面。赫克托耳依然鼓励特洛伊人继续前进："战士们，放下那些尸体，快去进攻战船！"他一面大声呼喊，一面策马扬鞭朝战船的方向奔去，特洛伊的英雄们纷纷响应，驾着战车跟了上来。

阿波罗冲在最前面，抬起他的神脚踢掉战壕边的沟土，把它踢进战壕，填成一条通道。特洛伊人涌过通道，太阳神又利用他的神力，毫不费力地推倒希腊人的壁垒。希腊人见状，慌乱地四处逃散，他们一直逃到船边才停下脚步，开始高举双手向众神哀求祈祷。涅斯托耳的热切祈求得到了宙斯的同情，他用响雷声回答涅斯托耳。特洛伊人听见雷声，以为是宙斯降下的喜兆，更猛烈地向希腊人冲去。双方在战船上展开了搏斗。

当希腊人和特洛伊人在壁垒边激战时，帕特洛克罗斯仍然坐在欧律皮洛斯的帐篷里为他治疗伤口。当他看见特洛伊人已经越过壁垒，听到阿耳戈斯人恐怖的喧叫声时，他不禁放声长叹，双手使劲拍打大腿，痛苦地说："欧律皮洛斯，尽管我想继续为你医治伤口，但是现在大战临头，我必须马上回去找阿喀琉斯，希望在神明的保佑下能够劝动他重新投入战斗！"

战船边的厮杀越来越激烈。赫克托耳和埃阿斯为争夺一艘战船而展开了激战。赫克托耳制服不了埃阿斯也就不能放火烧毁战船，埃阿斯也无法击退强大的赫克托耳的进攻。埃阿斯一枪刺中赫克托耳的堂兄弟卡勒托耳，赫克托耳赶紧呼叫将士们过来救援，不让敌人剥夺自己堂兄的盔甲。随即，他愤怒地朝埃阿斯投去了长矛，没有射中，但是刺死了埃阿斯的朋友吕科弗戎。埃阿斯难过极了，赶紧让透克洛斯前来支援。透克洛斯立刻背上满壶的箭矢来到埃阿斯身边，瞄准特洛伊将士不断放箭。他的箭射中波吕达玛斯的御者克勒托斯。波吕达玛斯看见，迅速冲了过去。透克洛斯紧接着又朝赫克托耳射去一箭，但宙斯却让透克洛斯的箭弦绷断，弦掉在地上，弯弓也随之脱了手。透克洛斯发现神有心阻挠，感到十分沮丧。这时埃阿斯劝他放下弓箭，执矛持盾继续作战。透克洛斯听从了他的建议，放下弓箭，拿起精制的盾牌，并在头上戴了一顶坚固的头盔。赫克托耳发现透克洛斯放弃了弓箭，便对战士们大声呼喊“战士们，勇敢前进啊！我亲眼看见雷霆之神使他们最杰出的弓箭手的弓箭失灵，神们现在是站在我们这边的！让我们接受神赐予的荣誉吧！”

埃阿斯也在战场上鼓励着他的战士们：“耻辱啊！希腊人，现在就是战死，我们也得保卫战船，驱逐特洛伊人。你们想想吧，如果赫克托耳真的烧毁了战船，你们就只能徒步回家了！我们别无选择，只能拼命苦战！”说完，他挺枪杀死了拉奥达马斯。每当埃阿斯杀死一个特洛伊英雄的时候，赫克托耳也用一个希腊人的死亡为同胞复了仇。

在混战中，墨涅拉奥斯杀死了多洛普斯，希腊人蜂拥而上，剥取他的武器和铠甲。赫克托耳召来他的兄弟和亲戚，鼓励大家全力以赴地投去战斗。希腊的战士们在埃阿斯的鼓励下，用长矛和盾牌筑起了一道护卫铜墙，保卫他们的战船。墨涅拉奥斯鼓励涅斯托耳的儿子安提罗科斯：“你是全军最年轻最机灵的战士，也是最勇敢的一位，你若冲上前，杀死一个特洛伊人，那将为全军带来荣耀！”这番话激起年轻人的士气，安提罗科斯果然冲了出去，他观察了战场的形势，然后掷出长矛，特洛伊人见状纷纷躲避，他的长矛击中希克塔昂的儿子墨拉尼波斯。墨拉尼波斯砰然倒地，死了。安提罗科斯立刻跑了上去，想要剥取死者的铠甲。可是这一切逃不过赫克托耳的眼睛，当他朝年轻的希腊战士跑来的时候，安提罗科斯马上转身逃跑。特洛伊人和赫克托耳呐喊着朝他投枪射箭，他头也不回逃回到自己的队伍中。

特洛伊人像一群嗜血的狮子那样扑向了战船。宙斯决定实现忒提斯的愿望，增强特洛伊人的力量，削弱希腊人的斗志，直到阿喀琉斯被请回队伍当中。宙斯要给赫克托耳荣誉，让他给希腊战船燃起熊熊火焰，而后宙斯再从这个时候改变战局，把溃逃的命运降临在特洛伊人的头上，把胜利重新赐给希腊人。

此时，赫克托耳怒气冲天，举起长矛大肆砍杀，浓密的双眉下闪耀着凶狠的目光，头盔上的羽饰应和着猛烈的战斗也在空中激昂地挥动着。宙斯知道赫克托耳的死期将至，于是最后一次赋予他神力和威严。雅典娜正在一步步地引他走向残酷的厄运。可现在还为时过早，赫克托耳往希腊人最密集的地方冲去。他作战英勇，气势逼人。希腊人排列紧密，阵营看似牢不可破，很快却因惊惧而溃散。

赫克托耳

希腊人再次遭受沉重的打击，开始从前排的战船上撤退，但特洛伊人潮涌般地追击。希腊人不得不退出那些船舶，但他们并没有被击垮，恐惧和羞愧使他们聚集在营帐周围。他们相互鼓励，特别是老英雄涅斯托耳，他高声呐喊："希腊的勇敢战士们，你们要勇敢！请你们想一想你们的妻子儿女还有你们的双亲，我以你们远在故乡的亲人的名义，请求你们坚持住，不要逃跑。"他的请求使士兵们重新积聚作战的勇气。忒拉蒙的儿子埃阿斯不愿意留在士兵们溃逃的地方，他在战船甲板上大步抵挡，他手里挥动的是一根二十二寸长的标枪，从一条船跳到另一条船，他放声呐喊，召唤希腊人为保护他们的战船和营帐继续战斗。赫克托耳也没有待在特洛伊人中间，而是犹如一只老鹰在大海边觅食一样，他朝着一艘战船奔过去。宙斯从他后面推着他，使他首先跃上战船，士兵们随他蜂拥而上。

于是争夺战船的血腥拼杀又将开始。希腊人看着自己的战船就要受到威胁，拼死也要保住自己的战船，而特洛伊人却一心想要把战船付之一炬，彻底烧毁。赫克托耳终于来到了一艘战船的船尾。这是帕洛特西拉俄斯当年来特洛伊时乘坐的大船，可惜他自己在这场战争中第一个丧身。战船犹在，可惜不能载他返回故乡了。现在，希腊人和特洛伊人围绕这艘战船展开了凶狠的搏杀。短兵相接中，投枪和弓箭都已派不上用场，双方用锐利的铁钺、斧头和利剑、长矛面对面地砍杀。许多人在血腥的屠杀中丧命，地上血流成河。赫克托耳紧紧守住船尾，他大声地命令特洛伊人："快把火把递给我！今天宙斯将引领我们报仇雪恨！这些船带给我们多少苦难。让我们占领它们，这是宙斯给我们的命令！"

赫克托耳这样说，特洛伊人的进攻更加猛烈，四周的箭矢乱飞，埃阿斯几乎抵挡不住赫克托耳的进攻了，他不得不向后退去，从船舷上退避到舵手的长凳上，但他仍然警觉地站在那里挥舞长矛，抗击举着火把拥来的特洛伊人。与此同时，他向他的同胞大声吼道："战士们，要勇敢啊！让我们保持战斗勇气，勇往直前吧！我们身后没有什么坚固的堡垒可供我们躲避，没有特洛伊城那样的城市供我们藏身，我们没有后退的余地了！现在我们远离故土，征战在敌人的土地上。我们想要得救只能依靠双手拼搏！"他一面呼喊，一面举枪迎击举着火把逼近船只的敌人。不一会儿，他就把十二位特洛伊人杀死在船边。

帕特洛克罗斯之死

当埃阿斯站在船上与敌人进行殊死搏斗的时候，帕特洛克罗斯急忙去找他的朋友阿喀琉斯。他一走进营帐，脸上的热泪便流淌不止，阿喀琉斯看他这样难过，立即问他缘由："你为什么哭泣，亲爱的帕特洛克罗斯，瞧瞧你，哭得像个泪水涟涟的小姑娘。你是不是有事要向我禀报，还是从佛提亚传来了什么坏消息？我知道，你的父亲墨涅提俄奥还健在，我的父亲珀琉斯也健在！或者你是为阿耳戈斯人命运而落泪？他们的悲剧完全是自己造成的。说吧，你有什么心事别闷在心里，赶快告诉我吧！"

帕特洛克罗斯长叹一口气回答道："最勇敢的英雄，很抱歉我控制不了自己的情绪，如你所料，阿耳戈斯人遭受了巨大灾难。我们军中所有最勇敢的将士现在都躺在船舶里，他们不是被长矛击中就是被弓箭射中。狄奥墨得斯中了箭；奥德修斯和阿伽门农都中了枪伤；欧律帕洛斯也被利箭射中了大腿。他们现在都在接受治疗，暂时不能参战了。而是你啊，阿喀琉斯，为什么你还这样执拗。如果你现在不去救助阿耳戈斯人，更待何时？狠心肠的人啊！你不是珀琉斯之子，也不是忒提斯所生，生你的是阴沉的大海或是坚硬的顽石，你的心肠才会这样冷酷无情！如果是什么预言使你心中害怕，是你母亲的话或者哪位神明的命令让你不能参加战斗，那就让我带领米尔弥冬人的部队，立即去战场，也许能够帮助希腊人。把你的铠甲借给我披挂，当我战斗时，特洛伊人可能会把我误认为是你，也许这样能使战争稍微缓冲一下，我希望以此能让阿耳戈斯人得到片刻的喘息机会！"

阿喀琉斯听了这话，愤怒地回答他："你在说什么呢？即使有什么预言，我也不会放在心上的。我根本也没有得到我母亲或者哪位神明的命令。我内心忍受着巨大的痛苦，那是因为有人依仗权势，随意抢走和他平等的人的战利品，剥夺他人的荣誉。不过已经发生的事情就让它过去吧，我从来没有怀恨在心，虽然心中的愤怒永远不会消散，但是内心的怒火，我早就说过，只有等到战争逼近我的战船时，我才愿意采取必要的行动。现在你去穿我的铠甲吧，率领米尔弥冬人前去参战。你尽力去打击特洛伊人，把他们从战船上赶走，不让他们纵火烧船，截断我们的归程。你不要贪恋战争与杀戮，因为神明还是宠爱他们的。一旦解救了船只的危难便返回这里，让其他的人留在战船上厮杀吧！但愿所有的特洛伊人都被杀光，阿耳戈斯人被毁灭，只留下我们两个人，让我们亲自去征服特洛伊城！"

正当他们谈话的时候，战船附近的厮杀越来越激烈，埃阿斯也坚持不住了，敌人密集的箭和长矛频频向他射来，在他的头盔上打出叮叮当当的声响。他那扛着盾牌的左臂已经感到乏力了，埃阿斯气喘吁吁，浑身汗水淋漓，周围险恶的战情根本容不得他有片刻的休息时间。赫克托耳冲向埃阿斯，挥舞锋利的长剑，把他的长矛的矛尖砍落在地上。这时，埃阿斯打了个寒战，他心里很清楚，这是神有意与希腊人作对，要把胜利赐给特洛伊人。他绝望地后退，赫克托耳乘机往船上扔了一个大火把，船只立即燃起了熊熊的烈火。

战船上很快火光冲天，坐在营房里的阿喀琉斯心里感到一阵痛苦。他狠狠地拍了下自己的大腿说："帕特洛克罗斯，你快去吧，我看见战船燃起了战火，不能让敌人夺走我们的战船，把我们的回乡之路切断！你赶快穿上盔甲，我去召集我的士兵！"帕特洛克罗斯听了很高兴，他急忙穿起阿喀琉斯的盔甲。他先给小腿披上盔甲，用银扣给它牢牢扣紧，接着又在胸前系上星光灿烂的护甲，然后他背上铜剑，挎上坚固的盾牌，戴上精制的战盔，最后他抓起了两根结实的长矛。他没有借用阿喀琉斯的长矛，因为他根本举不动它，只有阿喀琉斯才能把它挥动。那只长矛是从佩利昂山巅取来的，是半人半马的肯陶洛斯人喀戎赠给珀琉斯的，后来传到阿喀琉斯手上。现在帕特洛克罗斯吩咐他的朋友和御手奥托墨冬套上两匹神马克珊托斯和巴利奥斯，它们快如闪电，风暴神波达尔格拉当年在环海边的牧地和风草神泽费罗斯生育了它们。奥托墨冬还套上纯种的佩达索斯作騑马，那是阿喀琉斯攻下埃埃提昂城带回来的战利品，它虽然是凡马，却能与神马并驾齐驱。

这时，阿喀琉斯也已经亲自召集由米尔弥冬人组成的一支军队，共有五十条快船，每条船配备五十位强壮的船员。他任命了五个首领作为副将，分别指挥队伍，这五位首领是：墨涅斯提奥斯，他是河神斯佩尔赫奥斯和珀琉斯的美丽的女儿波吕多拉所生的儿子；赫耳墨斯和波吕墨拉的儿子欧多罗斯；迈马洛斯的儿子佩珊德洛斯，他是米尔弥冬人中间作战技巧仅次于帕特洛克罗斯的战士；最后是福尼克斯和拉厄耳忒斯的儿子阿尔克墨冬。

阿喀琉斯让全体战士和首领整好队形，各就各位，他开始发表有力的讲话：“米尔弥冬人啊，但愿你们谁也没有忘记，当这段时间你们被留在战船上的时候，你们曾多次愤怒地威胁特洛伊人，也严厉地责备我不应该愤怒。现在，你们渴望的时刻终于到来！勇敢地战斗吧！”说完，他走进营帐，把一只嵌花的精美的箱子打开，里面是母亲忒提斯亲自给他的礼物，有短衫、披风、锦被和其他珍宝。他取出一只精制的双耳酒杯，这只酒杯除他以外无人动用过，他自己也只用它盛酒向众神之父宙斯献祭。现在，他把酒杯冲洗干净，再洗净双手，斟了一杯美酒走到门外，他仰望天空，然后浇酒在地，向宙斯祈祷道：“伟大的天神之父宙斯啊，你曾经宽厚地满足了我惩罚阿耳戈斯人。现在请求你再满足我一个心愿：我自己仍将留在船边，但派我的战友率领米尔弥冬人前去作战，雷霆之神宙斯啊，请把荣誉赐给他们，让保佑我的朋友帕特洛克罗斯平安回来！”宙斯听到了他的祈祷，同意了他的第一个请求，却拒绝了另一半。他愿意赐给帕特洛克罗斯荣誉，让他阻挡特洛伊人强势的进攻，但是不同意让他平安归来。阿喀琉斯祈祷完毕，返回营帐，收好酒杯，然后出来观看这场血腥的战斗。

帕特洛克罗斯率领米尔弥冬人进入战场，他自己一马当先，率兵冲入敌阵，和敌人厮杀起来。希腊人以为阿喀琉斯又参战了，情不自禁地欢呼起来。特洛伊人看到令他们闻风丧胆的阿喀琉斯又出现了，仓皇逃命。希腊将领精神为之大振，勇敢地杀向敌人。帕特洛克罗斯对准特洛伊人群最密集的地方，掷出他那闪亮的长矛。派奥尼亚人皮赖克墨斯被刺穿右肩，大叫一声倒在地上，派奥尼亚人纷纷惊恐得四处逃窜。帕特洛克罗斯迅速把敌人从战船边赶走，将火扑灭，那条战船只烧毁了一半。现在轮到特洛伊人大声呼叫惊慌逃跑，他们被希腊人赶到战船间的巷道中，希腊人很快地追了上来，但特洛伊人并没有后退，而是镇定地面对希腊人的攻击。现在，战士对战士，将领对将领，双方展开了肉搏之战。帕特洛克罗斯用长矛击中了阿瑞吕科斯的大腿，矛尖直接穿进去，那人倒在地上，死了。墨涅拉奥斯挥枪击中托阿斯的胸口，他的手脚立刻瘫软，不能动弹。费琉斯的儿子墨革斯动手击中了安菲克罗斯的腿跟，让他迅速地闭上了双眼。涅斯托耳的儿子安菲洛克斯刺中用长矛击中阿廷尼奥斯的臀部，那人立即栽倒在地上。愤怒的马里斯冲过来，为他的兄长报仇，但涅斯托耳的另一个儿子特拉叙墨得斯首先举枪刺中他的肩膀，割断了胳膊，使他倒在地上，再也爬不起来。小埃阿斯上前抓住了在人群中逃跑的克勒奥布罗斯，即刻用利剑砍了他的脖子，一剑断送了他的性命。佩涅勒奥斯和特洛伊英雄吕孔互掷投枪，都没有刺中对方。现在双方又挥剑互砍，吕孔一剑砍中对方盔顶，把剑柄给折断了，佩涅勒奥斯趁机朝对方脖子送上一剑，结果了结了对方的性命。迈里俄纳斯追上了正要登车逃跑的阿卡马斯，用剑砍中他的右肩，他当即栽下车来，死了。伊多墨纽斯用他无情的长矛刺入埃律玛斯的嘴巴，他当场毙命。

大埃阿斯一直在寻找机会对赫克托耳投下长矛，但久经沙场的赫克托耳一直用盾牌挡住身体，任呼啸而来的箭矢和投枪弹落在地上。这位英雄已经看出战争的优势明显转向敌人，但他仍坚定地留在战场上，保护和支援他亲密的战友。随着敌人的不断追赶和进攻，特洛伊人纷纷仓皇地往回逃跑，无数的战马飞速奔驰折断了辕杆，许多战车都在碰撞中撞碎，特洛伊人溃不成军，侥幸逃出来的人蜂拥着往特洛伊城奔逃。帕特洛克罗斯看见哪里的人最密集，就呐喊着追向哪里。许多人从车上翻身栽倒在车轮之下，战车也随之被翻倒。帕特洛克罗斯径直越过宽阔的战壕，因为驾驶的是阿喀琉斯的神马。帕特洛克罗斯策马飞奔，一心想要追上赫克托耳。他一路追赶，截住了最近的特洛伊逃兵，迫使他们掉转身奔向船舶方向，不让他们逃往特洛伊城，于是他在战船和壁垒之间开始了血腥的杀戮。吕喀亚人萨耳佩冬看到这情景十分悲痛，他愤怒地对自己的战士说："让我去会会那个家伙，看看他究竟有多大的能耐，竟然杀死我们这么多的战士。"他这样说，全副武装地跳下战车，帕特洛克罗斯看见了，也跳下自己的战车。两人吼叫着互相厮杀。

宙斯坐在山上看见了，顿生恻隐之心，他对一旁的妻子赫拉说道："可怜呐，我的儿子命中注定要死在帕特洛克罗斯的手下。现在我的心动摇了，是让他活着走出战场回到吕喀亚去，还是让他被帕特洛克罗斯杀死。"赫拉很不屑地回答道："你在说什么？你想拯救一个注定要死的凡人吗？你这么干吧，其他的神一定不会同意。我劝你不妨考虑一下，如果所有的神都像你一样，把自己的儿子救出战场送回家，那该怎么办？许多神会怨恨你，他们的儿子也参与在这场战争中。如果你那么心疼萨尔佩冬的话，那就让他死在战场上，等到灵魂和生命都离他而去，你再派睡神把他的遗体送往吕喀亚，让他的亲友为他隆重安葬！"宙斯听后，并不反对，他立即向大地洒向一片细雨，以此来祭奠他即将死去的儿子。

现在两位勇士互相逼近，距离只有一箭之遥，帕特洛克罗斯首先击中萨耳佩冬的侍从特拉叙墨洛斯。萨耳佩冬随即进攻，掷出的长矛没有刺中帕特洛克罗斯，却刺中了良马佩达索斯的右肩，佩达索斯喘着粗气痛苦地倒在地上死了。旁边的两匹神马受到惊吓，变得狂躁起来，轭具嘎嘎作响，缰绳和倒地的騑马缠在一起，幸亏驾车的奥托墨冬果断地从腰间拔出利剑割断死马的缰绳，那两匹马才恢复正常。

萨耳佩冬第二次投枪，长矛从敌人的左肩飞过，仍是没能击中对方。帕特洛克罗斯马上掷出投枪，投中了萨耳佩冬的心脏，他当即倒了下去，痛苦呻吟。直到朋友格劳库斯来到他身边，他用尽最后的力气叮嘱好友一定要坚持战斗，并请战友们抢出他的身体，防止希腊人剥夺他的铠甲。话一说完，他便闭上眼睛离开了人世。

格劳库斯十分痛苦，他用手按住胳膊上的伤口，那是透克洛斯在他进攻壁垒时给他一箭留下的伤口。他立即向阿波罗祈祷，请求太阳神治愈他胳膊上的箭伤，使他不至于被重伤所累，无法作战。太阳神听见了他的祈求，立即止住了他伤口的疼痛，给他的心灵灌输了极大的安慰。于是他到各处去召唤特洛伊人的将领，让他们快来为萨耳佩冬战斗，英雄波吕达玛斯、阿革诺耳和埃涅阿斯、赫克托耳都赶过来保护萨耳佩冬的尸体。他们听说这位英雄的死讯都悲痛万分，萨耳佩冬虽说是外族人，却已经成为保卫特洛伊城的最坚固堡垒，他为了保护特洛伊，率领了无数军队，在战场上总是冲在前头。诸将领在赫克托耳的带领下，朝着敌人扑过去。另一方，勇敢的帕特洛克罗斯也激励希腊人奋勇迎战。就这样，特洛伊人、吕喀亚人与米尔弥冬人、阿耳戈斯人围绕着萨耳佩冬的尸体展开了一场凶猛的战斗。

宙斯仔细地观看着这场战斗，他给整个战场罩上可怕的昏暗，使得这场围绕他儿子的争夺战更加恐怖。起初，特洛伊人先取得优势，米尔弥冬人埃佩格斯被杀死，这引起了帕特洛克罗斯的极大愤怒，他立即迅猛地穿过阵线冲到了前列，击退了特洛伊人和吕喀亚人的进攻。宙斯始终坐在爱达山峰顶观察战情，现在他思考的是让阿喀琉斯这位高贵的朋友立即死在赫克托耳手下，还是再让他杀死许多特洛伊人立下大功。最后，宙斯还是决定再把特洛伊人和赫克托耳赶到城边，使他们许多人丧失性命。这样的决定使得赫克托耳的心情也变得怯懦起来，他登山逃跑，其他的特洛伊人紧紧跟随，勇敢的吕喀亚人也无心恋战，一起逃跑。希腊人上前剥下了萨耳佩冬的铠甲，宙斯这时吩咐阿波罗把他儿子的尸体带回吕喀亚。于是阿波罗迅速从神山降到战场上，背起萨耳佩冬的尸体，把它带到很远的地方，仔细用河水清洗，然后抹上香膏，穿上不朽的衣袍，最后把它交给睡神和死神这一对孪生兄弟。两兄弟把尸体送回吕喀亚，用故乡的泥土为他安葬。

现在，帕特洛克罗斯催促战马和奥托墨冬继续追击逃跑的特洛伊人和吕喀亚人。倘若他记得阿喀琉斯给他的忠告，便可以躲过即将到来的黑色死亡。就这样，他英勇无敌地向前冲去，接连杀死九个特洛伊人。如果不是阿波罗站在坚固的城楼上帮助特洛伊人的话，阿耳戈斯人凭借帕特洛克罗斯的力量就能够攻下特洛伊城了。帕特洛克罗斯三次冲击特洛伊的城墙，三次都被阿波罗阻挡。当他第四次凶猛地发起冲击的时候，阿波罗大声呵斥道："快退下！帕特洛克罗斯，特洛伊城注定不是毁在你的手下，即便是比你强大的阿喀琉斯也不行！"帕特洛克罗斯听到后只得服从神的命令，后退了一大段距离。

这时，赫克托耳在城门前勒住了马，停下了战车，他正思考着是率领士兵回到战场作战，还是命令所有的部队退回城内。正当他犹豫不决时，阿波罗化身成赫卡柏的兄弟阿西奥斯，走到他的面前说："赫克托耳，为什么停止战斗？要是我能像你那样强大我一定继续作战！赶快驱着你的马追赶帕特洛克罗斯吧，阿波罗赐给你胜利,说不定你能追上他。”阿波罗说完便回到了战斗中去。赫克托耳立刻吩咐他的御者克布里奥涅斯催马向战场奔去。阿波罗这时已在希腊人的队伍里制造混乱,为赫克托耳和特洛伊人的到来做好准备。赫克托耳并没有停下来刺杀任何阿耳戈斯人,径直朝帕特洛克罗斯追去。

帕特洛克罗斯当即从战车上跳下来,他左手握住长矛,右手从地上抓起一块大石头,朝赫克托耳砸去,石头未能击中目标,却砸到战车的驾驭者克布里奥涅斯头上。赫克托耳跳下车来抢救战友,帕特洛克罗斯也跳下车来,去抢夺战利品——驾驭者的铠甲。这样,两个英雄便面对面地交锋了,他们打得难分难解。其余的特洛伊人和阿耳戈斯人互相搏击厮杀,无数的投枪和箭弦在战场上飞来飞去。战斗一直到了傍晚,希腊人才占了上风,他们从特洛伊人的枪矢下夺走了克布里奥涅斯的尸体,剥下了他身上的铠甲。

帕特洛克罗斯更加凶猛地冲向特洛伊人,他三次大喊着冲上去,每一次都杀死了九个人。当他第四次冲上去的时候,死神已在身旁悄悄地窥视。关键时刻阿波罗出战了,并裹在一团浓雾里,用手在帕特洛克罗斯的肩和后背上打了一下,打得他两眼昏花,神又击落了帕特洛克罗斯的长矛。与此同时,躲在暗处的欧福尔波斯从背后刺了他一枪,赫克托耳又从正面给了他一剑。就这样,帕特洛克罗斯遭到致命的袭击,倒下了。赫克托耳十分得意地对着倒下的帕特洛克罗斯说道:“你还以为能够摧毁我们的城池,夺走我们的妇女,哈哈,可怜的人啊,现在就是阿喀琉斯也救不了你。”帕特洛克罗斯用他那虚弱的声音回答道:“现在你终于可以幸灾乐祸了,是宙斯和阿波罗把胜利赐给你。如果没有他们,即使是二十个和你一样的士兵来攻击我,也将全部倒在我的长矛之下。是残酷的命运和阿波罗杀死了我,然后是欧福尔波斯,你是第三个。我要告诉你的是,你的死期也不远了,你将死在阿喀琉斯的手下!”说完,帕特洛克罗斯立刻咽气,前往地府见哈里斯去了。

争夺帕特洛克罗斯遗体之战

为争夺帕特洛克罗斯的遗体,特洛伊人欧福尔波斯和希腊人墨涅拉奥斯首先展开了一场你死我活的拼杀。欧福尔波斯大声喊道:“你杀死了我的哥哥许普勒诺耳,使他的妻子成了寡妇,我要你血债血偿!”说着便举起他长矛向墨涅拉奥斯刺去,矛头刺在盾牌上立刻就弯了。墨涅拉奥斯也举起他的长矛,一枪刺中敌人的咽喉。欧福尔玻斯没来得及发出最后一声惨叫就倒地死了,墨涅拉奥斯取走他的武器,若不是因为阿波罗嫉妒,死者身上的铠甲也将作为战利品被带走了。因为这时阿波罗化身为喀科涅斯国王门忒斯去找赫克托耳,提醒他不要追赶阿喀琉斯的神马,因为那是不可能获得的。赫克托耳带领着他的人马随即转向欧福尔玻斯的尸体,突然看见墨涅拉奥斯正从欧福尔玻斯的尸体上卸下铠甲,便大喝一声。墨涅拉奥斯知道自己战不过这位特洛伊英雄,就只好丢下尸体和铠甲撤退,火速奔向战场寻找英雄大埃阿斯。

墨涅拉奥斯终于在混乱的战场上找到了大埃阿斯，便急忙喊他，要求他立刻与自己同去夺回帕特洛克罗斯的尸体。当他们赶到尸体那儿时，赫克托耳已经剥下了帕特洛克罗斯的铠甲，正要把尸体的头砍下。但他看见埃阿斯手执七层牛皮的盾牌冲来，便放下尸体，急忙走到特洛伊人的队伍中去，并把帕特洛克罗斯的铠甲交给他的士兵，作为一种炫耀战绩的战利品送回城里。

吕喀亚人的首领格劳库斯沉着脸对赫克托耳说道："人们说你英勇强悍，我看是徒有虚名罢了。无情的人啊，从现在起，你自己考虑该怎样依靠特洛伊人自己的力量保护你们的城市和堡垒吧！不要指望吕喀亚人会和你一起战斗了。他们夜以继日地英勇杀敌，却得不到任何感谢。甚至是我们的国王——作为你的客人和朋友的萨耳佩冬，尽管他生前那样为城市和你本人效力，你却任凭他暴尸城外，我们又怎能指望你保护我们每一个普通的人呢？如果特洛伊人具有为保卫国家而视死如归的勇气，他们就应该把帕特洛克罗斯的尸体拖进特洛伊城里。如果阿开奥斯人想要回帕特洛克罗斯的铠甲，那他们一定愿意把萨耳佩冬的尸体归还给我们！而今天你见了高傲的埃阿斯，竟胆怯地逃了回来。"格劳库斯这么说，是因为他不知道阿波罗已从希腊人手中夺走了萨耳佩冬的尸体，并妥善安葬了。

"格劳库斯，你这样说话未免太过伤人，"赫克托耳回答说，"你以为我害怕埃阿斯吗？我从来没有对哪一次战斗畏惧过。但宙斯的神意远远超过我们凡人的心智。我的朋友，你现在可以走近看看，我是真的如你所说的那样胆小，还是由于我的到场，迫使某个强悍的阿开奥斯人不敢继续保护帕特洛克罗斯的尸体。"说着他就追赶他的战友。不久，他就赶上了运送珀琉斯之子的那件著名铠甲回城里去的那些人。赫克托耳脱下自己的战袍，换上了阿喀琉斯的铠甲，那原本是诸神在珀琉斯和海洋女神忒提斯结婚时送给阿喀琉斯的礼物。后来老迈的珀琉斯把它传给了儿子阿喀琉斯。

世界的主宰宙斯远远地看到赫克托耳穿上了阿喀琉斯的神甲，不禁严肃地摇了摇头，在心里暗自说道："可怜的人啊，你还不知道自己死期将至。你杀死了人人都望而生畏的阿喀琉斯的最亲密伙伴，粗暴地从他身上剥下了铠甲，现在竟然又把它穿在自己身上。好吧，我会再一次赐予你力量，赐予你最后一次的胜利，但你将再也不能从战场上回去，再也不能看到你的妻子安德洛玛刻。"宙斯心里刚说完这些话，赫克托耳就已经束紧了铠甲。战神阿瑞斯暴烈的勇力充满了他的心灵，使他顿觉斗志昂扬，四肢增添了力量。他大声呼喊着奔向同盟军的战线，于阵前这样激励他的将士："所有的盟邦和友军，大家注意听。我把你们从自己的城市召集来这儿不是为了充数，我要你们尽心尽力保护特洛伊人的女人和孩子，使她们免遭好战的阿耳戈斯人的杀戮。当然，我的人民会以丰厚的礼物来给你们增添勇气。英勇杀敌吧，要么倒下，要么得到光荣的胜利，这就是战争。如果有谁能战退埃阿斯，并把帕特洛克罗斯的尸体拖进特洛伊，我将与他均分战利品，共享荣誉。"

争夺帕特洛克罗斯尸体的战斗又开始了。赫克托耳勇猛异常，特洛伊人齐心协力地扑向阿耳戈斯人，满心希望从埃阿斯手下把尸体抢走。埃阿斯不禁对身边的墨涅拉奥斯说道："亲爱的朋友，看来我俩也许不能从战场返回我们的家乡了。我现在担心的不是帕特洛克罗斯的尸体了，而是你我二人的脑袋是否还保得住。你看赫克托耳率领的人马已经把我们四面包围。你快向同伴们呼救，或许会有人听到你的喊声。"

墨涅拉奥斯立即放声呼喊，让周围的阿耳戈斯人都能听见，他这样喊道："朋友们啊，阿耳戈斯人的首领和君王们，快过来援助我们吧，帕特洛克罗斯的尸体如果被特洛伊人抢去，我们都将感到耻辱。"第一个听到喊声的是洛克里斯人埃阿斯，即俄琉斯的儿子，他穿过混战的人群迅速跑过来，随后伊多墨纽斯和他的战友迈里俄纳斯以及其他不以数计的战士都纷纷赶过来增援他们的战友。

希腊人手执长矛，举着盾牌团团围住阵亡的英雄帕特洛克罗斯的尸体。特洛伊人由赫克托耳带领着蜂拥冲来，就好像那决堤的洪水，势不可挡。他们打退了阿耳戈斯人，使对手们丢下尸体纷纷后退。正当他们要动手拖走尸体的时候，埃阿斯迅速冲到前面，一下子把围住尸体的特洛伊人冲散。这时，特洛伊人的同盟军，珀拉斯癸人希珀托乌斯用皮带系住尸体的脚踝准备拖走尸体，他是那样地急切和奋不顾身，却不知道不幸已经降临。大埃阿斯就用长矛戳穿了他的头盔，使他整个人立刻倒地身亡，帕特洛克罗斯的脚也从他的手上迅速滑落到地上。赫克托耳看到埃阿斯，便瞄准他投去一枪，但埃阿斯躲过了，长枪投中了福喀斯人斯刻狄俄斯。弗诺珀斯跳过来保护希珀托乌斯的尸体，却被埃阿斯用长矛刺穿胸甲，一直刺进腹腔，他也倒在地上，死了。特洛伊人和赫克托耳只得连连后退。阿耳戈斯人这时大声欢呼，他们把弗诺珀斯和希珀托乌斯的尸体拖走，并剥下他们的铠甲。

眼看着希腊人就要凭借自己的力量，违背宙斯的神意，获得胜利。在这关键的时候，阿波罗赶了过来，他变成埃涅阿斯的父亲珀里法斯的模样，然后走到埃涅阿斯的面前，对他诡"埃涅阿斯，宙斯很希望你们能够战胜希腊人，但你们自己却胆战心惊地不住后退，不敢战斗。你们应该了解神的意思，勇敢地保卫自己的国家！"埃涅阿斯认出了讲话的是阿波罗，然后他立即转身对赫克托耳喊道："赫克托耳，盟军的首领们，如果我们现在就被希腊人赶回特洛伊，该是多么耻辱啊！刚才阿波罗神已经现身告诉我说宙斯在帮助我们，让我们鼓起勇气，战胜希腊人吧！"接着他又跑到阵前激励所有的特洛伊士兵，然后他冲到了队伍的最前面。特洛伊人在他的激励下，重新回转身来冲向敌人。埃涅阿斯挺枪杀死了雷奥克律托斯。吕科墨得斯为他被杀死的朋友报仇，杀死了对方的珀奥尼亚人阿庇萨翁。阿斯特罗帕奥斯看到自己战友被杀死，也冲过来向希腊人发起攻击。可惜他没法伤到严密的希腊队伍中的任何一人，因为他们此时全部用盾牌把帕特洛克罗斯的尸体紧紧围住。埃阿斯在一旁不断巡视，不准他们离开尸体去攻击敌人。希腊人终于又用长矛保护了帕特洛克罗斯的尸体。

这儿的激战持续了整整一天，双方围绕尸体不停地战斗，互相杀戮。战场的其他地方战斗也很激烈，双方的战士都疲乏不堪，汗水从他们的头上一直流到大腿、膝盖和脚跟上。为了保卫帕特洛克罗斯的尸体，阿耳戈斯人互相勉励道："绝不能让特洛伊人抢走帕特洛克罗斯的遗体。就算是被大地给吞没，我们也不会丢下尸体空手回到船上。"

"我们即使只剩下一个人，"特洛伊人也在互相打气，他们大声吼道，"也绝不会退出战斗！"

他们正在拼死厮杀的时候，阿喀琉斯的神马却远远在站在一边哭泣，当它们看见自己的御手帕特洛克罗斯被赫克托耳杀死在地上，不由得像人一样地悲泣起来。奥托墨冬不管是用马鞭抽打它们，还是用温和的语气说尽好话，甚至是大声地严厉威胁，都不能使马回到船上去。它们也不愿意回到希腊人中间继续作战。有如一块屹立不动的墓碑，它们就安静地站在战车前，低垂着头，眼里涌出大滴的泪水。宙斯在天上看见它们如此悲伤，不由地摇了摇头，喃喃自语地说道："可怜的马啊，你们本是永生不老的，为什么偏偏被送给凡人珀琉斯呢？难道为了让你们去分担不幸的凡人的苦难？这世上确实没有比人类活得更艰难、更痛苦的造物了。至于赫克托耳，他休想驯服你们，也别想将你们驾在他的车前。我绝不会允许这样做。他得到你们主人的铠甲应该足够满意了。现在我要让你们回到战船去。"

于是，宙斯赋予神马勇气和力量，两匹马立刻抖掉鬃毛上的尘土，拖着战车，飞快地冲进特洛伊人和希腊人作战的地方。奥托墨冬满怀悲痛之情跟着马匹拖着战车前进。他能够轻易地躲过呐喊的特洛伊人的攻击，又重新闯进敌阵，但他在战车上却很难施展本领，他得驾车，没办法同时驾驭快马而又挥动长矛。拉厄耳忒斯的儿子阿尔喀墨冬看到奥托墨冬驾着空车朝混乱的战场冲去，感到很奇怪，对他说："奥托墨冬，你怎么能一人冲进特洛伊人的战线？你的那位同伴已经被杀死了，看吧，赫克托耳还在炫耀从他那剥取来的铠甲。"奥托墨冬回答道："阿尔喀墨冬，除了帕特洛克罗斯，没有人能像你那样驾驭这两匹神马了。如果你愿意的话，请你帮我驾驭它们，我要跳下车来全力作战。"

赫克托耳看到奥托墨冬从座位上站起来，把位置让给另一个人时，便转身对埃涅阿斯说："瞧，阿喀琉斯的神马奔上了战场，可是它们的御手却换成是没有经验的人，让我们去夺取这个战利品！"埃涅阿斯点点头，两个人举着盾牌向前冲去。克洛弥俄斯和阿勒托斯怀着同样的希望也跟了上来。奥托墨冬向宙斯祈祷，宙斯即刻使他心中充满了无限的力量，他对忠实的同伴阿尔喀墨冬说道："紧紧地抓住缰绳，不要让战车离我太远。赫克托耳没有得到阿喀琉斯的这两匹马是不会善罢甘休的。"他接着又召唤其他的英雄："埃阿斯、墨涅拉奥斯，还有其他阿耳戈斯人的首领，你们快过来，让其他的人去保护死者。让我们来粉碎活人的进攻！赫克托耳和埃涅阿斯在追击我们，他们是特洛伊最勇敢的两位英雄！"说着他挥起长矛击中了阿勒托斯的盾牌，盾牌被刺穿了，枪尖一直戳进对方的肚子，阿勒托斯仰面栽倒在地上，死了。赫克托耳将矛朝奥托墨冬掷去，但矛呼啸着从对方的头顶上飞过，插在了土里。双方正要拔剑互相砍杀，这时大小埃阿斯同时赶到，把他们隔开，赫克托耳、埃涅阿斯和克洛弥俄斯见了两位强大的英雄，心里不免害怕，他们只得丢下阿勒托斯的尸体，奔回到帕特洛克罗斯的尸体那里去。敏捷的奥托墨冬立即跑来剥取死者的铠甲，一边还不无欣慰地说道："虽然这个人远远不如帕特洛克罗斯，但杀死他也算得到一点安慰。"

战斗仍在激烈地进行，宙斯却改变了主意，他的心现在转向了希腊人。他派雅典娜女神降临到战场上鼓励希腊人。于是雅典娜化身成年老的福尼克斯，朝墨涅拉奥斯走去。他对墨涅拉奥斯说道："墨涅拉奥斯啊，你若不能保护阿喀琉斯忠实的好友，你将永远承担耻辱和罪名。你自己要坚定，应该身先士卒地作战！"墨涅拉奥斯说道："德高望重的老人福尼克斯啊，但愿雅典娜能给我力量，那样我就能够奋不顾身保护已死的朋友了，要知道，他的死让我十分痛心。"女神听了他的话非常高兴，因为他已经在向自己祈求了，于是她立即给他的两臂和两腿增添了力量，让他的内心充满勇气。他挥舞着长矛，朝帕特洛克罗斯的尸体所在的地方冲去。赫克托耳的战友，厄厄提翁的儿子波得斯见情况不妙，刚要转身逃跑，赫克托耳的矛尖已经穿进了他的身体。

现在阿波罗也到战场上来了，他化身成弗诺珀斯的模样，那是赫克托耳最敬重的客人。阿波罗来到赫克托耳的身旁，激励他说："赫克托耳，如果区区一个墨涅拉奥斯就把你吓退了，那么还有哪个阿耳戈斯人会惧怕你呢？刚才他杀死了你亲密的朋友波得斯，现在又要从你手上夺走帕特洛克罗斯的尸体！"阿波罗的这番话使赫克托耳的内心交织着悲伤和怒气，他迅速冲到阵前，身上的铠甲闪闪发光。这时，万神之父宙斯摇了摇他的神盾，用云彩罩住整个爱达山，并抛出一个雷电，给特洛伊人送去胜利的信号，同时也让希腊人感到惊慌不前。

聪明的埃阿斯和墨涅拉奥斯看到宙斯的雷电，便明白了今天的胜利并不属于希腊人，于是埃阿斯对同伴说道："墨涅拉奥斯啊，你朝四周看看，涅斯托耳的儿子安提罗科斯是否还活着，让他赶快去告诉阿喀琉斯，说他最亲密的朋友帕特洛克罗斯已经被杀死了。"墨涅拉奥斯四处去寻找，终于看见安提罗科斯在战线的左侧激励同伴们作战，赶忙跑过去对他说道："安提罗科斯，难道你还不知道吗？有一个神使阿耳戈斯人遭到灾难，使特洛伊人得到了胜利，希腊人中无比勇敢的英雄帕特洛克罗斯已经阵亡。请你赶快到阿喀琉斯的营房里去，把这个悲痛的消息告诉他，他也许会来抢救已被赫克托耳剥去铠甲的尸体。"

安提罗科斯听到这个噩耗非常惊愕，一下子说不出话来。他呆呆地站在那里好久，双眼噙满泪水。过了好一会儿，他才迅速脱下盔甲，把它交给御手劳杜科斯，自己拔腿朝战船奔去。

墨涅拉奥斯重新赶回来保护帕特洛克罗斯的尸体，来到两个埃阿斯的跟前，他对他们说道："我已经委派安提罗科斯赶去战船那儿，向阿喀琉斯报告这个不幸的消息了。但即使他再痛恨赫克托耳，也不可能毫无装备地前来作战。现在，让我们想个万全的办法，既能把尸体拖走，又能在战斗中躲过袭击和死亡。”大埃阿斯赞同他的意见，对他说：“现在你和迈里俄纳斯先把尸体抬出战场，我和埃阿斯在后面保护你们，抵挡特洛伊人和赫克托耳的追击。我们俩不仅同名，还有着同样的勇气。”说完，墨涅拉奥斯和迈里俄纳斯便把尸体扛起来，往战船的方向跑去。虽然特洛伊人在身后蜂拥追击，但只要两个勇猛的埃阿斯转过身来，他们就吓得浑身颤抖，谁也不敢上来争夺尸体。两个人扛着尸体朝战船走去，尽管他们是那样地艰难和疲惫，但他们还是顽强地把尸体运走，其他的希腊人也纷纷从战场上撤回。特洛伊人仍在后面紧紧追击，特别是他们的两位将领赫克托耳和埃涅阿斯。战斗没有停息。

阿喀琉斯的悲痛

安提罗科斯急匆匆地回到战船前来禀报阿喀琉斯，见他正坐在自己的战船前，似乎在思考什么，实际上他对所发生的事情早已有不祥的预感，他一个人忧虑地在那自言自语地说：“发生了什么事？为什么希腊人又重新惊慌地朝战船奔回？母亲曾经向我预言过，说米尔弥冬人中最勇敢的英雄将在我仍然活着的时候死在特洛伊人的手下，莫非这不幸发生了？”

这时，安提罗科斯已经来到跟前，他泪流满面地说道：“我不知道怎样开口啊，我带来的是可怕的消息。帕特洛克罗斯已经倒下，赫克托耳剥去了他的铠甲，现在双方还在争夺他的尸体。”

阿喀琉斯听到这个不幸的消息，忽然陷进了一片黑暗，他当即用双手抓起了地上发黑的泥土，撒到自己头上、脸上和衣服上。随即他又倒在地上，用双手扯着自己的头发。他感到天旋地转，难以承受，愤愤地捶打自己的胸口。一切全都是因为自己。如果不是因为他的怠慢，一直待在船上，亲如兄长的帕特洛克罗斯何尝会离他而去呢？他大声地咆哮着，痛哭得鲜血都流出了眼眶，大声地诅咒赫克托耳，决定马上奔赴战场，讨回血债。他的将士围住他，劝他谨慎一些。可是，阿喀琉斯根本就听不进去，脑子里只有两个大字：“报仇！”被阿喀琉斯和帕特洛克罗斯俘来的女奴们听到响声，都从里面跑出来，当她们听说了所发生的事情的时候，也都捶着胸脯，扑倒在地上放声大哭。安提罗科斯在一旁泪水涟涟，但他还是走上前去抓住阿喀琉斯的双手，他担心阿喀琉斯会突然拔出剑来寻短见。

阿喀琉斯在那悲恸不已，号哭声惊动了在大海深处坐在年迈的外祖父涅柔斯身边的母亲，她情不自禁地痛哭起来。所有涅柔斯的其他的儿女们听到她的哭声，都来到了她的银色洞府，个个悲痛地捶打着胸脯，和她一起悲泣。忒提斯对身旁的姐妹们哭诉着：“我好命苦啊！我生了这么一个高贵、勇敢、英俊的强大儿子，我精心地抚育他，亲眼看他坐着希腊人的战船前往特洛伊作战。可是从今往后我便不可能看到他回到他父亲珀琉斯的宫殿了！他活着就要遭到无数的不幸，可我却对他爱莫能助！我现在一定要去看看我的儿子，听他诉说，他到底遇到了什么样的伤心事，哭得这样悲恸？”

忒提斯说完离开洞府，姐妹们流着泪陪着她，大海分开为她们让路，她们来到海岸上，朝正在哭泣的阿喀琉斯走去，母亲充满爱怜地说道："孩子，你为什么要哭泣？是什么痛苦让你这样悲伤？快告诉我，一点也别隐瞒！当初你受到阿伽门农的侮辱，宙斯已经替你讨回公道，希腊人由于没有你的参战，已被特洛伊人打得落花流水了。"

阿喀琉斯长叹一口气说："母亲啊，宙斯神实现了我的请求，可是这些对我又有什么用呢？我最亲爱的伙伴帕特洛克罗斯已被敌人杀死了，赫克托耳还剥下他那副辉煌的铠甲。那是我的铠甲，就是诸神在你结婚时送给父亲珀琉斯的礼物。母亲你为什么不留在深海里和女神们一起生活？要是父亲珀琉斯娶了一个人间的女子就好了，那你就不要为自己的儿子无穷无尽地悲痛了！我再也不能回到我的家乡去了。如果我不能为帕特洛克罗斯报仇，亲手杀死赫克托耳，我的心就永远得不到安宁，我的良心就不容许我活在世上！"

忒提斯流着眼泪回答说："我的孩子，你这样说，死期也即将到来，赫克托耳一死，你注定的死期也将来临。"

阿喀琉斯愤怒地对母亲说道："那就让我立即死吧，既然我未能挽救朋友免遭不幸。他远离家乡来到这里，危难时候我却不在他的身边。现在我这短暂的生命对希腊人有什么用处呢？我没有能够救助帕特洛克罗斯，没能救助其他的被赫克托耳杀死的人。至于阿伽门农，不管我的内心如何痛苦，过去的事情就过去吧！我现在就去找赫克托耳，我随时愿意迎接死亡。现在我要去争取荣誉，让特洛伊人明白，我已经休息得够久了！母亲啊，不要阻拦我上战场！"

"我的孩子，你的想法很高尚，"忒提斯回答说，"你要去帮助陷入困境的战友们，使他们免遭死亡，但你的那副精美的盔甲已经落在特洛伊人手里。明天早晨日出时分，我将从赫菲斯托斯那里带回他亲手锻造的新铠甲。你得记住，在我回来以前，你千万不可贸然投入战斗！"女神说完，她的姐妹们立即潜回大海里，而她自己则迅速前往奥林匹斯圣山，为自己的爱子锻造新的铠甲。

此时，特洛伊人和阿耳戈斯人仍在抢夺帕特洛克罗斯的尸体。阿耳戈斯人艰难地保护着帕特洛克罗斯的尸体，因为赫克托耳又凶猛地追了上来，他三次都追上了埃阿斯，抓住了尸体的脚，险些把它拖走，但两个埃阿斯力气强大，三次都把他打退了。赫克托耳并不气馁，他或是向前冲杀，或是站住大喊，呼唤同伴们战斗，丝毫没有撤退的意思。两位勇武的埃阿斯想把他从尸体旁赶走，但都没有成功。若不是伊里斯瞒着宙斯和诸神，奉赫拉之命传信阿喀琉斯准备作战，那么赫克托耳将夺得尸体获得胜利。阿喀琉斯问神的使者："我的铠甲在敌人那里，我怎么作战呢？我的母亲也不准许我出去参战，直到为我送来赫菲斯托斯亲手锻造的盔甲。我知道，这里其他人的铠甲都不适合我，除了埃阿斯的那面大圆盾。但我想他自己现在非常需要。"

伊里斯回答说："我们知道你的铠甲在敌人那里，但只要你在战壕那儿露露面，特洛伊人就会被你吓得畏缩不前，这样，疲惫不堪的希腊人便可以稍事休息。”

阿喀琉斯于是站了起来，雅典娜把她的神盾挂在他的肩上，又在他的周围布起一团金雾，使他的身体燃起一片耀眼的光彩。阿喀琉斯走到壁垒前面的战壕边，没有加入阿耳戈斯人，因为他牢记母亲的警告。他站在那里大声呐喊，雅典娜也和着他的声音一齐吼叫，有如阵阵尖锐的号角声远远传播，特洛伊人听到珀琉斯的儿子的吼声，个个心里发颤，连那些战马也都立即掉头转向，似乎感受到了灾难即将降临。御手们个个惊恐不已，当他们看到珀琉斯儿子的头上闪烁着火光。阿喀琉斯三次从战壕边放声大吼，三次使特洛伊人和他们的盟军陷入恐慌。他们中有十二个勇敢的战士在慌乱中栽倒在战车下被车轮碾死。

希腊人终于顺利地把帕特洛克罗斯的尸体抬出战场，放上担架。经过了这番争夺之战，大家都紧紧地围住帕特洛克罗斯的尸体，禁不住泪珠滚滚，阿喀琉斯则一路流淌下悔恨的泪水，当初他用自己的车马送他去战斗，却没能见到他活着回到自己的身边。

阿喀琉斯重新武装

双方军队在艰苦的争夺之战后终于有了片刻的休息。特洛伊人从车上卸下马匹，还没想到吃晚饭，大家就聚集在一起开会协商。会议是站着进行的，没有人敢坐下，因为大家都还心有余悸，阿喀琉斯长时间退出战斗，今天又出现在战场。

这时波吕达玛斯首先发言，他是个明智的人，能洞察过去和未来。他还是赫克托耳的好伙伴，他们俩同年同月同日出生，一个擅长作战，另一个则擅长辩论演讲。他十分诚恳地说道：“亲爱的战友们，依今天战争的情形来看，我觉得我们还是在天明前回城去为好。我们离特洛伊城那么远，如果明天清晨阿喀琉斯发现我们还在这儿，他一旦武装起来，和我们战斗几个回合的话，我想，那个时候如果还有人能够逃回城去，那真是十分幸运了。因此我建议所有战士都回到城里过夜，保存实力。那里有望楼，我们可以更好地观测敌情，而高大的城墙和坚固的城门也可以保护我们。明天清晨我们大家再武装整齐，登上望楼，如果他敢离开战船来到城下叫战，我们也能抵挡他！而阿喀琉斯和希腊人往返于城下和船舶之间，即使他们不感到辛苦，他们的高头大马也会感觉到疲惫，他们自然就不敢贸然攻城。”

赫克托耳听了他的发言站起身来，十分愤怒，他这样对波吕达玛斯说道：“你的这番话未免太胆怯！你竟然想临阵脱逃，还劝说大家跟着你撤退躲进城里？现在，宙斯保护我们赐给我们荣誉，他一次次地让我们取得了胜利。我们已把阿耳戈斯人打退到战船边了，眼看就要夺取他们的战船。愚蠢的人啊，你出的是什么主意！你的话不会有人相信，我也不允许！现在我命令，大家立即返回自己的队伍饱餐一顿，同时派出士兵整夜放哨，每个人都要保持警觉。如果有人过分担心他的财富，那就请他们把家财拿出来充公，让自己人享受总比让给希腊人要好些。明天清晨我们要个个全副武装，一齐向希腊战船发动猛攻。如果阿喀琉斯真的出现在战前，那到时候我就让他尝尝苦头！我不会临阵退缩，我将坚持作战，我倒是要看看，到底是他厉害还是我厉害！”

赫克托耳的这番话得到了全体特洛伊人的齐声欢呼。人们对赫克托耳狂热自大的意见大加称赞，却对波吕达玛斯明智和冷静的建议不理不睬。随后特洛伊全军围在一起，狼吞虎咽地饱餐了一顿。

希腊人却整夜为帕特洛克罗斯哀悼痛哭。阿喀琉斯一边痛哭一边悲愤地说道："命运之神注定要让我们两个人的鲜血染红在特洛伊的土地上。我不再会返回我的家园，年迈的父亲珀琉斯和母亲忒提斯也不可能在他们的宫殿里迎接我。这里的黄土将会把我埋葬。帕特洛克罗斯啊，既然我将死在你的后面，我将把赫克托耳的铠甲和他的首级送来给你礼葬。我还要在你葬礼前献祭十二个特洛伊的贵族子弟，为你报仇雪恨。亲爱的朋友，现在你暂且在我的船上安息，我将去实践我的诺言。”他说完，便吩咐他的朋友们取来一口大鼎，烧了温水，帮阵亡的英雄洗净身子，给他涂抹香膏，然后，把尸体抬上殡床，从头到脚盖上柔软的麻布，再盖上洁净的罩单。米尔弥冬人和阿喀琉斯整夜都守在帕特洛克罗斯灵前哀悼哭泣。

这期间，忒提斯来到了赫菲斯托斯的宫殿。它像星光一样璀璨，是众神宫中最出色的宫殿，这是跛腿的赫菲斯托斯自己用青铜建造的。忒提斯看见他正在屋子的一角汗流浃背地在忙碌。他铸造了二十只三脚鼎，这些是摆放在他那个精美大厅里的饰品，他要给每只铜鼎的腿都装上黄金的转轮。这样，它们在神明集会时可以自动滚过去，再自动滚回来。这些都是令人称赞的珍品。这些工作已经完成，只待再装上精致的耳柄，他已经准备就绪，准备把耳柄钉在合适的地方。他的妻子，美惠三女神之一的卡里斯见到女神忒提斯来到，立即走出屋来，她拉着忒提斯的手，微笑地说道："尊贵的忒提斯，今天怎么有空驾临我们家？赶紧进屋来坐坐。”她把忒提斯领进屋，请她坐在一张制作精美的银椅子上，下方还配有一条踏脚凳，然后她去叫丈夫过来。

赫菲斯托斯看到客人是海洋女神忒提斯，高兴地说道："我真高兴啊！我所敬重的女神光临我家做客。当年母亲生下我时，看到我是瘸腿，便狠心地把我抛弃。如果不是欧律诺墨和忒提斯把我拾回去，并在海边的石洞里扶养我长大，我可能早就死掉了。我的救命恩人今天居然到我家里来了！亲爱的妻子，你先摆上各种美食好好款待客人，我收拾一下各种工具就过来。”

跛足神赫菲斯托斯满脸都是烟灰，他从铁砧旁站起来，跛着腿走过去把风箱从火炉上移开，再把各种工具细心地收起来放进银箱里，再用海绵擦洗双手、脸面、脖子和胸脯，然后穿上短衫，抓起一根结实的手杖，一瘸一拐地走出锻工场。这时候，一群黄金制作的侍女们迅速向主人跑去，她们是赫菲斯托斯用黄金铸成的。她们不仅具有少女的形象，而且和少女一般聪明灵巧，能做各种各样的家务活。侍女们搀扶着主人走到客人的身旁，赫菲斯托斯坐到一张漂亮的椅子上，然后握着忒提斯的手问道："敬爱的女神，今天怎么会驾临我们家？请告诉我你有什么事情，我一定尽力帮忙，只要我能办得到！”

忒提斯叹了一口气，含着眼泪把事情的原委告诉他。然后说明来意，想请巧手的赫菲斯托斯为注定即将死去的儿子阿喀琉斯赶制一面铜盾、一顶头盔和一副精制的铠甲和胫甲。因为阿喀琉斯的那副神赠送的铠甲，已被特洛伊人夺去。

赫菲斯托斯立即回答说：“放心吧，尊贵的女神，用不着为这件事担忧。我马上就动手给你的儿子赶造盔甲。但愿我造的盔甲能够使他免于死亡。”他说完便离开了女神，跛着腿来到风箱前，把风箱安上火炉，使他们重新工作。二十只风箱一起对着熔瓮吹动。现在锅里熔化着金、银、铜、锡，赫菲斯托斯把一块巨大的铁砧牢牢安上基座，左手抓住钳子，右手抓住重锤，开始锻造。他首先锻造出一面五层厚的盾牌，盾面上布满许多匠心独具的装饰，四周是三道银色的亮边。在盾面上他绘制了大地、天空、海洋、太阳、月亮和闪烁的星星。他还绘上两座美丽的城市，一座城市里正在举行婚礼和宴会，人们在火炬的照耀下把新娘从闺房送到街心，青年们在欢乐地唱歌跳舞，还有人用长笛竖琴奏起美妙的乐曲，妇女和孩子们在那愉快地欣赏。那里还有许多公民、传令官和长老在为一起争端而相互争论。另一座城市正遭受着两支军队的围困，城里有妇女、孩子和老人，城外有埋伏的士兵，那里有激烈的战斗场面：有受伤的士兵，有争夺尸体和盔甲的斗争。他又附上田园风光的画面：有农民耕种图，农民在农田里赶着耕牛来回耕地，休息的时候有甜蜜的美酒犒劳；有麦地收割图，割麦人手握锋利的镰刀正在收割，旁边是一束束捆好的麦秆，远处的妇女们在为丈夫准备丰盛的餐肴；还有葡萄收获图，一片藤叶繁茂的葡萄园里，银枝上是一串串用黄金雕镌的深紫色葡萄，周围是青铜的沟渠和锡制的篱笆，只有一条曲折的小道通进葡萄园，人们沿着它把果实采集。无忧无虑的青年男女心情欢畅，用精致的篮筐搬运累累的果实。他们中间有一个抱琴的少年，另一些人围着他载歌载舞。此外，他还刻绘了用金和锡制作的牛群，它们在水声潺潺的溪流边吃草，四个黄金雕刻的牧人和九条猎犬在旁边看守着。两头凶猛的狮子从前侧袭击牛群，抓住一头小牛拖走，牧人催促猎狗追击猛狮，但它们害怕，只在原地吠叫。跛足神还刻绘了一个大牧场，优美的山谷间一群银制的绵羊，还建有茅舍、畜栏和羊圈。又还绘有跳舞场，一群衣着漂亮的青年男女在欢快地跳舞。姑娘们头戴花冠，青年们银色的腰带上挂着佩剑，两位舞蹈者在琴手的伴奏下跳着曼妙的舞步。最后他在盾牌的外围附上了伟大的奥克阿诺斯的巨大威力。

赫菲斯托斯造完又大又坚固的盾牌，又为阿喀琉斯制造出一副比火焰还要闪亮的铠甲；再给他造出与头型大小正合适的战盔，顶上有金色的羽饰；最后用柔软的锡制成一副胫甲。当它们全部完工后，赫菲斯托斯把它们交给阿喀琉斯的母亲。她再三表示感谢，并对他的手艺赞叹不已，然后就带走了它们。

天刚亮，忒提斯就带着赫菲斯托斯的礼物赶到儿子那里，她看到亲爱的儿子仍守着帕特洛克罗斯的尸体旁边大声号哭，他的许多同伴正围着他。女神走近他们，握住他的手，对他说道：“我的儿啊，就让他这样躺着吧，他是按神意被杀死的，让我们化悲痛为力量吧！现在，你且来接受赫菲斯托斯打造的辉煌铠甲，这样精美的铠甲还没有凡人披挂过。”忒提斯把精心打造的战甲放在他的面前，士兵们看到它们，都不敢正面注视，而是向后退缩，因为盔甲打开时发出了巨大的声响。阿喀琉斯含着泪花的双眼看到它们却十分欣喜，他把赫菲斯托斯的杰作一件件仔细地欣赏，喜欢得爱不释手。

然后，阿喀琉斯迅速走向海岸，他大声呼叫，召唤所有的阿耳戈斯人，连同那些一直留守船舶、手握舵把掌握航行方向的舵工和那些粮食管理员都赶来了。受伤的狄奥墨得斯和奥德修斯也拄着长矛、一瘸一拐地走了过来。最后到来的是阿伽门农，他也带着被科昂刺中的伤来到会场。

阿喀琉斯和阿伽门农的和解

等到所有的阿耳戈斯人到齐后，阿喀琉斯站起来说道：“阿特柔斯的儿子，我们为了一个女子，心中积聚了那么长时间的怒气，这对你或者对我又有什么好处呢？现在，让我们忘记过去吧，即使心中还有痛苦或者委屈，我也会学着把它克制。现在我已消除心中的怒火，一心只想赶快召集全体希腊人投入战斗！”

阿喀琉斯

希腊人听了他的话，都鼓起雷鸣般的掌声，并且齐声欢呼。大家对阿喀琉斯消除了内心的愤怒，为他愿意重新出战表示出欢喜，大家在会场上互相交头接耳。这时，统帅阿伽门农从座位上站起来，他大声地说道：“请大家安静！现在请听我向阿喀琉斯解释，你们要认真听讲。阿耳戈斯人对阿喀琉斯所做的无礼的事情，其实，并非完全是我的错，那是宙斯、命运女神和复仇女神让我在那天群众大会上丧失了理智，使我抢夺阿喀琉斯的战利品。这段时间以来，我不断地在反思自己的过失。每当赫克托耳冲到阵线上杀害我们希腊人的时候，我怎么也忘不了复仇女神给我造成的蒙蔽。既然我受了蒙骗，被宙斯夺去了心智，我愿意弥补过错，付给你许多战利品，向你赔罪。阿喀琉斯，请你重上战场吧，并激励其他的战士。我随时把礼物准备着，奥德修斯昨天已经帮我清点过了。如果你愿意，请在这里稍等，我的侍从们很快会把礼物送上来。”

阿喀琉斯立即回答说：“尊敬的大统帅阿伽门农，是否把那些礼物给我，这全由你去决定。现在我们应该讨论作战的具体事宜，不要在这里延误战机了，还有许多事情要做！”奥德修斯马上建议说：“阿喀琉斯，请给大家留出一点时间。先让他们到快船边饮酒吃饭，补充能量。这次同敌人作战，说不定会拼杀到太阳下山的时候，没有一些酒饭的补充可不行。至于礼物，阿伽门农可以在这段时间里把它们放到会场上，希腊人可以一睹为快，你也可以先看看你的礼物。最后，他将在大营帐里隆重地设宴款待你。"

"你想得真周到，"阿特柔斯的儿子回答说，"奥德修斯，我把这件事委托给你，请你从全军中挑选一队强壮的青年，把我们昨天答应给阿喀琉斯的礼物从我的船中取出来，还有那些女子。传令官塔耳提皮奥斯，你去预备一头公猪，我们要给宙斯和太阳神献祭。"

阿喀琉斯说："尊贵的大统帅阿伽门农，我认为你们应该另找时间做这些事情，等我胸中的怒火平息后。被赫克托耳杀死的同伴们现在仍肢体残损地躺在战场上，你们倒还有时间饮酒吃饭？在我还没有给朋友报仇之前，我是绝不会吃任何东西的！"

足智多谋的奥德修斯说道："希腊人中最勇猛的英雄，你比我强大，作战技术也高于我，可是我自认为在判断力方面比你强些，因为我比你年长，见识也相对宽广。希望你能够听从我的劝告。激烈的战斗很快使人感到疲乏，总不能因为哀悼死者而不进任何食物吧。我们应该埋葬已经阵亡的战士，保持坚强的心灵，凡是能从无情的战斗中活下来的人，更应该合理安排饮食，这样才能保持体力，以便有更充沛的精力与敌人厮杀！"

奥德修斯说完就带领涅斯托耳的儿子们，还有墨革斯、托阿斯、迈里俄纳斯、墨拉尼波斯和吕科墨得斯到阿伽门农的营帐去。他们从那里取来应允给阿喀琉斯的礼物：七只三脚鼎、二十口大锅、十二匹骏马、七个美丽的姑娘，而第八个则是最为美丽的布里塞伊斯。奥得修斯又称取了十泰伦特黄金，走在大家的前面，大家提着礼物跟在后面。他们把取来的礼物放在会场中央。阿伽门农站起来，传令使塔耳提皮奥斯抓住公猪准备献祭。阿伽门农抽出利刀，割下野猪头上的一绺鬃毛，举起双手向宙斯祈祷，所有阿耳戈斯人倾听国王的祈祷。然后割断公猪的喉咙，塔耳提皮奥斯把宰杀的公猪扔进波涛汹涌的大海里，让鱼儿啄食。这时，阿喀琉斯站起来高声说道："万神之父宙斯啊，你使凡人变得多么糊涂啊！要不是你，阿特柔斯的儿子一定不会激起我的恼怒，他绝不会夺走我的女子！好吧，现在大家去用餐，然后准备战斗。"

集会解散了，战士们纷纷返回自己的船只用餐。米尔弥冬人收起礼物，把它们送到阿喀琉斯的战船。阿耳戈斯人都劝说阿喀琉斯进食保存体力，然而他一再拒绝："我求你们了，我现在正处于极度悲痛当中，请你们不要劝我解除肉体的饥渴，就让我安静地待在这里吧！"说完这些话，他叫他们离去。阿特柔斯的两个儿子留下，还有奥德修斯、涅斯托耳、伊多墨纽斯和福尼克斯，他们都极力安慰他的痛苦，想要安慰他的心灵，但都无效。阿喀琉斯就是不愿进食任何东西，他只是安静地站在那里，一脸哀伤。宙斯在山上看到，对他表示出怜悯之情，对女儿雅典娜说："我的女儿,你是忘了阿喀琉斯还是怎么啦?你怎么一点也不关心他现在的处境。他现在独自坐在自己的船前,哀悼自己亲爱的伙伴,其他人都去用餐了,只有他在那里不吃不喝的。去吧,你去给他进补些琼浆玉液和滋补的食物,免得他忍受饥饿。"

宙斯这样说,雅典娜早已想着要这样做。阿耳戈斯人在营中整理行装,女神则秘密地把琼浆玉液和食物灌进阿喀琉斯的腹内,然后她返回父亲的宫殿里。阿耳戈斯人这时涌出他们的战船,无数的战盔在太阳下闪烁着耀眼的光芒,盾和盾,胸甲和胸甲,矛和矛互相碰撞着,整个大地震响着隆隆的脚步声。阿喀琉斯这时也把自己武装,他心里充满着难忍的悲痛和强烈的仇恨,他穿起赫菲斯托斯为他精心打造的戎装。他首先把胫甲套在小腿上,用银质扣环把它牢牢固定。接着再披上坚固的胸甲,背上佩剑,然后拿起金光灿灿的大盾,最后戴上摇曳着闪亮的金丝羽饰的头盔。阿喀琉斯穿好盔甲后来回走动,想看看它们是否合身,四肢是否能够活动自如。他的铠甲轻便得如同鸟的双翼,使他急于想腾空飞翔。阿喀琉斯拿起他父亲珀琉斯那根又重又长又结实的长矛,任何的阿耳戈斯人都举不起它。奥托墨冬和阿尔奇摩斯正在驾马,他们系上精制的马鞍,把嚼环放进马嘴里,再把缰绳向后拉上精美的战车。奥托墨冬跳上车,紧握马鞭,阿喀琉斯也随即跳上车,坐在奥托墨冬的身旁。"两匹神马啊,"他对父亲的战马这样吩咐道,"这次我们要把仗打个痛快,你们得把御者安全载回营帐,切不可像上次那样把帕特洛克罗斯的尸体留下。"他正说着,他的神马克珊托斯低下了头,长长的鬃毛一直披散到地上,女神赫拉赋予它说话的能力:"阿喀琉斯,今天我们会把你平安带出平安载回,可是你命定的期限也将临近。帕特洛克罗斯的死亡,并不是因为我们动作缓慢和迟钝,我们可以跟跑得最快的风神比赛。这是神意,是阿波罗神要把胜利赐给赫克托耳,让他在阵前惨遭屠杀。现在命运女神将决定你还是要在一个神和一个人的手下丧命。"复仇女神这时打断了神马的话。阿喀琉斯痛苦地对神马说:"克珊托斯,现在我不需要这样的预言!我自己清楚我注定要死在这里,远离故乡和父母。可是,只要我在战场上没有杀死无数的特洛伊人,我绝不会停止战斗!"说完,他高声呐喊,驱动神马飞快地朝战场奔去。

奥林匹斯众神各助一方

宙斯在奥林匹斯圣山上召集众神前来开会。几乎所有的神都赶到了会场。宙斯望着盛况空前的聚会说道:"今天把你们召集起来,是为了告诉你们,你们所有的神都可以前往特洛伊或者阿耳戈斯人他们任何一方。"如果神不参战的话,强大的阿喀琉斯就会违背神意,独自率军占领特洛伊城。众神纷纷按着自己的心愿奔向战场:万神之母赫拉、雅典娜、波塞冬、赫耳墨斯和赫菲斯托斯赶到希腊人的战船上;前往特洛伊的是阿瑞斯、阿波罗、阿尔忒弥斯和她的母亲勒托以及被神称为斯卡曼德罗斯的河神克珊托斯、阿佛洛狄忒。

当众神还没有加入双方的队伍之前,希腊人因有勇猛的阿喀琉斯在他们的队伍中，优势明显强过敌人。特洛伊人一看见珀琉斯的儿子，身穿闪亮的铠甲，凶恶的眼神如同战神一般，个个惊恐得四肢发抖。当众神加入双方的队伍中，战斗开始变得扑朔迷离起来，胜利究竟属于何方，似乎还无法预料。雅典娜一会儿站在希腊人壁垒外的壕沟旁大声呐喊，一会儿又沿着大海边来回指挥。在另外一方，阿瑞斯如同黑色风暴，在高高的城墙和西摩埃斯河畔的军队中间来回奔走，指挥和激励特洛伊人。双方的神明就这样激励双方厮杀，他们自己也激起了强烈的战斗欲望。人神之父宙斯从奥林匹斯圣山上鸣放出可怕的雷电，海神波塞冬在下面摇撼着广阔无垠的大地。爱达山的峰脊、特洛伊城、阿耳戈斯人的船舶都震颤不止。冥王哈里斯惊恐不已，唯恐波塞冬把大地震裂，神和凡人会发现地府的秘密。此时，众神参战引起了巨大的轰鸣，他们面对面地交起手来。与海神波塞冬对阵的是手持带翼箭矢的阿波罗；与雅典娜交战的是战神阿瑞斯；金箭女射神阿尔忒弥斯则对付万神之母赫拉；与勒托交锋的是赫耳墨斯；赫菲斯托斯则抗争河神克珊托斯。

神们就这样互相交战起来。而阿喀琉斯却在人群中疯狂地寻找赫克托耳。特洛伊人一见到这位英雄，就四散逃跑，否则，就会变成阿喀琉斯的矛下之鬼。战斗进行不到一刻，特洛伊人便兵败如同山倒，他们的重要将领也多被杀死。阿喀琉斯在敌阵之中，如同虎入羊群，来去自如。他现在并不杀这些败兵，而是来回寻找杀死好友的赫克托耳。阿波罗看到这个局面，立即变成普里阿摩斯的儿子吕卡昂，说服英雄埃涅阿斯去和阿喀琉斯作战，埃涅阿斯在阿波罗的鼓舞下，全副武装地向阿喀琉斯奔去。但狡黠的赫拉在混乱的战场上发现了挤出人群的埃涅阿斯，她立即召集站在希腊人这一边的众神说："波塞冬和雅典娜，你们考虑一下，现在应该怎么办？埃涅阿斯受到阿波罗的怂恿，正穿着闪亮的铠甲朝阿喀琉斯扑了过去。我们应该立即把埃涅阿斯赶走，或者是给阿喀琉斯增添力量，保护他今天不受伤害。今后，他必须服从命运女神给他的一切安排。"

海神波塞冬回答道："赫拉，这样做似乎不太妥当吧？我不认为我们现在就应该合力反对站在另一方的神。我们是神，有着很大的威力。我们还不如现在就离开战场，坐到高处去静静地观战，让凡人自己操心去。如果阿瑞斯或者阿波罗投入战斗，并且阻碍阿喀琉斯施展他的威力，那我们就可以理所当然地参战了！我想那时在我们的强大打击下，他们很快就会退出战场的。"

海神波塞冬说完就率领众神前往赫拉克勒斯的一处圆形小山丘坐下。战场上早已布满了密密麻麻的军队，双方的战车和战马在平原上驰骋着，大地在他们的奔驰的脚步下隆隆震响。两个最杰出的将领从各自的队伍里跳出来，走到两军中间的地面上准备厮杀一个是安喀塞斯的儿子埃涅阿斯，另一个是珀琉斯的儿子阿喀琉斯。埃涅阿斯首先大步走出来，硕大的头盔在摇晃，上面的羽饰在威武地飘拂着，他把牛皮大盾举在胸前，手里握着投枪。阿喀琉斯有如一头雄狮一般冲上前来，等他走近埃涅阿斯时，大声喝道："埃涅阿斯，你怎敢离开军队来到我的面前？你以为杀死我就能统治特洛伊吗？普里阿摩斯是不会把权力交给你的，他有那么多的儿子怎么也轮不到你！或者是特洛伊人许给你一块最好的土地，只要杀了我，你就可以得到它？我看你今天很难如愿以偿！你应该还记得吧，似乎有这一次，我把你从爱达山顶上赶下来，那时你奔逃得不敢回望，一直逃到吕尔涅索斯城。我在雅典娜和宙斯的帮助下摧毁了这座城市，带走了一大批妇女。如果不是宙斯和其他神帮助你，你是逃不了的。我想这一次他们不会再给你任何援助了！趁现在还没交手，我劝你赶快退回去，不要和我作对！"

埃涅阿斯立即大声反驳道："珀琉斯的儿子，你不要把我看成孩子。你以为几句大话就能吓退我吗？这种嘲笑对方的招数我也用过。你我二人都清楚对方的底细：你是海洋女神忒提斯的儿子，但我要自豪地告诉你，美丽的阿佛洛狄忒是我的母亲！也就是说，宙斯是我的外祖父。废话还是少说吧！让我们互相尝尝对方的铜枪的厉害！"说着他用力掷出他的长矛，矛尖把阿喀琉斯的盾牌震得很响，它穿透两层青铜，到第三层就穿不透了。原来跛足神总共为盾面造了五层，两层青铜在外，两层白锡在里，中间一层是黄金，正是它阻挡了矛尖。阿喀琉斯随即投出他的长矛，矛击中了埃涅阿斯的盾牌，矛头穿过盾牌边缘最薄的部分，埃涅阿斯急忙弯下腰，惊慌地把盾牌举向头顶，长矛越过他，插在他旁边的土里。埃涅阿斯躲过了那支长矛，却吓得呆住了，半天回不过神来。阿喀琉斯挥着利剑大声呐喊着冲了过来，埃涅阿斯情急之中抓起一块重得两个人也难以抱起的巨石，迅速地投掷出去。如果不是波塞冬敏锐地观察到这里的情况，巨石一定击中对方的头盔或者盾牌，而埃涅阿斯也一定死在阿喀琉斯的剑下。

波塞冬对埃涅阿斯的处境产生了同情，他又担心宙斯会降怒于众人，于是他说："我可怜那个勇敢的埃涅阿斯，如果只是听信了阿波罗的花言巧语就这样丧命的话未免也太让人遗憾了。他是个无辜的人，他总是向我们祭献令我们满意的礼物。我们应该把他救出死亡，而且他命也不该绝，因为宙斯对他对最宠爱，胜过凡女为他生的其他孩子。普里阿摩斯家族已经失宠于宙斯，但他不愿意彻底毁灭这个家族，伟大的埃涅阿斯从此将统治特洛伊人，并由他的子孙继承下去。"

"随你的便吧！"赫拉说，"他的事由你做主，你想怎样都行，我曾经不止一次庄严地发过誓，永远不帮助特洛伊人改变他们不幸的命运。"

波塞冬立即出发穿过层层战线，来到他们交战的地方。他在阿喀琉斯眼前布下一团迷雾，再从埃涅阿斯身边把那支长矛拔出来，放到阿喀琉斯的脚跟前，最后波塞冬把埃涅阿斯举起来，抛向战场的最边缘。那里是他的同盟军考科涅斯人正准备战斗的地方。海神对他说道："埃涅阿斯，哪位神使你自不量力，竟使你同强悍的阿喀琉斯作战？他比你强大，也更受众神宠爱。从此以后，你都要回避他，免得提早去哈里斯的居所。在他命定的死亡日期来到时，你便可以大胆地到最前线作战，因为那时没有哪个阿耳戈斯人抵挡得住你的攻击。"

海神说完，离开了埃涅阿斯，并驱散了阿喀琉斯眼前的迷雾。阿喀琉斯立即睁大眼睛，四处观察，看到他的长矛放在自己脚跟前，对手却已经不见，不禁长叹一声，说道：“这真的是一件奇怪的事。我明明已经把长矛投在他的身旁，现在他却消失得不见踪影。他果然受到神明的宠爱，这次权且再让他逃脱吧！”说着他又回到自己的队伍里，沿着阵线去鼓励每一位士兵奋勇作战。在另一边，赫克托耳也在召唤特洛伊人，鼓励他们和阿喀琉斯对阵。双方互相呐喊着冲向对方，激烈的厮杀正在进行。阿波罗悄悄地走近赫克托耳对他说：“赫克托耳，你绝不能同阿喀琉斯拼杀，因为他现在对你充满强烈的愤怒，他一定会用长矛或利剑杀死你的。”赫克托耳听了立即逃回自己的队伍里，心情慌乱。阿喀琉斯冲进特洛伊人的队伍，首先杀死伊菲提昂，他是一支大部队的首领，接着又杀死杰出的战士得摩莱昂。当他看到从战车上跳下来、准备逃跑的希波达马斯，马上用枪刺中他的后背，而后又一枪刺中普里阿摩斯的年龄最小的儿子波吕多罗斯的身体，使他栽倒在地上死了。波吕多罗斯最受父亲普里阿摩斯的宠爱，因为在众多孩子中他的年龄最小，脚步最快捷。当时他炫耀自己拥有最快捷的步伐，硬是要跑来参战，现在就这样丧命于阿喀琉斯的手下。

赫克托耳亲眼看到幼小的弟弟惨死的一幕，胸中愤怒得燃起一团烈火。他不能再袖手旁观了，于是不顾神的警告，立即抓住长矛朝阿喀琉斯扑去。阿喀琉斯一见到他，迅速迎上去说道：“正是这个人，他杀死了我最最亲密的伙伴。现在他终于出现了。赫克托耳，让我们彼此不要再回避，你赶快过来接受死亡吧！”

赫克托耳镇静地说：“我知道你是一个强大的对手，也许我真不如你，但是神也许会帮助我取得胜利。我也并非没有可能一枪杀死你。”他说完就掷出他的长矛。雅典娜站在阿喀琉斯的背后，她对着长矛只是轻轻一吹，那矛便退了回去，落在赫克托耳的脚旁。阿喀琉斯见状呐喊着地冲过来，想要用长矛刺死赫克托耳。阿波罗急忙把赫克托耳推开，又降下一片浓雾把赫克托耳罩住。阿喀琉斯一连三次举枪过去都碰上迷雾，当他发起第四次攻击时，忍不住破口大骂：“你这胆小如鼠的家伙，这次你侥幸逃过死亡，是阿波罗又一次救了你。但如果下次有一位神帮助我，我定会立即取了你的狗命。你等着吧！现在我去找其他人，谁碰上了就算谁倒霉吧！”

说着怒火冲天的阿喀琉斯冲进特洛伊人群，疯狂地杀死了十名英勇的特洛伊人。

阿喀琉斯力战河神克珊托斯

当特洛伊人逃跑到多漩涡的斯卡曼德罗斯河时，在阿喀琉斯的追击下，他们被分成两部分。一部分人朝着特洛伊城的方向逃去，这是希腊人被赫克托耳杀得惊慌而逃的路线。特洛伊人朝城市仓皇逃窜的时候，赫拉降下一片浓雾把他们阻拦。另一部分人被赶下了湍急的河水。河流里拥挤着战马和士兵，人们在河流里挣扎着，有如飞蝗在野火的威胁下振翅飞翔，惊慌失措地逃向了河边。这时阿喀琉斯把长矛靠在岸旁的一棵柽柳树旁，只带一把宝剑，冲上去凶狠地砍杀特洛伊人。被砍伤的人都发出了恐怖的叫声，一会儿的时间，河水被鲜血染成了红色。阿喀琉斯直杀得双臂筋疲力尽，还活抓了十二个年轻的士兵，他打算把这些人抓来献祭给他的朋友帕特洛克罗斯。他把俘虏交给同伴们送回船舶，自己又冲回河里继续砍杀。

这次阿喀琉斯首先碰到普里阿摩斯的儿子吕卡昂，他正好想爬上河岸逃跑。阿喀琉斯看到他，不由得大吃一惊。有一次夜袭普里阿摩斯的果园时，曾把吕卡昂捉住，把他作为俘虏送到人烟稠密的利姆诺斯岛出卖，吕卡昂被国王奥宇纳奥斯买走了。后来，他又被转让给英布罗斯人埃埃提昂。埃埃提昂把他带回阿里斯柏城。有一回，吕卡昂乘人不备逃走了，回到特洛伊城。他同自己的亲友相聚的时光才不过十二天，现在又重新落在阿喀琉斯的手里。阿喀琉斯看到他时，愤怒地自言自语道："这真是奇迹啊！这个人曾经被我卖到利姆诺斯，居然能逃过成为一名奴隶的命运。难道特洛伊人被我杀死，都会从昏暗的冥界重新返回人世？好吧，你那就让他尝尝我的矛尖的滋味！我也好在心里彻底明白，亲眼看清楚，他是否还会从那边回来！"阿喀琉斯还在思考的时候，吕卡昂惊惶地爬过来抱住他的双膝哀求道："阿喀琉斯，我求你可怜可怜我吧！你在我父亲果园捉住我的时候，你和我第一个品尝到得墨忒耳的果实，然后你把我卖到利姆诺斯，你得到了一百头牛的回报。这次我会付给你三倍的赎金！我回到家乡才十二天，为什么命运这般残酷。"

阿喀琉斯根本听不进去任何哀求，他冷冷地说道："你这个蠢材，别跟我提起赎金！帕特洛克罗斯没有死之前，我很愿意饶恕任何特洛伊人，我活捉了许多人都只是把他们卖掉，但现在，交到我手里的任何特洛伊人都难逃一死！特别是普里阿摩斯的儿子。你也得死，帕特洛克罗斯可比你勇敢得多，他不是也被杀死了吗？你知道我也算是一员猛将吧？可是有一天我也要死在敌人的手里！"吕卡昂听到他的话，浑身立即瘫软，他伸开手臂坐到地上不再言语和反抗。阿喀琉斯随手抽出利剑，直接砍死了可怜的吕卡昂，然后拖着他的脚，把尸体扔进湍急的河水里，并且不忘嘲笑一番："现在你和那些游鱼一起躺着吧，它们会悠闲地吞噬你的嫩肉，即使这条你们经常献祭的河流也救不了你！"

河神克珊托斯听了十分生气，他正思索着如何阻止阿喀琉斯的杀戮，以免除特洛伊人的灾难。但是这时阿喀琉斯又扑向了佩勒贡之子阿斯特罗帕奥斯。佩勒贡是阿克西奥斯河神与佩利波娅所生。河神之子爬上岸，手握两支长矛，逼近阿喀琉斯。阿喀琉斯望着对方大声喝道："你是谁的儿子，胆敢和我对抗？"佩勒贡的儿子回答道："我是系源自水流宽阔的阿克西奥斯河神之孙，他生了佩勒贡，我是佩勒贡的儿子。让我们交手吧！"双方互掷投枪的结果是阿斯特罗帕奥斯的两支长矛一支被对方的盾牌挡住，另一支则擦伤对手的右臂膀，使他流出了鲜血。阿喀琉斯的长矛则没有击中对方，而是插入泥土里。阿斯特罗帕奥斯三次试图拔起对手的长矛并将其折断，三次都白费力气。正当他第四次尝试的时候，阿喀琉斯带着利剑冲了过来，一剑结束了他的性命。阿喀琉斯迅速剥下他的铠甲，得意地说道："即使是河神的家族，也休想与宙斯的后裔对抗。我是埃阿科斯的后裔珀琉斯的儿子，而生养埃阿科斯的正是宙斯。现在你身边这条大河即使想帮助你,也没有胆量和宙斯的后裔作战!"

河神克珊托斯听到这些话,十分气愤,他化身为凡人从漩涡深处走出来对阿喀琉斯大声喝道:"珀琉斯的儿子,你真是残暴的家伙,你简直丧心病狂!现在河道里已经充塞了无数尸体,我已无法让河水顺畅地流入大海了,你赶快给我住手!"

"你是一位神,我愿听从你的吩咐,"阿喀琉斯回答说,"不过,只要特洛伊人没有被赶回城里,只要我还没有跟赫克托耳正面交手,我是不会停止杀戮的。"说着他凶恶地冲向特洛伊人,把他们赶进河里,他自己也跳进河里进行厮杀。这时,急流在阿喀琉斯的周围开始暴涨起来,河水上翻涌着巨浪,猛烈地冲击着阿喀琉斯的盾牌,他被急流冲击得失去重心,赶紧伸手抓住河岸上的一棵榆树,榆树被连根拔起。他赶忙跳出急流,回到岸上,然后在原野上大步前行。河神不甘罢休,咆哮着带着巨浪从后面紧紧追赶,那高高的巨浪追上后就向下铺天盖地压住他的双肩,扑击他的膝盖,任凭他大喊大叫。阿喀琉斯在绝望中仰望上天大声呼喊:"万神之父宙斯啊,难道就没有一个神可怜我,把我从这湍急的河流救出?我的母亲欺骗了我,她说我将在特洛伊城下丧命于阿波罗的神箭之下。让赫克托耳杀死我吧,高贵之士死于强者手下!可是现在我却要被一条大河所淹没,如此不光彩地死去!"

此时,波塞冬和雅典娜立即化身为凡人来到他的身旁,握住他的手,安慰他,告诉他命中注定他不会被这条河流所征服。并且给他忠告,无论如何都不要停止战斗,直到把所有的特洛伊人赶进伊利昂城;等杀死了赫克托耳再立即返回船舶。两位天神说完,赋予他神力,帮助他跳出了波涛,落在平地上。可是,河神克珊托斯仍不罢休,他一面翻腾巨浪,一面大声召唤他的兄弟西莫埃斯:"快来,亲爱的兄弟,让我们合力制服这个狂徒,否则今天他就要摧毁普里阿摩斯的城池!快来吧,让条条山泉急涌直泻,充满你的河道,让我们掀起层层狂浪,将巨石冲到这里,让他躺在泥土里淹没在水中。"他说完,就咆哮着向阿喀琉斯涌来,巨浪把泡沫、鲜血和尸体搅和在一起,朝阿喀琉斯扑了过来。很快,西莫埃斯的河流也奔涌过来,汹涌的波涛淹没了阿喀琉斯的头顶。

赫拉看到她的宠儿阿喀琉斯就要被彻底淹没了,惊吓得大叫一声。她对儿子赫菲斯托斯说道:"亲爱的儿子,有你足以对付克珊托斯。赶快燃起你的熊熊烈火吧!我立即从海上吹来强劲的大风,帮忙煽起大火,把特洛伊人的尸体焚烧殆尽。你现在去燃烧河边的排排树木,把河水烧干,不要再感动于他的威吓或者哀求!直到我发出呼喊,你才能熄灭火焰。"赫菲斯托斯听从她的话,立即燃起了一股火焰,整个战场燃烧起来。火焰焚尽了所有被阿喀琉斯杀死的无数尸体,烤干了整个原野,然后一排排的榆树、柳树、柽树也燃烧起来,草丛也被烧得异常旺盛。河中的鳗鱼和别的游鱼都惊恐地鼓着鳃帮,在深渊里四处窜游。最后,河流本身也成为一片火海,河神克珊托斯痛苦地哭喊:"火神呀,没有哪位神能敌得过你。我不想和你抗争。让我们休战吧!即使阿喀琉斯把特洛伊人全都赶出城来,我又何必帮助他们呢?”他呜咽地这样哀求着,而他的河水已被烧沸滚腾,如同热锅上的油一样被干柴烈焰烧得迅速沸腾。最后,他向赫拉哀求道:“赫拉啊,你的儿子赫菲斯托斯为什么在众神中唯独折磨我?我的过错远不及其他所有站在特洛伊人的天神。只要你吩咐,我立即停止战斗,请他也罢手吧!并且我可以发誓我再也不帮助特洛伊人了,即使有一天希腊人放火把整个特洛伊都烧光。”

于是赫拉立即对儿子说“停止吧,赫菲斯托斯,不能因为凡人而使神明受到这么大的委屈。”火神即刻熄灭了他的火焰。河神也退回河床,在远处的西莫埃斯也平静下来。浪涛重新回到河道里淌流。

神与神的战斗

其他的神们这时却爆发起激烈的争斗。他们大喊着扑向对手,大地在脚下沉重地呻吟,辽阔的天空回荡着巨大响声。宙斯站在奥林匹斯圣山山顶听见呐喊,看着诸神相互争斗,高兴得大笑不已。战神阿瑞斯首先开始,他举着长矛扑向雅典娜,并破口大骂:“你这爱挑是非的女人!你为什么要挑动神明们争斗?你别忘了当年你怂恿堤丢斯的儿子狄奥墨得斯进攻我,用枪刺伤我的事。这就等于是你亲手刺伤了我一样。这笔债今天总算可以清算一下了!”说着他一面刺中雅典娜的圆盾,女神稍许后退,在地上抓起一块黝黑、硕大、有棱有角的石块朝他砸去,石块投中他的脖子上,阿瑞斯瘫倒在地上,全身铠甲震响,头发上沾满了尘土。

雅典娜哈哈大笑,嘲笑着对阿瑞斯说道:“你这个蠢材,竟敢和我比试,你大概不知道我到底比你强大多少吧!现在,你就快要实现母亲赫拉对你的诅咒啦,她因背弃希腊人而帮助特洛伊人对你非常生气,正诅咒你遭殃。”雅典娜说完,把目光移向别处。

阿佛洛狄忒搀扶着战神离开了战场,阿瑞斯痛苦地呻吟着,好半天才恢复过来。赫拉一看到阿佛洛狄忒,便对雅典娜说道:“你看到那个好心的阿佛洛狄忒正扶着阿瑞斯离开战场吗?真让人看着不舒服!你快去追赶他们吧!”雅典娜兴冲冲地追了上去,给了阿佛洛狄忒的胸部一拳,阿佛洛狄忒立刻摔了个趔趄,受伤的战神也被拖倒在地。

雅典娜哈哈大笑地在一旁说道:“哈哈,倘若所有站在特洛伊人那边的神都像你们这样勇敢,敢于和我对抗的话,那我们早就结束了这场残酷的战争,摧毁了这座坚固的伊利昂都城!”赫拉听到她的话,脸上露出了满意的笑容。

强大的海神波塞冬对阿波罗说:“我们为什么仍然袖手旁观呢?其他的神都已经开始战斗了。如果我们没有比试一下就回奥林匹斯圣山去,那是件羞愧的事。还有,难道你忘记了吗?众神中只有你我二人曾为这个城市吃过苦头。当时按宙斯吩咐,我们和狡猾的拉奥墨冬讲定报酬,为他服苦役一年。他把我们差遣了一年,可到付报酬的时候,拉奥墨冬却不守信用,强行克扣了我们全部的报酬,还威胁要把我们赶走。现在你却向他的人民施加恩惠,不想和我们一起摧毁特洛伊城。”

阿波罗立即回答说："海神啊，倘若因为凡人的缘故，我就跟你这样一位仁慈而又威严的神动武，那真是没有理智了。我们休战吧！凡人的事让他们自己解决。"阿波罗说完就离开了他，心中觉得不应该和自己的叔父交战。

阿波罗的妹妹、狩猎女神阿尔忒弥斯在一旁责备地说："阿波罗，你竟然想逃跑，让波塞冬得到所有的荣誉。你背上背的箭是装饰品吗？但愿你今后不要在我和父亲宙斯的面前夸海口，说你有能力和波塞冬单独交手！"她这样说，阿波罗没有回答，赫拉听到了却勃然大怒，立即尖刻地反问她："你不也是一位弓箭手吗？今天你敢跟我作对吗？如果你愿意，就让我们来比个高低吧！"说完赫拉就一把抓住狩猎女神的两只手腕，扯下她肩上的弓箭，并用它狠狠地打她的面颊。女神被打得不断躲闪，疼痛使得她拼命哭喊着，挣脱着逃跑，顾不着自己的弓和箭。如果不是赫耳墨斯在一旁，阿尔忒弥斯的母亲勒托真会拔刀帮助女儿的。赫耳墨斯看着勒托说："勒托，我怎么也不会和你作战，因为和雷霆之神的妻子们对抗并非易事。你尽可以对众神随意夸耀，说你战胜了我。"勒托见他说话谦恭有礼，也就消了气。她拾起女儿的弓和箭，便返回奥林匹斯圣山去了。

阿尔忒弥斯正坐在父亲宙斯的膝头上，浑身抽搐着，哭得十分伤心。父亲把女儿搂在怀里，微笑地问道："我的宝贝女儿，别哭了，快告诉我，哪位神竟敢欺侮你？"

"父亲啊，是你的妻子，"她回答说，"那个狂暴的赫拉伸手打了我。她挑起神之间的争吵和不和。"宙斯听了只是轻轻地抚摸着女儿，说了许多安慰她的话。

这时，阿波罗已经来到特洛伊城，因为他担心阿耳戈斯人的命运，当天就把特洛伊的城墙摧毁。其他的神都回到了奥林匹斯圣山，有的心中充满着愤怒，有的则为胜利感到欢喜，他们都围坐在雷霆之神宙斯的周围。

阿喀琉斯和赫克托耳在特洛伊城前

年老的国王普里阿摩斯站在城墙的望楼里，看到了可怕的阿喀琉斯，还看见特洛伊人在他的追击下仓皇逃跑。国王长叹一声走下望楼，对看守城门的士兵说："你们立即打开城门不要离开，让所有逃亡的军队回到城里来。不过要特别留意阿喀琉斯，一旦大军回到城里，立即紧闭城门，不要让那个凶狠的阿喀琉斯冲进城来。"

打开的城门给逃跑的特洛伊人以新的希望，他们风尘仆仆、口干舌燥地从战场一直奔跑到城市和高大的城门下，阿喀琉斯还在后面紧追不舍。阿波罗看到这一切，马上冲出城门，前去帮助那些惊慌失措的特洛伊士兵。阿波罗首先激励安特诺尔的儿子阿革诺尔迎战，他把勇气和力量赐给他，然后用一团浓雾保护他。阿革诺尔看到凶猛的阿喀琉斯杀过来了，心里不免直打退堂鼓，然后他思考了一会儿，自言自语道："不管我如何逃跑，最后还是会落在他的手里。与其逃跑，不如迎战。他也只不过是一个普通的凡人，要是奋勇作战，说不定我的锐利的长矛也能刺伤他的身体。"于是他镇静下来，充满着勇气地等待着阿喀琉斯。

阿革诺尔一手拿住盾牌，一手挥舞着长矛，对走近的阿喀琉斯大声喊道："凶猛的阿喀琉斯啊，你别想着今天就把特洛伊给摧毁，要知道我们城里还有许许多多顶天立地的英雄。他们随时准备为保卫父母、妻子儿女而献出他们的生命！你将在这里领受死亡！"说着他用力掷出他的长矛。击中对方的小腿，可惜被跛足神锻造的胫甲挡了回来。现在轮到阿喀琉斯进攻了，但是阿波罗用一团浓雾把阿革诺尔带走，然后趁机化身为阿革诺尔的模样，把阿喀琉斯引出军队。阿喀琉斯在后面紧紧追击，他穿过了麦地，又追到了斯卡曼德罗斯河，阿波罗就这样诱骗着阿喀琉斯，让他在后面急急追赶。这样，其他的特洛伊人有充分的时间逃回城里。他们争先恐后，潮水般地涌进城里，根本顾不上招呼同伴，直到安全回到城市，他们才放心地坐下来喝水休息。

但希腊人全都锲而不舍地扛着盾牌向城池冲来。恶毒的命运把赫克托耳一个人留在了城外。阿喀琉斯仍在追赶着阿革诺尔，突然，前面的阿革诺尔停了下来，转身对阿喀琉斯说道："阿喀琉斯啊，你为什么追着我不放。你放着那些逃跑的特洛伊人不追，追一个神干吗？你杀不了我，因为命运注定我是不死的。"

阿喀琉斯这才恍然大悟，他无比愤怒地说道："你这个最最恶毒而狡猾的神！是你把我从城墙引到这儿来的。你挽救了那些特洛伊人，你夺走了我取胜的可能。即使这样，你也不用担心受到惩罚。哼！如果有可能，这笔账我一定要会跟你清算！"他说完立即朝城市的方向奔去，他奔跑得那样敏捷有力，就好像竞赛中的战马一样。

年迈的普里阿摩斯在望楼上第一个看到阿喀琉斯奔跑过来，他着急得举起自己的双手捶打着自己的胸部，大声地呼唤还在城外等待阿喀琉斯的儿子："赫克托耳啊，我的孩子，你不要独自在那里等待那个凶残的家伙。你以为单凭你的力量就能胜过他吗？我恳求你，进城吧！我亲眼看到，他已经夺走了我那么多的儿子，他不是把他们卖掉，就是把他们杀死。请你快快进城吧，为了保护特洛伊的男女，为了保全你宝贵的性命。请可怜可怜不幸的我吧，宙斯在折磨一个风烛残年的老人，在他的暮年要亲眼看见一个个儿子惨遭杀戮，女儿们则丧失自由，城池被摧毁，财产被掠夺。这世界上还有比我更悲惨的凡人吗？"

老人说完，无助地在那叹气，但这都不能动摇赫克托耳留下的决心。他的母亲赫卡柏这时也伤心得痛哭流涕，她在望楼上大声呼喊："我的孩子啊，请可怜可怜我吧！快退进城来，不要单独和他对抗。阿喀琉斯性情凶残，如果你被他杀死的话，你将被希腊人的猎狗饱餐一顿。"

父母亲的哀求和痛苦的呼唤都没能使赫克托耳回心转意。他仍然站在原地，等待着强大的阿喀琉斯并且很坚定地对自己说道："如果我退进城墙躲避阿喀琉斯的话，波吕达玛斯一定会责备我的。阿喀琉斯重新出现的那个夜晚，他曾经建议我把军队退回城里，可我却没有采纳他的明智的建议，许多人因此丧失了性命。我愧对特洛伊的男子和他们的家人。也许有一天他们会说，因为赫克托耳的过于自信，整个军队损兵折将。所以现在我能选择的就是和那个可怕的阿喀琉斯决一死战！或者我杀死他后胜利回城，或者就是我光荣地战死在城下。难道还有什么其他的办法？我自作主张地和阿喀琉斯讲和，答应把海伦和她的全部财产交还给阿特柔斯的儿子？劝动全体特洛伊人把拥有的一切财富献给希腊人？天哪，我在想什么？我在祈求他的怜悯吗？如果是那样的话，他一定会视我为弱女子，鄙视我、唾弃我！现在还是让我和他痛快地厮杀吧，看看奥林匹斯神究竟让谁获得胜利的荣耀。”

赫克托耳之死

赫克托耳这样思考等待，阿喀琉斯已经来到他的跟前，如同战神一样威武雄壮，戎装在身的阿喀琉斯光辉闪亮，好似那初升的太阳般耀眼。赫克托耳一见他，心中不由自主地恐惧，浑身颤抖，他没来得及多想便转身朝城门奔去。阿喀琉斯见状迅速追赶。赫克托耳沿着特洛伊城墙没命地奔跑，他跑过山丘和树林，一直顺着城墙下面的车道奔跑，到达斯卡曼德罗斯河的源头。这条美丽的河流曾经是特洛伊妇女们洗涤衣裳的好去处，可现在，紧张的气氛弥漫在空气之中。他们俩一个仓皇逃窜一个紧紧追击。他们绕着普里阿摩斯的城墙跑了三圈，奥林匹斯圣山上的神们都紧张地看着这一惊心动魄的场面。

“啊，我看见我们宠爱的人正沿着城墙落荒而逃，”宙斯说，“他曾经向我献祭过无数令我满意的礼物，现在却被敌人紧紧追赶。神啊，给我些建议，是再次拯救赫克托耳的性命呢，还是让他今天就死在阿喀琉斯的手下？”

雅典娜立即回答说：“父亲，你又想做什么？难道你想让命运女神判定死期的人免除死亡的命运吗？你自己看着办吧，别指望我们会同意你的做法！”

宙斯回答道：“我的孩子，我并没有什么特别的打算。你想怎样做便赶紧行动吧。”雅典娜听后迅速得飞下了奥林匹斯圣山，来到特洛伊的战场上。

他们俩继续在奔跑，一个怎么也逃不脱，一个却怎么也追不上，双方都没有停下。这时，阿喀琉斯示意他的军队，不许他们向赫克托耳投掷长矛，因为他想亲手杀死他的仇人赫克托耳，为自己的好友报仇雪恨。

当他们一逃一追第四次来到斯卡曼德罗斯河边时，宙斯取出他的黄金天平，把两个悲惨的死亡砝码放进秤盘，一个是阿喀琉斯，另一个是赫克托耳。他提起撑杆中央称量，赫克托耳的一边向下倾斜，滑向冥王哈里斯，一旁的阿波罗立刻离开了。

女神雅典娜迅速走到阿喀琉斯身边，对他说：“众神的宠儿阿喀琉斯，今天你将战胜赫克托耳获得全胜，现在停止脚步，休息一下，我这就去鼓动他，让他和你一决胜负！”阿喀琉斯听到女神的话，十分欢喜，他立即停止追击，靠在插在地上的长矛旁，休息等待。

雅典娜化身为得伊福玻斯来到赫克托耳的身边，对他说：“亲爱的兄弟，让我们停下来，在这里共同反击阿喀琉斯！”赫克托耳看到他的兄弟非常高兴，他回答说：“得伊福玻斯，在所有的兄弟中，你和我一向最亲近，现在我又比以前更加喜欢你。

当别的兄弟都躲在安全的城墙后面不敢出来时,你却愿意出来支持我帮助我。”于是雅典娜引着英雄朝阿喀琉斯走去。

待他们就要互相逼近的时候,赫克托耳对阿喀琉斯大声说道:“珀琉斯的儿子,我不再躲避你了！我的心灵引导着我停下来和你拼个你死我活。但让我们当着神发誓:如果宙斯让我取得胜利,把你杀死,那么我只剥下你的铠甲,把你的尸体交给希腊人。你也要这样对待我。”

“可恶的人,我不会和你订任何条约!”阿喀琉斯恶狠狠地说,“正如狼和绵羊永远不可能协和一致,我们之间也无友情可言。我们之中必须有一个人死去。鼓起你的全部勇气吧,现在是你展示全部本领的时候。你杀死了我那么多的战士,今天都将血债血还了!”阿喀琉斯说完掷出他的长矛,赫克托耳急忙弯下身子,把它躲过,矛从他的头上飞过,插进泥土里。雅典娜把矛拔出来,还给阿喀琉斯。现在,轮到赫克托耳了,他用力投出他的矛,击中阿喀琉斯的盾牌后被弹落在地上。赫克托耳吃了一惊,回头想向他的兄弟得伊福玻斯要一支长矛,可是他却消失不见了。赫克托耳忽然明白了一切,他知道是神引导他走向死亡,并且知道自己今天逃脱不了死亡的厄运,但他仍然决定勇敢地和阿喀琉斯大战一场,为后代树立英勇的榜样。于是他拔出长剑,朝对手猛扑过去。阿喀琉斯迫不及待地冲上来,他把那副精美的盾牌举在胸前,头盔上带着美丽金丝的羽饰不断摇曳着,有如黑夜中最明亮的星星在闪烁着光芒。他正寻找机会,看向对手身体的哪个部位刺杀最为容易。赫克托耳全身都有从帕特洛克罗斯那儿掠去的盔甲严密保护着,只有连接肩膀和脖子的锁骨旁露出咽喉。阿喀琉斯看清楚后,便用矛刺向赫克托耳的喉咙,但没有戳断气管,赫克托耳还能勉强说话。阿喀琉斯高兴地扬言,要把他的尸体丢给恶狗飞禽,然后为帕特洛克罗斯举行葬礼。赫克托耳用虚弱的声音央求道:“阿喀琉斯,不要把我丢给那些恶狗,你将得到许多的金银作为赎金,只要把我的尸体送回特洛伊,让特洛伊人将我安葬!”

阿喀琉斯愤怒地回答道:“无论你怎样哀求,我都不可能答应你！你是杀害我朋友的凶手,我早就恨不得将你碎尸万段,为我那死去的朋友报仇。即使普里阿摩斯愿意拿出和你相等重量的黄金,你也免不了喂狗的下场!”

赫克托耳临死前最后呻吟道:“我总算看透了你,你是一个铁石心肠的人,我知道不可能说服你。但是请你当心吧,你的凶残本性一定会被神明所痛恨,当帕里斯和阿波罗把你杀死在城门前的时候,你会想起我的话的!”说完这最后的预言,他的灵魂离开了身体前往哈里斯的居所去了。

阿喀琉斯却在一旁叫道:“你只管去死吧！我的死亡我自己领受,任由宙斯和众神的安排。”说完,他从尸体上拔出长矛,搁置一旁,然后再剥下原本属于自己的血淋淋的铠甲。

其他的希腊人纷纷涌上来,四面围住死者,他们惊异地发现赫克托耳身材魁梧,长相俊美,但他们却都拿起长矛往死者的身上戳去,以平复内心长久以来对他的恐惧。阿喀琉斯剥下铠甲后对希腊人说道："朋友们，各位首领和君王们，感谢神明让我在这里打倒了他，他给我们造成的灾难远远超过了其他人。现在让我们一鼓作气，杀向特洛伊城。让我们看看，没有赫克托耳的情况下特洛伊人是主动放弃城池还是要继续作战。不必多说了，帕特洛克罗斯还躺在船上，还没有安葬，阿耳戈斯的战士们，现在让我们高唱凯歌，返回战船，把这个敌人带回去祭奠我的朋友！"

说完这些话，这个残忍的人又重新转向赫克托耳的尸体，在两个脚踝和脚跟之间用剑刺穿个洞，用牛皮带穿进去，绑在战车上。然后，他跃上战车，挥鞭策马，拖着尸体向战船飞奔而去。

赫克托耳的母亲赫卡柏从城墙上目睹了这一惨状，悲愤地撕下她的面纱，放声痛哭，国王普里阿摩斯也在一旁痛哭流涕。特洛伊人和同盟军的哀号和恐惧的叫喊声充满了整个城市，城墙被震颤得不停抖动。年迈的国王几乎都要冲出去，追赶杀害儿子的凶手。他倒在地上大声地哀号："赫克托耳啊，你的死让我悲痛欲绝，你应该死在我的怀里啊！"

赫克托耳的妻子安德洛玛刻还没有得到噩耗，她正在宫殿里忙着绣一副有各种花卉的紫色帘子。她听见了城里传来一片悲号哭泣的时候，心下一震，书中的梭子滑落到地上。她惊叫起来："这哭声震天动地，莫非是我的丈夫已被阿喀琉斯杀死？来人哪，快跟我去看看，究竟发生了什么事？"她忐忑不安地冲出家门，来到城墙的望楼，一眼看见城外阿喀琉斯的快马正拖着她丈夫的尸体在野地里飞跑。安德洛玛刻顿时昏厥过去，失去了意识。她的亲属们立即围拢过来，把她扶起。等她醒过来时，悲痛充满了她的整颗心。

帕特洛克罗斯的葬礼

阿耳戈斯人回到战船边，全都散开回去休息。但是阿喀琉斯没有让米尔弥冬人解散，他对他们说："让我们把车马赶到帕特洛克罗斯的身边，为他举行哀悼仪式吧！等我们举行完仪式，再把马卸下，一起在这里用餐。"他说完，就带头放声痛哭，他们驱赶马匹绕着尸体走了三圈，然后阿喀琉斯对着死者说道："帕特洛克罗斯，你安息吧！我带着赫克托耳的尸体回来见你了，并且还将在你的火葬堆前杀死十二个特洛伊青年祭奠你，一切都像我所对你承诺的那样。"说完，他把赫克托耳的尸体扔到了帕特洛克罗斯的灵床前。然后战士们脱下铠甲，解下战马，围坐在船边，留守在船舶的战士已经宰杀好了肥美的猪、牛、羊，为战士们准备好了丰盛的丧礼晚宴。阿耳戈斯人硬是拉着阿喀琉斯来到国王阿伽门农的帐篷里，他们烧了一大锅的热水，希望劝动阿喀琉斯能够洗去身上的尘土和血污，但他坚决不肯答应，并且还发誓道："我对着至高的神宙斯发誓，直到帕特洛克罗斯得以火葬建起坟墓，我才愿意沐浴更衣。现在大家吃些东西吧，明天天一亮，士兵的统帅阿伽门农，请你立即下令大家砍伐树木，为我朋友的火葬做好准备。"首领们都尊重他的意思，他们坐下来饮酒吃肉，享用美餐，然后各自回房休息。珀琉斯的儿子却来到开阔的海滩上躺下，周围是唉声叹气的米尔弥冬人。

奔波了一整天的阿喀琉斯终于沉沉地睡过去了，梦境里可怜的帕特洛克罗斯来到他的面前，对他说："阿喀琉斯啊。你睡了吗？难道你把我忘了？快把我埋葬吧，好让我跨进哈里斯的居所。那里守门的幽灵把我远远地赶开，说我没有火葬，灵魂得不到安宁。阿喀琉斯啊，我还有一个请求，命运女神规定你的死期即将临近。你在给我造坟的时候，也给自己留一个吧，让我们生时同住在宫殿，死后也能葬在同一墓穴！"

阿喀琉斯听后立即回答道："亲爱的朋友，你吩咐的事情我会全部遵行的，你放心吧！"阿喀琉斯说着，向挚友伸出双手，但它却像烟雾一样消逝了。

第二天天刚亮，统帅阿伽门农命令战士们牵着牲口去收集柴薪。他们从爱达山的坡地把最高大的树木砍下来，劈成木柴，用绳索把它们捆绑着，让牲口驮回战船营。他们来到海滨，阿喀琉斯在那选定一块地方为帕特洛克罗斯和他自己建造一座坟墓。当战士们把一捆捆柴薪整齐地放在场地周围，便围聚在一起等待命令。阿喀琉斯命令所有的米尔弥冬人穿上铠甲，套上战车。人们穿好铠甲，武装齐整，将士们坐在战车里，御者陪同在一旁，战车整齐有序地前行。士兵们抬着帕特洛克罗斯的遗体，上面放满了他们从头上剪下的头发。阿喀琉斯托着死者的头部，陪伴忠诚的好友前往哈里斯的住处。

送葬的队伍来到阿喀琉斯选定的坟地，他们放下灵柩，开始垒积大量木柴。珀琉斯的儿子似乎想起了一件事，他离开柴堆，剪下自己的一绺褐色的头发，对着一望无际的大海说道："啊，我的祖国斯佩尔赫奥斯河啊，我的父亲曾经向你祈求，答应等我安全回到家时他要我剪下这绺头发献给你，并在那段归你管辖、设有馨香的祭台的水边，给你献祭五十头公羊。河神啊，你没有满足他的祈求！现在，既然我不可能返回亲爱的故乡，就把这绺头发献给帕特洛克罗斯，让它陪伴我挚爱的朋友吧！"说完，他把一绺头发放到他的朋友的手里，然后所有的士兵们感动得又是一阵哭泣。阿喀琉斯最后走近阿伽门农，对他说："阿特柔斯之子，现在请所有的战士就餐吧。我们这些帕特洛克罗斯最亲密的朋友留下来就好，各位首领也请留下。"

阿伽门农于是下令战士们各自回到战船，只有首领们留了下来。大家把木柴垒成一个长宽各百步长的焚尸堆，然后把尸体抬上堆顶。他们在柴堆前杀死和剥开了许多绵羊和公牛，取出它们的脂肪，把尸体从头到脚裹得严严实实，然后把牲口的尸体放在周围。他们又拿来一罐罐蜂蜜和香膏放在灵柩旁，又牵来四匹活马，并从帕特洛克罗斯生前喂养的九条家犬中宰了两条扔上柴堆。接着他们又砍杀了十二名特洛伊贵族青年。然后用一把火点燃了焚尸堆。

阿喀琉斯在火焰中呼唤着亲爱的朋友："帕特洛克罗斯！愿你能够顺利进入哈里斯的居所。我履行了曾经向你许诺过的全部誓言。十二名特洛伊贵族青年都已经和你一起火葬。至于那个赫克托耳，我将把他交给狗群。"阿喀琉斯凶狠地说着，但神们却不让他的愿望实现。阿佛洛狄忒日夜守护着赫克托耳的尸体，不让一群饿狗靠近。她又用玫瑰神膏涂抹尸体，使他身上被阿喀琉斯拖出来的伤痕全部消失。阿波罗为他从天上降下一片浓雾，罩住赫克托耳的尸体停放的地方，免得炽热的太阳把尸体烤干。

帕特洛克罗斯的柴堆虽然点着了，但火焰却烧不起来。阿喀琉斯转身向风神波瑞阿斯和泽菲罗斯祈求，并答应给他们献上丰富的祭礼。他用金杯不断祭酒，请求风神把柴堆燃起熊熊大火。伊里斯把这消息传给了风神。他们迅速来到海上，呼啸着掀起层层巨澜。当他们一到达柴堆，便立刻在柴堆四周煽起猛烈的火焰。一整夜，他们都不停地助长火势，让柴火烧得旺盛。阿喀琉斯也整夜不断地浇酒祭祀，一边呼唤着朋友的名字，一边不停地绕着柴堆行走。直到清晨，焚石堆逐渐燃尽，火焰才慢慢熄灭。遵照阿喀琉斯的命令，英雄们用酒浆把焚石堆所有的余烬浇灭，然后收敛卧躺在火葬堆中央的帕特洛克罗斯的骨灰，把他的所有骨灰装进黄金罐，用双层脂肪牢牢封紧，只放在阿喀琉斯的帐篷里。然后，他们用石块和泥土，给死去的帕特洛克罗斯筑起一座大坟。

殡葬之后是为了纪念死去的英雄而举行的赛事。自己不参加比赛的阿喀琉斯让所有的士兵都聚拢过来，坐成一个大圆圈。然后他摆出贵重的奖品激励参赛者，奖品有三脚鼎、炊具、牛、羊、骡子还有妇女和珍贵的金属礼品。比赛的项目包括拳术比赛、徒步赛跑、掷投枪、赛车等。英雄们通过激烈的角逐，带走了各自的奖品，结束了比赛。

普里阿摩斯去见阿喀琉斯

竞赛结束后，士兵们都回去饱餐、酣睡。只有阿喀琉斯整夜辗转反侧不能入睡，他仍在怀念被安葬的朋友。他的心不能安静下来，于是他沿着海岸走去。凌晨时分，他套上战马，把赫克托耳的尸体绑在战车上，拖着它围着帕特洛克罗斯的坟墓奔跑了三圈，随后就把尸体扔在尘土里。阿波罗看到后，赶忙用金色的羊皮把赫克托耳的尸体裹起来，使他的尸体不受损害。奥林匹斯圣山上的神除了赫拉以外，都对阿喀琉斯的残忍做法感到悲愤。宙斯派使者去通告阿喀琉斯的母亲忒提斯，命令她迅速赶到希腊人的营帐，告诉他的儿子阿喀琉斯，诸神，包括宙斯在内，都对他肆意凌辱赫克托耳的尸体，并把它扣留在船旁边感到愤怒，并希望忒提斯能够劝动阿喀琉斯接受普里阿摩斯赎取儿子尸体的礼物。

忒提斯听从命令，来到儿子的帐篷里，在那里看见阿喀琉斯还是一脸惆怅，打不起精神来。于是忒提斯坐在儿子旁边，伸手抚摸他，轻声说道：“我的孩子，你整日忧愁叹息，不思饮食，这样的折磨要到什么时候才肯停止？你最好在一个女人的怀抱里享受爱情，因为死亡已经渐渐向你靠近。唉！是宙斯让我来转告你的，他和诸神都很愤怒，因为你虐待赫克托耳的尸体，并且把它扣在船旁，你要接受一笔丰厚的赎金，放他回去。”阿喀琉斯听后回答母亲：“那就这样吧，我听从宙斯和诸神的吩咐。谁给我赎金，谁就把尸体领回去。”

这时，宙斯又派出使者伊里斯来到普里阿摩斯国王的城里，传达宙斯的决定。她一到特洛伊城里，便听见举国一片号啕与哭泣的悲痛声音。国王的儿子们在院里围着父亲坐着，衣服都给眼泪打湿了。她悄悄走到国王面前，温和地说道：“达耳达诺斯的后代呀，你要镇静，我给你带来了好消息。宙斯怜悯你，他叫我吩咐你去找阿喀琉斯，用丰厚的礼金赎回你的儿子的尸体。你必须单独前往，可以带一名年老的传令官，让他为你赶车，把尸体运回城来。别害怕，宙斯派赫耳墨斯给你引路，他会保护你。”

普里阿摩斯相信女神的话，他吩咐他的儿子们给他备马套车。他自己走进那间用香气扑鼻的柏木建造的屋子，房屋里面储藏着无数的金银珠宝。他把妻子赫卡柏叫来，对她说：“刚才宙斯派信使来到我这里，告诉我可以用丰厚的赎金赎回儿子的尸体。现在我的内心有强烈的冲动和愿望前去阿喀琉斯的营帐里取回我们儿子的遗体。你不会反对吧？”赫卡柏听了，尖叫一声，然后回答她的丈夫道：“我的国王啊，你从前的聪明才智哪里去了？你怎么可以单独到阿耳戈斯人的舰队中去，去见那个杀死你众多儿子的凶手？要是他看见你，一定会抓住你，杀死你的。他是一个野蛮的、不讲信义的人！他有着一颗铁石心肠！你别妄想他会怜悯你，同情你！我自己宁可我们在厅堂里为赫克托耳哀悼哭泣，也不愿你冒着生命危险去赎回儿子！”

但普里阿摩斯坚定地对妻子说道：“不要阻拦我，即使我这一去要死在敌人的战船上，我也心甘情愿，只要我能把最亲爱的儿子抱在怀里，就心满意足了。”说完他打开箱子，挑出十二件锦袍、十二件斗篷、同样数目的毛毯、披衫和衬袍。然后，他又称出十泰伦特的黄金，拿出两个三角鼎，四口大锅以及色雷斯人赠送给他的一只精美的酒杯。普里阿摩斯把那些前来劝阻他的特洛伊人都赶走了出去，并且谴责他们说：“你们这些胆小鬼，难道你们都闲得发慌，跑来劝阻我？难道你们觉得宙斯给我的痛苦还不够吗？你们应该知道，最优秀的人死了，其他的人更容易被阿耳戈斯人杀死。”老人是这样愤怒，他拿起王杖驱逐他们，然后吩咐他的其他九个儿子，让他们赶紧备好车马，把所有的东西装上去。儿子们都十分担心父亲的命运，但他们不敢违抗父亲的命令。于是他们把密西亚人送给普里阿摩斯的骡子套上战车，把赎金和礼品一一搬到车上，并为国王备好马，唤来年老的传令官。

王后赫卡柏怀着沉重的心情走到他们的跟前，把装满美酒的金酒杯递给国王，让他在临行前向神举行灌礼。侍女们端着水壶和水盆走过来，国王普里阿摩斯用净水洗了手，再接过金酒杯，站到院子中间祷告，他一边奠酒，一边向宙斯大声祈祷：“万神之父宙斯、爱达山的统治者啊，让我在珀琉斯的儿子那受到怜悯吧！请爱达山预兆，让我放心大胆地到希腊人的战船上去！”国王的话刚说完，一头黑鹰从右面的高空向他们飞过来，黑鹰掠过了城市。特洛伊人看到吉兆都感到高兴，心里轻松了不少，年老的国王和大家略做告别后登上战车，离开城市。

傍晚时分，普里阿摩斯和传令官的马车已经驶过古代国王伊罗斯的坟冢，他们便吩咐两辆车停下来歇一会儿，让牲口在河边饮水。这时夜色已经降临，大地苍茫一片，传令官伊特俄斯突然看到有一个人的身影在前面，他赶忙对普里阿摩斯低声说道："主人，你瞧那边有一个人，我担心他要过来谋害我们。让我们赶紧登车逃命吧！"传令官的话使得普里阿摩斯一时六神无主，不知道该怎么办才好。那人却走上前来，原来他不是敌人，正是宙斯派来保护普里阿摩斯的使者赫耳墨斯。普里阿摩斯不认识他，但看他仪表堂堂、谈吐高雅，便问道："高贵的人啊，你是谁，为什么出现在这里？"

"我的父亲是波吕克托耳，"赫耳墨斯回答说，"他是米尔弥冬人，他和你一般年纪，他已经有六个儿子，我是第七个。我和兄弟们抓阄，结果我抓中了，随军航行到这里，我是阿喀琉斯的侍从。"

普里阿摩斯一听说他是阿喀琉斯的侍从，急切地问道："你若是阿喀琉斯的侍从，请你告诉我，我的儿子赫克托耳是否还在战船上，还是已经被扔去喂狗群了？"

赫耳墨斯回答说："放心吧，老人家，他还躺在阿喀琉斯的营帐的旁边，十二天过去了，即使阿喀琉斯每天早晨残忍地拖着他在朋友的坟前转圈，他的尸体依然完好无损，因为神一直在保护他。你看到时一定会感到吃惊的，尸体上没有血迹没有污垢，伤口是愈合的。即使在他死后，神仍然关心和照看他。"

赫尔墨斯

普里阿摩斯听后，松了一口气，高兴地取出那支珍贵的金酒杯："拿上它吧，感谢神的眷顾，由你来保护我的安全。请把我送到你主人的营帐吧！"

赫耳墨斯拒绝收下金杯，他说自己不能够背着阿喀琉斯接受赠礼。不过他立刻跳上车，抓住鞭子和缰绳，很快地驾驶马车来到垒墙和战壕那里。守卫的士兵正在吃晚饭，赫耳墨斯给他们洒上了催眠的液汁，他们很快呼呼大睡。然后他把门闩推开，打开门，把国王和他的御者一同带进去。很快他们便来到阿喀琉斯的营房门前，赫耳墨斯跳下车，把赠送给阿喀琉斯的礼物先送进去，然后他大声地对普里阿摩斯说道："老人家，我是赫耳墨斯，是我的父亲宙斯派我来保护你的。现在我已把你安全送到目的地，我可以离开了。记住，你走进阿喀琉斯的营帐，便抱住他的膝头，以他的母亲、父亲的名义向他恳求，这样能够打动他的心。"说完，赫耳墨斯便消失不见了。

国王跳下战车，让传令官伊特俄斯留在那看守骡子和马，他自己径直走进阿喀琉斯的房里。阿喀琉斯独自一人坐在那里，远处是他的两个同伴奥托墨冬和阿尔基摩斯。阿喀琉斯刚用完晚餐,餐桌还没有收拾。没有一个人注意到高大的普里阿摩斯的到来。他快步地来到阿喀琉斯的面前,抱住他的膝头,亲吻那双杀死他众多儿子的双手,阿喀琉斯和同伴们见到他的举动都非常吃惊。于是普里阿摩斯开口恳求道:“阿喀琉斯啊,请想一想你的父亲吧,他和我一般年纪,已到达人生的暮年,也许他也可能受着邻国的威胁和折磨,像我这般孤立无援而又无可奈何,可是他只要一听说你还活在世上,并能够从特洛伊安全返回,他一定会感到很欣慰。可是我呢,我虽然有五十个儿子,可是他们中的大部分都在这场战争中阵亡了。现在,你又夺去了那个唯一能够保护我们、保护城池和人民的儿子赫克托耳。我现在为了他的缘故,带着无数的礼物来到你的营帐里,希望能够把他的尸首赎回去。阿喀琉斯,看在神的份上,请你想一想你的父亲,怜悯我吧!”普里阿摩斯的话激起阿喀琉斯对父亲的怀念之情。他松开老人的手,把老人搀扶了起来,无限同情地说:“不幸的人啊,你的内心忍受过怎样的苦难!你独自一人来到阿耳戈斯人中间,来见一个亲手杀死你儿子的人,你一定有着一颗坚强无比的心!你请坐到椅子上来吧,让我们平复内心的忧愁和悲伤,因为悲伤徒劳无用,这些悲惨的命运都是神所分配的,他们自己却生活得无忧无虑。宙斯的大门前放着两只罐子,其中一只装的是灾难和不幸,另一支则装着快乐和幸福。神把两样东西赐给人类,有些人得到两种混合的命运,那么他们的运气便时好时坏;如果得到那只装满灾难的罐子,那么那人的一生便充满磨难,永远在忧愁和痛苦中度过。神对待我的父亲珀琉斯,便是前一种情况。神赐给他权力、财富、甚至还有一个女神做他的妻子。但是神却给了他一个巨大的灾难,那便是让他年轻的儿子早早地接受死亡的厄运。他年事已高,我却要接受命运的安排,不能给他养老。而你呢,老人家,我听说你从前也享受着无尽的幸福,人们说你的财富无人能够匹敌。可是现在,天上的神明却让你的城市遭受战争和杀戮,你的儿子们一个个在你的面前死去。请忍耐忍耐这一切吧,不要过于悲伤,因为无论你怎样哭泣,他们都不会活着回到你的身边。”

普里阿摩斯回答说:“宙斯的宠儿呀,只要赫克托耳还躺在你的营房外面,没有得到安葬,我就没有办法坐下。请让我把他赎回吧,收下我献给你的一大笔赎金,并回你的祖国去吧!”

阿喀琉斯听到他最后的一句话皱起了眉头,说:“老人家,不要这样刺激我。我已经有意释放赫克托耳。我的母亲作为宙斯的信使来过。普里阿摩斯啊,我明白,一定有一位天神把你引到我的营帐来。否则,一个凡人无论如何有多大的胆量和本事,不敢也无法来到我的营帐。因为他不可能躲过守卫的士兵,也不容易推开拴好的大门。老人家,请不要提过分的要求,惹我生气。那样一来我不愿意听从宙斯的命令。”老人听了十分惊恐,不再言语。阿喀琉斯冲出了帐篷,战士们也跟随他出去。

他们把骡子和马匹解下战车,并让传令官进屋坐下,然后从车上搬下作为赎金的礼物,留下了两件披衫和一件织得很密的战袍,以便把赫克托耳的尸体包裹起来。阿喀琉斯命人清洗赫克托耳的尸体,并涂抹香膏,他不让普里阿摩斯看见儿子,免得他见到了心里悲伤。等到尸首洗干净后,他把它抱起来放在尸架上,他的同伴们和他一起把赫克托耳的尸体抬上战车上。阿喀琉斯又忍不住大哭起来呼唤他朋友的名字:"帕特洛克罗斯,如果你在冥间得到消息,说我已经把赫克托耳的尸体还给了他的父亲,请你别生我的气,他带来的赎金很丰厚,这其中也有你的一份!"

阿喀琉斯又走回营房里,对普里阿摩斯说道:"老人家,如你所要求,你的儿子已经被我释放了,他现在躺在尸架上,黎明的时候你便能亲眼见到他。现在让我们先吃饭吧!你要哀悼你的儿子,等回到特洛伊城后你再放声痛哭吧!他是值得人们哀悼纪念的。"说着他站起身,走了出去,宰了一只羔羊,他的朋友们熟练地剥下羊皮,把羊肉切成小块,串在铁叉上细心烧烤,然后取下来。他们坐下来进餐,奥托墨冬把面包放在漂亮的篮子里,分给大家,阿喀琉斯分羊肉,大家尽情地喝酒吃肉。普里阿摩斯不禁对阿喀琉斯高贵的仪态感动惊奇,觉得他真像神一样,魁梧又英俊。同时,阿喀琉斯也认为国王相貌威严,谈吐不凡,态度谦和,他也在心中感到惊奇和佩服。晚餐用毕,普里阿摩斯对阿喀琉斯说道:"高贵的英雄,请赶快安排我睡觉去吧。自从我的儿子在你手下丧命以后,我还没有合过一次眼,我总是在悲叹我所承受的数不清的苦难。而且,今天也是我第一次喝酒吃肉。"

阿喀琉斯随即吩咐他的同伴和侍女安排一张床,铺上紫色毯子和柔软的被单,再加上保暖的棉被。同时给使者也安排一张床。阿喀琉斯友好地问老人:"请告诉我你为高贵的儿子举办葬礼,想花多长时间?这段时间内我自会停止战争,整理军队。"

"如果你允许我为我的儿子举行隆重的葬礼的话,"普里阿摩斯回答说,"那么我需要十二天的时间。你知道,我们都被围困在城里,要到城外很远的山里去砍伐木柴,因此我们得用九天来准备。第十天我们将举行葬礼,摆设丧宴;第十一天我们要为他垒一座坟墓;第十二天,如果避免不了的话,那么我们可重新开战。"

阿喀琉斯回答道:"好吧,就照你说的这样办。我将要求军队在这期限内不向你进攻。"说着他用力地握住老人的右手,借以打消他的顾虑,然后让他回去睡觉,自己则在里屋的床上躺下睡了。

当他们都进入梦乡时,赫耳墨斯却在考虑怎样才能悄悄地把特洛伊的国王护送回去,不让守卫的士兵发现。他因此蹑手蹑脚地来到老人的床前对他说:"老人家,你在敌人的营房里睡得多安稳呀!可是你有没想到,你用重金赎回了儿子,要是阿伽门农和其他的希腊人知道了这件事,他们会扣留你,并向你的家人索取三倍的赎金!"普里阿摩斯听了十分惊恐,他急忙唤醒一旁的传令官,赫耳墨斯为他们套上车,三个人带着赫克托耳的尸体匆忙赶着车离开了营地。

赫克托耳的遗体在特洛伊城

赫耳墨斯陪着国王一直来到斯卡曼德罗斯河边，他在这里告别了国王，飞回奥林匹斯圣山。老人和传令官继续赶着马朝城里驶去。他们到城里的时候，天刚拂晓，大家还在睡梦之中，只有普里阿摩斯漂亮的女儿卡珊德拉在城楼上远远地望见坐在车上的父亲，他的旁边是传令官。当她看到那个躺在战车上的赫克托耳的尸体时，她不禁尖叫起来，向整座城市大声呼唤："你们快来看啊，特洛伊的男人和女人们，赫克托耳回来了，但回来的是他的尸体！从前，他活着从战场上凯旋的时候，你们都欢呼着向他致意。现在他牺牲了，你们也去迎接他吧！"她这样大声地喊叫，特洛伊的男男女女没有一个留在家里，大家都带着难忍的悲痛涌向城门。赫克托耳的母亲和妻子走在最前面，她们哭泣着冲向装载尸体的战车。大家都围绕在战车的旁边放声痛哭，如果不是老国王要求把儿子先运回家里的话，大家会在城门前痛哭一整天的。

等到赫克托耳的尸体运进国王的宫殿时，人们把它停放在一张装饰华丽的尸床上，四周响起了悲壮的挽歌。死者的妻子、年轻的安德洛玛刻双手抱住丈夫的头，哭得死去活来："亲爱的丈夫啊，你年纪轻轻就丧失了性命，留下我在家里守寡，孩子们都这样年幼无知，我恐怕他们都不能抚育成人了，因为特洛伊很快就要毁灭——因为你，城邦的保护者已经死去。你曾保卫过全城的男女老幼啊！不久，我们都将被将当作俘虏押上希腊人的战船，我也不会幸免。而我们可怜的儿子啊，也将去做那无穷无尽的苦力活，并且随时要受到希腊人的侮辱和泄愤，他可能被残忍地希腊人殴打或者干脆扔下楼去，因为他的父亲曾经杀死过无数希腊人的兄弟、父亲，或者儿子。赫克托耳在战场上是从不轻易饶过任何敌人的！啊，赫克托耳啊，你给你的父母亲留下的是无法形容的悲痛，而给我的更是最最沉重的悲痛啊！"她这样哭诉，周围的妇女们全都同声悲恸。

赫克托耳的母亲赫卡柏更是泣不成声："赫克托耳，我最最亲爱的儿子啊，天上的神们是多么喜欢你啊，他们在你惨死后也没有忘掉你。你曾经被残忍的阿喀琉斯拖在地上绕圈，可是，躺在厅堂里的你看起来很安详，好像阿波罗射出的箭无意中射死你那样。"

她这样哭诉，引起了大家的悲哀。海伦第三个大声地哭诉道："赫克托耳，在所有的夫兄中，你是我最敬佩的人。自从帕里斯把我这个不幸的女子带到特洛伊，时光已经整整过去了二十年！我真希望我早就前去哈里斯的居所。这二十年来，我从来没有听到你说过一句脏话，如果有人开口斥责我的话，除了国王普里阿摩斯像我的生父一样保护我，就是你会站出来，用温和的语言劝大家息怒，为我解围。可是现在你死了，我失去了一个兄长和可敬的朋友。在这广阔的特洛伊，再没有别人会对我像你那样友好和善了。"她这样哭诉，周围的人都叹息不已。

普里阿摩斯对着悲伤的人群大声说："特洛伊人啊，你们赶快出城去砍伐火葬用的木材，不用担心阿耳戈斯人会突然袭击你们，因为珀琉斯的儿子已经和我说好，在为赫克托耳准备葬礼的十一天内不会向我们开战。”

特洛伊人听从国王的吩咐，纷纷备马驾车。大家到城前集合起来，一起出发，他们一共花了九天的工夫准备好火葬用的大堆木柴。在第十天的早晨，大家哭声震天，把赫克托耳的尸体送上高高的火葬堆上，点火燃烧。所有的人都聚集在赫克托耳的火葬堆周围，看着它烧成灰烬。然后，他们用酒浇熄了余烬。赫克托耳的兄弟和朋友们含着眼泪从灰烬中拾起他的白骨，放进黄金的坛子里，然后用紫色的布料包起来，埋入坟墓。坟墓周围是大块大块的石头垒起的高高的坟堆。特洛伊人在附近设立了哨兵，防备希腊人突然袭击。葬礼结束后，大家回到城里，在国王的宫殿里举行严肃而又庄严的殡葬宴会。

彭忒西勒亚

赫克托耳的葬礼结束后，特洛伊人又关上城门，紧闭不出。他们仍然沉浸在对已故英雄的哀悼之中，同时，他们也为即将到来的交战感到恐惧不安。这两种情绪交杂在一起，似乎特洛伊城已经毁在征服者的手中，成为一片废墟。

在这悲痛绝望的时候，困在城内的特洛伊人得到了意想不到的援兵。从小亚细亚靠近忒耳莫冬河那边，亚马逊女王彭忒西勒亚率领一群女英雄，前来援救特洛伊人。她是战神阿瑞斯的女儿。她的这番举动一方面是因为对男人间战争和冒险的兴趣，是她们这一族女子的天性；另一方面则是因为她无意中犯下了不可原谅的罪，这使得她自己良心不安，希望能够借此机会卸下心灵的重负。那是一次狩猎中，彭忒西勒亚举枪朝一头梅花鹿掷去，却不小心击中了她自己的妹妹希波吕忒。这个罪过像石头一样压在彭忒西勒亚的心头，而复仇三女神也无时无刻在追逐她，她对她们的任何献祭都无法得到女神的宽恕。彭忒西勒亚希望借助一场众神都喜欢的战争来结束这个折磨，于是她挑选了十二个杰出的女英雄来到特洛伊。这十二个少女虽然楚楚动人，然而在她们的女王彭忒西勒亚的对比下，她们就仿若群星衬托皎月那样，黯然失色。这位女王的容貌和气质远远地超出了那十二位貌美的少女。

当特洛伊人从城墙上，看到披戴着盔甲的绰约多姿而又威武潇洒的女王率领她的女战士奔来时，他们从四面八方汇集过来。当这一小队人马走近时，人们被女王的美貌所深深折服。她集威严与妩媚于一身。嘴边浮现的是甜美迷人的微笑，长长的睫毛下那双明眸就好似黑夜中最亮的星星那样闪闪发亮。她的双颊白里透红，整个面庞呈现的是少女的健康与活力。特洛伊人看到女王，顿时忘记了所有的悲哀，他们现在是这样的兴高采烈。甚至国王普里阿摩斯的愁眉也舒展开来，但眼前的景象却让他想起那些被杀的儿子们，他们也是威风凛凛、神采奕奕的少年啊！

国王把女王领到他的宫殿里，待她如亲生女儿那般。他命人端出最精美的食品隆重款待她，送上了为她挑选出来的许多珍宝，并答应她如果解除了特洛伊的危险，还将送给她更多的礼物。亚马逊女王彭忒西勒亚忽然从她的席位上站起来，立下了一个任何凡人都不敢做出的誓言：她向国王发誓要杀死神一般的阿喀琉斯，她将消灭所有的希腊人，烧毁敌人所有的战船。她这样说，显得十分大胆和无畏。一旁的安德洛玛刻听了她的话，心里不免嘀咕：可怜的孩子啊，你或许还没有想清楚吧？我的丈夫赫克托耳在特洛伊人心中是最勇猛的英雄，可他却战死在珀琉斯儿子的手下！你一个黄毛丫头，不知道这个誓言是多么的可怕！

这时夜幕已经降临，亚马逊的女英雄们饱餐畅饮后，王宫的侍女们为她们准备了舒适的床榻，经历了一天的辛劳奔波，彭忒西勒亚和她的伙伴们很快便进入梦乡。雅典娜却悄悄潜入她的梦境，让她做了一个迈向死亡的梦。她梦见了自己的父亲阿瑞斯催促她尽快同阿喀琉斯进行决战。她对梦中父亲的督促信以为真，竟然高兴得心花怒放。第二天醒来，她以为当天便能实现她立下的誓愿，她跳下床来，兴奋地穿上父亲阿瑞斯送给她的熠熠生辉的铠甲，束紧胫甲和胸甲，系上剑带，那上面挂着一柄装在用白银和象牙制成的剑鞘里的宝剑。随后她又拿起盾牌，戴上有着闪亮的黄金羽饰的头盔。她左手抓着两根长矛，右手握着一把不和女神送给她的双面斧。当她这样全副武装地从国王的宫殿冲出来时，就好像宙斯从奥林匹斯圣山上抛出一道雷电一样闪亮。

彭忒西勒亚兴奋地奔到城墙边，激励特洛伊人奋勇作战。此前不敢面对阿喀琉斯的士兵们现在也纷纷聚集起来，显得斗志昂扬。女王本人则跳上一匹骏马，它可以与风神赛跑，是风神波瑞阿斯的妻子送给她的礼物。她率领特洛伊人冲出战场，而她的女战士们也各自骑马跟随在后。留在宫殿里的国王普里阿摩斯举起双手，向宙斯祈祷："万神之父宙斯啊，请听我的祈求吧。就让阿耳戈斯人今日在阿瑞斯的女儿面前毁灭吧！但请你保佑她平安地返回到我的宫殿里来。这样做是为了你的强大的儿子阿瑞斯的荣誉！也是为了我这个失去了众多儿子、遭受了无数折磨的老人，请保佑我吧，保佑古老的特洛伊城不被毁灭！"他的祈祷刚一结束，从他的左上方就飞来一只苍鹰，鹰爪下抓着一只被撕碎了的鸽子。国王看到这个凶兆，顿时浑身颤抖，胸中的希望全部破灭。

希腊人在他们的战船营看到特洛伊人突然奔了过来，不禁大吃一惊。几天来，他们已经习惯特洛伊人的怯懦了，眼前的景象使得他们立即拿起武器，披挂上阵。战争再次爆发：长矛飞来飞去，矛与盾的撞击发出叮当响声，特洛伊的土地又被鲜血染红。彭忒西勒亚率领她的女战士们在希腊人中英勇拼杀，她杀死了摩利翁和其他七个希腊英雄。当亚马逊的女英雄克罗尼亚砍倒波达尔克斯的朋友墨尼波斯时，强大的波达尔克斯愤怒地用长矛刺中了克罗尼亚的臀部。彭忒西勒亚急忙用剑去砍他的手，但已经来不及了：克罗尼亚倒在尘埃中死了，希腊人解救了他们的同伴。

彭忒西勒亚化悲痛为力量，更加疯狂地砍杀希腊人，凡是她所到之处，希腊人无不闻风丧胆，很快就迫使他们节节败退。取得胜利的女王得意地向他们叫喊：

“今天我要为普里阿摩斯报仇，让野兽和狗群吞食你们的尸体，我要让你们所有的人回不了家，让你们死无葬身之地！狄奥墨得斯在哪？埃阿斯在哪？还有最强大的阿喀琉斯到哪里去了？他们难道不敢出来会我吗？”她叫喊着并轻蔑地杀入阿耳戈斯人中去。她时而挥动着利剑，时而投掷长矛。普里阿摩斯的儿子们和特洛伊勇敢的士兵们跟在她的后面，一边呐喊着一边英勇地扑向希腊人。希腊人无法抵挡这来势凶猛的攻击，士兵们很快便倒在地下。很快，战场上希腊人尸横遍野，他们不是被特洛伊人的战车碾死，就是被马匹踩死。在势如破竹的战势面前，特洛伊人几乎感到他们将要战胜希腊人了。

这时，战斗的喧嚣声还没有传到强大的埃阿斯那里，众神的宠儿阿喀琉斯也没有得到任何消息。两人都远坐在帕特洛克罗斯的墓旁，他们在怀念死去的朋友。

在女王的带领下，特洛伊人逐渐逼近希腊人的战船营。正当他们准备焚烧战船的时候，忒拉蒙的儿子埃阿斯终于听到激烈的厮杀声，他立刻警觉地对阿喀琉斯说道：“阿喀琉斯，我耳边不断传来战斗激烈的喊杀声，让我们赶紧出去看看，别让特洛伊人靠近我们，烧了我们的战船！”他的话提醒了阿喀琉斯，两人急忙穿上闪闪发光的铠甲，拿起武器，朝着厮杀声最激烈的地方奔去。

希腊人在惊慌失措中看到两个英雄冲了过来，顿时增添了勇气。阿喀琉斯和埃阿斯立即投入战斗。埃阿斯很快就用长矛杀死四个特洛伊人。阿喀琉斯过去进攻亚马逊人，一会儿的工夫四个年轻的女战士就死在他的手下。随后两人一起冲进敌人的阵营中，刚才还是密集的特洛伊队伍现在已经被杀得七零八落。

彭忒西勒亚看到这里的情况，愤怒地冲了过来。她首先把她的矛投向了阿喀琉斯，阿喀琉斯举起盾牌挡住，长矛立刻在盾牌前折断，掉在了地上。现在她又举起第二支长矛向埃阿斯投去，并大声地向两位英雄喊道：“我要看看你们这两个吹牛大王是怎样丧命的！即使我的第一支矛饶了你们，第二支可不会放过你们。我要让你们知道，一个女人的力量远比你们两个人加在一起还要强大！”她说出来的话让埃阿斯觉得特别可笑，他不想在这里浪费时间，而这位亚马逊女人的第二支矛也仅仅碰到他的胫甲而已，根本没有伤着他的皮肉。埃阿斯于是转身冲向特洛伊人的队伍，把这个女人留给阿喀琉斯去收拾，因为他相信阿喀琉斯一人足以对付她。

彭忒西勒亚看到第二支矛也没有奏效，不禁大声地叹了一口气。阿喀琉斯打量着她并对她喊道：“哪里来的，竟然这样自不量力，敢跟世界上最强大的英雄较量？你大概不知道特洛伊最强大的英雄赫克托耳在我的面前都是浑身发颤的吧？今天你竟敢用死来威胁我，你一定是疯了！看看吧，你的末日就要到了。”说完他就掷出他那百发百中、无坚不摧的长矛，长矛深深地刺进女王的右胸上部，鲜血顿时喷薄而出，彭忒西勒亚四肢立刻变得无力，战斧也从手中滑落，眼前变得一片漆黑。可是女王仍然挣扎着爬上了马，眼睛盯住正向他冲过来的阿喀琉斯。在那一瞬间，她激烈地思考着是拔剑抵抗呢，还是向对方求饶？她还没来得及决定，阿喀琉斯的一枪已经投掷过来，她连人带马都被戳倒。彭忒西勒亚就这样倒在地上死了。

特洛伊人看到他们的女英雄死在阿喀琉斯的手下，都感到悲痛不已，他们无心再战，于是纷纷慌乱地朝特洛伊城门的方向跑去，珀琉斯的儿子这时却得意地大喊大叫："你这可怜的家伙，就躺在这里喂鸟、喂狗吧！是谁叫你来跟我作战的？是普里阿摩斯给了你丰厚的奖赏吧，可你现在得到什么了呢？"说着就把他的长矛从死者的身上拔了出来，然后摘下她的头盔，却一眼看到这个少女的美丽的面孔：尽管此时她的脸上沾满了血迹和尘土，却难以掩盖她那雍容高贵的情态。围在尸体旁边的希腊人也都对她的超凡美丽赞叹不已。阿喀琉斯此时却深感惋惜：他应该活捉这位绝色美女，把她带回佛提亚，让她成为自己的妻子。

围观的希腊人越聚越多，他们瞻仰过女王的绝世容颜后，便动手剥取她的铠甲，只有阿喀琉斯仍旧呆呆地站在那里，目不转睛地看着被自己杀害的女王，陷入深深的悲哀之中，难以自拔。

战神阿瑞斯在天上目睹了这悲惨的一幕，痛心疾首的他立刻像闪电一般迅速地冲下战场，想亲手为女儿报仇雪恨、但是宙斯及时地阻止了他，他只好无可奈何地停在半路上，为女儿的死哀痛不已。

阿特柔斯的儿子们因为怜惜美丽的女王，他们允许把她的尸体交还给国王普里阿摩斯国王。普里阿摩斯于是命人在城前搭起一座高大的火葬堆，将女王的尸体放在上面，在她周围还摆放了许多珍贵的陪葬品。随后他点燃木柴，烈火熊熊地燃烧起来。等到尸体烧成灰烬后，站在周围的特洛伊人用酒浇熄了余烬，他们捡起她骨灰放在一个坛子里，然后大家流着眼泪组成殡葬队，隆重地将它送往城内塔楼附近的拉俄墨冬国王的墓穴。与她葬在一起的还有她的十二个光荣牺牲的亚马逊女战士。

希腊人也掩埋了阵亡的死者，并哀悼他们。

门农

第二天，当太阳冉冉升起，照耀着这座灾难深重的城市时，特洛伊人已经站在城墙上四下瞭望。他们担心强大的胜利者随时会发动进攻，会架起云梯登上特洛伊城墙，把他们的城市毁灭。首领们也早早地聚集在一起开会商量对策。会上，一个名叫堤摩忒斯的老人站起来说："朋友们！我一直在思考怎样能够使我们摆脱困境，而不至于被敌人彻底毁灭。自从赫克托耳被战无不胜的阿喀琉斯杀死后，我们的状况就每况愈下，我想即使是有神明帮助我们，也许我们也会被敌人打败。看看战神阿瑞斯的女儿亚马逊女王最后不也悲惨地死在阿喀琉斯的手下？起初有多少希腊人畏惧她啊！所以我的建议是，我们是否应该考虑放弃这座注定要灭亡的城市，去寻找另一个更安全的地方，这样使残暴的希腊人无法靠近我们！"

普里阿摩斯听了他的提议后，站起来说道："亲爱的朋友，所有的特洛伊人和同盟军们！我们不应该怯懦地放弃我们可爱的家乡。如果我们重新寻找一个新的居所的话，那就得冒更大的风险。我们必须想方设法在战斗中赢得对手。现在我们还可以等待，埃塞俄比亚国王门农正率领一支强大的队伍来援救我们，他们已经在路上了。我向他们派出使节已经很长时间了。让我们耐心地再等待一段日子吧！即使我们在战斗中光荣死去，也胜似在异乡屈辱地生活！”

门农是普里阿摩斯的侄子，他的父亲提托诺斯是拉俄墨冬的儿子，母亲是黎明女神厄俄斯。

这时波吕达玛斯也站起来发表他的看法：“尊敬的国王，如果门农真的会来，我也很期待。可是，我担心的是他和他率领的军队在战争中依然逃不过死亡的厄运，这样我们一样要面临今天的困境。我也坚决不同意离开我们世世代代生活过的国家。最好的办法依然是：我们把海伦以及她从斯巴达带来的一切财富，全都交还给希腊人。交还得越快越好，免得敌人很快便掠夺并焚烧我们的城市，到那时，我们说什么也来不及了！”

所有的特洛伊人在心里都同意这个建议，但是他们都不敢当面反对国王。这时候，海伦的丈夫帕里斯站了起来，他生气地指责波吕达玛斯，说他是懦夫：“一个提出这种提议的人在战场上一定是临阵逃跑的那一个。特洛伊人啊，为什么每到最危难的时候，总会有人提出这样的建议。你们想一想吧，这种人的建议也能相信？”

波吕达玛斯心里很清楚，帕里斯宁愿在部队里发生兵变，宁愿自己死掉，也不会放弃海伦。于是，他不再说话，其他人也都沉默不语。大家都在沉默着，没有一个人能想出合适的办法来。突然，外面传来好消息，说门农已经率领部队到达城下了。特洛伊人听后一片欢呼，他们就好像船员在经历暴风雨后赫然看到前方闪烁着灯塔那样兴奋。国王普里阿摩斯更是激动，因为他确信埃塞俄比亚的军队一定能打败敌人，烧毁敌人的战船。

黎明女神厄俄斯的儿子门农和他的军队来到特洛伊后，国王普里阿摩斯设盛宴款待他们，并赠送了许多珍贵的礼品。宾主相谈尤其欢洽，特洛伊人因门农的到来而放松了此前紧张的心情，他们悼念着特洛伊英雄们，并讲述了他们在战场上的英雄事迹。门农也讲述了他从海岸到爱达山，直到特洛伊城所经历的遥远的旅途的见闻，讲述了他们在路上发生的故事。特洛伊的国王听得津津有味，不时地开怀大笑。他热情而友好地握着门农的手说：“门农，我多么感谢神让我荣耀地在宫殿里为你接风！你看起来就好像神一般的超凡强大。我确信你一定会帮助我们打败希腊人的！”说完国王举起杯，与新来的同盟军共同干杯。

门农看到国王手中这珍贵的酒杯后赞叹不已，他知道这个宝物出自跛足神赫菲斯托斯之手，它是特洛伊王室的传家宝。门农沉默了半晌，严肃地说道：“尊敬的普里阿摩斯国王，我不愿意在宴会上随便做出承诺，一个真正的英雄是要经过战场考验的。现在，请安排我们休息吧，明天我们将以饱满的精神投入这场战斗！”门农说完，站起身来，普里阿摩斯并不强留他的客人，于是所有的埃塞俄比亚人都跟随着退出宴席，到房间里安寝入睡。

夜幕笼罩大地，人们都已沉入酣睡的梦乡。这时，奥林匹斯圣山上的神们还在宙斯的宫殿里聚集着，讨论着特洛伊的战事。伟大的宙斯，这位能预知未来、了解现在的神开口说道："你们大家无论是关心希腊人的还是关心特洛伊人的，其实都是没有必要的。还有无数的战马和男子将会参加双方的战斗中去，也就不可避免地将牺牲在战场上。你们担忧着一些人的生命安危，可是不要幻想着为他们的生命向我求情。命运女神是无情的，对你，我都不例外！"

众神听到宙斯这样的发言，都不敢吭声，他们默默地离开餐桌，回到各自的房中，悲哀地躺在床上，渐渐地进入梦乡。

第二天清晨，黎明女神厄俄斯不情愿地升入天空，她也听到了宙斯的讲话，她知道她的爱子门农将会有怎样的命运。门农很早就醒了，他几乎迫不及待地想为他的朋友打一场决定性的战役。他从床上跳下来，迅速地武装整齐，来到战场上。特洛伊人也身披盔甲，与埃塞俄比亚人组成新的作战队伍，满怀希望地冲出城门，奔向广阔的战场。

当希腊人从远处看到特洛伊人冲来都感到惊讶，于是他们急忙拿起武器，冲出营房。阿喀琉斯站在他们的中间，他骄傲地站在战车上，显得十分自信。特洛伊军队中的门农也同样威风凛凛，士兵们紧紧地围在他的四周，充满着战斗的激情。战斗开始了。两支队伍相撞，好似两大海洋激起了万丈狂澜。长矛呼啸，利剑铿锵，杀声震天。不久，战场上发出一阵阵尖厉的哀号声，特洛伊人一个接一个地倒在阿喀琉斯的长矛之下；许多希腊人也被门农杀死在地。涅斯托耳的两个战友已经死在他的手下，现在门农渐渐朝老人涅斯托耳靠近。看来涅斯托耳也必定要死在门农的手下，因为他的战马刚刚被帕里斯一箭射中，战车已经停住来不及逃命了。门农抓着长矛冲了过来，大惊失色的老人在慌乱中急切地呼唤儿子安提罗科斯，儿子应声飞快地赶来，挡在父亲的胸前，并把手中的长矛投向那位埃塞俄比亚国王。门农侧身躲过，但长矛击中他的朋友，波拉索斯的儿子厄索普斯。门农怒不可遏，他立刻抓住长矛扑向安提罗科斯，用长矛刺中他的心脏。安提罗科斯牺牲了自己挽救了父亲的性命。

当希腊人看到这英勇的一幕，都深感悲痛。父亲涅斯托耳更是痛不欲生，因为他亲眼看到儿子因为拯救自己而被敌人杀害。但老人在关键时候保持镇静，他立刻呼唤另一个儿子特拉斯墨得斯前来援救，让他保护兄弟安提罗科斯的尸体。在混战的嘈杂声中听到父亲的呼喊声，特拉斯墨得斯同战友斐瑞斯一道火速奔来，援助他的老父亲。充满自信的门农大胆地向他们靠近，然后机警地躲过他们接二连三投来的长矛，即使有的长矛能击中他的铠甲，但都无法刺进要害部位，因为他的神祇母亲给他的铠甲施加了保护的魔法。这时候门农开始剥取安提罗科斯的铠甲，希腊人眼睁睁地看着他即将动手，却毫无办法。涅斯托耳看到这一切的时候大声悲号起来，他高声地呼唤朋友前来救援，他自己则从战车上跳下来，不顾年老无力的性命，誓死要保卫儿子的尸体。当门农抬起头看见他走近时，忽然主动地站起来，退到一边，神情充满敬畏。“老人家，”他说，“我不能和你作战。刚才在远处，我以为你是一位年轻的战士，所以才向你投掷长矛。现在我看清楚了，您是一位年迈的老人，我不会向你动手的。请赶快离开吧！离开战场，我不忍亲手杀害你！”涅斯托耳听后往后退了几步，留着他的儿子躺在战场上，自己离开了，特拉斯墨得斯和斐瑞斯也跟着他往后退。门农和他的埃塞俄比亚人继续向希腊人发起进攻，他就好像希腊人的克星那样，给一批批希腊人带去了死亡。

涅斯托耳转身走向阿喀琉斯，他说道：“希腊人的保护者啊，我的儿子被门农杀死了，现在还躺在那里，门农已经剥下了他的铠甲，夺走了他的武器。可怜的尸体马上就要被野狗吞食。快去帮助他吧！你一定能够保护他的尸体不受损害！”阿喀琉斯听了立即朝门农冲了过去。当门农看到阿喀琉斯向他奔来时，连忙从地上拣起一块石头，朝他砸了过去。但石头碰到阿喀琉斯的盾牌后被弹落下来。阿喀琉斯跳下战车，徒步走向门农，并用长矛刺伤他的肩膀。这个勇猛的埃塞俄比亚人毫不在意肩上的伤势，而是疾步朝阿喀琉斯扑来，用他的长矛奋力地刺中对手的手臂。刹那间，阿喀琉斯手上的鲜血喷了出来。门农这时兴奋喊起来：“可怜的家伙，你曾经那么无情地屠杀特洛伊人，现在你遇上的是一位无法战胜的对手。因为我的母亲厄俄斯是奥林匹斯圣山上的女神，她比你整日待在海底的母亲忒提斯要厉害得多！”

阿喀琉斯听了微微一笑，说道：“先别高兴得太早，最后的结局会告诉你，我们之中谁的出身更高贵！现在我要为年轻的英雄安提罗科斯向你报仇，就像我为死去的朋友帕特洛克罗斯向赫克托耳报仇一样。”说完他用双手抓起他那支百发百中、无坚不摧的长矛，向门农刺去。两人面对面地厮杀起来。宙斯在这时候让他们变得更强大、更有力，他们在短兵相接中难分胜负，谁也没有伤着对方。他们都在寻找机会，企图在对方的腿部或腹部下手，可是都没有成功。两人的铠甲在搏斗中碰得叮当作响。这时候，其他的士兵们被两人的激战所吸引，都停止了战斗，加入观战的行列。埃塞俄比亚人、特洛伊人和希腊人在一旁为各自的英雄高声呐喊，响声震动天地。奥林匹斯圣山上的神们也都全神贯注地盯着这场鏖战。他们站在各自的立场上为势均力敌的场面感到高兴。可是宙斯却召来两位命运女神，他命令黑暗女神降临于门农，光辉女神则照向阿喀琉斯。诸神一听到这个命令便大呼小叫，他们有的是因为欢喜，而另外的则是悲哀和无奈。

两位英雄此时仍在全力以赴地作战，根本没有想到命运女神已经走近身旁。他们时而用长矛，时而又是利剑，有时候还用石头互相攻击，但他们没有一个退缩害怕，都像磐石一样坚定。双方的士兵受到激励，又开始杀向对方。很快，战场上再次尸横遍野。命运之神终于介入了战斗，阿喀琉斯一枪刺中门农的胸脯，枪尖从后背穿出，门农重重地栽倒在地，死了。

特洛伊人见到他们的英雄倒在地上，一时间军心大乱，所有的人都立刻转身逃跑。阿喀琉斯紧追上去，好似风卷残云一般。失去儿子的厄俄斯在天上唉声叹气，她把自己裹在乌云中，大地顿时变成一片黑暗。她的孩子们：各位风神，遵照她的吩咐，飞向大地，把她儿子的尸体高高卷起，让尸体飞向天空，他的鲜血一滴一滴地从天上流到地上。后来，这些血变成一条红色河流，蜿蜒曲折地流经爱达山麓，河水中是一股刺鼻难闻的腐朽气味。那些不愿意与国王分别的埃塞俄比亚人悲泣着追赶着尸体，一直到国王的尸体消失在前方的时候他们才停下来。风神把门农的尸体带到埃塞波斯河岸旁，河神的美丽的女儿们为他在森林中垒起一座坟墓。从天而降的母亲厄俄斯和另外一些仙女一起，含着泪悲痛地把他安葬。

退回城内的特洛伊人虽然不知道门农的尸体被风吹到哪儿去了，但他们却聚集在一起，沉重地悼念这位英勇的援助者。

据神话传说，门农的战友死后都变为飞鸟，每年都从各地飞来墓地，悲悼他们的国王。门农的母亲恳请宙斯给他赐福，让他具有不朽之身，宙斯答应了。后来，人们在底比斯附近会看到一根巨大的石柱，上面雕刻着一位国王的坐像。石柱在日出前会发出一种奇妙的声音，据说这是门农在欢呼并祝福他的母亲黎明女神的升起。母亲看到自己的儿子以这样的方式活着，悲叹自己儿子的遭遇，忍不住滴下一串串清澈的眼泪。她的泪滴落在花草树林上，形成晶莹的朝露。

阿喀琉斯之死

第二天清晨，安提罗科斯的尸体被他们的同胞抬到战船，安葬在赫勒斯篷托斯海峡的岸边上。白发苍苍的涅斯托耳在众人面前掩饰着自己悲痛万分的心情，但阿喀琉斯的内心却难以平静，朋友的死带给了他巨大的悲愤。天刚破晓，他就扑向特洛伊，特洛伊人虽然害怕凶狠的阿喀琉斯，但依然顽强地从城内冲了出来。很快，双方军队就杀得天昏地暗。阿喀琉斯威风凛凛，杀死了无数的敌人，把特洛伊人一直赶到城门前。他深信自己的力量能够推倒城门，撞断门柱，让希腊人一鼓作气地涌进普里阿摩斯的城门。

奥林匹斯圣山上的阿波罗把这一切看在眼里，他受够了阿喀琉斯的凶残和狂暴。当他看到阿喀琉斯使得特洛伊城前尸横遍野、血流成河的时候，他简直暴跳如雷，直接从神座上跳起来，背上盛满百发百中的神箭的箭袋，向珀琉斯的儿子走去。他走到阿喀琉斯的背后，发出雷鸣般的声音："快放开特洛伊人！珀琉斯的儿子！你不应该如此疯狂，否则你将死在神的手下。"

阿喀琉斯听出这个神的声音，但他毫不畏惧，他不顾神愤怒的警告，大声地回答道："难道你要逼迫我同神作战吗？为什么你总是站在特洛伊人的那一边？上一次在我的眼前，你帮助赫克托耳逃脱死亡，我已经很愤怒了。今天我劝你远远地离开，回到神中去，不要插手我和特洛伊的事！否则，哪怕你是神，我的长矛也将刺中你！"说完这些话，他便转身而去，继续追赶敌人。

阿波罗听了这一席话心里很不是滋味，他心想既然你如此藐视神的存在，我就让你知道神的厉害。这样想着阿波罗隐身在一片迷雾里，他拉上弓，朝着珀琉斯的儿子容易受伤的脚踵射去一箭。一阵剧痛立刻袭击了阿喀琉斯，他像一座毁了地基的巨塔那样轰然倒在地上。他躺在地上，用愤怒可怖的声音骂道："是谁在暗处朝我射出这卑鄙的一箭？有胆量就站出来跟我面对面地较量！我将让你鲜血直流，直接把你送到冥王哈里斯的地府里去！懦夫总是在暗处偷袭勇士！好好听着，你这个胆小鬼！我想起来了，这一定是阿波罗干的。我的母亲忒提斯曾经说过，我将在特洛伊中央城门死于阿波罗的神箭之下，她的预言马上就要应验了。"

阿喀琉斯呻吟不止，但他仍旧坚强地从伤口里拔出箭矢，把它甩得远远的。伤口里黑色的血立刻喷涌出来。阿波罗把箭拾起来，隐身在云雾中回到奥林匹斯圣山。到山上时，他从云雾中钻出重新混在奥林匹斯的神中。希腊人的支持者赫拉看到他，生气地责备道："阿波罗，你居然能做出这种事情来！你忘了，你曾经也是珀琉斯的婚礼上的座上嘉宾，像其他神那样享受着美味佳肴的同时，为珀琉斯的后代举杯祝福。可是现在，你却明显地袒护特洛伊人，杀死珀琉斯唯一的爱子！你这样做是出于嫉妒！我不知道今后你有何颜面去见涅柔斯的女儿？"

阿波罗一声不吭，他离开众神坐到一旁。低垂着头。诸神中对他的行为有的感到恼怒，有的则在心里觉得安慰。而这时的阿喀琉斯即使受了致命的伤害，却依然充满着战斗的欲望，他浑身的血液就像燃烧般地沸腾着。没有一个特洛伊人敢靠近这个受伤的人。阿喀琉斯从地上一跃而起，他拿着长矛，怒气冲冲地扑向敌人。他刺中了赫克托耳的朋友俄律塔昂，矛尖直接刺入大脑；接着又刺中希波诺斯的眼；刺中阿尔卡托斯的面颊，并不停地砍杀许多特洛伊人。直到他发觉自己肢体在逐渐变冷，他才停住脚步，用长矛支撑着身体。他虽然不能继续追击敌人，但却在原地发出一阵阵可怖的声音。特洛伊人听了吓得没命地奔跑，阿喀琉斯雷鸣般地喊叫道："逃命吧！即使我死了，我的投枪还会追着你们，我的复仇之神仍会惩罚你们！"

特洛伊人听到他的大声吼叫，浑身打战，没有人认为阿喀琉斯已经受到了致命的伤害，直到他的肢体最后僵硬起来，终于栽倒在其他尸体的中间。他的盔甲和武器也随之砰地掉在地上，大地发出沉闷的响声。

帕里斯第一个看见阿喀琉斯倒了下去。他喜出望外地大声呼叫起来，他召唤特洛伊人过来抢夺尸体。很快，原来那些见到阿喀琉斯避之唯恐不及的特洛伊人此时都争先恐后地围拢过来，想要剥取他的铠甲。但英雄埃阿斯却牢牢地守候在阿喀琉斯尸体的周围，他用长矛喝退逼近的人，只要有一个人敢靠近阿喀琉斯，必定遭到他的致命一击。后来，埃阿斯索性主动向敌人发起进攻，吕喀亚人格劳库斯死在他的长矛下，特洛伊的英雄埃涅阿斯也受了伤。

和埃阿斯一同保护阿喀琉斯尸体的还有奥德修斯和其他的阿耳戈斯人。特洛伊人却顽强阿耳戈斯人拼搏着。奥德修斯的右腿在混战中受了伤，鲜血不断地涌出。而这时候帕里斯却用长矛瞄准了埃阿斯，但是埃阿斯机灵地躲过了，用一块巨石砸中了帕里斯的头盔，使他倒在地上，无力继续进攻。帕里斯的朋友们赶紧把奄奄一息的他抬上战车，用赫克托耳的骏马拖着战车把他拉回特洛伊城。

这期间，阿耳戈斯人把阿喀琉斯的尸体从战场抬回战船，阿耳戈斯人全部围在他的周围，放声痛哭。奔跑过来的埃阿斯最是伤心难过，他为失去一个亲密的战友兼表兄弟而痛哭流涕。年迈的福尼克斯紧紧抱住阿喀琉斯的身体，老泪纵横。他想起了英雄的父亲珀琉斯曾经把孩子交给他教育和抚养的场面，现在父亲和他都活在世上，孩子却离开了人世。阿特柔斯的两个儿子和所有的希腊人都在为他哭泣。悲痛的哭声从战船传到了天际，整个希腊军营都陷入沉痛的悲伤之中。

白发苍苍的涅斯托耳最终劝说大家停止哭泣，他想让伟大的英雄尽快入土为安。于是在他的提醒下，大家用温水把英雄的尸体洗净，给他穿上他母亲忒提斯为他亲手缝制的华丽战袍。然后将他停放在营帐内，准备火葬。这时候雅典娜从奥林匹斯圣山上投下了无比同情的目光，她在他的额上洒下几滴香膏，以避免尸体腐烂或者变形。香膏一洒落在阿喀琉斯的身上，他的身体立刻出现了奇迹，看上去就好像活着的那样，显得神采奕奕。希腊人看到他们的英雄此时面容安详地躺在尸床上，就好像正在平静的睡眠当中，不久就会醒过来，他们为此感到惊异和欣慰。

希腊人哀悼他们的伟大英雄的巨大悲泣声传到了海底，阿喀琉斯的母亲忒提斯和涅柔斯的女儿们都听到了。剧烈的痛苦使得忒提斯禁不住也放声痛哭，整个赫勒斯篷托斯海岸都回荡着她们的哭声，就连海怪也跟着发出悲戚的吼声。就在当夜，忒提斯和涅柔斯的女儿们分开巨浪来到希腊人的战船所在的海岸上，来到阿喀琉斯的尸体旁。忒提斯一把抱住儿子，亲吻着他的嘴唇，不断流淌出来的眼泪把大地都沾湿了。希腊人看到女神和她的儿子团聚，都不忍心打扰，纷纷退了出去。直到女神们离去后，他们才回到阿喀琉斯的尸体旁边。

天刚破晓，希腊人便浩浩荡荡地向爱达山出发，他们从山上运下无数的木柴，把它们高高地垒成一堆。他们在柴堆上放上许多被杀死的人的盔甲和武器、祭奠用的牲口以及黄金和其他贵金属。希腊的英雄们各自割下他们的一绺头发，阿喀琉斯生前最宠爱的侍女布里塞伊斯也剪下自己的一束秀发，作为她给主人的最后礼物。他们还把各种香膏浇在柴堆上，并在上面放上一碗碗的蜂蜜、美酒和香料，然后把英雄的尸体送往柴堆的顶上。最后，所有的希腊人都穿戴齐整，有的骑在马上，有的徒步行走，围着巨大的柴堆绕圈而行。礼毕，他们庄严地点燃柴堆，火苗熊熊燃烧起来，战士们迸发出一片哭号声。遵照宙斯的旨意，风神埃洛斯送来了疾风，把木柴堆煽起了冲天的火焰，直烧得柴火噼啪作响。尸体顷刻间化为灰烬，英雄们用酒浇熄了余烬。朋友们小心翼翼地拾起他的遗骸，装进一只宽大的、镶金嵌银的匣子里，并安葬在海岸最庄严的地方，与他的朋友帕特洛克罗斯的遗骸并排葬在一起。然后他们筑起一座高高的坟墓。

阿喀琉斯的两匹神马挣脱了轭具，它们大概感觉到了主人已经死去，从此以后，谁也无法驯服它们。

大埃阿斯之死

第二天，狄奥墨得斯在希腊人举行的会议上提议，在敌人从阿喀琉斯死后尚未恢复勇气之前，立即出兵把特洛伊攻陷。但是埃阿斯却表示反对，他认为阿喀琉斯尸骨未寒，他的母亲忒提斯仍旧沉浸在无尽的悲痛中，大家应该为阿喀琉斯举行一场隆重的殡葬赛会，以此表示对英雄的怀念。"至于特洛伊人，只要我们大家还活在世上，就不是难事！"埃阿斯的建议得到了大家的认同。狄奥墨得斯也表示了赞同。

海神忒提斯带来了众多精美的奖品，她到现场鼓励英雄们进行比赛。于是，希腊人举行了隆重的殡葬赛会。首先开局的是角力竞赛，埃阿斯和狄奥墨得斯两个英雄一马当先，在角逐中势均力敌，不分胜负。其次是拳术比赛，后来的比赛项目包括跑步、射箭、掷铁饼、跳远、战车竞赛等。赛事紧张激烈，胜利者都得到了丰厚的奖品。

比赛结束后，忒提斯把她儿子的铠甲和武器作为奖品奖给有功的英雄。她蒙着黑色的面纱，无限悲痛地对阿耳戈斯人说："在为我儿子举行的殡葬赛会上，获胜的阿耳戈斯人都获得了奖品。现在，我想把这套我儿子的装备赠送给那位救出了我儿子的尸体的最勇敢的希腊英雄。这些都是神的赠礼，神自己也很喜欢这些宝贵的礼品。"

这时有两位英雄从队伍中跳出来，他们是拉厄耳忒斯的儿子奥德修斯和忒拉蒙的儿子埃阿斯。埃阿斯奔到这套装备旁边，伸手就要把它们抱在怀里，他连忙请伊多墨纽斯、涅斯托耳和阿伽门农为他的功劳作证。奥德修斯也请他们为自己说话，因为他们是全军中最聪明并且最受尊重的人。年迈而明智的涅斯托耳把另外两位被要求当证人的英雄拉到一旁，面露难色地说道："我们几个最好还是不要做出任何评论，因为如果两位英雄为争夺这套装备而反目成仇，那么我们就会面临一场巨大的灾难！他们中间无论谁感受到了冷遇，都会委屈地退出战场，我们就会因此而受到不可挽回的损失。我提议，让在营地里众多的特洛伊的俘虏来做评判，让他们来解决埃阿斯和奥德修斯的争论。因为他们没有从两个人中得到任何好处，是不偏不倚，相对公正的。"两人对他的建议表示赞同，于是他们从俘虏群中挑选了几个高贵而正直的特洛伊人作为裁判。

埃阿斯首先站出来说道："奥德修斯啊，是什么东西蒙蔽了你的眼睛？你竟敢和我相争。你和我相比，就好像狗和狮子那样。难道你忘记了吗？在知道要远征特洛伊的时候，你是多么不情愿啊！你只想做一只缩头乌龟，窝在家里！还有，劝我们把不幸的菲罗克忒忒斯遗弃在雷姆诺斯海岛上的也是你！帕拉墨得斯是被你诬陷的吧？他比你要聪明和强大，却被你用私仇而置于死地。而你现在来和我争夺装备，这让我觉得很可笑。你大概忘了谁在战场上英勇地救了你一命。在那场鏖战中，你被大家所忘记，孤身一人地在那抵抗，如果不是我出手相救，你恐怕早已不在人世！再说争夺阿喀琉斯的尸体的时候，是我把他的尸体和武器扛回来的，你根本没有力气扛动英雄的武器，更不用说扛起他的尸体了！你最好退回去，要知道我不仅武艺比你高强，而且出身也比你高贵，并且还跟阿喀琉斯有亲戚关系！”

奥德修斯对埃阿斯的话不屑一顾，他用嘲讽的语言说道：“我说埃阿斯啊，你的话在我看来都是那么可笑。你责备我胆小怯懦，可是我认为，智慧才是一个人真正强大的力量。正是智慧和聪明教会水手穿过惊涛骇浪，教会人们驯服雄狮、猛豹等各种野兽。在困难中，一个拥有智慧的人比一个只有蛮力的人要有价值。狄奥墨得斯认为我是希腊人最聪明的那个英雄，因此在远征的时候他一定要带上我。是啊，如果不是因为我充满智慧的劝说，珀琉斯的儿子怎么会来到特洛伊征战？而现在，我们却在这里为争夺他的武器而争论不休。假如现在希腊人急切地需要一位新的英雄，听着，埃阿斯，我认为不会是你靠你那个粗壮的胳膊，也不是军中某一个人的诡计可以做到的，只要能言善辩的我才能够把他说动。再说，神除了赋予我聪明智慧外，还给予我坚强的体魄。你说你从敌人手中拯救我这个逃跑的人，这是不属实的，相反，我总是拼杀在最前线，勇敢地进攻敌人，而你自己却总是站在一旁，心里想到的只有自己！”

他们两个人就这样针针锋相对吵了好长时间，谁都不愿意退让。最后，奥德修斯的言辞打动了作为裁判的特洛伊人。他们把珀琉斯儿子的全副装备判给奥德修斯所有。

这个裁决使得埃阿斯异常愤怒，他的内心狂跳不止，血液在血管里沸腾，身上每根筋肉都在颤动。他像一根柱石那样呆立在一边，低垂着头，一动也不动。到最后，他的朋友们好言相劝，才把他拖回战船去。

夜色笼罩着大海。埃阿斯孤身一人坐在营帐内，不吃不喝，不愿睡觉。最后，他穿上铠甲，手执利剑，心想要不就去杀了奥德修斯以解心头之恨，要不就在希腊人中大开杀戒，然后烧毁战船。如果不是保护奥德修斯、反对埃阿斯的雅典娜让他发疯的话，他一定会在以上三个计划中选择一个付诸实施的。

痛苦和气愤在埃阿斯那里无法自持，他从营房里跑出，冲进羊群中间，女神使他两眼昏花，让他把羊群当作是希腊人的士兵。那些牧羊人看到他这副气恼的样子，都躲进斯卡曼德罗斯河旁的灌木林中。埃阿斯在羊群中，挥舞着利剑，左刺右砍，进行着可怕的屠杀。他一边砍杀一边还嘲笑地说道：“你们这些猪狗不如的东西，躺在地上去死吧！你们再也不可能担当任何不公正的裁判了。还有你这昧着良心、胆小如鼠的家伙，你从我手里夺去了阿喀琉斯的武器，现在我看它们都帮不上你了。懦夫需要什么铠甲呢？”说着，他抓住一头大绵羊，拖着它回到自己的营房，找出皮鞭，使劲全力地朝他抽打着。

这时，雅典娜走到他的身后，抚摸着他的脑袋，顿时他就从疯狂中清醒了。可怜的英雄这才看清自己的眼前是一头被打得皮开肉绽的绵羊。他一下子明白过来，他的双手顿时无力地垂了下去，鞭子也随之滑落。埃阿斯筋疲力尽地瘫倒在地，然后无比懊恼地说道：“一定是有一个神在憎恨我，才让我发疯发狂，变成这个模样。天哪，永生的神啊，我做错了什么，你们为什么要这样对待我，你们为什么站在狡猾的奥德修斯的那一边啊？现在我怎样面对全体希腊人啊？”

这时候他的妻子忒克墨斯正抱着幼子过来找他，她是夫利基亚国王的女儿，被埃阿斯掳掠过来的战利品。温顺体贴的忒克墨萨看到她的丈夫闷闷不乐，但无从知道到底发生了什么事情，因为他拒绝回答她的任何问题。等他离开营房后，她跟着出来，心中产生了一种不祥的预感。然后她终于在羊群中看到了这场可怕的屠杀，她连忙跑回营房，看到自己的丈夫站在那里，满脸羞愧，垂头丧气。他在绝望中呼喊着兄弟透克洛斯和儿子欧律萨克斯的名字，并希望以一种高贵的死结束自己的性命。忒克墨萨含着泪水上前抱住他的膝盖，恳求他不要抛下她，让她成为敌人的俘虏。她祈求丈夫想一想在萨拉密斯的年迈双亲，并把儿子塞在他的怀里，告诉他，如果幼小的孩子就失去了父亲的疼爱，那他将来会有怎样的命运？

埃阿斯十分感动地抱起孩子，亲吻着他，说道：“我的孩子，希望你比父亲能享受更多的幸福，希望你能够像父亲一样勇敢，成为一个真正的英雄！我的兄弟透克洛斯将会把你抚养成人。现在，让我的随从把你送到萨拉密斯我的父母那儿，让他们照顾你，你在那里会过得幸福快乐的。”说着，他把孩子交给随从，并留下遗言请他的同父异母兄弟照看他心爱的妻子忒克墨萨。然后埃阿斯挣脱了妻子的拥抱，抽出他从赫克托耳那儿缴来的利剑，将它用力地插在地上。接着，他举起双手，向上苍祈祷：“万神之父宙斯啊，我求你为我做一件好事：在我死后，请让我的兄弟透克洛斯迅速来到我的身边，免得敌人将我的尸体拿去喂狗。而你们，复仇女神，我也恳求你，如同我的惨死一样，让阿特柔斯的儿子也不得好死！来吧，请不要饶恕任何屠杀者，随心所欲地向他们施行报复吧！还有你，太阳神，我请求你，当你的金车经过我的故乡萨拉密斯上空时，请你稍稍停顿一下吧，把我不幸的命运告诉我那年迈的父亲和可怜的母亲。再见了，神圣的阳光！再见了，萨拉密斯！再见了，家乡的原野！再见了，雅典城和故乡的山水！再见了，特洛伊的广阔的原野，在这里我生活了这么多年，经历了多少激烈难忘的战斗！死神，请你降临吧，请给我投来同情的目光！”说完，他拔剑自刎，倒在地上。

希腊人听到埃阿斯自刎而死的消息，都十分震惊。他们成群结队地涌过来，扑倒在地上痛哭。他的兄弟透克洛斯记住他父亲的嘱咐，如果没有埃阿斯他不准单独从特洛伊回来。他看到兄长已死，便也准备拔剑自杀，幸亏旁边的朋友及时夺走了他的利剑，不然他也跟着埃阿斯一起去了。透克洛斯痛苦万分，自杀不成他就扑在兄长的尸体上放声痛哭。哭了好~会儿，他抬起头发现绝望的忒克墨萨僵直地坐在死者的身旁，怀里抱着她和埃阿斯的孩子。透克洛斯停止啜泣，上前去安慰嫂子，并保证说一定会保护她，并像父亲一样抚育兄长的孩子。然后他吩咐随从将母子两人送回萨拉密斯去，而他自己仍留在营中，因为害怕父亲忒拉蒙见不到埃阿斯会对他大发雷霆。

然后，透克洛斯强忍悲痛准备安葬他亲爱的兄长。可是，墨涅拉奥斯却出来阻挡他："你敢去安葬这个人！他的行为比我们的敌人特洛伊人更为恶劣！一个自杀的人不值得隆重安葬。"他俩为埃阿斯是否应该获得安葬发生了争执。这时，阿伽门农走过来，他站在墨涅拉奥斯这边，并在激烈的争论中大声斥责透克洛斯是奴隶的儿子。透克洛斯非常气恼，他提醒他们，不应该忘记埃阿斯在战场上立下的汗马功劳。特别是当特洛伊人在赫克托耳的率领下就要放火烧船的时候，埃阿斯拯救了全军。所有的希腊人应该为埃阿斯的行为进行表彰！可是他所说的通通没有奏效。最后，透克洛斯愤怒地呵斥道："希腊人啊，阿特柔斯的儿子们啊，你们最好清醒一点，你们若是亏待埃阿斯，就等于侮辱他的妻子和孩子以及这些拥戴埃阿斯的弟兄们！我奉劝你们，如果你们坚持己见的话，我恐怕神也不愿意带给你们保护！"

埃阿斯

大家争执不下，这时奥德修斯过来了，他对阿伽门农说道："全军的统帅啊，我能以一个忠诚的朋友的身份说出我的真实想法吗？"

"你说吧！"阿伽门农惊奇看着他，"在全军中，我视你为最好的朋友，但说无妨吧！"

"好！"奥德修斯说道，"看在众神的份上，请你们不要使他得不到安葬！不要因为权力在握，就恩怨不分！如果我们怠慢了这样一位高贵的英雄。这不仅仅是亏待他的事情，这也违背了神的意志！"

阿特柔斯的儿子听到这话，惊讶得说不出话来。最后阿伽门农问道："奥德修斯，他不是你的死敌吗？你们刚才还为阿喀琉斯的武器争吵过。难道你要因为他而违背我的意志？"

"他的确是我的仇敌，"奥德修斯回答说，"我确实憎恨他。可是他现在死了，我们应该为失掉一位高贵的英雄而感到悲哀。我也不允许自己把他视作仇敌看待，我同意为他举行隆重的安葬仪式，我愿意和他的兄弟一同完成这神圣的义务。"

透克洛斯原来看到奥德修斯过来时，已经厌恶地待在一旁。但是现在听到他的这番话，便走过去，友好地拉着奥德修斯的手说："高贵的英雄，你是他的最大的仇敌，现在却只有你为他说话！尽管如此，现在我还是不愿意让你触摸他的尸体，因为他的灵魂可能还没有决定与你和解。让我们把仇恨先放在一边吧，现在还有许多事情等着我们去做呢！"说完，他指了指忒克墨萨，她一直悲伤地坐在那里。奥德修斯朝她走去，坚定地对她说："埃阿斯的妻子，你放心吧！你永远都不会成为他人的奴隶。只要透克洛斯和我还活着,你和你的孩子便会得到照顾,得到安全,就好像埃阿斯仍活在你的身旁一样。”

阿特柔斯的两个儿子感到羞愧,他们不再做出反对的意见。于是大家把埃阿斯的遗体抬起,送到战船上,为他洗去身上的泥土和血迹。最后,大家把他放在巨大的柴堆上火化。

预言家的建议

第二天,阿耳戈斯人来参加墨涅拉奥斯的演讲。阿耳戈斯人都到场后,他站起来说:“各位高贵的王子们,所有的希腊人,请听我说。当我看到我们的战士在我的面前一个个倒下的时候,我的心都在流血。他们全是因为我而献出了自己宝贵的生命。而现在,我们留下来的人如果继续作战,那么流血还将继续,你们大家可能都回不了家,不能再见到自己的亲人。与其这样,还不如让我们离开这个海岸,离开这个不幸的地方,让活着的人重新返回故乡!既然阿喀琉斯和埃阿斯都已经死去,我们别再指望战争能够获得胜利。至于我,我已经不关心那个不贞的妻子海伦了,我更关心的是大家的安危,就让她留在帕里斯的身边吧!”

墨涅拉奥斯说的这番话,其真实目的只是想试探一下希腊人而已,他的内心实际上比任何人都渴望消灭特洛伊人。狄奥墨得斯没有看出他的用意,他气冲冲地从座位上站起身,对他骂道:“太不可理喻了!是什么样的怯懦主宰了你的心胸,你居然说出这样没有骨气的话!希腊人勇敢的子孙们在没有把特洛伊夷为平地之前是绝不会跟你回去的!”

狄奥墨得斯说完话便坐了下来,预言家卡尔卡斯立刻站起来,用一个明智的建议调和他们相反的意见:“你们大家应该都还记得,九年前,在我们出发远征这座可恶的城市时,我们把高贵的英雄菲罗克忒忒斯遗弃在荒凉的雷姆诺斯海岛上,因为他那中毒的伤口发出恶臭,他那日夜痛苦的呻吟使我们无法忍受。可是不管怎么说,我们把他丢弃在荒岛上的做法是不仁不义的,是不公平的。在我们的俘虏中,有一个预言家告诉我,我们只有依靠菲罗克忒忒斯和他从朋友赫拉克勒斯那继承百发百中的神箭的帮助,还有阿喀琉斯的儿子皮尔荷斯亲自在场,才能够一举攻陷特洛伊城。这个被俘的特洛伊人之所以愿意告诉我,大概是他觉得这些都不可能实现吧。因此我建议,让我们派出最勇敢的英雄狄奥墨得斯和最能言善辩的英雄奥德修斯到斯库洛斯岛去,阿喀琉斯的儿子皮尔荷斯在那由他的外祖父抚养成人。我们希望通过他来说服菲罗克忒忒斯,让菲罗克忒忒斯带着赫拉克勒斯的神箭重新回到我们的队伍当中。这样,攻陷特洛伊城就指日可待了。”

希腊人听到这个建议大声喝彩,表示赞同。两个英雄即刻乘船离去。这期间,希腊人准备重新投入战斗。特洛伊人也在积极备战,他们现在迎来了忒勒福斯的儿子欧律皮罗斯的援救部队,他率领了许多战士从密西埃赶来,这使得特洛伊人又增添了新的勇气和力量。相反的是,希腊人却丧失了两位最骁勇善战的英雄,所以战斗一开始,他们便遭到了巨大的损失。

涅俄普托勒摩斯

战斗在特洛伊激烈地进行。希腊人狄奥墨得斯和奥德修斯顺利地来到斯库洛斯岛,他们在这里看到皮尔荷斯正在练习弓箭和投枪。皮尔荷斯是阿喀琉斯的小儿子,希腊人后来把他称为涅俄普托勒摩斯,意思是"青年战士"。他从小跟外祖父一起生活,今天正在外祖父的院子里练武。两人在门口观察了好一会儿,然后走近他,令他们感到吃惊的是,眼前的这位少年无论是身材还是容貌,都和他们的故友阿喀琉斯非常相像。皮尔荷斯见到两位陌生的男子,便礼貌地上前问候道:"衷心地欢迎你们,外乡人,你们是谁,从哪里来?"

奥德修斯微笑地回答说:"我们是你父亲阿喀琉斯的朋友。我毫不怀疑,现在和我们说话的是他的儿子,你的身段和面貌同阿喀琉斯是多么相像啊!我是伊塔刻的奥德修斯,拉厄耳忒斯的儿子。这位是狄奥墨得斯,是神堤丢斯的儿子。我们到这里来,是因为希腊的预言家卡尔卡斯预言,如果你参加讨伐特洛伊的战斗,我们就能很快攻陷城池,取得战争的胜利。如果你愿意参战的话,希腊人将赠送给你丰厚的礼品作为报答,而我也十分乐意把奖给我的你父亲的武器送给你。"

皮尔荷斯听到,十分高兴,他说:"如果阿耳戈斯人奉神命来召唤我和你们同行,我们明天就航海出发。现在请你们到我外祖父的宫里先用餐吧!"在国王的宫殿里,他们看到了阿喀琉斯的妻子得伊达弥亚仍旧沉浸在失去丈夫的悲伤之中。她的儿子走上前去告诉她说来了客人,但却没有告知这两位客人造访的真正来意,因为他怕母亲为他担心。两个英雄饱餐后便进屋休息了。阿喀琉斯的妻子得伊达弥亚却彻夜难眠,她想起了正是这两个来客当年劝她丈夫参战,征伐特洛伊,才使得阿喀琉斯丧失了性命,使她变成了寡妇。而他们的再次拜访恐怕是为了同样的目的,她害怕自己的儿子也将卷入战争之中。所以次日天一破晓,她便来到儿子的床边,抱住他的头大声哭泣起来。"我的孩子啊,"她一边哭一边说,"尽管你不愿意对我说,但我已经知道那两个外乡人造访的目的,他们一定是过来叫你前往特洛伊作战的。当年他们也曾造访过你的父亲。听我说,那里有许多英雄,包括你的父亲都已经死去。你这么年轻,根本没有任何战斗的经验,你不能去!听母亲的话,留在家里!我已经失去你的父亲了,我不能再失去我最爱的儿子!"

皮尔荷斯回答说:"母亲,先别为还没发生的事情悲伤吧!我们在战场上生死是由命运女神决定的。如果我命中注定要死在战场上,那还有什么比为希腊人的荣誉而战更光荣呢?"

这时,皮尔荷斯的外祖父吕科墨得斯从床上起来,对他说道:"你可真像你的父亲啊!可是,即使你能够在特洛伊战场上幸免于死,谁知道你在回国途中会遇到什么灾难,因为在海上航行总会有说不清的危险。"然后他上去亲吻皮尔荷斯,他尊重外孙的意见。皮尔荷斯从泪汪汪的母亲怀里挣脱出来,向母亲和外祖父告别,然后和两位希腊英雄走出门去,他还带走了二十个得伊达弥亚的忠实的仆人。就这样,他们来到海边,登船起程。

海神波塞冬一路护送他们,海面风平浪静,他们的航行一路顺风。拂晓时分,他们看到爱达山的山峰耸立在眼前。他们一行顺利地到达特洛伊城附近的战船边。这时希腊人的战船旁的战斗正厮杀得不可开交,特洛伊人在援军首领欧律皮罗斯的率领下明显地取得了战斗的优势。正当欧律皮罗斯要把战船营的垒墙推翻的时候,眼尖的狄奥墨得斯赶紧奔向战船,并呼唤船上的勇士们和他一起救援。大家火速奔到离海滩最近的奥德修斯的营房里,那里除了他的武器还有许多从敌人那儿缴获的武器。大家各自取用需要的物品。涅俄普托勒摩斯,即皮尔荷斯套上父亲阿喀琉斯的铠甲,神奇的是,这身巨大的铠甲就好像为他定制的一样,他穿上正好合适。然后他拿起长矛,英姿焕发地投入激烈的战斗,跟他到来的人也受到他的鼓励,积极投入战斗。在他们的围攻下,特洛伊人被迫从围墙旁后退,退后到欧律皮罗斯的周围。

涅俄普托勒摩斯在战场上可谓是初生牛犊不怕虎,他箭无虚发,很快,许多特洛伊人就倒在他的手下。在他的强势进攻下,特洛伊人一再溃败,他们甚至绝望地以为英雄阿喀琉斯活过来了。的确,他在战场的身手就好像父亲阿喀琉斯那般勇猛无敌,而他也受到女神雅典娜的关心和保护。尽管箭矢和投枪雨点般地朝他飞来,但都没法给他造成伤害。希腊人看到阿喀琉斯的儿子参战,士气大振,他们一鼓作气,打退了特洛伊人的进攻。太阳下山的时候,欧律皮罗斯和特洛伊的军队不得不撤退回城。

当涅俄普托勒摩斯从恶战中归来正在休息时,老英雄福尼克斯来探望他。福尼克斯是他祖父珀琉斯的朋友,又是皮尔荷斯的父亲阿喀琉斯的教师。当福尼克斯来到这位年轻的英雄面前,他惊奇地发现他和阿喀琉斯长得太相像了。他拥抱起这个少年,亲吻着少年的前额和胸脯,大声地说道:“孩子啊,我感到你的父亲又来到了我们的中间。你要帮助希腊人,杀死给我们造成巨大损失的忒勒福斯的儿子,你比他高强,一定能够战胜他!”年轻人谦虚地回答说:“谁是最强大的人,战场上才能见分晓!”说完,他回到营房,休息去了。

天刚亮,战斗又重新开始。双方拼杀了很久,每一方都牺牲了许多战士,但战斗还是打得难分难解。这时欧律皮罗斯的一个朋友被打死,他看到朋友死去十分恼怒,于是便冲向敌阵,疯狂地砍杀敌人。涅俄普托勒摩斯连忙站到他的面前,两个人挥舞着长矛,面对面地对抗。“这孩子从哪里冒出来?你是谁的孩子,竟敢和我作战?”欧律皮罗斯大声问道。

涅俄普托勒摩斯回答说:“为什么要问我的出身呢,你是敌人又不是朋友。告诉你吧,我的父亲就是声名赫赫的阿喀琉斯。他以前杀了你的父亲,这根长矛是我父亲的武器,现在让你尝尝它的厉害!”说着,挥舞起粗大的长矛。欧律皮罗斯急忙从地上捡起一块巨石,朝他投去,击中他的金盾,但它毫无损伤。他们俩像两头凶猛的野兽互相扭打在一起，他们周围的士兵们也在相互奋力厮杀。长矛互投，盾牌互撞，战场上一片混乱。两个人越战越勇，力量倍增，因为他们都是神的子孙，欧律皮罗斯是赫拉克勒斯的孙子，宙斯的重孙，涅俄普托勒摩斯是女神忒提斯的孙子。最终，涅俄普托勒摩斯找到对方的破绽，用长矛刺中对方的喉咙。黑色的鲜血从伤口喷涌出来，欧律皮罗斯立刻浑身发颤，倒在地上死了。

特洛伊人看到他们的援军首领倒下了，十分难过，这时涅俄普托勒摩斯率领军队冲了过来，特洛伊人纷纷逃窜，就好像牛犊遇上雄狮的追击那样。战神阿瑞斯在奥林匹斯圣山看到，立刻驾着战车，奔到混乱的战场。他隐身在一片浓雾中，大声吼叫，激励特洛伊人抵挡敌人的进攻。可是大家都只听到战神雷鸣般的吼叫，却看不到他的身影，普里阿摩斯的儿子，受人称赞的预言家赫勒诺斯，第一个听出了这是战神阿瑞斯的声音。于是他对同胞大声喊道："大家别害怕，这是我们的朋友，强大的战神阿瑞斯正来到我们的身边与我们共同作战，难道你们没有听到他的呼唤吗?"特洛伊人大受鼓舞，稳住了阵脚，双方的激战再次爆发。阿瑞斯给特洛伊的队伍注入了巨大的勇气，到最后，希腊人的队伍开始动摇了。不过，涅俄普托勒摩斯没有被战神阿瑞斯吓退，他勇敢地继续战斗，并且杀死一个又一个敌人。阿瑞斯被他的大胆激怒了，准备从云雾里冲出来，现身与他直接单打独斗。这时，希腊人的朋友女神雅典娜赶紧从奥林匹斯圣山上降下，来到战场。她的到来使得大地震颤，使得斯卡曼德罗斯河的河水震荡起伏，她的武器迸射出雷电般的光芒，她的戈耳工盾牌上的蝮蛇喷吐着火焰。女神也隐藏在一片浓云迷雾之中，那发怒的目光也被迷雾所遮蔽。眼看着两位神之间就要开始一场你死我活的决斗时，宙斯发出了一声洪亮的雷声警告他们，他们只得遵从父亲宙斯的旨意。阿瑞斯返回到色雷斯，雅典娜也回到雅典，让希腊人和特洛伊人自己厮杀。特洛伊人终于抵挡不住阿喀琉斯儿子率领的强势进攻，他们退回城内，希腊人直追到城门口。特洛伊人紧闭城门，在城头反击希腊人的激烈进攻。如果不是宙斯遵照命运女神的意思，用浓雾罩住特洛伊城的话，阿耳戈斯人很快就会占领特洛伊城了。聪明的涅斯托耳看到这一切，劝说希腊人撤退回营，先安葬他们的死者。

第二天，希腊人惊讶地发现特洛伊城又清晰地耸立在前方，他们这才明白昨天傍晚的浓雾是宙斯制造的。这一天双方休战。特洛伊人利用这个机会，隆重地安葬密西埃人欧律皮罗斯。涅俄普托勒摩斯也去祭扫父亲的坟墓，他在父亲高耸的坟墓前含着眼泪说道："亲爱的父亲，我来看你了！你不在的日子我是多么地想念你！如果你在希腊人中活着那该多好啊！现在，你看不到你的儿子，我也看不到我的父亲！但是，你永远活在我的心里，我们大家永远不会忘记你！"他在父亲的坟前哭诉了许久，很晚才赶回战船上。

第二天，双方又在特洛伊城前展开激烈的战斗，但是希腊人仍然无法顺利攻破城池。预言家卡尔卡斯站出来，告诉大家说："朋友们，相信那个特洛伊预言家的预言吧！现在我们只实现了预言的一部分，并且已经看到阿喀琉斯的儿子带给我们的转机，如果实现预言的另一部分，即让菲罗克忒忒斯和他的百发百中的神箭一起回到我们的中间，那么胜利就不遥远了！”阿耳戈斯人听预言家的劝说，先撤退回战船。

经过商议，希腊人决定派能言善辩的奥德修斯和勇敢的少年英雄涅俄普托勒摩斯前往雷姆诺斯岛，他们即刻登上一艘快船，向目的地进发。

菲罗克忒忒斯在雷姆诺斯岛

奥德修斯和涅俄普托勒摩斯在荒凉的雷姆诺斯岛登陆。九年前，奥德修斯曾经劝说希腊人把英雄菲罗克忒忒斯遗弃在一座有两个出口的山洞里，一个严冬可以御寒，另一个酷夏可以避暑。奥德修斯很快找了这两个山洞，发现这儿的一切还跟从前一样。然而山洞里空无一人，只有一堆树叶压得平平的，像是一张宽大的床榻，看起来有人睡过。旁边还有一只用木头刻制的粗糙的杯子以及一堆木柴，门外的太阳下还晾晒着许多沾有血污的破布，种种迹象表明，菲罗克忒忒斯仍然住在这里。

“乘他不在这的时候，让我们想出一个劝说他的好办法，”奥德修斯对阿喀琉斯的小儿子说，“我想，头次见面我最好避开，他肯定非常痛恨我，而且恨得有理！你先单独和他见面，他如果问你是谁，问你从哪里来，你就据实回答，告诉他，你是阿喀琉斯的儿子。然后你得按我说的做，你要告诉他现在你愤怒地离开了希腊人，准备返回家乡，因为希腊人再三请求，把你从斯库洛斯岛请来帮他们攻城，并且答应把你父亲的武器还给你。可是来到特洛伊以后，他们却把武器给了我，给了奥德修斯。这时，你就要在他的面前把我大骂一通，怎么骂都可以。我们不得不用这个计谋，否则我们就争取不到这个人，就不能得到他的神箭。因此，你要按我说的话去做。”

涅俄普托勒摩斯打断他的话，说：“拉厄耳忒斯的儿子啊，这样的事我听着就觉得厌恶，而且我也不愿意这样做。我的父亲和我天生都不喜欢玩什么阴谋诡计。我宁愿用武力去抓住这个人，也不愿意使用这种欺骗的手段。再说了，他孤身一人，而且只有一条腿是健全的，他怎么能够胜过我们呢？”

“他那百发百中的神箭就足以战胜我们！”奥德修斯平静地回答说，“我清楚地知道，孩子，你不愿意对人说谎。我年轻的时候也像你一样，手脚灵敏，说话却耿直。可是后来经验告诉我，巧妙的说话方式能够带来事半功倍的效果。你想一想吧，只有靠赫拉克勒斯的神箭才能征服特洛伊城，而你通过这件事情，利用你的聪明才智去赢得对手，那么这就不是说谎话的问题了。”

涅俄普托勒摩斯终于被他年长的朋友说服了，随后奥德修斯躲了起来。过了一会儿，他听见了远处传来了备受折磨的菲罗克忒忒斯的呻吟声。菲罗克忒忒斯远远地看到停泊在海边的船只，就赶忙回到自己的山洞里来，一看见年轻的涅俄普托勒摩斯及其随从，就问道：“你们是什么人？到这荒岛来干什么？虽然我认出了你们穿的是希腊人的衣服，但我想还是听听你们说话的口音吧。不要被我这身破破烂烂的外表所吓倒，我是被朋友遗弃在这里，为疾病所苦恼的不幸的人。如果你们有什么要说的，就赶紧开口说话吧！”

涅俄普托勒摩斯按奥德修斯吩咐的那样说了一遍。菲罗克忒忒斯听后高兴得叫了起来：“啊，多么久违的家乡话呀！我多长时间没有听到过了！啊，高贵的阿喀琉斯的儿子！见到你就好像见到你的父亲那样！你刚才说什么呢？阿耳戈斯人对待你就像当年对待我一样！当年，就因为我的伤口无法愈合，阿特柔斯的儿子们和奥德修斯乘我躺在海滩上熟睡的空当，就把我遗弃在这里，只给我留下几件可怜的破衣衫和少许的食品，就像对一个乞丐那样。你相信吗？亲爱的孩子，当我醒来的时候，我发现整个荒凉的海岛就只剩下我孤零零的一人，这是怎样的一种恐惧啊！没有医生，没有帮助。我得依靠我的这把硬弓来获取猎物，维持生存。可是打猎是多么费劲的事啊！你看看我，我得跛着腿去打猎，去泉边取水，去林中砍伐木材。我在这儿过着忍饥挨饿的生活，这已经是第十个年头！这一切都是奥德修斯和阿特柔斯的儿子们的罪过，但愿神惩罚他们！”

听到这里，涅俄普托勒摩斯十分感动，可是他想起了奥德修斯对他的警告，于是又强忍住自己内心的感受。他把话题转向希腊人这近十年发生的故事中去，告诉他自己的父亲是怎样战死的，还告诉他许多有关家乡和朋友的轶事，最后说到了希腊人现在的命运，并且说了奥德修斯教给自己的那些谎话。菲罗克忒忒斯听了十分动情，随后他抓住涅俄普托勒摩斯的手，悲痛地哭了起来，说道：“亲爱的孩子，我请求你，看在你父母亲的分上，带我走吧。把我从痛苦折磨中拯救出来。我知道我可能会成为你的累赘，但我仍旧恳请你带我走吧！别让我一个人再待在这座可怕的荒岛上。带我回到你的家乡去，从那里到俄塔，到我的父亲居住的地方并不远。”

涅俄普托勒摩斯心情沉重地假意答应了他的请求：“只要你愿意，我们立即上船动身。但愿神赐给我们顺风，让我们尽快离开这座荒岛，平安地到达目的地！”菲罗克忒忒斯跛着他的伤腿，霍地跳了起来，高兴地握住年轻人的手。这时候，他们派出去探听消息的那个仆人突然出现，他化装成希腊水手的模样，同来的还有另外一个乔装打扮的水手。他们对涅俄普托勒摩斯讲述了一个捏造的消息，当然这又是奥德修斯的意思。他们说狄奥墨得斯和奥德修斯按照预言家卡尔卡斯的意思，已经出发去寻找一个名叫菲罗克忒忒斯的人，因为根据预言，如果没有菲罗克忒忒斯，特洛伊城就不能攻破。

这个消息使得菲罗克忒忒斯非常担心，他立刻收拾起赫拉克勒斯的神箭，把它交给他完全信任的年轻的英雄涅俄普托勒摩斯保管，随后他们走出洞口。涅俄普托勒摩斯再也不愿意隐瞒实情，他们刚走到海岸边，他便说出了真相：“菲罗克忒忒斯，我不应该欺骗你，我来也是为了请你和我一道前往特洛伊，希腊人和阿特柔斯的儿子们正在那里等你！”菲罗克忒忒斯听了十分吃惊，他连忙转身逃跑，一边不忘祈祷，一边在咒骂着。

年轻的英雄还没有来得及表示出他的同情，奥德修斯就从隐蔽的树丛中跳出来，并命令随从们把这位英雄抓起来。菲罗克忒忒斯立即认出了他："哦，天哪，我被出卖了！这就是从前遗弃我的人，现在他居然又来骗走我的弓箭！"然后他又回头对涅俄普托勒摩斯说："好孩子，把我的弓箭还给我！"

奥德修斯大声地说道："绝对不行！即使这个年轻人想这么做也不行！你必须跟我们回去，因为这关系到希腊人的幸福和特洛伊的灭亡！"说着，他把这位倒霉的家伙交给手下人看管，把一声不吭的涅俄普托勒摩斯拉走了。

菲罗克忒忒斯与那些随从在洞口前停了下来，他诅咒这无耻的欺骗，祈求神为他报仇。突然，他看到涅俄普托勒摩斯和奥德修斯争吵着回来了。他远远地就听见年轻人愤怒地大喊："不，我做错了！是我用可耻的诡计欺骗了一个高贵的人！现在我要弥补我的错误，你若违背他的意愿，非要这样绑架他把他带走。那我们就不可避免地要交手了。"年轻的涅俄普托勒摩斯说完，拔出剑来，奥德修斯也拔出了他的剑。菲罗克忒忒斯赶忙上去，扑倒在阿喀琉斯的儿子的脚下，请求他说："请你救我吧，我向你保证，我会用我朋友赫拉克勒斯的神箭保卫你的祖国，使它不受任何人的侵犯！"

"跟我来吧！"涅俄普托勒摩斯一面说，一面从地上扶起可怜的老英雄，"我们今天就回佛提亚，回到我的故乡去。"

这时，蔚蓝的天空突然变成一片漆黑，他们马上抬起了头，菲罗克忒忒斯一眼看到他的老朋友赫拉克勒斯正站在云端，他已经是一位神了。

"你不要走！"赫拉克勒斯在天上用神那响亮的声音大声喊道，"我的朋友菲罗克忒忒斯，听我说，宙斯让我把他的决定告诉你，你必须服从！你知道，我经历许多磨难才成为永生的神；命运女神也同样让你受尽折磨，才会把光荣赐给你。如果你跟这位年轻人前往特洛伊，你的创伤即可愈合。此外，众神选中你去杀死这场灾难的祸首帕里斯。你将攻破特洛伊城，获得最珍贵的战利品，并且带着它们回到你的家乡，与你的父亲帕阿斯重逢。如果你的战利品中还有剩余，就把它献祭给我吧！"菲罗克忒忒斯朝着他的朋友伸出双手，而赫拉克勒斯已经逐渐消逝在远方。"那好吧！"他喊道，"现在就起航出发吧，英雄们，让我们握手吧，阿喀琉斯高贵的儿子。而你，奥德修斯，也一起来吧，因为你的愿望正是神的愿望！"

帕里斯之死

当希腊人看见盼望已久的载着菲罗克忒忒斯的船驶进赫勒持滂的港口时，他们成群结队地欢呼着朝海边奔去。菲罗克忒忒斯伸出他虚弱的双臂，他的两个同伴将他高举着抬到岸边，欢迎他回到希腊人的中间。他费力地跛着腿走近迎接他的阿耳戈斯人。这时，阿耳戈斯人中跳出来一个人，他满怀信心地向这位饱受伤痛折磨的英雄保证说："凭借神的帮助，我很快就能把你的伤口医好。"这位做出承诺的是医生帕达里律奥斯,他是菲罗克忒忒斯的父亲帕阿斯的老朋友。希腊人在医生的指导下为老英雄洗净伤口,然后医生拿来药物,为他涂抹药膏。众神暗暗地让药膏充满神力,一会儿的工夫,伤口就愈合了。这位老英雄马上站了起来,活动四肢,他重新恢复了健康。阿特柔斯的儿子们和在场的希腊人看到这奇迹,全都惊讶不已。菲罗克忒忒斯吃饱喝足后,精神抖擞。阿伽门农来到他的身边,握着他的双手,充满歉意地说道:"亲爱的朋友,都是我的错,我不应该把你遗弃在雷姆诺斯岛,但这些都是神的安排。请别生我们的气了,为这些事我们已经遭受了神的惩罚!现在请接受我们的礼物吧,这里是七个特洛伊女人,二十匹骏马,十二只三足鼎。但愿你能喜欢!"

"朋友们,"菲罗克忒忒斯友好地回答说,"我不再生你们的气了,包括你,阿伽门农,也包括其他的任何人!"翌日,特洛伊人在城外安葬他们阵亡的士兵,这时他们看到希腊人又前来挑战。波吕达玛斯看到涌来的希腊人个个精神饱满、全副武装,他马上建议大家先撤到城里防守,可是在场的特洛伊人没有一个人愿意听从他明智的建议。他们在埃涅阿斯的激励下,很快投入了战斗。

双方又展开了一场激战。涅俄普托斯摩斯用他父亲的长矛杀死十二个特洛伊人。勇敢的埃涅阿斯和他的同样勇猛的战友欧律墨涅斯冲进希腊人的队伍,撕开了几个大缺口。帕里斯杀死了墨涅拉奥斯的战友,斯巴达的特摩莱翁。

而此时,来到战场的菲罗克忒忒斯大显身手,他在特洛伊人的队伍中横冲直撞,就好像所向无敌的战神阿瑞斯那样。最后,帕里斯拿着弓箭,大胆地朝他扑了过去,帕里斯很快地射出一箭,但箭镞从菲罗克忒忒斯的身旁越过,射中了他身旁的克勒俄多洛斯的肩膀。克勒俄多洛斯挥起长矛保护自己,同时后退了几步,可是帕里斯紧接着射出了第二支箭,把他射死了。

菲罗克忒忒斯把这一切看在眼里,他拿起自己的弯弓,对着帕里斯愤怒地大声喝道:"你这个特洛伊的盗贼,你是一切灾难的罪魁祸首,现在你到了我的手中,末日就到了!"说着,他拉弓搭箭,张满弓弦,嗖的一声,那箭呼啸着过去,射中了目标,但只擦伤了帕里斯的皮肤。帕里斯急忙张开弓,还来不及射出一箭,对方的第二箭又飞了过来,直接射中他的腰部。他浑身战栗,无法继续坚持作战,连忙转身逃走了。

战斗仍在持续。这期间,医生们正在为帕里斯医治创伤。夜幕降临,特洛伊人才退回城内,希腊人也返回战船上。夜里,帕里斯的伤口发作,他痛苦得彻夜难眠。此时那箭镞已经深入到他骨髓,赫拉克勒斯的飞箭浸满了剧毒使得中箭的伤口溃烂发黑。医生们使用了各种办法,但都没有奏效。受伤的帕里斯突然想起一则神谕,说只有他那被遗弃的妻子俄诺涅才能挽救他的性命。从前,当帕里斯还在爱达山上放牧的时候,他曾和妻子俄诺涅度过了一段美好的时光,她曾亲口告诉他这个神谕。

帕里斯虽然不情愿去找前妻帮忙,但是疼痛难熬,他只得让仆人把他抬上爱达山,去请求他的前妻伸以援手。仆人们抬着他爬上山坡,一路上爱达山里传来凶鸟的鸣叫,这不祥的鸟鸣声使他不寒而栗。到了俄诺涅的住地,他立刻扑倒在那被他抛弃的前妻的脚前,大声说道:“尊贵的女人,现在请不要在我最痛苦的时候怨恨我!是残酷的命运女神让我接受海伦,离开你的。现在,我以众神和我们过去的爱情的名义哀求你,请你同情我,用药物医治我的伤,把我从这难熬的疼痛中解脱出来。你曾经预言过,只有你才能救我的性命!”

但是他的苦苦哀求却丝毫不能打动这个被遗弃的女人,她愤恨地说道:“你居然还有脸来见我?我是被你遗弃的女人,你在年轻貌美的海伦那儿是多么快活啊!去吧,到她的脚下恳求她吧,看看她能不能医救你!不要指望你的眼泪和哭诉能够博得我的同情!”她就这样把帕里斯打发回去。她没有想到,事实上她的命运和丈夫的命运是紧密相连的。在仆人的搀扶下,帕里斯绝望地离开了她,还没到达山麓,他就因为箭毒发作而咽下最后一口气。他死了,海伦再也见不到他了。

一位牧人把他惨死的消息告诉了她的母亲赫卡柏,她顿时晕倒在地。普里阿摩斯还不知道这件事,他此时正坐在儿子赫克托耳的坟旁,沉浸在深深的悲愁当中,不知道外面发生了什么事。而海伦此时正好在痛哭,她也不知道自己的丈夫已经死去,她只是在为自己的遭遇而哭泣。

俄诺涅独自待在家里,心里感到深深的后悔。她回忆起帕里斯年轻时候的模样和他们往日的柔情蜜意。她控制不住自己的情绪,放声痛哭,然后她冲了出去,经过一座座山岩,穿过山谷和溪流,整整在山林里奔跑了一整夜,月亮女神阿尔忒弥斯在暗蓝的天上同情地看着她,用月光照着她前行的道路。最后她来到了她的丈夫的火葬堆那里。牧人们对他们的朋友和国王的儿子表示了最后的敬意。俄诺涅看到丈夫的遗体,悲痛得不知所措,她用衣袖蒙住她美丽的面孔,飞快地跳进熊熊燃烧的柴堆里。周围的人还来不及救她,她就被大火吞噬,和她的丈夫一起烧为灰烬。

围攻特洛伊

第二天清晨,希腊人重新聚集到特洛伊城门前,准备攻城。他们兵分几路,每一路攻打一座城门,但特洛伊人在每一座城门和塔楼前都部署了大量兵力,顽强地抵抗敌人。卡帕涅斯的儿子斯忒涅罗斯和狄奥墨得斯率先攻打中心城门,而得伊福玻斯和勇猛的波吕忒斯以及别的英雄们站在高高的城门上,用箭矢和石块抗击希腊人强大的攻城部队。在伊达城门那里,涅俄普托勒摩斯率领他的部队负责进攻,特洛伊英雄赫勒诺斯和阿革诺尔在城墙上激励士兵们奋勇抵抗。最后一个城门,即面向大平原和希腊人战船营的那个,欧律皮罗斯和奥德修斯率军围攻,勇敢的埃涅阿斯站在高高的城墙上指挥士兵投掷石块,不让他们靠近。另外,透克洛斯在西莫伊斯河岸奋勇作战。

面对无数从高处掷下的石块,狡黠的奥德修斯突然想出一个主意,他命令战士们把盾牌拼在一起，举在头上，连成一个坚固的盾牌顶盖，士兵们在顶盖的掩护下聚成一群，密集前进。就这样，阿耳戈斯人朝城门迈进，他们在盾牌下听到无数石块、飞箭和投枪撞击盾牌的声音，可是却没有一个人受伤。他们就这样稳步有序地前进，大地在他们的脚下震颤，尘土在他们的头上飞扬。阿特柔斯的儿子们看到这坚固的队形，满心喜悦。他们鼓舞士兵们稳扎稳打地向前推进，并准备用双面斧把城门劈开，眼看奥德修斯的战术就要使他们取得胜利了。但站在特洛伊人这边的神们此时给英雄埃涅阿斯的双臂增添了神力，只要他端起一块巨大的石头朝着盾牌构成的顶盖猛地砸下去，就一定能使盾牌底下的敌人倒下。埃涅阿斯站在城墙上，他的盔甲闪闪发亮。与他并肩作战的是强大的战神阿瑞斯，只不过他隐在云雾中，没有人能看得见他。每当埃涅阿斯投掷石块时，他就利用神力让它准确地击中敌人。希腊人死伤惨重，一片惊慌。埃涅阿斯在城头上大声吼叫，鼓舞士气。城下，涅俄普托勒摩斯也在激励士兵们坚持进攻。血腥的战斗整整进行了一整天，没有停息过片刻。

希腊人在另一路攻城比较得心应手。勇敢的洛克里斯的猛将埃阿斯用矛箭把守城的战士一个个射落下来。突然，他的战友和同乡阿尔喀墨冬看到城墙上有一块地方无人镇守，便急忙架起云梯爬上去，阿尔喀墨冬把盾牌顶在头顶上，舍生忘死为他的战友们开辟进城的道路。

埃涅阿斯从远处看见了这一切。当阿尔喀墨冬爬完最后一级阶梯，刚刚露出城墙时，一块石头飞过来，击中了他的头颅，他仰面倒下，云梯禁不住重压，砸断了。还没有着地，他就已经死了。

菲罗克忒忒斯看到安喀塞斯的儿子像一头猛兽一样沿着城头狂奔怒号，便拉起弯弓向他射出一箭，正中目标，然而只在对方的盾牌上撕下一道口子，却射中了另一个特洛伊人墨蒙。墨蒙从城头上翻身落下。埃涅阿斯这时却朝菲罗克忒忒斯的朋友托克塞克墨斯投去一块巨石，击碎了他的头颅。

菲罗克忒忒斯愤怒地抬头看着城楼上的仇敌，大声叫道："埃涅阿斯，你以为从城楼上往下扔石头，就是世界上最勇敢的人了吗？我告诉你，你的做法就像个虚弱的女人！如果你是英雄，就走出城门来，让我们比试弓箭和长矛。我是帕阿斯的儿子！"

但这位特洛伊的英雄没有时间回答他的话，因为城垣的另一处又在告急，迫切地需要他的援助，他大步地奔了过去。

木马计

希腊人围攻特洛伊城，各种尝试都归于失败。占卜家和预言家卡尔卡斯召集会议，他说："你们别再花费力气去攻城了，这些方法都不可行。最好是能想出一个计策，来达到目的。听我说，昨天我看到一个预兆：一只雄鹰追逐一只鸽子，鸽子飞进岩缝里躲了起来。雄鹰守候在山岩外面，等了许久，鸽子就是不出来。后来雄鹰躲在附近的灌木丛中，小鸽子便愚蠢地飞了出来，老鹰立即扑向这只鸽子，把它抓住了。我们应该以这只雄鹰为榜样，对特洛伊城不能强攻，而应智取。”

他说完后，英雄们绞尽脑汁，希望想出一个计谋来尽快结束这场可怕的战争，但他们想不出来。可是，一句话惊醒了梦中人。素来以智慧著称的奥德修斯一拍大腿，连声长笑。其他人瞠目结舌，不知道这个家伙这种时候怎么能够笑出来。最后，奥德修斯非常认真地说道：“朋友们，我想到一个绝佳的妙计。让我们造一个巨大的木马，它的马腹里可以装得下足够多的希腊人。其余的人则乘船离开特洛伊海岸，撤退到忒涅多斯岛。在出发前必须把所有留在军营的东西都烧毁。当特洛伊人从城墙上看到这里全部被烧毁的时候，一定会毫不戒备地出城来到这里。然后我们中选出一位特洛伊人不认识的勇敢的士兵，他要冒充逃难者，告诉他们说希腊人为了返乡，要把他杀死献祭神明，但他设法逃脱了。他还要告诉特洛伊人说希腊人造了一个巨大的木马，是用来献给特洛伊人的敌人雅典娜，他自己就是躲在马腹下面，直到希腊人撤退后才偷偷地爬出来的。这位士兵必须把故事说得真实可信，要说到让特洛伊人不怀疑他，并且对他产生同情为止。这样，他就会被带进城去。在那里，他还要设法说动特洛伊人把木马拖进城内。等到我们的敌人进入梦乡的时候，他再给我们一个约好的暗号，我们就从木马的腹中爬出来，并点燃火把向忒涅多斯岛附近的战士们发出信号。这样，我们就能用剑与火一举摧毁特洛伊城。”

奥德修斯说完了，大家对他的妙计都惊叹不已。预言家卡尔卡斯对这条计策十分欣赏，他让大家安静下倾听宙斯从天上发出的赞同的雷声。但阿喀琉斯的儿子却站起来，提出了异议：“卡尔卡斯，奥德修斯，勇敢的战士应该在公开的战场上制服敌人，而不是使用诡计或别的不光明磊落的方法。我希望我们在公开的战斗中向世人证明我们是勇敢无畏的战士！”

他的心灵是那样的坦荡和单纯，就连奥德修斯也不得不佩服他的高尚和正直的品质，但仍然反驳说道：“你不愧是高贵的阿喀琉斯的优秀的儿子，你的话表明了你是一位勇敢的英雄。可是，你必须知道，你的父亲，这位半神的英雄凭借武力都没有攻破这座坚固的城堡。世界上的事情并不是只依靠勇敢就能够取得成功的。我们使用的是智慧而不是阴谋，因此，我请求你和诸位英雄，听从卡尔卡斯的建议，按照我的计策行动吧！”

会场上除了菲罗克忒忒斯外，英雄们都赞同拉厄耳忒斯儿子的建议，但他站在涅俄普托勒摩斯的一边，他渴望着战斗，因为他战斗的愿望还未得到满足。最后，他们两个几乎要说服所有的阿耳戈斯人时，天上的宙斯却表示了他的意思，他愤怒地用电闪雷鸣警告两个有勇无谋的家伙，雷声使整个大地都震动了。英雄们终于明白，预言家和奥德修斯的建议是最为明智的，连万神之父都表示出了高度的赞同。涅俄普托勒摩斯和菲罗克忒忒斯也不再反对，而是顺从天意。

所有希腊人都返回战船上，他们想在明天的浩大工程开始之前躺在船上好好休息。午夜时分,雅典娜托梦给希腊英雄厄珀俄斯,吩咐这位心灵手巧的英雄用粗木制造巨马,并答应帮助他,使他尽快完工。厄珀俄斯牢牢地记住了女神的吩咐。

天刚亮,厄珀俄斯就对大家讲起女神托梦的事。大家听后,便即刻前往爱达山砍伐一棵棵高大粗壮的松树,木料很快运到赫勒持滂的海岸爱达山。许多年轻人协助厄珀俄斯完成工作,有的人负责锯木头,有的人则削下枝叶,厄珀俄斯亲自建造巨大的木马。他造了马脚以后削制马腹,并在马腹上方做了拱形的马背,接着又把马胸和马颈做好。在马颈上他还细心地装上了精致的马鬃,马头和马尾上也沾了细密的绒毛。马的两只耳朵是竖起的,圆溜溜的马眼睛炯炯有神。总之,整个马,就像活马那样惟妙惟肖。在雅典娜的帮助下,三天的时间他便完成了任务。全军都为这位艺术家的杰作感到惊叹,他们甚至相信这匹巨大的马会嘶鸣奔跑。厄珀俄斯朝天空举起双手,在全军士兵的面前祈祷:"伟大的女神雅典娜!请听我的祷告,请保佑你的木马,保佑我吧!"所有的希腊人也和他一同祈祷。

这期间,特洛伊人紧闭城门,躲在城内。现在特洛伊的厄运就要到来,奥林匹斯圣山上的众神因此也发生了争吵。他们的意见不合,分为两派,一派保护希腊人,另一派则反对他们。他们降临人间,在斯卡曼德罗斯河上排成阵势,但是凡人都看不见他们。海洋的诸神也同样如此,有的站在这一边,有的站在另一边。五十名海中仙女是涅柔斯和多里斯的女儿,自认为是阿喀琉斯的亲戚,因此坚决站在希腊人这一边。其他的海洋神则站在特洛伊人那边,他们掀起滔天巨浪,向战船和木马打来,如果命运女神允许,他们真想把它们全部摧毁。

神们的战斗开始了。阿瑞斯向雅典娜发起冲击,这对其他的神们是一种信号,即刻神们都互相厮杀起来,各不相让。他们的黄金铠甲碰撞在一起,铿锵作响;他们脚下的大地在震动;他们的喊杀声地动山摇,一直传到地府,塔耳塔洛斯地狱里的提坦神都为之战栗。神们之所以敢这样放肆地对战,是因为这段时间宙斯正好外出,去了俄刻阿诺斯海和忒堤斯岩洞。可宙斯是万神之父,他主宰一切,无论在多么遥远的地方,对特洛伊城发生的一切都了如指掌。宙斯一发现神们在厮杀,便即刻坐上那雷霆战车,催动双翼追风马,让伊里斯策马扬鞭,立刻回到奥林匹斯圣山。他迅速地朝地上的神发出一道闪电。神们大吃一惊,立即停止战斗。正义女神忒弥斯是唯一没有参战的神,她降落到神中,向他们宣布宙斯的决定,如果神们不放下武器停止对抗的话,他将使他们彻底毁灭。神们畏惧万神之父,只好压制住心中的怒火,愤愤不平地撤离了战场。

希腊人的营地里,大家正满怀信心地憧憬着新的战斗,因为木马已经做好,一切都准备就绪。奥德修斯在会议上站起来发言:"阿耳戈斯人,现在是真正考验大家的勇气和力量的时候了,因为钻进马腹以后,我们将在那里度过一段没有阳光的日子。可是,请相信我,钻进马腹需要的胆量,绝不亚于在战场上和敌人正面作战!只有最勇敢的人才能做到!其余的人可以先乘船退避到忒涅多斯岛去。我们要在木马附近留一个胆大机灵的人,他要按照我曾经说的那样去做。谁愿意承担这一重任呢?”

大家犹豫不决,没有一个人敢站出来。最后,希腊人西农挺身而出,他说:“我愿担任这一任务,让特洛伊人折磨我,让他们把我活活烧死吧,我已下定了决心!”听了他激昂的话,大家都报以热烈的掌声。可是有人在人群中犯嘀咕:“这个年轻人是谁啊?我们从来没有听到过他的名字,他也从来没有建立过什么特别的功业。他一定是着了魔,是魔鬼让他做出或者毁灭特洛伊人或者就是毁灭我们的决定。”

涅斯托耳完全不理会这些闲言闲语,他站起身来,鼓励西农说:“现在我们需要更大的勇气,因为神已给了我们结束十年战争的方法。现在让我们迅速钻到木马里去吧!我感到自己的体内充满着年轻人的力量,就好像当年我陪伊阿宋乘坐阿耳戈船那样,可惜那时珀利阿斯国王阻止我,不然我一定参加那次远征了。”

老人说着,想第一个通过木门跳进马腹。这时阿喀琉斯的儿子涅俄普托勒摩斯站出来希望老人把这个荣誉让给他,让老人率领其他希腊人到忒涅多斯岛去。涅斯托耳好容易才被说服。于是,涅俄普托勒摩斯全副武装,第一个走进宽敞但是漆黑的马腹,跟在他后面的是墨涅拉奥斯、狄奥墨得斯、斯忒涅罗斯和奥德修斯,尾随而来的是菲罗克忒忒斯、埃阿斯、伊多墨纽斯、迈里俄纳斯,帕达里律奥斯、欧律玛科斯、安提马科斯、阿伽帕诺尔和其他许多英雄。他们紧紧地挤在马腹里。最后,木马的制造者厄珀俄斯也钻了进去,他随手把梯子拉进马腹,而后关上木门,从里面拴上,自己坐在门闩的前面。马腹内一片漆黑,英雄们默默地挤坐着马腹里,不知道等待他们的是什么样的命运。

其余的希腊人听从统帅阿伽门农和涅斯托耳的命令,放火烧毁所有的帐篷和营具,然后登船起航,朝忒涅多斯岛驶去。到达忒涅多斯岛时,他们抛锚停泊,安静地等待着远方传来约定的火光信号。

特洛伊人站在城头,很快发现海岸上烟雾弥漫,当他们仔细观察时,他们发现希腊的战船全都不见了。特洛伊人非常高兴,他们成群结队地向海边奔去,但他们也没有完全放松戒备,仍旧穿着铠甲,拿着长矛,因为他们依然心存恐惧。当他们在敌人扎营的广场上发现了一只巨大的木马时,立刻围上前去,细细地打量着这个硕大无朋的木马,因为它实在是一个令人称赞的杰作。士兵们开始为怎么处置这个木马争论起来,有的人主张把它搬进城去,放在城市的广场上,作为胜利的纪念品。有的人却谨慎地劝告说,把希腊人留下的这件莫名其妙的礼物推入大海,或者干脆用火烧掉。藏匿在马腹里的希腊英雄们听到这话都吓得毛骨悚然。

这时候只见阿波罗的特洛伊祭司拉奥孔从人丛中走出来。还没有走到木马前,他就劝阻大家说:“不幸的人哪,哪个魔鬼使你们迷了心窍?难道你们以为希腊人真的已经乘船而去,希腊人留下的这个东西不包藏计谋吗?你们还不了解那个狡猾的奥德修斯的为人吗?这个巨大的木马不是隐藏着某种危险,那它就一定是一个作战机器,埋伏在我们附近的敌人会用它来攻击我们。总之,不管它是什么,你们绝不能相信希腊人!”说着,他从身边的战士的手中取过一根长矛,将它刺入马腹。长矛扎在马腹中刺来刺去,里面传出一阵阵回声,空荡荡的,像是空穴里传出的声音那样。然而特洛伊人已经忘乎所以了,他们的心已经麻痹了。

就在这个时候,几个好奇的牧人在木马的腹下发现了西农,大家把他拖了出来,要把他当成一个战俘,带回去交给普里阿摩斯国王。原先观察木马的特洛伊的战士们都聚拢过来,把注意力转移到这个俘虏身上了。西农精彩地扮演着奥德修斯教给他的角色。他可怜兮兮地站在那里,向上苍伸出双臂,哭泣着喊道:“天哪,我该到什么地方去,该怎么乘船回去啊!希腊人将我赶出来,而特洛伊人也一定会杀死我的!”站在他周围的士兵们被他的话感动了。他们走到他的跟前问他是什么人,来自何处。西农于是假装不害怕了,他开始绘声绘色把那套故事娓娓道来。

他说:“我是一个希腊人!不知道你们听说过帕拉墨得斯没有?他是一个国王,因为他要退出反对你们国家的战争,奥德修斯便用计策把他杀死了。可怜的人呐,他是被乱石击死的。而我是他的一个亲戚,我跟随他参加了这场战争。他死后,我就无依无靠了。我曾经在军队里宣称要向谋害他的人报仇,那个奥德修斯听说后,便迁怒于我。整个战争期间,他一直在迫害我。最后他和那个预言家卡尔卡斯联合起来对付我。我的希腊同胞做出逃回希腊的决定后,一再延迟,直到最后他们终于造了这个木马,可是在他们向阿波罗求得的神谕是一个不祥的预兆。从阿波罗神庙带回的答复是:‘你们在出征时曾用一个少女的鲜血献祭给狂风以求得宽恕,现在你们返回时也得牺牲一个希腊人的性命来祈求平安。’所有的人在得知这个消息都十分害怕,最后,卡尔卡斯和奥德修斯选中了我。所有的希腊人都默许了,因为他们全都逃过死亡,可以平安地返乡了。我被装饰或献祭的牺牲,但是我的内心告诉自己不应该就这样白白送命。于是,我趁他们不注意的时候,逃了出来,我在附近幽暗的草丛里躲过了他们的找寻,后来,我又逃到了这个木马的肚子下面。”西农说完,顿了一下,然后他接着又说道:“我已经无法回到我的祖国去了。我现在落入你们的手中,你们是仁慈和慷慨地放我一条生路,还是像我的同乡那样要将我处死,现在完全由你们决定了!”

他的这套谎话编得合情合理,特洛伊人听了深受感动,连普里阿摩斯国王也相信这个骗子所说的话。国王安慰了他,并答应他只要他能说出这个木马的用途,就让他留在城里安身。西农听后举起双手,假意祈祷起来:“众神在上,请为我作证,现在,我和我的同胞们连在一起的纽带已经断裂,因此我泄露他们的秘密,根本算不上是一种罪过了!在战争期间,阿耳戈斯人的希望寄托在女神雅典娜的援助上。可是,自从她在特洛伊的神像被盗以后,情况就变得糟糕了。你们特洛伊人也许不知道,这是我们狡猾的希腊人干的。女神对他们的行为十分愤怒,她撤回了对阿耳戈斯人的援助。这时预言家卡尔卡斯说,我们必须立即乘船回去,回国去听取神的新的指示。他说,只要神像没有重归原处,我们就无法赢得战争的最后胜利。在预言家的劝告下,希腊人终于下定决心离开这里,返回故乡。临走前他们又按照预言家的建议造了这匹巨大的木马,作为献给女神的礼品,以便使她息怒。卡尔卡斯让人把马身造得特别高大，这样你们特洛伊人就无法把马拖进城门，放在城里。因为如果木马拖进你们的城市，雅典娜就会保护你们而不保护希腊人了。相反，如果你们损坏了这匹木马，这正是阿耳戈斯人所希望的，那么你们一定会遭殃。希腊人早已经打算好，一旦在故乡聆听了神的旨意后迅速返回，攻陷你们的城池！”

他的一番谎话，天衣无缝，国王普里阿摩斯和所有的特洛伊人都信以为真。事实上，雅典娜自始至终都关注着她那些马腹中的朋友们的命运。自从拉奥孔发出警告后，他们坐在木马里面，忐忑不安，都为自己的命运感到担心。但奇迹出现了，英雄们从危险中逃脱出来，事情是这样的：

在波塞冬的祭司死后，阿波罗的祭司拉奥孔兼任他的职务，当他在海边给海神献祭一头大公牛时，两条巨大的毒蛇从忒涅多斯岛的方向游来，它们穿过明镜般的海面，一直游向海岸。它们那有着血红的蛇头从水面昂起，蛇身部分在水里蜿蜒游动，激起的水花噼啪作响。它们游上岸后，吞吐着舌头，发出吱吱的叫声，并用火焰般的眼睛环顾四周。围在木马四周的特洛伊人吓得面如土色，纷纷夺路而逃。但这两条蛇逶迤游到海神的祭坛前，拉奥孔和他的两个年轻的儿子正在那里忙着祭供，毒蛇先是缠住这两个孩子的身体，用毒牙狠狠地咬他们柔嫩的肌肉，两个孩子大声呼叫。当他们的父亲拉奥孔抽出宝剑正要过来救援的时候，毒蛇已经缠住他的身子，他试图摆脱两条毒蛇的缠绕，但是毒蛇已经把他的手和脚紧紧地绑住，他根本无法动弹。然后他试图抓住那把砍杀公牛的斧头，却因为垂死的公牛挣扎着从神坛上奔逃出去，把那把斧头甩落在地。可怜的拉奥孔和他的两个儿子就这样被毒蛇活活地咬死。这两条毒蛇一直游到雅典娜的神庙，盘绕着躲在女神的脚下和盾牌的后面。

特洛伊人把这一恐怖事件看作是祭司因怀疑木马而遭到的惩罚。于是一些人急忙跑回城里，在城墙上打开一个大洞，为木马进入城内打开一条通路。另一些人则给木马的脚下装上轮子，还有一些人把粗大的绳子套在木马上的颈子上。最后，他们一起使劲，成功地把木马拖回城堡。年轻的男女们和特洛伊的孩子们都兴高采烈地跟在后面，唱着节日的赞歌。当木马通过城门的高门槛时，四次都被阻挡，但最终人们不屈不挠地把它拖进去了。颠簸中，马腹里都传出了金属撞击的声音，可是被欢乐冲昏了头脑的特洛伊人根本听不见。他们欢呼着把这匹巨大的木马拖到卫城上。在这种狂欢和欢呼中，只有女预言家，国王聪明的女儿卡珊德拉保持着清醒，她是神赋予具有预言才能的人，她的预言从没有出现过失误。她从天象和自然之物中观察到了许多不祥的征兆，可不幸的是没有人相信她。现在她清楚地感知到危险正在靠近，强烈的预感驱使她冲出了王宫。她披散着头发，眼里冒着灼热的火花，她穿过大街小巷，一路呼喊：“特洛伊人啊，你们难道没有看到，我们正在走向哈里斯的地府吗？我们已经站在了死亡的边缘！我看到我们的城市里充满了烈火和鲜血，我看到死神从木马的腹中冲出来！为什么你们还这样执迷不悟地把木马送上我们的卫城？即使我说上千万遍，你们都不愿意相信我。复仇女神因为海伦的罪恶正在向你们复仇,你们已经成了她们的祭品和俘虏了!”

但特洛伊人只是讥笑和嘲弄她,没有人愿意相信她。

特洛伊城的毁灭

这天夜里,特洛伊人举行了宴会和庆祝。他们吹奏笛子,弹着竖琴,欢乐的歌声环绕在城市的上空。大家的心情快乐而放松,一次又一次地斟满美酒,一饮而尽。战士们喝得烂醉如泥,完全没有任何戒备,很快便进入甜蜜的梦乡。跟特洛伊人一起畅饮的西农假装不胜酒力睡着了。深夜,他起了床,偷偷地摸出城门,燃起一支火炬,并高高地举过头顶不断晃动,向忒涅多斯岛发出了约定的信号。随后他熄灭火把,来到木马身旁,轻轻地敲打马腹,按照奥德修斯的吩咐那样做。英雄们听到了声音,所有人都把目光转向奥德修斯,但奥德修斯提醒大家别急躁,要镇静,走出去时不要发出声响。然后他轻轻地拉开门栓,探出脑袋观察周围的情况,看看是否有特洛伊人在守卫。随后,他又蹑手蹑脚地放下厄珀俄斯预先安置好的木梯,走了下来,其他的英雄也跟在他后面一个个地走下来,心儿紧张得怦怦直跳。他们手执宝剑和长矛,分散到城里的每条街道上。在酒醉和昏睡的特洛伊人中展开了一场血腥的屠杀。然后他们再把火把扔进街道旁的房屋。不一会儿,屋顶上燃起了熊熊烈火,火势迅速蔓延,全城成了一片火海。

特洛伊战争

与此同时,接到西农火把信号的希腊舰队立刻从忒涅多斯岛起程,乘着顺风飞快地驶到赫勒持滂,上了岸。全体战士很快从特洛伊人拆毁城墙让木马通过的缺口里冲进了城里。被占领的特洛伊城此时已是一片废墟,满目疮痍。整座城市充斥着哭喊声和惨叫声,半死的人和受伤的人在死尸中爬行,还能站立的人逃不了多远便被长矛刺进后背倒地死去。狗的吼叫声和垂死者的呻吟声,无助的妇女孩童的啼哭声混杂在一起,凄惨而恐怖。

希腊人也损失惨重。因为尽管大部分特洛伊人手无寸铁,但他们仍然拼死抵抗。一些人扔杯子;另一些人掷桌子;还有的人抓起灶膛里燃烧的柴火朝敌人投去;还有拿叉子和斧子作临时武器的,总之他们拿起手头所能抓到的任何东西,攻击冲来的希腊人。当希腊人终于冲到普里阿摩斯的宫殿时,许多全副武装的特洛伊人潮水般冲出来,双方展开了最后的殊死搏斗。

最后的战役爆发在深夜里,可此时屋顶上蔓延的火焰和希腊人手中的火把,把全城照耀得如同白昼。整座城市变成了最残酷的战场。

涅俄普托勒摩斯把普里阿摩斯视为仇敌，一连杀死他的三个儿子，其中包括那个敢向父亲阿喀琉斯挑战的阿革诺尔。到最后，他冲向威严的普里阿摩斯国王面前，老人此时正在宙斯神坛前祈祷，涅俄普托勒摩斯一见心中大喜，迫不及待地抽出宝剑。普里阿摩斯毫无畏惧地看着他，平静地说道："杀死我吧！勇敢的阿喀琉斯的儿子！我已经受尽了折磨，我亲眼看到我的儿子一个个死在我的面前。我再也不用看到明天的阳光了，再也不用忍受无尽的磨难了！"

涅俄普托勒摩斯回答说："你劝我做的，正是我想做的！"说完，他毫不犹豫地砍下国王的头颅。希腊的战士们对特洛伊人实行了极其残忍的屠杀。他们在王宫内发现了赫克托耳的小儿子阿斯提阿那克斯，他们从他母亲的怀里把他抢去，出于对赫克托耳及其家族的仇恨，把孩子从城楼上摔了下去。孩子的母亲绝望地对疯狂的敌人哭叫："你们为什么不把我也推下去，或者把我扔进烈火之中？自从阿喀琉斯杀死我的丈夫之后，我活着的目的只是为了我们的儿子。你们动手吧，杀死我，把我从这无尽的痛苦中解脱出来。"但是这些疯狂的凶手们把她捆起来后，带到别处去了。

死神到处游荡，只有一所房子的人幸免于难，那里住着特洛伊的老人安忒诺尔。因为墨涅拉奥斯和奥德修斯作为使者来到特洛伊城时，曾经受到他的热情款待和高尚的庇护，所以阿耳戈斯人没有杀害他，还让他保留了所有的财产。

几天前，伟大的英雄埃涅阿斯还在城墙上奋勇地击退了敌人的进攻。可是，当他看到特洛伊城火光冲天，再怎么拼杀也无法击退敌人的时候，他就好像一个经历着暴风雨的水手那样，经历了长时间的搏斗，大船就要沉没，自己只能跳上一只小船自求活命去了。他背起年迈的父亲安喀塞斯，牵住儿子阿斯卡尼俄斯的手，匆忙地逃了出去。在他母亲阿佛洛狄忒的护送下，他和他的父亲儿子所到之处，火焰为之避让，烟雾也随之让道，希腊人射过来的箭和投来的长矛都不能伤到他们，埃涅阿斯一家老小成了少数逃出城市的人。

墨涅拉奥斯在不忠贞的妻子海伦的房前遇到得伊福玻斯，他是普里阿摩斯的儿子。自从赫克托耳死了以后，他成了家族和民族的重要支柱。帕里斯死后，海伦成为他的妻子。当墨涅拉奥斯发现他的时候，他还醉醺醺地从晚宴中回来，跌跌撞撞地穿过宫殿的走廊。当他看到敌人逼近的时候，还踉跄地准备逃走。墨涅拉奥斯追上去，用长矛刺中他的后背。"你就死在我妻子的门前吧！"墨涅拉奥斯大声吼道，"我多么希望能亲手杀死帕里斯！正义女神忒弥斯不会放过任何罪人！"

墨涅拉奥斯把尸体踢到一边，开始在宫中四处搜寻海伦，此时他的内心充满了矛盾的心情。海伦由于害怕前夫发怒而颤抖地躲在房间的一个昏暗角落里，过了好久墨涅拉奥斯才发现她。看到妻子就在眼前时，墨涅拉奥斯受到强烈的嫉妒驱使，恨不得用手中的宝剑把她砍死。但爱情女神阿佛洛狄忒却使她更加妩媚动人，并打落他手中的宝剑，驱散他胸中的怒气，唤起他心中的旧情。一看到她那举世无双的美貌，墨涅拉奥斯便无法再举起他手中的宝剑，他随之也忘记了妻子的一切过错。突然，他又听到身后的希腊人在宫中烧杀抢掠的叫喊声，顿时，羞愧的情绪又占了上风，他又觉得海伦的不贞使他颜面无存。于是他狠狠心，拾起地上的宝剑，重新朝妻子逼近。可是他的内心深处，却不愿意这样做，幸好他的兄弟阿伽门农这时出现了："住手！"然后阿伽门农上前拍着他的肩膀说："放下剑吧，亲爱的墨涅拉奥斯，你不能杀死自己合法的妻子。我们为了她遭受了多少苦难。在这件事上，比起破坏宾主礼仪的帕里斯，海伦的罪过就轻多了。现在帕里斯和他的家族，连同他的人民全都为此受到了应有的惩罚，全都遭到了毁灭！"

墨涅拉奥斯听从了劝告，表面上他似乎不太情愿，但他的内心却十分高兴。后来，他与海伦一同回到斯巴达。等他死后，海伦被驱逐到罗德岛。

当特洛伊城正遭受血腥屠杀的时候，隐身在乌云里的神们为特洛伊城的陷落悲叹不已。只有特洛伊人的死敌赫拉以及阵亡的阿喀琉斯的母亲忒提斯心满意足地大声欢呼。但是，就是雅典娜，虽然特洛伊的毁灭符合她的意愿，可是当她看到她的祭司卡珊德拉的遭遇时也忍不住淌下了眼泪。卡珊德拉躲在雅典娜神庙里，被埃阿斯发现了，只见他一把抓住女祭司卡珊德拉的头发，把她拖出去，使他成为希腊人的俘虏。女神没有援救她的敌人的女儿，可是她的双颊却因愤怒和羞愧而发烧。她生气得使神像都嘎嘎作响起来，神庙下的地基也都震动不已。雅典娜发誓一定要对埃阿斯所犯的亵渎之罪进行报复。后来，卡珊德拉作为俘虏跟随着阿伽门农来到希腊，还没进门，她就嗅到了空气之中的血腥之气，她预言阿伽门农将会被杀，可是却同样地不被阿伽门农相信。作为一个预言家，她的下场是悲惨的。她和阿伽门农一起，被阿伽门农的妻子克吕泰涅斯特拉所杀。后来，在文学作品中，卡珊德拉，被用来称呼这一类人：他预见到未来的灾难，但自己既束手无策，又不能说服旁人采取预防措施。

大火和屠杀持续了很长时间。从特洛伊升起的火柱一直冲向云天，宣告了这座不幸城市的毁灭。

墨涅拉奥斯，海伦和波吕克塞娜

第二天清晨，特洛伊城的全部居民不是被杀死，就是被俘虏。在没有任何抵抗的情况下，阿耳戈斯人开始肆意劫掠这座阿耳戈斯人财宝。然后他们把黄金、白银、琥珀、各式各样的豪华家具、女人、少女和孩子等战利品都搬到船上。在混乱的人群中，墨涅拉奥斯带着海伦离开了还在燃烧着的特洛伊城，他虽然面露羞愧之色，可是心里却为重新占有她而感到满意。走在他身旁的是他的兄弟阿伽门农，带着从埃阿斯的手里抢来的高贵的卡珊德拉。涅俄普托勒摩斯带领的是赫克托耳的妻子安德洛玛刻。王后赫尔柏成了奥德修斯的俘虏，步履艰难地走在路上。无数的特洛伊妇女，年轻的和年老的都跟在后面，一路上悲伤地哭泣着。

只有海伦一人沉默着，她的内心被深深的羞愧所占据。她不敢抬头观望，眼睛紧紧地盯住地面。而她一想到将来的遭遇和命运时,禁不住恐惧得战栗起来,脸色刷白。她用面纱蒙住脸,拉着丈夫的手哆哆嗦嗦地往前移动着脚步。当她出现在战船时,所有的希腊人立即为她的天姿国色所倾倒。他们悄悄地说,为了这个绝色美女,他们跟着墨涅拉奥斯到特洛伊远征经受了十年煎熬和磨难,也是值得的。没有一个人想伤害这个美丽的尤物,他们仍将她留给墨涅拉奥斯,而他的那颗仇恨的心也在女神阿佛洛狄忒的安抚下,早已宽恕了她。

战船上举行了欢乐的宴会,英雄们围在一起,开怀畅饮。席间一位歌手坐在他们的中间,一边弹奏竖琴,一边歌唱大英雄阿喀琉斯的丰功伟绩。直到深夜,欢宴才结束,大家各自回营休息。

当海伦和墨涅拉奥斯单独待在营房里时,她扑倒在丈夫的脚下,抱住他的双膝说:"我知道,你有权力惩罚你不忠的妻子!你可以直接把我判为死刑。可是我高贵的夫君啊,请你想一想,我不是自愿离开你的宫殿的。在你离家的日子里,帕里斯用武力威胁我,把我强行带走。我曾经想过自杀,可是周围的女仆却劝阻我,要我想想我们的小女儿赫耳弥俄涅。现在,我跪在你的脚下,告知你我的内心无限后悔,请求你的原谅。现在随你怎么处置我吧!"

墨涅拉奥斯爱怜地把她从地上扶起,回答说:"把这些事都忘了吧,海伦,你不用害怕!过去的事就让它过去吧,将来我也不会再提这些事!"接着,他把她拥进怀里,甜蜜地吻着她。

阿喀琉斯的儿子涅俄普托勒摩斯在夜里正睡得香甜,突然,他父亲的灵魂来到他的梦里,吻着他的胸脯、嘴唇和眼睛,说道:"亲爱的儿子,别为我的死感到难过。我虽然死了,但现在却跟众神一起生活。今后无论在战斗中还是会议上你都要以父亲为榜样:战斗时必须身先士卒,冲在最前面;在会议上你应该尊重长老,听取他们睿智的发言。你要像你父亲那样争取荣誉,要为得到幸福而高兴,遇上困难也不要忧虑。我的早年过世,你要从这件事上明白,生与死只有一步之遥,而整个人类就如同春天的花卉那样有的繁茂盛开,有的枯萎凋落。最后,请务必转告统帅阿伽门农,让他挑选最珍贵的战利品祭献给我。"

阿喀琉斯说完,就离开了涅俄普托勒摩斯。小英雄醒来,心里很高兴,就好像他昨晚和活着的父亲谈了话一样。第二天清晨,希腊人一起床便急匆匆地冲出营地,他们渴望早点回到家乡,这时阿喀琉斯的儿子跑来劝阻大家:"听我说,阿耳戈斯的兄弟们,昨天夜里,我的父亲托梦给我,他要我转告你们:你们应该把特洛伊缴获来的最珍贵的战利品向他献祭,使他的心能够得到慰藉,并也分享到一份光荣。所以你们在没有完成对死者应尽的神圣义务之前,不应该离开海岸。特洛伊的陷落有他一份巨大的功劳,如果不是他战胜了赫克托耳,怎么能取得今天的胜利?"

阿耳戈斯人虔诚地决定满足已死的阿喀琉斯的愿望。连海神波塞冬都对珀琉斯的儿子产生了同情之心,他在海上掀起了万丈巨澜,让希腊人想走也走不了了。希腊人看到狂风巨浪,悄悄地交头接耳道:"阿喀琉斯果然是宙斯的后代,你们看,天地自然都支持他的要求!”因此,他们更加愿意听从亡灵的吩咐,大家蜂拥而上,来到高耸在海岸上的英雄的坟前。

然而什么才是特洛伊最珍贵的战利品呢?拿什么来献祭他呢?每个人都把自己的珠宝和俘虏陈列出来,但所有的金银珍宝在国王普里阿摩斯的女儿波吕克塞娜的花容月貌面前都显得黯然失色。

最后,希腊人得出结论,一致认为,她是战利品中最珍贵的,她最适合成为阿喀琉斯的祭品。姑娘看到大家都把眼光投向她,并没有吓得面如土色。因为她是愿意献祭给阿喀琉斯的,她曾在城头上多次看到阿喀琉斯的英姿,虽然他是人民的大敌,但他那魁梧的身材和超人的胆量给她留下深刻的印象。据说,阿喀琉斯有一次逼近城门,看到城门上站着一位貌美如花的姑娘,内心立即对她产生爱慕之情,以至于当场朝她大喊:“普里阿摩斯的女儿,如果你愿意跟随我,也许我会让你的父亲跟希腊人握手言和呢!”大英雄说完这话,立刻为自己失言感到后悔,可是据说波吕克塞娜把话深深埋入心底。从此以后,她就热烈地爱慕这个特洛伊人的敌人。

据后来的一则神话传说,阿喀琉斯和国王普里阿摩斯曾经坐在特洛伊的阿波罗神庙里为和平而谈判。谈判的时候,老国王答应把女儿波吕克塞娜嫁他为妻,可是埋伏在一边的帕里斯,引弓射箭,一箭飞过去,正中阿喀琉斯的致命处——脚踵。阿喀琉斯大叫一声,当即死去。希腊人知道自己的英雄阿喀琉斯被骗而死,怒火三丈。他们在天神宙斯的神坛前,发下毒誓,如果不把特洛伊掘地三尺,他们绝不回军。就这样,两军之间那一点点的和平契机就丧失了,双方又陷入混战之中。

而现在是另一回事:大家都认为她是献给大英雄的最好的祭品时,姑娘却镇定自若。等到阿喀琉斯的墓前高大的祭坛建好,所有的祭品都已献上,国王的女儿突然从女俘虏的队伍里跳出来,从祭坛前的各类器具中抽出一把锋利的尖刀,朝自己的心脏刺去,然后她倒在血泊里。

周围的人看到这惊心动魄的一幕,无不发出恐怖的惊叫声。年老的王后赫卡柏扑倒在女儿的尸体上,悲伤地号啕大哭。

波吕克塞娜倒地死去后,大海重归宁静。涅俄普托勒摩斯满怀同情地走到祭坛前,把姑娘的尸体移开,并吩咐以公主的礼仪将她安葬。

接着,希腊人举行会议。涅斯托耳从人群中站起来,高兴地说:“亲爱的同胞们,返乡的时刻终于来到了。海神已经平息了风浪,阿喀琉斯也心满意足地接受了波吕克塞娜的献祭。让我们起程,扬帆入海!”

归途中的灾难

听到涅斯托耳的建议,所有的希腊人都欢呼雀跃。他们已经做好一切准备,所有的战利品都运上了船,俘虏们也被带上了船,大家也随之登上了船。只有预言家卡尔卡斯一个人仍留在岸上,他劝大家不要这么着急出发,因为他预感到希腊人在经过攸俾阿岛的卡法尔山时会遇到灾难。可是归心似箭的希腊人不愿相信他的预言，也不肯听从他的劝告，只有著名的预言家安菲阿拉俄斯的儿子安菲罗科斯上船后又返回了岸上，他父亲的预言天赋又在他的心里萌发，他突然跟卡尔卡斯有着同样的预感，所以他坚定地留了下来。他们不能重返希腊，也是命运女神规定好的，后来他们在小亚细亚的喀里喀亚城和潘费利亚城安家立业。

希腊人把他们两位留在岸上后，就解下系在岸上的缆绳，然后拔锚起航。船上堆满了缴来的武器，桅杆上是鲜花环绕。士兵们给他们的盾牌、长矛和头盔都系上花环，他们为胜利而骄傲自豪。大家站在船头向大海浇下美酒，虔诚地祈求众神保佑他们平安地回到家乡。可是，他们的祈祷还没有到达奥林匹斯圣山，就被急风吹得远远地，飘散在空中。

大海上，英雄们满怀期望和思乡之情，遥望前方；而被俘的特洛伊的妇女和孩子们则恰恰相反，他们心情沉重地频频回望渐渐远去的特洛伊城，那城内还冒着缕缕青烟。姑娘们在胸前交叉起双手，年轻的妇女们则紧紧搂着孩子。卡珊德拉站在她们中间，显得特别高贵。她不像周围那些不住叹息的妇人，她只是站在那里，眼中无泪，现在所发生的一切，正是她曾经预言过并且提醒过大家的。现在的她们是如此痛苦，而从前她们不仅不相信她的预言还嘲笑她。不过，虽然她嘴里说着蔑视她们的话，心里却为特洛伊城的毁灭而流淌着鲜血。

特洛伊城变成一片废墟。残留的老人和受伤的人茫然地在那里转悠，安忒诺尔提议大家一起动手埋葬死者。这项工作进展得非常缓慢，一小部分的幸存者要埋葬无数的死者，这几乎是一件不可能完成的艰巨的任务。他们辛苦地砍了许多木柴，垒了一个巨大的火葬堆，然后把一具具的尸体往上面放，最后点燃柴堆，呜咽着将死者全部火化。

阿耳戈斯人早已经乘船远离了阿耳戈斯人的坟墓和特洛伊海岸。他们驶过了一个又一个的海岛：忒涅多斯岛、克律萨岛、阿波罗神庙、神圣的喀拉岛、勒斯波斯岛和爱达山延伸到海里去的勒克同半岛。希腊人的战船一路顺风顺水地向他们日思夜想的故乡靠近。

如果不是因为雅典娜对洛克里斯人埃阿斯的渎神行为感到恼火的话，胜利的希腊人真可以平安抵达希腊的海岸。现在，当他们的船队来到多风暴的攸俾阿岛时，女神想到了一个报复埃阿斯的办法。她向奥林匹斯圣山上的万神之父控告了埃阿斯在她的神庙里对女祭司卡珊德拉犯下的罪行，并要求他对作恶的人进行惩罚报复。主宰正义的宙斯同意了她的请求，还把库克罗普斯为他新铸的雷电借给她，让她对希腊人所做的恶行进行毁灭性的报复。

雅典娜使奥林匹斯圣山响起了隆隆的雷声，山头上乌云密布。大地和海洋顿时变成漆黑一片，然后，她派使者伊里斯去召唤风神埃洛斯。

伊里斯看到埃洛斯和他的妻子以及十二个孩子，他们听到命令，立刻行动起来。埃洛斯举起巨大的三叉戟，挖开锁闭各种风的岩洞。霎时间，各种狂风从岩洞里飞奔出来，风神命令它们合成一股力大无比的飓风，直接掀起卡法尔山下的海浪。还没有等风神说完,他们就急速地出发了。大海在急风下咆哮奔涌,掀起万丈高的狂浪,阿耳戈斯人看到巨浪袭来,惊恐万分,但他们在灾难面前束手无策,没有人再去划船桨了。船帆被暴风撕成碎片,桅杆也被彻底折断,最后,掌舵者也毫无办法,只能待在一旁坐以待毙。夜幕降临,波塞冬也来帮助雅典娜。雅典娜毫不留情地向希腊人抛去雷霆和闪电。船只被风浪冲击得木板开裂,船身破碎,抱着木片救生的人也被巨浪吞掉。最后,雅典娜用最激烈的闪电轰击埃阿斯的战船,船只顿时变成千万块碎片,空中传来声震如雷的爆裂声,狂浪铺天盖地地卷了过来,吞没了粉碎的破船。士兵们全部在水中丧失性命。

埃阿斯有着极强的求生欲望,只见他紧紧地抓住一根木头,顺着波浪漂动着。他利用自己有力的臂膀,和波浪进行最后的搏斗。他时而被巨浪推上峰尖,时而又被送入波谷,但是雷电很快从四面八方向他袭来,头顶上闪击着雷电,四周轰鸣的是巨雷的声音。可埃阿斯在巨浪中还是没有丧失勇气,他抓住一块耸立在波浪里的礁石,紧紧地抱住它,然后得意地夸口说,即使奥林匹斯圣山上的众神联合起来用波浪冲击他,他也能够救出自己。他的这番狂妄的话惹恼了海神波塞冬,他愤怒得把海洋和大地震动起来,卡法尔山的山崖在颤抖着,海岸在他的三叉神戟的撞击下分崩离析。最后,埃阿斯紧紧抓住的山岩被海神连根拔起,他又被抛进海浪里。波塞冬立刻向洛克里斯人埃阿斯投去一块巨大的山丘,终于使得埃阿斯在海陆的夹击下粉身碎骨。

阿耳戈斯人的战船在海上已经被巨浪冲击得破碎了,有的沉没海底。大海咆哮如雷,暴雨滂沱如注,就好像丢卡利翁时代的洪水重新泛滥。

希腊人从前用乱石击死了帕拉墨得斯,现在他们也遭到了无情的报复。这位英雄的父亲瑙普利俄斯国王仍然统治着攸俾阿岛,他看到希腊人在风浪中挣扎,想起了自己惨遭杀害的儿子。多年来,他一直在寻找机会为儿子帕拉墨得斯报仇,现在机会终于来到。国王急切地奔到海滩上,命令随从在卡法尔沿岸最危险的礁石区举起一束束火把,希腊人误解为海岛上的人因为同情他们而向他们发出救援信号,于是他们朝礁石区驶来,许多船只又在这里触礁沉没。

与此同时,海神波塞冬又命令海浪淹没特洛伊城外的希腊人的战船营,摧毁希腊人建立的壕沟和垒墙。不一会儿,希腊人远征胜利的一切标志都被海神破坏殆尽,只剩下特洛伊废墟和几艘载有返回的英雄和被俘的特洛伊妇女的船只。后来这些人又经过长途跋涉和众多的艰难险阻才回到希腊,实际上最后到达家乡的只有极少的英雄:狄奥墨得斯回到亚各斯;涅斯托耳回到皮洛斯;菲罗克忒忒斯回到墨里波阿;涅俄普托勒摩斯回到佛提亚;伊多墨纽斯和迈里俄纳斯回到克里特;透克洛斯因为没能为大埃阿斯报仇,父亲忒拉蒙不允许他在萨拉密斯登陆,他只得在塞浦路斯那里安定下来。

奥德修斯返乡记

求婚人大闹奥德修斯家

希腊人历经艰辛终于攻克了特洛伊城，他们最大心愿的是回到自己的家乡和妻儿团圆，于是整理船队，开始了返乡之旅。那些希腊英雄远涉重洋，回到了家乡，把胜利的消息带给国人，和家人共享天伦之乐。然而，奥德修斯却不幸迷路，困阻在返乡途中。奥德修斯是拉厄耳忒斯的儿子，伊塔刻国国王，他将面临新一轮的磨难。因为奥德修斯曾经刺瞎海神波塞冬的儿子独眼巨人的眼睛，波塞冬怒气难消决定对奥德修斯施以报复。他把奥德修斯抛到一座名为奥古吉埃的孤岛上，岛上绿树成荫，奇石成群。岛上有位仙女名叫卡吕普斯，她看到奥德修斯威武刚毅，心生情愫，于是把奥德修斯带到她的洞穴中。她对奥德修斯倾诉爱意，希望奥德修斯能留在她的身边，如果他答应了她的要求，她将使他永远年轻刚健。但是，奥德修斯惦念家中的妻子：珀涅罗珀。他委婉地拒绝了仙女的好意，表示一定要回到自己的家乡和妻子团聚。这时众神会和在奥林匹斯宙斯的巨大宫殿里决定帮助奥德修斯回家，雅典娜让宙斯派遣信使赫耳墨斯到奥古吉埃岛上，向仙女传达众神的决议。她自己则在脚上系上能帮助她飞越海洋和陆地的精美的绳鞋，手执巨矛，幻化成外乡人来到伊塔刻，一直走到奥德修斯以前的宅院前。

那些向珀涅罗珀求婚的人聚集在奥德修斯的院子里吃喝玩乐逍遥自在，奥德修斯的儿子忒勒马科斯心中充满了悲伤苦恼，幻想着父亲如果回来一定能够赶走这些狂傲的无理之徒。这时，他看见一个外乡人站在院子门口。其实，这个外乡人就是雅典娜幻化成的，她变成塔福斯人的首领门特斯的模样，好让人难以识别她的真实身份。忒勒马科斯走向前去礼貌地招待了雅典娜，并把她带入厅堂里，让她坐上精美的座椅，并且为她奉献上各式丰盛的菜肴，因为他想从这位外乡人那里获取父亲奥德修斯的消息。这时候求婚者也一同涌入厅堂，他们肆意纵乐、大吵大嚷，并且强迫歌人费弥奥斯为他们歌咏。

这时，忒勒马科斯凑近雅典娜的耳边悄悄说："亲爱的客人，您看，大厅里的这些人只知道挥霍玩乐，白白耗费别人的财产，不顾这座宅子的主人死活，倘若主人有幸回来了，他们肯定会被吓得屁滚尿流地逃走。现在有传闻说奥德修斯会回来，但是这么久过去了，我越来越不相信。您是第一次来，很可能是家父的朋友，因为我父亲奥德修斯的朋友众多，遍布大江南北，你在外行走的时候，可曾听过我父亲的消息呢？"

雅典娜说道："跟你说实话吧，我叫门特斯，是安基阿洛斯的儿子，我统治着喜欢航海的塔福斯人。我们此次前来是为了到特墨塞岛把铜换成闪光的铁。我们的船停泊在离城市很远的瑞特隆港口，背靠着隐蔽的涅伊昂山崖下。我和你父亲是老朋友了，如果你想打听你父亲的消息，我建议你去问问老英雄拉埃尔特斯。他现在住在乡下，清贫困苦，只有一个老妪照顾他的生活起居。我这次前来也是耳闻你父亲已经回来，谁知事情不像传闻中那么顺利，可能是神明阻碍他归返了吧，不过我觉得奥德修斯肯定还没死，只不过可能被一群强盗困在岛上，我现在给你预言，奥德修斯不会在外漂流太久，一定会如愿回到家乡。你和你父亲长得很像啊，一样英俊高大，我还是在你父亲乘船去特洛伊之前和他见过面，此后就一直没有见过了。"

聪慧的忒勒马科斯听完雅典娜的话，说道："客人啊，不瞒你说，我母亲说我是他的儿子，我自己也不清楚，谁能弄得懂自己的出身呢？我曾经为是我那英勇高大的父亲的儿子而感到无比自豪和骄傲，他是多么令人敬仰啊，但我现在却希望我自己只是个凡人的儿子，这个凡人能够自由享用自己财产，颐养天年。这样，我现在就不用那么痛苦了。"

雅典娜看见忒勒马科斯那么沮丧，安慰道："珀涅罗珀生了你这么个好儿子，说明神明们并不想让你的家族被湮灭。你告诉我，这些狂妄之徒聚集在这里干什么？他们为什么要这样荒淫？这是盛宴还是婚宴？"

忒勒马科斯叹了口气，说："我家族以前很是显赫，因为父亲是个很有能力的人，可现在神明们改变了想法，让他杳无音信。如果他和同伴们战死在特洛伊战争中，或是战争之后死在亲人手里，那么人们都会为他制造坟茔，他也会博得功名。但是他的消失现在给我带来了无尽的忧伤，不知他现在是不是还活在世上？我痛苦不仅仅在于我得不到父亲的消息，那些求婚者，你都看见了，是来自杜利基昂、萨墨、扎昆托斯还有伊塔刻的贵族或首领，他们都跑来向我母亲求婚，每天坐在这里吃喝玩乐，我母亲无法拒绝他们的纠缠，也无法将他们赶走，我每天就生活在这种混乱中，我想很快我也会遭遇不幸了！"

"天哪！"雅典娜感到很气愤，"你确实需要奥德修斯回来，帮你教训这些无耻的人！但愿奥德修斯现在就能回来，站在大门边，头戴盔帽，手执长枪，就像我初次见他一样威武。到时候这些求婚者一定会遭殃的！但是这一切都得由神明决定，也许他会平安回来狠狠教训这些人，也许不会。因此我想让你自己想个好方法赶走这些讨厌的人。现在你认真听好我的话：明天，你召集阿开奥斯的英雄们进行商讨，向那些人演讲，劝那些求婚者各自回家。至于你母亲，要是她愿意改嫁的话，那就让她回到她自己的父亲那里，她父亲定会给她准备好丰厚的嫁妆。我还有一个周密的计划，你准备好一条快船，配备二十个桨手，亲自出发去寻找你父亲，你首先去皮洛斯询问涅斯托尔，再去斯巴达找金头发的墨涅拉奥斯，因为他是最迟从特洛伊返回的英雄。如果你听说你父亲还在世上，那么你即使很愁苦但可以再忍耐一年。如果你听说他已经去世，那你就迅速返回故乡，给他建造一个坟茔，把母亲改嫁他人。当你把那些事办完就要好好考虑怎么样杀死这些求婚人，采取计谋或者公开进行随便你，但是你不可以那么稚气了，你难道没有听说奥瑞斯特斯已经赢得了巨大的荣誉，他就是杀死了自己的杀父仇人埃吉斯托斯，你长得那么英俊健壮，你也能像他一样勇敢。我说得已经够多了，同伴们肯定等得不耐烦了，在此告辞，你一定要记得我说过的话。"

忒勒马科斯觉得自己突然茅塞顿开，他感激地对雅典娜说："谢谢您给我的建议，我一定谨记在心，虽然您现在忙着要回去，但是您一路风尘仆仆，不妨休息一下，沐浴更衣，然后再带一些精美的礼物回去。"

"不用了"，雅典娜摇摇头，"我现在急着赶路，至于礼物还是等到我返回的时候再说吧，你也能得到回赠的。"雅典娜说完后，就像飞鸟般骤然飞起，瞬间就不见踪迹，忒勒马科斯觉悟过来，莫非这位外乡人是个神明吗？不过，她的话给了他无尽的力量，他更希望早日见到父亲了。

弹琴的歌人还在客厅为客人弹颂阿开奥斯英雄从特洛伊归来的悲惨的旅程，众人聚精会神地听着。在楼上寝室里坐着的珀涅罗珀听到歌人的声音，缓缓地从房间里走出来，她头上闪亮的头巾遮住脸颊，身后跟着两名侍女，她缓步走下楼梯，站在大厅的立柱旁。珀涅罗珀眼睛湿润了，她对歌人说："费弥奥斯，你知道很多其他感人的歌曲，请任选一支弹唱，不要再唱这一首了，这些悲惨的经历使我深深地想念我的丈夫奥德修斯。"

这时，忒勒马科斯反驳道："母亲，你为什么要阻挡这位歌人唱他愿意唱的歌曲？过错不在歌人而在宙斯，他按照自己的意愿降给凡人幸福或苦难。人们很喜欢这支歌曲，因为它动人心弦。你要坚强一点，不只是奥德修斯现在不知所踪，很多其他随去的同伴都战死在特洛伊战场上。现在你还是回房纺织吧，谈话是男人的事情，这个家庭的权利属于我。"

珀涅罗珀听到儿子说出这样的话感到很惊异：儿子好像长大了，成熟了，不再是那个还喜欢在她面前撒娇任性的小孩子了。一夜之间，他好像就从一个稚气的男孩变成一个成熟的成年男子了。于是虽然她满心困惑，但还是没说什么，率领女仆们一同回到自己房间，一边纺纱一边因为思念丈夫而哭泣。

求婚人还在客厅吵吵嚷嚷，忒勒马科斯大声说道："你们享用这些美食吧，不要再吵了。明天早晨我们去广场开会，我会在会上让你们离开我的家，不要无偿地耗损我家的财产了。如果你们觉得这样你们很快活的话，那就继续吃喝吧，我会祈求神明降祸给你们的。"求婚人听见忒勒马科斯这样严肃的话，觉得很惊异：这个小子以前可从来不敢说出这样斩钉截铁的话来呀。他们放下手中的食物，眼睛直直盯着面前这个还不是那么成熟的小伙子，看情形显然是被激怒了。

"忒勒马科斯，"欧佩特斯的儿子安提诺奥斯站出来叫道，"你这个吹牛大王，愿宙斯不能让你成为伊塔刻的统治者！"

"哦，安提诺奥斯，你不要生气，如果宙斯一定要给予我这种权利，我当然要受领了，当国王并不是什么坏事，会很富有，也会赢得别人的尊重。但在广大的伊塔刻，还有许多王公贵族，他们中的每一位在奥德修斯死后都有可能成为国王。但是我现在是这个家的主人，我有权支配我的家务事。”忒勒马科斯反击道。

这时，波吕博斯的儿子欧律马科斯有了疑惑，他问忒勒马科斯：“刚才来的那位客人是谁？看他的样子不像凡人，他是何方神圣，怎么突然没了踪影？他带来了你父亲的消息吗？”

忒勒马科斯没有说出详情，只是说道，“来人是我父亲奥德修斯的老朋友，塔福斯人的首领门特斯。我已经不相信我的父亲能够平安顺利地回到家乡来了，即使有哪位预言者向我做出预言。”

求婚者听完他的话后都咬紧嘴唇默不作声，但是他们谁都不愿意离开或者亲自到珀涅罗珀父亲那里去求婚，整个晚上仍然在奥德修斯家中寻欢作乐。夜深了，他们也就一哄而散。忒勒马科斯也就拖着疲惫的身子回房休息了。老奶妈欧律克勒娅服侍忒勒马科斯安寝，给他整理好床铺，又给他铺上暖和的被子。但是这一夜忒勒马科斯辗转难眠，他不断地想着今天见到的那位自称是门特斯的神奇的人，而且他脑中还不断响起那人对他所说的话。想着想着，他迷迷糊糊地睡着了。

第二天清晨，忒勒马科斯很早就起来了。他背着锋利的双刃剑召集众人来广场开会，他穿戴整齐，目光炯炯有神，等到人来的差不多了，他就坐上父亲的位置。真是仪表堂堂，神采非凡，众人看到后惊叹不已，连长老们都因为尊敬而退让了。首先站出来发言的是英雄艾吉普提奥斯，他是个年迈的老人，深谙世间百态，他哀叹道：“伊塔刻人啊，自从奥德修斯乘船离开这里，我们就再也没有集会议事了。今天是谁要召开会议呢？是为了传达给我们敌人来袭的消息还是想发表演说呢？”

忒勒马科斯站起来，答道：“老前辈，是我。我如今生活得很痛苦，不知道父亲是不是还活在人间。那些向我求婚的傲慢的家伙一起涌入我家，在那里吃喝玩乐纵情享受，把我家糟蹋得不成样子！我的母亲没有办法赶走这些人，我自己年少软弱，也无力惩治他们。他们没有一丝愧疚之心，也不担心神灵降下灾祸。我以奥林匹斯山上宙斯的名义请求你们帮帮我，让那些人不要再作恶多端，无偿损耗别人的财产，不要再让我忍受痛苦了！难道我父亲曾经做过对不起你们的事情吗？”说完，忒勒马科斯把手中的权杖扔在了地上，忍不住哭泣起来。整个会场顿时陷入了一片沉静，众人面面相觑不知道该说些什么才好。突然，安提诺奥斯站出来，他指着忒勒马科斯说：“放肆！狂妄的人！竟然敢这样羞辱我们！求婚人没有错，错在你的母亲，她太狡猾了。已经三年了，哦，不快四年了，她一直在愚弄我们的热情！她对我们许下诺言，给我们希望，但是又在暗处要心机，她曾说等她把那匹又宽又细密的布织完就改嫁，那匹布是给奥德修斯的父亲拉埃尔特斯织的寿衣，我们答应她了。为老人缝制寿衣这样的理由难道我们能拒绝吗？但婚期也因此一再延迟。谁知她白天织布，晚上又悄悄地把织成的布拆毁了。就这样她隐瞒了三年，等到第四年一个知道内情的女仆向我们告密了，我们才知道事情真相。当我们在她撕毁布匹的当场抓住她时，她不得不在我们眼皮底下把布织好了。谁也没有你母亲那么有心机，恐怕她是世界上最有心机最善计谋的女人了！你让你母亲离开家，嫁给一个她自己看得上她父亲也看得上的人，不要再把我们当猴耍了！否则我们还是要继续留在你家里白吃白喝，绝不会回家，除非她愿意选一个人嫁了。"

忒勒马科斯回答道："安提诺奥斯，我不会把我母亲赶出家门的，我不能对自己的母亲说出那样的话，我会因此受到谴责和复仇女神的报复。如果你们还有一点廉耻之心的话，那就请快点离开我家，如果你们执意不走，宙斯一定会降祸给你们。"

忒勒马科斯这样说的时候，宙斯在天上放出预示：两只苍鹰从山巅上迅捷飞下，借助风的力量展开翅膀飞行，当它们临近会场的人们时便开始盘旋，抖动浓密的羽翼，用爪脚搏击对方的面颊和脖颈，它们的目光中闪烁着死亡的冰冷，然后向右方飞去，飞过人们的屋顶。原来宙斯在奥林匹斯山上能够洞悉人间一切的事物，这次集会他当然也听得十分清楚。人们仰望着这两只雄鹰，感到很震惊，心中充满了疑惑，不知这是什么预示。这时年迈的哈利特尔塞特因为最懂鸟飞翔的秘密，并善于预言未来，于是对大家说："伊塔刻人啊，尤其是那些求婚者，你们很快就要有灾难了。奥德修斯不会永久远离家乡，他会回来，给你们带来杀戮。我们应该尽早想出办法，停止他们为非作歹的行为。我的预言一向很灵验。想当初阿耳戈斯人出发征服伊利昂的时候，奥德修斯和他们同行，我那时候就对他做过预言，他会忍受无数灾难，同伴们全部牺牲，二十年后才能回到家乡，我说的这一切都要实现。"

"哈哈，"欧律马科斯嘲笑道，"可敬的老头儿，你现在还是回家给你孩子做预言去吧，免得他们遭遇不幸。关于刚才的景象，我的预言远远比你灵验，并不是所有鸟儿在太阳光下飞翔就代表了什么征兆。奥德修斯已经死了，你也应该和他一起去死，这样你就不会在这里刺激忒勒马科斯了。现在你听我说，我的话也将成为现实，如果你还仗着你老年人的经验在这里信口雌黄挑动是非激起忒勒马科斯的怒火的话，首先他自己就会遭受更大的不幸，他一定会失败。至于你自己嘛，我们也会惩罚你，要让你承受巨大的痛苦！你还是劝劝忒勒马科斯按照我们的说法做吧，不然我们是绝对不会妥协的。我们不怕任何人，你这样只是在白费唇舌，他家的财产将被继续消耗，如果那女人还拖延阿开奥斯人的求婚的话。"

忒勒马科斯不再请求他们了，准备挑选一条快船和二十个健壮的桨手动身去斯巴达寻找父亲的下落。奥德修斯昔日的友人门托尔站出来指责众人："伊塔刻人啊，但愿以后的国王都不要像奥德修斯那么亲切和蔼、心怀正义，而是要暴虐无度。奥德修斯曾经像慈父一样对待你们，你们是怎么了？我不想谴责那些求婚人了，我要谴责你们，你们像木头一样坐着，一言不发，不采取任何行动。"

"固执的人！"欧埃诺尔德的儿子勒奥克里托斯反驳道："你怎么说这样的话唆使人阻碍我们？和众人作对不是什么聪明的行为，即使奥德修斯回来把我们赶出来了，他也不会给妻子带来快乐。因为如果他和众人作对的话，他会死得很惨。现在大家回家去，门托尔和哈里特尔塞斯给忒勒马科斯准备行程吧，谁叫你们是他父亲的同辈朋友呢？不过我估计忒勒马科斯会待在伊塔刻等消息不会自己出去的，因为他只是一个小孩子，一时冲动随口说说也是可以理解的嘛，他还没有那么大的勇气去实践自己的海口呢，哈哈！"他这样说完后就遣散众人回家了。忒勒马科斯显然没能在集会中收到他预期的效果，求婚人又回到奥德修斯家中，继续着他们糜烂奢侈的生活。

忒勒马科斯去找涅斯托尔

忒勒马科斯独自来到海边，在灰色的大海里把手洗干净，双手合十对雅典娜祈祷。听到他的祈祷，雅典娜幻化成门托尔的模样来到他身边，她说："忒勒马科斯，你既然是你父亲的儿子，就一定和他一样具有勇敢的精神。那些无耻之徒愚昧昏庸不知道自己要大难临头了，我是你父亲忠实的朋友，会为你准备一条快船，并亲自陪伴你。你现在回家准备食物装进容器，把面粉装进结实的皮囊，我现在就要去各处召集愿意跟随的同伴。"

忒勒马科斯

忒勒马科斯听了雅典娜的话，不再在海边拖延时间，尽管他的内心此刻仍然充满了悲痛感伤。他转身回到自己家中，家中的求婚者看见他落寞的样子不断嘲笑他："哈哈，忒勒马科斯，你的样子就像霜打的柿子一样，为什么这样萎靡不振啊，为了你夸下海口没法实现吗？不要担心，我们都不会把你的话放在心上的，毕竟你还只是个孩子呢，哈哈哈！"安提诺奥斯傲慢地笑着说道。忒勒马科斯沉默着看瞥了他一眼，什么话都没说，就转进房内去了。望着他远去的背影，求婚者更加肆无忌惮地嘲笑开来。这时，忒勒马科斯走到父亲高大的库房里，那里堆满了奥德修斯平日里收集到的宝贝，有黄金、青铜、铁器，一箱箱衣服和芬芳无比的橄榄油，一只只陶罐装着陈年佳酿，一罐罐麦粉。忒勒马科斯叫奶妈欧律克勒娅给他装满二十坛美酒和二十升大麦面粉，并让她暂时不要告诉母亲珀涅罗珀，直到十一天以后母亲要是问起的话再告诉她，以免她因为自己的离去过度悲伤。奶妈感到惊讶，她说道："孩子，你怎么会有这样的想法，你是奥德修斯唯一的儿子，要是你走了，这些居心不良的人一定会想方设法置你于死地的。我看你父亲回来的概率很小了，你又何必为此独身前往，漂泊在海上，吃那些苦呢？"忒勒马科斯安抚了老奶妈，但是坚持自己的想法，欧律克勒娅只好按照忒勒马科斯的意思帮他准备食物，并答应暂时为他保守秘密。而这时，雅典娜幻化成忒勒马科斯的模样忙着在城里到处奔走，她问候遇到的每一个英雄，要求他们傍晚时分到船边集合，同时她请求弗罗尼奥斯的儿子诺埃蒙借给她快船。然后她回到奥德修斯的府邸又幻化成门托尔的模样告诉忒勒马科斯可以准备出发了。雅典娜在前方引路，忒勒马科斯紧紧跟随着她来到海边，他看到海岸上已经聚集了许多城内的年轻的同伴了。他感到很受鼓舞，没想到居然还有那么多愿意支持他的人呢。随同者们一起将忒勒马科斯准备好的食物搬上快船，然后自己纷纷登船，坐上桨位。忒勒马科斯坐了上去，雅典娜这时也坐了上去，她吹了一口气，赐给他们顺风。忒勒马科斯命令同伴系好蓬缆，扬起风帆，劲风吹拂风帆，船只昂首前行，速度比平常快好几倍。整个夜晚到黎明，船只急速地航行在蔚蓝色的大海上，海面平静，未见任何风浪。

在黎明的曙光中，忒勒马科斯和同伴们终于来到皮洛斯，看见当地居民正在海滩上奉献盛大的祭礼，向海神祈福。他们排成九队，每队五百人，每队之前都摆放着已经宰杀好的九头牛。他们来到港湾，停泊好船只，登上岸滩。忒勒马科斯走下船只，雅典娜嘱咐他不要怯懦胆小，让他直接去找驯马的涅斯托尔打探父亲的下落。忒勒马科斯有点紧张，因为他从来没有向陌生的长者询问过。雅典娜将他引领到皮洛斯人聚集的地方，其他的同伴就留守在船只附近等待消息。涅斯托尔和儿子们也坐在那里，身边围绕一些人准备宴饮。这些人一边烧烤着牛肉一边忙着在黄金杯中斟酒。他们抬头看见有新的客人前来，于是纷纷站起身，一个个向客人握手致敬。他们都是非常好客的善良的人们，还请忒勒马科斯一行人参加宴会呢。涅斯托尔的儿子佩西斯特拉托斯首先走过去和两位客人握手，并让他们坐在铺满柔软羊毛的坐垫上，然后用黄金杯斟满一杯酒，问候雅典娜，说："尊敬的客人，现在请你向海神波塞冬祭奠，过后再把酒杯交给那个人祭奠，凡人都要受到波塞冬的庇佑，由于您身旁的小伙看起来很年轻，和我年龄相当，因此我把这黄金酒杯首先交给您。"雅典娜接过酒杯，心里很赞赏这位年轻人的礼貌和聪慧，她向波塞冬祭奠完之后就把酒杯给了忒勒马科斯，忒勒马科斯也同样祭奠了海神。这时皮洛斯人烤好了牛肉，从叉子上去下，分成许多份，大家一同享用。涅斯托尔开始询问客人的身份以及他们来皮洛斯的原因。雅典娜把勇气灌注到忒勒马科斯心中，于是他充满信心地回答了长者的问题："敬爱的涅斯托尔，我们从涅伊昂山脚下的伊塔刻来，为了打听我父亲奥德修斯的消息。据说你们曾经共同作战摧毁了特洛伊，我们听说过其他人在特洛伊的消息但唯独不知道我父亲的下落，他究竟是葬身敌手，还是被海上凶险的波涛吞噬？我来这就是请求您告诉我关于他的消息，请您不要心存疑虑，告诉我实情。"

老人知道了客人的来意，思绪把他带到许多年前的硝烟滚滚的特洛伊战争。他开始给客人讲述英雄们大战特洛伊的盛况，滔滔不绝地叙说着起往事。随后，他又讲起了阿伽门农之死和俄瑞斯忒斯复仇的故事，但是他对奥德修斯的情况知之甚少，他建议忒勒马科斯去探访长着金发的墨涅拉斯奥。墨涅拉斯奥刚从遥远的外乡回来，他家住在拉克得蒙，如果忒勒马科斯和同伴们想走陆路的话，他愿意借给他们车辆，并且还让自己的儿子给他们带路。

太阳渐渐西沉，雅典娜听完涅斯托尔的话后，对他说："尊敬的老人家，您说的一切都很合理，但是现在时间不早了，我们给海神祭奠完之后就要回去睡觉了。"涅斯托尔盛情挽留他们在自己家中安睡，雅典娜委婉地拒绝了，她让忒勒马科斯接受老人家的好意，但是自己要回到港口，告诉同伴们这些情况。明天一大早她还要到考科涅斯人那里去讨债，她请求老人借给忒勒马科斯最健壮的骏马让他顺利去拉克得蒙。

说完后，雅典娜立即离开了，她幻化成一只海鹰展翅翱翔，这一切被人们看到了，大家感到非常震惊。涅斯托尔很激动，他醒悟过来原来她不是一个凡人，而是一位神明，于是他开始向神明祷告，祷告都传到了雅典娜耳朵里，她听见凡人对她虔诚的尊敬之情感到很满意。随后涅斯托尔带着忒勒马科斯来到自己家中，打开陈年佳酿，给大家享用美酒，宴饮过后又给忒勒马科斯安排了精美的卧床，让自己唯一一个没有婚娶的儿子也是他最喜欢的儿子佩西斯特拉托斯和他睡在一起。

黎明的曙光出现在天际的时候，涅斯托尔马上从床上起身了，他穿戴整齐后就走出卧室，坐在那光滑的大理石石座上。他的儿子们也纷纷起来，站在他的周围，忒勒马科斯经过一夜睡眠也神采奕奕地出来了。老人让忒勒马科斯在身旁就座，他对儿子和仆人说："我们现在要做的第一件事情就是要祭奠雅典娜，她曾经亲临我们的宴饮现场，你们其中的一个人去牧牛场挑选一头牛，让牧牛人把牛赶到这里来。另一个人赶快去忒勒马科斯的黑壳船那里把他的同伴都叫来，只留下两个人看守。再一个人去请金匠拉埃尔克斯前来给牛角包上黄金。其他的人都留在这里打扫屋子，准备好菜肴。"

他这样说完，人们就按照他的吩咐去做了。不久，忒勒马科斯的同伴们来了，金匠也来了，雅典娜也来接受祭奠了。金匠用金子包好牛角，阿瑞托斯端来了洁净的洗手水和大麦，特拉叙墨得斯握着锋利的大刀去宰杀牲牛。涅斯托尔洗完手之后。撒下大麦，向雅典娜祈祷。等到特拉叙墨得斯杀完了牛，人们开始解剖牛身，开始烤肉。涅斯托尔最年幼的女儿波吕卡斯特给忒勒马科斯沐浴，之后给他涂抹了一层橄榄油，再给他穿上精美的衣衫。忒勒马科斯神采奕奕地回到老人身边坐下。人们开始吃烤肉，觥筹交错，一派欢乐祥和的景象。席末，涅斯托尔对佩西斯特拉托斯说："我的孩子，你们快准备好骏马，快点起程赶路去吧。这次我派你陪伴这位高贵的客人前去，你一定要好好陪伴着他，在他困难的时候给予他帮助，一路上照顾好他。我的儿子我对你很放心，你们打探到消息后还回到我这里来，到时候我会大摆筵席给你们接风。"佩西斯特拉托斯给两匹骏马套上辕轭，许多女仆把酒和面粉装上车，忒勒马科斯随即登上了其中一辆马车，握着驭车的缰绳，他扬鞭催马，马儿就飞快地跑起来，佩西斯特拉托斯紧随其后，他们挥别了众人。在落日的余晖中，两匹马越跑越快，不一会工夫就把皮洛斯城甩在身后。他们奔跑在长满麦子的平原上，满眼都是金黄的麦穗，唯有两匹马的影子投射到麦地上，从一片到另一片。太阳渐渐西沉，暮色四合，道路也渐渐暗淡下来，四周没有什么声响，只听见得得的马蹄声，还有骑马者奋力地吆喝声。

忒勒马科斯来到了斯巴达

不久，佩西斯特拉托斯和忒勒马科斯来到了拉克得蒙。他们赶到墨涅拉奥斯家的时候发现他正在为儿女举行盛大的婚宴。女儿嫁给了阿喀琉斯的儿子，女婿是米尔弥冬人的国王。他为女儿准备了无数的马匹车辆作为嫁妆，儿子婚娶的是斯巴达阿勒克托尔的女儿。他们全家人都在一起欢乐宴饮，不断随着音乐翩翩起舞。这时候，墨涅拉奥斯的贴身仆人埃特奥纽斯发现了站在门口的佩西斯特拉托斯和忒勒马科斯。仆人急忙跑回屋里，凑到墨涅拉奥斯的耳边报告："主人，有两位仪表非凡的客人现在正在门外，是让他们进来呢还是让他们另外去找能接待他们的主人？"

墨涅拉奥斯不满地说："埃特奥纽斯，你这个傻孩子，想当年我漂泊在外的时候，也曾经受到许多人的盛情款待，才能平安回到家中。现在你去给客人解马，然后好好招待他们。"埃特奥纽斯忙不迭地跑出去把客人的马牵到马棚里，给它们添加粮草，然后把客人带入家中。佩西斯特拉托斯和忒勒马科斯被墨涅拉奥斯豪华的宫殿吸引住了，满眼都是鎏金的雕像和玉白的立柱。墨涅拉奥斯盛情款待了他们，让他们沐浴、用餐。忒勒马科斯低声对朋友佩西斯特拉托斯说道："你看，到处都是黄金、青铜、玉石和象牙，恐怕宙斯的宫殿也就只能这样奢华了。"墨涅拉奥斯听见他的低语，笑笑说道："亲爱的孩子，你现在看到我拥有那么多财富，其实我也经过命运的捉弄，饱受了漂泊的痛苦。我在外漂泊八年，见过许多人事，但是我在外的时候兄长被人杀害，妻子又欺诈我，我得到了这些财富却失去了快乐。我倒是宁愿只有现在的三分之一的财产，如果能换回那些勇士在特洛伊战死的生命的话。那些英雄忍受了多少灾难折磨啊，那位神勇的奥德修斯最悲惨，离开他的妻儿外出征战，人们至今不知道他的生死，哎！"

忒勒马科斯听见墨涅拉奥斯说起他的父亲，泪水不禁夺眶而出。墨涅拉奥斯见他这样，心里疑惑，考虑是自己问他还是等客人自己说出实情比较好。正在墨涅拉奥斯疑惑不解的时候，妻子海伦从楼上走了下来。海伦多么美丽啊，她的美简直不能用语言描述，就从那么多英雄勇士为了她一个人丧命就可以看出来她令人销魂的魅力了。她走到丈夫身边轻声地问那两位客人的来历，因为她觉得忒勒马科斯长得很像奥德修斯。"夫人，我其实也那么觉得。"墨涅拉奥斯握着海伦的手说道。佩西斯特拉托斯站了起来，说道："尊敬的主人，实不相瞒，我身边的这位青年正是奥德修斯的儿子，忒勒马科斯。但他认为初来乍到不应该在您面前夸夸其谈，所以没有把身份表明。我父亲涅斯托尔让我们来找您，派我跟随着他。他父亲远出在外，儿子有许多困扰，无人相助，很是辛苦！"

"天哪！原来你真是奥德修斯的儿子！"墨涅拉奥斯欣喜过望，"我曾经对奥德修斯说过如果我们能平安抵达家乡，我一定会请他带着儿女妻子来这里做客，我们老朋友可以常常相聚不要担心分离了，可如今……"墨涅拉奥斯哽咽了，大家都忍不住流下泪来。过了一会，佩西斯特拉托斯劝慰大家不要过度悲伤，气氛才稍微轻松了一些。墨涅拉奥斯对他说："亲爱的朋友，你的举止使你看起来有教养又气度非凡，不愧是涅斯托尔的儿子，真是明智高贵的人啊。现在我们重新用餐吧，等明天我们再细细述说。"这时候海伦想出了一个法子，她把一种能够让人忘掉痛苦的药液滴在众人的酒杯里，喝了这些酒就可以忘掉一切烦闷悲伤。她说道："众人们不要太悲伤，现在开怀畅饮吧，让我来讲一个关于神勇的奥德修斯的故事。在特洛伊的时候他曾经把自己鞭打得遍体鳞伤，穿得破破烂烂像个乞丐，潜伏地方居民地。他的这种打扮骗过了所有人，只有我认出了他，我向他询问，他总是很巧妙地躲避了。直到我发了重誓为他保守秘密，他才告诉我阿开奥斯人的计划。"

墨涅拉奥斯跟着说："亲爱的，你说得很正确，我也曾经见识过许多威猛的英雄，没有哪一个人像奥德修斯一样遭受那么多磨难。他藏在木马里准备去攻克特洛伊城。我记得当时你走在木马边上叫唤我们的名字，我们很想回答你，但是却被奥德修斯阻止了，直到你离开，否则我们将要暴露自己的身份，也将因此丧命。"

"即使聪慧，也没能逃脱悲惨的命运！"忒勒马科斯沉重地说，"不过，敬爱的主人，我们一路上奔波到贵地，不敢浪费一分一秒时间，旅途困顿，现在感觉体力不支了。我看时间也不早了，我请求现在让我们睡觉吧，有什么事情明天再说，可以吗？"墨涅拉奥斯应允了他的请求。他遣散了前来庆贺婚礼的人们，为远道而来的客人准备好了卧榻。于是众人纷纷散去，忒勒马科斯和佩西斯特勒托斯躺在床上很快就陷入了睡梦之中。

第二天，墨涅拉奥斯向忒勒马科斯询问他来这里的原因。忒勒马科斯诚实地回答道："您问到我前来贵地的原因，我不会对您有所隐瞒。昨天因为旅途劳苦没能向您说清楚，今天我全部都告诉您。我来实际上是为了打听我父亲奥德修斯的消息。我不知道他现在是否还在世上，我的家现在简直乱得不成样子了。伊塔刻地区的贵族和其他地方的权贵涌进我家想向我母亲求婚。他们不按照求婚的正常程序走，却霸道地挤在我家白吃白喝，消耗我家的财产。我太年少无力，无法驱赶他们，也没有朋友可供帮助。我每天都盼着父亲能回来，只要他一回来，什么事情都能迎刃而解了，这些人不会那么肆无忌惮，我家也能恢复往日的安宁。您以前在外漂泊的时候有没有见过我的父亲或者听说过关于他的只言片语呢？请您把您知道的一切都告诉我，您的恩情我没齿难忘。"

听完他的述说，墨涅拉奥斯感到很震惊："天哪，一位英雄的家宅居然被一群无耻之徒糟蹋！要是奥德修斯能够回来一定会好好地收拾他们！既然你现在过来问你父亲的情况，我要把我知道的事情都告诉你。"

"当初我也是一心思归，但是神明们因为不满意我的祭祀，把我滞留在埃及对面的法罗斯岛上。整整二十天，我们没法起航，食物也用完了，不知道该怎么办。

这时候老海神普罗特斯的女儿埃伊多特娅因为怜悯我，给我想出了一个法子。她告诉我有一位说真话的海中老神名叫普罗特斯经常出没在附近，如果能够抓住他的话，他就会告诉我航行路线和航程。因为他是波塞冬的侍从，知道大海深处所有的秘密。女神还告诉我，当太阳上升到天空中央的时候，普罗特斯会从海中跃起，到他空旷的洞穴中睡觉，他周围会围绕一群海豹，和他一起卧睡。女神让我挑选几个同伴，乔装成海豹，等到他睡着的时候扑过去抓住他。他会变化成各种动物的形状，还会变成游鱼和烈火，一定要死死抓住他。当他开口说话，恢复到睡觉模样的时候才能松手。她这样说完就消失了，我按照她说的去做了，我们披上海豹皮，等候在岸边上，那些豹皮的味道简直难闻死了，幸亏女神给我们涂上了药水，我们才闻不到那令人窒息的臭味。中午时分，海神从海中走上岸来，他来到自己的洞穴中，清点着那里的海豹，然后他在海豹身边躺下来睡着了。我们看准时机大叫一声一起扑了上去，费了九牛二虎之力最后好不容易才把普罗特斯抓住了。我请求老海神告诉我回家的方法，他告诉我说，首先要到埃及河流边给神明虔诚奉献上祭祀。我还向他询问了一些战友的情况，他都一一告诉了我。当我问到奥德修斯的时候，他说，现在奥德修斯被困在一座海岛上，一位名叫卡吕普索的仙女想要他留下来。他没有同伴也没有船只，虽然想回家却没有办法。我听完海神的嘱咐后就回到埃及给神明奉献上丰盛的祭祀品，神明原谅了我，把我护送回家乡，享受天伦之乐。既然你现在来到我家中，那么请你多留一段时间再走，我要为你准备三匹骏马当作作礼物送给你。"

忒勒马科斯感激地说："谢谢您，我很愿意在这里多待一会，但是我的同伴还在皮洛斯等待我的消息。至于骏马，我想还是让它们在这里的平原上奔跑吧，伊塔刻是崎岖不平的海岛，不适合骏马疾驰。"墨涅拉奥斯觉得忒勒马科斯很有礼貌，于是把骏马换成了嵌有黄金边的缸。他们就这样说着话，客人们纷纷来到墨涅拉奥斯的宫殿，带来了羊、美酒和面饼，他们在厅堂里开始准备酒宴了。

求婚人制造可怕的阴谋

那些求婚人在奥德修斯的厅堂前娱乐玩耍，他们在翠绿的草坪上投掷飞枪长矛，显然对忒勒马科斯的事情一无所知，安提诺奥斯和欧律马科斯也坐在草坪上。这时候弗罗尼奥斯的儿子诺埃蒙向他们走过来，问他们："你们知道忒勒马科斯什么时候从皮洛斯回来啊？他去的时候借走我一条船，我现在需要它渡海去埃利斯，我要在那里挑选十二匹马赫尔、一些骡子回来驯养。"

"什么？"安提诺奥斯觉得很吃惊，因为他没有想到忒勒马科斯会有勇气去皮洛斯，"你老实告诉我，他是什么时候离开这里的？哪些人跟他一起走的？是他挑选的伊塔刻人还是他自己的奴隶？你的黑壳船是被他强迫拿走的还是你自愿借给他的？"

安提诺奥斯问了一大串问题，诺埃蒙只好如实回答："是我自愿借给他的，不然怎么办,看着他这样难过,我怎么能拒绝他呢?跟随他的人都是我们地区的优秀的年轻人,是门托尔或者一位像门托尔的神明带着他们,因为我今天早上还看见门托尔了呢,那时候他早就动身和忒勒马科斯走了,你说奇怪不奇怪?"

说完,诺埃蒙就到他父亲那里去了。安提诺奥斯和欧律马科斯不由怒火中烧,眼睛里冒出仇恨的凶光,他们马上阻止了求婚者的玩乐,大声说道:"好啊,忒勒马科斯居然敢自己前往皮洛斯,还挑选了那么多优秀的年轻人跟着他,算他有种!他还是黄毛小子,竟然敢违背我们的意愿,他以后一定会成为我们的祸害!现在你们去准备一条快船和十二个同伴,我要亲自去收拾他,等到他返回的时候,就在伊塔刻和墨萨之间的海峡那里埋伏起来,给他一顿教训!让他寻父不成反倒变成自己去寻死!"众人纷纷表示赞成要他去做这件事,然后他们站起来走进奥德修斯的宅子里。

传令官墨冬听见了求婚者的阴谋,他悄悄跑到珀涅罗珀的房门前想告诉她这个消息,珀涅罗珀看见墨冬,就问道:"墨冬,求婚者为什么派你前来?是来吩咐奥德修斯的女仆停止工作,为他们准备菜肴吗?但愿他们永远都不要再来烦我了。奥德修斯以前对你们的父母那么公正亲切,你们怎么可以恩将仇报呢?"

墨冬答道:"尊敬的王后,求婚者正在策划一个大阴谋,他们想秘密地杀死忒勒马科斯,等到他从皮洛斯和拉克蒙克回来的时候。"

王后一听,不由地双膝发软,瘫倒在地上,她痛哭起来:"传令官,你说什么?忒勒马科斯离开伊塔刻了吗?我的孩子为什么要离开我去冒险啊?"

"也许是哪位神明让他这样做,或者他自己也想这么做吧。"墨冬答道。说完后,他就离开了房间。珀涅罗珀太悲伤了,一直靠在门栏边上哭个不停,所有的女奴看见她这样难过,也跟着抽泣起来。"我的命运怎么那么悲苦啊!先是失去了丈夫,现在又有可能失去亲爱的儿子,你们明明知道他要离去,为什么没有一个人叫醒我,通知我这个消息,把我一个人蒙在鼓里!你们现在快去请老人多利奥斯,我嫁来这里的时候父亲曾经把我托付给他,让他为我掌管果园,快让他去见拉埃尔特斯禀告这一切,也许拉埃尔特斯能有法子制止他们可怕的行动!"

老奶妈欧律克勒娅跪在地上说:"尊敬的夫人,您可以用青铜杀死我或者继续留我在家里我都不会再对您有所隐瞒了。忒勒马科斯让我为他准备了食物和酒,告诉我说不要把事情告诉您,除非您自己想起他来或者等到十一天以后再告诉您实情,以免让您过度伤心。哭泣已经使你的容颜有所损伤,他这样做也是不想让你过于担心吧。事已至此,您也不要太激动,请您现在去沐浴更衣,然后同女仆们一起到楼上房间里向雅典娜祈祷,祈求她保佑忒勒马科斯一行人平安返回。我想伟大的神明一定会留下奥德修斯的子嗣来继承这富丽的宫殿和肥沃的土地的。"珀涅罗珀听完她的话稍微感到一点安慰,只好照她说的去做了。她默默向雅典娜祷告,雅典娜也听见了。

这时候,狂妄的求婚者还在大厅里吵吵嚷嚷的,他们相信忒勒马科斯这次一定必死无疑。安提诺奥斯开口对他们说："朋友们，你们不要掉以轻心，还是要小心行事，千万不要把这个消息散布出去，我们现在开始悄悄动身了。"这样说完后，他亲自挑选了一条快船、两个健壮的勇士和各种精良的武器，这十二个勇士把船拖到海水里，然后竖起桅杆，挂好风帆，朝他们的目的地驶进。到了傍晚，他们终于来到那个海峡的港口，把船停泊在那里。

珀涅罗珀忧心忡忡地惦记儿子忒勒马科斯的生死，以至于寝食难安，她一直胡思乱想，心怀恐惧，一直到雅典娜施魔法让她沉沉睡去。雅典娜这时候又想到了一个办法，她幻化成珀涅罗珀的姐妹也就是伊卡里奥斯的女儿伊弗提墨的模样，来到珀涅罗珀的寝室，她停在珀涅罗珀的头上方，对她说："珀涅罗珀，你现在睡着，不要忧伤了，神明会保佑你儿子平安回家，因为神明认为他没有犯任何过错。"珀涅罗珀似醒非醒，她意识恍惚地说："亲爱的好姐妹，你为什么来到这里？你居住的地方离这里那么远，往日从来没有来过呀。你要我不要悲伤，但是我怎么能够不悲伤呢？首先是我那威武的丈夫不知所踪，现在我那年幼的儿子也为了寻找他父亲的消息出门在外，我很担心他会有不测，现在有好多人想要谋害他呀。"伊弗提墨的幻象回答她说："有一位能够保护他的人和他在一起，她就是雅典娜，她见你那么悲伤，就派我来告诉你。"

"那么，请你告诉我奥德修斯的情况，他现在到底是生是死？"珀涅罗珀急迫地追问道。"我不能详细说明你那丈夫的遭遇，也不能告诉你他现在是否还在人世。"幻象摇摇头，说完她就从门框的缝隙中钻出去，消失在风中。珀涅罗珀突然从梦境中惊醒，她抚摸着自己的胸口，仍对刚才的梦境心有余悸，不知道刚才的对话是真还是假。

求婚者这时候也在秘密地行动着。他们停泊在一个叫阿斯特里斯的岛屿的港口上，静静等待忒勒马科斯的归航。

奥德修斯离开仙女卡吕普索

当黎明的曙光从天边升起来，神明们也开始了他们的会议。会议由宙斯主持，他坐在神明中间，威严无比。雅典娜想起了还在磨难中的奥德修斯，于是首先对她父亲说："父亲宙斯和各位神明，请你们听我说。我想以后再没有一个国王能像奥德修斯一样公正严明又像慈父一样对待他的臣民了。可是现在的他正在一座海岛上忍受极大的痛苦。仙女卡吕普索想要把他留在岛屿上，可是奥德修斯一心想返回家乡，他自己没有船只也没有同伴，靠他一个人的力量根本就走不出那座岛屿。更为悲惨的是，现在又有人想趁机把探寻他消息的儿子杀死。"宙斯听了，对女儿说："我的孩子，难道不是你亲自谋划安排让奥德修斯回去报复那些求婚者吗？至于忒勒马科斯，你也同样可以保护他让他不受伤害地回到家中。"说完，他又对儿子赫耳墨斯说："赫耳墨斯，你是信使，你现在去向卡吕普索宣布我的旨意，让她放了奥德修斯，并且把奥德修斯送到淮阿喀亚去，那里的人会敬重他如神明的，他们会赠送给奥德修斯许多青铜、黄金和无数的礼物，并且会给他一艘坚固的船，使他能顺利返回家乡。奥德修斯命中注定会回到家的。”赫耳墨斯按照宙斯的命令去做了，他系上精美的会使他飞翔的鞋绳，手执一根魔杖，这把魔杖会让人马上坠入梦乡，也可以使沉睡的人马上清醒。他来到大海上，又如飞鸟一般穿过重重惊涛，海水沾湿了他的羽翼，经过一番跋涉，终于来到仙女的洞穴门口。洞里的炉灶燃烧着熊熊烈火，雪松和青柏的枯枝燃烧时散发的香味弥漫了整座岛屿。神女这时候一边在欢乐地唱歌，一边用金梭织布。洞穴周围林木茂盛，有赤杨、白杨还有青柏，各种羽翼宽大的鸟在树枝上栖息做巢，有鹞鹰、乌鸦还有海鸥。洞穴的壁岩上长满了葡萄藤，蜿蜒的枝条上结满了累累硕果，清泉绕着洞穴流过，穿过碧绿的草坪向远方透迤而去，草坪上缀满了紫色的花，蜜蜂、蝴蝶在其中翩翩起舞。赫耳墨斯不由地被这里的美景吸引住了，他停下来驻足欣赏。仙女卡吕普索突然发现了他，她心生疑窦，走过来问道：“我敬爱的神明赫耳墨斯，您可是稀客，今天怎么光临我这里？如果您有什么吩咐需要我效劳的话，我定当全力以赴，现在您还是进洞来，让我来尽地主之谊。”赫耳墨斯走到洞中，吃了仙女端上来的水果和茶点，然后对她说：“你知道我今天来的原因吗？宙斯派我来到这里，说这里有一位饱受磨难的英雄奥德修斯，他受的磨难远远超过平常人，那些英雄曾经在普里阿摩斯城下战斗了九年，第十年摧毁了城市，在返航的途中他们得罪了雅典娜，引起雅典娜的愤怒，于是她掀起漫天的风暴，使得这些人中的大部分丧命大海，而他被波澜吹到你的岛屿上。现在宙斯命令你马上放人，奥德修斯注定要回到他自己的家乡。”

仙女听完赫耳墨斯的话后感到内心受到巨大震颤，她大声说道：“神明们啊，你们就是喜欢嫉妒，嫉妒我们仙女与凡人结合在一起。想当初黎明女神爱上奥里昂，神明们就派阿尔忒弥斯前去用箭射杀了他得墨忒耳爱上伊阿里西的时候宙斯也大为震怒，用闪电劈死了他。现在你们又嫉妒我了。当初宙斯发威攻击他的船只，把船只差点劈成碎片，是我把他救上岸来，对他悉心照料。我对他一往情深，愿意为他做任何事情。现在既然是宙斯的命令，我断然不敢违抗，我也无法将他送回家中，我也没有船只，只能给他一些忠告，或许这些忠告能够使他平安地回到家中。”她说着眼睛里噙满了泪水。“那就快去做，不要惹宙斯生气。”赫耳墨斯说完单脚一跃，就飞走了。

卡吕普索悲伤极了，但是却不能违抗宙斯的命令，她来到海边寻找奥德修斯。这些天来奥德修斯每天都坐在海岸上吹风，双眼迷茫地望着大海，心里一直想着家中的情形。卡吕普索虽然对他很好，但是回家才是奥德修斯最大的愿望。她看到他这副模样，走向前去，轻轻拍了拍他的肩膀，告诉他不要悲伤，她现在就让他离去。不过他必须砍一些长长的树枝做成宽大的船筏，然后在上面安上护板。她还许诺给他美食和衣物，使他能顺利回家。奥德修斯听见她这样说，惊讶极了，他一阵惊喜，但是又突然疑虑起来，因为他害怕这是她安排的灾难。知道他的疑虑之后，卡吕普索微笑地握着他的手，说：“你真是狡猾，从来不会让自己上当受骗，可是你的担心是没有必要的，我现在就发重誓，这绝对不是什么灾难。我为你考虑这些其实就像为我自己考虑一样，对你，我的心很仁慈。”说完，她把奥德修斯领回洞穴中，给他穿戴整齐，又给他提供了丰盛的菜肴。看见他终于要离开了，卡吕普索留恋地说道：“奥德修斯，你现在就要走了，我祝你一路顺风。一路上你将经历很多磨难，或许有一天你会怀念我这个小小的洞穴，虽然你一直对你的妻子念念不忘，但是我不知道我哪里比不上她，是脸蛋还是身材？”奥德修斯答道：“尊敬的女神，谢谢你的好意。我妻子珀涅罗珀无论脸蛋和身材都不能和你相比，但是我的信念很坚定，我一定要回去，回到伊塔刻，回到家中。我已经经受了太多的磨难，不再畏惧回去的苦难，多一次这样的苦难对我来说不算什么。”这一晚，奥德修斯和仙女卡吕普索拥卧在洞穴里。第二天清晨，当他们从睡梦中醒来，卡吕普索交给奥德修斯一把符合他掌形的大斧子，让他去砍一些大树的枝干。奥德修斯费了一番工夫砍了二十棵大树的枝干，又把它们削平，然后用钻子钻孔，用木钉把它们连接起来。他花费了不少力气，一直忙活了四天四夜。但奥德修斯的手艺十分精湛，在他的辛苦打磨下，一张结实的木筏终于完成了。第五天，卡吕普索送奥德修斯出海并为他准备了随行的东西，奥德修斯就这样又重新出发了。

仙女卡吕普索吹了一口顺风气，把奥德修斯的船吹入大海中，木筏离岛屿越来越远了。奥德修斯内心一阵激动，他愉快地躺在木筏上，望着碧蓝的天空，靠着星座来调整方向。好在这期间海面上一直风平浪静，风向也使船在既定的轨道上航行着。十七天过去了，在远方的晨雾中隐隐约约透露着淮阿喀亚国土的轮廓，奥德修斯似乎看到了希望，内心激动极了。

可就在这时候海神波塞冬从索吕摩斯山山顶上看见了航行在大海中的奥德修斯，他刚从埃塞俄比亚回来。看到这番情景，波塞冬气不打一处来，心想：“好啊，看来那些神明已经对奥德修斯照顾有加了，居然让他离淮阿喀亚那么近了，看来我得发挥我的力量让他吃吃苦头！”于是波塞冬手执三股叉搅动海水。霎时间，大海上惊涛拍岸，洪波涌动，天空立刻阴沉下来，只看见一层层巨浪气势汹汹地掀动起来，巨大的波浪袭向奥德修斯的小木筏。奥德修斯慌了，心想这下一定逃脱不了灾难。正当他这样想着的时候，一个巨浪拍打过来，把木筏冲击得团团转，他被巨浪的冲击力抛出去了，掉进海水里，木筏的桅杆也很快被折断了。奥德修斯艰难地浮出水面，嘴里吐出一口口成涩的海水，巨大的浪花一个接一个涌来，他都没有办法呼吸了。他拼尽全身力气朝木筏游去，终于艰难地抓住木筏的边缘爬了上去。木筏随着巨浪一上一下地起伏着，波浪还像鞭子一样抽打着这个苦命的人，他拼尽全力抓住手中的木头，因为他知道只要他稍微松懈一点他的命就保不住了。奥德修斯在暴风雨中显得孤独可怜极了。

就在这万分紧急的时刻，卡德摩斯的女儿，长有美丽双足的伊诺看见了奥德修斯。伊诺原来是一个凡人，现在成了海底的神仙。看到奥德修斯无助地漂浮在海上，她心生怜悯，于是化作一只海鸥，飞到奥德修斯跟前，说：“不幸的人，为什么海神波塞冬要这样对你？你现在赶快脱掉自己的衣服，离开这座木筏，自己游到淮阿喀亚的土地上去，你一定会成功的。因为神明们在保护你。”然后海鸥给了他一块方巾，让他铺在胸上，这是块神奇的方巾，能够避免灾害。“但是等到你上岸的时候一定要把方巾远远地抛到海水里。”伊诺这样嘱咐道。

伊诺留下一块方巾就飞走了，奥德修斯却疑心这又是哪位想要置他于死地的神明想出来的毒招，于是他拿着手帕不知道该不该用。他决定要是风暴没有把木筏劈碎的话他就继续留在木筏上，要是木筏散开了，他就照那个海鸥的说法去做。就在这时，波塞冬打下一个巨浪，这个巨浪的威力强大，一下子就把木筏击得粉碎，木筏散成一块块木条。奥德修斯机敏地骑上了一根木条，然后马上脱掉衣服，深吸一口气跳入海中，奋力朝前游去。波塞冬看见他这副模样摇了摇头，自言自语说："你已经忍受了那么多磨难，现在就这样在海上漂泊吧。”于是他骑上他的长鬃马返回他的寝宫了。雅典娜这时候施展魔法，使所有的狂风、巨浪全部平静下来，只留下北风为奥德修斯吹开波浪，帮助他朝淮阿喀亚游去。

奥德修斯一直在海水里划啊划，脑袋里只有一个念头就是快点划到对岸。他在海中划了两天两夜，有时候累得快要失去信心了。第三天到来的时候，他这才发现海面上已经一片宁静了。他抬起头来，看见淮阿喀亚就在触手可及的地方，他欣喜若狂，使出最后的力气朝前游。但就在他快触及陆地的时候，他听见大海撞击悬崖发出的轰鸣声，巨大的浪涛冲向陆地，登岸的地方既没有港湾也没有避难地，到处都是嶙峋的礁石，奥德修斯不知道该怎么办了。雅典娜给了他智慧，让他趁巨浪拍打过来的时候紧紧抓住悬崖的峭壁。可是海水往回退的时候又连带着把奥德修斯往后撕扯，他又被带入海水中。雅典娜又给他另外一个法子，当波浪冲向陆地的时候他注意观察陆地上面是否有一个可以登陆的地方，于是他奋力游到一个闪光的河口，发现一个可以躲命的地方。他祷告神明怜悯他不要再制造巨浪了，河神听到他的祷告，立刻制止了水流的涌动，他得以安然游向河边。

奥德修斯到岸之后，简直累得不成人样了，他筋疲力尽地趴到地上，昏厥过去。等到他稍微恢复了一点体力，他记起伊诺的方巾，于是把方巾远远地抛到海水中归还给她。他从河岸爬到茂密的芦苇丛中，心想如何熬过夜晚。要是留在这里一定会被冷霜冻坏，要是去到前方的树林里，可以取些枯叶遮挡御寒，但是也可能被野兽吃掉。他这样想着，决定进树林看看。突然，他发现了两株枝叶交叉的橄榄树围成一个封闭的灯笼状，雨水阳光都渗透不进来，奥德修斯感到很欣喜，于是收集了一些树叶做铺垫。很快，他就趴在上面，沉沉地睡去了。

瑙西卡

智慧女神雅典娜一直注视着他的行踪，现在又来帮助奥德修斯。晚上，她托梦给淮阿喀亚国王的女儿瑙西卡，告诉她婚期不远了。为了给婚姻大事做一个细心周全的准备，她应该把全家的衣裳洗干净。第二天早上，公主匆匆找到父母，向他们吐露心事。不过，她只字不提婚期，只是说神谕如此。父亲听后欣然同意并吩咐车夫准备车辆。到了河边，公主和随从的姑娘们让车夫把骡子放下来自由吃草，她们自己把衣物抱到河边，欢快地洗着衣裳。公主一边洗衣服，一边四处等待着神谕的奇迹出现。她望穿秋水，还是什么也没有发生。那些衣服很快就洗好了，时候也到了中午，该是吃午饭的时间。姑娘们在草地上摊开桌布，放下了准备好的午餐。少女们吃完午餐之后又开始玩抛球游戏，瑙西卡又带着她们一起跳舞。少女玩乐的声音和午餐的香味传到旁边林子里熟睡的奥德修斯的鼻子里，他被惊醒了。接着他就看见了那些一边玩乐一边嘻嘻哈哈的姑娘们。

奥德修斯摘取一根树枝，用浓密的树叶遮住赤裸的身体，犹如荒野中的狮子一般。然后，他从树丛里慢慢地走出来。少女们一见一个野人赤身露体地跑出来，马上四处奔逃，只有一直希望奇迹发生的瑙西卡留了下来。奥德修斯毕恭毕敬地站在远处，向她述说自己的悲惨遭遇，请求公主能够赐给他食物和衣裳。公主温文有礼，回答道："外乡人，我看你也不像是个坏人，宙斯会按照他的心愿把幸福分配给每一个人，对你也一样。你既然遭受了那么多痛苦，现在来到了这里，就不再缺少食物和衣服了，我是国王的女儿叫瑙西卡。"接着，瑙西卡把受惊的少女们召唤回来。她告诉她们这个男子是个不幸的漂泊人，应该好好招待他。于是侍女们为奥德修斯拿来了食物、衣服还有沐浴用的橄榄油。奥德修斯回避了少女转身来到河边上洗净身上的泥垢和污浊，然后用橄榄油涂抹全身，沐浴之后的他更加威武强健了。他穿好衣服出现在瑙西卡面前时，瑙西卡吃惊地睁大了眼睛。她没有想到刚才那个蓬头垢面脏兮兮的家伙现在变成一个神明一样英俊的男子。奥德修斯身材魁梧，神采奕奕地站在面前，眉宇间洋溢着一股掩饰不住的大丈夫气概。瑙西卡心中暗暗赞赏他，心想要是神明赐给他的夫君也是这样英俊就好了。公主对他不胜爱慕，决定让他坐在回城的车子上，她甚至毫无顾虑地告诉姑娘们，她期望神灵给她的丈夫就是这个样子。她准备把奥德修斯带到城里。她给奥德修斯端来食物，他好久没有吃东西了，于是狼吞虎咽地吃起来，公主对奥德修斯说："我现在要带你进宫去让你看看我的父母亲，也就是淮阿喀亚的国王和王后。路上会经过田野和城镇，你到处都可以看见耕作的人们。我们这样大张旗鼓地经过城市肯定会引起别人的闲言碎语，他们看见你一定会说：'那个英俊的男人和瑙西卡公主是什么关系？是不是她要嫁的人'之类烦人的话。所以当我们经过一座白桦树林的时候，你就下车在那里等待，我父亲的宫殿就在白桦林的里面。在那里，任何路人都能毫不费力地把你领到王宫去。我们就不一同进宫了。你要是进宫的话就迅速进入大厅见我的母亲，她一般都坐在炉灶旁纺羊毛线，你要是能博得我母亲的喜欢，就很快能够得到她的帮助，顺利回家了。"她这样说完后就挥动鞭子驱赶骡子，不一会就来到了那座白桦林。公主放下奥德修斯，和女仆们一同进宫去了，奥德修斯开始向神明祷告，希望能够得到淮阿喀亚国王和王后的垂怜，帮助他回家，雅典娜允诺了他的祷告。

奥德修斯来到淮阿喀亚人的国土

瑙西卡和女伴们回到宫殿中,女仆们纷纷过来帮她拿走洗干净的衣服,老奶妈开始生火为瑙西卡准备晚饭。这时候奥德修斯正向国王的宫殿走去,雅典娜担心淮阿喀亚人欺负奥德修斯,于是就在他周围撒下一片浓雾包围他。正当他要进城时,雅典娜幻化成一个手捧水罐的少女向奥德修斯走来。奥德修斯请求她带他去国王的宫殿。少女答应了,但是她要求奥德修斯默默跟在她身后不要向别人询问什么,因为本地人很不欢迎外地人。雅典娜在前面引路,奥德修斯跟在她后面,他们一路穿过广阔的会场、林立的栅栏、蜿蜒的城墙和停泊的船只,城市的种种壮阔的景象让奥德修斯叹为观止。到了宫殿的门口,雅典娜鼓励奥德修斯让他不要胆怯,径直过去首先找到王后。王后名叫阿瑞塔,平时深受她丈夫阿尔基诺奥斯和人民的尊重。因为她富有智慧并且心地善良,甚至善于调节男人之间的纷争,雅典娜让奥德修斯先取得王后的喜欢。告诉完他这些之后,雅典娜幻化的少女就转身离开了。奥德修斯站在富丽的宫殿门前仰望着这座宫殿,多雄伟气派呀!青铜铸成的宫门就像太阳和月亮一样散发着耀眼的光芒,两边竖立着银质门柱,宫门两侧还有赫菲斯托斯制作的狗,用黄金白银制成,象征着守护宫殿的勇士。向里望去,可以看见宫殿内侧两边的墙壁边上摆放着许多的座椅,上面铺满了女仆们纺织的精美的绸缎,许多王公贵族举行宴会和商议事情的时候就坐在这上面。离宫殿不远的地方有一大片果树林,那里郁郁葱葱地生长着各种各样的果树,有苹果、雪梨、紫葡萄、无花果还有橄榄树,无论春夏秋冬,都有适合季节的水果成熟。在树林边上还有一座皇家葡萄园,仆人们正在辛勤采摘葡萄,或晒干或酿酒,葡萄蔓延着整个田园,花草斑斓生长着。有两条清泉流过,一条流经果园用来灌溉,一条流经宫殿。奥德修斯被眼前的美景吸引住了,他停下脚步慢慢欣赏着这美景,然后他迅速地走进宫殿。

这时国王、王后和其他王臣正做着睡觉前的最后一道祭祀,奥德修斯迅速来到阿瑞塔跟前,在她面前跪下,围绕在他身边的浓雾这时候也散去了,他恳求道:“阿瑞塔王后,我经受了无数的灾难,现在请求您帮助我赶快回到自己家乡,愿神明保佑您、您的家人!”他说完后就坐到炉灶旁边的灰土里,众人中的老英雄埃克涅奥斯说道:“阿尔基诺奥斯,让客人坐在满是灰尘的炉灶边不雅观,请你扶起这位客人,让他坐到银椅子上去,然后再让女仆给他准备晚餐。”国王听从了长者的话款待了奥德修斯,然后遣散了众人。

殿内只剩下了奥德修斯和国王、王后。阿瑞塔看见奥德修斯仪表不俗,身上穿着的衣服又都是自己女仆所制作的样式,心里感到疑惑,她问奥德修斯是哪里人,怎么得到这些衣服的,奥德修斯将事情的原委讲述了一遍。国王听完后皱皱眉头说:“客人,我女儿对你的做法欠考虑,她应该带你一同进宫来,怎么能把你放在半途?”奥德修斯对国王的谦逊感到很感激,他连连说这是自己的意愿。国王看见奥德修斯秉性纯良,不由得赞赏道:“我真是希望能有你这样一位出众的女婿啊,和我女儿的性情相配!你要是愿意的话,我会让你继承我的家业和产业。但是我们不会强迫你的,如果你想回去的话,我们一定助你一臂之力。我们的船只很快速,年轻人也善于航海,他们曾经去过最为遥远的尤卑亚岛,即使是那样遥远的距离他们一天就返回了。”奥德修斯心里默默高兴,并且祈祷国王的诺言会实现。谈完之后,国王安排奥德修斯在宫殿里豪华的床铺上睡觉,自己和王后也随之进入了梦乡。

第二天,国王召集众人来港口附近的广场开会商量奥德修斯回家的事情。雅典娜幻化成国王的传令官,走在大街小巷上传布消息,于是没过多久,广场上就聚满了群众。他们看见奥德修斯不同寻常的外表和气质,纷纷赞叹不已。这时国王开口说道:“我们现在要帮助这位可怜的外乡人回到他的家乡,就像我们以前做的那样,现在让我们准备好一条新的黑壳船,再从国人中挑选出五十二个超群的年轻人系好桅杆,贮备好粮食,然后再到我宫殿里去。为了欢迎这位客人的到来,诸位王公们现在就请去我的宫殿参加宴饮,还有把歌人得摩多科斯请来,让他来弹唱弹唱!”

国王和众人回到宫殿,五十二个年轻人照吩咐准备好船只和粮食之后也结对来到国王的宫殿中。这时候宫殿内外聚集了不少人,国王吩咐仆人宰杀了十二头牛、八头白猪和两头羊,开始大办宴席。歌人也被邀请过来为大家弹唱助兴,歌人演唱的是英雄们的业绩,有关于奥德修斯和阿喀琉斯的争吵以及他们如何在祭神的盛宴上起争执等等事情,奥德修斯听见歌人的演唱,不由得想起自己以前的生活,眼泪就不自觉地落下来了。他用手提起那紫色的大袍,遮住自己的脸庞,怕众人发现他在落泪。等到歌人停止歌唱,他也就停止了哭泣。但歌人一开口演唱,他又忍不住泪如泉涌,赶紧用袍子遮住脸。众人都没有发现,只有国王看见了。他心生疑惑,但在那么多人面前他没有询问奥德修斯,而是站起来说:“大家如果已经享用好了食物,我们现在就到广场上举行竞技比赛吧。好久没有这样的活动了,现在趁大家高兴,再加上这位客人来到我们这里,让他也看看我们准阿喀亚人的勇气和能力,好让他回家以后对他的家人和国人诉说。”

大家都纷纷表示赞成,在国王的带领下,众人跟随着他来到广场上。

随行者中有许多高贵的年轻人,他们比赛的第一个项目是赛跑,比谁先到达终点。赛手们一路狂奔,带起了很重的灰尘,最后高贵的课吕托涅奥取得了胜利。接着他们又举行了角力比赛,欧律阿洛斯技压群雄;埃拉特柔斯在掷饼运动中遥遥领先了;拉奥达马斯取得了拳击比赛的冠军。比赛之后,拉奥达马斯问奥德修斯擅长什么竞技,并且想让他一展身手。奥德修斯推辞了,欧律阿洛斯看到他不愿意展示才艺,于是讥讽道:“我看你也不像是会技艺的人,你看上去就像一个只会航行在海上的商人头领,一门心思想着自己的财物而不是自己的技艺。”奥德修斯听见他的讽刺,回击道:“你这个年轻人说话太放肆,看来上天只给了你好看的外表,你的内心却很鲁莽无知。我并非不会技艺,但是我现在满心都充满了愁苦,在经过那么多灾难以后,我只想快点回到自己家乡。你刚才的话太伤人,我现在就要向大家证明你说的话完全是一派胡言。”说完,奥德修斯就站起来,弯腰抓起一块石饼投掷出去,石饼急速飞过众人脑袋,在空中划了一条长长的弧线,然后落在很远很远的地方,落地的时候力量如此巨大以至于地面的草皮都给削掉了。大家对奥德修斯的力量惊叹不已。奥德修斯转身对着欧律阿洛斯说:“年轻人,只要你能抛到那个位置,我就再抛一次,一定会比刚才的更远,我愿意接受其他人发出的所有挑战,除了尊敬的国王陛下。因为客人不能和主人角力,这是对主人不尊敬的做法。我对任何人都不拒绝也不轻视,我愿意当面较量。我擅长射箭和投掷长枪,只是跑步可能会差点,因为经过那么些天的漂泊,我现在的体能已经下降好多了。”他这样说完后大家一片沉默,有想出来迎接挑战的但是又担心会被奥德修斯比下去颜面无存,有的人看见刚才奥德修斯投掷铁饼心中已经臣服不已不敢再继续挑战了。国王为了缓和气氛,站出来说道:“客人,刚才那个人说话激怒了你,现在你想表示一下自己的勇力我很能理解,我也相信你的力量无人能敌。我们是朋友,比赛竞技为的是娱乐,增进彼此的了解,不要因为一时情绪激动而产生不高兴的心情,否则这就和咱们今天的目的背道而驰了。不过你要是回到家里,对自己的家人说起我们这儿的人时,一定要告诉他们,我们虽然在拳击和角力方面并不出色,但是我们非常善于奔跑、航海、舞蹈和歌唱。现在请你稍微歇息,欣赏一下我们富有特色的舞蹈吧,把歌人的弦琴拿过来。”

歌人开始弹奏起来,大家踩着节奏舞动起来。他们刚开始的时候踩着节奏快速地移动着自己的舞步,整齐中又有变化;后来随着节奏旋转起来,衣裙美丽的花边在旋转的时候像一朵朵盛开的花朵,动人极了。他们妙曼的舞姿立刻把奥德修斯吸引住了,他心中暗暗称奇。歌人一边弹着琴一边叙说着阿佛洛狄忒背着她的跛足丈夫与阿瑞斯幽会,结果被赫菲斯托斯制造的网给网住,又被她的跛足丈夫当场捉住,带到宙斯的宫殿去庭审的荒唐故事,这一段欢快又滑稽的故事引起了众人的笑声,奥德修斯听了也觉得轻松了许多。他对国王表达了对该国人民舞蹈的欣赏,国王也觉得非常荣幸,高兴之下让全国十三个王公大臣包括他自己,每人赠送给奥德修斯一件披篷、一件衣衫还有一塔兰黄金。

宴席上的故事

大臣们按照国王的吩咐把礼物送到王宫,国王和奥德修斯一起回到了王宫。奥德修斯沐浴完之后穿上了赠送的衣服,更加英俊逼人了。国王的宫殿里又开始举行宴饮了。公主瑙西卡偷偷站在立柱后面目不转睛地看着奥德修斯,她知道他立刻就要回家了,但心中仍然装着对他的喜爱。她向他走过去悄悄说:“奥德修斯,要是你回到家乡,请不要忘记我们的邂逅。”奥德修斯深深鞠了一躬,对公主说:“我永远不会忘记您对我的帮助。”

国王宣布宴饮开始了,大家就坐在席上,吃着烤肉喝着美酒,听着歌人美妙的弹奏。奥德修斯举起酒杯对歌人说："尊敬的歌人，我敬你这杯酒，你的歌唱非常美妙，你说的阿开奥斯人的故事生动极了，现在你换个题目吧，说说木马的故事和特洛伊战争。"歌人于是调整琴弦，开始唱起阿开奥斯人怎么样集结队伍出发攻打特洛伊，在特洛伊苦战了九年也未能将其拿下，最后阿开奥斯人躲在木马里，好大喜功的特洛伊人以为这是敌人丢弃的战利品把它带进城里。木马中的英雄趁其不备，打开城门，最后终于攻占了特洛伊。他的歌声引起了奥德修斯的回忆，不禁泪流满面，他不想被别人发觉就偷偷地哭泣，但是国王再一次察觉到了。他决定要问个究竟。于是，他对众人说："大臣们、首领们，歌人歌唱那么令人悲痛的音乐，让宴饮也变得沉重起来。我们今天要的是娱乐和欢快，希望这令人悲伤的音乐不会给大家带来悲苦的心情。现在歌人请停止吟唱吧，虽然我们愿意听到关于特洛伊的更多故事，因为战争总是那么激烈又那么吸引人，但是目前最为要紧的恐怕还是享受眼前的美食。请大家不必拘礼，快乐随意地享用美食吧。"接着，他又转向奥德修斯，说："现在，客人，请不要对我隐瞒，告诉我，你在家乡的时候别人怎么称呼你？你的家乡又是在哪里？好让我们知道，能够帮你辨认方向。我们的人很会航海，但是波塞冬对我们的技术感到很生气，因为我们总是能够安全地送客人回家。他发下誓言说是要把我们的航船粉碎在可怕的大海中，不知道他的恐吓能不能成真。你到底游离过什么地方呢？经过什么苦难？你听到特洛伊战争时为什么要伤心地流泪呢？虽然你极力想掩饰过去，但还是被我看见了。要是与特洛伊无关的人虽然听见歌唱或许会觉得心襟荡漾、神往不已，但是你的眼泪却明白地告诉我你与特洛伊战争有着紧密的联系。"

奥德修斯答道："尊敬的国王和大臣们，听见歌人的歌唱我感到万分荣幸！我从来没有听过这么美妙的音乐。一边听着仙乐一边喝着美酒，我觉得这简直是太幸福的事情。现在您问我的情况，而且你的观察力和判断力真是令人感到佩服。是的，我的确和特洛伊战争有紧密的联系，因为我自己就是攻占特洛伊中的一员。听到歌人的歌唱，我不禁想起了那些峥嵘岁月，我们在战场抛头颅、洒热血、共患难的日子，这怎么能不让我流泪呢？我真不知道该从何说起啊，现在思绪一片混乱。但是我还是愿意以诚相告，让你们知道我是什么样的人，曾经有过怎样的遭遇。"

"我名叫奥德修斯，是拉厄耳忒斯的儿子。我住在阳光明媚的伊塔刻，那是个岛国，风景秀丽，气候宜人。伊塔刻地势低矮，右侧就是大海，虽然岛国的地势崎岖，但是很适合人们居住。在我心中，伊塔刻是世界上最美丽的地方，那里有我的家人我的乡亲，任何东西都取代不了他们在我心中的重要地位。"奥德修斯充满自豪地大声说道。

"当年，在阿伽门农的带领下，我参加了特洛伊战争，作为一名战士，我很怀念那些在战场上浴血奋战的岁月，我的勇气、信念都是在战争中成长起来的。我们花费了十年的工夫，终于如愿以偿攻克了特洛伊城。如果说攻克特洛伊在世人想象中是难于上青天的事情的话，但我要说，特洛伊战争之后，我的苦难才刚刚开始。

所有从特洛伊返航回家的英雄们都顺利回到了家乡，和自己的妻子儿女共享天伦之乐，继续着他们战前离开时的权力和财富。只有我乘坐的船在海上迷失了方向。神明们似乎要考验我的耐力，给我制造了无数的阻碍。这些苦难是常人难以想象的，现在我把它们讲出来或许还有人不会相信呢。我记得当时我们离开伊利昂，来到伊斯马罗斯，之后又遇到了最可怕的四大族人。”

遭遇喀孔涅斯人，食忘忧果的民族，库克罗普斯人，波吕斐摩斯

“我们攻占了伊斯马罗斯，虏获了许多财物，分完财物之后我要求同伴们立刻离开那地方，但是他们太贪图享受，不听我的建议，仍然聚集在海边宰杀牛羊吃喝玩乐。就在这时，伊斯马罗斯城的喀孔涅斯人逃到邻国去召唤了许多勇士准备反攻。这些勇士善于骑射，人数众多，当他们到来的时候，和我们展开了一场激烈的战争。他们装备精良、训练有素，白天的时候我们还占优势，但到了晚上，他们就把我们打败了，毕竟寡不敌众嘛。我们每条船都有六个同伴丧命，我们只能逃走。那时候我们的心情很复杂，一方面为自己能幸存下来感到万幸，一方面又为死去的同伴悲伤不已。这时候海上刮起了狂风，卷起来巨大的波浪，漫天的巨浪拍打着我们的小船，一道道水花像鞭子一样抽打着我们的身体，简直痛苦极了。我们赶紧放下风帆，靠自己的双手划动双桨，努力使船向陆地方向靠近。我们划啊划，累得连一丝力气都没有了，双手由于长时间浸泡在咸涩的海水中已经肿起来了。那次风暴持续了大概两天，第三天终于平静下来，但是一阵短暂的平静之后，狂风又把船推离开库特拉，让我们在狂啸不止的海上漂流了九天。所幸的是，尽管风浪巨大得令人感到恐惧，却没有一道巨浪彻底将小船击垮，我们能够待在完整的小船里多亏了神明的庇佑啊。第十天，我们终于来到洛托法戈伊人的国土上。这个岛国的人有一个奇怪的癖好，他们平时不吃粗粮或者水果或者肉类，他们吃的是岛国上特有的一种花。这种花叫什么名我忘了，只记得当时我对此感到惊异不已。我们休息片刻以后，我就派了两个同伴和一个传令官去看看当地人的情况。他们在途中遇见了几个洛托法戈伊人，洛托法戈伊人没有杀害他们，但是给他们吃了一些花吃了之后，同伴就不想回来了。我不顾他们的意愿把他们五花大绑地带回了船，然后赶快离开了那里。那时我才知道这种花能让人忘掉自己的从前，并且留恋花儿出生的地方。接下来，我们又来到了野蛮的库克罗普斯人的居地。你难以想象，像库克罗普斯人那样野蛮难看的人居然会受到天神的保佑长生不死，而且他们居住的地方，所有的作物都无须耕作会自动生长。他们没有法律也从来不举行集会，他们居住在山巅或者山洞里，只照顾自己的妻子儿女，不管其他人怎么样。离库克罗普斯人不远的地方有一个岛屿，岛上到处都是成群的羊群，奇怪的是没有牧人养育他们；岛屿上的一切植物和农作物都自然生长自然收获，也没有人去理它们；岛上土壤非常肥沃，还有天然的可以泊船的港湾，但就是没有人迹。我们乘船来到了这座岛屿上，稍做休息之后就去捕猎动物果腹。不一会工夫就有许多猎物了，岛上的一切都

是那么繁盛啊。我们一共有两条船，每条船分得了九头羊。我们就地开始生火烧烤羊肉，船上还有剩下的美酒，都被我们搬出来享用了。在经过海上风暴以后我们还从来没有那么放松快乐地享用过食物呢。落日西沉，我们在暮霭中望见不远处库克罗普斯人的居地雾气缭绕、青峰耸立，显得异常神秘。第二天黎明到来的时候，我就决定亲自带着同伴去他们居住的地方一探究竟。

“我们划船来到那个岛屿，海滨边上有一个巨大的山洞，上面覆盖着厚厚的桂树枝叶，许多羊群在里面睡觉。石洞边上有一座高高的庭院，周围都被坚固的石墙围起来，庭院里面栽满了葱郁的松树和橡树。远远地，只看见一个巨人在放牧羊群，他的样子奇怪得很，看起来不像凡人。我让其他同伴留在船上，自己挑选了十二个同伴和我一同上岛，我随身携带着一皮囊暗红色美酒。虽然我们当时并不怯懦，但是我也预感到，我们要面对的是个非常野蛮、难以对付的人。

“我们来到山洞前，发现里面有一筐筐贮存的奶酪，羊群全都按照大小分圈豢养，互不相混，各种罐子里盛满了新鲜的奶液，气味芬芳。我的同伴们怂恿我搬走奶酪带走羊群，以备航海之用，但是我却没有这样做，因为我想知道主人是不是对我们友善，在确定这些之前随意搬动主人的东西是有违礼节的。

“我们在山洞里燃起篝火，吃着奶酪，等着主人回来。等到傍晚时候，巨人扛着一大捆枯枝回来了。他把柴薪扔在地上，啪地发出一声巨响，山洞里的灰尘也被掀动起来了。巨人的模样吓得我们赶紧退到洞穴的暗处。巨人把公羊赶到洞外的栅栏里圈起来，把母羊留在洞内，然后又抓起一块巨石堵住洞口，那巨石大得惊人。在山洞里面，他开始挤奶了。当他挤完奶以后，生起火堆，就发现了我们。他用粗犷沙哑的嗓音问我们是谁，没等我们回答他又问我们是不是一群在海上冒险的海盗。听到那么可怕的声音，看见他那张狰狞的脸，我们的心里感到一阵恐慌，但是我壮起胆子答道：‘我们是阿开奥斯人，来自特洛伊，是阿伽门农的部下，回家的途中迷路了，机缘巧合之下来到了这里，宙斯保护所有旅人，您若敬畏神明的话，希望您也能给我们提供一些帮助。’巨人大笑了几声，声音使得石壁都震颤不已，‘要我敬畏神明？我看你是蠢到家了！我不管宙斯是什么东西，我只按照自己的意愿做事情，我，波吕斐摩斯，比那些神明强大多了！你老实点告诉我，你们的船停泊在哪里？还有没有其他的同伴？’我怕他知道还有同伴在附近，于是骗他说：‘海神把我们的船只摧毁了，现在只剩下我们几个。’巨人听完我的话没有回答，他一步一步朝我们走来，他每走一步，整个山洞就颤动一下，好像地震一样。突然他抓住我们两个同伴，像抓起小狗似的撞到壁岩上去，他们鲜血直流，脑浆迸裂。巨人又把他们撕扯成块，张开血盆大口将他们塞进口中。我们目睹了这个惨象，不由地浑身颤栗，面如死灰。巨人吃完了人肉，喝了点鲜奶，就躺下去睡觉了，也不理睬我们了。这时候我很想冲上前去用刺刀割破他的胸膛，但是看到洞口那巨大的岩石我们无力推开它，到时候也只能死路一条：被困死在这叫天不应、叫地不灵的山洞里。于是我们决定还是耐着性子等待天明。第二天，巨人又像前一天晚上那样吃掉了两个同伴，然后他移开洞口的巨石，把羊群赶出去放牧，但随后他紧接着又像扣壶盖一样把洞口封住了，我们被困在山洞里不知道该如何是好。这时候我看见羊栏边上一根巨人的橄榄树枝，那树枝十分粗大，我上前去砍断它，招呼同伴们把它削光，再把它的一段削得十分尖锐，简直可以当作一柄利剑使用了。我们几个人抓阄，抓中的人得等到巨人睡觉的时候把尖锐的橄榄树枝刺进巨人的眼中，加上我自己，一共五个人执行这个任务。我们把橄榄枝藏在羊粪下面，等待巨人回来。

"傍晚的时候，巨人果然回来了。巨人像他前几次做的那样，挤完奶之后又吃了我两个同伴。我走向前去，双手捧着一杯斟满酒的杯子，对他说：'巨人你喝了这杯酒吧，这是我们给您的礼物，请您怜悯我们这些人，不要再吃我们了，帮我们回家吧。'巨人喝完这杯酒喜欢极了，或许他从来没有喝过这么好的酒呢。他连连向我继续要酒喝，并且询问我的名字，这样，我给他喝了三大杯。酒力开始发作了，巨人开始有点醉了，我告诉他我的名字叫作'无人'。巨人迷迷糊糊地说：'那好，我要吃掉你所有的同伴，只把无人留下！'说完他就晃晃悠悠地倒在了地上，醉醺醺地呕吐出许多碎肉和残酒。我赶紧把削尖的橄榄枝插在炭火里，不一会它就被烧红了，我们几个人围在巨人旁边，猛地一下把树枝插进巨人的眼睛里，然后不停地旋转。巨人的眼睛冒出大股鲜血，灼热的树枝烧出难闻的气味，巨人惨叫一声，吓得我们连连退缩。他疯狂地把树枝从眼睛里拔出来，鲜血溅得满地都是，他双手乱抓，同时发出奇怪的叫声向其他的库克罗普斯人求救。其他的库克罗普斯人纷纷赶来站在洞口问他出了什么事。巨人疼痛难忍，他答道：'无人刺伤了我！'站在洞前的人感到很奇怪，说道：'既然没有人伤害你，那就是宙斯给你降下病痛，你就要向你强大的父亲波塞冬祈祷好让你的病快点好了，我们对于病痛可无能为力呀。'说完他们就纷纷离去了。

"听见他们离开了我心中高兴极了，我用的小计谋终于让他们上当了。独目巨人号叫着推开洞口的石头，坐在洞口不断摸索，想抓住从洞口逃走的我们。但是我们哪会轻易跑到洞口寻死呢？我又想出了一个办法，从巨人睡觉用的铺垫抽出枝条来捆缚住羊群，三只为一组，同伴可以缚在中间那只羊身上，那么左右两侧的羊就可以保护他了。我自己则可以躲在羊肚下面，紧紧抓住羊的绒毛。第二天早上，羊群像往常一样急匆匆匆匆地跑出山洞觅食，巨人不断摸着羊群的背部，但是他没有想到我们躲在羊肚子下面呢！我们跟随着羊群走出山洞，远离了可怕的独目巨人。我们把一些强壮的羊赶到我们的小船那里，其他的同伴正在那里等我们呢。我告诉他们巨人把同伴吃掉的事情，他们感到万分伤心，但是我制止了他们悲伤，因为我们必须尽快逃离此地，否则很可能有性命之忧。于是我们马上开始划桨，小船儿渐渐离开这座令人惊恐的岛屿。等到小船离开了一段距离，我大声冲库克罗普斯说：'可恶的巨人，你等着吧，一定会有厄运降临在你身上！'巨人听见我的诅咒更加生气，他拔起一座大山的峰顶朝大海扔过来，大石落在小船不远的地方，激起了巨大的浪花，把船又冲回到原来的港口，我们奋力划船，才把船又开离岛屿，等到稍微安全一点我又想气气巨人,但是被同伴阻止了,因为他们担心巨人发作又扔过来一块巨石,我却很不甘心,于是仍然大声说道:‘愚蠢的巨人,要是有人问你的眼睛是被谁刺伤的,你这个笨脑袋一定要记得是伊塔刻的奥德修斯干的,哈哈哈!’巨人叹息道:‘天哪,原来这一切早就注定了,很早以前就有位预言者曾经预言了我的命运,说是我会在一个叫作奥德修斯的人手中失去视力,我原本以为是一个健壮勇敢的家伙,谁想到原来这样孱弱、胆小,奥德修斯,你回来吧,我会送给你礼物还会让我的父亲波塞冬送你回家。’我知道这绝对是巨人的诡计,于是说道:‘我才不回去呢,我希望你能在我手中丧命,这样即使是你的父亲也没有办法给你治眼睛了。’巨人跪下向他父亲祈祷,让波塞冬阻止我返回家乡,然后又用力将一块巨石扔向我们,差一点就把小船砸坏了,我们躲过巨人的飞石,返回到原来的小岛上。这就是为什么神明给我制造灾难的最重要的原因,因为我刺伤了海神儿子的眼睛啊,父亲为儿子报仇,绝对不肯轻易饶过我。大家回到岛上,简直累得不能动弹了。休息一会之后就躺下睡了,连东西都难以下咽了。第二天我们重新从小岛出发,开始了新的旅途。当时的心情非常复杂,一方面庆幸自己能从厄运中逃生,一方面为被巨人吃掉的同伴而悲伤不已。”

埃洛斯的神奇风袋,莱斯特律戈涅斯人,女仙喀耳刻

奥德修斯继续回忆道:“后来,我们来到了艾奥利埃岛,那里的主人是埃洛斯,他是希波塔斯的儿子。岛屿周围是光滑的绝壁,还有坚固的铜墙。埃洛斯和他的十二个儿女住在一起,每天生活得十分和美愉快。我们径直来到他们华丽的宫殿,主人很友善地招待了我们整整一个月。等到我们离去的时候,他又送给我一只用九岁牛的皮制成的口袋,这只神奇的口袋里面装着东西南北四种狂风,因为埃洛斯具有掌管风的力量,他把风装进这个口袋里,然后用光亮的银线把囊口扎紧。他吹出一口气,变化成西风,为我们的船在海上航行助一臂之力,船很快就在风的推力下稳稳地向前行进,后来发生的一切却是始料未及的。我们连续在海上漂流了九天,等第十天似乎可以隐隐约约看到故乡的轮廓时,我实在支撑不住了,渐渐睡着了,因为这些天来我一直都在掌舵。同伴们这时候却开始议论起来,猜测皮囊里装的肯定是金银珠宝之类的礼物,嫉妒心和好奇心让他们决定打开我的皮囊一

埃洛斯

探究竟。谁知他们一拉开那条银线,袋子里的狂风就呼啸而出,海上立刻卷起了风暴,狂风把小船吹离原来的航道,我们离家乡越来越远,结果又回到了艾奥利埃岛。同伴们傻眼了,我也很沮丧,我狠狠地责备了他们,但是也没有办法补救。我们只好重新上岸,我带了一名传令官和一名同伴一起来到埃洛斯的宫殿里,他正在和自己的家人一起快乐地宴饮着呢,看到我回来了,他感到非常吃惊,连忙问我到底出了什么事情。我只好把事情的原委告诉他并请求他再帮我们一次,他听完之后说:“我不能再帮你们了,你们显然是亵渎神明的人,所以才招致神明的惩罚,你们快走吧,我不再留你们了。”听到他的回答我感到很绝望,因为同伴们的过错我们眼看着错过了可以回家的机会,只能继续漂泊在漫无边际的大海上。没有了顺风,一切都要靠自己的双手,我们就这样一直划啊划,划了六天,第七天来到了莱斯特律戈涅斯人居住的高大的城堡特勒皮洛斯。我们把船泊到一个宁静的港口,同伴们把船驶进狭窄的通道里,依次停靠在港口边,只有我把船停在港口外面。我登上一座高峰远眺,没有看见有牛群也没有看见放牧者,只看见远处有袅袅的炊烟不断从地面冒出来,于是我派了两个同伴和一个传令官前去探访当地人。同伴们按照我的指令前去探访,半路上遇见了安提法斯特的女儿前往阿尔塔基埃的清泉汲水。他们向她询问谁是他们的国王,这儿住着什么部族,这个女子引他们到她父亲的宫殿,他们看见王后魁梧得像座大山,令人毛骨悚然。她唤回她父亲安提法斯特,安提法斯特随手抓起一个同伴就把他整个活活吞掉了。其他的同伴吓得撒腿就跑,一直跑到港口我们停泊的小船上。安提法斯特大吼一声,引来了众多族人,他们纷纷跑向港口,从悬崖上往下投掷巨大的石块,还没等到同伴们把船驶离港口,石块就把我们的小船砸得粉碎,有的同伴甚至被活活砸死了。我赶紧抽出锋利的佩剑,砍断系在石岩上的缆绳,催促同伴们赶快逃离。大家奋力游到我的小船上,拼命划桨,小船渐渐离开了,其他的船只全部被毁灭了。

“经过一番磨难,我们来到另外一座海岛上,岛上住着半人半神的女仙,名叫喀耳刻,是死亡女神艾埃特斯的同胞姐妹。好不容易我们把船驶进海岛的港口,连续几天的困乏把我们折磨得快不行了,一到岸上我们就累得躺在地上。第二天天明的时候,我登上一座山峰远眺,看见远处有人劳作也可以隐约听见人声,透过茂密的丛林我还看见一缕缕炊烟从山林中升起。我回去准备告诉同伴,半路上遇见了一头巨鹿,我用矛捕猎了那头鹿,并将它背回港口那里。我们实在饿极了,来不及揣测未来不定的命运,首先把那只鹿宰杀吃了。休息好之后,我召集大家商议计策,我说:‘朋友们,昨天我察看了这个岛屿的地形,地势非常平缓,周围是大海环绕,但是有烟从茂密的树林中升起。’同伴们听到我的话,不由得想起前面的安提法斯特和库克罗普斯吃人的可怕回忆,他们已经被吓得身心脆弱了。为了避免全军覆没,我把他们分为两队,一队跟随我,一队跟随欧律洛斯科,两队分别抓阄决定由哪队前去冒险。结果是欧律洛斯科那队抓住了,他们一共二十二个人,一起踏上了探访的路途。我们这些人虽然留下来,但是也为他们提心吊胆。他们简单地装备了一番就开始前去探险了。穿过茂密的森林，他们来到了喀耳刻的宫殿前。喀耳刻的宫殿全部都用光滑的石块制成，周围全都是凶猛的狼和狮子之类的野兽，但是因为女仙给它们施了魔法，它们就不会像原来一样野性又血腥地扑向行人，而是温顺地站在路口摇着尾巴，就像小狗见了主人一样乖巧。

"欧律洛斯科他们站在高大的宫殿前，看见这些猛兽，觉得十分恐惧，虽然它们看起来很温顺。这时，他们听见喀耳刻美妙的歌声从宫殿里传出来，她一边织布一边欢快歌唱。同伴们的首领波利特斯提议前去女仙的宫殿探寻一番，突然，女仙好像听见了他们的话似的，哄的一下就打开了宫殿的大门邀请他们进去，一道金光从门内散发出来，照耀着人的眼睛，使人看不见里面的情形。他们冒冒失失地就进去了，只有欧律洛斯科担心有诈留在外面。喀耳刻盛情款待了他们，甚至搬出最甜美的食物给他们享用，但是她却在酒水里掺了害人的毒药，他们吃了这些东西就把故乡的事情忘得一干二净了。然后喀耳刻手执一把魔杖轻轻地在他们身上一点，刹那间他们就统统变成猪身了，被赶进猪圈里。同伴们挤在臭气冲天的猪圈里，痛苦极了，纷纷流下了悔恨的泪水，但却说不出话来，只能听见它们像猪一样嗷嗷的叫声。站在宫殿外面的欧律洛科斯听见宫殿里传来猪的号叫声，心中暗叫不妙，他立刻转身逃跑，一路跑回我们的小船上。他眼睛里噙满了泪花，我们都不知道发生了什么事情，等到他告诉我们发生的一切，我们简直惊呆了，不敢相信自己的耳朵。欧律洛斯科跪下来，向我请求道：'请不要再让我回去了，我知道你自己不可能把那些同伴救出来，让我们赶快离开这座可怕的海岛吧，这样兴许能够保存性命。'我长叹一口气，觉得自己有责任也有义务将同伴们救出来，哪怕只有一线生机。于是我让欧律洛斯特留在小船上，我亲自前往女仙的宫殿。我披荆斩棘，走在通往女仙宫殿的路上，突然有一个年轻人站在我面前，他就是神使赫耳墨斯幻化而成的。他握着我的手说：'不幸的人啊，你一个人在这里干什么，你的同伴们已经被喀耳刻变成猪了，你想前去搭救他们吗？我看凭你一个人的力量难以实现啊。不过我可以帮助你。我给你这神奇的药草。'他一边说一边递给我一些草药，说：'我告诉你，喀耳刻会给你食物和美酒，她会在这些东西里下毒，但是我这些药草可以解毒。等到她用魔杖驱赶你的时候，你要以最快的速度向她猛扑过去假装要将她杀死，但是你不能真的杀死她，否则你就救不了你的同伴了。她会害怕你的威力，同时也会邀请你和她同床共枕，这时候你就要答应她的邀请，好让她释放你的同伴，但是在这之前你一定要她向神明起誓，不会再加害于你。'我看着手中的这些药草，它们的根部都是深黑色，乳白的花瓣却鲜嫩动人。难道这些看起来不同寻常的花草真的能破解喀耳刻的毒药吗？说完年轻人就消失了，我继续在丛林中迈着步子，一边思考着他对我说的话。不一会就来到了喀耳刻的宫殿，我轻轻呼唤，女仙照样把门打开邀请我进去，于是我小心翼翼地进去了。果然，进去之后，她盛情款待我，给我端来了各种美食，我先偷偷地把草药吞下，然后再吃这些东西，女仙的毒药没有起任何作用，女仙恼羞成怒，抓起她的魔杖想将我也变成一头猪，我迅速冲上前去，从小腿右侧抽出一支锋利的小刀，抵住她的咽喉。她不敢动弹了，跪下来哭泣着说：'你是何方神圣，居然吃了我的毒药没有任何反应，没有一个人能够抵抗这毒药的力量，你难道就是赫耳墨斯说的奥德修斯？他曾经告诉过我说一个名叫奥德修斯的非凡英雄会路过这里。如果是这样的话，请你收起你的小刀，让我们成为朋友吧，我很敬仰你，让我们今晚好好在一起休息吧。'我对她说：'喀耳刻，我怎么能和你好好休息，我的同伴都被你变成猪，现在在猪圈里大声号叫，要是你对我再动什么歪点子，加害于我呢？我怎么能放心和你一起休息，除非你向神明发誓。'女仙马上举起手，庄重地对神明起誓，那天晚上在她的床榻上我们在一起休息了一晚上。

"她的侍女在屋子里来来去去地忙碌着，不断端来可口的美食，还有擦拭双手的帕子，还当然少不了令人心醉的美酒，但是看到这些东西我全然没有兴趣享用，女仙看见我闷闷不乐的样子，走向前来对我说：'奥德修斯，你为什么愁眉不展？难道你心里还有什么担心的吗？我刚才已经起誓了，你不要再忧虑了。'我回答她：'有谁会自己独自享用美食而忘了同伴们悲惨的遭遇呢？如果你真的想让我高兴，那你就带我去看看我那些同伴吧。'喀耳刻听见我这样说，带着我穿过大厅，来到猪圈前，她挥动手中的魔杖，赶出那些已经是猪身的同伴，然后用药物涂抹在它们身上。很快地，猪毛渐渐褪去，那些猪很快就变成人形。同伴们看到了我不由得悲喜交集，他们全都围过来握住我的手，一边悲伤又欣喜地哭泣，连站在一边的女仙也好像被感动了。她走过来让我现在马上去海边把小船拉到陆地上来，把重要财物和工具存放进山洞，然后再返回宫殿。于是我赶紧来到海边，留守在小船上等待我消息的同伴看见我回来了，不禁热泪盈眶，情绪激动，他们纷纷问起其他同伴的情况。我一时间也没有办法说得很清楚，就叫他们首先把小船拉到陆地上，然后把财物放进山洞，再一起去喀耳刻的宫殿。同伴们听取了我的指令，唯独欧律洛科斯不赞成，他说：'同伴们，你们这是自寻死路，你们去那女仙的宫殿，一定会被她变成猪，或者狼、狮子之类的东西，帮她照看居地，难道你们忘了吗，上次在库克罗普斯人那里，正是因为奥德修斯冒失带领大家，所以害得许多伙伴丧生。'

"听见他这样说，我简直愤怒极了，恨不得杀了他，但是同伴制止住我，说：'那就让他独自留在小船上，我们跟随你过去。'于是我们一起走了，但是欧律洛科斯并没有独自留在小船里，而是跟在我们的后面缓缓走着。过了一会，我们来到了女仙的住宅，看见那些同伴们已经穿好华丽的衣服，坐在大厅里享用美酒美食，神情欢乐。他们看到我们，就像久别重逢的老友一般不禁感慨万千，叹息不已。女仙对我们说：'伊塔刻的英雄们，我知道大家受了很多苦，但是现在大家不要过分悲伤以免伤害身体，还是忘掉不愉快的回忆，尽情享用美食好好休息一下吧。'我们听从她的话，坐在大厅里放松地吃喝，随性享乐。喀耳刻对我们很好，就这样我们在她的宫殿里整整待了一年。

"第二年，同伴中有人劝说我考虑回家的事情，他的这番劝说引起了我的思考，我也开始渐渐怀念家乡了。晚上在女仙的床榻上，我轻声地对她说：'喀耳刻，现在你要履行你的诺言帮助我们回家，我现在很思念家乡，同伴也是，他们常常在我面前哭泣，因为他们非常想念家人。’女仙答道：‘你们也不必勉强滞留在我这里，但是在你回家以前，要完成一次旅行。这是我对你的建议，你要前往冥界哈里斯，也就是冥后珀尔塞福涅的居所，在那里你去找盲预言者提瑞西阿斯的亡灵，他还是和生前一样充满了智慧。’听见她这样说，我觉得危机重重，没有凡人能够去冥界，我自己一个人怎么能够完成任务呢？女仙看见我满面愁容，继续说道：‘你不要担心没有人指引你，北风会吹拂你的船只前行，在你乘船经过奥克阿诺斯以后，可以看见平坦的海岸还有冥后的圣林，那里种满了高大的白杨和柳树。这时候也能看见火河和哀河在那里一起注入冥界的深渊。两条河中间有一块巨大的岩石，你去岩石上挖一个洞，然后在洞旁给所有的亡灵举行祭奠，首先用掺蜜的牛奶，再用美酒和净水，最后撒上洁白的大麦粉。你要向亡灵祷告，要是你能顺利回到家乡，你就要宰杀一头未生育的母牛焚献给他们，另外允诺给提瑞西阿斯献上一只全黑的公羊。做完祷告以后，要祭献上一头公羊和一头黑色的母羊，把羊头转向昏暗的地方，自己则要转过身面对冥河的水流。这时无数死者的亡灵会来到你跟前，你要抽出锋利的剑，坐在旁边不能让魂灵接近牲口的血液，一直等到你询问过提瑞西阿斯，他随后会马上到来。他会告诉你回乡的方向、道路和距离。’

“她说完后，给我穿上宽大的罩衫和衬衣，自己披上精美的披篷，腰上系上闪闪发亮的腰带，头上扎了一块丝巾。我走到同伴们的寝室把出发的消息告诉了他们。他们纷纷收拾好行装，但是有一位名叫埃尔佩诺尔的年轻人醉酒后独自睡在屋顶上，当他在睡梦中听见我们整装待发的声音不由得心中着急，连忙从屋顶上跑下来而忘了爬楼梯，于是他从屋顶上摔下来，脊柱都摔断了，就一命呜呼了。我告诉同伴他去世的消息后，同伴们觉得很震惊，一方面为他的粗心失去性命感到遗憾，一方面觉得这是在航行前不祥的征兆，他们害怕前去性命堪忧。但是没有任何办法，我们只能来到大海边准备起程，这时候喀耳刻送来一只公羊和一只黑色的母羊，还为我们准备了一些祭祀需要用到的物品，随后她吹了一口北风，小船在北风的推力下很快就航进大海深处。尽管我们忧心忡忡，内心沉重，但是小船似乎什么也没感觉到，还是那么轻快地向前行进着。”

游历阴间

奥德修斯喝了些水继续说道：“大风推动着我们的小船在宽广的大海上航行整整一天，到了傍晚时分，太阳西沉，周围渐渐昏暗下来。我们终于来到幽深的奥克阿诺斯边沿。那里住着基墨里奥伊人，他们从来都是生活在黑暗之中，阳光永远照不到这块昏暗的土地。我们将船停靠在岸边，沿着岸边走去，不一会就来到女仙喀耳刻给我们指明的地方。我抽出锋利的佩剑，在岩石上挖了一个大洞，按照女仙的说法，一次祭献上掺蜜的牛奶、净水和甜酒，然后再撒上一层大麦粉。我向亡灵祷告，希望他们能够保佑我们返回家乡。之后，佩里墨得斯和欧律洛科斯抓住牲羊，我用佩剑宰杀了羊，乌黑的热血股股地流出来，闻到鲜血的气味，那些亡灵纷纷出现了，其中有新婚的女子、未婚的少年、年长的老人，各自有着悲惨的身世经历。他们齐声呼号，发出令人恐怖的声音，我吓得脸色惨白，但是我赶紧命令我的同伴们焚烧羊只，向神明祷告，自己则手执锋利的佩剑坐在一边不让亡灵靠近流血的牲羊。

"我首先看到了埃尔佩诺尔的灵魂，他的遗体还未被埋葬，存放在喀耳刻的宫殿里。我看见他不由得伤心落下泪来。我说：'埃尔佩诺尔，没想到你的灵魂比我们的船更快，早就来到了冥界。'他摇摇头，说：'奥德修斯，我命中注定难逃此劫，醉酒之后忘了身处何方，居然从屋顶上摔下来了。真是倒霉鬼一个啊。现在我看到你了，我请求你，回家以后，一定不要忘记我。帮我把尸身埋葬吧，记得把我的铠甲焚化，在灰暗的大海边给我造一个坟墓，然后把我最后用过的划桨插在我的坟头，因为那是我们大家友谊和真情的见证。'听到他这样说，我马上答应了。第二个过来的灵魂是我故去的母亲的灵魂。她叫安提克勒娅，是奥托吕科斯的女儿。我看见她的模样忍不住热泪盈眶，因为我以为她一直健在，没想到她已经去世了，我竟然会在冥界见到她的灵魂。但是我还是没有让她靠近牲羊，只远远地看着她憔悴的模样。直到提瑞西阿斯的灵魂出现了。他手执沉重的金杖，对我说：'奥德修斯，你为什么来到这幽暗的地方，请你离开这里，让我们吮吸鲜血，好给你做预言。'我赶紧让开，让他去吸地上的鲜血，之后，他对我说：'奥德修斯，你渴望回到家乡，但是神明会让这旅行变得艰难，尤其是海神波塞冬，他对你的愤怒看来不会消掉，因为你刺伤了他的孩子独目巨人。但是只要你们能够忍受住重重磨难，你们会如愿以偿回到故乡的。你们的船会穿过灰色的大海，来到特里那基亚海岛上，那里遍地都是肥壮的牛羊，那是归太阳神所有。如果你们不伤害也不掠夺牛羊的话，可以保住平安，但是如果你们这样做了，灾难就会降临在你们身上。虽然你自己可以脱离灾难，但是却只能孤身一人，乘坐他人的船只，到家后还要遭受那些狂妄无礼的人带来的羞辱。等你到家后你会对那些向你妻子求婚的恶人施以报复，把他们杀死。到了那个时候，你就要远游了，直到你找到一个部族，那里的人从未见过大海，也不知道什么叫做食盐，甚至从未见过船桨。当你在路途中遇见一个行人，他把你宽阔的肩头称为扬谷的大铲，那时你要把船桨插在地上，向海神波塞冬祭献美好的祭品，一只公羊、一头公牛和一只公猪，然后再返回家举行盛大的祭祀仪式，依次向神明酬谢。这时候死亡也会慢慢从海上降临于你，让你在安宁中享受晚年，你的人民也会受到神明的护佑，我说的一定会实现。'

"听完他的话，我连连点头，然后又问他：'尊敬的预言者，我刚才看见我母亲的亡灵在这里，但是她不开口和我说话也不看我，这是为什么呢？'提瑞西阿斯说：'不管是哪个灵魂，要是你让她接近鲜血，她就会告诉你实情，否则她不会对你说实话的。'说完，他就消失了，飞到他在冥界的住处。于是我让母亲的灵魂吸了鲜血，她立刻就认出了我，哭泣着对我说：'孩子，你怎么来这个地方？你怎么能穿过奥克阿

诺斯湍急的激流呢？你是直接从特洛伊和同伴们来到这里还是没有回到家乡和妻儿见面呢？'

"我回答母亲说：'母亲，我不得已才来到这里，我们来这里是来见提瑞西阿斯的亡灵，让他给我们做预言。自从特洛伊战争以后，我还没有能回到家乡，一直在外面漂泊流浪。现在请你告诉我，你是得了什么病而去世的？请告诉我父亲还有我儿子的情况，他们是保留住了我的王位还是被别人夺走？妻子是同儿子在一起保护着家产还是改嫁给他人，以为我不再回来？'

"我的母亲回答说，我的妻子仍然对我忠实，她每天都承受着煎熬，我的王权也没有被人夺取，我的父亲仍然住在原来的庄园里从来不进城，他不用床铺也不盖袍毡，和仆人们住在一起，全身褴褛。每当夏季或者收获的季节来临的时候，他就躺在葡萄藤落下的厚厚的叶子上，为思念我而伤心不已，希望我能在他有生之年顺利回家。不是什么疾病让她失去性命，是因为太思念我，太想看见我，渐渐地在思念中消耗了体力。

"我渴望再次拥抱我那慈爱的母亲，于是伸出手去拥抱她，谁知我试了三次她都从我手中滑脱过去，我心中感到万分痛苦：'我的母亲啊，你为什么不让我抱抱你？'母亲回答说：'孩子，死去的人是没有肌肉骨骼的，你所看见的我只是一个虚幻的影子，像梦一样飘忽不定，你是难以抓住的。不要悲伤，虽然我不能抱着你，但是我永远爱着你。现在你赶快返回人间，把这些牢记在心里。'

"这时候走过来一群妇女的灵魂，她们都是王公贵族的妻子或女儿。首先见到的是高贵的提罗。她是克瑞透斯的妻子，非常喜爱埃尼泊斯河，那是一条美丽的河，她常常去河边游玩。有一天，海神波塞冬幻化成河神埃尼泊斯，他卷起紫色的巨浪包围住女子和自己，然后和她在爱情的滋润下缠绵合欢。由此提罗怀了身孕，生出佩利阿斯和涅琉斯，两个人后来成为宙斯的勇士。同时，她还为自己的丈夫克瑞透斯生下几个儿子。

"第二个见到的是阿索波斯的女儿安提奥佩。据说她和宙斯生下一对孪生儿子，他们后来占据了特拜城池。第三个是安菲特律翁的妻子阿尔克墨涅，她与宙斯生下了强壮威猛的赫拉克勒斯。我还见到了墨伽拉，安菲特律翁儿子的妻子。还有俄狄浦斯的母亲美丽的伊俄卡斯特，她在不知情的情况下犯下罪恶，和自己的儿子结婚，儿子弑父娶母。知道真相后这位美丽的母亲自缢了，儿子虽然还统治着特拜城，但是却忍受着由复仇女神制造的重重灾难。我现在没法具体一一讲述完这些故事，因为天色已经不早了，该是睡觉的时候了。我看我或者去小船同伴那里或者就留在这里，回家的事情拜托你们和神明的保佑了。"

奥德修斯这样说完，大家都听得如痴如醉，久久难以从他的故事中醒过来。王后阿瑞塔说道："这位客人的经历、智慧、勇气令你们有什么想法呢？我们钦慕他、敬重他，让我们给他一些礼物表示我们的尊敬吧。"国王也同意王后的提议。"尊敬的国王陛下、王后，你们的心意我我很感激，谢谢你们的赏识和帮助。"奥德修斯说道。

“奥德修斯，我们知道你不是那种油腔滑调的坏人，你很正直，你的经历全部都是真实的。你的故事令我们感动，因为你的真诚打动了我们。现在还不是睡觉的时候，请你说说你的勇敢的同伴们的故事，他们和你一起去伊利昂，在那里英勇战死。我想听听他们的事迹。”

“既然如此，我很愿意再为大家讲一讲。”奥德修斯继续说他在阴间的情形。

“之后我又看到了阿伽门农的灵魂，他吸了牲血之后马上认出了我。他放声大哭，泪流不止，向我伸出双手，但是灵魂和血肉之躯是不能拥抱的，我看到他的样子，心中感到很怜悯，对他说：‘人间王者，阿伽门农，你遭遇了什么悲惨痛苦？是波塞冬制造风暴让你在激怒的大海里丧命？还是被敌人杀死？还是为了保卫妻儿和城市战死呢？’”

“‘奥德修斯，波塞冬没有给我带来灾难，也不是敌人将我杀害，是埃癸斯托斯和我那可恶的妻子串通把我杀害，我随去的同伴也在他们的计谋中丧生。你虽然见过不少惨烈的战斗场面，但是如果你亲眼看见我们那天被他们残忍杀害，想必也受不了。妻子克吕泰涅斯特拉因为嫉妒我俘获带回家的女奴卡珊德拉，活活地把她杀死，女仆发出凄惨的叫声，至今我还记得。接着他们又策划险恶的计谋将我杀害。他们趁我不注意的时候把剑刺进我和同伴的胸膛，我只记得当时整个大厅里都淌满了鲜血。没有哪个女人比她更歹毒、更残忍。她和情夫犯下如此滔天罪孽，一定会触怒神明，也会玷污自己和后世的名誉。’阿伽门农说道。

“‘天哪，宙斯总是利用女人降祸于我们，先是因为海伦才有了特洛伊战争，现在又是你的妻子把你凶残地杀害。’我对他的遭遇感到同情。‘奥德修斯，你和我不一样，你不会被你的妻子杀害，因为你妻子是个非常善良的人。我记得我们出征前她的怀里还抱着你出生不久的孩子呢，现在你的孩子应该长大了吧，可惜我在生前连自己的孩子都没看见就死了，我现在很想念他，你可曾听说过他的消息呢？他是在否还活在这个世界上？’我并不知道阿伽门农孩子的情况，只能摇摇头低头不语，阿伽门农看见我这样显得更为伤感了。这时候阿喀琉斯的灵魂也来了，他看上去和生前一样威武强大。他认出了我于是问道：‘你在这里干什么？’我回答说：‘我是来见提瑞西阿斯的亡灵，让他给我们做预言的。我从特洛伊战争结束以来还没有回到家中，我得罪了神明，他抛下众多灾难，使我不能回到自己家中。我想从预言中找到回家的路。阿喀琉斯，我真羡慕你，你生前那么神勇，让所有人折服，死后又在冥界统治众亡灵。即使你去世了，但是为了那么多的荣耀也不应该感到遗憾了。’阿喀琉斯询问了我他儿子还有父亲的消息，我不知道他父亲的消息，只能对他说了他儿子涅奥普托勒摩斯的事情，他儿子非常勇敢，在众多的战争中表现得异常从容镇定，我盛赞了他的儿子，并对阿喀琉斯表示了钦羡之情。阿喀琉斯听见我赞扬他儿子不由得心生喜悦，心满意足地沿着翠绿的草地离去了。随后我又看见埃阿斯的灵魂，他显然还在为阿喀琉斯铠甲的事情而生我的气呢，想当初我和埃阿斯比赛，获胜的一方就能得到阿喀琉斯的铠甲。结果我赢了。'埃阿斯，难道直到现在你还生我的闷气吗？你去世造成的损失对阿开奥斯人来说是不可估量的，人们就像悲悼阿喀琉斯的死一样难以接受你死去的现实。你过来我们说说话好吗？'可是即使如此他也不愿意搭理我，而是随着其他亡灵一同隐去了……我本来还可以看见更多英雄的亡灵，一睹他们的风采，但是又担心会出什么乱子，只好命令同伴们返回船上，准备起程，这时候又有一阵顺风吹拂过来，小船很快离开了那块令人恐怖的阴霾之地。"

遇见塞壬女仙，怪物斯策拉和卡律布狄斯，太阳神的牛群

"等我们重新到达艾艾岛，我派遣同伴们从喀耳刻的宫殿里搬出埃尔佩诺尔的遗体到海滨，随后为他建造了一座坟墓，在他的坟头插上一把曾经用过的船桨。喀耳刻知道我们返回的消息后，带着女仆和精美的食物来到海边给我们送行。大家就地休息下来，喀耳刻连忙抓住我的手，将我拉到一边悄悄对我说：'现在你听我说，你首先将会遇见半人半妖的塞壬女神们，她们会迷惑所有经过她们那里的人，要是有人经不住诱惑停下来听取她们美妙的歌声的话，那么他将永远不能返回家乡了。塞壬们会把他迷住，她们身边到处堆满了死人的骨头和皱巴巴的人皮。你要用蜂蜡把同伴们的耳朵堵住，这样他们就听不见了，但是如果你自己想听听塞壬们的歌声的话，就要叫同伴把你的手脚绑在桅杆上，不能解开，这样即使你会被美妙的歌声吸引但也不能去到塞壬们身边。在航行的过程中你们还会看见有两条道路，但是我不能告诉你要走哪条，需要你自己用心判断。一条通往险峻的悬崖，那里巨浪不断拍打着崖壁溅起漫天的水花，即使连最勇敢的飞鸟也无法飞过，任何凡人的船经过那里都会被摔成碎片。另外一条通往两座悬崖，其中的一座尖峰直插云霄，崖壁光滑，任何人都无法爬上去。悬崖中央有一个洞穴，里面住着可怕的怪物斯策拉，它们叫声恐怖，长着十二只脚，长长垂下来，伸着六个脖颈，每条脖颈上都长着一个非常难看可怕的头，尖锐的牙齿整整有三排，要是有人经过它则会被它吃掉。如果你们的小船经过那里，一定要小心这个怪物。另一面的悬崖比较低矮，悬崖顶上有棵高大无比的无花果树。悬崖底下有个怪物卡律布狄斯，它每天三次吞吐海水，你们不可以在它吞吐海水的时候经过那里，否则就会被它吃进肚子里去了，还是先把船航从斯策拉那边的悬崖急速地穿过，即使你们丧失了六个同伴也胜过你们全军覆没。

"我担心地说道：'那么，女仙，你告诉我，我有没有办法既躲过卡律布狄斯，又能避免同伴被斯策拉抓去？'

"她摇摇头说道：'你真是大胆啊，你无法和不死的怪物作战，只有想办法躲避，或许你还可以召唤斯策拉的母亲，她会阻止斯策拉进攻你。然后你会到达海岛特里那基亚，那里放牧着许多肥壮的牛群，它们永远不会生育但也不会死亡，属于太阳神阿波罗所有，由他的两个女儿法埃图萨和兰佩提娅放牧。要是你不伤害或掠

夺这些牛群的话就可以顺利返回伊塔刻,但是你要是敢打这些牛群的主意,即使你能逃脱苦难,你的所有同伴将会丧命。'

"她说完后就带着女仆离去了,我目送她离去之后,和同伴们鼓起勇气重新出发了。在船上,我告诉了同伴们女仙曾经告诉我的话,不知不觉之间,我们来到了塞壬的领地。奔流不息的海浪这时候整个都平静下来,我知道要有情况出现了,于是立刻将蜂蜡切成小块分给同伴,他们把耳朵塞住,这样就听不见声音了。我又吩咐他们把我捆绑在小船的桅杆上。我听见了塞壬们美妙的歌声,简直太美妙了,就像仙乐一样令人着迷,她们边唱边说:'英勇的奥德修斯,强壮的阿开奥斯人,快停下,停下来欣赏我们美妙的声音,每一条从这里经过的船都要停下来听我们歌唱。听完我们歌唱后你的见识更加渊博,我们知道人世间发生的所有一切,快停下来吧。'

"我真想停下来听她们唱歌啊,理智在这时已经完全不起作用了,于是我向同伴示意让他们给我松绑,同伴们没有这样做反而把我绑得更紧了。直到小船渐渐远去再也听不见她们的声音,我才恢复了理智。我让同伴们把我从桅杆上解下来。

"很快,我们就遇到了漫天的迷雾和狂乱的波浪,小船在海面上颠簸起伏,同伴们这时候感到恐惧,手中的船桨纷纷掉进水中。我鼓励他们让他们不要失去勇气,但是没有告诉他们关于怪物斯策拉的事情,担心他们知道以后更惊恐。我忘记了喀耳刻的嘱咐,她让我不要武装自己,我却穿上了坚固的铠甲站在船头,找寻怪物斯策拉的影子。我们行驶在两座悬崖狭窄的过道中,一边是斯策拉,一边是卡律布狄斯。卡律布狄斯张开血盆大口吞吐着浑浊的海水,当他把海水吸进腹中,海底裸露出了黑色的岩石和泥沙,响声巨大,震耳欲聋。我们注视着这可怕的景象,没想到斯策拉从那边的洞穴中飞来伸出利爪一下子就抓走了我们六个同伴,他们在空中不断叫喊让我们救他们,声音惨烈痛苦。但是我却一点办法也没有,只能活活看着同伴们丧生在怪物的手中,那惨痛的景象我这辈子都难忘。

"我们连哭泣的时间都没有,只能抓紧时间快速划过,终于避开了可怕的斯策拉和卡律布狄斯,来到了太阳神的岛屿上。果然,远远地,我们就看见了许多成群的肥壮的牛,我记起了喀耳刻的叮嘱,对同伴说:'喀耳刻曾经严厉警告我,说要躲过这座岛屿,从它身边航过。'同伴们中的欧律洛科斯却恶狠狠地说:'奥德修斯,你真勇敢,身体好像不会疲惫,你难道没有看见同伴们吗,他们已经累得手脚发抖了,在这座岛屿面前你却不让他们上岸休息休息,却要在黑暗来临的时候还要在海上航行。还是让我们好好休息一晚,等休息够了明天再走也不迟。'他这样一说,同伴们都表示赞成,但是我却谨记女仙的教导,说道:'欧律洛科斯,现在只有我一个人说不让你们到岛上去,这样显得也未免过于苛刻。但是你们要对我发誓,看见了羊群或者牛群一定不要杀害它们,你们只准吃喀耳刻送给我们的食物。'他们按照我的要求纷纷起誓,于是我们来到了岛上。

"整整一个月,海上一直吹着南风,我们的小船无法航行,只能空坐在岛屿上等待风向转变。喀耳刻准备的食物也慢慢吃没了，我们只好去捕食一些海鱼和飞鸟充饥。某一天我独自走在海边，找到一个避风的地方，向神明祈求转变风向，神明却给我带来了沉重的睡眠，我感到一阵晕眩，倒在海边睡着了。没想到，这时候欧律洛科斯对同伴说：'同伴们啊，我们现在饥肠辘辘的，那边有那么多肥牛，我们抓几只过来解馋吧。如果我们能过回到家乡，我将立即给阿波罗建一个豪华的神殿，为他献上祭奠。如果神明们想要毁坏我们的船只，注定给我们这样的命运，我也愿意这样做，也不愿意待在这岛上被活活饿死，没有在战场上战死却成了饿死鬼，简直太窝囊啦！'

"他说完后其他的同伴纷纷表示同意，他们抓来几头黑牛，简短地做了祷告之后就把它们宰杀了。他们生起火来，把大块的牛肉切碎放在火上烤，很久没有闻到肉香，同伴们都垂涎三尺了。这时候我从睡梦中醒来，海风吹来阵阵肉香，我心里突然有种不祥的预感，等我跑回船边一看，果然！他们正吃着烤好的牛肉呢！这可怎么办呀，我看着围在一起烧烤的同伴，心中又急又气。就在这个时候，放牧女神兰佩提娅发现有人宰杀牛群，于是迅速报告给太阳神阿波罗，太阳神震怒了，他对宙斯说：'那些小子狂妄极了，居然敢宰杀我心爱的牛，那些牛对我有多么重要！你要是不让他们付出相应的代价，那我就要沉入冥界照耀那里的亡灵而不再照耀人间，为凡世带来光明！'宙斯意识到事情的严重性，连忙安抚他：'你还是照耀尘世吧，我会立即抛出闪电霹雳让它把他们的船劈成碎片！这下你总可以满意了吧。'

"我大声指责着正在吃肉的同伴，但是也想不出任何可以补救的办法，强烈的不祥的预感让我感到隐隐的恐惧，但是又说不清到底是什么。突然，那些已经被烤熟的牛肉和尚未烤熟的牛肉一起动起来，还发出巨大的吼叫声。他们害怕极了，赶紧扔掉手中的牛肉。我知道这是神明让不祥的预兆显灵了，我担心还会有什么不测要发生，于是赶紧召集同伴逃离此岛。

"我们乘船来到大海上，渐渐看不到任何陆地的轮廓。突然，天边飘来一块巨大的乌云，天空霎时变得漆黑一片、伸手不见五指。强劲的西风卷起巨浪拍打在小船上，桅杆不一会儿就被吹倒了，它倒在船尾，砸碎了一位同伴的脑袋，那个倒霉的人当时就翻身跌入海水中。这时，宙斯又抛出闪电霹雳，空气中到处弥漫着硫磺的味道，闪电把小船劈成碎块，同伴们都被扔进大海里。他们在波涛中挣扎翻滚，渐渐地失去求生的力量，漂浮在海面上不动弹了。我紧紧将缆绳把船梁和倒下的桅杆绑在一起，拼命抓住可以依附的东西，丝毫不敢大意，任凭风浪袭击。破损的小船随着风暴在海上起伏着，整整过了一夜，那一夜我觉得比我任何时候经过的一夜都要漫长。第二天，我发现自己又来到了斯策拉和卡律布狄斯居住的地方。可怕的卡律布狄斯正在吞吐海水，我的小船也在强大的吸引力下被他吸走，我急中生智，纵身一跃，抓住洞穴旁边的一棵无花果树枝，等到卡律布狄斯重新把海水吐出来，我发现了小船，然后又跳进小船里，用手当桨迅速地拨开海水，幸亏当时怪物斯策拉没有发现我，不然我一定不会幸免于难。从此之后，我又在海上漂泊了九天，粒米未进。直到第十天,神明安排我到奥古吉埃岛,那是仙女卡吕普索的居住地,她热情地招待了我。但是这些我昨天已经对你和你夫人说过,现在就不再重复了。"

奥德修斯告别淮阿喀亚人

奥德修斯说完他的故事之后,在座的人都沉默不语,他们沉浸在故事的惊险情节中久久不能回到现实中来。国王开口说道:"奥德修斯,你既然经过那么多险难才能够来到我们这里,我们也感到很荣幸能接待你。现在我向在座的每位提议,我们大家一起送给奥德修斯一只大鼎和一口大锅作为赠礼,为了表达我们对于像你这样的英雄的敬意,好吗?"大家纷纷表示同意他的建议。

第二天,大臣们涌进国王的宫殿为奥德修斯送行,同时也带来了许多精美的礼物还有昨晚许诺的大鼎和大锅。送行之前照例需要举行祭祀,少不了又是一番宴饮和玩乐。奥德修斯归心似箭,总是抬头看看太阳,希望时间能走得更快些。在席间,他举起酒杯对大家说:"淮阿喀亚人,友善的朋友,国王陛下,衷心感谢你们的善良好意。祝你们能永远幸福安康,免除任何不幸灾难。"说完,他又转向王后:"尊敬的王后陛下,我祝愿你永远年轻幸福,我这就要起程了,祝愿你的孩子和家人永远健康快乐。"

说完,奥德修斯就走出宫殿,国王命令传令官跟随他,王后也吩咐女仆们为奥德修斯提去准备好的礼物,有精美的衣服、食物,还有美酒。

他们一行来到大海边,放好行李,在船上铺好褥子让奥德修斯能够安稳地睡觉。随行的船手都是经过挑选的年轻人,他们按照次序坐在黑壳船上,伴随着奥德修斯一起开始了回家的旅途。淮阿喀人的确善于航海,黑壳船航行在大海之中犹如骏马奔跑在平原上一样迅疾。一路上乘风破浪,毫无阻碍,就算最善于飞翔的雄鹰也难以追上它的速度。奥德修斯满怀幸福地平稳地躺在船上,渐渐地跌入梦境,在梦中他回到了家乡,正如接下去他要经历的一样。

踏上故土

奥德修斯在睡梦中甜蜜地睡着,船手们丝毫不敢懈怠,奋力划着船,过了许久,当天空升起明亮的启明星时,他们终于来到了伊塔刻。港口两侧有突出的两扇悬崖当作护翼,小船可以不受浪涛的袭击安全驶进港口。悬崖顶上有棵枝叶繁茂的橄榄树,附近有一个洞穴,那是山林女神们居住的地方。她们整天在那里纺纱织线,还不时举行一些娱乐活动,真是一个世外桃源啊,连蜜蜂都环绕在她们身边做窝休息。悬崖上倾泻下来两处水泉,一条流向北方,凡人可以进出;一条通往南方,供神明往来,凡人不可进入。船手们等船泊上岸后,迅速地将还在睡梦中的奥德修斯搬离黑壳船,再把财物放置在他身边。为了不让陌生人劫走,他们把他和物品隐藏在远离道路的橄榄树下。这样安排妥当以后,船手们立即返回淮阿喀亚了。

海神波塞冬知道了奥德修斯已经返回家乡,虽然自己已经给了他足够多的磨难,但是看到他现在能这样舒适平安地回到家乡,而且随身还带着这么多财物,不由地心生怨气。他找到宙斯抱怨说,是因为宙斯违背他的意愿才能够让奥德修斯回到家乡,他发誓要让返回的淮阿喀亚人葬身大海,才能解除他心中的怨气。宙斯劝慰波塞冬道:"亲爱的朋友,我们没有轻慢你,也不是无视你的意愿,与其把他们劈死在海上,还不如等到他们快回到家的时候,把他们的船只变成石头,然后再把他们的城市用山峦围困住,一泄你心头的怨气,你看怎么样呢?"

波塞冬觉得宙斯说的有些道理,于是趁着船手们快回到城邦,而城中的人们也可以看见他们归来的样子的时候,波塞冬张开大手把船变成一块黑色石头,快速行驶的船突然之间不动了,像生了根似的。原本聚集在城墙边准备欢迎勇士回来的人们看见了,他们不明就里,纷纷议论起来。国王知道了这样的情形,叹息道:"天哪,我父王曾经做过的预言现在正在应验,他说波塞冬不喜欢我们,因为我们常常帮助迷路的客人重返家乡。他还说,要有一队船员会在送完客人的返还途中被击毁,我们的城市也会被山峦包围。现在这一切都在应验,我们要赶快向神明祈祷,但愿他们能垂怜我们,不再惩罚我们。"于是淮阿喀亚人纷纷准备好祭品围住波塞冬的祭坛,跪下求拜。

远在伊塔刻的奥德修斯正在睡梦中醒来,尽管他已经身处故乡,但是却不能识别出来,因为他离开家太久了。无论是茂密的树林、蜿蜒的港口还是耸立的山峦都让这位旧日的国王感到陌生,他马上站起身来,左看看右瞧瞧,揉了揉自己的眼睛,然后重重地拍了一下胸膛,悲怆地大声哭泣起来:"天哪,我这是又到了什么荒蛮的地方?神明又将带给我什么样的灾难?我还不如留在淮阿喀亚人的城市中呢,现在迷路了,身边又有这么多财物,要我怎么处置啊?国王曾许诺要把我送到美丽的伊塔刻,但是他们却把我扔在这个地方让我求天不应叫地不灵,这可如何是好?"他一面说,一面查看着他的财物,发现属于他的宝物一件都没有少,于是心里稍微平静了一会,但是仍为他的处境叹息不已。这时候雅典娜幻化成一个牧羊少年,走到他身边,她身穿着双层披篷,手握标枪,英姿飒爽。奥德修斯看见少年,马上拦住他问:"朋友,你是我在此地遇见的第一个人,请问这是什么地方,什么种族在这里居住?这是一座海岛还是一片海滩而已?"

"外地人,看来你真是远道而来,连这里都不知道。它可不是无名小地,它的威名传遍东西各方。这里道路崎岖不适合骑马,土地不算贫瘠,地域也不算辽阔;但是这里盛产麦类,也盛产葡萄,有广阔的牧场,放牧着成群的牛羊,还有繁茂的森林、清澈的流泉。外地人,此地叫作伊塔刻,想必你以前也听说过。"雅典娜装作本地人对奥德修斯说。"你不像是本地人,你来自哪里?来伊塔刻干什么呢?"雅典娜继续问道。

奥德修斯听到故乡的名字,简直不能相信自己的耳朵,他感到震惊无比,但是当着陌生人的面,他还是很快就稳定下内心的激动。为了提防着可能会有的险情,他假意说道："我以前在克里特岛的时候听说过伊塔刻，没想到现在自己到了这里。我之所以来这里，还带着那么多的宝物，是为了逃避敌人的追杀，我杀了伊多墨纽斯的儿子奥尔西洛科斯，因为他一心想要抢夺我从特洛伊带回来的战利品，为了那些财富我付出了多大的心血呀！我把他干掉以后，知道他的父亲以及他家族的人一定不会放过我，只有逃跑才能免除更大的灾祸，于是我请求到克里特岛做生意的腓尼基人，让他们带我离开这里。他们欣然答应了。没有想到的是，我们在海上遇见了前所未见的暴风，暴风把我们的小船吹离了航道，虽然我们尽力划船但还是阻挡不了风力，结果我们就被吹到了这片土地上。当时的我们又累又饿疲倦极了，一到岸上就昏睡过去。腓尼基人早早地醒来，看见我还是昏睡，就把我和我的东西给留下，自己却驾着船离开了。现在我一个人在这里，人不生地不熟的，简直不知道如何是好了。"

等他说完之后，雅典娜微笑着抚摸着他的头说："你真是聪明又狡猾，即使回到了你的故乡也不忘改掉这些习性。你想骗我吗，真亏了你这么快就想出那么一大堆故事。但是这些伎俩正是我钟爱你的原因，你在凡人之间最善谋略也最善言辞，我在神明中间也一样，所以说我们是同类。一路上我一直保护着你不让你被灾难毁灭，可你从来没有把我识别出来。我就是雅典娜，智慧女神，宙斯的爱女。我这次前来，是想告诉你你将来的命运。"

奥德修斯马上虔诚地跪下来，对女神表示感谢："女神啊，您变化多样，我是个粗鄙的凡人，怎么能将您识别呢？一路上承蒙您的关照我才能从重重险境中逃生，我永生不忘您的恩德。可是，这回您真的不是在骗我吧，这就是我梦寐以求的伊塔刻？"

女神郑重地点点头，她驱散开先前围绕在奥德修斯周围的一圈迷雾，让他得以看清周围的一切。"你看，"女神对他说，"这不就是你熟悉的家乡吗？你总是这样疑虑重重、小心谨慎地行事。要是其他人回到自己家乡一定首先询问自己的亲人，一心想立刻得到他们的消息，可你现在却还总在疑心。你的妻子现在还在家中，每天流泪不止，身边被一圈求婚者包围着，毫无办法。我知道因为你刺杀了波塞冬儿子的眼睛所以他对你怨气十足，他一心阻挠你回到家乡，即使如此，我却一直支持你回家，从来没有对此感到怀疑。波塞冬是我的叔父，所以我只能暗中帮助你。你看见那棵橄榄树没有，那里有一个洞穴，是神女们曾经嬉戏的地方，现在最好把你的财物放进洞穴里面，以免暴露你的身份。"奥德修斯赶紧跪下亲吻着故土，不断地像众神明祷告着，随后他按照女神的吩咐将财物搬进洞里，雅典娜站在他身旁，运用法力搬来一块巨石将洞口堵住。

"现在，我要告诉你一些重要的事，"雅典娜对奥德修斯低语道，"自从你离开后，你家里就乱得不成样子了。常年不见你的踪迹，大家都以为你已丧生。那些无耻的求婚者因为贪图你的财富和你妻子的美貌，纷纷涌进你的宫殿向她求婚，最可恶的是他们每天都待在你的家里大吃大喝，即不按照正常程序提出彩礼，也不愿意离开。你的妻子和儿子为此饱受痛苦，没有人站出来帮助他们。不过你妻子是个很守妇道的人，对你一直忠心耿耿，丝毫没有为之所动。倒是苦了你的孩子忒勒马科斯，他那么年少就要承担一个成年人应该承担的压力和痛苦。”奥德修斯知道后，气得咬牙切齿，他恨不得立刻冲回家去把那些狂妄的人统统杀掉，但是他还孤身一人，需要别人帮助，于是他对雅典娜说道：“敬爱的女神，请您帮助我，赐给我力量，只要和你在一起，我甚至能一下子干掉三百个人！不过既然您知道我的行踪，为什么不告诉我的家人我还活在世上，反而让他们饱受这种痛苦呢？特别是我儿子，不知道他现在愁苦成什么样子呢！”

雅典娜说：“你不要着急，你儿子没出什么事，不过他为了打探你的消息，去了拉克得蒙寻找墨涅拉奥斯。我一路上也护佑着他，使他免受灾难。的确有居心不良的求婚者想要谋害他的性命，但是我看他们不会得逞的。现在我告诉你应该做的事：不能暴露自己的身份。我要把你彻底变成另外一个人，你的皮肤将变得像老年人一样干皱，身材佝偻，衣服也会变得褴褛不堪。你要寻找机会除掉那些恶人，但现在还不是最佳时机，因此你要先学会隐姓埋名。然后你自己去找牧猪人，他对你忠心不二，你向他打探消息。我马上去斯巴达，召唤回你的儿子。”

雅典娜说完，用手中的金杖一点，奥德修斯马上从一个健壮的男人变成一个干瘪瘪的小老头了，头发灰白，牙齿脱落，眼睛浑浊，简直和以前的他判若两人。然后她自己飞向空中，前往盛产美女的斯巴达找奥德修斯的儿子忒勒马科斯去了。

暗中会见牧猪人

奥德修斯走过一段崎岖的道路，穿过浓密的树林，来到牧猪人的家。他站在屋子前，看见庭院宽大，周围都用高大的石块砌成护栏，最外面栽种着坚实的橡树树枝，整个庭院被开辟为养猪场，细细一数，刚好十二个猪圈。肥胖的猪都在猪圈里吃食或睡觉，它们被牧猪人精心照料，长得很好。猪圈旁边睡着四只凶猛的看门犬，一个慈祥的老人坐在看门犬边上缝制他破烂的布鞋，没有发现奥德修斯的到来。

突然其中一只看门犬惊醒了，他嗅出陌生人的味道，不停地吠叫起来。其他的三只也马上站起来，扑向站在屋外的奥德修斯。老人立刻喝止住他们，他看到门口站着一位白发苍苍样子颓唐的老人，于是前来细细询问。

“尊敬的客人，我的狗惊吓到了您，真是抱歉。我刚才在缝补我的鞋子没有看见您的到来，我现在满脑子都在想着我那可怜的主人。哎，算了，还是请先进屋，让我好好招待一下你吧。”于是，牧猪人把奥德修斯搀扶进他的小屋子。他在地上铺了一层毛茸茸的山羊皮，让奥德修斯坐上去。然后他走到屋外，宰杀了一只猪，把它烧烤好，端给奥德修斯吃。奥德修斯对牧猪人的礼待感到很高兴，他说：“老人家，您那么善良，宙斯一定会保佑您所有的愿望都实现的。”

“哎！别说所有了，只要实现一个，让我的主人平安回家，我就心满意足了！”牧猪人叹息道。“你主人出了什么事吗？你总是提到他。”奥德修斯假装追问道。

“客人，你或许从远方来，不知道我家里的情况，”牧猪人开始絮絮叨叨谈了起来，“要说我对你礼待，这样简单的礼待不算什么，我的主人也曾那样礼待我，我至今仍对他充满感激之情。主人对我关怀备至，从不把我当作下等人，给我房子住，给我东西吃，还给我报酬。可惜我再也碰不上这样好的主人了，他多年前去特洛伊作战，没有战死的英雄们都已经回家，唯独他一点消息也没有，急死人了。虽然你是外乡人，对您说主人家里的消息似乎不大妥当，但是那群可恶的求婚人实在欺人太甚了！我不得不说说。自从我主人没了音信，大家纷纷传言说他已经命丧黄泉。他妻子珀涅罗珀每天伤心欲绝，躲在房子里边纺织边流泪。他年幼的儿子为了找寻父亲的下落每天忧愁烦恼。一群狂妄的人觊觎女主人的美貌和主人丰厚的家产，纷纷涌进主人家里向她求婚，却既不按照约定的习俗送来彩礼，也不离开主人家，成天无赖一样坐在大厅里吃吃喝喝，耗费我主人的财产。喏，就说这些猪吧，每天都要给他们送去一头精壮的公猪供他们享乐，猪圈里的猪一天少一只呢。”

奥德修斯一边听着牧猪人的唠叨，一边不动声色地吃着猪肉，问道“你主人是什么人？拥有这么多财富？你告诉我他的名字，说不定我曾经听说过他呢。”

“哎，外乡人，不是我不相信你，只是这种事以前发生过太多次。好多人为了得到女主人的赏赐，明明不知道主人的消息，却骗人说知道，假装胡诌乱说一通，就是为了骗取女主人许诺过的衣袍。我想我那可怜的主人一定是不在这世上了，不知道他现在是埋葬在泥土里，还是暴尸荒野被乌鸦啄食，还是浸泡在苦涩的海水中，灵魂得不到安宁？他一定是死了，只留下那么多悲哀让我们承受，哎，我再也找不到这样好的主人。即使如此，我还是称他为主人，不管是生是死！”牧猪人说到这不由得鼻子发酸，他伸伸衣袖揩掉眼角的泪珠。

奥德修斯站起身来，郑重其事地对他说：“我发誓，你主人必定会回来。那些编造谎言的人，想必很贫困，我虽然也清贫，但是我绝对不会为了所谓的衣袍而说谎话，我可以发誓。你等着看吧，等到你主人真的回家了，你的女主人不要忘记曾经许诺的赏赐就够了。不出今年，奥德修斯一定会回到他的宫殿，报复那些可恶的求婚者，这是我的预言。”

牧猪人摇摇头说：“哎，主人不会回来了，作这些预言又有什么用呢？还是请坐下来继续喝酒吧，每当有人这么信誓旦旦地对我说，我就感到很伤心。不仅如此，女主人和小主人也很伤心呢，因为这些话从来没有应验。哎，外乡人，还是告诉我你是从哪里来，是什么部族的人，怎么会来到伊塔刻呢？”

奥德修斯沉思了一会，心想现在还不能暴露身份，他沉思了一两秒钟，然后说道；“我来自辽阔广袤的克里特岛，家父正是克里特岛的国王卡斯托尔，尽管我的母亲是一位身份卑微的女仆，但是我的父亲却非常喜爱我。我父亲去世后，我们几个兄弟分了他的财产，由于我卑微的出身我和母亲只分的一小部分财产，后来我也娶了一房妻子。我平时不爱干农活或者操持一些琐碎的家务事，却很喜欢划船，参加激烈的斗争,在战场上冲锋陷阵,只有在那种充满了挑战的事情中我才能发挥我的能量。在阿开奥斯人进攻特洛伊之前,我已经九次率领同伴们攻打外敌,抢夺了许多战利品,这样我的财富渐渐多了起来,成为克里特岛声名显赫的大家族。后来在国人的委任下,我和杰出的伊多墨纽斯两人率领族人和阿开奥斯人一起前往伊利昂。我们在那里战斗了整整十年啊,最终结局是我们赢得了战争,第十年的时候我们返回家乡。我在家待了不到一年,还没有好好享受妻子的温柔和儿女们的天伦之乐就再一次离开家去往埃及。我带领了许多勇士,一行走得十分顺利。等我们来到了埃及河边,我派遣一些人前去打探情形,谁知他们自恃神勇,一踏上埃及的国土就开始肆无忌惮地抢夺人们的粮食和牲口,还有一些人掠夺了妇女和孩童,惨叫声霎时传遍了整个国家。国王在城里集结了精壮的队伍,他们穿戴齐整,骑着骠骑开始进攻我们。我们势单力薄难以抵挡他们人数众多的反攻,我的同伴们纷纷死在他们的青铜长矛下。眼看我自己也将被杀死,我立刻脱下头盔丢掉手中的武器,奔跑到领军的国王面前,跪在他面前求饶。国王看起来是个心慈的人,在我不断地忏悔下他原谅了我,把我带回了他的宫殿。

“我在埃及住了七年。在这七年中我和那里的人们建立了友好的关系,其实他们都是善良淳朴的人,渐渐地,他们原谅了我犯的过错,把我当作朋友,也给了我许多礼物。我把这些礼物全部收藏起来,心想有一天把它们带回家去。第八年的时候我认识了一个骗子,他是腓尼基人,他把我骗到腓尼基,于是我又来到了腓尼基。在他那里待了一年之后,他又借口去利比亚运货,让我一同前往,但是实际上是想把我给半途卖了。我们一行驶过汪洋的大海,快经过克里特岛时我惊讶地发现原来我的岛国在宙斯的威怒下被海水吞噬,已经看不到一片陆地的影子了。宙斯还给正在航行的我们降下灾难,他掀起来狂风暴雨,我们的小船在风暴的打击下很快就支撑不住了,同伴们纷纷给抛进水中,不久就被淹死。可能是宙斯怜悯我,就在我也要被抛进大海的一刻,船上的桅杆倒下来,正好在我身边,我趴在粗大的桅杆上漂浮起来。船已经被暴风雨击打成碎片了,我也看不到一个同伴了。我抱着那根桅杆在海上漂流了九天,第十天的时候来到了特斯普罗托伊人的国土上。特斯普罗托伊的王子首先遇见了我,他见我筋疲力尽、狼狈不堪,于是把我带到他家中。他父亲盛情款待了我,赐给我外衣还有衬衫等礼物。就是在那里,我听到了关于你主人奥德修斯的消息。”

牧猪人听到这里,急切地问道:“你听到了我主人什么消息?”

“不要着急,你听我慢慢说。我从特斯普罗托伊国王那里听到你主人的消息,他说奥德修斯返回家的时候经过他那里。当时他身上带着许多财物,有黄金、青铜,还有精美的铁器,随后他去了多多那,那里有棵代表神意的高大的橡树,他去向橡树求问神的旨意。国王已经答应给奥德修斯帮助,为他准备了一些船只还有随行的人员。并且国王也答应送我返回家乡,还派了一些船手护送我。但是那些人心怀不轨,半路中打起我财物的主意,他们夺去我的东西,还把我的衣服也夺走,然后把我捆绑在船上。等到他们在一旁大吃大喝放松警惕的时候,我悄悄解开绳索,跳进海中,躲进岸边的灌木丛里,他们发现我逃走后怕惹祸上身就没有仔细寻找,急忙划着船离开了。现在你看到我这副狼狈的模样,就是拜他们所赐。"

牧猪人听得很认真,他说:"客人,你经历了那么多灾难才来到伊塔刻,真是不容易呀。但是你提到我主人的消息,我仍然不能相信。从前有一个埃托利亚人来到我们家,声称他曾经在克里特见过我主人在修船,他还说主人最迟会在夏秋之际回家。我都这样一把年纪了,他还骗我。外乡人,你也不用拿善意的谎言哄我开心,但这样的怜悯不能真正带给我安慰,因为我已经失望太多次了。"

"要怎么做才能让你相信呢?"奥德修斯知道牧猪人已经丧失了信心,只好发誓道:"我向宙斯和各位神明发誓,要是你主人真能回家来,你要遵守诺言给我一件大袍。若是你主人没有回来,那你可以让那些奴隶把我从悬崖上扔下去,以此警醒那些用谎言取悦你们的人。"

"哎,那我可真是要名垂千古了,先热情招待一个外乡人然后又把他杀死。还是别说这样的誓言了吧,我其他的同伴为那些求婚者送猪去了,差不多回来了,等他们回来后我们一起吃饭,早点休息,你也累了。"

正说着,牧猪人的同伴们回来了,他们宰杀了一只猪作为晚餐,盛情款待了奥德修斯。牧猪人把烧烤好的猪肉平均地分配给每一个人,并给每一个人斟满美酒。奥德修斯受到礼待,心中十分高兴。这时候窗外乌云密布,开始下起大雨来,狂风夹带着雨丝吹进屋内,让人感到一阵凉意。奥德修斯想考验一下牧猪人的忠心,看他能否脱下自己的大袍或者叫其他同伴让出衣袍给自己御寒,于是他站起来大声说道:"同伴们,趁大家现在这会高兴,我来讲一个故事给大家助助兴。当年我们奋战在特洛伊城墙下的时候,躲藏在城墙外边的芦苇荡里,那时候奥德修斯也是首领之一。我记得当时天气寒冷,冰雪纷飞,我们穿得很少不足以抵抗寒冷,大家都冷得直哆嗦,牙齿不住地打颤,脸都变成酱紫色的了。子夜时分,我终于冻得扛不住了,就用手肘碰了碰在身边的奥德修斯说:'奥德修斯我快要冻死了,今晚可能性命不保。'奥德修斯听完后想出了一个计谋,他对匍匐在他周围的同伴说:'我梦见了一个神奇的梦,这梦预示我们在这场战争中还需要更多帮助,可是主将阿伽门农在离我们很远的船舶上,你们谁上去告诉阿伽门农让他给我们增加支援。'安德赖蒙的儿子托阿斯听完后自告奋勇去告诉阿伽门农,他脱掉紫色战袍,向船舶游去。我披上他的衣服,不一会就暖和多了。那一晚多亏了奥德修斯帮助,我才能挨过那么折磨人的寒冷,要不然等不到我们进攻我估计就会冻死了。我心里始终记着奥德修斯的恩情,对他本人我深感敬重。真希望现在还能遇到这样的好人,你看我现在衣衫破损,简直不能见人。"

牧猪人听出了他的言外之意,于是说道:"客人,你说我主人曾经为了不让你受冻想出了那么好的计策,我是完全相信的,因为我的主人本身就是一个既聪明又有善心的人。你的故事的道理我明白,我们这里的人也不会让一个需要帮助的人感到困窘的，但是我们这里没有多余的衣袍，因为每个人只有一件，可能等少爷回来以后他会另外给你一件衣服。”说完，他在地上给奥德修斯铺上一层厚厚的羊毛让他好好安睡，接着又给他盖上了一件自己的衣服，以免他着凉。

奥德修斯和其他年轻人睡下了，只有牧猪人担心在屋外的猪，为了照看它们，他提起一根木棒，穿着厚厚的衣袍走出门外，在一个凹形的岩石下躺下了。奥德修斯看见牧猪人对他的家产如此忠心，感到非常欣慰又感动，于是也欣慰地睡着了。

忒勒马科斯回家了

雅典娜来到拉克得蒙，她径直走进墨涅拉奥斯家的寝室里寻找忒勒马科斯，她要告诉忒勒马科斯关于奥德修斯的消息，以便让他赶紧回家。只见忒勒马科斯和涅斯托尔的儿子佩西斯特拉托斯睡在一起，佩西斯特拉托斯已经进入梦乡沉沉地睡着，但是忒勒马科斯却辗转反侧难以入眠，原来他还在思念父亲。雅典娜轻轻走到他身边，拍了拍他肩膀，忒勒马科斯看见女神不由得吓了一跳，雅典娜附耳轻声说道：“忒勒马科斯，你离家太久了。家里那群可恶的求婚者还在你家中继续消耗你家的财产，他们越来越缺少节制，你母亲一人在家仍然每天意志消沉，以泪洗面。要是你还不回去，我担心会有求婚者把她骗去，因为她似乎心力交瘁支撑不了多久了。另外我还要告诉你，有一伙求婚者图谋不轨埋伏在萨墨附近的海峡里想要给你制造灾难，你记得要绕开这些海峡走其他的路。等你到达伊塔刻的陆地上，为了隐藏身份，不要和同伴们一起回到王宫，应该独自去找你父亲的牧猪人。他一直对你父亲忠心耿耿，不会对你有二心。你找到牧猪人以后，让他去给你母亲珀涅罗珀报告你已安全回来的消息。”雅典娜说完后就化作一个幻影消失了，过了好一会忒勒马科斯才缓过神来。他用脚碰了碰正在熟睡的佩西斯特拉托斯，对他说道：“佩西斯特拉托斯，快醒醒吧，我们现在马上起程回家。”佩西斯特拉托斯睡眼惺忪地回答道：“忒勒马科斯，就算要回家也不是在深夜吧，等到黎明再说，说不定墨涅拉奥斯还要送给我们一些礼物呢。”忒勒马科斯听见他这样说也觉得有道理，于是又躺下去迷迷糊糊睡着了。

第二天天微微亮，忒勒马科斯就醒了，他来到墨涅拉奥斯面前，向他诉说回家的心愿，墨涅拉奥斯自然十分挽留，但是看到忒勒马科斯意愿坚决只好答应让他走。随后，他吩咐仆人们准备丰盛的饭菜款待客人，自己则带着妻子海伦和仆人墨伽彭特斯来到地下藏宝库为客人们挑选礼物。他挑选了一只双耳杯，吩咐仆人墨伽彭特斯拿了一个银质调缸，海伦选了一件宽大的柔软的大袍。他们回到大厅里把礼物赠送给忒勒马科斯。过后，墨涅拉奥斯宣布宴饮开始了。

女仆们首先端来了干净的洗手水给每位客人洗手，然后在每位就餐者面前摆上精美的食物，墨伽彭斯特负责为大家切肉，墨涅拉奥斯站起来为大家斟酒。大家被友好的气氛感染着，觉得轻松愉快，这时候歌人也弹起琴来，阵阵音乐动人心弦。

宴饮结束后，墨涅拉奥斯端起黄金酒杯给忒勒马科斯送上临别的赠言和祝福，他说道："忒勒马科斯，我知道你一心想快点回家，你的心情我能理解，因此也不能过分强留。现在我将我家中最为珍贵的礼物赠送给你。这只黄金杯周围是用黄金制成，杯底是银质的，它是由神匠赫菲斯托斯制作的，西顿国王费狄摩斯将它赠送给我。现在我把它转赠给你，用来表达我对你心意。"忒勒马科斯双手接过了黄金杯，他对国王的馈赠感到非常感激。海伦这时候也走了过来，她拿着那件精美的大袍子，对忒勒马科斯说道："亲爱的孩子，这是我亲手缝制的衣服，我想把它送给你未来的妻子，你带回家去给你母亲收藏着，祝愿你早日回到自己家乡，享受美丽人生时光。"忒勒马科斯也恭敬地接受了她的礼物。就在这时，突然，只看见远远的一只巨大的雄鹰抓住一只白鹅从天际飞过，越飞越近，擦过人们的头顶，然后又急速地飞走了。众人感到惊愕，佩西斯特拉托斯问道："墨涅拉奥斯，这是什么现象？请您为我们解释。"墨涅拉奥斯沉思了一番，然后回答道："照我看来，这是神明给的预言。你们看这只鹰从他的居住地飞来，抓走了这只鹅，预示着你父亲经历了重重磨难回到家乡，或许他已经回到了家乡，正在整治那一群求婚者呢！"

忒勒马科斯听见他的预言感到十分高兴，于是他和佩西斯特拉托斯辞别了墨涅拉奥斯和善良的人民，奔向皮洛斯。

经过一段长长的旅程，他们终于来到了皮洛斯，马上就要在港口泊船了。忒勒马科斯为了赶着回家，不想再去打扰涅斯托尔，因为他知道老人非常热情好客，如果知道他回来了一定设法挽留。于是他对佩西斯特拉托斯说："好兄弟，我就不在港口上岸了，你知道我内心很着急要回家，要是你那热情好客的父亲知道我们回来了一定要来迎接还要盛情款待我，我的心早已经飞回到伊塔刻，不能再逗留。请你向你父亲传达我的问候，这一路多亏了你们，你们对我的恩情我永生难忘。"佩西斯特拉托斯知道忒勒马科斯回家心切，只好说道："那你们就赶紧走吧，不要让回来的消息传到我父亲的耳朵里，你知道我父亲也是个非常固执看重情谊的老人，他要是知道你来了，非得留你住个十天半个月的呢。要是知道你经过却不停留他肯定会很生气的。你还是快点走吧，我不告诉他你来过这里。"说完后他独自上岸了，和忒勒马科斯一行人告别以后，他骑着高大的骏马，扬鞭一挥就回到城堡里去了。

忒勒马科斯和同伴们登上一般黑壳船，准备返回伊塔刻。在这之前，为了讨个吉利，他们在船尾举行了一个小型的祈祷，祈求神明的保佑。这时，走过来一个流浪人，名叫特奥克吕墨诺斯，他是预言者，是富有的墨兰波斯家族的后裔，因为家世动荡，不得已流浪到皮洛斯城。他看见忒勒马科斯，马上走过去问道："你是从哪里来的？家住何方？"忒勒马科斯回答："我是奥德修斯的儿子忒勒马科斯，我和同伴们在这里是为了找寻漂流在外的父亲的消息，他已多年没有回家。"

"我也是个流浪人，"特奥克吕墨诺斯恳求道，"我曾经杀了人，为了躲避敌人报复才漂流在此地，如果能得到您的怜悯，带我一起离开这里，我将感激不尽。"忒勒马科斯答应了这人的要求，让他坐上船去，然后命令同伴们开船。他们升起巨大的桅杆，张开白色的帆布，雅典娜吹来一阵顺风，黑壳船很快就起程了。

第二天清晨，忒勒马科斯一行来到伊塔刻港口，刚上岸，忒勒马科斯就对同伴说：“你们先去城里，我要到乡下去监视那些下人干活，晚上再进城。”说完就要走，特奥克吕墨诺斯拉着忒勒马科斯说：“我现在该怎么办，应该去哪里呢？这里我谁都不认识呀。”忒勒马科斯记起这位预言者，说道：“本来应该邀请你去我家的，但是我家现在挤满了人，我自己又不回去，母亲也不好出来会客，我看你还是去找欧律马科斯吧，这人是伊塔刻的权贵，家世十分显赫。”话音刚落，只见天空中一只鹰抓住一只鸽子从右边飞过，鸽子羽毛纷纷落下，特奥克吕墨诺斯擅作预言，他明白这是什么喻义，马上对忒勒马科斯说：“鸟儿右飞，它的意思就是没人能够比得过你，我知道了，在伊塔刻没有人会比你家更富有。”忒勒马科斯听见吉祥的预言感到高兴，于是对他说：“但愿你的话能成真，如果应验，我必定要赏赐你许多礼物。这样，你跟随我的忠实的同伴佩奥赖斯回家吧，他的家人一定会好生招待你的。”说完他就穿起绳鞋，手拿长矛，独自向田庄走去。同伴们按照他的吩咐把船停靠在港口，然后进城了。剩下的同伴把船停泊在港口，就一并走向城堡中。特奥克吕墨诺斯尾随佩奥赖斯到他家休息，佩奥赖斯的家人十分好客，热情地款待了这位流浪的预言家。

奥德修斯和牧猪人的谈话

傍晚时分，乡村的田园静谧美丽，劳作了一天的人们陆陆续续走回家中休息，落日的余晖将天空染成紫红色，炊烟袅袅升起，不时可以听见一两声犬吠。几位牧猪人放牧了一天回到家中休息，奥德修斯和他们一起吃了晚饭。饭后奥德修斯想考验牧猪人对他的看法，于是试探地说道：“亲爱的朋友，我明天打算去城里。这些天打扰各位，给大家添了许多麻烦，你们的情谊我无以为报，要是还继续留在这里对你们是负担。我进城去乞讨，看有没有好心人能赏口饭吃。或许我也可以到奥德修斯家去，那里有那么多求婚者，肯定需要服侍他们的仆人，我去给他们当仆人，也能挣口饭吃，好过每天待在这里闲混。”牧猪人感到很吃惊，他说道：“你怎么可能有这种想法呢？我们并不觉得你是负担。要是你去城里乞讨，不知道会不会遇见像我主人那样心肠好的人给你饭吃。要是你去伺候那些求婚者，那就更别提了，你不知道他们是多难伺候的主子。他们气焰嚣张，动不动就乱发脾气，而且能够服侍他们的下人都是面容姣好、穿着体面的人。他们不会要你的，你还是待在我们这里，等少爷回来了，可能会赐给你一些东西好让你过活。”

奥德修斯试探出牧猪人并没有嫌弃的意思感到很高兴，他说：“谢谢你，朋友！在我危难时不惜伸手相助，神明一定会保佑像你这样善良的好人。”过了一会，他又想打听自己父母的具体消息，于是问道：“不知道奥德修斯离家之后，他的父母怎么样了，日子肯定不好过吧？”

“哎，别提了，两位老人真可怜！”牧猪人感叹道：“主人的老父亲拉厄耳忒斯还活着，每天都病恹恹的一点精神也没有，他的老伴却因为过度思念儿子死去了。拉厄耳忒斯每天意志消沉，只求速死呢。说起主人的母亲，她平时待我很好，就像对待自己的亲生孩子一样，让我有吃有喝的。虽然我没有自己的亲人在身边，但是从她身上得到的温暖足以让我幸福地生活了。”

“对了，你从来没有告诉我你的身世，你总说你孤身一人没有亲人。你以前一定不是当地人吧，是你原来所在的城市被人攻破了呢，还是你被人拐卖到这里来的？我看你心地善良，谈吐不凡，不像是一般的贫民。”奥德修斯问起牧猪人的家世，牧猪人慢慢地呷了一口酒，往事一幕幕浮现在脑海，他轻轻叹了一口气说道：“客人，你今天这样一问，的确勾起了我许多回忆。现在就我们两个人在这里，也不妨说说彼此的故事让对方知道。你知道一个叫作叙里埃的海岛吧？那里人民善良，物产丰富，气候宜人，统治海岛的是我的父亲他叫克特西奥斯。我父亲是个威严的国王，在他的统治下整个国家平安繁荣，百姓们都很敬重他。我家有一个长得很美丽的女奴，她在小时候就被一群海岛拐卖到叙里埃岛，我父亲花了很多钱将她买来，自我出生后她就一直负责照看我。有一天，一群做生意的腓尼基骗子来到海岛，他们发现了在港口洗衣服的美丽的女奴，这一群浪子勾引她，骗她说可以把她带回家去，于是女奴鬼迷心窍和他们一起计谋着从我家偷一点贵重物品出来，然后一同出逃。等他们计划好以后，女奴返回家中继续劳作不动声色。腓尼基人将他们的货物卖给当地老百姓，东西卖得差不多的时候，他们派一个同伙来到我家中假装兜售一根粗大的金链子。家人很少看见这么罕见的粗金链，他们的注意力纷纷被链子吸引了。女奴认识那个骗子，于是她赶紧溜进屋内，偷走了三只银酒杯，然后还一把把我抱在怀里逃出宫门，因为她觉得在路上可以卖掉我赚个好价钱。海边的腓尼基人和她接应后马上就离开了叙里埃岛。从此我就离开了家乡，可怜我那时候年幼根本不知道发生了什么事情，只得被他们摆布。我们在大海上连续航行了六天六夜，第七天，那个女奴突然暴病而死。我想是宙斯派了阿尔忒弥斯用利剑将她射死，这种心肠歹毒的女人注定要遭遇悲惨的事情。腓尼基人也不是什么好人，他们看她死了就把她的尸体抛进大海里。不知道又在海上漂了多久，终于来到伊塔刻。就是在这里，奥德修斯的父亲把我买下当仆人，这样我就在伊塔刻住下来了，娶妻生子，过生活。”说完后他又喝了一口酒。

奥德修斯安慰道：“牧猪人，听完你艰险的身世真是让我感到触动啊，没想到你自己也有那么悲惨的故事。但是好在你遇上了一个好主人，他对你很好，你能在这里平安幸福地过日子，这就比什么都重要了不是吗？不像我，一生经历了无数的漂泊，没有一个地方能让我安定下来，能够找到一个安身的地方多好啊。”

“对啊，遇上奥德修斯一家是我这辈子最幸福的事，所以也没有什么好抱怨的了，上天总是公平的。”牧猪人说道。他们就这么絮絮叨叨聊着天，觥筹交错中时间不知不觉地就过去了，一天快要过去，黑夜来临了。

忒勒马科斯回到伊塔刻

那天清晨，当忒勒马科斯走向牧猪人的小屋的时候，牧猪人派遣其他的伙伴出去放牧，自己和幻化成老人的奥德修斯留在家中做早饭。忒勒马科斯来到门前，四只大犬发觉了这个陌生人，于是就一起冲着他狂吠起来。牧猪人在屋内听见狗叫，心中感到不妙，难道又有什么人来到此处？于是他赶紧跑出去查看。他一看到忒勒马科斯就认出这是久别未见的少爷，激动地话也说不出来，手中的盆碗也掉落在地上。他快步冲过去，紧紧握着少爷的手，轻轻抚摸着忒勒马科斯的脸颊，不由得泪流如注，就像一位年迈的父亲看见自己的亲生儿子回来一样，他颤抖着声音说道："忒勒马科斯，你终于回来了！我们大家想你想得好苦呀！自从你离开这里去找寻你父亲的消息，我们就一直为你担心，害怕你遭受什么不测，现在你果然平安地回来了！神明保佑。亲爱的孩子，你平时一直都待在城里不来乡下，你快进屋让我好好瞧瞧你！"于是他赶紧把忒勒马科斯带进小屋里。忒勒马科斯边走边说："牧猪人，我这次前来是想在你这先打听打听我母亲的消息，她是孤身一人还是已经嫁给他人了？"

"你母亲还是孤身一人，整日以泪洗面呢。"牧猪人回答他。

忒勒马科斯和牧猪人一同走进小屋，屋内的奥德修斯看见儿子忒勒马科斯，不由一阵激动，但是他极力克制不显露出真实情感。他站起身来，想给忒勒马科斯让座位，被忒勒马科斯制止了，儿子善待客人的举止让奥德修斯感到很欣慰。牧猪人另外铺上了一层羊毛和树叶，忒勒马科斯就坐在奥德修斯旁边。牧猪人又端来烤熟的肉和美酒款待少爷。忒勒马科斯问道："这位客人，似乎没有见过，是来自何方？家住何处？为什么来到伊塔刻？"牧猪人答道："他来自辽阔的克里特，也是个命苦的人，曾经漂流过很多地方，现在来到您的田庄，他向您请求帮助，您看您要怎么援助他呢？"

忒勒马科斯犯难了，他对牧猪人说："本来我应该给予他帮助，但是我现在没有办法，为了不暴露自己的行踪我都不能回家，那群恶人还在家中作威作福，我一个人势单力薄根本就对付不了他们。这样吧，我给他一件衣服，他身上穿着破烂的衣服根本不能御寒挡风，然后再给他一双坚固的草鞋，让他能够去到想去的地方。如果你愿意的话你也可以留他在田庄里和你一起照看这些猪，我会定时给你们送来一些食物，但是我不能现在把他带回家。"

牧猪人点点头，奥德修斯站起来说道："你们家中这些求婚者真是胆大妄为，就是我这个旁观的客人都不能忍耐他们这些无耻行径了。如果你能将我带到你家中，我一定拼了老命狠狠教训他们！你怎么也没有一个帮手帮助你，难道你兄弟他们都坐视不管吗？虽说我已经这么大年纪了，只要你用得上我，我一定会把他们打得屁滚尿流。"

忒勒马科斯礼貌地笑笑说道："老人家谢谢你的好心。不是亲人不愿意帮助，无奈那些求婚者都是伊塔刻的权贵，手中掌有大权，势力雄厚，他们联合起来力量强大，没人会为了我得罪他们的。我母亲每天把自己锁在房里哭泣，然而也没有办法拒绝求婚者，我是家中独子，清除这些恶棍的任务只能由我完成。但是我现在一个人力量太小了，哎！牧猪人，你还是赶紧进城去告诉我母亲说我已经回来了，为了不暴露身份只得隐蔽在田庄里，你叫她放心。你要小心谨慎地做事，不要让其他人知道这个消息，这位客人我相信你是牧猪人的朋友，也请你替我保密，要是泄密的话我不会以朋友的情谊对待你，或许你还会因此丧命。"

"一定。"奥德修斯沉稳地答道。牧猪人赶紧穿上外出的草鞋准备进城，他问道："除了告诉你母亲以外，还要告诉你祖父吗？自从你去皮洛斯，他每天更是意志消沉茶饭不思，思念主人和你。"

"还是不要告诉他了吧，我怕知道的人太多走漏风声，你只要去告诉我母亲就行。"忒勒马科斯回答。

牧猪人穿上他的皮大衣，手拿一根长矛，告别了忒勒马科斯和幻化成老人的奥德修斯，赶紧前往城里通风报信了。

父子相认

雅典娜认为该是时候让奥德修斯父子两人相认了，于是她幻化成一位优雅的妇女来到牧猪人的小屋。四只大犬看见雅典娜都不敢发出叫声，反而跑到墙根下瑟缩地躺下来。雅典娜站在庄园门口张望，奥德修斯不一会就发现了她。雅典娜只让奥德修斯能够看见她。奥德修斯知晓女神的用意，偷偷离开忒勒马科斯来到女神旁边。雅典娜说道："奥德修斯，现在是你父子两人相认的时刻了，你们相认之后可以一起进城对付那些求婚者，我也会在暗处帮助你们。"于是她挥动手中的金杖点触奥德修斯，突然间，奥德修斯恢复了原来的相貌，一个干瘪虚弱的老头子不见了，出现在女神面前的是英俊威武、魁梧高大的奥德修斯，原来身上破旧的衣服也变成了精美的大袍，灰白的毛发全部变成浓密的黑色，皮肤和肌肉也像从前一样健康充满活力。雅典娜等待奥德修斯变为原型后就飞走了。奥德修斯返回牧猪人的小屋。忒勒马科斯简直不能认识他了："你是谁？"他问道。奥德修斯沉默不语."你是原来的客人？这附近除了我们几个人没有其他人了，其他牧猪人都已经外出放牧了。"奥德修斯还是一句话都不说。忒勒马科斯意识到站在他面前的可能是善于变化的神明，于是他赶紧跪下来："您肯定是神明，请原谅我的冒犯，我会给您奉献上祭祀的。"

奥德修斯不禁泪流满面，他走向前去扶起忒勒马科斯说道："我不是什么神明，你好好看看我，我是你那历经艰险的父亲，奥德修斯啊。"

"不可能，您不可能是我父亲！"忒勒马科斯连连摇头，"可是凡人不可能在那么短暂的时间从老人变化成年轻人，你肯定就是某位神明。"

"儿子啊，你不要再怀疑了！你仔细看看我吧，我不是神明，我就是你的父亲，我回来了，我回到伊塔刻了！我也是那个衣衫褴褛的老人，那是雅典娜为了保护我才把我变成那样的，刚才她为我解除了魔法，我就恢复到原样了。”

“真的是你，父亲！”忒勒马科斯扑进奥德修斯的胸膛，号啕地哭泣起来，奥德修斯抱着忒勒马科斯，也忍不住泪流如注，他们太久没有见面了，久别重逢心情实在复杂极了。不知哭了多久，一直到忒勒马科斯快将眼泪流尽了，他终于抬起头来对奥德修斯说：“父亲你是怎么来到伊塔刻的，你应该是航海过来的吧？”

“是淮阿喀亚人送我来这里的，淮阿喀亚的国王还送给我许多礼物，有黄金、青铜，还有美丽的衣衫，都被我藏在港口附近的一个大山洞里了，这一切全赖雅典娜的帮助。现在我们要做的是想办法制服那些求婚者，你告诉我他们一共有多少人？我好好计划一下，看到底是我们两个单独行动，还是要找其他的帮手？”

“父亲，我们要对付的敌人不是一两个，他们势力太大，人数众多，我们两个人恐怕难以招架，他们有来自杜利基昂的五十二个勇士和随身六个侍从，从萨摩来的二十四个首领，从扎昆托斯来的二十个青年，还有伊塔刻本岛的十二个贵族，另外还有歌人。要是我们直接冲进去的话，恐怕形势对我们不利。”

“要是有神灵相助呢，这样你还感到不可能吗？雅典娜许诺过，她会在暗中帮助我们的。”奥德修斯说道。

“要是有神明帮助，那我们的胜算将会很大。”忒勒马科斯说。

“你明天返回家里和那些求婚者待在一起，要装作什么都不知道的样子。我将化妆为一个捡破烂的老人和牧猪人一起来到家中，我会假装向那些求婚者乞讨，如果他们对我颐指气使、态度傲慢的话，你千万不能动声色，要等待好时机才能下手。到时候，我会对你使眼色，你看到我的眼色就去把咱们家中大厅里的所有武器统统搬走。要是那些求婚者怀疑起你，你就要说是为了让那些武器不在空气中生锈，同时也为了避免大家酒后动武的冲动，所以要将它们好好保存到地下室里，你只给我们自己留下两把长枪和两块牛皮盾牌。等到时机一到，我们就一起冲上前去手刃他们，雅典娜会在暗中保佑我们的。不过你一定要记得，在事情完成之前你不能和任何人说起我们的行动，切记！这个行动只能我们两个人知道。另外，我还要去调查一下那些家奴，看他们对我们是否还忠心。”奥德修斯悄悄靠近忒勒马科斯的耳边说。

忒勒马科斯反对道：“父亲，您说的计划我不会告诉第三个人，这件事情的重要性我知道得很清楚，我现在已经长大成年了，您不必为此担忧。但是我认为，这是我们两个人的行动，所以一定要集中力量去做。现在您不适合去调查家奴的用心，因为这样的话要耗费很多时间，那些求婚者还会继续消耗我们的家产，对我们不利。我们时间宝贵，应该先考虑如何惩治他们才对。”

奥德修斯听完忒勒马科斯的话后觉得很欣慰，他觉得儿子真的长大了，想法也非常缜密，于是他同意了儿子的建议。就这样，父子两人一直在牧猪人的小屋子内小声而谨慎地讨论着他们的复仇计划，之后他们又相互讲述着离别以后各自遇到的故事。奥德修斯出征和遇险的故事让儿子感到无比自豪骄傲,儿子对家中情形的描述也点燃了奥德修斯心中的怒火。他们就一直这样说着话,仿佛这是一个虚幻的梦,要是停下不说话的话梦境就要破碎一样。奥德修斯和儿子在常年的分别中曾经做过许多关于久别重逢的梦,每次醒来脸上都挂着令人感到心酸的泪珠,但在那天,眼泪不会再悬挂在相思人的脸上了,这是真正相逢的时刻,并非一个虚幻的梦。

动乱

与忒勒马科斯一同从皮洛斯回来的同伴这时在干什么呢?他们按照忒勒马科斯的吩咐,一起将珍贵的礼物提到克吕提奥斯家里,然后打发了一个使者前往奥德修斯的府邸向珀涅罗珀禀告消息。使者在途中遇到了同样来禀告消息的牧猪人,于是和他一起走进宫殿。

使者走进宫殿以后,发现大厅里坐满了正在享乐的求婚者,他跪在珀涅罗珀面前说道:“王后陛下,您的亲爱的儿子已经安全返回了。”牧猪人也对她说了忒勒马科斯告知他的话。珀涅罗珀听到后不禁面露喜色,一颗久悬的心终于放下来了。她赏赐了使者。牧猪人和使者很快就退出了宫殿。

求婚者们的脸色可有点难看了。他们沉默地放下手中的美食,离开宫殿,走到门外的墙根下小声商量对策。欧律马科斯开口说道:“真想不到忒勒马科斯这小子命这么大!我们得赶紧派人把那些还在那埋伏的人给招回来,以免给他们当场抓住留下把柄啊。”他话音未落,安非诺摩斯就看见远远的有一群人垂头丧气地走回来,他立刻辨认出是正是那群准备袭击忒勒马科斯的人,于是他哈哈大笑道:“你们不用派人去了,喏,他们不是已经回来了吗?哈哈!”众人将眼光朝向安非诺摩斯手指的方向,果不其然是他们。安提诺奥斯召集了这些船员,然后又叫上几个主要的头领聚集在一起商议,不让其他人参加。他说道:“伙伴们,我们的计划失败了,埋伏的人非但没有把忒勒马科斯杀死,还让他在天神的保佑下顺利踏上伊塔刻的土地。如果他活着回来一定会大肆宣扬我们的计划,争取众人的同情。如果民众听从了他的话就会站在他那边反对我们的,到时候再去办可就没那么容易了。说不定我们还要受到他们的迫害,遭到流放什么的呢。忒勒马科斯很聪明,也有计谋,我怕我们对付不了他,现在只有两条路可走:一条是我们在他回来之前就把他抓住,然后平分掉他家的财产;第二条是我们不要再在他家待下去了,要是你们谁想要娶珀涅罗珀的话,就回家自己准备彩礼来迎娶她。”

大家对他的建议不置可否,都低了头沉默不语,心地善良的安非诺摩斯说道:“我说,我们不能这样对待忒勒马科斯。我们已经在他家吃吃喝喝了那么久,现在却要恩将仇报,这是上天不允许的。我们应该尊重神明的意见,看他要怎么对待忒勒马科斯,然后再采取行动。”大家都认为他的话有道理。

这时候,传令官悄悄将他们的议论禀告给正在楼上屋内的珀涅罗珀。珀涅罗珀知道后火冒三丈、气愤不已，她带着两名侍女急速地从楼上冲下来，走出屋外，来到墙根下。她用头巾遮住自己的双颊，看见安提诺奥斯站在人群中央，她指着他的鼻子说："安提诺奥斯，你这个丧心病狂的没有良心的家伙！难道你忘记了往事吗？想当初，你父亲逃难来到我们这里？要不是奥德修斯帮助你们家，你们家现在恐怕早就沦为乞丐了，还会有现在的财富吗？你现在非但不求报恩，还在奥德修斯家中白吃白喝，甚至还要策划歹毒的阴谋谋害我儿子，我儿子哪点对不起你，使你非得采取这样卑劣的行动？你当着大家的面给我说清楚！"

安提诺奥斯的脸红一阵白一阵，欧律马科斯站出来打圆场，他说道："珀涅罗珀，你不要那么激动，放心吧，在座的各位没有人会对忒勒马科斯怎样的，我们都把他当作我们的好朋友呢！哈哈，要是我发现有人要对忒勒马科斯有什么歹意的话，我第一个会给他颜色瞧瞧的。奥德修斯曾经把我当作好朋友，就是宴饮的时候也亲自给我烤肉和美酒，我怎么会做对不起他家人的事情呢？"

珀涅罗珀看见欧律马科斯那张奸诈阴险的脸不知道该如何戳穿他，她明明知道他说的全都是冠冕堂皇的谎话，于是她转身走进大厅，回到房间里哭泣不断。

牧猪人傍晚时分就回到了自己家中，聪明的雅典娜在他回家之前就把奥德修斯变回老人的样子。奥德修斯和忒勒马科斯准备了晚饭，善良的牧猪人也没有看出任何破绽。忒勒马科斯吃饭的时候问起牧猪人城里的情况："欧迈俄斯，你到城里有没有看到那群准备袭击我的人？"

"这个倒没有，"牧猪人答道，"我这趟前去向你母亲禀告消息，走得很匆忙，在路上碰到了和你一起从皮洛斯的伙伴向王后报告消息。不过，当我在回家的途中、站在高山上的时候，远远地看见港口那里站有一群黑压压的人，不知道那些人是否就是你说的那些人。"忒勒马科斯听后，得意地笑笑，什么也没说，只对奥德修斯使了个眼色。饭后他们和往常一样说着话，就进入梦乡了。

忒勒马科斯、奥德修斯和欧迈俄斯来到城里

第二天清晨，天微微亮的时候，忒勒马科斯早早就起床了，因为他要按照昨天和父亲讨论好的计划行事。他穿好衣服，系好鞋带，手拿了一把长矛准备进城去。他吩咐牧猪人道："老人家，我现在要回城去给母亲禀告消息，即使她已经得到了我的消息，但是还没有亲眼见过我，我想她一定还在楼上以泪洗面呢。至于这位客人还是劳烦您照顾，按照礼俗应该由我把他带回家去给他提供一些食物，但是我现在要处理的事情太多，家中还有那么多求婚者要我对付。你把他带到城里去让他去乞讨吧，我看城里或许有人很有同情心，会给他面包和喝的东西的。"牧猪人听着他的话不住地点着头。说完后忒勒马科斯就告别牧猪人和幻化成老人的奥德修斯，前往自家府邸了。

不一会，他就来到了住处。远远地，他就听见从屋内传来的喧闹嘈杂的音乐声和吵闹声，他知道还是那群可恶的求婚者在放纵呢。他把长矛藏在屋前石柱旁边，

然后跨步走了进去。

正在干活的奶妈最先看见了她，她吓了一大跳，手中的碗也掉在地上。"忒勒马科斯！我的孩子！你终于回来了！"她大叫了起来。其他仆人纷纷奔涌过来围住忒勒马科斯，仔细地看着他的脸庞，跪下来亲吻着他的双手。老奶妈也忍不住自己的眼泪，一直哽咽不断。求婚者也慢慢靠拢了，他们和颜悦色地对忒勒马科斯打招呼，表面上看起来和善极了，实际上内心充满了嫉恨。珀涅罗珀知道消息后连衣服都没换就直接奔下楼来，她紧紧抓住儿子的手臂，激动不已，泪流不止，她说道："忒勒马科斯，你终于回来了，你知道我受了多少苦啊！我以为我们再也没法见面了，你以后不要再做瞒着我的事了……你去了皮洛斯打探你父亲的消息，有没有什么收获？"忒勒马科斯抱着哭泣的珀涅罗珀，好生安抚了她，然后让她准备举行虔诚的祈祷，对神明的帮助表示感谢。珀涅罗珀这才换上干净的衣服，带领家奴做了诚挚的祷告。

这时忒勒马科斯说道："母亲，我要去迎接一位一同和我航行的客人，我曾经将他安置在佩赖奥斯家中，但是我答应他，等我回家就接他到自己家里，这是礼貌的做法。"珀涅罗珀应允了。忒勒马科斯转身走了出去，拿起他藏在石柱旁的长矛。等他走到广场的时候，恰好碰见了正前往奥德修斯家中的佩赖奥斯和那位客人。原来佩赖奥斯是来让忒勒马科斯派人把存放在他家的礼物拿回去的。忒勒马科斯担心暂时无法将求婚者制服，只能暂缓转移礼物，他把他们带回自己家中休息。

珀涅罗珀热情招呼了忒勒马科斯的客人，先给他们安排好舒适的沐浴，给他们穿上最好的柔软的衣衫，然后又吩咐仆人准备好上乘的精美的食物招待客人。她安置客人坐在铺满羊毛的柔软的座椅上，又吩咐女仆端来洗手水给他们洗手。忒勒马科斯和同伴们一起吃着食物，一边谈起航行的种种事情。珀涅罗珀站在他们身后，想知道点奥德修斯的事情，但是他们始终没有谈到。于是她说道："忒勒马科斯，我看我还是回房哭泣去吧，你不会告诉我你知道的关于你父亲的情况的，不是吗？"

"母亲，我会把我知道的都告诉您，您不要心急。我们首先去了皮洛斯见到涅斯托尔，他和他的家人都热情地招待了我。当我问起父亲的消息时，他说他也没有听到确切消息，但是他让我去找金发的墨涅拉奥斯，并叫他儿子陪我一起去斯巴达。他送给我们骏马，我们乘上它们，不费多大力气就来到了斯巴达。等我们来到斯巴达见到墨涅拉奥斯时，才找到一点线索，他告诉我们说，他曾经听到海神说我父亲被一位叫作卡吕普素的神女囚禁在一座海岛上，没有助手也没有船只，根本没有办法逃脱。墨涅拉奥斯很同情我的遭遇，他对家中求婚者的做法感到气愤不已，也尽其所能地盛情地招待了我，因为他非常仰慕父亲的为人。在他那里我也见到了美丽的海伦，希腊人和特洛伊人曾经为她付出了多大的代价啊！她的美貌的确能让所有人为之倾倒。墨涅拉奥斯送给我很多礼物，有一只黄金双耳杯，还有海伦也赠给我她亲手缝制的精美的衣服。但是我急于回来通报消息，于是第二天我就急匆匆地回家了，神明们也给我送来顺风，航行一直都很顺利。那些礼物我暂时存放在佩赖奥斯家中，为了不让求婚者发现。”

预言者特奥克吕墨诺斯接着忒勒马科斯说道：“尊敬的王后，忒勒马科斯不知道全部的详情，请您听我说，就让宙斯和奥德修斯家中的炉灶作证，我预言，奥德修斯已经平安回家，正在寻找各种罪恶，不过多久就会给这些野蛮贪婪的求婚者致命一击的。我曾经在海上看见鸟儿做出的预示，当时我就跟忒勒马科斯说过类似的话。”珀涅罗珀听完后心情很激动，她高兴地对客人说：“友善的客人，要是事情能够如你所说的话那就太好了，到时候我一定给你许多赠礼，因为你能给人带来好运。”

那些求婚者有的照样在草坪上玩乐，有的人在大厅里继续吃吃喝喝。忒勒马科斯和朋友们以及他的母亲一起说着话，顾不到这群恶棍。同时，奥德修斯和牧猪人准备好一切，开始前往城里了。奥德修斯衣着褴褛，背着一口破口袋，手拿一根木棍，一步一步地朝前走去，牧猪人跟在他后面。他们走路速度缓慢，走了好久才来到一道清澈的水泉旁边。这是凡人打水的地方，也是为神女举行祭祀的地方。迎面走来牧羊人墨兰透斯，他看不起穿着破烂的奥德修斯，于是讥诮地辱骂道：“牧猪人，你想把这个又脏又讨厌的老头带到哪里去呀？这种人只知道站在别人门前乞讨剩饭，根本不会想要自己去劳动，你要是把他交给我呀，我会把他带到田庄，让他割割草、挤挤奶之类的，说不定他那瘦腿会变得粗一点，但是他现在可能懒坏了，根本就不想回去干活了。你看看那令人恶心的小木棍似的腿吧，简直一阵风就能把他吹倒的样子。我敢保证，要是他去到奥德修斯家，那些求婚者一定会扔给他无数张板凳，这些板凳不把他脑袋摔烂也要把他的肋骨摔断的，哈哈哈哈！”他说完后就伸腿踢了奥德修斯一脚，奥德修斯踉跄了一下但是没有倒地。他咬紧牙根，心想不知道是不是该马上冲上前去杀了他，但是很快他遏制住了怒火，没有采取行动。牧猪人气坏了，他严厉地斥责眼前这个无赖，然后转过身来对着泉水跪下，说道：“泉水女神们，奥德修斯曾经给你们祭祀过，我希望你们能保佑他回来，回来惩治这个目中无人的小人！他每天都游手好闲在城里游来荡去一件正经事不做，反而让牧羊人摧残羊群。”

“你这只狗！”墨兰透斯狠狠骂道，“竟敢口出狂言！总有一天我会把他从伊塔刻弄走，然后再换来一大把钱，至于你的主人奥德修斯他这辈子就甭想回来了！他儿子也一样，愿阿波罗今天就杀死他，或者求婚者把他杀死！”他骂骂咧咧地从两人面前大摇大摆地走过，一路走到奥德修斯的府邸和求婚者厮混在一起。求婚者很宠爱他，因为他们都是臭味相投的人，他们邀请他参加宴饮，给他食物和美酒。

不久，奥德修斯和牧猪人也来到了宫殿外面。奥德修斯抓住牧猪人的手说：“老人家，这必定是奥德修斯的家了，你看这建筑多面雄伟壮观！这大理石的门柱，还有那些雄伟的雕塑栩栩如生，只有你那令人尊敬的主人才配住这样华丽的宫殿吧。我听见里面飘来阵阵仙乐，想必是那些求婚者正在找乐子吧。还有那些肉香，你闻到了吗？”

“你猜得没错，这就是我主人的家，你看是我们一起进去还是先由我进去探探风声？把你留在门外，我害怕还有人会给你侮辱。”牧猪人说道。“那倒不怕，我已经经历了那么多苦难，多一次侮辱算不了什么，我的心足够坚强面对这些困难。还是先由你进去看看情况吧。”奥德修斯对牧猪人说。这时候一只趴在不远处的老狗抬起头来，它看起来苍老极了，全身的皮毛都脱落得疏疏落落，眼睛浑浊极了。原来它是奥德修斯先前豢养的一只小狗，它灵敏地认出了眼前站着的老人就是奥德修斯，虽然奥德修斯此刻变得谁也认不出来了。它向奥德修斯走去，摇着尾巴，垂着耳朵，它全身长满虱子，颤颤巍巍，神情悲凉，走到奥德修斯脚下的时候，它就缓慢地趴下来，伸出舌头温顺地舔舐着奥德修斯的双脚。奥德修斯跪下来轻抚着它的头，强忍住内心的悲伤对牧猪人说：“这只狗看起来是纯种狗，现在怎么老成这个样子了，看起来真是可怜啊。”

“它是我主人的爱犬，”牧猪人答道，“它年少的时候很勇猛矫健，主人每次外出打猎都要带上它，因为它的嗅觉灵敏奔跑速度很快，你现在看到它这副模样完全想象不到它年轻时候的样子。主人在家时对它宠爱有加，但是现在主人生死未卜，家里的仆人就不好好照看它了，任由它自生自灭，你看它身上长了那么多虱子，年龄增大又生了病，想必活不了多久了啊。”说完，牧猪人告别了奥德修斯独自走进宫殿打探消息。那只狗看见了主人奥德修斯，似乎已经完成什么重大心愿似的，舔舐了一阵之后就宁静地死去了。奥德修斯轻抚着他，眼泪在眼眶中打转，这只狗曾经给他带来多少快乐啊，即使至死仍然对他忠心耿耿。死去的狗的眼圈周围似乎也有泪痕，不知道灵魂升天的它此刻是流着欣慰的泪呢，还是悲伤的眼泪？

奥德修斯成了乞丐

牧猪人走进宫殿的时候，忒勒马科斯首先发现了他，他招呼牧猪人来到身旁，牧猪人搬了把椅子坐在忒勒马科斯的餐桌边，侍者也为他端来了一份菜肴。奥德修斯不久也进来了，他拄着拐杖，走路一跛一跛的，他靠在门柱上，观察着里面的求婚者。忒勒马科斯吩咐下人端来一份菜肴，让牧猪人给奥德修斯送过去。“牧猪人，你现在将这份食物送给靠着门柱的客人，告诉他进来向每位求婚者行乞，乞丐不应该缺少乞讨的勇气。”

牧猪人按照忒勒马科斯的吩咐做了，奥德修斯伸手接过食物，他盘腿坐在地上开始大口大口地吃起来，屋内的求婚者也在进行宴饮，只听见一片喧闹声夹杂着缕缕歌人的歌声。这时雅典娜来到奥德修斯身边，鼓励他前去向每个人乞讨，好知道哪些人心存善意，哪些人狂妄贪婪，好根据他们的表现决定最后对他们采取什么样的态度。于是奥德修斯按照女神的嘱咐走进大厅，他伸出手来，向每个求婚者乞讨。有些人怜悯他给他点吃的东西，询问他是哪里人，从什么地方来的。牧羊人墨兰透斯喊道：“我知道他！他是牧猪人带到这里来的！”安提诺奥斯大为恼火，他斥责牧猪人道：“牧猪人！你这个卑贱的奴才！你为什么把他带进宫殿？难道这种到处游荡的行尸走肉我们这里还不够多吗？都是一些败类！你难道担心你主人家的东西太多，所以叫他来分享分享不成？”

“您虽然身份显贵，但是说话却有点不讲道理，谁会把外乡客人随便带来呢？除非他是怀有某种技艺，像预言者、医生、木工或是歌人，谁会把一个乞丐带来给自己找麻烦呢？您总是对我没有好气，不过也没关系，只要珀涅罗珀和忒勒马科斯能够看到我的忠心和为人就好了。”牧猪人回答道。

忒勒马科斯悄悄对牧猪人说：“欧迈俄斯，你不要多说了，安提诺奥斯总是很喜欢恶毒地激怒别人，一贯尖酸刻薄。”他转身对安提诺奥斯说道：“安提诺奥斯，你刚才有如父亲一般为我考虑我家的财产，但是你没有必要那么做，因为这并非你自己的财产。我看是你心中没有想去施舍的愿望，所以才不给那个乞丐食物，现在你给他一点食物吧。”

安提诺奥斯觉得忒勒马科斯在找茬，气愤地说道：“好啊忒勒马科斯，你真是狗咬吕洞宾不识好人心呀！你这是说的什么话！要是每个求婚者都这样给他吃的，那他乞讨一次就可以三个月不用出门了！”说完他就气鼓鼓地坐下，把脚放在凳子上，做出一副宁死也不施舍的姿态。其他许多求婚者纷纷给奥德修斯一些施舍，唯有他不愿意付出哪怕一点点。奥德修斯走向前来对他说：“朋友，我看你出身显贵，不像是吝啬的人，请你也给我点吧。要是您能慷慨一点，我一定会在以后的流浪中为你传播美名。想当初我也曾经拥有那么多财富，但是我对每个流浪人都大方，要不是在埃及的时候我的同伴太过贪婪，宙斯也不会给我们降下没顶之灾，我如今也不会流浪到贵地。”

“什么臭乞丐！你给我站远点！是哪个瘟神把你送到这里来的？身上脏兮兮的，臭味难闻。你这个无耻的人要是还敢来烦我的话，不要怪我不客气！哼！”安提诺奥斯又暴躁起来。奥德修斯说道：“您的外表和您的内心真是不相匹配，真是遗憾。”安提诺奥斯听见奥德修斯这样说自己，气不打一处来，他抓起搁脚凳砸向奥德修斯，奥德修斯岿然不动，看见他这一击没有将奥德修斯击倒，很恼怒。奥德修斯放下背包，对全体求婚者说道：“各位在座的人们，要是有一个人为了保护他自己的财产遭受殴打那是理所应该的，但是我挨打却是因为这该死的肚皮，这是最没有尊严的。要是天上神明和世上善良的人们对流浪者和乞讨者还有一点怜悯之心的话，现在我也不至于这样狼狈。安提诺奥斯你要为自己没有理智、缺乏善心的行为付出相应的代价。”安提诺奥斯大声吼道：“你这个混蛋！要是你还在那里胡说八道，我就要把你扔出去，或者叫人把你的皮给扒下来！”其他的求婚者这时也看不过去了，其中一个人站起来对安提诺奥斯说：“算了吧，安提诺奥斯，不要这样对待他了。要是他是个神明怎么办呀？神明老是幻化成凡人的模样呢。”安提诺奥斯却不以为意，仍然气冲冲的。站在一边的忒勒马科斯看见父亲受辱气得牙痒痒，他紧紧地攥紧拳头。

在楼上的珀涅罗珀知道有人在大厅里欺负一个乞讨者，她觉得很可怜，于是让牧猪人把乞丐带到她面前来,因为她认为此人流浪过许多地方,或许听说过奥德修斯的消息。"是啊王后,要是那些求婚者能够安静下来听他叙说他的身世,一定会被他的叙说吸引住的,他说的话就想歌人的歌声一样动人。他曾经在我家住了三天,和我说了许多话,他家住在克里特岛,他父亲曾经和奥德修斯是世交,经历了许多苦难他才来到这里。他曾告诉我说他听说奥德修斯就在不远的地方,在特斯普罗托伊人住的地方,还带了许多财宝准备回家呢。"

"那么你赶紧去请他来见我!"珀涅罗珀更加心急要见到那个乞丐了。这时忒勒马科斯打了一个喷嚏,珀涅罗珀笑着说:"你听见了没?忒勒马科斯打喷嚏了,这说明这里的求婚者全部都要遭殃。要是那个乞丐说的话是真的,到时候我会赏赐给他许多美丽的衣衫和精美的食物的。"

牧猪人走近奥德修斯告诉他王后召见他,但是奥德修斯说道:"老人家,你去告诉王后我愿意把我所知道的一切都告诉她,但是现在不行,我没想到这些求婚者这样穷凶极恶,简直把我吓坏了。我刚才没有做什么坏事,那个人就无理地攻击了我。还是等到太阳西沉再让她询问我吧,那时候有充裕的时间,那些人想必也离开了,我一定详细告诉王后她想知道的一切。"牧猪人将奥德修斯的意思转告给王后,珀涅罗珀觉得乞丐的想法很对,她说:"此人思考问题很缜密,还是等到晚上吧,这样我们也能单独好好谈谈。"

牧猪人回到大厅里,悄悄来到忒勒马科斯身边对他耳语道:"孩子我要回去照看我的猪了,你要留神照顾好自己,小心那些心怀叵测的人再有什么阴谋。"牧猪人告别了忒勒马科斯,匆匆回家了,他说明天他还会再来,会带来宴会需要宰杀的猪。大厅里的人还在继续唱歌吃喝,直到夜色渐渐深沉起来。

奥德修斯和乞丐伊洛斯角力

这时候,宫殿门口来了一位当地的乞丐名叫伊洛斯。他到处乞讨,长着一个大肚皮,身材尽管很魁梧,但是没有一点力气,也没有勇气,只是每天用巧嘴璜舌骗人们的施舍。伊洛斯来到门口看见奥德修斯也在那里乞讨,不由地内心嫌恶他,想把他赶走,于是走过去大声斥责奥德修斯说:"老头,你给我滚开!这儿是我乞讨的地盘,难道你不知道吗!要是你不知好歹赖着不走的话,当心我亲自动手把你拖出去了!"

奥德修斯居然被一个乞丐冒犯,他心中满怀怒气,于是他回击道:"真是怪事,我也没有得罪你,你为何对我如此无理?我看这里人多,应该容得下我们两人一起乞讨,你嫉妒我所以要把我赶走。你不要欺人太甚,小心我也会采取报复手段。虽然我是个老人,但要把我惹怒了,叫你吃不完兜着走!"

"这个脏鬼居然像个老太婆一样对我啰啰唆唆的,看我不一拳打过去让你找不到门牙,让你鲜血流尽,要是你还敢说废话的话!我倒要看看一个没有力气的老人怎么打赢年轻人!"伊洛斯说着假装撸起袖子,但是却并不敢真的动手。他们就这样站在门口你一句我一句地针针锋相对起来，话越说越激烈，似乎马上就要动起手来了。他们的吵闹声引起了求婚者的兴趣，求婚者为了看热闹纷纷走向前来围住他们俩。

安提诺奥斯为了故意挑起争端，于是大声说道："大家请安静，现在请听我说一句，里面的炉火上正在烤着肥美的羊肉，要是他们两人中谁战胜了对方，那我们就请胜利者吃那些烤好的羊肉，还将邀请他和我们一起宴饮，这样他就不用乞讨了。你们说好不好？"大家纷纷表示赞成。奥德修斯说道："朋友们，一个孤立无援的老年人怎么能和一个年轻人战斗，除非你们中的人要发誓不会为了帮助伊洛斯对我动手。"忒勒马科斯马上站出来声援道："外地人，你只管放心去战斗。至于其他的人你不要担心，我是这里的主人，会为你主持公道，安提诺奥斯和欧律马科斯都是当地有身份的人，相信他们也会为你作证的。"

于是奥德修斯脱下外套，然后用外套束住腰间，露出两条健壮有力的大腿、宽阔的胸部和粗壮的双臂。求婚者看见了不禁傻了眼，大家议论纷纷、惊异不已。有人悄悄说道："看他那长满肌肉的大腿，伊洛斯这下可糟了，我看他会丧命在这个乞丐手下。"

伊洛斯看见奥德修斯的肌肉，听见众人的议论，不由心里一阵慌乱，他开始浑身发抖，哆哆嗦嗦的，一直冒冷汗。安提诺奥斯看出伊洛斯胆怯了，蔑视地说："伊洛斯，你这个好吹牛皮的家伙，没有一点勇气！你还是个年轻人呢，怎么会惧怕老年人呢？我警告你，要是你战输了我会把你装进黑壳船，送你到传说中的国王埃克托斯那里，他的残忍性情相信你也听说过，他会用铜刀割掉你的耳朵、鼻子，扔给狗吃。"他这样说伊洛斯就更加六神无主了，他抖得越来越厉害，人们把他推到场地中央，他还是一直抖个不停。奥德修斯心想应该给这个狂妄胆小的鼠辈重重一击还是轻轻对付他一下就算了，最后他决定轻轻地教训他一下，以免暴露自己的身份。战斗开始了，伊洛斯一拳抡过去打在奥德修斯的右肩上，奥德修斯一把掐住伊洛斯的脖子，力气之大足以把他的脖子折断。鲜血从伊洛斯的嘴里喷出来，伊洛斯呻吟着躺倒在地上直蹬脚，脸上的青筋都暴起来了。奥德修斯没有将他弄死，于是松开手，把他拖到墙角下，扔给他一根木棍，说道："你就坐在这里赶赶野猪野狗之类的吧，你自己是个乞讨者，本来就已经很可怜，以后不要对其他乞丐那么凶狠，与人为善对你有什么损失呢？"

他说完后就回到大厅里，求婚者跟在他身后也进了屋，求婚者对他的表现惊叹不已，个个给他投去敬佩的目光。安提诺奥斯不能违背刚才说过的话，只把烤好的羊肉端到他面前，对他表示祝贺。奥德修斯对他说道："安提诺奥斯，我看你是个聪明人，我以前耳闻过你那令人尊敬的父亲尼索斯，他那么富有却心地善良。你怎么和他一点都不像呢？我奉劝你，在神明看来，人类都是很不幸的生物，因为他永远不知道何时会有灾难降临在他身上。想我当年也曾凭借自己的财富和地位干过许多荒唐事，现在，想来后悔极了。一个人做什么事都要有分寸，万事不可过火。现在我看这些求婚者每天聚集在别人家里无端消耗别人的财产，显然已经过分了。我认为这家的主人不久就会回来，到时候这里的每个求婚者都逃脱不了厄运。”说完，奥德修斯端起酒杯，仰头喝下一大杯酒。安提诺奥斯听了奥德修斯的一番话后，有一种不祥的预感涌上他的心头，他若有所思地默默想了好一会，然后神情沮丧，垂下脑袋，重新坐回自己的位子，但是完全没有了刚才的那股气焰嚣张的模样。众人不知他们即将要到来的悲惨命运，仍然在纵情欢乐，安提诺奥斯心里则乱成一团麻了。

珀涅罗珀面对肆无忌惮的求婚人

雅典娜把勇气注进珀涅罗珀的心中，让她出现在求婚者面前，展现自己优美的体态和姣好面容，重新引起他们的心动，同时也使得丈夫和儿子对她的忠诚更加敬重。于是她把想法告诉了女管家，女管家很赞同她的想法，说道：“去吧孩子，你可以按照你心想的去做，但是在你下去以前一定要先沐浴一番，你看你现在脸上还挂着泪痕，常年的哭泣让你的容貌也不比以前了。”

“我知道你这是关心我，但是不要强迫我去做我不感兴趣的事了，自从奥德修斯离家，我就没有任何兴趣打扮自己了，你还是去叫两位侍女过来陪我一同下去吧。”

女管家走出房间，雅典娜马上催眠了珀涅罗珀，她用神液涂抹在珀涅罗珀的脸上，顿时王后的脸变得柔滑光盈，似乎回到了年轻时代的模样，女神还施魔法使得王后的身材变得更加苗条优雅，皮肤变得像象牙一样充满白皙的光泽。不一会儿，珀涅罗珀就像穿越时空隧道一样变成一个年轻貌美的女子，但是正在沉睡中的她什么都不知道。

侍女在女管家的带领下来到珀涅罗珀房内，她们看见正在熟睡中的王后，也为她的美貌感到惊异。她们叫醒王后，珀涅罗珀在她们的陪同下来到楼下。她头上戴着轻薄的纱巾，遮住脸颊，一双深邃的眼睛楚楚动人。那些求婚者看见美丽的王后不禁垂涎三尺，都想占有她，珀涅罗珀径直到她儿子忒勒马科斯身边，悄声斥责道：“忒勒马科斯，你现在在做什么傻事，你现在的身份和外貌和你的举止不相匹配，你小时候这样也就罢了，现在已经是个成年人了这些事应该知道怎么处理才对。你竟然让一个外乡人在咱们家遭受这样的凌辱，不讲究礼俗，这会让你在人民心中失去威信和尊严。”

忒勒马科斯站起身来，恭敬地回答：“亲爱的母亲，您教训得对。我现在已经长大成人，会分清事理。但是我不能把所有事情都考虑得那么周全，那些求婚者都坐在我身边给我制造障碍，我需要提防他们，身边也缺少一个可以帮助我的人。刚才发生的那场争斗，外乡人把伊洛斯打败了。我向天神宙斯祈祷，但愿现在聚集在这里的求婚者也能被这样子打败，把他们打得抱头鼠窜，就像现在瘫软在墙根下的伊洛斯一样四肢无力。”母子之间正在交谈，欧律马科斯狡诈地前来献媚，他说道：“美貌的王后，要是全体阿开奥斯人能够一睹您的芳容，明天来这儿的求婚者就会把门槛都给踏破了！您实在是太美了，出类拔萃，无可挑剔，惊艳绝伦啊！”珀涅罗珀回答道：“神明们已经使我的容貌失去了往日的吸引力，自从我的丈夫奥德修斯前去特洛伊，我就没有一天不在泪水中度过，忧伤和泪水摧毁了我的容颜。想当初他离开家的时候就曾经嘱咐过我说，这次去特洛伊必定凶多吉少，因为特洛伊人也非常善于战争，要是万一他不能回来，战死沙场的话，他希望我能够抚养孩子长大，给父母尽孝。等到孩子长大，我就可以另外寻找一个可靠的人嫁了。我看他说的话如今已经快要应验了。忒勒马科斯也已经长大了，可是求婚者没有按照习俗办事，他们应该送上自己珍贵的聘礼，再由女方选择，而不是这样无理取闹，在别人家制造混乱，无度享乐。”听到她的话，奥德修斯内心喜悦，因为他知道珀涅罗珀内心真实的想法，她这样做主要是想向求婚者索取礼物，而不是真的要把自己嫁出去。“你说得对，但是如果我们把礼物给你送过来，你不能拒绝，只是我们不会去庄园或其他地方，除非你最后选择和其中一个人结婚。”安提诺奥斯说道。事情已经到了这一步，大家都赞同安提诺奥斯的话，于是纷纷派遣家奴从自己家中带来礼物。安提诺奥斯的是一件精美的衣衫，上面缀满了十二颗黄金衣扣；欧律马科斯的是一条精美的项链，用黄金和琥珀做成，晶莹剔透；欧律达马斯的是一对耳环，分别缀着三颗暗红色的珠宝，耀眼动人；佩珊德罗斯的也是一条精美的项链；其他求婚者也带了他们珍贵的礼物。珀涅罗珀吩咐仆人把礼物收拾好，答应会尽快在礼物的赠送者中选择一位，然后在侍女们的簇拥下，珀涅罗珀转身回到房间里休息去了。

奥德修斯受到讥讽

求婚者继续在大厅里莺歌燕舞寻欢作乐。夜色更深了，仆人立刻在大厅里点燃起三个火钵，里面燃烧着刚砍下来的柴薪。熊熊火光照亮了整个大厅，女仆们轮番照看火钵。奥德修斯对女仆说道：“既然主人不在家，那么你们可以进房去陪伴你们的女主人珀涅罗珀，我听说她每天不是哭泣就是待在房里纺纱，你们可以帮她梳理羊毛、整理线团之类的。这些火钵就由我来帮你们照看吧，添加柴火这样的事我还可以做得来。”

女仆们听见他这样说，不禁相视一笑，其中一个女仆墨兰托讥诮地说道：“你这个不知好歹的外乡人，真是没有理智，你不去外面住反而要赖在这里不走，这不是无赖又是什么呢？莫非你是因为战胜了伊洛斯所以就得意忘形不知道自己是谁了？这里也是你配待的地方吗？当心有人比伊洛斯强壮，把你这个糟老头扔出去呢，哈哈！”

“你这个奴才！我要去告诉忒勒马科斯你说的混账话，让他把你剁成肉酱！”奥德修斯简直怒不可遏。他没想到现在居然连卑贱的女仆都敢欺凌他了。奥德修斯的话吓坏了这些胆小的奴仆，她们纷纷退下，害怕他说的话应验。奥德修斯重新坐下，心里细细思考着复仇计划。

雅典娜鼓动其他的求婚者继续讥讽奥德修斯，以引起他内心的愤怒。欧律马科斯首先开口说道："求婚者们大家听我说，我看这个外乡人来到这里肯定是有神明帮助，你看他脑袋上发出火炬一样的光芒，哈哈，还是因为他头顶一根毛没长，光秃秃的呢？"接着他又转向奥德修斯说道："外乡人要是我愿意雇你给我干活，你愿不愿意呢？你可以给我砌墙或者给我栽点树什么的。如果你不去干活，你永远只会干坏事，而不想通过劳动来喂饱你那永远都喂不饱的肚子！"

奥德修斯回答道："欧律马科斯，我干活的能力不比任何人差。要是咱们俩比赛割草、赶牛、喂草料这样的农活，我肯定做得比你要快、要好；要是宙斯现在就发动一场战争，你给我一根长矛和一块盾牌，我也会冲锋在最前面。到那时你大概不会讥笑我的肚皮了。你这个人看起来威武不凡，但内心却如此歹毒，要是奥德修斯回来，恐怕你很难逃脱他的惩罚。"

"你这个无理的家伙！在我们这些高贵的人面前口出狂言，难道就是因为你一时侥幸打败了那个可怜的乞丐，你就可以目中无人吗？"欧律马科斯快气疯了，于是顺手就抓起一把凳子朝奥德修斯扔过去，奥德修斯侧身一躲，凳子砸在了司酒人的手上。司酒人惨叫一声，手中的酒杯摔倒在地上裂成碎片。大厅里瞬间乱哄哄的，大家纷纷议论起来，有人说道："这个外乡人真是该死，他一来，我们这里就乱了套。我们的宴饮全都给这个人给搅黄了！"忒勒马科斯制止住他们插话道："大家都喝醉了，不能控制自己的情绪了，宴饮也已经差不多了，大家还是早点回去休息。"他说完后求婚者站着不动，他们想制造更大的混乱。这时安提诺奥斯站出来说道："他说的有道理，我看我们还是回去，不要再生事端了。"他这样一说，其他求婚者也不想再多说什么，只得忍耐住心中的不满，祭祀完众神之后就纷纷回家安寝了。

家人团聚

求婚者陆陆续续回家了，这时候奥德修斯凑近忒勒马科斯耳边说："忒勒马科斯，我们必须把这些大厅里的武器搬走，如果有人问起原因，你就告诉他们说是因为武器长期暴露在空气中已经锈迹斑斑，另外还为了避免求婚者酒后不清醒，一时冲动起争端。"忒勒马科斯按照奥德修斯的吩咐去做，他命令奶妈说："好奶妈，你让仆人们回到屋内去，我和这位客人要把这些武器搬到库房里去，它们长年累月地放在这里已经锈迹斑斑了。"

"好孩子，你真是长大懂事了，已经能够悉心照看自己家中的财物了，但是要是我们都走了谁来给你掌灯呢？"奶妈问道。"这位客人可以帮我，他既然在我家吃饭就应该干活。"忒勒马科斯这样回答。奶妈听见他这样说也就不说什么了，带领着各位仆人离开了大厅。

忒勒马科斯和奥德修斯开始动手搬走那些武器，有长矛、盾牌、头盔、刀枪之类的。雅典娜在暗中为他们点燃火炬。搬完之后，奥德修斯让忒勒马科斯回房休息，自己则在大厅里等待珀涅罗珀的到来，因为她早说过要询问他关于丈夫的消息。

珀涅罗珀在侍女们的簇拥下走了进来，她美貌依旧，就像天神中的阿佛洛狄忒一样超凡脱俗。她稳稳地坐在用象牙和白银镶制的椅子上，侍女们清理求婚者们留下来的残物，有的侍女则给火钵添加新的柴薪以使它燃烧得更旺。这时女仆墨兰托又看见了奥德修斯站在那里，于是她破口大骂道："你这个讨厌的人，为什么老是在这里？难道你要找机会偷看美丽的妇女不成？你快点离开这里，否则会让你尝到火棍的滋味！"王后听见侍女无理的辱骂不由恼怒了，她严厉地斥责了墨兰托，并让她赶快离开大厅，然后吩咐奶妈搬来一张铺满柔软的羊皮椅子给外乡人当座椅。珀涅罗珀对奥德修斯说："外乡人，你来自哪里？"

"王后，您可以问我其他的事情，但是不要问我的家乡在哪里，这样会让我想起难过的往事，我也不想在别人家里泪流满面，这样或许会招致更多的讥讽。"奥德修斯回答道。

"自从我丈夫奥德修斯离家以后，我因为每日思念他泪流不止，现在容貌也完全失去了先前的鲜丽，时间过了这么久，我丈夫没有任何音信，那些来自各个地方的求婚者涌进我家消耗我家的财产，逼迫我重新出嫁。"珀涅罗珀接着把她在神明的启示下编造的纺织布匹拖延时间最后被求婚者戳穿的故事讲给奥德修斯听。"我不得不在他们的压迫下把那布织完，现在我没有借口拖延婚姻了，父母也催促我改嫁，我儿子忒勒马科斯也已经长大成人，但是他对那些求婚者却无能为力。我很爱我的丈夫，我不愿意嫁给任何求婚者，但是我却没有办法结束这混乱不堪的局面，真令人痛苦啊。现在我已经将我自己的实情告诉你了，你应该可以告诉我你的家乡在哪里吧？你总不会是从岩石里或树里蹦出来的吧？"

奥德修斯听见她这样说，只好又将他对牧猪人说过的克里特岛的故事重新说了一遍，他说得如此逼真，珀涅罗珀完全相信了。听到他曾经招待过奥德修斯的经历时，珀涅罗珀禁不住流下思念的眼泪。奥德修斯看见妻子哭泣，心中很怜爱，但是他克制住感情的冲动，不显露出来。王后问道："你刚才说道你曾经见过我丈夫，那么你给我讲讲，你当时见到他的时候他穿的是什么衣服，他的状态怎么样呢？"

"时间已经太久了，我难以记得那么清楚，但是还是凭着那么一点印象说说看吧。当时他好像穿着一件紫色的羊绒大袍，上面有一个黄金扣针，黄金扣针上有一只小狗咬住一只花鹿的图形。在我们那里的时候我还记得他穿了一件轻薄的衣衫，轻得好像没有穿衣服一样，不知道这些衣服是不是他从家里带来的。"

珀涅罗珀大哭起来，她哽咽地说："外乡人，他身上穿的这两件衣服都是我给他缝制的，那个黄金扣针也是我亲自给他戴上去的。现在我完全相信你的话了。"

奥德修斯安抚了珀涅罗珀一番，然后又告诉了她一些似真似假的故事。他说他曾经到过特斯普罗托伊人的地方，那里的国王告诉他奥德修斯积累了巨大的财富，都是一路上积攒下来的。那时候，奥德修斯前往多多那向神明祷告，因此两人没有碰面，但是国王向他展示了奥德修斯的财物，真的令人目眩神迷。接着他十分肯定地说奥德修斯就在附近不远的地方，回家指日可待，请王后不必过分伤感。

珀涅罗珀的情绪稳定下来，她听到他的话之后垂下了头，说道："客人，真希望你说的这些都能实现，但是现在我心里的预感告诉我，奥德修斯不会回来。现在我吩咐仆人们给你沐浴更衣，再为你准备好睡眠的床铺吧，你不应该老是这样衣衫褴褛，让人嘲笑！"

"王后，我已经厌倦了精致的床铺被盖，我经历了那么多苦难，早已经习惯了简陋的生活。要是你的宫殿里有一位和我一样经历过生活艰辛的仆人能给我洗脚的话，我想我不会拒绝。"奥德修斯回答。

珀涅罗珀想起老仆人欧律克勒娅，她曾经哺育过奥德修斯，并叫来她为奥德修斯洗脚。

老仆人很快就给客人端来干净的洗脚水，她跪下来替奥德修斯洗脚，边洗边哭泣道："客人，你真是可怜，你的命运如此坎坷，但是你的心灵却那么虔诚。你现在还远离家乡在外地流浪，我那主人奥德修斯又何尝不是和你一样呢？说不定他和你一样走到某个地方，然后被人嘲弄，就像你今天遭遇过的一样。你为了避免仆人的嘲弄，叫我这个明白事理的老人给洗脚，我也很愿意，因为我理解你历经艰辛的心情。可是，我怎么觉得你的体形和声音与我那主人奥德修斯那么相似呀。"

"但凡见过我们俩的人都说我们挺相像的。"奥德修斯敷衍道。洗完脚后，奥德修斯马上站在暗处，因为他突然记起他脚背上有一道很深的疤痕，那是以前打野猪的时候被野猪的獠牙咬下的痕迹，他害怕奶妈看见暴露身份于是赶紧掩饰起来，但是奶妈已经看到了那块伤疤，她紧紧抓住奥德修斯的脚，眼泪流了出来，她站起身来抚摸着奥德修斯的脸颊说："孩子，我知道你回来了，我一摸到那块伤疤就知道你回来了。"奥德修斯赶紧将手捂住奶妈的嘴，悄悄说："奶妈，你不要声张。我历经艰险，用了二十年才回到这里。尽管你现在认出了我，但是请你不要告诉任何人，因为我还有重要的任务要做，在这任务完成以前不能暴露身份。要是你说出去的话，即使你是我亲爱的奶妈我也不会放过你的。"

"你在说什么呀我的孩子，你应该知道我不是那种不明事理的人，我会守口如瓶的。等你完成了你的任务，我还会告诉你家中哪些奴仆对你忠心，哪些对有二心。"奶妈这样说道，然后她端起洗脚水离开了。珀涅罗珀对奥德修斯说："外乡人，我还有一件小事想要询问你。这些天我做了几个梦，我不知道这些梦到底是什么意思。我现在的处境令我左右为难，或许这些梦能给我带来提示。有一个是这样的：二十只白鹅先在湖面上戏水，而后走到陆地上啄食谷粒，这时从高山上飞来一只目光锐利的老鹰，它折断白鹅的脖颈，然后飞向幽缈的天空。我在梦中为那些死去的白鹅痛苦不已，这时那只鹰却飞回来了，飞到我家的横梁上，它开口说话了：'你不要伤心，这是美好的预言。那些白鹅是那些求婚者，我是刚才的老鹰也就是你的丈夫，现在我回到家给他们致命一击。'说完后我就醒了，我连忙出去看家中的白鹅，它们在草地上悠闲地吃着谷粒呢。"奥德修斯说道："既然奥德修斯本人已经做出阐释，那么这个梦就是如他所说的一样，求婚者必遭不幸。"

“客人啊，梦境总是缥缈晦涩，梦境有一半是真实的，但却也有一半不真实。我认为我的梦境却是不真实的，奥德修斯不会回来了。等到明天，我将要展开竞赛，那些大厅里摆放的十二把铁斧，以前奥德修斯在的时候能一箭把它们全部射穿。要是明天哪位阿开奥斯人能够将它们射穿的话，我就会嫁给他，离开这里。虽然我会常常怀念奥德修斯和我的儿子忒勒马科斯，但这是唯一能够解决现在混乱的方法。”

“请您明天一定举行比赛，我相信奥德修斯在求婚者拉开他们弓弦的时候就会回来。”奥德修斯斩钉截铁地说道。

黎明前的夜晚

奥德修斯就在廊屋里休息，他摊开一张牛皮，再铺上一层羊毛，就这样躺下去。奴仆们纷纷走出大厅，和还没有离开的几个求婚者嬉笑鬼混，浪声笑语传到奥德修斯的耳边。他怒不可遏，心想是不是应该马上将这些没有良心的奴才杀死，但是他最终还是忍住了，但是却在地板上辗转反侧，怎么都睡不着，心里细细想着复仇计划。这时雅典娜幻化成一个妇人模样来到他身边，对他说：“奥德修斯你怎么还不睡觉？你现在在自己家里，就和自己的妻子儿子在一个地方呀。这不是你梦寐以求的吗？”

“是啊女神，你说得没错，但是我心里一直在思考怎么样制服那些人多势众的求婚者，我孤身一人，怕到时候势单力薄。”

“可怜的家伙，你怎么那么没有信心呢？谁说只有你一个人，我会在暗中保佑你，即使有五十对阿开奥斯人向你发出进攻也不会把你怎么样的，你就放心吧，不要焦虑了，心情焦虑影响睡眠，你明天还有重要任务呢。”说完，雅典娜就给奥德修斯催眠了，之后自己飞向宇际，奥德修斯渐渐进入了梦乡。

快天亮的时候，珀涅罗珀才好不容易进入梦乡，但是她做了一个梦，惊吓得她很快从梦中醒来。原来她梦见奥德修斯睡在她身边如同他出征前一样，因为强烈的思念，珀涅罗珀哭了起来。她的哭声被奥德修斯听见了，他也醒来了，他爬起来向神明祈祷道：“如果神明垂怜，让今天的一切都顺利进行的话，请给我两个预示。”宙斯听见祷告，从高高的云层中间抛下一个响雷，旁边磨坊的女奴也跪下来向神明祈祷今天是为求婚者最后一次磨面粉。奥德修斯得到了两个预示感到很放心。女仆们在火钵里点燃柴薪，新的一天到来了，她们也开始忙碌起来。忒勒马科斯也起来了，他大步来到大厅里，问奶妈道：“我母亲有没有善待那位客人，母亲有时候做事很任性，有时候善待他人，有时候又很疏忽。”

“放心吧少爷！王后对他可好了，给他最好的食物还有精致的椅子，但是他自己拒绝了太多奢华的东西，硬要自己睡在廊屋里，也不用铺好的床铺，他说他已经习惯了简陋。”忒勒马科斯听完后就跑到广场去参加比赛大会，一群家犬跟在他后面。老奶妈召集家中的仆人开始清扫准备，有的被派去劈木柴，有的被派去提水。

牧猪人这时也赶来了三只肥猪供大家享用，牧羊人墨兰提奥斯也来到奥德修斯府邸，他带来了一些上等肥羊，当他看见奥德修斯的时候，情不自禁地又开始冷嘲热讽起来："外乡人，你还在这里干什么呀？怎么那么讨人厌，今天人家要举行宴饮，你是专门等在这里乞讨的吧，哈哈！"奥德修斯听完后默默不语，心里却在安排他的计划。

牧牛人也把一头健壮的肥牛赶来，他看见奥德修斯说道："外乡人，我看见你不禁想起我那可怜的主人奥德修斯。在我小的时候，他就把我派到克法勒涅斯那里照看牛群，现在那里的牛群多得数不胜数，可是我那主人却信息全无，说不定他这时也像你一样流落在某个城市，遭人唾弃。我忍受不了辛苦照看的牛被那些无耻的求婚者吞食，想要另外寻找新的主人，离开此地。但是我思念着奥德修斯，希望能够再见到他，他要是回来，这些坏蛋肯定会吓得屁滚尿流！"

"牧牛人，你心地很善良，你相信吧，还没有等到你离开此地，奥德修斯就会回来，给那些人制造灾难！"奥德修斯狠狠地说。

"愿宙斯让你的话应验。"牧牛人答道。

奥德修斯再次受辱

求婚者在奥德修斯家中继续宴饮作乐，他们宰杀绵羊和肥牛，并将肉穿在钢叉上在火上烤制。仆人们抬来陈年的美酒，对它们倒进每个求婚者的酒杯中，精美的食物也端上来了，求婚者们开始大吃大喝起来。忒勒马科斯走到奥德修斯身边，在他面前摆上一张小餐桌，然后吩咐仆人端来一份同样精美的食物，故意大声地说："您在这里坐下，和这大厅里的人一起享用这些食物，任何在这里的人都不能嘲讽你或者对你动手，因为我是这里的主人，在座的求婚者你们要控制好自己的情绪，不要再生事端。"

大家感到惊愕，不曾想到年少的忒勒马科斯会说出这样的话来，安提诺奥斯咬紧牙狠狠说："让我们大家听忒勒马科斯的话吧，虽然他的话中充满了威胁的意味。"忒勒马科斯没有理睬他。

雅典娜不想让矛盾就此缓和，她让求婚者持续激起奥德修斯的愤怒。这时一个名叫克特西波斯的人慢悠悠地走过来，他开口大声说："各位，这位外乡人已经得到了他应该得到的那份食物，现在让我送上我的馈赠。"话音未落，他就抓起一个巨大的牛蹄扔向奥德修斯，奥德修斯侧身一躲，牛蹄重重地甩在墙壁上。忒勒马科斯站起斥责道："克特西波斯，快结束你愚蠢的行为！没有击中这位外乡人算是你的幸运，要是你击中了，我马上就会用长矛结束你的性命！你别以为我还是什么都不懂的小孩子，要是你再胆敢心怀恶意挑起争端，冒犯我的客人和我的话，我会让你死得很惨！"

忒勒马科斯的话让全场人都沉默了，阿革拉奥斯说道："朋友们，他说的话有道理，我们稍安勿躁，不要引起纷争了。以现在的情况来看的话，奥德修斯没有办法回来了，你应该劝你母亲改嫁给我们其中的一位，这样就可以避免更多的纷争。”

“我没有想要拖延我母亲的婚姻，我也希望她能够嫁给一个好男人，既然我父亲不会回来的话。可是我不能强迫我母亲干任何事，她要怎么做还是按照她的心愿来。”忒勒马科斯回答。雅典娜在暗中施行魔法，她让在座的每个求婚者开始哈哈大笑起来，大家笑得前仰后合，眼泪都流下来了。预言者特奥克吕墨诺斯说道：“天哪，这是怎么一回事？我似乎看见了黑暗将遮住你们的脸颊，到处都是呻吟声，鲜血流得满地都是，到处涌动着层层迷雾，整个大厅变得昏暗恐怖。”欧律马科斯听见他说的话后很不高兴，他让忒勒马科斯派人将这个不吉利的预言家赶出门去。特奥克吕墨诺斯反抗道：“欧律马科斯不用你找人把我送回家，我自己有脚也有眼睛，但是你不相信我说的话，你就等着看吧，奥德修斯会回来给你们带来灭顶之灾的。”说完他就离开奥德修斯的家，重新回到佩赖奥斯的家中去了，其他求婚者还在雅典娜的魔法下笑个不停。一个胆大的年轻人喊道：“忒勒马科斯，你收留了这样一个什么都不会的废物，引起这么多争吵，现在又有一个疯子一样的人在这里做什么预言。我看他们全都神经不正常，赶紧把他们装上船运到西西里人那里去卖个好价钱吧。”忒勒马科斯瞥了他一眼，什么话都没说，只是静静等待着父亲的命令。

射箭比赛

珀涅罗珀觉得是时候举行比赛了。她在房间里取出一把钥匙，和侍女们一起来到奥德修斯的库房，里面珍藏着许多珍宝和武器。她打开库房的门，爬上台板，伸手拿起挂在墙壁上的弯弓和箭壶。之后她来到求婚者所在的大厅，高声宣布：“各位求婚者，现在我有重要的事情宣布。自从我丈夫去了特洛伊，你们就一直聚集在我家大吃大喝，这并不合理。你们声称说要娶我为妻，但是迟迟不见你们送上珍贵的聘礼，现在你们给我送来了礼物，事情到了这一步，应该找到最终的解决办法了。今天我把奥德修斯曾经用过的弯弓带来，谁要是能一箭把十二只铁斧射穿的话，我就嫁给谁。”她说完就把弯弓交给牧猪人，让他给各位求婚者，牧猪人和牧牛人看见主人先前常用的弯弓不由得回忆起主人来，两人流下眼泪。安提诺奥斯看见了又在旁边冷嘲热讽。

忒勒马科斯说道：“各位，我母亲的姿容你们都知道了，就让我们开始射箭比赛吧。正如她所说，获胜者将赢得她，我也不妨参加。如果我能射穿那十二道铁斧的话，那就说明我有能力继承父亲的家产，母亲即使再嫁我也不用过分伤感了。”然后他脱掉紫色大袍，在地上挖出一道深沟，然后把那十二道铁斧依次插进沟里，接着他走到门槛那里，在那里试拉弓弦。他射了三次，力气都太小了，弓弦安不上去。第四次他使尽力气眼看马上就要装上去了，奥德修斯示意制止住他，于是他停住，大声说道：“天啊，我居然装不上弓弦！看来我还是太年轻无力了，在座的各位你们谁要试一下，你们看起来都比我强盛有力啊。”说完他把弓箭放下，回到自己的座位上。安提诺奥斯对大家说：“我们不妨从左到右开始吧，首先从司酒人斟酒的地方开始。”

勒奥得斯首先站了起来，他也是一位预言家，他平时就不是很满意求婚者的行动，往往坐得很远。他走到门槛前使劲拉弓弦，但还是没能将它拉开。他叹了口气说道：“朋友们，我没有办法将它拉开，让其他人去尝试吧，这把弓箭将要许多人为它付出生命，其实死去比失望地活着更有意思些。你们一天天聚集在这里，心里满怀希望能够娶到珀涅罗珀，但是等你们拉开弓箭你们就会醒悟过来，早知道就应该把聘礼送给其他美好的姑娘，那样就可以幸福一生，快乐一生了。”安提诺奥斯不满意他说的话，反驳道：“你说的是什么话！难道就因为你没有把它拉开，其他人就要为此丧命吗？会有人拉开它的。”于是他吩咐手下人拿来油脂，生起火堆，把油脂涂抹在弓箭上，然后将它放在火上烤，希望能够让它变得松软些。下人们按照吩咐生起了火，端来了油脂，求婚者把弓箭放在火上烤，但是还是没有人能够将它拉开。最后只剩下安提诺奥斯和欧律马科斯两人没有试过了，他们到底有没有将弓箭拉开呢？

真相

牧猪人、牧牛人和奥德修斯一起走出宫殿，他们站在门外，奥德修斯首先开口说道：“牧猪人和牧牛人，有句话我不知道当讲不当讲。如果你们的主人奥德修斯突然回家出现在你们面前，你们是站在他这边，还是站在求婚者那边呢？”牧猪人和牧牛人纷纷表示他们对奥德修斯的忠心，奥德修斯才又重新开口道：“实话跟你们说吧，我就是奥德修斯。我历经了千难万险，经过了二十年才回到伊塔刻。我知道整个家中的仆人，只有你们两个是真心实意想让我回来。如果神明保佑我能制服那些求婚者，我到时候自然会赏赐你们衣服和宅院，把你们当作兄弟看待。你们走进来，我要给你们看一个东西。”说完他撸起自己的衣服，露出他脚上的被野猪咬过的伤痕。“这就是我以前打猎时被猪咬下的伤痕，你们应该都知道。整个疤痕现在都没有消退，也许它能证明我的身份。”

牧猪人和牧牛人面面相觑，呆了好几秒钟，等他们反应过来的时候，他们才相信站在他们面前的就是主人奥德修斯。他们抱住主人不断地亲吻他，哭得泪流不止。奥德修斯制止住他们的哭泣，悄声说道：“你们快别哭了，小心被人看见。现在我需要你们的帮助，那些求婚者绝对不会把那把弓箭交给我，牧猪人我想让你把弓箭拿给我。另外，你还要把厅堂的门窗都关好，不让在里面干活的仆人进来，无论他们在里面听见了什么声音。牧牛人，我也需要你把外院的大门拴上，让人们不能从里面逃出来。我先进去，你们稍晚就跟进来。”

于是奥德修斯走进屋内，牧猪人和牧牛人等了一会也进去了。欧律马科斯已经把弓箭烤了好几回了，但是他还是没有办法将它拉开，他沮丧极了，叹了口气说：“哎！我不是为我自己叹息，我为在座的每位痛惜，我们那么多人居然没有一个人能够将它拉开！”安提诺奥斯安慰道：“你别沮丧了，还是让我们先吃点东西吧。拉了那么久，肚子早就饿了。等我们吃饱之后，向神明祭祀，等明天再来拉，说不定到时候就会拉开了。”

奥德修斯这时站出来说道：“安提诺奥斯，你的话有道理，但是现在请让我也试一试吧，把那弓箭给我。”

“什么?!”安提诺奥斯简直不敢相信自己的耳朵：“你是喝醉酒说胡话吧？你实在太贪得无厌了，就你这个乞丐能够坐在这里听我们谈话就已经是天大的荣幸，还想试什么弓箭？要是你还敢胆大妄为的话我就要把你装进黑壳船，把你送到残忍的国王埃克托斯那里去了，让他也割掉你的鼻子！”

此时珀涅罗珀说话了：“安提诺奥斯，你情绪不要那么激动，你是怕这个客人万一拉开弓箭就要把我娶回家吧，我看他自己未必有这想法，所以你们还是不要愤怒，坐下来安静吃点东西喝点酒吧。”

“哦，珀涅罗珀，我相信你也不会跟他走的，我们担心的不是这个，我们担心的是人们的议论。如果真有那么一天，别人会说这么多英俊有为的年轻人没有将弓拉开，居然败给了一个老人，我们会感到羞耻的。”欧律马科斯补充道。“这些无谓的议论你们又何必在意呢？不妨让他试一试，要是他能将弓拉开，我就会赏赐给他精美的衣衫，还有一根长矛、一把双刃剑以及一双坚固的草鞋，让他走到他愿意去的地方。”珀涅罗珀说道。

“母亲，你还是上楼回房去吧。弓箭比赛是男人之间的事情，你不宜参加。再说了，我是这屋子的主人，由谁来射箭应该由我说了算。”忒勒马科斯说道。珀涅罗珀听见儿子这样说，不禁感到很惊异，但是又不好反抗，只得回到自己房间里去纺纱。

牧猪人捡起弓箭想要交给奥德修斯，求婚者看见了，其中一个人叫道：“可恶的牧猪人，你那双肮脏的手要把弓箭拿到哪里去！你要是再敢往前走一步我就要把你的脑浆摔出来！”牧猪人听见了心里十分害怕，他站住不敢动了，忒勒马科斯喊道：“牧猪人，你不能听从每个人的话，赶快把弓送给你要送给的人，但愿我有强健的力气，能给辱没我父亲的人带来灾难！”求婚者听见忒勒马科斯说出这样的话，觉得他太幼稚无知了，于是大家大笑起来。牧猪人赶紧把弓箭放在奥德修斯手中，然后又督促奶妈把大厅里的窗户紧紧关闭，牧牛人这时候也走过去把外面的大门关得紧紧的。

奥德修斯拿着弓仔细查看，看它的牛角是否已经被虫蚀空了，他把弓箭翻转过来，轻易给它装上弦，动作之快让在座的每位求婚者惊叹不已。然后他伸开右手拉了一下弓弦，弓弦发出美妙的声音，他拿起一支箭矢，稳稳地射了出去，箭矢穿过铁斧的洞孔，连续十二个，一个都没落下。众人一片哗然。奥德修斯对忒勒马科斯说：“主人，看来我还有点力气，不像那些求婚者说的那样无能。现在是晚餐时间，趁天色尚早，还是请歌人和琴人弹奏起来给大家助助兴吧。”说完他对忒勒马科斯蹙蹙眉，忒勒马科斯知道这是暗号，于是他拿上一把锋利的佩剑，手中握着长矛，站在奥德修斯身旁。

复仇开始了

奥德修斯脱掉衣服，手中握着硬弓和装满箭矢的箭袋，站到门槛旁边。他向求婚人大声地说道："刚才那场比赛已经分出胜负了，现在我要完成一个没有人能完成的任务！"说着他拉起弓，搭上箭，瞄准正在举杯喝酒的安提诺奥斯射去，正中他的咽喉，箭头从颈后穿出。安提诺奥斯口中和鼻中喷出了淋漓的鲜血，他倒下去的时候把桌子也推翻在地上，桌上的碗碟食物撒了一地。求婚人见他倒下了，立刻变得慌乱起来。他们都从椅子上跳起来，跑到墙边找武器，可是矛和盾都不见了。于是他们破口大骂："该死的外乡人，你射杀人会给你带来不幸，你知道你杀死的是此地最为高贵的安提诺奥斯吗？你活不了多久了！"他们这样说，还以为奥德修斯是偶然间不小心射中了安提诺奥斯。他们不知道他们都面临着同样的命运。奥德修斯怒视他们大声吼道："你们以为我永远不会从特洛伊回来了！你们挥霍我的财产，诱骗我的女仆，并在我活着时就来向我的妻子求婚。你们既不怕天神给你们带来惩罚，也不怕后世如何谴责你们，现在你们的死期已经到了！"

求婚人听了面色惨白，纷纷乱跑寻找出路。只有欧律马科斯仗着胆子说："如果你真是奥德修斯，那你谴责我们是理所应该的，因为我们聚集在你家消耗你的财产。可是这些罪恶的罪魁祸首安提诺奥斯已经死在你的箭下了，是他唆使我们干了这些事，他其实并不是真心想向你妻子求婚，而是想当代替你做伊塔刻的国王。因此他设下埋伏想杀害忒勒马科斯。现在他罪有应得，请您宽恕他的手下人，我们可以用土地作为赔偿，按照我们在你家消耗的财产来算，并且我们每人都给你补偿二十头肥牛，还会送给你黄金和青铜。"

"欧律马科斯，即使你们把所有财产全部给我，另外再赠送给我许多财富我也不会停止杀戮。你们现在只有两条路可以走，一条是逃跑，一条是接受我的挑战和我战斗。你们在座的每一个人休想从这里逃脱灾难！"奥德修斯大声吼道。

求婚人吓得心惊胆战，双脚发软。欧律马科斯回过头来对大家说："朋友们，这个人看来不会善罢甘休，我们要齐心协力，大家拔出剑来，用桌子挡住他的箭。我们一起冲过去把他推出门槛，然后我们去城里召唤援手。"他一面说一面抽出宝剑。他大喊一声冲上前去，还没等到他冲到奥德修斯身边，奥德修斯的飞箭已射穿了他的胸部，他手中的剑掉落在地上，欧律马科斯往前一栽扑倒在地上。他痛苦地在地上翻滚，双脚在地上乱蹬，挣扎了一会就没有动静了。安菲诺摩斯挥剑向奥德修斯扑去，忒勒马科斯却在他身后拿起长矛向他刺去，刺穿他的胸部，他扑倒在地。忒勒马科斯不敢拔出长矛，担心在他弯腰的时候会有人攻击，于是他快速跑到父亲身边，对奥德修斯说："父亲我要去取盾牌、长枪和头盔，还要给牧猪人和牧牛人一些装备。"

"快去快回。"奥德修斯说道。于是忒勒马科斯急忙跑进武器库，取来四块盾牌、八根长矛和四顶有马鬃盔饰的铜质头盔。他们四个人一起装备起来,穿好盔甲戴上头盔,四个人站在一起,准备并肩作战。

奥德修斯百发百中、箭无虚发,他射出的利箭让求婚者一个个扑倒在地上,等箭射完了,他就把弯弓靠在门柱子上。他用盾护着身体,戴上头盔,又拿起两个装有铜尖的长矛准备刺杀敌人。大厅门槛的旁边有一道侧门,奥德修斯吩咐牧猪人欧迈俄斯看守着门。阿革拉俄斯发现了侧门就跑过来对同伴们喊道:“朋友们,我们应该从侧门逃跑到城里喊些援兵过来!”站在一边的牧羊人墨兰透斯却说道:“侧门离奥德修斯站的地方太近了,再说侧门很小,只要有一个人挡住那门我们就休想通过。还是让我去奥德修斯的库房取些武器来,他们不可能把武器放在其他地方的。”说着他就潜入奥德修斯的库房。不一会,他就搬来十二面盾牌、十二顶头盔和十二支长矛。他把它们交给求婚者,求婚者纷纷武装起来。奥德修斯看到对手们手拿长枪,不禁大吃一惊,他对忒勒马科斯说:“忒勒马科斯,看来家里有个女仆或者墨兰透斯就是叛徒,他给我们带来了麻烦。”

“父亲,这是我的过失,刚才我忙着取武器,回来的时候忘记把库房的门给关上。牧猪人,你赶快去把库房的门锁紧,然后看是哪个女奴干的坏事,我看这事像是墨兰透斯干的。”忒勒马科斯着急地说道。这时墨兰透斯又跑到库房里找武器,被牧猪人看见了,他问道:“要是我们在库房里找到了墨兰透斯,是直接把他杀了还是把他带到这里来?”

“你同牧牛人一起去,把他抓住,把他的双手和双脚反绑起来,在后背上插上一块木板,然后吊在库房的横梁上,把他活活吊死。”忒勒马科斯这样说。

两个牧人遵命而去。他们来到库房前果然看见墨兰透斯在鬼鬼祟祟拿武器,当他拿了许多武器准备走出门来的时候,两个人扑上去把他的头发揪住,然后把他按在地上,用绳子把他的手脚反捆起来,再把一根长绳把他吊在横梁上。“墨兰透斯,这下你可以好好睡一觉了,这个床榻看起来舒服极了。”牧猪人讥笑道。随后他和牧牛人就关上门,回到奥德修斯的身边。

这时雅典娜幻化成门托尔的模样站在大厅里,奥德修斯认出这是女神,于是请求道“门托尔,请你帮助我,念在我们的旧情上。”求婚人看到门托尔也纷纷对他喊叫。阿革拉俄斯怒冲冲地吼道:“门托尔,你不要上奥德修斯的当来对抗我们。否则,在我们杀死他们父子之后我们一定也会杀死你,还要收掉你全部的财产,你的儿子和妻子都不准再留在伊塔刻!”雅典娜听了很生气,她激怒奥德修斯说:“奥德修斯,你曾经为了一个海伦在特洛伊苦战九年,杀死了无数的敌人,现在你回到自己家中竟然失掉了勇气一样,这些个求婚者就让你束手无策了吗?你现在站在我身边,看我门托尔怎么对付他们。”雅典娜说出这样的话其实是想激发奥德修斯的勇气,她自己并不想参与战争。说完话之后,她变作一只小鸟蹲在横梁上。“门托尔走掉了,”阿革拉俄斯对朋友们说,“你们不要被他的话吓住了。现在只剩下他们四个人,你们不要把长矛同时掷出去,我、欧律诺摩斯、安非墨冬、得摩普托勒摩斯、珊佩德罗斯还有波吕博斯我们六个人把我们的长矛集中起来刺向奥德修斯，如果他倒下去，其他人便容易对付了！”可是，雅典娜却让他们的长矛掷偏了。一根击中了门柱，一根击中门扇，一根击中墙壁。奥德修斯对他的同伴们大声喊道：“伙伴们，现在我们一起投掷长矛！”于是四个人一起把长矛掷出去，没有一根偏离目标。奥德修斯击中了得摩普托勒摩斯，忒勒马科斯击中了欧律诺摩斯，牧猪人击中阿革拉俄斯，牧牛人击中了珊佩德罗斯。这时更多的求婚者投来长矛，但是雅典娜都让他们的长矛偏离了方向，安非墨冬的长矛刺伤了忒勒马科斯的手腕，擦破了一点皮，奥德修斯的长矛击中了欧律达马斯，牧猪人击中了波吕博斯。求婚者和他们四个展开了激烈的混战，打闹声、摔倒声和呻吟声充满了整个大厅。雅典娜这时站在横梁上，亮出了她那致命的神盾，求婚者看见了吓得面目惨白，四处逃窜。雅典娜的助阵使得奥德修斯这边的人勇气倍增，他们到处砍杀求婚者，鲜血像小河一样流过。求婚者气势渐渐弱下来，勒奥得斯跑过来跪在奥德修斯的脚下，抱住他的双膝，苦苦哀求：“可怜我吧！我在你家没有做过坏事，我还常常劝阻他们不要那样做，但他们不听我的。我只是个预言者，要是这样也被杀死，那就太不公平了！”

“如果你真的是他们中的预言者，那么你向神明祈祷的时候也只会祈求让我不回家来，然后让你娶得我的妻子对吧！现在你也难逃劫难！”说着，他挥舞利剑砍掉勒奥得斯的头，头颅滚落在地上，不一会就血肉模糊了。

歌手费弥奥斯吓得惊慌失措，他双手捧着弦琴站在侧门旁边，但是却不知道该从侧门穿出去逃命，还是该抱住奥德修斯的双膝求他饶命。最后，他还是觉得直接去求奥德修斯合适些，于是他放下弦琴，跪在奥德修斯的面前恳求道：“奥德修斯，请你开恩原谅我。要是你把一个能够歌颂神明和凡人的歌者杀死，你自己也会遭难的，我并非心甘情愿在这里歌唱，是那些求婚者强迫我这样干的，你儿子忒勒马科斯可以替我作证。”忒勒马科斯向奥德修斯跑来，大声说道：“父亲请住手，请不要杀害这个无辜的人，还有传令官墨冬，他们都是心地善良的人，在我小的时候他们尽心照顾过我。”这时墨冬正裹着一张黑色牛皮躲在椅子下。他听到忒勒马科斯的话连忙钻出来，跪在忒勒马科斯的面前，抱住他的膝盖请求饶命。看到他这副惊慌失措的样子，奥德修斯也不禁笑起来，他说：“放心吧，忒勒马科斯救了你们，我不杀你们了，好让你们心里明白做好事远比做恶事要有好结果，你们也可以向人们传颂这事，现在你们离开这里，让我们把我们该算的账算清。”于是两个人连忙逃出大厅，躲在宙斯祭坛的旁边四处张望大厅里的杀戮，吓得一句话都不敢多说了。

惩罚不忠的女仆们

奥德修斯砍杀了一阵，看看四周是否还有存活着的求婚者，他们都横七竖八地躺满一地，鲜血流得像小河一样，他们瘫倒在地上就像从海里被捕捞到沙滩上的小鱼儿一样。奥德修斯吩咐他的儿子把老奶妈叫来。奶妈进了大厅，看到主人站在尸体中间满身血污就像一头威猛的雄狮一样，满地的鲜血和呻吟还有奥德修斯的胜利让她感到又恐惧又高兴。奥德修斯对她说道,“奶妈,现在我惩治了这些求婚者,你应该感到高兴,但不要欢呼出来,因为在死人面前欢呼是不合时宜的。他们作恶多端,现在也得到了他们应该得到的结果。现在请你对我说明家中女仆的情况,哪些人是不忠的,哪些人是忠诚的。”

“我一定如实禀告,您的家中一共有五十个女仆。”欧律克勒娅回答说,“我平日教导她们做各种手工活,也教导她们遵守仆人的规定,但她们中有十二人背叛了你。她们既不尊重我,也不尊重珀涅罗珀。现在请让我叫醒熟睡的女主人,把这好消息告诉她吧!”

“暂时别去惊动她。”奥德修斯说,“快去把十二个不忠诚的女仆带到这儿来。”

欧律克勒娅穿过厅堂去召集女仆,奥德修斯对儿子和牧猪人还有牧牛人说道:“把这些死尸搬出去,等那些女仆来了,让她们收拾这些桌椅,还有鲜血遍布的地面。等她们做完这一切,你们就把她们带到墙院那里,用利剑将她们全部杀死,谁让她们平日和这些该死的求婚者秘密偷欢!”

女仆们吓得挤作一团,泪流不止。在奥德修斯的监督下,她们把死者抬出去,然后把桌椅擦干净,用海绵把地上的血迹清除掉。等她们打扫干净之后,她们被牧猪人和牧牛人带到厨墙院边上。这时忒勒马科斯这样说道:“这些女仆实在太可恶了!我可不能让她们死得那么轻松,她们平时和求婚者暗送秋波,蔑视我和我母亲!”

说完,他把一根粗绳子系在大门的横梁上,然后用绳索套住她们的脖子,吊在粗绳上。就这样,她们瞪着双腿痛苦地挣扎了一会儿,便咽了气。最后,他们把歹毒的牧羊人墨兰透斯抓过来,用铜器割掉他的双耳和鼻子,又割下他的双手和双脚。直到这一刻,复仇终于完成了。做完了这些,他们洗净了双手,然后奥德修斯吩咐欧律克勒娅,让她取些硫磺生起火炉把整个大厅给熏一遍,然后再去叫醒珀涅罗珀。但她想先给主人送来外袍和衬衣,奥德修斯却要她快去做刚才吩咐的事。

欧律克勒娅把大厅熏了一遍后,又召来所有忠诚的女仆。她们手举着燃烧的火把看见主人重新回家来,不禁流下欢乐的泪水,她们拥抱着主人,亲吻他的双手和双肩,奥德修斯也感动得流下了眼泪。

爱情的甜蜜

老奶妈充满喜悦地爬上楼梯想要把这激动人心的消息告诉女主人,她站在珀涅罗珀的床前,女主人还在熟睡呢,她摇醒珀涅罗珀兴奋地说道:“快起来吧,我的孩子!你快下楼去看看是谁来了!奥德修斯回来了,他已经惩治了所有求婚者,你梦寐以求的那一刻到来了!”

“老奶妈,你在说些什么东西。”珀涅罗珀揉揉自己的眼睛说道,“难道你变糊涂了吗?我心里一片苦涩你不是不知道,刚才正好进入了一场美梦,要不是你的打扰,我现在还在幸福地做梦呢。你出去吧不要再来打扰我了,否则我就要责怪你了。”

“好孩子！我没有糊涂也不是骗你，奥德修斯真的回来了，他就是那个化装成乞丐的人。忒勒马科斯其实早就知道他的底细，但是为了找着好机会报复求婚者，他们一直隐瞒着他的身份呢。”老奶妈急忙说道。

“真的吗真的吗？”珀涅罗珀兴奋得跳了起来，“你快告诉我实情，到底是怎么回事，他是怎么处置这些求婚者的？”

“我没有看见，因为我们都被锁在大厅后面的房子里，门扇都被关上，只听见大厅里不断传来呻吟声。直到后来忒勒马科斯把我叫到大厅，我才看到奥德修斯站在许多死尸中间，浑身沾满了血迹，他威猛无比就像一头雄狮一样！现在所有的死尸都被搬出大厅，奥德修斯吩咐我生起炉子把大厅熏一下，又叫我来把你叫下去。你快穿上衣服下去吧，他在下面等你呢。”

珀涅罗珀似乎仍然不敢相信这是真的，她呆呆地站着不动，老奶妈急了，她说道：“傻孩子你怎么了，你总是这样悲观又很喜欢多疑。实话告诉你吧，我曾经为那个乞丐洗脚的时候发现他脚上的一道疤痕，就是以前他出去打猎时被野猪咬的，你也知道那回事。但是当时他不让我说出来，怕暴露身份。现在你总该相信了吧。”

珀涅罗珀急忙冲下楼去，她看见一个威猛的男人站在大厅中间，但是她始终不敢走向前去，怕是幻梦一场，她远远地站着，凝视着奥德修斯。

“母亲，你怎么了，你心肠变硬了吗？这是父亲啊，你看见他怎么不上前去拥抱他亲吻他呢？”忒勒马科斯不理解母亲的行为。“我的孩子，我内心巨大的激动使我什么话都说不出来了。我甚至都不敢正视他的眼睛，因为我担心这又是一场梦境！要是他真的是我丈夫，我想我有办法和他相认，他身上有一个标记只有我们两个人知道。”

奥德修斯对忒勒马科斯说“就让你母亲这样远远看着我吧，我想给她的冲击太大了，她一时无法接受。我们也要好好想想办法怎么处理后事。我们杀了那么多人，这些人还全都是本地的权贵，我们要好好商量一下。我看你们先去好好沐浴一番，让仆人也穿好衣服，叫歌人弹奏起乐器，假装我们在举行婚礼什么的，不能让求婚者被杀的消息传出去，我们要离开这里前往田庄，在那里再好好想办法。”

于是仆人们按照他的吩咐去做，奥德修斯和珀涅罗珀在仆人的侍奉下好好沐浴了一番。出来后，奥德修斯穿上宽大柔软的衣袍，珀涅罗珀的面容焕发出美丽的魔力，奥德修斯端详着她的脸说道：“你真是个怪人啊，没有哪个女人像你那样美丽，也没有哪个女人像你一样心肠硬。二十年没看到自己的丈夫，如今看见了怎么还是不愿意靠近我？”

珀涅罗珀试探道：“我不是怪人，也不是铁石心肠，我还记得你当初出征时的模样。老奶妈，你现在去布置一下他的婚床，在我的床边上，记得铺上柔软的羊毛。”

“谁动了我的婚床！没有人能够移动我的婚床，那张床是我亲自制作，它的主要部分是由一棵橄榄树做成的，我们的卧室就是布置在那棵橄榄树上的呀，我在上面镶满了黄金象牙，怎么可能被人搬走呢！”奥德修斯生气地说道。

珀涅罗珀听见他这样说，马上松软下来，她抱住奥德修斯的脖子狂吻不止。“奥德修斯你不要生气，我刚才不敢靠近你是我心里警惕着，怕是有坏人用什么骗术来让我上当。上天嫉妒我们的婚姻，让我们在一起甜蜜缠绵的时光走得那么快！刚才你对我说了我们的婚床，那就是我们两人知道的标记。现在我完全相信了你就是我的奥德修斯了！”

奥德修斯搂着泪流不止的妻子，自己也忍不住流下眼泪，珀涅罗珀用手抚摸着他的脸颊和脖颈，很害怕这眼前的幸福会从指间溜走。整个晚上他们就这样一直拥抱着哭泣，直到黎明渐渐来临。

幸福的夫妻来到他们的卧室，二十年的分离似乎从来就没有过，一切都像从前一样温馨甜蜜。奥德修斯对妻子诉说着二十年来他遭受的苦难，珀涅罗珀细心地听着，害怕错过任何一个细节。等奥德修斯说完，她也把她在家中所受的痛苦一一对奥德修斯倾诉。久别重聚的夫妻两人完全没有睡意，他们倚靠在对方身上，双手紧紧扣在一起，时而哭泣，时而欢笑……他们的世界里除了对方再也存放不下任何东西，世界小得就像一个栅栏，里面只剩下两只互相爱抚的小鹿。

父亲拉厄耳忒斯

第二天奥德修斯打算前往田庄，临行前他对珀涅罗珀说：“我们历经艰险才得以重聚，现在还有一些重要的事情需要我们共同承担。家里的财产还需要你的照看，我们杀了人要暂时避一避风口。我打算去田庄，一方面看看我那老父亲，一方面在森林里祈求神明的启示。等太阳升起的时候，求婚者被杀的消息肯定会传遍全城，你和侍女们要待在楼上，不见任何人也不回答任何人提出的问题。”他说完后戴上头盔穿上战服，召唤装备好了的同伴牧猪人、牧牛人，还有儿子忒勒马科斯。雅典娜这时降下一团浓雾把他们团团围住，带领他们走出城堡。

他们一行来到了奥德修斯父亲拉厄耳忒斯的庄园，老人一手建造了这个庄园，周围全都是低矮的田舍，干活的奴隶平时就住在棚舍里。奥德修斯对儿子说：“你们先去挑选一头猪当作午餐，我要去看看我的老父亲是否还认得我。”忒勒马科斯带着两个仆人按照奥德修斯的吩咐去做了，奥德修斯自己来到一个茂密的葡萄架边，看见老仆人多利奥斯在修剪枝叶采摘葡萄，他请求老仆人给他带路去找寻老父亲。在多利奥斯的带领下，奥德修斯来到一片结满果实的果园。他看见父亲穿着劳动的衣服，双手戴着护套，跪在土上为一棵小果树苗培土呢。奥德修斯看见正在辛苦劳作的父亲不禁热泪盈眶，他忍耐住激动，走向前去想要试探一下父亲。于是他问道：“老人家，我看你是一个管理果园的好手，你看你的果园里梨树、橄榄树、无花果树都长得葱葱郁郁、生气勃勃的，但是您自己为什么穿着这样破旧的衣服呢？看您的容貌实在不像一般的仆人，倒像一位高贵的主人。老年人应该好好地安度晚年，舒舒服服享受人生了。我是从外地来的，在经过贵地的途中知道此地是伊塔刻。我以前在家的时候曾经款待过一个客人,他自称也来自伊塔刻,拉厄耳忒斯是他的父亲。我曾经送给他一大堆精美的礼物,有黄精衣衫也有青铜,现在我想向您打听一下这个人。不知道您有没有耳闻?"

老人听见自己的名字,又听到儿子的消息不禁老泪纵横,他说道:"客人,你说的这个人我知道,他就是我的儿子。二十年前他前去参加特洛伊战争,一去不回,音信全无。作为家人,我们每天都生活在痛苦的思念里。你刚才说过,你在家的时候曾经招待过他,请你细细对我说明当时的情况。"

奥德修斯继续试探他:"老人家,我来自阿吕巴斯。在海上航行的时候神明将我的船只吹到伊塔刻,我和奥德修斯相遇已经五年了,他在我家中短暂停留然后又离开了。不过您不要过度担心,他走的时候有飞鸟显示出吉兆,我看他现在平安着呢。"老人听见儿子的消息,不禁一阵伤心,他抓起脚边的黑土,将它们抛洒开去,一边大声哭泣着。奥德修斯看见父亲伤心,再也不忍心继续隐瞒了,于是他跑过去抱住父亲说道:"父亲啊,我就是你那不孝的儿子奥德修斯!历经二十年我终于回到家中,我已经把那些该死的求婚者全都杀死了,现在来这里看望你。"

"不不不,你不可能是我的儿子,我不相信!"巨大的冲击让老人无法相信眼前的事实。

"父亲你看,"奥德修斯掀开他的衣服露出他脚上的伤疤,"这道伤疤你总记得吧,当时你和母亲派我去外祖父那里,经过林子的时候被野猪咬伤,留下了这个疤痕。如果你还不相信,我还可以说出这个果园的果树,在我小的时候,你就拉着我的手教给我果树名称,我记得当时你说了十三棵梨树、十棵苹果树和四十棵无花果树,你当时还说要给我种五十棵葡萄树。"

老人听见奥德修斯的话,双脚瘫软下来,他跪在地上伸手拥抱奥德修斯,因为过度冲击,老人昏厥过去了。等到他苏醒过来,他对奥德修斯说:"儿子,我担心你杀死求婚者的消息现在已经传遍整个伊塔刻,所有伊塔刻人也许要拿你的生命来偿命。"奥德修斯劝慰了一下父亲,把他背回庄园里休息。两个仆人和忒勒马科斯已经宰杀好肥猪准备了午餐。

奥德修斯和父亲以及他们的仆人一起聚集在庄园里。侍女们服侍奥德修斯沐浴,雅典娜施法让奥德修斯变得更为威猛高大,仆人们纷纷站在他周围,亲吻他的双颊。老父亲颤颤巍巍地说道:"奥德修斯,你不要担心,要是伊塔刻人来到这里,我就是拼了老命也要保护你的安全。"奥德修斯听见老父亲的话心中一阵感动,他抚摸着老人,陪他坐在餐桌旁,然后邀请父亲的仆人西克洛斯和多利奥斯老人和他们一起进餐。于是主仆几个人围坐在一起,一边欣喜地品尝着菜肴,一边亲切地交谈。

冥界的幽灵

求婚者死后,灵魂聚集在一起,神使赫耳墨斯手执一把金杖,带领着灵魂穿过奥阿克诺的流水和坚固的岩石，经过了赫利奥斯之门和梦幻之地，来到了常绿草地上。那里居住着许多伟大的亡灵，其中有阿喀琉斯、安提洛科斯还有英勇神武的埃阿斯。

这些魂灵聚集在阿喀琉斯周围，这时阿伽门农的灵魂从远远的地方走过来，他脸色抑郁苍白。阿喀琉斯对他说道："阿伽门农，我原本以为宙斯最宠幸你，他让你主掌大权，想当年你在特洛伊战争中统帅众将，何其英勇！命运就是这样无常，在你荣耀光鲜时没能让你在特洛伊战争中死去，这样的话，阿开奥斯人会给你建造精美的墓茔，你为国捐躯的英名也将永垂不朽。没想到你最后的结局竟然是这样凄惨。"

"哎！"阿伽门农深深叹了口气，"你倒是死得其所啊。想当年你在特洛伊战死，我们把你的遗体运回船上，为你擦洗，为你涂抹油膏，全体战士为你流下悲痛的眼泪，剪下自己的头发为你哀悼。你母亲在那个时候也带着许多海中女神前来为你送行，她们围绕在你身边哭泣，给你穿上神衣，缪斯也为你放声歌唱。一直到第十八天我们才将你火化，你的白骨被装进你母亲带来的黄金双耳罐中。阿耳戈斯人为你建造了巨大的坟茔，使后人也能瞻仰你的英姿，永记你的威名。相比之下，我又得到了什么呢？我在战场上抛头颅洒热血，结果却被自己的妻子杀死，无常的命运啊。"

他们正在回忆着往事，安非墨冬在一旁驱赶着被奥德修斯杀死的亡灵，阿伽门农以前在安非墨冬家做客认识他，于是他问道："安非墨冬，你那么年轻有为，是什么原因让你丧命来到冥界？是海神波塞冬的震怒，还是为了保护妇女儿童在战争中殒命？"

"阿伽门农，这一切说来话长，但是既然你问起我就不妨告诉你。你知道奥德修斯随着你们出征特洛伊，没有战死的将士早早回到故乡，唯独他没有回来。我们请求迎娶他的妻子珀涅罗珀，但是她不拒绝我们的求婚，却编造了一个织布的谎言让我们等待。她白天织布晚上又将布匹撕碎，实际上是在拖延时间而已。谁知神明没有给奥德修斯带来厄运，却让他潜藏在牧猪人的住处，他和他儿子一起里应外合，乔装打扮成一个乞丐来到他家中。我们没有识穿他的身份，侮辱了他，他最后终于显露身份，给我们带来了惨重的伤害，我们要么被他的长矛砍死，要么被他的弓箭射杀，没有人能逃脱他的进攻。我们的身体倒在黑色的血泊之中，灵魂在赫耳墨斯的指引下来到了冥界。"

阿伽门农听见他的述说，想起了自己的经历，他不由得喃喃自语道："奥德修斯你真是有福之人，你娶了一个心地良善的女人。珀涅罗珀为你坚持等待了那么多年，始终抱着能将你等回来的信念，没有背叛你，这样贤淑的品性真是令人钦佩。神明们一定会为她的品德谱写一首赞歌来歌颂她。不像我那残酷的妻子克吕泰涅斯特拉，不仅不守妇道，还勾结情夫将我残忍地杀害！她的丑行也将在后世遭人谴责，遭人议论。"

各位灵魂站在绿草地上相互交谈着，为着他们身前的故事，为着在世间的荣光、善举、羞耻和罪恶。

神明平息叛乱

就在奥德修斯在父亲家里吃午饭的时候，消息女神奥萨奔跑在伊塔刻，她把求婚者被杀的消息传遍整个海岛。听到的人无不惊悚悲伤，他们纷纷来到奥德修斯家门前，将亲人的尸首抬回家，路途遥远的还派来小船装运尸骨。他们聚集在一起，其中有个叫作欧律佩斯的，他也是安提诺奥斯的父亲，他边哭边说："朋友们，奥德修斯这个人罪该万死！他先是带走我们土地上所有英勇的战士，为了特洛伊战争牺牲那么多生命，现在他回来了又杀死那么多权贵，我一定要为我儿子和死去的人报仇！否则生不如死！"

人群中站着墨冬和歌人，墨冬插话说道："朋友们，奥德修斯这样做符合神明的意愿。我看见当时奥德修斯身旁站着一位幻化成门托尔的老人，她显然是位神明，就是在她的刺激和庇佑下奥德修斯才杀死了求婚者。"

他说完这些话，大家都心神不宁，沉默不语，老年人哈里特尔塞斯站出来开口说道："伊塔刻人啊，听我说一句。这件事我看你们要负大部分责任，你们不管束自己的亲人，由他们胡作非为，在别人家消耗财产，还恣意调戏别人的妻子，这些结果都是他们自己造成的，你们不要再去挑起争端，以免引起更多杀戮。"人群中大部分人不愿意接受老人的建议，他们吵吵嚷嚷的，纷纷跑回家去拿起武器武装自己，在欧律佩斯的带领下去找奥德修斯算账。

奥林匹斯山的雅典娜来到她父亲身边，问道："父亲，现在事情应该怎么办，您是想让屠杀继续，还是让这件事到此为止呢？"

"我的孩子，这件事都是在你的意愿下发生的，怎么你现在来问我呢？我看还是让那些心中充满仇恨的人忘掉仇恨，立奥德修斯为伊塔刻的国王，大家都像以前一样团结友爱，享受安宁富足的人生吧。"宙斯回答。雅典娜知道父亲的意愿之后，马上飞到人间去阻止更大的战争。

奥德修斯胜利了

奥德修斯在父亲家中和仆人们一起欢快地吃完午餐，奥德修斯命令多利奥斯前去打探是否有人前来追杀。多利奥斯马上来到门前查看，远远地，他看见有一群人朝庄园走来，他赶紧向奥德修斯报告。"动作倒是挺快的，让我们赶紧武装起来准备投入战斗吧！"奥德修斯说道。

于是主仆几个人都穿上坚固的铠甲，戴上青铜头盔，手拿长矛和厚盾，他们跟在奥德修斯后面，走出房门。这时雅典娜幻化成门托尔的模样出现在奥德修斯面前，奥德修斯看见了信心倍增，他对忒勒马科斯说道："好儿子，今天是个重要的日子，你要全力投入战斗赢得荣誉，不要辱没你祖先的威名！"忒勒马科斯点点头，心里非常渴望投入战斗。拉厄耳忒斯高兴地说道:“今天实在令人兴奋,我、儿子和孙子三代将为我们的荣誉而战,同上战场!真是大快人心呀!”

雅典娜对老人说道:“您应该在战争前抛出您的长矛,然后向宙斯和他的女儿雅典娜祷告。”于是老人将手中的长矛用力甩出去,长矛把队伍中站在最前面的欧律佩斯的头盔刺中了,他的头盔滚落在地上,自己也被这猝不及防的攻击吓住了,扑通一声摔倒在地上。奥德修斯大叫着带领仆人和家人冲进敌人的队伍中,他们挥动着利剑到处砍杀。宁静的庄园顿时响起了一阵阵兵器打斗的声音和人的惨叫声。

他们杀死了许多人,雅典娜这时候站出来阻止了他们的砍杀,她大声叫道:“住手!全体伊塔刻人!不要再白白浪费自己的生命了!再斗下去对谁都没好处!”人们听见雅典娜的声音,吓得面色惨白,他们手中的武器纷纷掉落在地上,看着死去的同伴,他们全都失去了勇气,夺路而逃。杀红了眼睛的奥德修斯一路狂追过去,就像老鹰抓捕小鸡一样。宙斯看见了这一幕,他抛下霹雳闪电,警告奥德修斯适可而止,雅典娜拉住奥德修斯对他说道:“奥德修斯,住手吧,你不见宙斯已经降下那么多霹雳闪电警告你吗?不要再争着分出什么胜负,再打下去只能两败俱伤,况且要是一意孤行,宙斯也会震怒的。”

奥德修斯听见女神这样说,只好停止了追捕,他扔掉了手中的武器。忒勒马科斯和其他仆人也纷纷丢掉了手中的利剑长矛。在雅典娜的主持下,双方都缔结了神圣的盟约,奥德修斯重新成为伊塔刻的国王,成为伊塔刻人民的守护者,人民永远爱戴尊敬着犹如神明的凡人。在大家的簇拥下,奥德修斯和家人又回到了城堡中,珀涅罗珀穿戴好节日的盛装,带领着家中仆人前来迎接主人的归来。

于是,奥德修斯一家重新生活在一起。奥德修斯再也没有离开过家,他一直生活到高龄才去世,享受了幸福安宁的晚年,就像冥界的预言者曾经做过的预言一样。

埃涅阿斯

踏上旅途

特洛伊城被希腊人攻陷,处处刀山火海,尸骨成堆。特洛伊英雄埃涅阿斯眼看着形势危急,便在母亲阿佛洛狄忒的帮助下,带领着幸存者逃离被占领的城市,逃出熊熊燃烧的火海,来到弗吕吉亚的爱达山山脚下的港口小城安坦特洛斯。一群逃难的男男女女、老人小孩围着他们的英雄埃涅阿斯,大家都不知道天命要他们去哪里,哪里才是他们未来的家,但是都表示愿意在埃涅阿斯的带领下,寻找到一块新的家园,借以安身立命。于是埃涅阿斯集合众人的力量,一起动手打造了一支船队。等到春暖花开的时候,埃涅阿斯的父亲——年迈的英雄安可赛斯督促大家登上船只,扬帆起航,开始寻找新家园的航程。码头上_片哭泣声,大家难舍难分,最后还是含泪告别故国的海岸、港湾和特洛伊城所在的平原。就这样,英雄埃涅阿斯带着他的族神和家神,偕同众特洛伊伙伴以及他的儿子阿斯卡尼俄斯和老父亲安可赛斯,踏上了流浪的航程。

离特洛伊城相当远的一个地方为战神阿瑞斯所有,色雷斯人在那里耕种着大片土地。埃涅阿斯的船队在海上航行多天,最后来到色雷斯地界。相传凶恶的国王莱克格斯很久以前统治着这里,他是极端蔑视山野保护神巴克科斯的人,曾经把巴克科斯的女祭司们赶出了尼萨地区的圣林。那个时候山野保护神巴克科斯还很年幼,一直被赶到海边,最后无奈之下纵身跳入大海,幸亏当时海洋女神忒提斯及时相救才得以保住性命。天上的宙斯得知此事之后大发雷霆,用双目失明来惩罚莱克格斯的罪行,并缩短了他的寿命。不久之前,在特洛伊城还很繁盛的时候,眼前这个国家由于相同的祭祀仪式和热情好客的传统还曾经与特洛伊结下了亲密的友谊和姻亲关系。特洛伊战争爆发的时候,希腊人驾船在海上航行,以防范于普里阿摩斯结盟的色雷斯人,国王波林涅斯托耳为避免战争,换取自己的平安,无情地将受托抚养的特洛伊王子波吕多洛斯交到希腊人手里。可怜的小王子波吕多洛斯当着自己亲人的面被攻城的希腊士兵们用乱石击死。埃涅阿斯并不知道眼下他们来到的是什么国家。不过令他们高兴的是终于来到一个有人居住的海岸了,于是便兴冲冲地下船来,在海湾选取一个地点,准备建造新城。

虔诚的英雄埃涅阿斯为求得神的同意和保佑,准备摆设祭坛,为众神之主献祭一头漂亮的公牛。他看到附近有一座山坡,坡上生长着一丛丛山茱萸和浓密的穗状桃金娘,便急忙走了过去,打算折些青枝把祭坛装扮得漂亮一些。然而一个可怕的景象出现了:埃涅阿斯拔动第一根枝条时,却见里面渗出一滴滴黑色的污血,污血滴落在青青的草地上面。埃涅阿斯非常害怕,仿佛浑身血液都凝固起来了。他打算再试一次,看看这个可怕的景象到底是怎么回事。这时他又折下第二根枝条,又见浓黑的殷血渗出。埃涅阿斯吓坏了,急忙跪倒在地,开始向森林女神和色雷斯的山野保护神巴克科斯祷告,请求他们帮助制止这一可怕景象所显示的灾难。之后,他用膝盖抵住地面,竭力将小树连根拔起。正在这个时候,一个可怕的呻吟声从土地下面传出来。他定神静听,原来下面竟是活人讲话的声音:“哦,不幸的埃涅阿斯,为什么你要伤害一个更不幸的苦难者?”那声音继续说道:“我是波吕多洛斯,特洛伊国王普里阿摩斯的儿子。是遭养父背叛,被押送给希腊人,最后被杀害的。同情我的色雷斯人将我的骸骨捡起来,埋葬在他们的国土上。我生来是特洛伊人,假如我的枝条被折断,就会有人的血流出来,所以不要再试图折这些枝条了,不要让罪恶玷污了你那双正义的手。我还要劝说你赶快离开这片海岸,离开这个野蛮的国度,它对你,对所有的特洛伊人而言都是很大的危险。”

听完这些话,特洛伊英雄埃涅阿斯震惊了,他惊骇得缄口无言。然而回过神来后，他马上将他的伙伴们召集起来，告诉他们刚刚发生的一切，并征求他们的意见。最后特洛伊难民们一致认为应该立即离开这个邪恶的地方，跟这个背叛朋友的国度脱离一切关系。后来，大家为不幸的特洛伊王子波吕多洛斯举行了一场追悼仪式，并为他的坟上添些新土，便急忙登上船只，一起离开了这里。

一阵顺风将特洛伊船队送入了宽阔无垠的汪洋大海。他们一路上经过了许多岛屿。在远处的海中央有一个名为特洛斯的漂流岛屿。阿波罗就诞生在这个岛屿上，为了让它不再漂流，阿波罗将它固定在库克拉岛屿中间的海底上，让它经受得住各种狂风巨浪的袭击而毫不动摇。从而让它成为可供人居住的地方，并使岛上的居民生来就有驾驭波浪的能力。移居在此的居民是一群热情好客的善良人，为了感激阿波罗为他们带来的福祉，他们把这个岛屿献祭给阿波罗神。

一座坚固的码头接纳了疲惫不堪的特洛伊难民们，埃涅阿斯的船队在岛上受到热情欢迎。国王阿尼阿斯，同时兼任阿波罗的祭祀，头戴神圣的桂冠，出门迎接远道而来的客人们。当他看到年迈的安可塞斯时，立即认出他原来是自己当年的老朋友，于是亲切地上前握手，将特洛伊船员们奉为上宾。埃涅阿斯虔诚地走进用古老的石块筑成的阿波罗庙宇里，诚惶诚恐地祈祷道："特洛伊民族的伟大佑护者，请给我们一块栖身之地吧。我们疲倦极了，让我们有一处新的家园，以保存从希腊人和残酷的阿基里斯手中救出来的特洛伊残余吧。哪里将会是我们未来的家？告诉我们你的意志，给我们指示前方的道路吧。"埃涅阿斯刚祈祷完，只见神庙、桂树和整座山都颤动起来。庙门敞开了，从祭坛上香炉的方向传来了神谕的声音："哦，多灾多难的你们将回到你们先祖诞生的地方去，那块土地将敞开她慷慨的怀抱接纳你们。埃涅阿斯的祖祖孙孙将在那块土地上成为世界万国的主宰。"

听到吉祥的神谕，大家都非常兴奋和激动，然而神所说的特洛伊先祖们居住的地方到底指哪里呢？大家相互探问着。

这时，年迈而又德高望重的老英雄安可赛斯回想起早些年的传统，他提高声音告诉大家说："听我说，亲爱的伙伴们，众神之父宙斯在群岛环列的海洋中心有一座岛屿，名叫克里特岛，那里是他诞生的地方，也是我们族第的摇篮。克里特岛人有一百座城池，他们统辖的腹地也很肥沃。我曾听人说起过我们的先祖图瑟原来就是从克里特岛航行到特洛伊地面的。伟大的圣母库柏勒和她的祭祀以及那些在爱达山林中敲钟撞钹的科瑞班蒂斯人，也都是从克里特岛来的。我们还从克里特人那里学到祭祀神明仪式中的静默以及用狮子为圣母驾车等传统。现在，来，让我们遵从神明的指示，驶往我们先祖诞生的地方吧。到克里特岛的航程不长，如果宙斯赐给我们顺风顺水，那么第三天早上我们的船队就能够到达。"

难民们的新希望

听了安可赛斯的预言，水手们士气大增，呼喊着竞相划动船桨："往克里特岛去，我们祖先的老家！"大家兴奋地叫喊着，互相催促着往前进。宙斯也给了他们帮助，一阵顺风推动着船只向前走。第三天早上，果然如安可赛斯所言，船队顺利到达克里特岛的海滩旁。海滩上微风习习，阳光温暖，处处宁静安逸，让人备感兴奋。当地的人们也都很友好，他们热情地接待了乘船远道而来的难民们。眼前的一切让埃涅阿斯干劲十足，他开始投入巨大的努力，带领难民们将船只拖上海岸，准备在此地构筑城垣和建造城市。不久，平坦的海滩上便屹立起了座座高耸的房屋和城墙。按照特洛伊的城堡柏加摩斯的名字，埃涅阿斯给这个新建起的城市取了个名字叫柏加马斯。他告诉特洛伊人要爱护他们的新家，同时也在一座山坡上单独建造了高高的城堡，以捍卫他们的新城市。特洛伊难民们很快在这个地方安顿下来了，并开始为新生活做打算。青年男女们开始婚配生育，繁衍后代，耕种土地；而特洛伊首领们则聚在一起商讨制定新的法律法规，分配房屋房舍。新城市里处处都呈现出一番欣欣向荣的场景。然而，特洛伊难民们的安定生活没有几天，一场突如其来的可怕灾难便让这些刚对新生活有所憧憬的可怜难民们重新面临着威胁。

那个夏天分外炎热，雨水很少，在毒辣的太阳炙烤下，大地焦黄开裂，地里的庄稼都枯萎了，根本没有收成。一场可怕的瘟疫袭击了这个新建城市里可怜的难民们。大批的人死去了，幸免于死的那些难民要么病得几乎不能动弹，要么勉强拖着病弱的躯体左右摇晃，处处是令人绝望的场景。特洛伊首领们焦急地召开会议，讨论目前处境的应对方法。年迈而又德高望重的安可赛斯首先开口提议，他为大家分析了目前的情况，劝说自己不幸的伙伴们应该立即登上船只按原路返回阿波罗庙宇里去聆听神谕，求神开恩，并请求神明指导他们应该向何处求助，未来的路往哪里走。参加会议的众首领都很赞同安可赛斯的提议，他们决定快速收拾可以带走的财产，离开这座新建设的家园。

船队出发前的最后一个夜晚，所有的生灵都安然入睡了，英雄埃涅阿斯满身疲倦地躺在床上翻来覆去，克里特岛上的不幸天空笼罩着他，他的心里被忧虑和恐惧充斥着，没有丝毫睡意。天上是一轮明亮的满月，清冷的光辉倾泻在大地上，轻抚着这些在睡梦中仍然有着担忧表情的人们。在透过窗户照在墙上的光辉中，埃涅阿斯的眼前突然间出现一阵幻影，他清清楚楚地看到特洛伊人的几位家神趁着明亮的月光站在自己床前。这些家神都是埃涅阿斯在特洛伊被焚烧时从熊熊燃烧的火海中抢救出来的。这时他们一起开口说话，安慰内心焦虑的埃涅阿斯："英勇的埃涅阿斯，是阿波罗亲自派我们来到你的房间的，他让我们给你带来一个预言，所以你应该信任我们，认真听完我们的话。当残忍的希腊人攻打特洛伊城的时候，你帮助我们逃离了火海，后来我们就跟着你和你的队伍走南闯北，在你的照顾下随着船队乘风破浪渡过重洋。我们有责任帮助你的子孙完成神赋予的使命，让他们掌握统治世界的权柄，把你的子孙们升入星空，光宗耀祖。我们将为你的子孙后代找到一块理想的居住之地，给你的城池以广大的权利。现在，你就是命中注定的那个人，注定要为你显赫的子孙后代准备居住之地的。所以，你绝不能望着漫长的流亡之路而退缩不前，振奋起来吧，心甘情愿承受长途跋涉的辛劳，完成你的使命吧！

按照阿波罗的神谕，你要寻找的居住地不是在克里特岛，这里不是他要你定居的海滨，所以你得继续往前走，继续寻找你先祖的家乡。神谕指示给你的国家还在遥远的地方，希腊人称之为赫斯派里亚的地方，也就是西方世界。那是一个古老的国度，那里武功鼎盛，居民们善用武器，是一个强大而富庶的国家。那里的第一批居民是奥诺曲亚人，后来他们的子孙后代改称那个地方为意大利，那是他们的一个领袖的名字，据说当地的国王就叫意大罗斯。这个意大利才是你们真正的家，是你们的祖先原来居住的地方。你们的父辈达纳丹斯和伊阿西阿斯都是从意大利过来的。伊阿西阿斯也是我们的族人，他还是特洛伊城的创建者之一。据说当初他们两个人是从亚加狄亚动身前往萨莫特拉克的，所以罗马人的后代喜欢称意大利为两兄弟的故乡。来吧，振奋起来吧，英勇的埃涅阿斯！你应该为你的使命感到动力十足。去告诉你年迈的父亲你们应该继续前进去寻找你们祖先居住的地方，也就是意大利。克里特岛并不是你们的定居地，宙斯不允许你们在此地安身立命！”

众位特洛伊家神所说的话让埃涅阿斯头脑一阵阵发愣，他看着众位神明，身上直渗冷汗。然而他确定这不会是一个梦，因为他清清楚楚地看到他们戴着花冠的头顶和说话时蠕动的嘴唇。令埃涅阿斯高兴的是，他自己听了他们所说的这些话后心中受到极大的安慰，不再那么焦虑。等到众位家神消失不见的时候，他一骨碌从床上跳起来，朝向天空伸手祈祷，并将未掺水的酒浇洒在炉火上为众位家神祭供，对他们给迷途中的自己指点迷津表示感谢。欣然做完这一切之后，埃涅阿斯抑制不住内心的激动，急急忙忙来到自己年迈的老父亲安可塞斯面前，把刚刚睡梦中所发生的一切原原本本地告诉了他。安可赛斯听完之后豁然开朗，一下子明白过来了，原来，特洛伊人有双重祖籍：一方面随达丹纳斯，另一方面是随特洛斯。是他把两支祖先的后代给弄混了，所以才混淆了关于这些地方的古老传说，误解了神谕。这时他对埃涅阿斯说道：“亲爱的儿子啊，你的双肩负着特洛伊命运的重大使命，这是只有卡珊德拉才能预见到的事情。直到现在你说这些话才让我想起来，从前卡珊德拉曾经给过我一个预言，她曾经预言我们族群的命运，昭示我们族群未来将居住的地方是赫斯派里亚和意大利。她当时一会儿将那个领域称为赫斯派里亚，一会儿又称为意大利。然而那个时候，我们的特洛伊城还没有被希腊人攻陷，有谁会杞人忧天，去想未来居住地的事情呢，谁会想到特洛伊人有一天会远走他乡到赫斯派里亚海岸呢？所以那时候根本就没有人在意卡珊德拉的这个预言，大家都把这个预言当作是一个蠢女人嘴里说出来的胡话。然而现在，所有发生的一切像是一步步在应验着卡珊德拉曾经的预言。所以，还是让我们相信阿波罗神祇的指示吧，接受他的警告和建议，继续向前进，去寻找我们的居住地，我们祖先的家乡。”

安可赛斯这样说着，特洛伊难民们听了大喜若狂，急忙服从他的指示，做好开往特洛斯的准备。一切都收拾妥当了，只有那些病人和刚刚痊愈不宜旅途劳顿的特洛伊人留在克里特岛新建设的城市里，继续在这里开垦土地，繁衍宗脉。其他特洛伊人则兴高采烈地扬帆起航，驾着轻快的船，渡越大洋，充满期待地继续着他们的旅程，去寻找他们遥远的家园。

遭遇飞妖哈尔庇亦恩

埃涅阿斯的船队远远地航行在无边无际的大海之中，不一会儿，海岸便在身后慢慢隐退不见，已经看不见陆地了。这时，船队头顶的天空中突然积聚起层层叠叠乌黑的云朵，一时间狂风大作，波涛汹涌。周围海天相接，黑暗遮天蔽日，漫无天际。白日的光亮隐退在乌云身后了，天空中只剩下黑暗和云雨，犀利的电闪雷鸣一再划破厚重的乌云。海水趁着黑色的夜幕掀起万丈狂浪，呼啸的飓风扫荡着海面，波浪排山倒海般凌空扑来，船队被吹打得飘离了航线，东飘西荡，似乎即将要坠入旋转不止的海底漩涡。这种情形，就连船队素有经验的舵手派利努鲁斯也弄不清楚随波涛四处漂泊的船只在往什么方向航行着了。因为不知道是黑暗还是白昼，在大海中没有陆地上的标志，他无法计划出一条可靠的航线。就这样，埃涅阿斯的船队在阴暗恐怖的洋面迷失着，人们心中充满了恐惧和迷茫，连续三天三夜。直到第四天，风浪才终于平息了，远处的地平线上出现层层山影和袅袅升起的炊烟。绝望的人们看到海岸，心中顿时增加了向前的勇气，他们又重新拾起信心和希望，兴奋地欢呼着，努力向岸边驶去。船帆放下来了，迎着波浪，桨手们用力划动着手中的船桨，船只轻快地掠过蔚蓝的水面，激起层层漂亮的浪花，一如此刻船队上人们轻快的心情。

逃离汹涌的海洋以后，迷途的特洛伊难民们踏上了斯特洛法登岛。这块岛屿与帕罗普斯岛遥遥相对，都位于爱奥尼亚大海上。它们是些已经固定下来的岛屿，但是仍旧沿用希腊名称，意思是旋转群岛。这里是一块声名狼藉的不毛之地，可怕的飞妖哈尔庇亦恩自从被驱逐出国王菲纽斯的宫殿以后，就在这块恐怖的地方驻扎下来了。

哈尔比亦恩飞妖是一切妖怪当中最狰狞可怕的，就连天怒的谴责以及从冥河水里出来的恶魔都不能与之相提并论。它们鸟面女身，双手利爪，面上总是现出苍白的饥色和狰狞的神情，肚腹里的排泄物令人作呕，其臭味能将人活活熏死。

埃涅阿斯和他的船队伙伴们在登陆之前既不了解海岸上的情况，也不知道这里竟然住着这样一群恐怖的飞妖女子。他们在这里入港登陆的时候，一眼望过去，海岸上并没有什么特殊的地方，反倒看见面前的平地草场上有成群没有人看管着的牛羊。经历了海洋上的饥寒交迫，特洛伊难民们登陆以后又渴又饿，看到没有人看管的肥美牛羊，他们没有过多犹豫就提着手中的利剑走入牧群。首先给宙斯和各路神灵祭祀后，便接着在海岸边上堆起一座座小土丘作为椅子，围成一圈开始烧烤吃喝，尽情享用一餐丰盛的佳肴。连续多日来旅途的恐惧与疲劳在此时此刻一扫而光，大家说说笑笑，大吃大喝着，场面十分热闹惬意。然而美好的时光还没有享用多久，就被呼啦啦一阵纷乱的貌似鸟儿扇动翅膀的响声给搅扰了。特洛伊人还没来得及弄清楚怎么回事,一群从天空间径直飞奔而来的飞妖哈尔庇亦恩就袭击了他们的聚餐场地。这些飞妖如同被旋风送来似的,速度之快令人咂舌,它们纷纷朝食物扑了下来,又撕又咬,将本来整齐的餐桌糟蹋得杯盘狼藉,一片混乱。这些飞妖发出阵阵恐怖的鸣声,身上冒出一股股瘟疫般的臭气,所到之处恶臭难耐。聚餐的特洛伊人急忙端走食物,躲到一个周围长着浓密高大的树木的隐蔽地点,重新点起火焰,把食物摆设好。然而哈尔庇亦恩女妖们如影随形地跟了过来。原来她们躲在看不见的角落暗暗观察着,看到人们转移了聚餐地点,便又从另一个地点向食物飞扑过来。她们扇动着黑色的翅膀,伸出两只利爪,扑腾到特洛伊人重新摆设好的桌面上,把食物糟蹋得不堪入目。

躲藏不过,埃涅阿斯不得不采取行动应战。他命令他的特洛伊伙伴们迅速拿起武器,埋伏在浓密的草丛中看不见的地方,随时准备向这群怪物开战。等到这群可怖的飞妖再次飞过来时,特洛伊人米赛纳斯在高处吹响号角报警,众伙伴们听到号声,从草丛中一跃而起,试图用利剑来刺杀这些打扰了他们美好时光的不祥之物。然而令人不解的事情发生了,这些可恶的飞妖的羽翼对利剑毫无感觉,不管多大多锋利的剑锋都无法伤害到她们,甚至连伤口都不能留下。她们肆意地在这里大吃大喝着,还到处留下令人恶心的粪便。等到吃饱喝足,迅即腾空而起,飞入高空中不见了。这群哈尔庇亦恩飞妖当中只有一名女妖留下来,她坐在高高的岩石上,像一位女预言家一般地送给特洛伊人恐怖的咒语:“哈,你们这批蠢笨的特洛伊陌生人,竟然不惜用战争来掩盖你们杀害我们的牛羊的过错吗?难道你们还想着要把我们这一群无辜的哈尔庇亦恩赶出我们自己的家园吗?别做梦了!现在,认真听着我所说的话,并且牢记在心。听着,万能之父让我传达他的神谕,我,作为复仇女神的首领,有权对你们照直宣告:你们要继续前行,直奔你们的旅途终点意大利。风神将会协助你们往那里去,当然,最后你们会到达那里的。可是,听着,为了惩罚你们今天的无理行为,在你们到达之后还没有建立起城池和筑立起墙垣之前,你们将会遭受一场可怕的饥饿。那个时候饥饿将会迫使着你们啃食自己的餐桌。”说罢,她扇动翅膀,倏忽钻进茂密的森林中消失不见了。

埃涅阿斯的伙伴们听到哈尔庇亦恩飞妖所说的这些诅咒的话,顿时惊讶得连血液都在血管里冻结住了。他们意志消沉,垂头丧气,不知道今天到底是撞在不详污秽的女飞妖脚下,还是撞在一群强大的女神手里。不过他们认为自己做错了,不管这些哈尔庇亦恩是不祥之物还是女神,擅自宰杀他人的牛羊总是不对的。年迈的安可赛斯走到海岸上,伸出双手祷告上天,接着,他命令特洛伊人一起举行必要的崇拜仪式,祈求神的保佑,让大家避免这场灾难。祷告完毕,他命令大家迅速解开缆绳,登上海船,扬帆起航,继续前行,寻找他们的新家园。

来到意大利海岸

又是一次漫漫无期的海上航行,特洛伊船队首先经过为海水环绕的长有郁郁葱葱树木的泽新沙斯岛，随后又经过道里强、萨麦和有断崖峭壁的奈瑞托斯。为了安全起见，船队避开了曾经被拉厄特斯所统辖的伊萨卡石岛并且诅咒了这个生出野蛮暴力的奥德修斯的地方。不久，船队又经过了云雾覆盖的柳卡塔山岭，还有航海者最畏惧的地方——阿波罗的危岬。就这样一路航行着，经过了很多地方，经历了许多场惊心动魄的冒险。船队继续在海上航行，傍晚的时候，船队到达了霹雳岬，那里的水路离意大利最近。太阳已经落下去了，群山笼罩在阴影里。大家抽签决定轮流守船的人，随后便争先恐后地从船上下来，登上陆地，兴高采烈地躺在岸边舒适的沙滩上休息，通过睡眠来恢复体力。机灵敏捷的派利努鲁斯最积极，他总是第一个跳起床来，警觉地静静听着从各个方向传来的消息，为大家侦查情况。这个时候，只见万籁俱寂，天色晴好。于是派利努鲁斯便站在船尾高声疾呼伙伴们起床。大家听到派利努鲁斯的呼声，迅速起身登上船只，扬起风帆向前进发。这个时候天边发红的曙光已经驱散了闪烁的群星，船上的意大利难民们终于看到遥远的前方若隐若现地出现了绵延着朦胧山脉的海岸线。“意大利！”特洛伊人阿克特斯最先看到陆地，激动地喊出了那个令所有特洛伊人兴奋的名字。船上的伙伴们竞相欢呼着，雀跃着，快乐地大声叫喊着。老英雄安可赛斯高高地站在船只的后甲板上，用外圈套着花环的酒杯斟了满满一杯酒，然后双手高高举起向天祷告，祈求众神让他们的海船平安顺利地航行靠岸。很快，风神便应答了他的祈祷，在一阵顺风的帮助下，特洛伊船队很快便靠近了前方的码头。这时，高处山坡上雅典娜的漂亮庙宇进入大家的视线，并且慢慢变得清晰起来。特洛伊人高兴极了，他们放心地卷起船帆，掉转船头朝着海岸线的方向驶了过去。因为东风冲击海水的缘故，这里的港口的东部被掏空了，呈现出一个巨大的弯弓形，延伸出来的岩石把汹涌而来的潮水撞击得支离破碎，扬起阵阵水花，石砌的围墙像两只下垂的胳膊一般，从高耸的悬崖一直延伸下来。雅典娜的漂亮庙宇就位于海湾的中端，背对着波涛汹涌的大海，离海岸还有一段距离。特洛伊人竞相站在船头眺望，首先映入眼帘的却是海滩旁的草地上有四批雪白的骏马在安静地吃草。“骏马意味着战争！”老英雄安可赛斯突然大声叫道：“噢，这里真是个奇怪的地方，骏马意味着战争，这里给我们的信息是战争呀！这块土地表面上看起来安逸祥和、热情好客，却潜藏着战争的威胁。看来这里不是我们能够久留的地方，大家迅速归位，我们得离开这里，另谋出路。”说着安可塞斯命令特洛伊人向雅典娜的神灵祈祷求拜，请求保护。祭祀完毕，便立即掉转船头，扬帆远去，离开这个让大家感觉不太安全的地方。

特洛伊船队继续向前航行着，首先经过的一个城池是耸立在海湾的塔伦坦，据说赫求力士曾经来过这里。塔伦坦的对面是高耸的赫拉的庙宇，相传船只航行到那里就会沉没。再往前航行，远远地露出海面的岛屿是西西里的挨得纳火山，大家听到远处有海浪撞击岩石的强大声音和一阵一阵咆哮的海涛声，眼前则有海水从深处喷出，席卷着泥沙翻腾起浪花。安可赛斯突然惊恐地大声叫喊道：“天哪，这里必定就是赫勒纳斯曾经警告过我们的可怕的卡律布狄斯大漩涡了。快，大家快行动起来，赶快摇桨，快快逃命吧！”特洛伊人看到他们的老英雄如此焦急，急忙遵从他的命令行事，迅速驾船离开这个鬼地方。突然，一个浪花扑过来，将他们的船只推向高空，随即浪花又陷了下去，而船只则随之向海底沉没。一阵阵更巨大的浪花扑腾而来，船只在浪花的翻滚中旋转着，特洛伊人一时间慌了神，只被动地与浪花搏斗着，大家累得筋疲力尽。不一会儿，太阳便落下去了，周围一片昏暗。风渐渐停息了，特洛伊人终于幸运地逃脱了危险，然而却迷失了方向，全然不知道自己身在何处。后来，他们随着海水的流向漂到一个宽敞的码头，那里港面平静，是风刮不到的地方，但是在码头附近的挨得纳火山却发出雷鸣般的响声，势头旺盛地喷发着火焰，不时落下阵阵可怕的东西。一时间空中弥漫着黑云黑雾，火星和火灰直冲天空，缭绕的烟柱里燃烧着白热的熔岩。伴随着空中抛出的熔岩的是震耳的巨大轰鸣声。有人说巨人恩克拉杜斯被霹雳炸焦后，其躯体就躺在这个地方的地底下。又有的说是大地之母该亚的儿子提丰躺在这里的地底下，也是被雷电送来的。传说挨得纳火山喷发的正是巨人口中的火气，每次当巨人疲倦、转动身体时，整座西西里岛屿就会被搅得地动山摇，喷出遮天蔽日的浓烟，其气势壮观宏大，不容小觑。

美丽的西西里岛

埃涅阿斯和伙伴们是在深夜到达海岛的，那天夜里浓云密布，满天迷雾弥漫，月亮隐在深夜的黑暗里，天空一片漆黑。整整一夜，埃涅阿斯都带领他的特洛伊伙伴们藏在树林里，经历着这里怪异的一切。他们耳朵里听着可怕的咆哮声，却不知道究竟是什么声音。

当旭日驱散天上的阴影，东方乍见鱼肚白的时候，驻扎在海滨的特洛伊难民们突然看到一个模样奇怪的陌生人。他邋邋遢遢，面容憔悴，衣衫褴褛地从树林中蹒跚着走了出来。看到前面有人，突然伸出双手祈求似的朝向大家走来。特洛伊人都用好奇的眼光上下打量着这个奇怪的陌生人。只见他浑身脏得可怕，破破烂烂的衣服上沾满一路走来时挂上的树刺，枯草般的长胡须在风中肆意飘拂着。从他这模样就可以看出这同样是个历经艰辛和磨难的苦命人。尽管装扮得破破烂烂，特洛伊人还是认出来他是一个希腊人，也许曾经穿着他父亲的胄甲在特洛伊城前战斗过。这个陌生人在远处看到特洛伊人的装束和武器时突然怔了怔，停下了脚步，站在那儿有一会儿工夫惊恐万分，旋即又大胆地朝海岸奔了过去。他趴在沙滩上向眼前的特洛伊人哭着哀求道：“当着这里的群山，当着天上的神祇，当着我们所呼吸的空气，我请求你们，好心的特洛伊人，收留我吧，带我离开这里，带我到你们要去的地方，不管你们走到哪里，都不要丢开我。我知道我曾经是希腊远征军的一员，我承认我曾经围困过你们的城市，加害过你们的家室，我曾经犯下过滔天的罪行，倘若你们不能原谅我，仍然把我当作敌人的话，那就立即杀掉我吧，把我粉碎的尸骨洒在浪涛上，沉在海里。假若死是我唯一的命运，那么能够死在人的手里，对我来说也算是个安慰了。”

这个可怜的陌生人匍匐在地上，抱着埃涅阿斯的双腿苦苦哀求着。特洛伊人看着他的样子，都很可怜他，纷纷说着安慰的话语，鼓励他说出来自己是谁，是哪一族的人，说说他自己都经历了些什么。过了一会儿，可敬的老英雄安可赛斯走过去用手拉起这个年轻的陌生人的手，扶他起来。这一善意的举动安慰了陌生人悲苦恐惧的内心，他慢慢地回过神来，不再害怕，不再恐慌，对大家讲起他的经历来。“我家住在伊塔刻，我是不幸的奥德修斯的伙伴。”他抬头看了看大家，见大家都用充满鼓励的眼神看着他，便继续说道：“我的名字叫阿喀墨尼得斯，我父亲叫阿达马斯托斯，他是一个贫穷的苦命人。当初我真想在家安分守己地伺候老父亲的，但是后来又决定随军出征特洛伊。就是这个决定造成了我今天的大灾难。特洛伊战争的时候，我虽然平安地逃离了战争的危险，却被伙伴们撇下，陷落在库克罗普斯巨人的魔窟里。奥德修斯和其他人想办法离开这座地狱般的魔窟，然而他们匆匆忙忙逃离的时候忘掉了我，将我一个人留在恐怖的魔窟里。那个魔窟里面又宽敞又黑暗，地面上四散着巨人吃剩下的血淋淋的食物，恐怖不堪。这些独眼巨人形体高大，模样狰狞，可以头顶住天，没有任何人可以跟他们沟通。他们生吃被害者的内脏，痛饮被害者的鲜血。我那个时候又病又累，可怜兮兮地躺在魔窟的一个小角落里，我亲眼看到这些可恶的巨怪如何吞噬了我那几个可怜的朋友，他们用巨掌抓起我那几个朋友，使劲儿摔到石头上，霎时血肉迸溅，我看见他们模样狰狞地撕咬着这些血肉模糊的躯体。天哪，这一切仿佛就在眼前，惨不忍睹。这些巨怪吃饱喝足之后，醉醺醺地倒在地上大睡起来，嘴里伴随着呼噜声吐出一口口恶心的食物、浓酒、血和其他秽物。我们的英雄奥德修斯愤怒极了，他不能饶恕这样的野蛮行为，便召集我们向天上的神灵祈祷，然后抽签决定谁去从事杀害巨人的艰巨任务。后来我们一起跑到巨人周围，用一把锋利的剑戳穿巨人额头上那只巨大如阿波罗的太阳般的独眼，畅快淋漓地替我们死去的朋友报仇雪恨。后来大家奇迹般地逃出了这个可怕的魔窟。然而这里是这些巨人的地盘，他们就住在这弯曲的岸边，高山上也有，无处不在。自从从魔窟里侥幸逃出来以后，我就经常遭到那些没有被杀死的巨人们的迫害和追赶。我东躲西藏，在只有野兽出没的树林和荒野里忍冻挨饿地度日。没有食物吃，便靠硬核的山茱萸果和地上连根的枯草果腹。不光挨饿，还得时时忍受着听到巨人们脚步声和说话声时惊恐不已的心情。这种生活真不是人过的，我做梦都想着能够离开这里。虽然我时时刻刻都在瞭望，却从来没有看到过驶过来的船只。所以当我远远地看到你们的船只时，我毫不犹豫地走向你们，决定把自己完全交给你们。不管你们是自己人还是敌人，只要能够逃脱这些可怕的巨人，就什么都无所谓了。我宁愿任由你们或杀或剐，也不要再落到那些怪人手里了。而且，亲爱的朋友们，请允许我这样称呼。我还有一个忠告，如果你们不想像我一样落入这些食人巨怪的魔掌，成为他们的口中猎物，那么，听我一句，赶快解开系在岸边的缆绳，驾驶船只离开这可怕的地方吧。”

这个可怜的希腊人的话音刚刚落下，特洛伊人便看到一个庞大畸形的独眼巨人站在不远处的山顶上。这便是库克罗普斯巨人波律菲马斯,他是一只巨大的恶魔,只有一只被戳瞎了却又始终流着鲜血的独眼。这时候他手上拄着一支用松树树干削成的拐杖,赶着他的羊群来到海边。这群长毛羊是他唯一喜欢的东西,现在成了他唯一的安慰。只见他径直走到波涛汹涌的大海,已经走得离岸边相当远了,海水却只到他的腰间。他弯下背来,用他那两只巨大的手掌捧起清水清洗那只流血不断的独眼。他的嘴巴一直咬牙切齿地哼哼着,不知道在喃喃自语些什么。看到这幅可怕的模样,特洛伊人惊恐万分,他们拉起这个可怜的陌生人迅速登上船只,随即静悄悄地解开缆绳,急忙逃出独眼巨人所能及的范围。大家竞相弯着腰,用力划动船桨,拨水前行。哪知独眼巨人听觉灵敏,当他听到附近似乎有划船的声音时,立即有所猜疑,站在海水中间辨了辨方向,转身朝着有声音的方向追赶了上来。特洛伊人情急之下使尽全身力气,最后一条船才好不容易逃脱巨人追寻摸索的手掌。独眼巨人无法摸到船队,扑了个空,便发出一声撕心裂肺的可怕叫喊。没想到这一喊声掀动了海的波涛,震惊了整个意大利内陆,甚至连埃得纳火山都从地下岩洞发出咆哮,回荡起一阵阵雷鸣般的巨响。这个时候库克罗普斯巨人的整个部族都被惊动起来了,他们纷纷从树林中和高山上跑出来聚在海边。然而,却也只能无可奈何地站在海岸上看着特洛伊人的船队远远地驶入大海。

这些库克罗普斯独眼巨人是令人毛骨悚然的一个族群,他们身躯高大,像生在高山顶上的巨大橡树,又像森林女神阿尔忒弥斯的壮阔森林中的高大柏树,头顶直插云霄。特洛伊人的深切恐惧促使他们来不及辨别方向就划动船只乘风而去。赫勒纳斯曾经预言过行驶于西拉和卡律布狄斯航道之间的船只会遭遇灾难。所以特洛人小心翼翼地绕过西拉险礁和卡律布狄斯大漩涡,沿着岛屿的滩岸扬帆航行。特洛伊人刚刚救起的希腊人阿喀墨尼得斯在路上可以随时提醒特洛伊船队行驶的方位,因为他曾经跟随奥德修斯走过这一段路。船队顺风而行,经过佩罗鲁斯岬角,又小心谨慎地驶过潘塔佳斯河的天然岩石形成的港口,随后又经过麦加拉湾和低平的塞普萨斯。一路上阿喀墨尼得斯为大家讲解着这些地方的情形。后来船队又经过"永远不会移动的"克玛瑞纳城,到达陡峻的阿克拉加斯城垣,据说这里曾经是生产优良马匹的地方。后来风神又协助特洛伊船队离开塞利纳斯,驶过有暗礁的危险浅滩,经过千辛万苦,最后终于到达德雷帕纳姆海港。

英雄埃涅阿斯在航行旅途中却受到了比任何灾难和磨难都更大的打击他一切苦难中的安慰,他的老父亲,年迈的安可赛斯一路上劳累交加,再加上受到独眼巨人的惊吓和威胁,终于因为体力不支倒下了。安可塞斯躺在儿子怀里,他身体虚弱,意识模糊,舌根僵硬,说不出话来。最后,甚至连一声再会都没来得及说出来,便在儿子怀里永远地闭上了双眼。可怜这个受人尊敬的老人,最终都没能到达意大利那块梦寐以求的圣地。当时,特洛伊船队正好驶入西西里岛的得勒帕诺姆码头,这正是整个航程的终点。特洛伊人在这里为他们首领的父亲举行了隆重的安葬仪式,大家都十分悲痛,想起生前的安可赛斯是多么地受人敬重。

英雄埃涅阿斯悲痛万分，他认为老父亲的死是他生命中最后的忧伤。然而，他没有过多地耽于对父亲的悲悼中不能自拔，痛定思痛，他更加清楚自己肩负的使命，神的旨意驱使他率领特洛伊人继续朝他的先祖们的土地驶去，他要在那里为子孙后代们建立起一个新的国家。

随船漂往迦太基

英雄埃涅阿斯的船队从西西里岛出海继续航行。特洛伊人干劲儿十足，风风火火地张起风帆，包铜的木桨快速拨拉着海水，船只迅速向前。他们的船队刚刚驶离岛屿，特洛伊人的女宿敌赫拉从奥林匹斯神山上往下俯视，看到了船队。她气急败坏地喃喃自语道："怎么，我败了吗？难道我应该半途而废放弃斗争吗？难道我连阻止特洛伊子孙到达意大利的力量都没有吗？特洛伊城难道不应该被彻底地粉碎吗？它的人民和从事战争的族第难道不应该被连根铲除吗？为什么雅典娜女神不把希腊人回来的船队撕扯粉碎？为什么没有人报复埃涅阿斯的过失呢？我，作为众神的王后，难道应该徒劳地与这个民族战斗几年而甘愿以失败告终吗？如果是这样的话，以后有谁还肯向威严的赫拉的权位致敬，在她的祭坛前陈设牺牲衷心祈祷呢？"

赫拉女神一面在她那暴躁的头脑中自我盘算着，一面匆匆忙忙地来到艾奥里亚——风源的领地，寻找埃洛斯的山洞。这时赫拉的头脑中已经有了一个破坏特洛伊人向前航行的计谋。埃洛斯是统治天下各路风神的君王。他把各路风神囚禁在一个黑暗的山洞里，加以训诫和约束。风神们怒吼着，在空旷的大山洞里扭斗厮杀着，它们四处乱窜，急于冲破禁锢，整座山都响应着它们的怨声。埃洛斯稳坐在它们上面，约束着它们的怨愤。这位君王知道如何加以控制，如何命令，如何放开它们。如果不然，这些狂暴的风神会卷起所有的陆地和海洋，甚至高高的苍穹。它们会将一切都驱赶到太空里的。赫拉找到埃洛斯，低声下气，还掺杂许多诱人的允诺，她劝说埃洛斯放出风神摧毁特洛伊人的船队，让海水沉没他们，并以献给埃洛斯十四位娇美的海居宁芙作为交换条件。埃洛斯果然听从了赫拉的诡计，服从赫拉的命令。

埃洛斯挥动他那三叉戟，朝着山洞崖壁较薄的地方猛力一击，打算放出禁锢中的风神。各路风神汇成一条线，急切地从埃洛斯击破的缺口中迸发出来，它们以大旋风的威势卷地而起，陆地上顿时飞沙走石，一片尘土飞扬。东风、南风、西风、北方从四面八方涌入大海，将海水彻底卷起，掀起万丈狂澜，驱使波涛向岸边滚滚而来。霎时间海面一片漆黑，云雾使特洛伊人看不见一丝光亮，空中雷声隆隆，电光闪闪。特洛伊人无论往哪个方向望去，所见的都是顷刻间的死亡。船队上一片鬼哭狼嚎，悲苦不迭。粗大的缆绳撕裂着，船桨摇断了，海水倒灌进来，船只倾斜着倒向一边。一道道巨浪铺天盖地地席卷而来，直扑向这些摇摇欲坠的船只和船上这些可怜的特洛伊人。他们的船只在漩涡中转动几圈，旋即变成碎片，葬身海底。这一幅死亡的场景威胁着可怜的难民们，也让埃涅阿斯惊恐不已，浑身冰冷。他向上天伸出双手，高声哭喊着，祈祷着。一阵怒号的北风撞在他的船帆上，浪花掀起得比天高，船桨折断了，船头也掉转了，船舷承受着海水的全部冲击。接着南风又追赶上另外三只船，将它们抛向海水底下半隐的礁石。东风则迫使另外三只船离开深海，漂向浅水滩的流沙那里。

这个时候海神波塞冬被海面的咆哮骚动和海水深处的涡流搅动得坐立不安。他知道这是各路飓风被释放出来了，但不知道为什么，于是便从波涛汹涌的海水中伸出脑袋，高高地在水面瞭望。等他看到英雄埃涅阿斯的船队支离破碎地漂泊在海面上，他所宠爱的特洛伊人被暴戾的巨浪扑打得七零八散的时候，立刻心中有数了：这一定又是他那心怀怨恨的妹妹赫拉玩弄的手段。

海神波塞冬立即下命令让东风和西风来到他面前，大声训斥道："两位风神，你们好大的胆子！对于自己能力的骄傲竟然使你们猖狂到如此地步吗？你们真是胆大妄为，没有我的命令竟然如此兴风作浪，将苍天和大海搅做一团！等我把波浪先平息下去，再好好教训你们！现在，你们立刻离开海面，回到自己的岩洞里，并将我的话带回给你们的主人，回去告诉他，海洋不是他的，而是我的领域。执掌海洋的权利和神圣的三叉戟是交给我的，不是交给他的。岩石和山洞才是他的地盘，他应该老老实实地在那里统治和管束着你们。

说完这一番训斥的话，海神波塞冬便迅速用双手将汹涌起伏的海水抚平，驱散成团的乌云，让明亮灿烂的阳光重新照耀平静的海面。他这样做的时候，几位海洋神用力推开那些夹在锐利的岩石间的船只，波塞冬后来也亲自过来帮忙，用他的三叉戟抬起搁浅的三只海船，让它们重新漂浮起来。宽阔的沙洲又出现了。后来，波塞冬驾起战车，让大海的骏马拉动自己轻松穿梭在波涛的水花间。所到之处，海水的所有骚动都静息了，重归风平浪静。他只需朝海面望一望，水面便如同被驯服的小绵羊一般乖乖的。

经过这一番惊心动魄的海上磨难，埃涅阿斯和他的伙伴们都筋疲力尽了，当他们看到前面有一道海岸时，便尽力驾船朝着这块最近的陆地驶去。这道海岸是非洲的阿非利加海岸，不一会儿，他们便到达一座安全的港口。难民们左右环顾港口两岸，岸的一边是令人望而生畏的岩岬高耸入云，它们所庇护的广阔水域寂静、安全。岩岬上长着一丛灌木，阴暗的树影覆盖着向前突伸的岩石。岸的另一旁则是平缓的山坡，坡上长满了树木，阳光下树木青翠茂盛，枝叶在微风的吹拂下颤动着。海湾的正前面是一座岩洞，里面有石钟乳和清澈的泉水。据说那里是宁芙们的住处。

埃涅阿斯率领海难当中侥幸存活下来的七条特洛伊船只朝岩洞驶去。特洛伊人正渴望回到陆地，他们在岸边下了船以后，连身上的衣服还滴着风浪中淋湿的海水都不顾，便满心欢喜地踩着海滩，浑身湿漉漉地躺在海边，享受这份得之不易的舒坦。英雄阿赫托斯取过一块石子打火，他找到一些枯叶，火星子滚落到干透了的枯叶上顿时燃烧起来。他又四处找来一些干树枝放在火苗周围,很快便有熊熊的火焰蹿起来。虽然有些特洛伊人都已经躺在海边快睡着了,看到有火焰也都挣扎着起身,回到船上取下烘烤用的锅具以及已经被水浸湿的粮食。他们准备在石头上磨些玉米面来烤面包吃。人多力量大,不一会儿,大家便把湿漉漉的粮食磨成了粉。

在大家忙着准备食物的时候,英雄埃涅阿斯爬上一座高耸的山峰,翘首远望,希望能够在遥远的海面上发现些被风浪打翻的特洛伊船只。可是船只没有看到,他却看到下面的海滩上有三只雄鹿在游荡,后面还跟着整整一群,都低着头在谷地上吃草。埃涅阿斯停止眺望,即刻让人送上弓箭,把走在最前面的那一只雄鹿射倒。这是一头美丽的梅花鹿,高高耸立的鹿角犹如茁壮挺立的枝丫。将第一只鹿射倒之后,埃涅阿斯并未收手,他又向后面的鹿群射去,他要射杀七头鹿,够给每一艘特洛伊船只分去一头才好。等放倒第七头鹿的时候,埃涅阿斯这才收起手中的弓箭。随后,他带着猎物回到海湾,分给他的特洛伊伙伴们享用。埃涅阿斯还吩咐人们从船上搬下美酒,那是当他们在西西里海滩登船时,善良厚道的阿塞斯特斯慷慨解囊送给他们的。等烤好鹿肉,杯子里斟满美酒,埃涅阿斯举杯对他的特洛伊伙伴们说道:“亲爱的朋友们,困苦对我们来说并不陌生,一路上,我们历经了无数的磨难险阻。我们曾经穿过有西拉的疯狂海狗犬吠的岩石群,我们曾经跟凶残的独眼巨人们面对面战争,我们也刚刚经历了惊心动魄的海难。然而,终将会有一位神明帮助我们来结束这重重灾难的。无论如何,我们不能丧失前进的勇气。现在,振奋起精神来吧,我的朋友们,忘却忧伤和恐惧。也许将来有一天,我们会饶有兴致地回想起现在所经历的一切。朋友们,让我们内心充满勇气,时刻想着我们的目标是意大利。因为只有在那儿,只有在我们自己的家园,命运之神才会让我们得到安息,我们将在那里重新建设起繁荣昌盛的特洛伊帝国。朋友们,坚持下去,准备迎接我们将来的美好日子吧。”

埃涅阿斯激情澎湃地说着这些鼓舞人心的话,脸上露出自信和兴奋的表情。然而,在他的内心深处却很不平静,为了不让自己的特洛伊伙伴们担心,他把自己的忧虑深深隐藏起来了。其他的特洛伊人却不像他们的首领那样内心充满忧虑,眼前的美味让他们不管不顾了,他们现在心中的唯一想法就是处理这些猎物,好好地享受一顿美味。特洛伊人分工合作,有人负责把鹿肉切成肉片排串在烤签上,有人负责在沙滩上找架锅烧水的地方,有人负责点起火焰,一群人忙得不亦乐乎。猎物不一会儿就变成了餐桌上的美味。大家吃着肥美的鹿肉,喝着美酒,有兴致地谈论着,直到酒足饭饱。这时,他们脸上的表情开始悲伤起来,因为他们想起来那些在海难中走失了的伙伴们,并且开始为走失了的伙伴的命运担忧。大家互相谈论着,祈祷着,希望那些不幸的伙伴们仍然坚强地活着,希望有朝一日可以再见到他们。命运之神紧紧地控制着人的生死,如果说那些不幸的伙伴们在海难当中已经走完了生命的最后一程,那么,他们这些侥幸存活下来的人呢?前面等待他们的又将会是怎样的命运呢？

女神阿佛洛狄忒显形

众神之父宙斯从奥林匹斯山的峰顶俯瞰有白帆航行的海洋，他将目光投向非洲的海岸，盯着女王狄多统治的利比亚王国。埃涅阿斯带领特洛伊伙伴们刚刚踏上这块土地。正在这时，他的女儿阿佛洛狄忒女神垂头丧气地慢慢走了过来，眼眶里闪烁着晶莹的泪珠，面容悲伤地说道："父王啊，您高高在上，承受天命主宰人和神的命运，您的威严从来都让我们敬畏。然而，我那亲爱的儿子埃涅阿斯和他的特洛伊伙伴们哪里得罪你了？他们为了到达意大利几乎围着地球转了一圈，受尽各种各样的艰辛和磨难，然而世上的一切道路都像是对他们断绝了一样，他们就是不能到达目的地。为什么会是这样的结果呢？您不是亲口告诉过我，说特洛伊祖先的血液将会随着时间的推移最终凝结而形成罗马民族，特洛伊人的后代罗马人最终将成为人类的领袖，执掌对陆地和海洋的统治权吗？我记得当时是您亲口对我说了这一番话，安慰了因特洛伊的陷落给我带来的可怕震撼，因为我认为新的天命可以补偿特洛伊人的命运。然而现在，您为什么又突然改变了主意，让特洛伊人仍然灾难重重，承受着同样的无边无际的厄运呢？

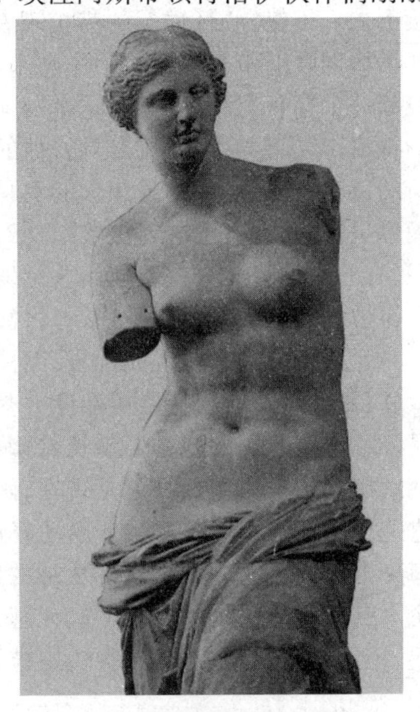

阿佛洛狄忒

众神之父宙斯微微一笑，露出平时的温和表情。他低下头轻轻地吻了一下内心充满忧虑和疑问的女儿，慈祥地安慰道："放心吧，我亲爱的女儿，你仍然掌握着你的特洛伊人民的命运，受你佑护的人的命运是不会轻易改变的。终有一天你将会看到拉维尼拉乌的城墙在意大利建立起来，我曾经答应过你的事情是会做到的，没有任何理由可以改变我的这份心意。现在，为了清除你心中的忧虑，让我来告诉你一些未来的事情吧。你那英勇的儿子埃涅阿斯将会在意大利打一仗，并且他会取得最后的胜利，他将推翻其他几个骄傲的民族，获得他的人民的信任，制定新的法律法规，建立起他们自己的城垣和秩序。他将会在拉维尼拉乌统治三年，活到他登基后的第三个夏天。之后他的儿子阿斯科尼俄斯将会继承他的王权，把国都从拉维尼拉乌迁移到阿尔巴隆加，王权将在阿尔巴隆加继续存在着，埃涅阿斯的子子孙孙将在那里安稳地执掌三百年王位。一直到一位王室出身的女祭司给战神阿瑞斯生下一对孪生儿子。这对孪生儿子的名字洛摩罗斯和瑞摩斯,他们生下来之后就被装在一只篮子里扔到河里,后来被一只母狼救起,并一直吃着狼奶长大成人。穿着漂亮的红褐色狼皮的是洛摩罗斯,也就是罗马民族的先祖。他将继承王位,为他的父亲阿瑞斯修建新的城池,称他的人民为罗马人。我将给予罗马人充分自由的发展空间,让他们不断成长为世界的主人。而他们的统治权也将会永无止境地继续下去。不错,心怀愤怒的赫拉现在不断制造祸端烦扰海洋、大地和天堂,给你的儿子埃涅阿斯带来灾难。但是将来她会跟她的子孙们和解的,她将和我一起,共同筑起一个穿着宽袍的国家,这个国家就是罗马人的国家,全世界的领主。将来骄傲的特洛伊人将会生下一位恺撒,他的名字叫朱利阿斯,承袭了他伟大的祖先奥德修斯的盛名,他将会成为最伟大的罗马人,四海之内都是他的领土。奥德修斯的荣誉闪耀星空,而他自己也将被接纳到天空中成为神。我亲爱的女儿,他还是你的后代呢,有一天你将会兴奋地迎接这位朱利阿斯到天上来的。从那以后,可怕的铁铸战门将被关闭,凶恶可怖的嗜杀者将被牢牢绑在门后,人间将会实现永久的和平。"

对女儿阿佛洛狄忒说完预言,天神宙斯迅速派使者赫耳墨斯从天上下去,前往迦太基,张开双臂欢迎特洛伊船队并热情地为他们准备好住的地方。那块土地原来是腓尼基农民住的地方。赫拉希望在这里建立一个世界帝国,所以一直尽着最大的恩惠保佑这块土地。但是现在,她不可能不听从命运的计划而阻止特洛伊人踏进这块土地。因此赫耳墨斯扇动着翅膀飞下去了,划过广阔的天际,停在阿非利加海岸上。当地的迦太基人遵从神的使者带来的神圣意志,抛弃了对特洛伊人的敌意。赫耳墨斯还特别说服了迦太基人的王后狄多,她在此地扩建了迦太基的新城堡,统治着利比亚帝国。现在,她被说服允许特洛伊人进城,并答应善意地对待他们。

是一场风暴把特洛伊人送到这块土地的。第二天清晨,英雄埃涅阿斯早早地起来,出门去探查这个新的地方,看这里住的都是什么样的动物,以便把消息报告给他的伙伴们,让大家在发生情况时有所防卫。他把船只停泊在有着大片浓密林木的树荫下,那里上有高耸的崖壁,下有突兀的岬角包围。埃涅阿斯手里拿上两杆猎枪,让好友阿赫托斯跟着,便走了出去。巧的是,他在林木深处遇到了他的母亲阿佛洛狄忒。此时的阿佛洛狄忒有着少女的容颜、少女的打扮,她全副武装成女猎手的模样,肩上披着长弓,头发在风中随意飘拂着,一件轻袍卷至膝盖,两膝赤裸着。她首先开口说话了:"哎,两位年轻的先生,你们有没有看到一个背着箭袋、身穿有斑点的山猫皮披风的女子?她是我的姐姐,我们一起在这里打猎,后来走散了。如果你们看到她了,麻烦告诉我一声她在哪里。"

她的儿子埃涅阿斯轻声回答道:"姑娘,我们没有看到这树林子里还有其他女子。年轻的姑娘……哦,不对,我该如何称呼你呢?你是谁?你的面容和声音都透出一股超然的魅力。你一定是仙女、是女神,对吗?是阿波罗的姐妹?或是宁芙们的近亲呢?好吧,不管你是谁,请告诉我们,这是什么地方?我们被一股风暴掀起的巨浪驱赶到这里，迷失了方向，不知道身在何方？不知道这里都住着些什么人、有些什么动物？倘若你能够好心给我们指点迷津的话，我们一定会在祭拜时在你的祭坛上多放些祭品以表示感谢的。”

阿佛洛狄忒微微一笑，温柔地回答道：“你的那些感谢太贵重了，我可不配有那样的荣耀。我们迦太基姑娘都习惯这样的装束，通常都会在背上佩一个箭袋，脚穿深红色猎靴。因此你看到我背上的箭袋，就不会误认为我是阿波罗的姐妹了吧。陌生人，你们现在所处的这个国家是被从泰尔来的腓尼基人所统治的。你们脚下的这个世界叫作非洲，所在的国家叫作利比亚。利比亚人野蛮而又好战，任何人和战争都不能征服他们。现在主持这个国家事务的是女王狄多，她也来自泰尔，是一位富裕的腓尼基人西克奥宇斯的遗孀。她是为逃避她那暴戾的弟弟皮格马利翁而来到这里的。说起她的故事，还真让人辛酸呢。她的弟弟皮格马利翁是泰尔国的国王，为人暴戾凶残，是个邪恶无比的暴君。当时，她听从父亲的命令嫁给了腓尼基最大的地主西该阿斯，而且很爱她的丈夫，当她还很小的时候她父亲就把她许配给他了，他是她的第一任丈夫。然而，邪恶的皮格马利翁利欲熏心，他觊觎自己妹夫的黄金，便在一个敬神仪式中设下埋伏，趁其不备将其杀害了。为了隐瞒这件事情，皮格马利翁编了很多谎话来搪塞和哄骗他的妹妹狄多。然而，纸是包不住火的，一天夜里，死者的幽灵惨白地出现在妻子的梦境中。西该阿斯面色苍白地出现在狄多面前，他告诉妻子敬神仪式上发生的一切，给她看胸口的剑伤，并揭露了宫廷里的阴谋。他劝说妻子赶快离开这里，为了让妻子在路上有足够的路费，他又告诉妻子一个秘密的埋葬黄金白银的地方。狄多听完丈夫的讲述，惊骇得毛骨悚然。急忙按照丈夫的指示找到那些黄金白银，准备逃亡。暴君皮格马利翁有很多反对者，大家都憎恨和惧怕他的暴行，共同的遭遇使这群人走到了一起，他们帮助狄多一起逃亡。大家集合起来，把暴君皮格马利翁的宝藏装在准备停当的几只船上，一路航行到了非洲海岸。现在你在这个地方可以看到迦太基城的高大城墙和耸立云天的城堡，这都是狄多带领他们建造的。刚来到这里的时候，她只买了一块一张公牛皮所能围住的土地，也因为这个缘故，这座城就叫作‘革城’，后来，她把这张公牛皮削割成许多薄薄的细条皮带，在皮带围住的地方建立了迦太基城堡。以自己用船拉来的那些黄金白银为基础，她赢得了越来越大的地区，逐渐扩张她的领域，创建了现在这个由她统治的强大国家。好了，年轻人，现在你们知道自己身处何方了吧，那么，也请你们告诉我，你们究竟是什么人？来自哪里？要到哪里去呢？”

英雄埃涅阿斯叹息着向阿佛洛狄忒讲述了自己的命运和所经受的磨难打击。他表情悲苦地说道：“女神啊，我们一路来所经受的全部考验是一天一夜也说不完的啊。不知道你有没有听过特洛伊城，我们是从这个古老的城市航行而来的，一路上经过很多奇异的场面。后来，一阵肆虐的狂风暴雨把我们刮到了阿非利加海岸。我的名字叫埃涅阿斯，船上的伙伴都是特洛伊人，遵从上天的旨意，以及我那神圣的母亲给我指明的道路，我们是要到意大利去的，那里是我们祖先居住的地方，也是我们未来将要定居的地方。当初出发的时候，我们总共有二十只船，现在却只剩下七只，都是从狂风暴浪中抢救出来的。现在我们漂流在阿非利加的荒野中，居无定所，四处流浪。”

还没等埃涅阿斯说完，女神阿佛洛狄忒便打断了儿子的哭诉：“我想命运是不会一直捉弄你的，现在你仍然好好地活着。我可以告诉你，风已经改变了方向往北吹，你的船队会被送到安全地带的，你的那些在海难中失散的伙伴们也都会重新回来的。为了打消你的忧虑，让我来告诉你关于拯救失散船只和伙伴们重新回来的预言吧。你看，空中那十二只天鹅，快活地排着行列。突然又飞来一只雄鹰，那是天神宙斯的鸟儿，雄鹰把天鹅吓得各奔东西，可是你可以看见它们有的正往地上落，有的从空中往下观望，有的已经在地上落定了。这些天鹅预示着你的船和特洛伊伙伴们有的已经进入码头，而另一部分则扯着船帆在往港口驶过来了。所以你用不着担心，你只需要顺着面前的道路走下去就行了。

说完这些话，阿佛洛狄忒转身便离去了。她那玫瑰色的脖颈裸露在非凡的光辉里，发丝间散发着淡淡的天堂里的香气。她的服饰熠熠生辉，一直垂到脚底，从她的身影和步履便可以看出她是一位天上的女神。埃涅阿斯这样看着的时候，猛然间认出来这就是他的母亲阿佛洛狄忒。等他反应过来大声疾呼，责备母亲捉弄自己并想要挽留母亲时，一切都已经晚了。阿佛洛狄忒已经布下一阵浓雾将这两个特洛伊人团团包裹，使任何人都没有办法看见或接触他们，或是阻挠他们。而她自己则高高兴兴地回到她那总是有鲜花萦绕的庙宇里去了。

埃涅阿斯来到迦太基

两个特洛伊人在浓雾的保护下一路向前走着，不一会儿，便爬上一个高大的山坡。这个山坡就在城旁，站在上面可以俯瞰全城。埃涅阿斯惊异地望着气势宏伟的宫廷建筑，望着高耸的石头城门、熙熙攘攘的人群和宽阔平整的街道。他很惊讶从前只有阿非利加茅草屋的地方现在盖起了座座坚固的高楼。城市还在扩建当中，勤劳的泰尔人此时正在起劲儿地忙碌着：有的在建造城墙，有的在滚石头上坡建造城堡，有的在丈量土地，勾画建筑的轮廓线，准备建造房屋。城里的居民大都集合在广场上，他们在开会商定法律条文，选举这个新国家的官吏和为他们所尊敬的议员。整座城市一派热火朝天、欣欣向荣的发展场景。英雄埃涅阿斯望着这些高大挺拔的建筑物，不禁发出感慨：“啊，泰尔人，你们是幸运的一批人，因为你们的城墙已经筑起来了。”说完埃涅阿斯和他的朋友在浓雾的包围中继续径直向前走去，走入人群，混在那些干劲儿十足的迦太基人中间。但是因为浓雾的神圣力量，没有人能够看得到他们。

迦太基城中有一片郁郁葱葱、浓荫覆地的森林，腓尼基人在这些树木下面挖出来天后赫拉送给他们的幸运物：一匹骏马的头。这个马头预言他们在未来的战争中将会取得胜利，并且会生活得富足安逸。腓尼基的女王狄多因此在这个地方为天后赫拉建造了一座宽敞豪华的漂亮庙宇，庙内陈设的供奉富丽堂皇，台阶是石制的，门板和门柱全部是青铜质地。看到这片树林以后，英雄埃涅阿斯突然在心中又鼓起了新的希望，他第一次不再害怕，不再苦恼，第一次感觉到一种自信的力量。

英雄埃涅阿斯看着庄严而美丽的神圣庙宇，他惊叹这座新建城市的兴隆、工匠巧夺天工的技艺和整个工程的浩大。当他左右环顾时，发现了许多壁画，壁画中生动再现了声名远扬的特洛伊战争以及伊利亚周围的所有战役。虽然只是一幅画，但是却勾起了埃涅阿斯无限的回忆，他一面深深地叹息，一面任回忆倒流到当时的战争中去。他仿佛又看到敌对的双方绕着特洛伊的防御工事激烈打斗着，一边是希腊人在特洛伊战士的进攻下仓皇溃逃，一边是特洛伊人在败退。一边看边回忆着，眼里噙满泪水。埃涅阿斯定神看着这些勾起无限回忆的壁画，站在那里一动不动。这时，女王狄多走了进来。她的装扮美艳绝伦，浑身透现着青春美貌的闪闪光彩。在她身后一群俊朗的泰尔青年紧紧相随。她来到拱形大门旁边，坐到宝座台正中间的座位上，四面全是武装的警卫。女王狄多坐在高高的王位上为她的人民审判是非，宣布新的法律法规，并吩咐他们加快速度建设新城。

这时，包裹在浓雾当中的埃涅阿斯和阿赫托斯突然看到他们在海难中走散了的特洛伊伙伴们站在混乱的人群当中。其中有塞尔盖斯托斯、安修斯和勇敢的克洛安斯，这几个人身后还跟着一大群被风暴驱散飘到远洋海岸的特洛伊人。看到这些失散已久的伙伴们，埃涅阿斯和阿赫托斯又惊又喜，他们真想快速走上前去拉住伙伴们的手与之相认，但是又觉得这件事情有点蹊跷。所以两人没有贸然行动，而是藏在浓雾里继续观察注视着，希望能多了解些情况，多知道一些关于他们这些伙伴们命运的事情。他们还发现这些特洛伊人都是从每艘船只里派出来的代表。这些人走出熙熙攘攘的人群，朝狄多女王的庙宇的前厅走去。等到他们有机会开口向女王讲话时，他们中的首席代表——最年长的伊里俄纽斯冷静而沉着地开始说道："尊贵的女王陛下，我们是不幸的特洛伊人，风暴把我们从一个海洋抛向另一个海洋。我们请求你对我们这一群敬畏神明的人大发慈悲，保护我们的船只免遭可怕的灾难。有一块古老的土地，那儿土地肥沃，那儿的居民原为奥诺曲亚人，他们的后代为了纪念当地的领袖而改称意大利。我们驾着船就是想前往遥远的意大利的。后来一场飓风把我们扔向波涛汹涌的大海，许多船只被撞碎了，许多伙伴们葬身鱼腹。幸免于难的人们才侥幸漂到贵地来。然而，我们遇到了怎样的一群人啊？连一片荒漠所能提供的欢迎都不给予我们。不仅如此，那些迦太基人还阻止我们踏上海岸，并用战争威胁我们，扬言要烧毁我们的船只。尽管你们可以不尊重我们，但是至少因该敬畏诸神啊。埃涅阿斯是我们的首领，再也没有比他更公正、更虔诚的英雄了。假如命运为我们保留下了他，仍然保全他的性命.没有让他躺在无情的阴曹地府的话，那么你们就绝对不会后悔今天和我们交朋友，为我们提供便利的。所以请认真考虑我们的话，请给予我们帮助，让我们漏水的船只靠岸，在你们的树林里挑选木材来修葺船只。我们只要重新找到我们的首领埃涅阿斯和其他伙伴，就能够平安到达意大利，那样我们就满足了。然而如果我们的首领已经命丧黄泉，我们的希望就破灭了，那么请护送我们回到西西里海岸，我们原是从那里来的，那里有我们的家。尊贵的女王陛下，希望你能够认真考虑我的话，给予我们必要的帮助。”

狄多女王低垂着目光听完特洛伊代表的话，继而简短地回答道：“特洛伊人，你们不用害怕，也无须担忧。由于处境艰难，我们这里是个新建设的国家，所以不得不采取缜密的预防措施，四处设防对国境严加保护。我们早就知道特洛伊城，知道它的英雄和英雄们的赫赫战功，也了解这个民族所遭遇的不幸。不管你们是要去意大利还是要去西西里岛，我都会尽力帮助你们，让你们平安离去的。如果愿意，你们也可以在这里自由建造你们自己的城市，我将颁布法令来保护你们，就像保护我自己的臣民一样。至于你们的国王埃涅阿斯，如果他不能够自己出现，那么我定将派可靠的人帮助你们四处寻找，让他们寻遍整个阿非利亚。也许你们的首领现在已经上了岸，迷失在树林或者别的城市了也说不定呢。”

狄多女王的一番话让埃涅阿斯和阿赫托斯吃了一惊。她的话音刚落，笼罩在两个人四周的浓雾顿时消失了。埃涅阿斯神采奕奕地站在阳光下，他的面庞和双肩闪现着阵阵光芒，这是他神圣的母亲阿佛洛狄忒给予他的，让他浑身焕发着青春的光辉，眼睛里闪耀着快活的神情。令在场所有人惊讶的是，埃涅阿斯奇迹般地站在狄多女王面前，说道：“尊贵的女王陛下，我就是你们要寻找的人，特洛伊首领埃涅阿斯。我们这些人侥幸逃脱了希腊人的劫掠，穷苦潦倒，在陆地和海洋上受尽了磨难。只有你，同情特洛伊人不堪言喻的悲苦命运，无比仁慈地在你的领土接纳这个不幸民族的难民们，分布在世界各地的特洛伊人都会对你的恩德没齿难忘的。也许现在落魄的我们没有能力酬谢你，然而，让神来保佑你和你的城市吧。只要天地存在，你应有的荣誉、你的声望将永垂不朽。”

女王狄多看到英雄埃涅阿斯猛然间站在自己的面前，也十分惊讶，稍微过了一会儿才缓过神来。想起埃涅阿斯一路上遭遇的可怕磨难，不禁肃然起敬。于是说道：“女神的儿子，是怎样的命运让你的一生遭遇如此多的危难啊？你真的是高贵仁慈的女神阿佛洛狄忒的儿子吗？我想起我的父亲柏洛曾经对我说起过许多关于你们族第以及你们民族命运的事情。所以，英勇的特洛伊朋友们，大胆地进入我的家园吧。我也是被驱逐的人，遭遇过许多的苦难，经过长途跋涉才来到这里得到平静。我们是同病相怜的人，所以我知道不幸有多么折磨人，知道该怎样帮助不幸的人们。”狄多女王这样说着，把埃涅阿斯引进了宫殿。她吩咐仆人在各个庙宇都摆放祭品隆重祭祀，敬谢神灵。城堡内部装饰一新，大厅里摆设上节日的宴席，餐桌上端来沉甸甸的银盏和雕刻着这个民族祖先英雄事迹的金杯，四处都是一派喜气洋洋的场景。女王还不忘吩咐下人给埃涅阿斯那些停泊在海岸的特洛伊伙伴们送去食物和酒神的欢乐馈赠——美酒。

埃涅阿斯爱子心切，十分惦记儿子阿斯科尼俄斯。他连忙吩咐忠实的伙伴阿赫托斯回到船队，告诉儿子阿斯科尼俄斯女王款待他们的好消息，并把他迅速接到宫殿里来。他还让阿赫托斯把那些从特洛伊的废墟里抢救出来的一批珍贵礼物也护送过来。这些礼物当中有一件金线编制的华丽长袍，一袭黄色花朵镶边的披风，这两件都是海伦从斯巴达带到特洛伊去的，另外还有普里阿摩斯的长女伊利俄纳用过的手杖；一串形似桑葚的珍珠项链和一顶黄金宝石镶嵌而成的华丽王冠。

初遇女王狄多

女神阿佛洛狄忒对儿子埃涅阿斯的命运仍然有所牵挂。她很担心泰尔人表面上的热情可能暗藏着玄机。而赫拉，埃涅阿斯现在脚下这块土地的保护女神也让阿佛洛狄忒惶恐不安，因为赫拉一向对埃涅阿斯充满敌意。为此，阿佛洛狄忒想出了一个新的计谋，她把儿子厄洛斯变作可爱的少年阿斯科尼俄斯的模样。如果狄多女王把漂亮可爱的小男孩抱在怀里，毫无戒心地拥抱并亲吻的时候，小男孩可以给女王灌注爱情迷毒和一身欲火，这样，中了爱情之毒的狄多女王就不会对埃涅阿斯不利了。因此阿佛洛狄忒向她那扇动着可爱双翅的儿子厄洛斯说道："我亲爱的儿子，你是我全部的力量和安慰，我的一切能力都在你的身上。现在我必须依靠你的神力相助。你知道，赫拉一直对你的兄弟埃涅阿斯心怀怨恨，在埃涅阿斯航行的这一路上没少受她的危难。现在，腓尼基的狄多女王正在挽留你的兄弟，我不知道这是不是赫拉设下的圈套。所以我打算先下手为强，把狄多包裹在爱欲里，使得任何神圣力量的举动都不能动摇她对你兄弟的爱。现在，你要听从我的命令，帮我完成这个计划。我要把你变成少年阿斯科尼俄斯的模样，现在他的父亲正派人去接他，他正要带着从特洛伊战火中抢救出来的礼物到狄多女王的宫殿里去，我会给他催眠，把他藏在一个秘密的地方，那儿有着芳香扑鼻的薄荷叶茎。然后由你变成他的模样，代替他到宫殿里去。在皇家宴席上，当女王狄多拉你过去，拥抱和亲吻你的时候，你可以趁机将看不见的爱火吹进她的身体里。"

听话的爱神厄洛斯听完母亲的吩咐，便隐去双翅，变成少年阿斯科尼俄斯的模样。阿赫托斯就这样带着礼物，拉着变成孩童的爱神进入了迦太基的城堡。女王狄多已经雍容华贵地坐在大厅正中的金座上了，英雄埃涅阿斯和特洛伊的勇士们都已经从四面八方赶过来，围着桌子坐在紫金软垫上休息。侍从们端着水盆给他们洗手，并递上柔软的毛巾，又从面包篮中取出香气扑鼻的面包递给大家。厨房间里有五十名女侍从正在炉灶前准备热气腾腾的膳食，另有一百名女侍从和一百名俊朗的男佣端盘上菜，伺候大家美酒琼浆。泰尔人也成群结队地走了过来，依次围着桌子坐下。

特洛伊英雄埃涅阿斯赠送的礼物在华丽的大厅里传来传去，泰尔人争相观看，不时发出赞叹的声音。接着，大家又把好奇的目光投向名叫阿斯科尼俄斯的少年。阿斯科尼斯扑向父亲埃涅阿斯身边，用双臂抱着父亲的脖子，吻着父亲的双唇，说着聪明伶俐的乖巧话，对这位假父亲真兄弟表现出深厚的爱意。只有女王狄多是不快乐的，此时，她已经陷于无可救要的境地。她直直地看着阿斯科尼俄斯，眼神中充满爱意，一会儿，她又看看珍奇的礼物，心里十分激动。这时，厄洛斯从埃涅阿斯身边走开，径直朝狄多女王走去。狄多女王毫无戒心，伸开双臂欢迎他，拥抱他，慈爱地看着他，温和地抚摸他。厄洛斯谨记母亲阿佛洛狄忒的命令，开始一点一滴地排除狄多女王对她死去的丈夫西该阿斯的全部思念，重新拨动她那如冷灰般的心灵，刺激她产生向往爱情和向往新生活的希望。

宴会到了第一个段落，侍从们把餐具从桌席上收拾下来，开始摆上大坛的美酒和酒杯并斟得满满的。夜幕渐渐降临，大厅的金色屋顶上垂挂下枝桠状的吊灯，炽亮的灯光驱散了黑暗。狄多女王吩咐侍从拿来泰尔国王的传统酒器——一只嵌满宝石和黄金的酒杯，斟上满满一杯佳酿，她从王位上站起身来，宫殿的大厅里顿时鸦雀无声。“啊，宙斯，据说是你立下款待客人的法规，那么，愿你使今天成为泰尔人和特洛伊人的幸福日子，我们的子孙后代将会世世代代怀念这一天！还有你们，给人带来欢乐的酒神狄俄尼索斯和慷慨仁慈的赫拉女神，愿我们永远在一起。”说完，女王在宴席间祭酒供奉各位天神，用她那美艳的嘴唇轻轻抿了一口美酒，接着把酒杯递给邻座，就这样，酒杯在泰尔人和特洛伊人中间来回巡传几圈。长头发的艾奥帕斯这时拿出他的包金竖琴，放开歌喉，开始尽情弹唱。他唱着徘徊的月亮和辛劳的太阳，唱着人、兽、雨、火的起源，唱着天上的星座……他的歌解说着世界、人类和动物的由来，不由得引来听众的一致喝彩。女王狄多心中的爱苗在迅速生长着，她催促英雄埃涅阿斯赶快把船队的历险故事从头到尾讲给她听。大家默不作声，所有的面孔都凝视着埃涅阿斯。“尊贵的女王陛下，讲述过去所经受过的苦难是一件让人很痛苦的事情，我亲身经历了希腊人消灭特洛伊的战争，亲眼看见了伟大的特洛伊帝国的毁灭，纵然是铁石心肠的人讲起这样悲惨的故事也是会忍不住落泪的。不过，如果你真的想知道我们的遭遇，我还是会忍着痛苦的心情来为你讲述的。”就这样，埃涅阿斯开始为狄多女王讲述他和他的特洛伊伙伴们所遭受的灾难，讲述他们在陆地和海洋上的这七年的经历。

狄多的爱情迷惑了埃涅阿斯

宴席完毕之后，客人们悉数离开。狄多女王躺在床上，几个时辰过去了，她还是翻来覆去地睡不着。特洛伊英雄埃涅阿斯的音容笑貌像是深深地刻在她的心上，她不禁一再反复思量这位英雄的高贵出身和勇敢的冒险精神。百转千回的心思让她久久不得平静。她无可奈何，起身寻找她的知心好友——妹妹安娜来吐露心声。“妹妹，我亲爱的妹妹，我这是怎么了，”狄多羞怯地说，“我何以心惊胆战睡不着觉呢？我们这里住进了一个怎样了不起的英雄啊！他是个多么出众的人物啊，强大的武器，勇敢的精神，坚毅的目光！从他的身上就可以看出来，他出身不凡，定是神的后代！可是从他的故事中又可以知道他一直经历和忍受的是怎样的命运折磨和战争磨难啊！妹妹，假如不是因为死亡骗走了我的初恋，我无可奈何地做出再也不委身于任何男人的决定，假如我不厌恶婚嫁的念头，今天，我很有可能会抵不住诱惑而屈从于眼前这位英雄的。亲爱的妹妹，自从我的哥哥杀死我的丈夫以后，我从没有对谁动过心，然而现在，我能感觉到我的内心中又重新燃起了爱的火焰。可是，可是，我宁愿让万能之父将我打入阴曹地府，宁愿让雷电劈死我，也不能违背我当初定下的戒律，不能破坏对已故丈夫的忠诚啊，我是爱我的丈夫的，他带走了我全部的爱，即使现在他躺在坟墓里，他也应该得到我的爱情。”狄多说着她的心事，眼泪不断地掉下来，淹没了说话的声音，她哽咽着再也说不下去了。

妹妹安娜同情地看着她，安慰道：“姐姐呀，我爱你胜过爱我自己的生命。难道你就要这样孤苦伶仃一辈子，以守寡来消磨你的青春年华吗？你以为你丈夫坟墓里的骨灰会有灵魂，会在乎你的守身如玉吗？我知道，过去有很多王公贵族来向你求爱，都被你断然拒绝了，那是因为你不爱他们。可是，你难道也要这么拒绝一个你爱的人吗？我想，既然我们的保护女神赫拉让特洛伊船队来到这里，把这位英雄送到你的面前，那么这必然是她的恩典。你想想看，我们现在居住的地方是怎样的情形。这里一边有着不可征服的盖图利亚人和桀骜不驯的努米迪亚人的城镇，一边有人迹罕至的浮沙地区和沙漠地带，另外你的哥哥也是一个大威胁，我们要时刻提防着从泰尔来的战争危险。如果有特洛伊人的武装帮助，那么所有的威胁都不足为惧了。姐姐，你的这场婚姻将会给我们的国家带来强大和富裕的前途！别犹豫了，姐姐，还是聪明点，快些给众神祭祀牺牲，大方款待这些特洛伊人客人，迷惑住他们的英雄首领，让他们放弃继续远航的念头吧。”

妹妹安娜的一番话扇起了狄多心中早已经点燃的爱火，让她放弃了原来抱有的种种意志和女性的矜持。就这样，狄多女王心中有了决定。她们一起走进神庙，选出上好的羔羊祭祀众神，祈求神的恩惠，最重要的是祭祀赫拉女神，因为她是主管婚姻的。接着，女王狄多亲自带着深深爱恋的英雄埃涅阿斯穿过正在建设中的城市，让他看看腓尼基的雄厚国力和宏大建筑，并为他讲解这个国家的各种事情。其实，女王最想对英雄埃涅阿斯说的是自己对他的深厚情谊，然而每次话到嘴边都会缩回去。傍晚的时候，狄多女王重新摆设宴席，与心爱的人待在一起，目光注视着他听他讲特洛伊的故事。夜深了，他们依依不舍地分手了，女王独自倒在他刚刚坐过的长椅上，任由心思百转千回，因为一时看不到爱人而黯然神伤。有时候，女王还会搂住恰似其父亲缩影的少年阿斯科尼俄斯，恍惚间把他当作他的父亲。

这一切自然逃脱不过众神之母赫拉的目光。她看到狄多深深陷入对埃涅阿斯的爱恋而不能自拔，便找到埃涅阿斯的母亲阿佛洛狄忒，说道：“你和你的儿子设计陷害了一个女人，难道这可以算作你们炫耀胜利的果实吗？你别以为我不知道，你之所以猜忌伟大的迦太基的家室，是因为害怕我的城市的防御力量。你要做到什么程度才罢手呢？难道我们就只能这样针锋相对地竞争吗？依我之见，倒不如我们两个合作，共同缔结一段姻缘，当然这也一直是你梦想达到的目的吧。现在狄多已经中了爱情的迷毒，疯狂地爱恋着埃涅阿斯，既然这样，那么我们就成全他们吧。

让我们的这些人民融合在一起，让我们共同治理这个国家吧。”

阿佛洛狄忒虽然知道赫拉的话很虚伪，看穿了其真正目的是想把那些命中注定将统治意大利的特洛伊人留在阿非利亚，她还是温柔地回答道：“我有多大的胆子敢于愚蠢地违背你的意志，和你作对呢？假如你所说的计划果然能够实施，我会不遗余力支持你的。不过，我是受命运之神支配的，我不知道宙斯是不是同意泰尔人和特洛伊人的融合。你是他的妻子，你可以先去问问他，让他同意你的做法。对于你愿意促成的事情，我会大力支持的。”

“你放心，这件事由我负责，我会说服宙斯的。等到大功告成，宙斯自然会欣然接受的，”赫拉得意扬扬地回答，“现在让我来告诉你我们的计划吧。听我说，明天早上趁着和煦的微风和温暖的阳光，埃涅阿斯和狄多会相约到树林中去打猎。当他们忙着在山头围追猎物的时候，我会在他们头顶降雨，让风雨淋湿这对鸳鸯。他们的随从会四处逃散避雨，这个时候埃涅阿斯和狄多会躲到一个山洞里。如果你也同意的话，我会让他们在那里结为夫妻。”

阿佛洛狄忒女神友好地点点头，表示同意赫拉的计划，然而心底却在暗暗嘲笑这是一场巧妙的骗局。

女王狄多为款待特洛伊客人组织了一场大规模的狩猎。第二天清晨，当黎明女神厄俄斯在海平面上现出她的光辉时，一群嗅觉敏锐的猎犬和一队带着阔刀猎斧的人涌出了城门。这个时候女王狄多在一班迦太基贵胄的簇拥下走了出来，只见她身穿绣花缘边的披风，带着金光闪闪的箭壶和发卡，骑着一匹精神饱满浑身紫衣金饰的骏马。这时，一队特洛伊人也走了出来，此时的埃涅阿斯神采飞扬，美貌出众，他迈着高贵而敏捷的步伐，优雅的面庞放射着阿波罗样的风采。当两队人马相遇时，埃涅阿斯径直来到狄多女王身边，陪她一起走。

大队人马进入山区以后，马上便分散开来追捕猎物。人们看到山羚羊在漫山遍野地奔跑，远处的鹿群集合起来在一团尘烟里飞奔，跑向广阔的田野处。看到如此多的动物在眼前，这群猎人尽情地追赶着。少年阿斯科尼俄斯神采奕奕地骑着一匹精神饱满的马，那马在他的指挥下四蹄飞扬，尽情飞奔，一会儿超过一群人，一会儿又超过另一群人。大家都兴奋得不亦乐乎。他们甚至都没有发现，夜幕已经在不知不觉中降临了。不一会儿，天空便响起一阵混乱的隆隆声，紧接着树林间狂风呼啸，雨点和冰雹夹杂着从天而降。这时，大家才意识到一场暴风雨在威胁着他们。这些猎人们，泰尔人的随从，年轻的特洛伊人以及那位可爱的达丹少年阿斯科尼俄斯，都惊慌地四散奔逃，寻找躲避暴风雨的地方。这时，赫拉连忙略施小计，让女王狄多和英雄埃涅阿斯寻找到同一个山洞。世界在激烈地动荡着，电光闪闪，雷声呜呜。狄多女王终于抑制不住一直深藏在心底的爱情，勇敢地向埃涅阿斯吐露出了自己对他的一片衷情。埃涅阿斯被女王的爱情迷惑得失去了意志，他忘掉了上天给他的使命，接受了狄多女王的柔情蜜意。两个人激情似火，在此刻结成夫妻，立下了山盟海誓。

埃涅阿斯和女王狄多肩并肩走进宫殿，宫中举办了一场盛大的欢庆宴会。特洛伊人再也不想着航行的事情了，大家在这里快乐地生活着。从此以后，狄多不再顾及她的面子或是她的美名，她公布了她的爱情，并称之为婚姻。

被爱情迷惑

一时间流言四起，忙坏了流言女神发玛，她飞遍阿非利亚各个城市的大街小巷发布流言。据说，发玛是大地之母在一气之下生下来的孩子，她是大地之母最后一个孩子，是巨人库斯和恩塞莱达斯的妹妹。她的身材很奇特，能够不断变化，在她刚从隐蔽之处冒出来的时候又矮小又胆怯，可是渐渐地她就能站稳脚跟，变得又高大又强壮。她有一只时时刻刻都充满警觉的耳朵，身上的每根羽毛下面都很奇怪地生了一只常常注视的眼睛，一张利嘴和一只能够灵活翻转的舌头。她的眼睛日日夜夜都睁着，留心注视着一切。人们都很讨厌这个丑陋奇特的怪物，因为她带来的消息中总是虚实参半，人们很容易被迷惑。

现在发玛兴奋地在非洲各个国家飞来飞去，带着她的消息，到处幸灾乐祸地胡说八道，有的是事实，有的是虚构，搅得人心惶惶。她说有个叫埃涅阿斯的特洛伊人来了，勾引了美丽的狄多女王，两人此时正沉溺于可耻的情欲中，在舒适与放纵中度过漫漫长冬。后来，她还专门跑到格图利亚国去寻找国王约尔巴斯。约尔巴斯是天神宙斯和利比亚的仙女所生下的孩子，他在他的领域给宙斯建造了一百座宏伟庄严的庙宇和祭坛，并派祭司日夜轮流守护，让庙宇里灯火长明。据说约尔巴斯曾经向女王狄多求过婚，被当场拒绝了，所以一直怀恨在心。现在他听到发玛带来的流言，非常生气，又被发玛添油加醋的煽动撩拨得勃然大怒，于是来到他父亲的庙宇，跪倒在神坛前双手祈求道："哦，万能的宙斯，摩尔人供奉的天神，你看到现在所发生的事情了吗？有一个无家可归的女人在我的领域内建设了一座小城，并在那里休养生息，教育人民。可是她拒绝我的求婚，却接受从特洛伊来的埃涅阿斯作为她的丈夫。以后，埃涅阿斯这个外来者将会拥有我的土地上的东西，而我却在这里将供品献给我以为原是你的庙宇。难道我们就放任事情这样发展下去吗？难道你就看着这一切而无动于衷吗？"

万能之父宙斯听完他的话，站在奥林匹斯神山上俯瞰下界迦太基所发生的事情。他望望狄多的城池，看着狄多与埃涅阿斯陷入爱河而将他们各自更高尚的荣誉抛之脑后的情形，便决定亲自来管这件事情。他换来使者赫耳墨斯，生气地说道："儿啊，现在我派给你一项任务，你赶快去泰尔的迦太基找埃涅阿斯，他正在那里蹉跎时光。你去告诉他，他的母亲两次将他从希腊仇敌手里救出来，可不是为了让他在那里享受安逸的生活。他身上担负着伟大的使命，他应该到意大利去，建立罗马城，为他的子孙后代谋求福利。现在他还没有到达目的地，不应该在那里蹉跎岁月。他必须带着他的船队离开那里，继续向前去寻找意大利。这就是我要传达给他的话，你现在就去找到他，把我的话直接告诉他。"

赫耳墨斯听完众神之父宙斯的嘱托，便准备去迦太基找埃涅阿斯。他首先把那双可以让他以疾风的速度掠过海洋和陆地的金带履绑到脚上，接着拿起他那可以从阴曹地府召来鬼魂，让死者睁开双眼的魔杖，踏上云空，犹如飞鸟一般迅速来到迦太基，停落在阿非利亚的棚屋村落。他一眼便看到了英雄埃涅阿斯。这时候的埃涅阿斯看起来像是泰尔人的国王。他身佩长剑，身着狄多女王亲手为他缝制的紫金色长袍，正在建筑工地监督工人们建造房屋。赫耳墨斯悄无声息地走进他，语气中不无讥讽地说道："怎么，拜倒在女王群下的奴隶，真是个模范丈夫呀。你是在给迦太基人建造城市吗？难道你完全忘记了自己的使命和任务，不再顾及子孙后代，不再考虑建造罗马城的事情了吗？倘使你自己失去了斗志，不再想着为荣誉而战，那么，你至少应该为你的儿子阿斯科尼俄斯考虑一下，他已经长大成人，具备将来继承你的一切品质，他将是意大利命中注定的统治者。如果你现在在这里享受安逸生活，耽误的是你儿子的前程。宙斯把我从奥林匹斯山上派下来，就是要让我把这些话告诉你，让你继续起航前进，寻找意大利。你好好想想吧。"说完，赫耳墨斯倏地一下消失在空气中。

埃涅阿斯呆在那里一动不动，久久没能回过神儿来。赫耳墨斯刚才所说的这些话在他心里反复回荡着，他反复思量着，觉得是应该尽快离开这块是非之地。可是他应该怎么做呢？女王那么爱他，他应该怎样向女王开口说要离开呢？有什么好办法呢？他在心里反复思量着，考虑着一切方面和一切可能。最后经过反复斟酌，他想到一个比较可行的办法。他把他的那些特洛伊伙伴们召集到一个秘密的地方，命令他们悄悄地准备船只，并尽可能快地准备好武器装备和粮食。而他自己，则要去见心爱的女王狄多，把命运的安排尽可能婉转地告诉她。狄多是那样的单纯善良，她万万不会想到她和埃涅阿斯之间的深厚感情会有破裂的一天。所以，埃涅阿斯要选择一个合适的时间，以一种最委婉的方式把这残酷的命运安排告诉她。

特洛伊人听从首领埃涅阿斯的命令，马上执行他吩咐下来的任务。然而，恋爱中的女人是最敏感的，女王狄多很快就发现了隐瞒着她的骗局。其实，她一直担心这样的事情终有一天会发生，只是没想到会这么快就发生。奸诈的流言女神发玛告诉她说特洛伊人的船队正在装备，马上就要起航出发了。狄多听了之后怒不可遏，却又不知所措，她像发了疯一般在迦太基的大街小巷里四处狂奔。后来，她终于和她心爱的英雄埃涅阿斯碰面了，她歇斯底里地斥责他道："你这个忘恩负义的家伙，难道你就要这么一声不响地离开吗？难道我们的爱情，我们的海誓山盟都不算数吗？难道我的心、我的死亡都不能够留住你吗？你为什么要这么狠心地离开我？看在我们曾经相爱、海誓山盟的分上，看在我的眼泪的分上，我请求你，如果我曾经使你快乐过，如果我还在你的心中，那么你应该可怜可怜我这个为爱痴狂的女人，改变你的主意，留下来吧。为了你，我惹得阿非利亚部落的仇恨，也惹得我自己的泰尔人的敌视；为了你，我抛却了荣誉、美名和我对永生唯一的希望；为了你，我已经没有退路了,如果你离开,死亡将会是我唯一的结局。现在你要抛下我远走,那么你要把我留给谁呢?我应该等着我那残暴的哥哥皮格马利翁来攻陷我的城池,还是等着格图利亚人约尔巴斯来把我抢去成亲呢?

女王狄多越说越激动,最后泣不成声,说不出话来。英雄埃涅阿斯看着爱人的沾满泪水的脸颊,心中涌起无限的怜爱,然而,他牢记着宙斯的警告,只能竭力忍住内心巨大的悲伤。埃涅阿斯故作镇定,简短地对狄多说:"亲爱的女王陛下,你对我的情意和恩德我将永生难忘。我无心骗你,偷偷地离去,请不要那么想。我也从未自认我们结了婚,因为我跟你从来没有订过婚约。如果命运允许我按照自己的意愿生活的话,那么我最关心的是重建我的家园特洛伊,恢复普里阿摩斯的家族。然而按照阿波罗发布的神谕,我应该前往意大利去,那里是我的祖先居住的地方,也将是我的子孙们以后的居住地,我肩负着为子孙后代建设罗马城的职责。每当夜幕降临的时候,我的父亲安可赛斯的灵魂便会出现在我梦中,催促我前往意大利;我的儿子阿斯科尼俄斯是意大利未来的国王,我不能对不起他,那是命运之神给他的国家。现在宙斯亲自派使者赫耳墨斯找到我,催促我继续前进。我说的这些都是真的,所以请你不要再以抱怨和泪水来折磨你自己了,我并不是自愿离开你的。"

狄多女王站在一边,听埃涅阿斯说完这些话。接着从头到脚将他打量一番,情不自禁地说道:"当他是一名船破落难的可怜乞丐的时候,我收留了他,我将他的伙伴们从死难中拯救出来,把他丧失的船队还给他。我像个傻瓜一样地爱上他,甚至让他分享我的王位。可是现在呢,他却把阿波罗的神谕和神的使者传达的命令瞒着我,想要偷偷离开,留我一个人在这里承受苦难,还口口声声把这种分离归咎为神的旨意。我为什么要忍耐下去呢?他可曾对爱他的人的哭泣表示过关心,可曾对爱他的人处境表示过同情呢?真是彻头彻尾的忘恩负义……"女王顿了顿,继续说道:"好了,我不再跟你争论,不再强留你,去吧,去寻找你的意大利吧。只是,我相信,天上的神明在看着地上所发生的一切,倘使他们有主持公道的力量,总有一天他们会为我报仇雪恨的。当你在海洋中受尽惩罚,在痛苦中呼喊我的名字的时候,我会用最黑的火焰缠着你。等我死了以后,我的鬼魂也会一直跟着你的。你会得到你应得的惩罚的。"狄多大声说着这些愤愤的话,最后气若游丝,竟然晕倒在地上,由侍女们将她扶起来,抬到卧室里去了。

埃涅阿斯听完狄多的这一番话,内心痛苦至极,他深爱着这个也同样深爱着他的女人。他很想将狄多拥抱在怀里,尽情地安慰她,为她擦掉泪水。然而,神的命令紧紧地捍卫着他的意志,使他强忍住了这份柔情。他无奈而又决绝地回到船上去,特洛伊人正在奋力地工作着,不久,他们的船队就准备就绪,升起了船帆。狄多站在城墙上,看着海岸旁的特洛伊人人来人往,一片纷乱忙碌的景象。她在心里痛苦地叹息着,想着能够挽留埃涅阿斯的办法。她换来妹妹安娜,叹息着说道:"亲爱的妹妹,你看到海滩上的人群了吗?听到船帆在风中哗哗作响了吗?看到那些水手们在用花卉装饰海船吗?唉,如果我能够早日预料到会有今天,也许就不会像现在这样痛苦了。亲爱的妹妹,帮你可怜的姐姐做一件事情吧。我知道你一向受到埃涅阿斯的器重,他只听你的话,只有你能取得他的信任。所以,好妹妹,现在你去找到他,请求他留下来。我不是要让他放弃他寻找意大利的使命,不是让他留下来恢复我们的婚姻。可是,他和他的船队至少要等到顺风顺水的时候才好远行啊。我只是想让他暂时不要行动,给我一点时间,让我消消气安静下来,等我能够理解命运的安排的时候他再离开。亲爱的妹妹,同情同情你可怜的姐姐吧。我会一直记得你的好,并加倍偿还给你的。"

善良的安娜找到埃涅阿斯,含泪将姐姐的请求转告给他。可是埃涅阿斯心意已决,没有任何请求能够改变了。他屹立不动,像是一棵经历过岁月的磨难的坚韧橡树,当不同方向的狂风摇晃它的树干时,树叶从高处散落在地上,但是树根却在地下的岩石中间生得牢牢的,不可动摇。现在埃涅阿斯就如同这棵坚韧的橡树,无论什么样的劝说都不能动摇他那颗坚定的心。他原本不是这样铁石心肠的人,然而这一次命运之神却牢牢捍卫着他的意志,让他的决心坚如磐石,不可动摇。

埃涅阿斯遵命离开迦太基

大局已定,不可挽回,女王狄多直到这时才清醒地认识到命运的安排,这个时候她唯一的念想就是死。仿佛是为了坚定她求死的意志似的,当她在烟雾缭绕的祭坛上祭供神灵的时候,她看到一个可怕的景象:原本清澈的圣水变成了黑色,原本透明的美酒倒在碗里时变成了污秽的黑血。狄多心里很忐忑,但是她没有把这个迹象告诉任何人,包括她的妹妹安娜。这时她还想到另外一件很奇怪的事情:在她的宫殿里有一座纪念她死去的丈夫的大理石礼拜堂,她很喜欢这个礼拜堂,常常用雪白的羊毛和新鲜的绿叶来装饰。每当夜幕降临的时候,她常常听到从礼拜堂里传来哭声,仿佛她的丈夫在呼喊她。她还经常做些噩梦,梦见狂怒的埃涅阿斯在她身后紧紧地追赶着她,逼得她惊恐万状,一个人孤零零地行走在漫长的道路上,在一片无人烟的地方寻找着她的泰尔友人。狄多被这些诡异的事情搅扰得神志迷乱,痛苦不已,她决定求死。自此以后,她独自思量着如何以最妥帖的方法寻死又能不被其他人知道。这天,她故作愉快地来到妹妹面前,说道:"亲爱的妹妹,恭喜我吧。经过反复思量,我终于找到一个或者得到这个无情郎,或者让我自己从对他的爱情中解脱出来的途径。在靠近世界边缘的地方有一块土地,那里住着一位女祭司,她魔力无边,能够阻止河里的流水,逆转星体的运行。能够用魔咒解放任何女人的心或是给女人的心带来痛苦焦虑。现在,她答应帮助我摆脱爱情的桎梏。然而,在涉及命运的问题上,我并非自愿地想借助于魔术。因此我请求你,亲爱的安娜妹妹,按照女祭司指点的那样,在我的卧室里悄悄建造一个高高的柴堆,把那个无情无义的人留下来的武器和他穿过的衣服,还有他睡过的被褥通通放在柴堆上,我要彻底清除掉所有可以令我想起那个负心郎的东西。"

狄多说完,默不作声了。安娜万万没有想到姐姐是在用这个奇怪的祭祀仪式来遮掩她即将到来的死亡。因此她恍然无知地按照姐姐的吩咐做好了一切准备。

高高的柴堆用松树和栎树木堆砌而成。狄多女王将宫殿装饰上花卉，然后来到柴堆前，亲自将象征死亡的柏树枝围在四周围。她把埃涅阿斯留下来的一把利剑、他穿过的衣服还有他的一幅肖像架在木柴上，旁边还设了几座祭坛。陌生的女祭司披头散发，用雷鸣般的大嗓门召唤着阴曹地府的各路神仙，向地狱祭洒的据说是取自阿芬纳斯泉的神水。和神水、美酒一块祭洒的还有趁着月夜割来的冒着黑色毒液的药草以及从一个刚出生的马驹额头上摘下来的媚药。女祭司口中念念有词，进行着各种仪式。等到一切仪式进行完毕，心中充满悲伤和留恋的狄多女王才回到自己的宫殿。那是夜里，世上所有的生物都进入了甜蜜的梦乡。睡眠让人忘掉生命的疲惫，忘掉种种烦忧。然而，可怜的女王狄多却不能安然入睡。她躺在床上，任由心思百转千回。"我该怎么办？难道我应该回到从前追求我的人那里去，卑躬屈膝地请求他原谅我、娶我吗？或者我应该跟随埃涅阿斯的特洛伊船队同去寻找意大利？船队上的那些特洛伊人还会记得我曾经给过他们的协助和救济吗？他们会欢迎一个异族女人上他们的船只吗？假如能够跟他们的船走，那么，我是一个人去呢，还是带领泰尔人民一块远走呢？可是，可是上次我已经让他们放弃了自己的城池跟我远走他乡，现在怎么可以又让他们跟着自己背井离乡呢？噢，安娜，你当初为什么要劝说我和埃涅阿斯结婚呢？如果我一直过着自己的生活，也就不至于像现在这样痛苦了……"狄多胡思乱想着，在心中进出各种可怕的念头。

埃涅阿斯完成了航行的准备工作，此时正躺在船上的后甲板上睡觉。神的使者赫耳墨斯再一次出现在他的梦中，并警告他说："女神的儿子，你马上就要大祸临头了，怎么还睡得着呢？你难道没有察觉到周围四伏着危险吗？狄多女王的心头此时正被欺骗和报复的怒火熊熊燃烧着，她想死的心意已决，你难道没有听到西风已经呼呼刮起来的声音吗？趁着现在还有一线逃跑的机会，你还不赶快走，难道要等到熊熊烈火将船只烧成破船残骸时你才肯离开吗？神的儿子，别耽误了，赶快离开这里吧。"

埃涅阿斯听完赫耳墨斯的警告，猛地惊醒。顾不着多想，他马上把他那些特洛伊伙伴们喊醒，大家各就各位，斩断缆索，扯起船帆，迅速驾船远去。

狄多女王趁着东方的霞光登上高高的屋顶，海岸和港内已经空空如也，再远处特洛伊船队正在迎风破浪，驶向大海。狄多看到这番景象，痛苦得不能自己，她使劲儿捶打着自己的胸脯，抓扯自己卷曲的美丽金发，愤恨地自责着，歇斯底里地诅咒着特洛伊人："哦，宙斯，英明的神父啊，你难道就这样让这个特洛伊人到我这里侮辱我一番然后安然驾船离开吗？拿起武器呀，来呀，迦太基人都去追赶这个可恶的特洛伊人啊！快把船只推下水，快些呀，拿出火把来，分发枪矛，摇起桨来呀……哦，我这是在说些什么呀？哦，可怜的狄多，什么样的痴想迷惑了你的心窍，让你直到现在才领悟到这个特洛伊人的邪恶呢？在把王权让给他之前，你为什么不想清楚呢？哦，可怜的狄多，你马上就要死了，还怕谁呢？拿着火把到他们的营地把他们的船只统统烧掉吧,把儿子、父亲和他的全族人都杀光吧,然后自己也死在那里……太阳呀,你那明亮的光辉洞察世界上的一切。赫拉女神啊,你深知我心中的痛苦。可怖的复仇三女神啊!你们现在听我说,倘使宙斯注定那可恶的特洛伊人必须安然进港登陆,那么就让他将来在强敌手中饱受战争的苦楚,让他被流放于自己的领土之外,让他眼睁睁看着他无辜的朋友们死亡而无能为力,等他接受屈辱的和平条约后,也让他不得在快乐的日子里享受他的王国,让他不得寿终正寝,让他的尸体在荒凉的河边不得埋葬。这是我狄多最后的祈祷。从现在起,我的腓尼基族人啊,你们要以坚决的仇恨与他的子孙后代们作对,两国之间没有友爱,没有契约。但愿我死之后能从我的枯骨里生出一个坚定的复仇者,不惜一切代价寻找机会迫害从特洛伊来的定居者。这便是我的诅咒,让他们和他们的子子孙孙永远战争不息!"

说完这些恶狠狠的咒语,接着,狄多转而考虑起她的后事,她想尽快离开这个令她伤心不已的世界。她对亡夫西该阿斯的乳母贝尔克说:"亲爱的乳母啊,请帮我把妹妹安娜叫来,让她以河水净身并拿来祭祀用的物品,你自己也要做好准备,我打算完成对宙斯的祭祀仪式,早日了解我的痛苦。"慈祥的老乳母按照女王的吩咐去找安娜了。

狄多已经抱定了寻死的决心,等到屋顶上只剩下她一个人的时候,她连忙走进城堡,爬上高高的柴堆。那里有负心郎埃涅阿斯曾经穿过的衣服和用过的物品,她久久凝视着这些勾起无限回忆的东西,然后抽出埃涅阿斯留下来的宝剑,扑倒在柴堆上,对着空旷的远处做着最后的告别:"见证了我的幸福时刻的甜蜜的遗物啊,请接受我的生命,开脱我的痛苦吧。我已经活够了,走尽了命运指定给我的生命旅程。我建造了自己的城池,惩治了我那残忍的哥哥,为我的丈夫报了仇。如果不是那个负心的特洛伊人率领船队在我的海岸登陆,我本该生活得非常、非常幸福的。"她痛苦地说不下去了,将脸埋在枕头间,泪水打湿了枕巾。继而又说道:"是的,我甘愿这样死去,但是我心里的余恨未消,我要让我的死带去对特洛伊人的诅咒。"说完,她用胸脯顶住利剑,使劲儿朝下一按,便倒在那些遗物上。

侍从们听到响声急忙奔出宫殿,看见女王血淋淋地倒在柴堆上。王宫里顿时一片哭声,整个迦太基城都震惊了,各种各样的流言漫天飞舞。安娜听到这个消息,痛苦地捶打着自己的胸膛,用指甲深深地掐着自己的身体。她穿过慌乱的人群,冲到宫殿的内院中,边冲边叫喊着:"姐姐,姐姐。"等到冲到狄多身边,看到命在旦夕的狄多时,她悲痛地大哭起来:"姐姐呀,你做了什么?你为什么要骗我,这个柴堆、这个祭坛难道都是为了今天的死而准备的吗?早知道是这样,我是无论如何也不会为你准备的呀。你为什么要留下我一个人,为什么不让我跟你一块死,在死后仍然陪伴着你呢?你以为你就这么一个人死去吗?你这是在杀死我,杀死你的人民,杀死你亲手建造的整个城市呀……姐姐,让我来看看你的伤,让我来为你清洗伤口,挽留你的最后一丝气息。"说完,安娜登上柴堆,将几乎不能呼吸的狄多抱在怀里。一边痛哭着,一边试图用衣服止住汩汩流出的鲜血。

狄多抬了抬沉重的眼皮,试着支撑着坐起来,可是没有成功,她最后看了一眼天空中的阳光,咽下最后一口气,死在妹妹的怀里。万能的赫拉女神怜悯地看着狄多死去时的痛苦,派使者爱瑞斯从奥林匹斯山上下来释放她的灵魂。爱瑞斯拿剪刀减去狄多的一丝头发,霎时狄多的肢体失去温度,消逝于流动的空气中。

登陆意大利

埃涅阿斯的船队已经离岸很远了,他回头望见迦太基的城墙上空正冒着熊熊烈火燃烧的红光。他当然不会知道这是可怜的狄多女王火葬的火光。但是,狄多的死是由于他的轻率造成的,上天只有让他在航行途中遭到连续不断的灾难作为对他的惩罚,让他偿还所犯下的罪孽。当他们的船驶离海岸越来越远的时候,一面黑云遮住了头顶,一时间狂风暴雨骤起,汹涌的波涛在黑暗中剧烈抖动着。特洛伊船队的舵手派利努鲁斯站在船头察看海况,他马上命人放低帆蓬,使劲儿摇起桨来。接着转身对埃涅阿斯说道:“英雄的埃涅阿斯,即使到达意大利是神的旨意,我想在这样的天气下也没有办法达成了。现在狂风改变了方向,正朝着我们的船只的中心部位袭来,单凭我们的力量是没有办法与这狂风对抗的。既然命运支配着我们,那么这风是要将我们吹到命运让我们去的地方呀,我们就顺着风的方向行驶吧。如果我观察的星宿位置没错的话,我们现在离西西里港口已经不远了。”埃涅阿斯欣然同意了派利努鲁斯的建议,因为他也觉得西西里岛是一路疲惫劳苦的特洛伊船队休憩的最好去处。在顺向的西风的协助下,特洛伊船队迅速向西西里港口驶去。

西西里岛的国王阿塞斯特斯此时站在山顶上眺望,远远地,他就看到特洛伊人的船队,认出是自己的朋友,便热情地来迎接他们。阿刻斯忒斯是一位特洛伊妇女和河神克瑞尼萨斯所生的孩子,他欢欢喜喜地用当地的特产来款待这群疲惫的特洛伊老乡,安慰了他们久经磨难的心。在这里,英雄埃涅阿斯为亡父安可赛斯举行了隆重的一周年祭祀活动。

当晨曦驱散了群星,埃涅阿斯站在海滩上召集所有的特洛伊伙伴们开会。他站在一个高起的土丘上朝他们大声说道:“达丹纳斯的高尚子孙们,崇高的神们的后裔,自从我们埋葬了现在已经成为圣徒遗物的先父安可赛斯,并在祭坛上举行丧葬仪式以来,时间已经过去整整一年了。倘使我没有记错的话,现在已经到了那个最令我哀痛和崇敬的日子了。在这个特殊的日子,即使我被放逐于阿非利加的浮沙区,或者在阿果斯海被敌人袭击,或者被囚禁在迈锡尼城,我都会用正式的仪式来纪念父亲的周年忌辰。今天我很幸运,既没有被敌人袭击,也没有被囚禁起来,而是能够在此靠岸,进入这个热情友好的港口,站在我父亲的骸骨旁边。我认为这是众位神祇的意志。所以,现在,让我们来祈祷吧。将来有一天我建筑自己的城池,盖起庙宇的时候,愿我的父亲乐于见到我每年向他提供这样的祭供。阿塞斯特斯原是特洛伊人的儿子,为了表示欢迎,他要给你们每只船两头牛。现在,让我们邀请我们自己的家神跟我们的东道主阿塞斯特斯所敬重的神,共同来举行这场仪式吧。从那以后第九天,当黎明女神为世上万物带来她所赐予的白昼,把她的光明普照大地时,我将安排我的特洛伊人举行船赛。届时,所有有勇气的特洛伊战士们都请站出来勇敢地参加比赛,准备领取赢得的奖品吧。现在,请大家头戴叶冠,保持肃静。"埃涅阿斯说完,把他母亲阿佛洛狄忒的圣树桃金娘叶环套在额头上,朝父亲安可塞斯的墓地走去。数千人跟随着,埃涅阿斯走在人群中间,举行一项正式的灌祭仪式。只见他倒上两碗醇酒、两碗鲜乳和两碗被视为神圣的血,然后一边向坟墓上撒落鲜艳的花朵,一边说道:"亲爱的父啊,现在我来祭拜您的亡魂了,不幸你过早地死去,不能亲眼看到我们未来的国土意大利了。"埃涅阿斯刚刚说完,一条巨蟒从坟墓底下爬出来,和善地环绕着坟墓,滑行在祭坛中间。它背上的鳞甲闪着金光,像一道长虹映着太阳向云端射出千丈霞光。只见这条巨蟒拖着长长的身躯爬行在摆满供奉的祭坛上,品尝完祭品,便安然地顺着原路回到坟墓下面去。埃涅阿斯看到眼前这一幕,惊呆了,他不知道这条巨蟒是父亲安可塞斯的亡灵,还是当地的保护神。这时,他又恭恭敬敬地献上祭品,用酒浇洒祭坛,呼唤着他父亲安可塞斯的魂灵。

期待的日子到来了,太阳神带来了第九个黎明。邻近的居民听说赛船的消息后,都十分有兴致,纷纷来到岸边观看,都想一睹英雄埃涅阿斯和他的特洛伊伙伴们的风采,有的还准备参加特洛伊人的这项比赛。各种奖品已经悉数陈列在会场中央了,其中有祭祀用的三脚鼎、绿叶冠、棕榈叶、武器、漂亮的服饰和许多泰伦的金银。这时,山顶上响起号角声,宣布比赛正式开始。离海岸不远的地方有一块岩石,埃涅阿斯此时站在那里,立起一根冬青树标注,作为各船水手们的指标,让他们知道应该从哪里开始起航。接着,参加比赛的船长们抽签决定位置,他们各自站在船尾的后甲板上,头戴白杨叶冠,两臂向前握桨,等候比赛开始的号令。最后,号角声清晰地吹响了,霎时间各艘船只像离弦的箭一样划了出去,水手们划动船桨时的呐喊声响彻云霄,海水翻滚着泡沫,各船都留下等齐的痕迹。在岸上观看的人们为自己所爱的船只呐喊,加油的声音震撼着整片森林,在海湾的地平地区回荡着。首当其冲的是古阿斯,他在一片喧闹的声音中窜上前去,在平静的水面疾驰着。克卢安萨斯紧随其后。在两人后面的是普瑞斯蒂斯号和马人号,二者落后的距离相当,争着抢先。有时是普瑞斯蒂斯号在先,有时马人号又超过了它,一时又并驾齐驱。领先的船只已经接近岩石,正要到达转向标注,古阿斯在前半赛程遥遥领先,然而这时,他与舵手麦诺特斯发生冲突,他要船只往浅水边行驶,而麦诺特斯担心有暗礁,把船头转向开阔的海面去。这时,克卢安萨斯在后面追赶了上来,他冒着撞击古阿斯的左船舷和擦触岩石的危险,从内线超过前面的船冲上前去,迅速窜过转向标,行驶在安全的海面上。古阿斯见状,怒从心生,一时间顾不得自己的形象和船员的安全,将过于谨慎的舵手麦诺特斯推下海去,自己亲自掌舵控制船只的行驶方向。这时落后的两个竞赛者，塞解斯塔斯和姆奈修斯，由于古阿斯的耽误而重新燃起向前的希望。他们迅速划动船桨朝前行驶去。一件意外，给了这班勇敢的水手们渴望的荣耀。过度兴奋的塞解斯塔斯在姆奈修斯内侧向岩石逼近，前面水面不够宽，因而不幸触礁搁浅。木船桨碰到锋利的岩石边，咔嚓咔嚓折断了，船头被推在岸上，悬在那里。这时最高兴的是姆奈修斯，他又少了一个竞争对手，于是更加努力地朝目标行驶去，背后还有一阵他所祈祷的顺风。就这样，姆奈修斯在普瑞斯蒂斯号上平稳地划过水面，迅速向前行驶着，在竞赛的最后一段航程乘风破浪前进。现在，只剩下克卢安萨斯和姆奈修斯两人的船只有机会取胜了。克卢安萨斯领先一步，眼看他的船只就要接近终点，姆奈修斯在后面紧紧追赶着。这时岸上的加油声更加激烈，大家大声呐喊着为自己支持的船只加油鼓劲儿。最后，克卢安萨斯不负众望，第一个到达终点。英雄埃涅阿斯将众选手召集起来，嗓音洪亮地宣布克卢安萨斯是胜利者，将一顶绿色桂冠戴在他的头顶，并亲自为水手们颁发奖品，每只船三头牛，还有美酒和许多金银。给每只船的船长也有特别赏赐，他给头奖得主一件绣金披风，上面织着爱达山的青年皇子甘努麦德狩猎时的画面。接着埃涅阿斯把一件光滑的三股金线连环胸甲送给二等奖得主，作为三等奖的奖品，埃涅阿斯拿出一对青铜锅和一对有着浮雕花纹的大银碗。至此，纪念埃涅阿斯的圣徒父亲安可塞斯的竞技活动到此结束。

然而，从这之后，特洛伊人的运气就开始变坏了。还是在特洛伊人忙着为安可赛斯举行祭祀活动的时候，女神赫拉派使者爱瑞斯到特洛伊船队那里去探查情况，爱瑞斯看到岸边有一大群人，聚在那儿，港内空无一人，船只也没有人看守，然而在相距不远的地方，一群特洛伊妇女聚在一片空旷的沙滩上，正泪眼汪汪地望着汪洋大海。想到将来还要乘船渡过这重重海洋，心中便只剩下悲哀。爱瑞斯看出她们厌倦了流浪生活，渴望有属于自己的城池，便略施小计，将自己化装成特洛伊人多瑞克拉斯的老妻贝罗，一个有名望的特洛伊人家的妇女，继而走到那群哭泣的特洛伊女人当中，挑拨离间道："我们逃脱了那场残酷的特洛伊战争，本该是一件幸运的事情。然而，想想我们这些年来的经历是多么的悲苦啊。特洛伊战争已经过去将近七年了，在这七年里，我们长途跋涉，颠沛流离，经历了无数的灾难，为的只是一个永远也寻找不到的意大利。可是现在我们来到这里，来到我们的兄弟阿塞斯特斯的地盘，并且受到热情的欢迎。我们为什么不在这里停下脚步，在这里建造属于自己的城池呢？我做了一个梦，梦见卡珊德拉的亡魂递给我一把熊熊的火炬并告诉我说：'你的特洛伊就在这里，这里就是你的家。'神的旨意是不能违背的呀，让我们行动起来吧，烧掉这些倒霉的船只，在这里安家落户吧。"说完这些蛊惑人心的话，她率先抓起一支熊熊燃烧的火把，双手高高举起，嗖的一声扔了出去。这群特洛伊妇人惊得目瞪口呆，站在那里不知所措。她们中间有个年长的，名叫派古，是特洛伊人普利安地众多儿子的乳母。这时，派古高声叫喊道："众位母亲，这里没有贝罗，没有多瑞克拉斯的寡妻。你们看她那神圣的面庞，那双炯炯发光的眼睛，那潇洒自如的姿态，那悦耳的声音，怎么可能会是贝罗呢。我在离开之前还见过贝罗，她当时还在生病，根本不是这个样子。”起初这群特洛伊妇女们不太相信，她们以怀疑的眼光看着这些船只，心里开始摇摆不定，一方面想着能够长久地待在眼下这片安逸的土地上，另一方面又想着那个寻找意大利的号召。正在特洛伊妇女犹豫不决的时候，爱瑞斯重又变回自己的模样，张开双翅耸入天空，在云天中划出一道长虹。她的消失让这群特洛伊妇女更加相信这件事情是神的旨意，于是这群特洛伊妇女像发了疯般地四处抓来火把，将船队的船只点燃，一时间海岸边烈火炎炎，浓烟滚滚。一个特洛伊人赶忙把船队着火的消息告诉那些仍在安可赛斯的祭祀现场的人，阿斯科尼俄斯还没听他说完就急急忙忙骑马赶到着火的现场，当看到眼前一片火海时，他高声叫喊道：“哦，老天，你们这群可怜的特洛伊妇女，你们这是在干什么？你们这是在烧毁自己未来的希望呀。”这个时候埃涅阿斯听到消息也急忙赶过来了，尾随而至的还有其他特洛伊人。那群焚烧船只的特洛伊妇女突然害怕起来，她们突然意识到自己做了一件多么愚蠢的事情。因为赫拉施在她们身上的魔法已经消失，她们恢复正常。然而，大错已经铸成，她们没有脸面解释什么，纷纷逃到海岸边的树林里躲起来了。

其他特洛伊人急忙奋力抢救这些被火焰吞噬的船只，但是火势非常严重，而且越烧越旺。英雄埃涅阿斯举起双手祷告道：“噢，万能的宙斯，倘若你还不至于憎恨每一个特洛伊人，倘使你仍能看到人世间的苦难，请求你准许我的船队逃脱眼前这场灾难吧。”他刚祈祷完，万能的宙斯马上降下一场大雨，帮助特洛伊人扑灭大火。在轰隆隆的雷声之下，暴雨从整个天空倾盆而下，所有着火的船只立即充满雨水，烧焦了的船板浸泡在水中。最后，除了四只漂亮的大船被当场烧毁外，其他的船只在及时雨的冲刷下都幸免于难。

经历了这场内乱，埃涅阿斯的内心更加彷徨与沉重。他不知道是应该放弃命运的安排，就定居在安稳的西西里岛，还是应该继续他的使命，重新踏上征程去寻找意大利海岸。正当他茫然无措的时候，曾经学过预言术的诺特斯来到他面前，对他说了一番鼓励的话：“女神的儿子，无论前进与否，我们都应该遵照命运的安排。去找阿塞斯特斯吧，把你的心事告诉他，和他商量你的计划。把那些年老体弱的，或着不愿意再远行的人们留在西西里岛，在这里建造他们自己的城池，如果阿塞斯特斯不介意的话，还可以将这个城池取名为阿塞斯塔。”

埃涅阿斯反复考虑着他这位年长的朋友的忠告，心烦意乱。这时，他看到他的父亲安可赛斯从天而降，出现在他面前，慈祥地说道：“亲爱的儿子，我是奉宙斯的命令而来的，为你熄灭船上的大火的那场暴雨也是他安排的。老诺特斯所说的是个好建议，你要听从。将那些年老病弱的留下，带一班勇敢、能干的壮年队伍到意大利去，在那里你还肩负着重大的使命，需要打败一个强悍野蛮的民族。”说完，安可赛斯犹如一阵轻烟消逝在空气当中。埃涅阿斯听从父亲的劝告，立即召集他的伙伴们，向他们解说宙斯的旨意和他自己心中的决定。大家都很赞成他的决定，阿塞斯特斯也欣然接受了他的吩咐，为那些留下的特洛伊人建造城池，分出住宅并制造法律。妥善安排好这些事情以后，埃涅阿斯迅速率领他的核心队伍重新开始寻找意大利的旅程。

埃涅阿斯的母亲一直为埃涅阿斯磨难不断的命运担忧着，她找到海神波塞冬，抱怨道："赫拉因为一直放不下心中的仇恨，处处与特洛伊人作对。她曾经以她那邪恶的怒忿吞噬了特洛伊，接着又迫害那些可怜的特洛伊难民们。你也曾亲眼看见她在你的领域内胡作非为，在阿非利亚波浪中掀起狂风暴浪为难埃涅阿斯的船队。不仅如此，她甚至还唆使我们的特洛伊妇女们走上犯罪的道路，焚烧自己的船只。所以我现在求求你，求你准许剩下的特洛伊人在你的海洋上平平安安走完剩下的路程，顺利到达意大利。"

海神波塞冬平静地回答道："亲爱的阿佛洛狄忒女神，我应该是值得你信任的。在埃涅阿斯的船队航行过程中，我也曾经给过他不少照顾，这你也是亲眼看到的。直到现在，我的这份心意都一直没有改变。所以你大可放心，埃涅阿斯会顺利到达他的目的地意大利的。"波塞冬温和地安慰着阿佛洛狄忒那颗担忧不已的心。说完，波塞冬驾起他那匹高大的烈马，在海上驰骋着。广阔无垠的海水在隆隆的车轴下平静地躺着，海浪平息了，乌云从茫茫苍穹隐去了，大海上一片风平浪静。

经过一路舟车劳顿，船队终于快要接近意大利海岸了。埃涅阿斯命令特洛伊伙伴们驾驶船只沿着海岸航行，最后在一个港口登陆。不幸的是，科伊塔，埃涅阿斯年迈而又忠诚的老乳母死在了这里。埃涅阿斯为她举办了隆重的葬礼，建造了结结实实的坟冢，并且用她的名字为这个港口命名。丧葬仪式完毕，埃涅阿斯又率领他的特洛伊伙伴们登上船只，继续向前航行。他们要经过的下一个地方是太阳的女儿塞壬的住所，那片幽静的树林里总是歌声缭绕，同时还会听到狮子、野猪和熊的怒号，这些动物原来都是人，被这位无情的太阳女神用强烈的药酒变成了兽类。眼看特洛伊人的船队就要陷入同样的恶运，海神波塞冬这个时候刮起了顺风，让船只迅速驶离那片奇幻的海滩，幸免于难。

当黎明女神厄俄斯现出她那玫瑰色的身影时，海洋逐渐亮堂起来，风也平息了。特洛伊人的船队在光亮平静的水面上兴奋地划动着。在这个时候，埃涅阿斯远远地看到前面海岸上有一大片树林，有河川从林子中流出，各种飞禽走兽在那里悠闲地生活着。埃涅阿斯顿时精神大振，向他的伙伴们发出信号，大伙儿掉转船头，兴奋地划动船桨驶向那片林木掩映的河川。

特洛伊人即将要踏上的这片土地是古老的拉丁姆地区，许多年来，一个上了年纪的老国王拉丁奴斯安安稳稳地统治着这片平静的城市和田野。老国王拉丁奴斯是法乌诺斯神和仙女马瑞卡的儿子。然而命运偏偏捉弄善良的拉丁奴斯，他的儿子在幼年的时候便被神夺去了。后来神为了补偿他，让王后阿玛塔为他生下了唯一的女儿拉维尼亚。拉维尼亚的美可以照耀整个拉丁姆地区。等她长大成人，到了谈婚论嫁的年龄，前来求婚的人络绎不绝，全拉丁姆和整个意大利地区的青年男子都想娶她为妻，其中最有希望的是图尔奴斯，他相貌出众，家世也很显赫，是罗图勒人的国王道奴斯的儿子。王后阿玛塔很喜欢他，很想把他召为女婿，但是上天很不看好这段姻缘，横生了很多阻挠。

拉丁姆的宫殿庭院里长着一棵枝繁叶茂的桂花树，据说当地的拉丁奴斯酋长当年建造这座城堡的时候发现了这棵树，就把它供奉给了太阳神阿波罗，所以很多年来这棵桂花树都被当成不可侵犯的神物。然而突然有一天，人们在这棵树的树冠上发现一个奇大无比的蜜蜂巢，那些蜜蜂飞舞时的嗡嗡声响彻宫殿的四面八方，桂花树的绿色枝叶上也爬满了蜜蜂，它们脚勾住脚，远远看去犹如巨大的伞形花簇。当地的人民都很迷惑这个从未有过的怪异现象。这时，一个会占卜的人出来为大家解释，他说道："我看到有一个外国人正率领着一只军队朝蜂群飞来的路线挺进，看来他们马上就要占领我们的城堡了。"

这个时候，拉丁姆城堡里又出现了新的奇怪的征兆。当美丽的公主拉维尼亚站在她的父亲拉丁奴斯旁边，看着父亲点燃祭坛上的火堆时，一个诡异的现象出现了，人们看到她的美丽长发着了火，她身上那些漂亮的装饰统统噼里啪啦地燃烧着，拉维尼亚整个人都陷入熊熊燃烧的火光当中，火花四散在宫殿的各个角落。占卜人说这熊熊火光将给拉维尼亚带来荣誉和吉祥。但是宫殿里上上下下都把这个奇怪的征兆看成是罕见而又狠毒的凶兆，对于国家，这意味着可怕的战争将要来临。

国王拉丁奴斯被这些接二连三出现的诡异现象吓到了，他急忙摆设祭祀，去向父亲法乌诺斯请教能够预言命运的神谕。只听他的父亲对他说道："亲爱的儿子，不要认为拉维尼亚和图尔奴斯的婚姻会是好姻缘，别急着将你的女儿嫁给这个拉丁人。"一伙异乡人马上就要来到这里了，拉维尼亚将和他们的首领结合，之后将会产生一个能够统治全世界的巨大民族。拉丁奴斯在夜里聆听了父亲的警告和预言，然而他没有把这些话当成秘密。很快，在特洛伊船队将要踏进拉丁姆地区的时候，这些话就已经传遍了意大利城的各个角落。

埃涅阿斯和他的特洛伊船队在此地登陆后，正驻扎在一棵枝繁叶茂的大树下准备吃饭。他的儿子阿斯科尼俄斯以及其他的特洛伊英雄与他坐在一块儿。仓促之下，他们忘记把碗盘从船上搬运下来，便烤了几张宽大的面饼放在草地上当成盘子盛放食物。当他们吃完随身带来的干粮后，还觉得腹中空空，便又吃了那几张盛放食物的面饼。"嘿，"阿斯科尼俄斯哈哈大笑着说："看呀，我们连我们的桌子都吃了！"埃涅阿斯听完儿子这句玩笑话，怔了一下，不一会儿便领会了其中的意味，于是他兴奋地跳起来说道："命运为我准备的土地万福，你就是我命中注定的地方！现在我想起来了，飞妖哈尔庇亦恩曾经预言过我们会因为饥饿而啃食自己的餐桌。我的父亲也曾经告诉过我一个命运的秘密：'当你们航行到一个不知名的海岸后，如果饥饿迫使你们啃食自己的餐桌，你们就最终找到了一个家，那么你们的辛劳流浪就结束了，你们就应该开始垒砌房屋，建设你们的城池了。'我想，现在我们吃餐桌一定就是他所说的我们最后必须忍受的饥饿，是我们一路流浪的终点。哈，亲爱的伙伴们，让我们打起精神来，当晨光初露时，让我们一块去探索这块陌生的土地，看看这里的风土人情吧。”

特洛伊人听完英雄埃涅阿斯的话，知道自己的流浪生涯马上就可以结束了，个个都喜出望外。等到第二天黎明的光亮普照大地时，特洛伊人马上出发，在拉丁姆这块陌生的土地上来回走动着，走进密集的住宅区，探索这里的风土人情。埃涅阿斯还从特洛伊人中挑出一百名使者，命令他们头戴雅典娜的橄榄枝头冠，带上礼物，前去拜见当地的国王拉丁奴斯。

美丽的拉维尼亚公主

百名特洛伊使者接到命令，马上头戴橄榄枝前往劳伦特人的城市。他们远远地便抬头望见崇高的城楼和拉丁姆人民的房舍。等他们走进城墙的地方，看到拉丁姆的孩童和青年们正在骑车、赛马、逗耍取乐，还有不少人拉弓射箭、拳击赛跑，一幅生机勃勃的场景，好不热闹。玩耍的人们看到这些身材高大、身着奇装异服的陌生人，马上派使者进城把消息告诉老国王拉丁奴斯。国王听说之后立即下令把他们召进宫中来。

拉丁奴斯的宫殿是一座雄伟高大的建筑，位于城内最高的地点，高高的屋顶下面有百余根柱子支撑着。宫殿里面宽敞而华丽，宫殿外面则林木掩映，传统而威严。靠近前院的地方树立着历代君王的木质雕像，还有那些为保卫国家而在战场上光荣负伤的英雄们。里面高大的石柱子上挂着许多武器，俘获的战车、盔缨、门闩、盾牌等，这里就是诸神的庙堂。老国王拉丁奴斯此时就正襟危坐在他的祖先传下来的宝座上，等到特洛伊人进来以后，他沉静而友好地开口说道：“达丹人，告诉我你们来到这里的目的。对于你们的家族我并不了解，只是听说过。当你们还在海上漂泊，还未将航行目标指向我们这里的时候，就已经有人告诉我说你们是特洛伊人了。现在，请你们告诉我，是什么理由让你们跨越重重海洋来到意大利海岸的呢？无论你们是在航行中迷失了方向被风浪吹到我们的海岸，还是故意驶向这里的，我都会热情款待你们的。你们要知道，我们拉丁姆人是一个热情慷慨的民族。”

等国王拉丁奴斯问完，特洛伊人的代表伊里俄纽斯诚恳地回答道：“尊敬的国王，我们并非由于暴风雨驱使或者海上迷航才误打误撞到达这片土地的，来到这里完全是我们计划好的，我们大家都是心甘情愿过来的。我们是一群逃亡者，被驱赶着离开了自己美丽而富足的王国，宙斯是我们家族的始祖，而我们的国王，也就是带领我们航行至此的首领埃涅阿斯是女神阿佛洛狄忒的儿子，宙斯的孙子。现在就是他派我们过来拜见你的。相信所有人都听说过特洛伊城被攻陷了，都知道那是一场怎样悲惨的战争，我们这群人就是从那场蹂躏中逃脱出来的，之后远渡重洋，历经了无数的磨难。现在，只求英明的国王你能够施舍我们一块土地，让我族的神祇有一个合适的地方安家。我们只求能够有一块安全的海滨，能够和世间所有的人一样自由享用大家的共同财产:水和空气。亲爱的国王,相信我们,特洛伊人不会辱没你的王国的,相反还会增添你们拉丁姆人的声誉。我们会将你的恩情牢记并始终心存感激之情的。希望国王你不要因为我们主动头戴橄榄枝花冠来祈求和平就轻视我们,我可以以我们的英雄埃涅阿斯的命运发誓,意大利人将永远不会后悔在这个时候坦诚地接待特洛伊人的。是神的命令一路驱使着我们朝这个方向航行的,来到你这里完全是上天的旨意。噢,亲爱的国王,为了打消你心头的疑虑,让你心悦诚服地相信我刚才所说的一切,现在,请来看看我们的首领埃涅阿斯为你挑选的礼物吧。这些都是从特洛伊战争的大火中抢救出来的遗物:这只高脚的金酒杯是埃涅阿斯的父亲安可塞斯向祭坛献酒用的;这是高贵的国王普里阿摩斯曾经穿过的衣服,国王身着这些衣服向他的子民们宣布法律;这是一根君王权杖;这是一顶冠冕;另外这里还有其他的神圣的衣物以及特洛伊妇女们手工制作的艺术精品。"

年迈的老国王拉丁奴斯听着这位特洛伊使者伊里俄纽斯滔滔不绝地讲着这番话,坐在他的宝座上一动不动,陷入了深深的沉思。他是一位国王,见惯了各地进献的珍奇异宝,因此对于这堆来自特洛伊的贵重礼品并不太在意,现在他最关注的是他女儿拉维尼亚的婚事。此刻老国王内心深处翻腾着父亲法乌诺斯从前对他说过的命运的神谕,他突然明白了,正是这个特洛伊使者口中的英雄首领埃涅阿斯,将成为他的女婿,他女儿的新郎。根据命运的预言,女儿的丈夫是要从外地来的,那么这个埃涅阿斯一定就是命运安排的人,命中注定将会与自己一块共同统治王国。埃涅阿斯将会发展起整个家族,他的后代将是非常勇敢的人,最终将以他们的力量征服整个世界。想到这里,老国王顿时欢喜起来,他抬起头看着特洛伊使者说道:"愿众神实践他们的诺言,为我们的事业和我们的命运祝福吧。特洛伊人,我答应你们的请求,接受你们的礼物。只要我拉丁奴斯还当国王一天,我们拉丁姆人所拥有的,你们特洛伊人都将同样拥有。只是,你们的首领埃涅阿斯应该亲自来见我,现在我们已经是朋友了,他大可不必害怕与我照面,你们可以把我的话带回去给他。我有一个女儿到了出嫁的年龄,然而按照我父亲的预言,她不能够嫁给拉丁姆人,命运显应的奇异现象表明,她要嫁的是一个外邦人。外来的种族将与我们的种族相结合,倘使我的直觉不错的话,这个将成为我的女婿的外邦人就是你们的首领埃涅阿斯。"

说完这番话,老国王命令仆人从他的皇家马厩三百匹品种优良、训练良好的军马中挑选出一些,送给特洛伊人每人一匹。这些挑选的马匹个个装备豪华,背驮紫色绣花鞍布,脖子间挂着金缰链,连嘴里的嚼铁也是黄金制成的。老国王还专门为埃涅阿斯挑选了一辆战车和两匹快马。这两匹快马是天上的神种,它们鼻息喷火,疾步如飞。

特洛伊使者昂首挺胸地骑着国王拉丁奴斯赠送的战马,带着国王的和平协议回到他们的首领埃涅阿斯那里。

赫拉的新把戏

埃涅阿斯的女宿敌赫拉可不允许她的敌人享受这份幸运。这位凶悍的天后刚从英纳卡斯的都城阿果斯回来,她一面乘着风,一面一路从西西里的帕奇纳斯向天边瞭望着。这个时候,她看见埃涅阿斯正和他的特洛伊船队驻扎在陆地上,兴高采烈地建筑房屋。她一面恨恨地摇着头,一面自言自语地说道:"可恨的特洛伊人,一路与我相抗衡,你们不过是一群亡命之徒。特洛伊战争的火海没有能够烧死你们,海上的狂风暴雨没能压倒你们,你们以为你们在台伯河上找到了永久的避难所,可以不再惧怕海洋不再惧怕我了吗?我,堂堂的众神之后赫拉,我不信你们可以抗衡的了我!假如我的神力没有强大到可以制服你们,那么,我会向一切可能的力量求助来打败你们的!我承认我阻挡不了埃涅阿斯娶拉维尼亚为妻,登上拉丁阿姆王位的命运,但是我会想办法延长这个过程,我要摧毁这两个种族的根本,我要让他们的人民为此付出血的代价!"赫拉一边恶狠狠地说着这些可怕的咒语,一边飞冲到地面上,从复仇三女神居住的黑暗地狱里唤来专门制造痛苦的女神阿勒克托。这是一个长相凶残、内心邪恶的怪物,甚至连她的亲生父亲和她的兄弟姐妹们都很仇恨她。她的头上生有一丛黑色毒蛇,能以多种面貌出现,她深爱着一切战争的恐怖和叛乱以及一切具有伤害力的互相谩骂指责。赫拉找到她,用能够引发她的仇恨的话语来刺激她:"黑暗的女儿,我知道你的头脑中有成千上万个害人巧计和恶作剧。现在我有一件事情要请求你的帮忙,当然,这将会是你非常喜欢做的事情。我一向对你的能力佩服得五体投地,现在请你开动你那聪明的脑袋,想想如何破坏埃涅阿斯和拉丁奴斯的关系,粉碎特洛伊人和拉丁姆人之间的和平协议,并在他们之间播下战争的种子,让双方的士兵们急切地想拿起武器,发动战争。"

复仇女神阿勒克托被赫拉的话扇动起来了,她离开黑暗的地狱,迅速飞往拉丁姆地区,首先等候在阿玛塔王后的寝宫门口。这几天阿玛塔王后眼睁睁看着陌生的特洛伊人到来,破坏了女儿拉维尼亚与图尔奴斯的婚事,心里十分焦急。这个时候,阿勒克托从她那丛恐怖的头发中拔出一条毒蛇,扔到阿玛塔王后的胸前,让蛇钻入王后的心窝。她想用这样的魔术把皇后弄得疯狂暴躁,让整个宫殿都不得安生。那条可怕的毒蛇附到阿玛塔身上以后,迅速变成颈脖里的金项链,变作绑头发的长发带,绞在王后的头发里,滑溜溜地缠住王后的身体,又悄悄地将剧毒注入王后的皮肤。蛇毒迅速流遍了全身,但是尚未进入骨髓,阿玛塔王后还没有立刻发作,但是她突然放声大哭起来,数落着自己宝贝女儿的婚事:"残酷的拉丁奴斯啊,你既看不到我的泪水,也不同情你可怜的女儿。难道你真那么狠心地要把拉维尼亚嫁给那个无家可归的特洛伊流浪汉吗?一旦北风刮起,那个奸诈的特洛伊流浪汉就会抛下我们,拐架我们的女儿渡海而去呀!你从前信誓旦旦地说过要给自己的臣民幸福,要提携自己的血缘亲属图尔奴斯,现在这些誓言都到哪里去了呢?假如真的如你父亲法乌诺斯所预言的那样,我们的女儿拉维尼亚必须嫁给一个外邦人才行，那么任何不属于我们主权的地方都可以算是外邦，而且假如要追溯图尔奴斯的祖宗的话，英纳卡斯和阿克瑞西阿斯是他的祖先，迈锡尼本身就是他的母城，这样算起来的话，他也可以算是外邦人呀！”阿玛塔王后苦苦地哀求着，企图劝说拉丁奴斯回心转意。然而她的丈夫如磐石一般，对自己做出的决定坚定不移，没有任何商量的余地。这个时候，蛇的毒液渐渐深入阿玛塔王后的骨髓，迫使这位内心充满怨恨的王后开始疯狂地发作了。她像个疯子一般在拉丁姆城内盲目地狂奔着。复仇女神阿勒克托的魔力驱使着她，让她一会儿这样，一会儿那样。阿玛塔就这样像个陀螺一般，在人民好奇的目光下绕着街道乱跑乱闯，她把自己的女儿拉维尼亚藏在林木茂盛的深山中，以使婚礼不能正常举行。后来，甚至号召所有的拉丁姆母亲们跟着她一起披头散发地狂奔。恶毒的阿勒克托看着自己的战果，得意扬扬，因为她完成了赫拉交代的任务，不仅把拉丁奴斯的家，而且把他的整个国家都搅扰得不得安宁了。这个时候，她没有在发了疯的阿玛塔皇后身边多停留，而是马上扇动起她那双黑色的翅膀，径直飞往国王图尔奴斯的宫殿里。此时已经是深夜了，图尔奴斯正在他的宫殿里呼呼大睡。阿勒克托又开始利用她诡异的头脑谋划新的计划，这时，她脱下那身复仇女神的装扮，改变她那令人恐怖的相貌，化装成一个老妇人的模样，额头间布满了难看的皱纹，戴了一头白发，还在上面用带子绑上一个小橄榄枝。这样的一身装束让人一看来很像是为赫拉看管神庙的女仆人卡吕布老人。她就这样出现在酣睡的图尔奴斯面前，厉声训斥道：“图尔奴斯，难道你就这样坐视不理，看着本来应该属于你的王权白白落到那些外来的移民手中吗？难道你就真的可以毫不气恼地看着自己的希望化作泡影，看着本来属于你的公主另嫁他人吗？现在拉丁奴斯马上要将你用血汗打下的江山拱手让给他人，让一个外邦人来继承王位了。醒醒吧！起来吧！勇敢的图尔奴斯，拿起你的武器，砍杀那些可恶的外来移民，保卫你历经艰辛万苦所得来的一切吧！是的，这是万能的赫拉王后派我来告诉你的消息。所以鼓起勇气来，号召你的人民，迅速武装，准备行动吧。你应该用你的实力杀死这些现在正酣睡在我们的港口的弗吕吉亚领袖们，焚烧他们那漆得漂漂亮亮的高大船只，彻底铲除这些可恶的外来者。让老国王拉丁奴斯亲眼看到你的勇武，心甘情愿地答应将女儿嫁给你。”

图尔奴斯在梦中听了这番话，不禁开口大笑，嘲讽阿勒克托的预言。他说道：“老人家，我并非像你所说的一无所知，坐以待毙，自从特洛伊的船队驾驶进台伯河的那一刻起我就知道他们的来头了。再说赫拉是堂堂的天后，她记得我也是理所当然的事情。所以不要在这里对我说这些令人恐惧的话了。你上了年纪，头脑不清楚，才会生出许多想象中的是非。老人家，你还是去关心神像，关心神庙吧，那才是你的正经事。战争与和平是男人们应该决定的事情。”

图尔奴斯的这番大话让复仇女神阿勒克托十分生气，图尔奴斯也马上察觉到了她的愤怒。因为图尔奴斯忽然觉得浑身颤抖，目不能斜视。这个时候他面前这个年迈力衰的老妇人突然变得巨大而又恐怖。当他打算继续说下去的时候，老妇人一把将他推了回去，并从发丝间抽出两条蝮蛇，她拎着毒蛇的样子就如同拎着皮鞭一样。图尔奴斯被眼前发生的事情震住了，他看到老妇人口吐白沫，咆哮着说道："睁开你的眼睛看看我是谁！你还以为我是年迈力衰、不能辨别真假的老女人，以为我所说的一切都是想象出来的吗？看吧，我就是手中执掌战争和死亡大权的复仇女神！"她一边歇斯底里地说着，一边扬起手中的鞭子朝图尔奴斯抽打过去，熊熊燃烧着的火钳子烙在图尔奴斯赤裸的胸膛上，迅速出现一个巨大的印记，那火印周围还哧哧地冒着黑烟。

一种铺天盖地的恐怖惊醒了图尔奴斯。他腾地坐了起来，惊出一身冷汗。"拿武器来！"神经错乱的他还未完全醒过来便在床上咆哮着，在屋里四处寻找武器。满腔怒火无处发散，一股狂暴的嗜血狂念在他的胸膛间翻滚着，燃烧着疯狂的战争欲望。等不到天亮，图尔奴斯便立刻将他的青年将领们召集起来，让大家拿起武器，跟拉丁姆人和特洛伊人决一死战，誓死保卫意大利。这些将领们有的忠实于图尔奴斯的祖先，有的佩服图尔奴斯的赫赫战绩和年轻有为，都很听从他的号召。大家叫嚣着冲进老国王拉丁奴斯的宫殿里。

邪恶的复仇女神阿勒克托看到图尔奴斯被她扇动起来，正紧锣密鼓地鼓舞士气，召集军队准备战斗，便得意扬扬地振动双翅飞到台伯河岸去，她将用另一套计谋对付特洛伊人。英俊的阿斯科尼俄斯此时正带着随从们在密林里猎捕野兽。阿勒克斯用一种熟悉的气味刺激猎狗的鼻子，让猎狗突然疯狂起来，并争先恐后去追逐一头美丽的雄鹿。这是一头特别惹人怜爱的动物，美丽的鹿角在头顶高高耸立着。当它尚未断奶的时候就被人们从它母亲的乳房下抱出来，投放到国王的森林里长大。现在它是国王拉丁奴斯的牧场总管蒂尔荷斯的孩子们的宠物。蒂尔荷斯的女儿西尔维亚把雄鹿驯服了，她小心翼翼地照料着它，为它梳理毛发，为它的鹿角装饰美丽的花环，用森林中的清泉水为它洗澡，丝毫不把它当成野兽看待。雄鹿也特别喜欢西尔维亚。它常常依偎在姑娘身旁，任由姑娘轻轻地抚摸着，它还喜欢走进主人的屋子里，在主人桌子旁边吃东西。它也经常在森林里自由地游荡，然而无论多晚，它总能认得回家的路，总能自由自在地回到主人的屋子里。

此时复仇女神阿勒克托驱使着阿斯科尼俄斯的猎犬一路追赶着雄鹿的踪迹。而雄鹿此时刚刚离开滚烫的沙地，在台伯河中顺着绿树荫庇的河岸往下游漂移解暑。看到这头漂亮的动物，阿斯科尼俄斯惊呆了，继而兴奋起来，他屏住气，搭好弓箭，准备要将这只尤物据为己有。他的箭向来百发百中，此时那利箭嗖的一声射中雄鹿的内脏。惊慌受伤的雄鹿从水中一跃而起，浑身血污地逃到主人屋前。雄鹿拖着受伤的身子，呻吟着走进鹿厩，就如同求告人们的同情一般，它悲哀的鸣叫声响彻了整座房子。西尔维亚首先看到了自己的宠鹿受了如此严重的箭伤，她用手拍着胳膊，大声哭诉着唤来周围强壮的农民们。农民们听到哭诉声，迅速手持烧焦了的柱子或者棍棒赶过来。愤怒可以让人将手边的任何一样东西当成武器，蒂尔荷斯此时正在拿着斧子劈柴，他听到呼喊声抓起手边的斧头就赶来了。虽然不知道到底发生了什么事情，可是大家都气势汹汹，摆开随时准备战斗的架势。

邪恶的阿勒克托此时藏在高处观察形势，当她判断出进一步煽风点火的时机已到，便飞到牲畜棚的屋顶上，用弯曲的号角吹出地狱般的声音，让牧人们的呼唤响彻整个地区，连树林深处都在回应着她的叫喊。附近的农民们听到喊声，迅速采取行动，拿起武器，从四面八方集结过来。特洛伊人此时也敞开营地，派出一队战士去帮助阿斯科尼俄斯。两军摆开阵势，势均力敌，准备交战。现在已经不是单纯的乡下农民的冲突，也不再是一只单纯的棍棒队伍了，大家拔出利剑，用弓箭摆开架势，准备用双刃兵器解决问题。双方那些出鞘的刀剑就像还未收割的庄稼一样，排成整齐的长列，阴森吓人。

蒂尔荷斯大儿子阿尔摩站在阵前，特洛伊人瞄准对方，嗖地射出一箭，正击中他的咽喉。阿尔摩迅即翻身落地死去了。农民们顿时展开了一场混乱的杀戮。许多人在蝗虫般的箭矢之中倒下了，其中包括加莱索斯老人。他是拉丁姆地区最富有正义感的人，也是最富有的地主。他拥有五个牧牛场，五个牧羊场，还有一百张翻地的耕犁。当时，为了不让更多人无辜的死去，老人从狂怒的拉丁姆农民中走了出来，希望能够调停纠纷。可是大家都处于亢奋状态，没有人听得进去他所说的话。最后，加莱索斯老人无辜地死在乱箭当中。

复仇女神阿勒克托已经初步完成了她的任务，因为她顺利地扇动人们的情绪，挑起双方的战争冲突，并让冲突中出现了死亡。此时，她骄傲地向天神赫拉炫耀道："看吧，伟大的女神，你所希望的争端来了，战争的阴影使双方无法和解了。现在，我已经顺利地把意大利人的血洒在特洛伊人身上。当然，如果你需要的话，我还可以做更多事情，我可以散布谣言，使周围的邻近城邦也都卷入战争，燃起人们对阿瑞斯的热情，使战火烧遍意大利全境！"赫拉听她说完，回答道："够了，阿勒克托。我们有的是恐怖和叛乱。现在人们已经被扇动起来了，更大范围的战争在所难免。只是，崇高的奥林匹斯的天父是不会让复仇女神在上空过于自由地出没的，所以，你的任务结束了，现在退回去吧。如果有需要的话，我会自己下手。"天命难违，虽然无限留恋这里的恐怖和叛乱，复仇女神阿勒克托还是听从天后赫拉的命令，离开了人间。

这时赫拉毫不犹豫地进行作战准备，她亲自扇动拉丁姆人反对特洛伊人。被打败的农民们于心不甘，他们从战场回来，抬着被打死的阿尔摩、满面伤痕的加莱索斯和其他受伤的人。大家哭诉着冲进城门，挤在城里。他们大声呼喊着众神救援，一路来到王宫，团团围住国王拉丁奴斯向其求告。此时的图尔奴斯也叫苦不迭，当农民们愤怒地说起刚刚发生的流血事件时，他说出了让当地人更加恐惧的话。他抱怨说王权旁落，弗吕吉亚人的血统将跟拉丁姆人的血统相混合，国家将被一个外族人占领和统治。农民们听了他的话，更加激动和愤怒，大家威胁着包围了老国王拉丁奴斯的城堡。拉丁奴斯却毫不动摇，好像屹立于大海中央的山岩一样坚定。然而，面对着人民盲目的愤怒和咆哮，老国王知道自己也坚持不了多久，因为他知道这是残忍的天后赫拉在教唆生事。“天哪！这是命运在要我们的命啊！”最后，他悲哀地大声喊道：“我感到一场风暴正在驱逐着我们。我可怜的人民，你们将以自身的鲜血来抵偿违反天命的罪孽啊。还有你，图尔奴斯，你行为莽撞，终将难逃上天的惩罚，如果到了最后才求神告罪，那就为时太晚了呀。我年纪大了，以为自己能够太平地离开人间，可是你们却不让我平安地死去。现在，我到了该休息的时候了。”老国王说完，把自己关在宫殿里，从此不再过问朝政。

拉丁姆人的城邦里有一座战争庙，里面有两扇战门。由于战神阿瑞斯的可怕相貌以及人民的敬畏之心，拉丁姆人把这两扇战门视为神圣，在门后锁了一百把铁门拴。看守庙门的亚奴斯永远不离开这里。据说亚奴斯原来是门神和过道神，后来成为拉丁姆人的城市之神，专门看守房屋和城市。作为看守神，亚奴斯在一颗脑袋上长着两张脸，可以同时看着两个不同的方向。人们在各种场合，尤其出现战争时都向他祈求帮助，还把每年的第一个月份祭供给他。按照拉丁姆人的规矩，当首领们决定要打仗时，国王应该身穿显眼的大礼服，佩戴加宾带，亲自打开嘎嘎作响的双重庙门，当着自己的人民的面宣布战争开始，打仗的男丁们则要跟在他身后大声呼喊。现在，拉丁姆人民正以这项仪式要求国王拉丁奴斯向埃涅阿斯和他的特洛伊士兵宣战，并打开那两扇战争大门。不料老国王还是不为所动，不忍前去触碰战争大门。他步入后宫，躲在黑暗的地方，甘愿领受深深的寂寞。赫拉不愧是特洛伊人的女宿敌，这个时候，她亲自从天上飞下来，用手推动那两扇沉重的庙门。门闩转动了一下，战争神庙的铁门轰然一声打开了。

埃汪特尔国王的援助

在很久之前，意大利原本是一片宁静安逸的土地，没有什么可以激起愤怒的事情。然而这个时候，整个意大利却遍地战火，陷入一片动乱之中。所有人都嚷着要武器，都在急切地擦拭战盾，削尖长矛，磨亮利斧。所有人都处于一种战争前的亢奋状态。拉丁姆人民兴致昂扬地竖起旌旗，听从嘹亮的鼓角的号召。有五个实力雄厚的城池开始翻造武器：强大的阿蒂纳、高傲的提布尔、阿德亚、克拉斯图米阿姆，还有安坦奈。他们打造头盔、盾矛、胸甲和箭筒。他们还把平时使用的犁头镰刀等农具改造成兵器，把自己的父辈们曾经使用过的利剑在火炉中重新锻造。

战争的军号响起来了，男人拿起了武器。西国赫斯珀尼亚的各个城市里突然涌现出了一批古老英雄族第的杰出代表，他们的祖先曾经是神，或者是神和凡间女子生下的儿子。

首先率领军队参加战争的是来自埃楚斯卡边境的麦任侠斯，他是一个暴虐无道的君王，曾经因为残暴无度被他的人民驱逐出境。随他而来的还有他的儿子劳素斯，一个容貌仅次于魁梧的图尔奴斯的英俊少年。此时这个驯马者和制服野兽者劳素斯正率领从阿盖拉城里来的一千名战士气势汹汹地朝战场奔去。第二个来的是赫求力士的儿子阿文丁纳斯，他有着和他的父亲同样俊美的容貌，是一位凡人女祭司雷亚和天上的神所生下的孩子。此时的阿文丁纳斯正骄傲自负地驱车来到战场上,车上装饰着他的战利品棕榈冠。他身着一张硕大的狮皮,并用它盖住头部,露出白森森的狮牙,令人毛骨悚然。他的士兵们则有的手执标枪木刀,也有的拿着真刀实棒,同样气势汹汹地随着他们的将领走向战场来。还有两位有阿果斯血统的青年:勇敢的克蒂拉斯和精力充沛的库拉斯,他们是来自提布尔城的两位兄弟,不顾枪林剑雨冲到前线来。建造普瑞奈斯特城的西库拉斯也来参加战争。他刚生来就被发现在火炉旁,所有人都说他是火神赫菲斯托斯的儿子。跟随他而来的是一队从田野里召集来的乡下人,他们有的住在普瑞奈斯特的高处或加比埃的农田,有的住在清凉的阿尼奥河的河畔。此时,他们头戴棕色狼皮帽,左脚赤裸,右脚穿生皮皮鞋走来,手里有的握着弹弓,有的手执长枪。海神波塞冬的儿子——有着一身刀火不入本领的驯马者墨萨帕斯,听到战争的消息,立即召集他的部落的人民拿起武器投入战斗。因为长期安逸享乐的生活,他的人民已经失去了行军赴战的习惯。此时,他们唱着进行曲,以节奏分明的步伐前进着,看起来像是一群觅食归来的鸟儿,却怎么看都不像是一只团结坚固的军队。古代塞班人的后裔克劳萨斯率领一支勇敢彪悍的军队疾驰而来。他是所有克劳迪部落的始祖,自从塞班人分掌罗马人的权力以来,他的人民便遍布拉丁姆地区。跟随克劳萨斯而来的是一支庞大的队伍。他们摩拳擦掌,脚步震天撼地。特洛伊人的仇敌海累萨斯也来了,他率领着一千名骄傲的部落人民急行军前来帮助图尔奴斯。这些人以皮甲护身,头戴软木树皮帽,用可以收放自由的绑绳木棒作为武器。多山的幸运王子奈塞派乌芬斯也前来助阵,他率领的族人艾基居兰人彪悍异常,因为贫穷而以抢劫为生。其他前来助阵的英雄人物还有勇敢的安布罗,他具有用音乐催眠让毒蛇入睡的魔术。以及希波利塔斯的漂亮儿子维比阿斯。

勇敢彪悍的图尔奴斯一马当先。他比别人足足高出一头,而且又相貌堂堂,英雄仪态非凡。他的头盔上面有三排羽缨,羽缨里面有一个口喷火焰的奋迈拉,随着流血战争的惨烈程度而喷出愈加可怕的火焰。紧跟在图尔奴斯身后的是各个友邦派出的代表们。他们手持武器,成群结队,挤满了整个平原地区。步兵后面还有沃尔西安人的骑兵队。骑兵队身穿寒光嗖嗖的青铜护甲,领队的是年轻的女中豪杰卡弥拉。虽然身为女子,卡弥拉从未学习过雅典娜的女工活,而是从小在粗野的男人群中长大的。她跑起来比风还快,当她率领队伍穿过城市和多村的时候,男女老少都以奇怪的目光追随着她的身影。卡弥拉身披华贵的君王紫金袍,浓密的头发上戴着金发卡,腰间佩着硬弓和箭袋,手上提着锐利的长矛。

图尔奴斯在劳伦塔姆城楼上竖起战旗,鼓舞军队的士气。嘹亮的军号吹响了,顿时战场上一片喧嚣,所有的人都失去了自持,整个拉丁姆地区陷入战争即将开始的狂热状态。

这一个强大的对手威胁着埃涅阿斯和他的特洛伊士兵们,给他们带来了巨大的烦恼。这时正值深夜,全世界疲倦的生物都入睡了,埃涅阿斯躺在冰冷的河岸边，一心想着战争的恐怖，久久不能入睡。当地的神祇河神台伯突然来到心中充满忧虑的埃涅阿斯面前。他身穿灰色细布衣服，发间装饰着芦苇圈环，慢慢地从急流中升腾起来，俨然是一位令人尊敬的老者的模样。"哦，神的儿子，"他说，"别气馁，这片拉丁土地已经等候你多时了，这里是你祖先的家，也是你未来的家。不要畏缩，不要害怕战争的威胁，众神对你的愤怒和恶意已经消失了。现在，我要给你一个征兆：在河岸旁的栎树丛中，你可以看到一头大白母猪躺在那里给三十只小白猪喂奶，这些小猪是它一胞生下来的。它所躺的地方就是三十年以后你的儿子阿斯科尼俄斯建造阿尔巴隆加城的地方，它将是罗马的首府。听着，我的预言是不会错的。现在我就告诉你该怎样解决眼前的麻烦。离这里不远有一个图斯克国，那里是亚加狄亚的珀拉斯癸人移居的地方。他们在一座高耸的山坡上建造帕郎图姆城。虽然他们是希腊人，可是你不用害怕，因为他们跟拉丁姆人结下了不共戴天的怨仇，在很久以前就不断跟拉丁姆人打仗了。他们现在的国王是埃汪特耳，去吧，去跟他们缔约结盟，组成联合军，他们将成为你的战斗伙伴。另外，等你醒来的时候记得要遵照仪式为赫拉摆设祭礼，想办法用恭敬恳请她息怒。至于对我的答谢，等你取得胜利的时候再说吧。我就是你所见到的在河岸间奔腾不止，流经万千肥沃田野的河神台伯。"

说完，河神一头扎进深水中，消失了。天亮以后埃涅阿斯迅速按照神的建议行事。他从船队中挑选出两艘双排桨的海船，同时把他的特洛伊伙伴们武装起来。可是，还没有等到英雄起航，河神所说的征兆就应验了。在绿草如茵的河畔，特洛伊人看到一棵大栎树下果然躺着一头浑身白的发亮的母猪，和三十头同样雪白的小猪。遵照河神的嘱咐，埃涅阿斯把母猪和一窝小猪全部抬上祭坛，祭献给强大的众神之母赫拉。祭毕，他们按照河神指明的方向开始驾船沿着台伯河溯流而上。河面平滑如镜，丝毫不用划动船桨，特洛伊人昼夜兼程，迅速前进，一路上经过了许许多多的河道弯。埃涅阿斯站在船头，看着清澈见底的河水和青翠茂密的树林迅速往后退了下去。当太阳高高升起的时候，他们终于看到了远方的城墙、门楼和房屋，看到了耸立在高山坡上的城堡。特洛伊人大为振奋，欢欢喜喜地朝岸边驶去。

这一天正值亚加狄亚国王埃汪特耳举行每年一次的祭祀活动。他带着儿子帕拉斯、护城的首领以及有威望的人士在一座圣林里为赫求力士和森林里的其他神祇摆设隆重的祭礼。圣林就在帕朗图姆城旁边。祭坛上血气四溢，香烟弥漫。正当他们开始享用祭餐时，突然看到两艘大船在水手们轻轻地划桨声中慢慢穿过浓密的林荫行驶过来。这突如其来的景象让大家吃了一惊，他们停止用餐，马上起身离开筵席。勇敢的帕拉斯示意大家坐着别动。他抓起一件兵器，朝大船走了过去，站在山坡上对着下面高声问道："诸位战士，是什么原因让你们沿着这条陌生的道路到这里来的？你们是什么人，从哪里来，要到哪里去？你们想给我们带来战争还是和平？"

带队的首领埃涅阿斯站在高高的船头，用右手高高举起象征和平的橄榄树枝，大声回答道:"我们是特洛伊人,是准备跟拉丁姆人战斗的男子汉。我们是漂到他们海岸的难民,曾请求他们给予援助,他们不但傲慢无礼地拒绝我们,还想用暴力把我们赶出去。现在我们前来寻找国王埃汪特耳,希望能与他结盟,得到他的帮助。请你将我们的信息带给他,说一班达丹尼亚领袖前来请求结成军事联盟。"帕拉斯听到伟大的名字"特洛伊"时惊呆了,他一时间站在那里一言不发,不知所措,继而高兴地喊叫起来:"欢迎你们,尊敬的客人。不管你们是谁,请先下船来见我的父亲,到我们家里去做客,但愿你喜欢住在我们这里。"

埃涅阿斯见到国王埃汪特耳后重述了自己的意图。他亲切地说道:"尊敬的国王,希腊人中的佼佼者。命运之神让我来向你请求援助。我知道你是希腊人,但是我并不怕你。我自己的实力,神的旨意,你父亲跟我父亲的亲戚关系,以及你流传在外的好名声都让我有充足的勇气亲自来到这里找你。现在,曾经迫害过你们的拉丁姆人正在以同样的方式威胁着我们,他们要赶走我们,进而控制东西方海岸,统治整个西方世界。所以,现在我来请求与你们结成军事联盟,共同对抗敌人,我们有勇于迎接战争的决心和精神,请接受我们的誓言,也请求你给予我们你的决心和誓言。"

埃涅阿斯这样说着的时候,埃汪特耳国王仔细地上下打量着讲话人,随即回答道:"特洛伊人中最勇敢的英雄,我多么高兴能够认识你,收留你呀!你的家族,你的名字对我来说并不陌生。我还清楚地记得你的父亲安可塞斯的音容笑貌,他是一个多么伟大的英雄啊!我还记得普里阿摩斯国王的形象。我当时青春年少,对所有英勇的特洛伊领袖们都充满了羡慕之情,曾以敬畏的心情看着国王和他的众位首领,当然让我印象最深刻的是英雄安可赛斯,他做过我的客人。我记得他身材魁梧,高出众人很多,临走的时候还赠送给我一个很好看的箭筒和一把律西亚箭,还有一袭金丝织成的战袍和一对金制马嚼子。这些珍贵的礼物现在都归了我的儿子帕拉斯。现在,你大可以放心,我会和你们缔结盟约的。明天一早,你们就可以带着我送给你们的物资和帮助返回营地。只是今天要你们赏光,和我们一同在这里庆祝美好的年节,仪式可是不能往后推迟的。现在,请不要客气,在盟友家里尽情享用吧!"

埃汪特耳说着,命令仆人重新准备了丰盛的筵席。埃涅阿斯受到特别的礼遇,他被安置在一张铺有长毛狮皮的木制长椅上。接着热情的仆人们为特洛伊人斟满美酒,拿来烤肉,以及其他的美食。埃涅阿斯和他的伙伴们尽情地享用着美味。国王埃汪特耳对特洛伊客人说,因为大家都是从极大的危险境地中被拯救出来的,所以有必要来进行这项祭祀的仪式。

祭祀完毕以后,大家都动身进城。没多久,他们来到埃汪特耳的家里,这里不像是宫殿,更像一栋平常人家的茅草房。这个城其实很小,也并不富有。可是有谁能够想到,不久的将来,作为世界名城的罗马将会耸立在这里呢?亚加狄亚人是乡村牧民,各家各户没有多少财富和珍奇异宝,生活得都很简单朴实。可是,当埃涅阿斯躺在埃汪特耳的茅屋里时却感到十分的满意和踏实。躺在用干树叶铺起的卧榻上，看着上面垫着的毛茸茸的熊皮，埃涅阿斯舒心地伸了伸懒腰，疲倦让他很快便坠入了梦乡。

埃涅阿斯在战场上

阿佛洛狄忒看到拉丁姆人坚决反抗的阵容和决心，心中又开始为儿子埃涅阿斯担忧。她找到丈夫赫菲斯托斯，恳求道："亲爱的，我向来没有因为我的人民向你请求过武器或权力的援助，因为我不愿意让你劳而无功，白费气力。现在我的儿子埃涅阿斯已经在拉丁姆地区找到了可以安身立命的地方，然而你也看到了，有多少人拉丁姆人已经集合起来，磨刀相向，要毁灭我的人民和我的儿子。我以一个疼爱自己孩子的母亲的身份向你求个情，请求你以自己的神力为他制作一副铠甲。"阿佛洛狄忒一面柔声说着，一面向赫菲斯托斯耳边吹进神圣的情爱气息。赫菲斯托斯受不得爱妻的软磨硬泡，答应了她的请求。等到下半夜赫菲斯托斯睡够第一觉以后，他马上动身前往埃得纳火山，准备为埃涅阿斯锻造武器，帮助他打败拉丁姆人。此时的埃得纳火山上一片忙碌：巨大的铁锤敲打在铁毡上，响声传到遥远的地方，偌大的厅堂里火花四溅，直刺入眼。在宽阔的山洞间，尘土蒙面的库克罗普斯独目巨人勃隆忒斯、斯忒洛珀斯和皮拉克蒙正卷着衣袖摆开架势站在铁毡旁劳作。他们三个人率领着帮佣们昼夜不停地忙着打铁。"先放下手中的活吧！我有更重要的任务要交给你们！"火神赫菲斯托斯大步流星踏进山洞，高声说道："库克罗普斯的朋友们，仔细听我说，一位勇敢的凡人英雄马上就要上战场了，现在你们的任务就是要拿出所有的力气、所有的智慧和技能为他打制武器。马上开工，刻不容缓！"库克罗普斯巨人们听完主人的命令，迅速动工，开始同心协力地为即将上战场的埃涅阿斯制造武器。他们将青铜和金砂倒在一个巨大的火炉里，不一会儿，一块巨大的盾牌便打好了，那是由七块烧红的铁板锻制而成的，威力无穷，可以单独抵御所有拉丁姆人的投枪和箭矢。

正当火神为英雄埃涅阿斯赶制武器的时候，老国王埃汪特耳走出他简陋的屋子，找到埃涅阿斯，与他谈话。老国王首先开口说道："你是特洛伊领袖中最伟大的英雄，我想，在你的有生之年，特洛伊帝国和特洛伊人是永远不会完全败落的。现在，你也亲眼看到了我的国力，我所能提供给你的作战帮助实在是微乎其微的。然而我可以为你联合其他几个强大的国家，它们都有丰富的资源装备和现成的军队。在离这里不远的地方有一座叫阿盖拉的城池，很久之前，曾有一族律狄亚人来到这里定居。这个城池一直兴盛了很多年，直到后来出现一任残暴的君王麦任佚斯。他暴虐专制，欺压人民。最后，他的臣民们实在忍无可忍，揭竿而起，将残暴的麦任佚斯赶出了城池。后来麦任佚斯逃到罗图勒人的境内，被图尔奴斯保护起来。为此，阿盖拉人义愤填膺，要求图尔奴斯交出残忍的麦任佚斯，并不惜一切代价地报复。勇敢的埃涅阿斯，我想，现在是时候让你统领他们的人民去跟图尔奴斯战斗了。坦白说，他们的舰队现在已经齐集河畔，就等着有一个适宜的将领带领他们奔赴战场了。只是我年事已高，行动多有不便，不能够亲自领兵上战场。现在，命运将你送到我的面前，我想，你是最合适不过的人选了。勇敢地承担你的使命吧。我的儿子帕拉斯是我唯一的希望和安慰，这次作战，我将派他与你同行，另外，我还将派给你我族的精壮部队随你同行。”

国王埃汪特耳的话音刚落，阿佛洛狄忒女神亲自来到晴天里显灵了。一时间天空电光闪闪，雷声隆隆，像是整个天空都要塌下来似的。众人仰头看去，那巨大的声音不绝于耳。清亮的埃楚斯卡号声仿佛响彻全境，接着空中的晴朗部分有武器透过云层，发出阵阵红光，叮叮当当像是在打斗一样。所有人都被眼前的景象和声音镇住了，站在原地不知所措。只有英雄埃涅阿斯认出了那声音是自己的母亲阿佛洛狄忒曾经的承诺。于是他对目瞪口呆的众人说道：“啊，朋友们，不用担心，也不用再查究这个征兆究竟是凶是吉。这是奥林匹斯神在呼唤我。我的女神母亲曾经告诉我，假如有发生战争的危险，她就会以这样的征兆提醒我，并从空中为我送来火神赫菲斯托斯亲自制作的甲胄。”说着，埃涅阿斯离开座位，开始摆设祭坛祷告。祭毕，埃涅阿斯走回船上去看他的特洛伊伙伴们，并从他们中间挑选出最英勇的士兵去随他游说战争。其余的特洛伊人则赶回去告诉阿斯科尼俄斯他父亲的消息以及发生的一切。

第二天早晨，国王埃汪特耳命令仆人为特洛伊人牵来了许多马匹，并亲自为埃涅阿斯挑选了一匹最好的骏马，骏马状如雄狮，黄褐色的毛皮，马蹄上包裹着黄金。老国王把四百名亚加狄亚骑兵和他的儿子帕拉斯交给准备奔赴战场的英雄埃涅阿斯。离别之情充斥着现场，埃汪特耳抓住即将到战争前线去的儿子的手，将儿子拥进怀里，涕泪交加地说：“啊，要是宙斯把过往的年月再还给我，让我能够亲自上战场，那该多好啊！可是现在我能做的唯有祈祷众神保佑你们了。但愿他们听到我的祷告，保佑你平安归来。”

骑士们走出了敞开的城门。走在最前面的是埃涅阿斯和忠诚的阿克特斯，紧随他们身后的是其他特洛伊士兵们。帕拉斯走在队伍中间，他斗志昂扬，身着颜色鲜明的甲胄和披风，就像天上的金星一样耀眼，夺人眼球。这支武装部队穿行于森林和草丛之间，抄近道朝着目的地进发，他们排着整齐的队伍，发出一声声鼓舞精神的呐喊，马蹄声声，震撼着大地和天空。城里的母亲们齐聚在城墙上，看着部队的铜光铁甲和团团尘烟，目送着她们的儿子远去。不一会，整支队伍来到一座偏僻的山谷，周围是黑睽睽的松树林。据说古代的拉丁姆人曾经把这片树林尊为圣林，用这片圣林和一个节日祭祀农田和耕牛之神西尔范纳斯。首领埃涅阿斯和他的精壮部队走得人困马乏，于是决定暂时停留在这里休息一阵。埃涅阿斯独自走到一条清澈的小溪旁边，在一棵高大的栎树下躺了下来。这时阿佛洛狄忒女神带着为儿子新锻制的武器从天上降落下来，径直走到儿子面前，女神显出原形说：“亲爱的儿子，快看，这是我丈夫亲自为你制作的武器，拿着它，你就不用惧怕那些骄傲而又野蛮的敌人,就可以放心大胆地去挑战他们当中的任何一个,甚至是彪悍的图尔奴斯。”阿佛洛狄忒女神说着,将武器轻轻放到儿子的脚边。埃涅阿斯十分惊讶和欣喜。他为神的母亲的到来感到幸福,对闪烁着阵阵光芒的新武器爱不释手。

埃涅阿斯把那盔缨都射着火光的头盔,把锋利的宝剑、把像一团暗灰色的云一样的结实胸甲和光亮的长矛一件件掂在手上翻来覆去地看不够。一块用多次冶炼的金银合金打造的站盾更是令人惊讶,盾面上布满了难以塑造的艺术彩图。这是火神在盾上画出的神谕,埃涅阿斯看来看去,总是不解其意。原来,火神在上面刻画出的是罗马人的未来命运和历经的战争的胜利。因为火神听说过那些预言,知道未来的事情,所以他将阿斯卡尼俄斯一脉相承的历代后裔以及他们先后进行的战争用彩图的形式在站盾上详细刻画出来。在盾上首先可以看到一只躺在青绿色草地上伸展躯体的母狼。两个男婴在它身边玩耍,毫无惧色地吮吸他们义母的乳头,而母狼则抬起线条优美的脖颈,温柔地舔舐着他们光滑的四肢。盾上还有一幅城市图,一群勇猛的男人复活了一批女人,这就是罗马城和抢劫塞拜恩妇女的故事。盾的上端是塔佩亚城堡的守护者曼利阿斯站在高高的岗位上,保卫崇高的克匹托神庙,神庙上面有一只银色的大鹅突然飞起,其寓意是高卢人已经逼到门口,即将兵临城下。盾的下端是用硬草覆盖房顶的罗穆勒斯茅屋,另外还有跳跃的萨利和裸体的卢佩西,她们头戴木帽,手提从天上掉下来的盾牌正在进行祭祀仪式。火神还在盾上绘出了普路托的高门以及住在塔塔拉斯的人和对他们的罪恶的惩罚的画面。在那里,克蒂利尼吊在一个摇摇欲坠的崖壁上,目视着复仇三女神那令人毛骨悚然的面庞,浑身颤抖着。正对着这幅画面的是一些正义的使者和他们的立法者凯图。在这两幅画面之间是一片白浪滔滔的大海,蓝色的海面上跳跃着浑身银光闪烁的海豚。在盾牌的中央,可以看见青铜包铁的舰队在阿克坦作战,战斗双方在混乱中排着阵势,一边是率领意大利人民作战的奥古斯都和他的忠诚猛将阿格瑞帕,另一边是拥有远东财富和各式各样武器的首领安东尼以及由埃及人和东方到巴克特里亚的全部势力组成的舰队。火神还刻画出意大利人民最终取得胜利的画面:气宇轩昂的奥古斯都向意大利神祇郑重宣誓要在罗马城里建造三百座神圣的庙宇。全城的人民高声喝彩,庆贺战争的胜利,妇女们在庙堂里跳着狂欢的舞蹈,祭坛上摆满宰好的牛羊。奥古斯都自己则坐在明亮雪白的宫殿门廊里,检视着各国进贡的礼品。那些战争中的俘虏们鱼贯而入,他们的语言、服饰和武器各不相同,火神赫菲斯托斯对他们一一做了细致的刻画。埃涅阿斯入神地看着这面盾牌上刻画的一切故事,虽然百思不得其解,但是他仍然兴致盎然,就像一个孩子刚刚得到一本心爱的图书一样翻来覆去地看个不停。

特洛伊人的营房受袭

女神赫拉对埃涅阿斯的怒火始终在心中熊熊燃烧着,见阻碍特洛伊人不成,她又派女使者爱瑞斯前去寻找图尔奴斯。此时,图尔奴斯正坐在他祖先皮兰纳斯的圣林里的一条小溪边休息。爱瑞斯找到他，为他带去赫拉的旨意。她告诉图尔奴斯说埃涅阿斯已经离开了营帐和他的伙伴，正在前往寻找埃汪特耳的途中，并且现在已经拥有了一支武装的律狄亚部队。最后，她还传达了赫拉的命令："勇敢的图尔奴斯，此刻你还在犹豫什么呢？扫清一切障碍，去突袭特洛伊人的营地，将它们一举占领吧！这是神的旨意。"说完，爱瑞斯振动双翼，纵入天空消失不见了。图尔奴斯认出了这是赫拉女神的女使者爱瑞斯，他对着她的背影大声说着感谢并表示听从命令，马上拿起武器奔赴战场。说完，他双手掬起一捧流动的溪水，向众神祷告并望天起誓。

图尔奴斯率领他的全部队伍穿过田野朝台伯河岸一路疾奔。英勇的墨萨帕斯领兵先行，蒂尔荷斯和他的年轻儿子们殿后，最高统帅图尔奴斯率领军队居中。特洛伊阵营的前沿哨兵卡埃库斯正站在高高的防御城墙上巡逻，这时，他突然看到旷野里尘土飞扬。"弟兄们，"他大声呼喊起来，"迅速拿起武器到城墙上来，敌人已经快到门前了！"特洛伊人听到这个消息立即退入城门，进入战壕抢占城墙。虽然他们都跃跃欲试想要到野外与敌人厮杀一场，然而他们的首领埃涅阿斯临走时曾经吩咐过，如果在他离开的时候有所变故，他们应该紧守城门，不得冒险行动。现在特洛伊人一切都按照首领埃涅阿斯的吩咐行事，迅速封锁住各座城门，躲在暗处守卫营地。

图尔奴斯的部队缓缓前进着，他嫌士兵们行进速度太慢，便一马当先，带领二十名精锐骑兵以惊人的速度冲到特洛伊人的营房前。"英勇的战士们，你们有谁愿意与我一起先向敌人进攻？"他转过头来，问随他而来的战士们，与此同时，他顺手拎起一根锐利的标枪朝敌人的方向投了过去。战士们学着他们首领的样子，高喊着口号投掷出一排排标枪。他们看到特洛伊士兵们退守在城墙后面的战壕里，而不到野外来拼杀，便大声嘲笑着特洛伊人胆小怯懦，贪生怕死。此刻图尔奴斯骑着高头大马，头戴佩有红羽缨的金盔，愤怒地围着特洛伊人的营地旋转，一时向左，一时向右，希望寻到一处不受注意的突破口进攻。最后，他的目光落在一排排船只上，船只的四周有土墙和堤坝庇护。图尔奴斯高兴地呼唤着他的战士们快去放火烧船，而他自己则一马当先，紧握一把熊熊的松木火炬冲了上去。士兵们受到首领的强力鼓舞，都卖力地工作着，他们把附近的草房赶拆一空，做成火把，然后一起包围过来焚烧特洛伊人的船只。如果不是火神赫菲斯托斯将疯狂的火焰和浓烟送入云天，特洛伊人的船只恐怕会被彻底烧毁成灰烬。

原来，埃涅阿斯从前在弗吕吉亚的爱达山脚下开始组织舰队，准备出海航行的时候，众神之母曾经亲自央求万能的宙斯说："儿子，你现在是奥林匹斯之主，所以请听从为母的祈祷，满足我的愿望，给我一个帮助吧！我有一片松林，位于我所居住的地方的顶峰，很多年来我都悉心照料着它们。有个达耳达尼亚青年人需要一支船队，我乐于帮助他，便把松树圣林交给他造船用。可是，现在我却被焦虑和恐怖折磨着，我担心我的这些可爱的树木变成船只以后将会遭受风浪的冲击。所以，亲爱的儿子,我请求你保佑船只,别让它们遭受到任何危险。"

"母亲,这一点可做不到,"宙斯径直回答道:"我不能把经凡人之手造成的船变成神船,我也没有权利不让埃涅阿斯安全躲过路上的一切危险。不过,我将尽力帮助他们。凡是挨过风浪将埃涅阿斯顺利送到劳伦塔姆田野的船只,我都可以让它们脱去凡胎成为神器。如同涅柔斯的女儿们一样,这些船只作为大海的女神,将永远活在广大的海面上,享受幸福而又永恒的生活。"

现在宙斯对母亲的允诺实现了。图尔奴斯想要用大火焚烧船只的叵测居心惊醒了伟大的圣母,使她挺身而出保护那些神圣的船只。当图尔奴斯的士兵们正在朝着特洛伊船只疯狂投掷火把的时候,突然在东部的天边出现一道亮光,紧接着就是一个震耳欲聋的声音,特洛伊人和罗图勒人都听得清清楚楚。"特洛伊人,你们不用担心,也别去忙着救助船只,图尔奴斯得先有能力烧了整片大海,然后才能烧掉这些用神圣的松木板制造的船只。而你们,我的船只们,听着,你们获得了超度,大胆地航行去吧。"听到这些话,船只突然都活了起来。它们挣脱了船尾拴系的缆绳,鸟嘴形的船头像海豚一样潜入大海,划游一阵,然后又冒上水面,如同美丽的姑娘在波浪中奋勇搏击。

看到这番情景,罗图勒人大吃一惊。站在最前沿的墨萨帕斯大惊失色,吓得不知所措,他的坐骑也恐慌起来,连连向后边退去,连台伯河也停止滔滔流动的声音,害怕得急忙倒转流向。只有勇敢的图尔奴斯努力保持着镇定。他大声呼吁着,鼓舞部队的士气:"英勇的战士们,你们看到了吗?这个奇迹是反对特洛伊人的吉象。宙斯不再给他们任何回家的机会了。他们的船只甚至不用罗图勒人用武器攻击、用火把焚烧就自动沉没了,这说明他们没有逃生的希望了。这个国家在我们的手上,成千上万的意大利人现在都武装起来了,站在我们一边。特洛伊人自诩有命运的神谕的帮助,可是我不怕。现在他们已经到达肥沃的意大利田野,阿佛洛狄忒和命运的要求已经实现,所以他们再没有前进的机会了。再说我也有我的命运,我的命运就是要用刀枪彻底铲除这一邪恶的族第。现在,勇敢的战士们,你们谁来跟我一起进攻他们的营地?谁准备和我一起兵刃特洛伊人?明天早上,我要公开焚烧他们的城墙,让他们看看我的厉害。现在,天色不早了,剩下的时间,大家安心歇息吧。请以今天的战果为荣,并为明天新一轮的战斗养足精神。"说完,图尔奴斯命令墨萨帕斯率领士兵包围各道大门,在城墙周围布置营火并分派巡逻。他们把一千四百名士兵分成几个大队,轮番站岗,其余的则在草地上驻扎休息,大家饮酒作乐,彻夜不眠。

特洛伊人全副武装,站在围堤上观察罗图勒人的动静。士兵们反复地检查城门的守备力量,在堡垒之间建筑通途桥梁,还把必要的生活用品分发给伙伴们。姆纳斯透斯和精力充沛的塞勒斯图斯指挥着大家分头做事,埃涅阿斯在临行前任命他们为部队总管,执掌一切军务。全体特洛伊战士沿着城墙露营,他们抽签决定谁去守卫危险岗位,每个人都尽善尽责,小心谨慎地把守着阵线。

勇敢的尼素斯和欧律阿罗斯

在特洛伊的士兵中有两名特别英勇有为的少年,他们是尼素斯和欧律阿罗斯。尼素斯是一个勇敢的战士、杰出的投枪手和弓箭手,现在他把守着一道城门。跟他一起的是他的朋友欧律阿罗斯,在埃涅阿斯率领的队伍中没有比他更漂亮的人了,他还是个小少年,圆圆的面庞上刚刚长出男子的胡须。两位年轻朋友非常友好,经常一起并肩战斗,现在共同把守着一座城门。

“是神把这种求战的热忱放在我们心里的呢?还是我们把自己这种内心的战争冲动归诸于神呢?总之,我感到坐守营房是个愚蠢的举动。你看,那些罗图勒人是多么盲目自信呀!他们的营火稀稀疏疏地亮着,其余的人全都喝醉酒,躺在地上酣睡,整片营地寂静无声。朋友,听着,我想出了一个主意。你也看到了,我们的族人、长老和士兵们都想要埃涅阿斯回来,所以必须有人去告诉他这里的情形。现在你留在这里把守城门,我出去寻找我们的首领,你觉得意下如何?你放心,我会找到通往图斯克国和帕朗图姆山的道路的。”尼素斯说道。

听完朋友的建议,欧律阿罗斯吃了一惊,并立即表示不同意。他心高气傲,渴望荣耀,于是带着一股难以抑制的逞强心理回答说:“你是想一个人行动,把我留下来吗?我怎能让你单独地去冒这等危险!我的父亲俄菲尔特斯从小可不是这样教我的,你迄今为止所认识的我也不是这等模样的。自从我决定追随勇敢的埃涅阿斯时,我就将荣耀看得高于一切,并自愿承担命运的一切捉弄!”

“我知道,我从来没有怀疑过你的决心,”尼素斯说,“可是,假如我遇到灾难,有个三长两短,或者有一位神想把我送进地狱,那么我会因为你还活着而感到高兴。你还年轻,你活着的权利比我大。再说,我如果知道还有人从战场上给我收尸,或者用赎金买下并且安葬我的遗体,我会感到安慰。即使这一切都做不到,那么至少会有人给我立一块石碑,为我摆上祭品。再说了,我也不能让你的母亲再去承受这种苦难和悲伤。在众多母亲当中,只有她不愿留在安稳的家中,宁愿一路辛劳地跟随你来到这里,我们不能再让她忍受痛苦了。”

可是,无论尼素斯怎么说,欧律阿罗斯却执意不肯让他一个人去,他倔强地回答说:“你不用再劝我了,不管你用什么办法,说什么样的道理,都不能把我留下来。我的决定是不可动摇的,现在我们不要争论下去了,让我们赶快动身行动吧。”说着,他唤醒其他准备接班的哨兵,两个人交代一番,便匆忙赶到特洛伊人的最高商议会请求寻找埃涅阿斯的任务。

在这静谧的深夜里,全世界的生物都入睡了,忘掉日间的劳苦,尽情在睡眠中舒展身心。但是特洛伊军队的首领们却牺牲了宝贵的睡眠时间,聚在一起开会讨论他们所面临的战争形势,商讨着应该采取的应对行动以及由谁去送信给他们的最高首领埃涅阿斯。这时,尼素斯和欧律阿罗斯突然到来,尼素斯对众位英雄说道:“埃涅阿斯的众位将领,请不要因为我们年轻而轻视我们的建议,现在请大家听听我的想法,考虑一下我的建议如何。在我们防守城门的时候仔细观察了一下形势,罗图勒人现在都喝醉睡着了,他们的军营里一片寂静无声。而且据我们的观察,他们那里有一个很好的突袭地点。在我们看守的门前有一条路,岔路就在大海的旁边,那里是敌人防守薄弱的缺口,我们可以从那里爬出围圈。所以现在请求众位将领允许我们去试试运气,我们愿意作为使者去寻找埃涅阿斯首领。请相信我们,我们不会迷失路途的,因为以前打猎的时候,我们看到过那座城池,而且我们熟悉那里所有河道的情形,要不了多久,你们马上会看到我们搬运救兵回来的。”

特洛伊将领们听到两位少年的决心,非常赞赏。他们中年龄最大的统领名叫阿勒托斯。只见他把双手搁在少年英雄的肩膀上,祈祷道:“谢谢你们,天上的众神,在你们的英明引领下,特洛伊将永存不朽。因为你们为我们送来了如此勇敢的后备人才。”接着,他又称赞道:“勇敢的少年们,有什么奖赏能配得上你们的英勇行为呢?天上的众神首先会给你们最光彩的奖赏,那便是你们自身的品质。我们的英雄埃涅阿斯也会给你们应得的奖赏的。”年少的阿斯科尼俄斯也说道:“亲爱的伙伴们,我相信你们会把我的父亲叫回来,我把我的一切命运和信任都交在你们手上,只要父亲回到我身边,我就什么都不怕了。到论功行赏的时候,图尔奴斯的坐骑、他那金碧辉煌的甲胄和头上的红缨头冠都是你的,尼素斯,另外我的父亲也会将拉丁奴斯现在拥有的田产全部给你。至于你,欧律阿罗斯,我们俩的年龄相仿,我会让你始终伴随我的左右,把你当作未来每次战役的战友。”

欧律阿罗斯回答道:“亲爱的阿勒托斯,我相信你所说的一切,然而除此之外,请允许我再向你索要一项恩惠:我那可怜的母亲在我奔赴战场的时候伴随我同来,现在我马上要离开她的身边,生死未卜,所以请求你在她孤苦无告的时候能够安慰她并帮助她的生活。她是我现在唯一的牵挂了。”

特洛伊将领们听完欧律阿罗斯的请求,深受感动,阿勒托斯尤其哭得伤心,因为他想起自己对父亲真挚的爱和牵挂。他对欧律阿罗斯说道:“请你放心,你的母亲就是我的母亲,无论你这次的遭遇如何,我以自己的生命发誓,我会悉心照顾你的母亲,并将允诺你的所有奖赏全数给她的。”他这样说着,同时解开肩上的佩金宝剑,赠予欧律阿罗斯。老阿勒托斯也与尼素斯交换了头盔。

众位将领武装着陪同两位少年一起来到门边。他们两人很快越过壕沟,趁着夜幕的掩护接近了罗图勒人的军营。哨兵们全都睡着了,醉醺醺地躺在草地上,战车在海滨倾斜着,驾驭者躺在车轮和缰绳中间,战车的皮带、各种武器以及酒杯食具散乱一地,在周围乱七八糟地堆放着。“机会非常有利,”尼素斯悄悄地对他的朋友说,“现在我们必须大胆行事。你为我守卫后方,密切注意身后有没有人上来攻击我们,我走上前去打前锋,杀出一条血路来。”说罢,他挥动利剑,把对方第一个哨兵连同三个仆人一齐杀死在地。哨兵是替国王图尔奴斯占卜的人,名叫拉姆纳斯,但是他的预言术未能救他免于死难,此时他正在熟睡中大声打鼾,可惜成了剑下冤魂。尼素厮杀得兴起,又把雷姆斯和扛武器的仆人也戳倒在地,用剑迅速抹掉他们的头颅。他还杀了拉姆拉斯、拉马斯和那位年轻漂亮的塞拉纳斯。欧律阿罗斯也不示弱。他们两人咆哮着，犹如饿虎扑食，尽情地砍杀着，只杀得横尸遍野。那些人大多是在睡梦中被杀掉的，只有鲁塔斯是醒着看到这一切的，他害怕急了，哆嗦着躲在一个大酒缸后面，等他以为安全了站起来想要逃走的时候，被欧律阿罗斯一剑刺进胸膛，吐血而亡。

欧律阿罗斯一路杀得起劲儿，现在正往罗图勒人的军事统领墨萨帕斯的军营行进，那里烧着的一堆堆守卫的篝火已经熄灭，只有马匹拴得整整齐齐在地上吃草。这时尼素斯却把他叫住了，他看他杀得过于狂热，便说道："住手吧！你难道没有看到天快亮了吗？"他警告说："这里很危险，现在我们已经报了仇，杀开了一道血路，所以要赶快离开这里。"说着，他们把缴获的金银珠宝全都放下。欧律阿罗斯只带走拉姆纳斯的马具和一条镶金剑带，此外，他还把偶尔捡到的墨萨帕斯的带有彩色羽缨的头盔戴了起来，大小正合适。两人准备就绪，立即离开了敌人的营地，进入安全地带，夺路而去。

这时，从拉丁姆城内也开来一支三百名武装的骑兵，他们专程前来援助图尔奴斯。这队骑兵手持盾牌，由伏尔斯肯斯率领，沿大路一直奔了过来。当他们行进到营房外的围墙时，突然看到远方有两个奔跑的人影。欧律阿罗斯捡来的头盔害了他，正当他在月光下无忧无虑地走着的时候，暴露了目标。"是武装的男人，"伏尔斯肯斯大喊一声，"站住！陌生人，你们是干什么的？全副武装要到哪里去。"两个人听到问话不敢出声，急忙逃进树林，躲进昏暗之中。骑兵们认识附近所有的道路。他们派卫兵封锁住一切出口，然后在林中梳理一般地仔细搜寻。

树林中到处长着稠密的栎树和野生的灌木，树影影影重重，通往树林深处的小路几乎难以辨认。欧律阿罗斯受着树枝阴影和他身上的头盔和剑带的束缚，行动不便，再加上心中充满恐惧，就这样在慌乱担心中迷失了方向。尼素斯却一直不假思索地往前跑，最后终于脱离危险，从林中逃了出来，沿着湖泊放心地朝前奔去。这就是后来被称作阿尔巴纳湖的地方。然而这个时候他才发现朋友欧律阿罗斯不在身旁。"哦，可怜的欧律阿罗斯，"他痛苦地叫喊起来，"你在哪里呀？"他一边呼唤着，一边仔细辨认着身后的足迹，在寂静的灌木丛中摸索返回去的路。这个时候他听到后卫队的骑马声、喧闹声和号声。不一会，他又看到整个骑兵队走了出来，还看到被骑兵们押解着的欧律阿罗斯。

尼素斯该怎么办呢？他用什么方法可以拯救那孩子呢？难道他应该放弃任何希望，慷慨赴难，孤零零地扑向敌人的刀丛，用鲜血去促成一个光荣的结局吗？他思忖着，随即将胳膊往后扬，举起投枪，仰望着天上惨淡的月亮，高声祷告道："卢那女神，尊敬的森林佑护，我的父亲为我对你做过祭供，我把打来的猎物给你祭供过，请引领我的武器飞跃空中，让我在这队人当中造成混乱，救出我的朋友。"

说完，他竭尽全力扔出了投枪。那投枪穿过夜的黑暗，正中罗图勒人素尔摩的后背，又从他的胸脯前穿出来。素尔摩躺在地上抽搐着，口吐鲜血，身躯逐渐僵硬变凉。罗图勒骑士们大为惊恐,前后左右四下寻找躲在暗处的敌人。尼素斯受了第一枪的鼓励,接着又投出去一枪,又击中罗图勒人塔古斯的太阳穴。统领伏尔斯肯斯气得发狂,怒火中烧,因为他也看不到投枪手究竟藏在哪里。这时他朝欧律阿罗斯生气地叫喊起来:“年轻人,这回该用你的血来偿还两个罗图勒人了。”伏尔斯肯斯说着便举起明晃晃的宝剑朝欧律阿罗斯走了过来。

尼素斯看见,大叫一声,惊恐地从藏身之地跳了出来。“住手!这所有的一切都是我干的!我是投枪的人,把你们的利剑对准我来吧。这个计划也是我想出来的。我对你们保证,这个孩子是无辜的,他没有做任何事,以他的年龄也不可能做任何事,我请天上的星星和月亮作证,它们将一切都看得清清楚楚,他只不过是一个不幸的孩子而已。你们的一切报复都朝着我来吧。”可是尼素斯的呼喊已经迟了,伏尔斯肯斯一剑砍在男孩的胸前,破开他那白皙的胸膛,鲜血染红了他那漂亮的肢体,他如一朵被骤雨打压的罂粟花一样无力地死去了。尼素斯暴怒地冲向敌人,打退了敌人左右两面的进攻,顺着中路直扑伏尔斯肯斯,把寒光嗖嗖的利剑插入伏尔斯肯斯的口中,伏尔斯肯斯从马上滚落下来死了。尼素斯看到杀死了伏尔斯肯斯,立即扑倒在朋友欧律阿罗斯的尸体上。骑兵们箭如飞蝗,尼素斯浑身箭伤,安详地躺在他的朋友身旁,从容赴死,两个人一起奔向地府去了。

报了仇的罗图勒人哭泣着将首领伏尔斯肯斯的尸体抬回到营地,那儿的人们同样的悲伤地哭泣着,因为除了伏尔斯肯斯外,还有很多罗图勒人也死去了。人们围着这些死者的尸体和其他受伤的垂死者,大声痛哭着。图尔奴斯怒火中烧,大喊着一定会为死去的罗图勒同胞们报仇。当黎明女神向世界播撒晨曦的时候,图尔奴斯迅速唤起他的骑士们整装待发,各个分队的指挥官集合自己的铜甲部队,并大声说着各种激发斗志的话来鼓舞士气。有人竟把欧律阿罗斯和尼素斯的头颅绑在矛头上,另外一些人则跟在后面助兴地呼喊着。

特洛伊人的队伍此时正据守着城墙和战壕,当他们看到自己伙伴的头颅被悬挂在敌人的长矛上边时,悲愤不能自已。两位少年英雄已经被罗图勒人杀害的消息迅速传遍了整个军营。可怜欧律阿罗斯的母亲,当她听到儿子被害的消息后立即浑身冰冷,被这个突如其来的噩耗震惊得精神错乱,披头散发地在城墙上乱跑,全然不顾那里是危险的战争最前线。她悲恸的哭喊声让天地都为之动容:“哦,欧律阿罗斯,我老年的唯一依靠啊,我看见的那个真的是你吗?你就这么狠心撇下我一个人孤零零地生活吗?你去从事那可怕的任务,竟然不给你可怜的母亲最后一个见面的机会吗?你就这么躺在一个陌生的地方,不让我为你擦拭伤口,穿上寿衣。现在我能到哪里去找你呢?儿呀,你的尸体躺在哪里呢?天哪!万恶的罗图勒人,假如你们还有一点点恻隐之心,你们就冲着我来,用标枪将我杀死。不然的话,我的咒怨将永远追随着你们。”老母亲的哭泣感动了所有的特洛伊人,大家此时顾不得战争在即,整个军营充满了悲伤的气氛。

图尔奴斯被击溃

这时,远处传来嘹亮的军号声,接着是雷鸣般的呐喊声,罗图勒人乘胜追击而来,马蹄阵阵,势不可挡,连天空都咆哮着回声。他们从四面八方冲过来,用盾牌挡着身子,一小步一小步艰难地往前推进,占领特洛伊人的战壕,拆毁他们的堡垒,并且在防守稀疏的地段竖起了云梯,准备攻城。进攻的罗图勒人准备用投枪把特洛伊人赶下城墙。最后,他们集中兵力攻打一座高耸的塔楼,塔楼通过浮桥与营房前的城墙相连。罗图勒人奋力进攻,想攻占塔楼。特洛伊人用各种各样的武器对付着进攻者,在长期保卫家乡城市的战争中他们经历了足够的防守练习。他们把火器朝敌人的纵深投掷,又把石块朝挡着盾牌的敌人砸了下去。罗图勒人躲在坚硬的盾牌下,承受着滚下来的重量,但是,没过多久他们就坚持不下去了,特洛伊人滚下一块巨大的石块,砸破了护盾。罗图勒人失去了前进攻城的掩护,只能在远处用投掷物逼迫特洛伊人从城墙后退。特洛伊人拼命死守,组织弓箭手猛烈射击着。罗图勒人的首领图尔奴斯看准一个位置适宜的进攻地点,奋力掷出一根火把,火把掉在塔楼的一边,烧着了板壁。风助火势,板壁下面的支柱也燃烧起来。守卫的人还没来得及逃跑,下面被烧空的梁架已经塌了下来,塔楼轰然一声倒了。一部分士兵被自己的武器戳伤了,另一部分士兵吊在塔楼木架的废墟上,被坚硬的木片刺进胸膛,没有受伤的特洛伊人眼看着图尔奴斯的兵丁一步步逼近,最后也被砍翻在地。只有海伦诺和律卡斯两个人从烧毁的塔楼上逃脱,然而最后也死在罗图勒人的乱箭之下。一时间喊声四起,罗图勒人叫喊着冲上特洛伊人的战壕,开始用土石填平壕沟,并放火燃烧房屋。

特洛伊人临危不惧,拼死抵抗着敌人的进攻。埃涅阿斯的儿子阿斯科尼俄斯迄今为止一直在打猎时练习使用弓箭,其经验只限于惊走飞禽走兽,现在却一箭射穿了勇敢的罗图勒人雷姆罗斯。雷姆罗斯不久前刚与国王图尔奴斯的妹妹结婚,心里非常骄傲,昂首阔步地走在战争前线,嘴里信口雌黄地大声叫嚣着些侮辱特洛伊人的话。阿斯科尼俄斯不能忍受他侮辱自己的种族,便弯弓搭箭,虔诚祈祷道:“万能的宙斯,请允许我的大胆,请保佑我的弓箭直中目标,我会每年亲自到庙里为你祭供牛羊作为答谢。”祷告完毕,嗖的一声将那夺命的一箭准确无误地射向目标,雷姆罗斯瞬间命丧黄泉。特洛伊人大声喝彩,士气大为振奋,罗图勒人吓得直往身后退去。阿斯科尼俄斯想要乘胜追出去,这时阿波罗从天上察看罗图勒人的队伍和特洛伊居住区,正好看到了刚才发生的

图尔奴斯

一切，他及时制止了阿斯科尼俄斯。阿波罗扮作年老的布特斯——原来为阿斯科尼俄斯的祖父安可塞斯扛武器和把守房门的随从的模样，径直走到青年王子的面前，说道："埃涅阿斯的儿子，祝贺你进入了成年。现在你顺利地杀掉了对方的一位英雄，应该满足了。天上的阿波罗赐给你这一次光荣的胜利，然而你还年轻，应该尽力避免战争，不能再战了。"说完便遁入空中，消逝不见了。有些达丹首领认出了这位神仙，他们听到他临去时箭筒的响声，辨认出那神圣的武器，便连忙遵照神的旨意把阿斯科尼俄斯送离了战场。他们自己则奋不顾身，冒着箭矢冲了上去，又跟敌人厮杀起来。

特洛伊人因为阿斯科尼俄斯那漂亮的一箭而士气大振，敢于在敌人密集的地方战斗了。阿尔坎诺的两个儿子，从爱达来的潘达拉斯和比蒂阿斯此时敞开了指挥官派他们把守的城门，罗图勒人看到城门敞开，一拥而入。战争的怒狂让每个人的心中都充满凶猛的干劲，在这个危难的时刻，特洛伊人团结一心，集合在一起，奋力抗敌。双方展开了一场激烈的搏斗，罗图勒人渐渐被打退了。图尔奴斯此时正在战场的另一处疯狂厮杀，有人送信说特洛伊人因得意于新近的战果，现在已经开门迎战，而且逐渐占领上风。听到自己人败退的消息，图尔奴斯怒火中烧，放弃手头的杀戮，立即带领士兵冲了过来。他一马当先，顺着特洛伊人的尸体杀开一条血路，一直登上被打开的营房大门，一枪放倒挡住他去路的比蒂阿斯，进而又大力击倒麦罗佩斯、埃吕马斯、阿菲得纳斯等特洛伊兵将。这时战神阿瑞斯鼓动着罗图勒人的志气，给他们以力量；对特洛伊人，他却放出恶魔、溃败和黑色的恐慌。特洛伊人吓得逃进城门去，罗图勒人则乘胜直追，蜂拥而来。比蒂阿斯的兄长潘达拉斯看到弟弟的尸体躺在那里，同时又看到大门敞开着，意识到他们处境危险，便连忙用他那宽阔的肩膀顶着，把大门关锁起来。结果，他把许多特洛伊人关在门外，让他们暴露于无情的战斗之中；同时也把许多罗图勒人关进门内，任由他们大肆杀戮。被关在门内的罗图勒人还有他们的最高统帅图尔奴斯。特洛伊人马上认出了他可怕的面容，惧怕他那巨人一般的四肢，他那叮当作响的兵器和那颤巍巍的血红盔缨。只有伟岸的潘达拉斯毫无惧色，他体格高大，跟图尔奴斯一样威武强壮。潘达拉斯因为弟弟的死而悲伤万分，他愤怒地挡住了图尔奴斯的去路，大声地说："这里不是你在岳母宫殿里当女婿的地方，也不是团团围着你转的阿德亚，现在你在敌人的营房里，绝对没有活着逃出去的可能。"

图尔奴斯对他微微一笑，平静地回答说："勇敢的人，如果你有胆量，就尽管放马过来，我们决一死战。"

潘达拉斯也不理睬图尔奴斯的话，奋力投出一杆标枪。然而赫拉女神却让一阵风吹斜了标枪，让枪飞在门扇上。图尔奴斯腾身跳起，挥舞着宝剑，大喝一声："你难逃此劫，现在就让你见识一下我的剑术。"他话到剑到，双手高高举起宝剑，顿时潘达拉斯的脑袋中间劈了下来。潘达拉斯砰的一声倒落下去，连大地都在他的重量之下颤抖着。

特洛伊人看到这个场面吓得浑身发抖，叫喊着四散逃开去。这时候，假如图尔奴斯足够清醒，能迅速打开大门，把自己的伙伴们放进来，那么这一天将会是战争的最后一天，也就是特洛伊国族的末日。可是，图尔奴斯却被一股杀气笼罩着，炽烈的战斗热情驱使他率领几个部下一路追赶下去，进入特洛伊营房的纵深地带。首先他突袭了法勒瑞斯和古吉斯，从后面直斩他们的膝盖，并抓起他们的长矛向逃跑者的背后投去。继而又杀死了哈律斯、菲古斯、海利阿斯以及善于在兵器上涂抹毒药的野兽捕杀者阿麦卡斯等人，这些特洛伊士兵都在城墙上仔细防守着，没有提防来自身后的攻击。特洛伊的指挥官们，姆奈修斯和凶猛的塞雷斯塔斯听说了他们的人所遭受的残杀，又看到他们的战友在敌人的攻击下四处溃逃的情形。姆奈修斯大声叫喊道："特洛伊同胞们，你们这是要往哪里逃？除了这里，还有别的城墙和营地可以收留你们吗？在你们的营房里只有一个敌人，难道你们就任由他毫无障碍地横砍竖杀，任由他把你们这些杰出的战士们送入死人世界吗？你们如此地胆小怯懦，怎么对得起你们的祖国、你们的首领埃涅阿斯以及家乡的诸神呢？"逃跑的特洛伊人听到这番话后内心十分惭愧，他们团结起来，迅速形成队伍，重新投入激烈的战争中去。

图尔奴斯虽然取得了胜利，可是因为战线拉得太长，也渐渐地疲倦了。他也不敢指望能够重新杀回大门，于是便一路朝河边杀去。等他到达河边激流面前，只见他猛地又转回身来。他并没有想到逃跑，只是挥动利剑，把逼近自己的敌人赶杀回去。一直帮助图尔奴斯的赫拉女神已经不敢再给他增加力量和勇气了，因为宙斯派使者爱瑞斯送来命令，警告赫拉说如果图尔奴斯再不退出特洛伊人的城墙，就会有严重的苦头吃。因此图尔奴斯此时的战斗力十分弱小，特洛伊人从各个方面朝他射箭、投枪，他的头盔上不时地被石块击中，发出哐啷的响声。头盔上的羽缨被打掉了，盾牌上插满了投枪，十分沉重，他用一只左手几乎都举不动了。特洛伊人见此情形，愈战愈勇，加倍投掷飞枪，图尔奴斯汗流如注，浑身发抖，大口大口地喘着粗气，因为没有休息的机会，他已经筋疲力尽了。他一路且战且退到台伯河边时，背朝敌人，穿着浑身甲胄，纵身跳进急流当中逃去了。台伯河平稳地流动着，接纳了图尔奴斯，又在流动中把他救出特洛伊人的营地，送回到他的罗图勒战友们中间。

埃涅阿斯回到队伍

至高权力中心奥林匹斯的大门敞开着，众神之父宙斯正在他的家中召开会议。他坐在高高的王位上，俯瞰着地面上的达丹人和拉丁姆人民。众位天神在门殿厅里各就席位。宙斯首先开口，他说道："众位天神，为什么改变你们的决定？为什么让敌对双方发生如此残酷的武装冲突？我已经命令意大利人不得以战争对待特洛伊人，是什么原因驱使你们冒犯我的禁令重新燃起战争？战争自有到来的一天，但是不是现在。在迦太基打破阿尔卑斯隘口，大肆蹂躏罗马重镇的时候，你们自然可以用合法的武力自由发泄愤恨。然而现在,你们要做的就是遵守我的命令。”

女神阿佛洛狄忒接着宙斯的话说道:“噢,英明的父啊,统治世界和一切人类的主啊,你看到没有,图尔奴斯因为战神阿瑞斯给他的恩惠而趾高气扬,他风光地骑马冲进特洛伊人的队伍,横行霸道,疯狂地杀戮。现在特洛伊人的防卫墙已经不能保护他们自己了,他们的首领埃涅阿斯因为到别处去了而对此毫不知情,你难道永远不给这些可怜的特洛伊人解围吗?假如特洛伊人来到意大利没有得到你的同意或者说违背了你的旨意,那么他们活该以经受战争之苦来赎罪;然而事实上,是上天的神谕引导他们来到这里的,他们现在何罪之有呢?为什么还要一直饱受战争之苦呢?他们一路走来所历经的磨难你也看到了。之前我还希望他们能够顺利到达意大利,重建特洛伊帝国,现在看来是奢望了。英明的父王啊,我恳求你,看在特洛伊城已经被希腊人毁成一片焦土的分上,请允许我将我的孙子阿斯科尼俄斯救到安全的地方去吧。埃涅阿斯可以经受狂风暴雨的磨炼,走上命运安排的道路,我只愿保护我幼小的孙儿阿斯科尼俄斯免受战争之苦。我将带他到爱达利阿姆的庙宇,让他放下武器,平平淡淡度过一生。你可以让迦太基人将罗马的统治权握在手中,你放心,我绝对不会让阿斯科尼俄斯去阻挡泰尔人的路的。特洛伊人当初逃脱战争的苦难,在无边无际的海洋和广阔的陆地上饱受磨难,就是为了要寻找到意大利以建立一个新的特洛伊城。如若不是为了此目的,那他们住在原来特洛伊城的残存焦土上不是更好吗?父王啊,我请求你,如果特洛伊人注定要吃苦的话,那么请让他们回到他们的家乡特洛伊城那里去吧。”

这时天后赫拉急忙辩解道:“我已经忍无可忍,必须打破沉默向大家说出藏在我心里的悲苦了。你说‘命运之神鼓励他航行到意大利’,那只不过是卡珊德拉的胡言乱语罢了。意大利人火攻新生的特洛伊城固然不对,那么,图尔奴斯守卫他自己家乡的土地就有错吗?特洛伊人举着冒黑烟的火炬猛攻拉丁姆人,霸占他们的农田,抢去他们的东西,引诱已经有婚约的姑娘离开未婚夫,这些所作所为有什么道理可言呢?我帮助一下图尔奴斯又有什么不对呢?你凭什么在这里乱讲些恶言恶语来中伤我呢?”

赫拉针锋相对地辩解着,在场的众位天神都低着头窃窃私语,有的认为阿佛洛狄忒有理,有的认为赫拉有理。

宙斯听着妻子赫拉的抱怨和女儿阿佛洛狄忒的恳请,最后做出决定:神一律不介入凡人战事,一切听凭命运。他庄严地宣布道:“既然现在意大利人和特洛伊人之间的裂痕无法弥补,不能订立和约。那么让命运之神自行其道好了,不管是特洛伊人还是罗图勒人,对我而言都没有分别,宙斯是一切人的公正无私的君主,一切听从命运的安排。”

因为众神之父宙斯的决议,围困特洛伊营房以及罗图勒人和特洛伊人之间争逐城墙的决斗又渐趋激烈起来。罗图勒人紧逼每道城门,立誓要屠杀守卫城墙的特洛伊士兵,火烧他们的城堡。埃涅阿斯的整支队伍被困在城墙内,失去了逃脱的希望，他们可怜无助地站在高楼上，做着最后的抗争。前线上有英布拉萨斯的儿子阿西阿斯和希塞塔昂的儿子齐莫特斯，跟他们站在一起的还有从骄傲的律西亚来的两兄弟克拉鲁斯和塞芒。列纽斯的阿克芒使尽浑身力气抱起一大块石头，从城墙上朝下面围攻的罗图勒人抛去。他们就这样有的投掷标枪，有的抛石块，有的扔火把或射箭，竭力抵御着敌军的进攻。

两族军队就这样顽强地打斗着。此时埃涅阿斯率领亚加狄亚骑兵已经到达图斯克国的阿格拉城，离开埃汪特耳以后，他就要进入埃楚斯卡营地去见他们的新君王。城里一片火光，居民们赶走了他们的国王——残酷的墨策提沃斯。墨策提沃斯投奔到图尔奴斯那里去了，因此阿格拉城里的居民跟罗图勒人和拉丁姆人结下了血海深仇。此时他们的新国王是特拉轰，新国王友好地拥抱和接待了埃涅阿斯，热情地帮助埃涅阿斯分析战争形势、分析麦任侠斯和图尔奴斯的性格弱点，并提醒埃涅阿斯不可以过于倚侍人力。最后特拉轰不仅与埃涅阿斯缔结了和约，把自己的部队跟特洛伊战士们合在一起，还号召所有伊特卢利阿人的同盟城市共同参战。盟约订立以后，没做过多的停留，埃涅阿斯吩咐亚加狄亚和图斯克国的骑兵在陆上先走，他自己率领一支由精英首领组成的船队迅速离开了伊特卢利阿海岸。

马西卡斯是第一个船长，他率领从克律西阿姆城和科塞城来的一千名青年战士乘风破浪，斗志昂扬。他们的武器是极具杀伤力的弓箭。跟马西卡斯船长一起的是严肃的阿巴斯，他带领着九百名善战的士兵，他们都穿着辉煌的甲胄，它们的船尾闪耀着金光灿灿的阿波罗神像。第三位船队首领是充满力量的先知阿西拉斯，他是人和神的中间人，熟知野兽内脏的秘密、鸟兽的语言以及雷电所预示的征兆意义，他率领千人队伍迅速前进，他们的长矛密集成林。跟在阿西拉斯身后的是漂亮的阿斯特尔，他很仰仗自己的战马和五光十色的甲胄，他的手下共有三百名，都是忠心耿耿的战士。另外还有勇武的库那鲁斯船长、盔顶上插天鹅翎羽的库帕沃船长以及从家乡边境招来士兵的奥克纳斯船长等人。这些精英首领们率领着三十条大船，一路乘风破浪，奋勇前进，赶去帮助特洛伊人。

夜深了，慈祥的月光女神阿尔忒弥斯带着她的夜行队伍掠过奥林匹斯山头，将她那温柔的光辉洒向地面，全世界的生物都在享受安详的睡眠。可是英雄埃涅阿斯因为忧心战争，不能安然入睡，便坐在船舵旁看守着船只航行。突然，一群仙女舞蹈般的声音在他的四周响起，埃涅阿斯看到一群在海面游泳的宁芙。原来这就是特洛伊人的旧船，由赋予万物生命的库柏勒女神在台伯河的河口上把它们变作仙女的。这些船只都具有生命和灵魂，它们从远处就认出了自己的主人，纷纷围过来绕着埃涅阿斯，表示欢迎。其中最会讲话的仙女居莫多赛用右手抓住他的船尾，用左手稳定了波涛，然后开口说道："你醒来了吗，女神阿佛洛狄忒的儿子？哦，醒来吧，让风儿吹送你们的船帆。我们是你忠实的船只，从前是爱达神山上的云杉，现在是海里的宁芙。残忍的罗图勒人用刀枪和火把迫害我们，我们出于无奈弄断锚缆，在海上找你。众神之母库柏勒女神出于恻隐之心把我们变成了大海的仙女，让我们永恒地生存在波浪之中。勇敢的朋友，你要抓紧啊，现在，你年幼的儿子阿斯科尼俄斯被罗图勒人围困在壕沟里，特洛伊城墙边上的厮杀正如火如荼地进行着。你的骑兵虽然有些已赶到，就在营房的附近，可是，图尔奴斯决心以他自己的主力应付他们，切断骑兵的各条通道，使他们不能与营地里的特洛伊人联合。所以你要从速行事，天亮的时候必须命令你的战友迅速准备行动，然后迅速抓起火神赫菲斯托斯亲自为你打造的金盾，朝着你的特洛伊伙伴们的营房方向进发。切莫担忧，相信我所说的一切，明天你会取得一场胜利的。"说完，仙女沉下水中，顺便推了一把大船，大船竟在波浪间飞驰起来。其他的船只也好像长了翅膀一样，竞相追逐着向前驶去。

埃涅阿斯看到眼前发生的一切，惊讶不已，然而他愿意服从这明显偏向着自己的征兆。他高兴地仰望苍穹，简短地祈祷道："仁慈的爱达之母、众神之母、生命的给予者，现在你是我在战争中的神圣领袖，愿你实现这个预言，站在特洛伊人的一边。"

这时东方已经初现曙光，埃涅阿斯的第一个动作便是命令他的战士们站成整齐的队伍，他说着斗志昂扬的话激发他们的斗志，然后迅速开动船只朝特洛伊营房进发。没过多久，埃涅阿斯站在高高的后甲板上便已经能够看到自己的营房了。他想起了仙女的吩咐，便立即抓起火神赫菲斯托斯为他亲自打制的火光熊熊的金盾，坚定地站在船头的甲板上。埃涅阿斯用左手高举盾牌，把盾牌朝特洛伊人的方向伸过去。特洛伊人突然看到金牌好像从大海中升起万丈光芒的太阳一样，他们从城墙上看到了航行的船只，认出是自己的英雄埃涅阿斯。大家发出一阵阵响彻云霄的欢呼，一时间勇气和信心倍增，又纷纷把投枪朝敌人投掷去。

罗图勒人和他们的首领都不明白敌人怎么会突然兴奋起来。他们环顾四周，突然看到海面上帆船如织，迅速朝营地进发，当他们反应过来时，船队已经驶进海岸。埃涅阿斯犹如一颗血红的彗星，提着神制的武器，降落下来。

彪悍的图尔奴斯镇定如神，他向来没有怀疑过他自己的能力，他想把上岸的敌人从河岸上打落回来，让罗图勒人及时占领海岸。图尔奴斯对手下人大声地说："争取荣誉的时刻来到了，战士们，用你们的利剑攻破他们的阵线吧！你们一直盼望着杀敌的机会。现在，战争之神把敌人亲自交到你们的手中，举起你们手中的利剑尽情挥杀吧。想想你们家中的妻儿，想想你们的前辈名垂后世的伟大事迹，让我们先发制人，趁他们刚刚踏上陆地尚未稳定的时候，在海滩上痛击他们吧。大胆地行动起来吧，战士们，命运永远垂青勇敢的人。"

与此同时，埃涅阿斯的队伍已经从高高的船尾顺着跳板先来登陆了。他的同盟兄弟们一部分穿过浮桥来到野外，另一部分人拼命摇橹，或者任凭风浪把船只送上岸边。率领另外一支船队同来的国王特拉轰仔细观察河岸的情形，发现河口有一块平坦的沙地，海水平静无阻地流淌着。国王命令船队转弯朝那里驶去。他大声地吩咐道："骁勇的战士们，抓紧你们结实的船桨，努力地朝前划过去，用船的龙骨钻出一条通往敌人的沟道来，让船只迅速靠上。”伊特卢利阿人听到命令，便一起奋力摇橹，催动船只往前，直到船队搁上拉丁姆陆地，船的龙骨全都稳稳地紧贴地面为止。只有国王特拉轰的船没有找准方向，撞在一个倾斜的沙滩上。船身落在一块不平坦的暗礁上，长时间悬在那里随着波浪左右摇晃。船只搏击着波浪，最后波浪终于冲垮了船架，把船彻底颠翻，水手们被扔了出去，泡在水里，水里的断桨和破碎的船板妨碍他们泅水，同时退下去的波浪在河底冲击得他们站不住脚。大家费了好大的力，才把特拉轰和其他士兵救上岸。

帕拉斯之死

图尔奴斯看到敌人登陆，急忙将对付特洛伊人的前线队伍全部调集过来，沿着河岸附近重新布置防守。同时又命令士兵们吹号进攻，迎战敌人。埃涅阿斯首先冲向图尔奴斯队伍中的乡下人部队。作为战争的一个吉兆，埃涅阿斯首先杀死了拉丁人塞朗，他身材高大，正走上前来准备攻击埃涅阿斯，英雄直接将剑刺进他那青铜连锁甲的缝隙，戳破他的腰肋。之后埃涅阿斯又杀死了利柴斯，强壮的西修斯和高大可怕的古阿斯，他们正在用木棒打倒整排的人。埃涅阿斯继而向法罗斯投去一枪，这个人正在高声叫喊着吹嘘他有多厉害，那一枪正刺进他那号叫着的嘴巴里。弗卡斯的七个儿子一起上来攻击埃涅阿斯，他们朝英雄投掷长枪，有些被头盔和盾牌挡回去了，有些只是轻轻在英雄面前划过，没有造成丝毫伤害。埃涅阿斯就这样游戏般地砍杀这些乡下牧民们。

接着，他又转向了罗图勒人的精锐部队，战斗趋于激烈起来。埃涅阿斯对他的忠诚随从阿勒托斯说：“将那些从前射杀希腊人的长枪拿给我，我会让这些长枪在罗图勒人身上发生同样的效力。”说着，他抓起一根粗壮的长枪投了出去，正好穿透迈昂的青铜盾牌，径直进入胸膛。迈昂的弟弟阿尔坎诺连忙上前用右手扶住将要倒下去的哥哥，这时，埃涅阿斯的另一只投枪射穿透阿尔坎诺的手臂，血淋淋直往前飞。兄弟俩企图反击，将身上的投枪拔出射向埃涅阿斯，然而却错过了目标，只轻轻擦过阿勒托斯的腰侧。正在这个时候，库瑞斯的克劳萨斯走上来投出他那杆坚硬的投枪，正中埃奥普斯的下巴，那枪刺透了喉咙，瞬间夺去助埃奥普斯的生命。接着海累萨斯率领着一队奥软卡人过来，他的后面紧跟着墨萨帕斯和他的高头大马。士兵们一个跟一个，在意大利的土地上展开激战，竭力要赶走这些特洛伊外来者。

在另一处，国王埃汪特耳的儿子帕拉斯正在树林中一条小溪边厮杀。因为地面崎岖不平，亚加狄亚人无法骑马战斗。可是他们又不善于陆地作战，难以抵挡罗图勒人的进攻，因此想要转身逃跑。在这样危急的时刻，帕拉斯大声疾呼着召回他那些逃跑的队伍：“朋友们，你们这是要往哪里逃呢？我求求你们，看在你们的国王埃汪特耳的份上，看在他带领你们赢得的胜利的份上，看在你们自己的英勇事迹的份上，不要转身离开。拿出你们从前的勇猛来，向敌人冲去，敌人最密集的地方，就是最需要你们的地方。你们无须害怕,那些对抗我们的敌人跟我们一样都是凡人。在我们眼前没有其他的路,唯有冲上去与敌人决一死战!帕拉斯这样说着,首当其冲向敌人密集的地方杀了过去。亚加狄亚人受了责备内心羞愧,又看到他们首领的英勇行为和辉煌战绩,得到鼓舞,重新组织队伍朝敌人奋力进攻,一步步夺回营地。这时帕拉斯杀死了鲁蒂阿斯,他当时为躲避图斯拉斯和泰雷斯兄弟俩的攻击,跑在标枪飞行的道上,成了帕拉斯的枪下冤魂。后来帕拉斯又杀死强壮的海累萨斯。帕拉斯像一头暴烈的雄狮一样疯狂地砍杀着敌人,直到遇见劳素斯才被阻挡住。劳素斯是国王墨策提沃斯的儿子,是一位勇敢的英雄。他不能眼睁睁看着自己的队伍狼狈下去,便陷入与帕拉斯同样疯狂的杀戮。他首先杀死了他碰到的第一个敌人阿巴斯,一个能征善战的亚加狄亚战士。接着又杀死埃楚斯卡人以及在特洛伊战争中未被希腊人杀害的特洛伊人。双方军队正面交锋着,兵力和首领势均力敌。一方有帕拉斯,一方有劳素斯,他们年龄相仿,都是体格强健的少年英雄,于是各不相让。虽然命运注定他们都回不去家乡,可是奥林匹斯神却不允许他们单独对战,他们的命运将要把他们分别交在一个更强大的敌人手中。

图尔奴斯看到两人跃跃欲试地准备拔剑相杀,便站在战车上大喊一声:"住手,让我来单独会会帕拉斯,他今天必将死在我的手上,我要让埃汪特耳亲自看到他宝贝儿子的下场。"这样说了以后,他的战友遵从地为首领让开位置。

帕拉斯抬起目光上下打量一番叫喊者庞大的身躯,虽内心有些许恐惧,却大胆地朝对方回话说:"今天或者是我缴获一套首领盔甲,获得荣誉;或者让我轰轰烈烈地光荣死去。无论怎样,我父亲都会安于天命的,因此你少在这里说你的威胁话。"说完,他坦然地步入战场中间,亚加狄亚人吓得血都凝结起来了,一边佩服着他们的小王子的勇气,一边暗暗为他捏把汗。图尔奴斯也从双马拉动的战车上跳了下来。帕拉斯判断着图尔奴斯进入标枪射程的距离,同时朝上天祷告道:"神圣的赫求力士,看在我父亲与你的交情的分上,请支持我的长枪吧,让我顺利取下图尔奴斯的首级。"赫求力士听到帕拉斯的祷告,深深地长叹一口气,禁不住泪流满面。这时天父平静地对赫求力士说道:"各人天数由命,你无须替他伤心。整个人类的寿命都很短暂,一去不复返,但是他们却以取得荣誉来延长生命的意义。图尔奴斯也有他的命运为他规定着活着的年限。"天父说完,将目光移到别处,不再理会战场上进行着的一切。

帕拉斯祈祷完后,在与图尔奴斯相距一箭之地时,他使足气力投掷去一根投枪,同时,又猛地从剑鞘中拔出利剑。投枪正中图尔奴斯的盾牌,钻穿盾边,擦破了图尔奴斯的皮肤。

图尔奴斯抓起他早已经预备好的装有钢矛的长枪,在手中掂了掂,大喝一声:"当心,看看我的投枪是不是有力一点。"说完,他抖手扔了出去,投枪飞着穿过帕拉斯的盾牌、盔甲和胸脯,一直刺进他的心脏。帕拉斯忍痛拔出那杆浸透他鲜血的投枪,他的灵魂随着喷涌的鲜血一起飞离了身体。帕拉斯砰地一声翻身倒在地上死了。图尔奴斯走上一步，用左脚踩住死者，从尸体上解下了漂亮的腰带，并对那些亚加狄亚士兵们叫嚣道："听着，将我的话带给埃汪特耳，我把帕拉斯还给他，我不反对帕拉斯有一座坟墓，你们把尸体送给他的父亲埃汪特耳去吧。这就是和埃涅阿斯结盟所要付出的代价，当然，他要付出的代价不止这些。"

亚加狄亚人大声哭泣着抬起已死的王子帕拉斯离开了战场。伊特卢利阿人和特洛伊人抵挡不住罗图勒人的进攻，混乱地跟在亚加狄亚人后面逃去了。

埃涅阿斯正在另一侧激战。他听到了对面自己人溃逃时的混乱叫喊声和帕拉斯被图尔奴斯杀害的消息，又惊又恼，便连忙带着勇敢的伙伴们赶了过来。埃涅阿斯手执利剑，在敌人丛中杀开一条宽阔的血路，到处寻找着仇敌图尔奴斯。往事历历在目，埃涅阿斯的眼中又浮现了埃汪特耳的宴会的盛大场面，含着眼泪想起了帕拉斯是如何热情友好。他的心中充满了悲痛和复仇的愿望。他从敌人阵营中抓来了素尔摩的四个儿子和伍芬斯的四个儿子，把他们带离了战场，准备用他们的血来为帕拉斯祭祀。一路上，他在过度悲愤的情绪笼罩下疯狂地杀过去，有谁敢挡路的，统统被他杀死在地。罗图勒人马加斯抱住埃涅阿斯的双腿苦苦哀求道："勇猛的英雄，看在你父亲的亡魂和你对已成年的儿子阿斯科尼俄斯的希望的分上，求你饶了我吧，让我安全地回到我的老父亲和儿子那里。我有一座富丽堂皇的房子，地下埋着许多金银珠宝，我统统都给你。你们特洛伊人的胜利不在于多杀我一个，求你放了我吧。"

"把你的那些金银珠宝留给你的儿子们吧，图尔奴斯杀死帕拉斯的时候，已经用鲜血抹掉了一切战争的礼节。"埃涅阿斯激动地说着，将刀架在马加斯的脖子上，轻轻一抹要了他的命。菲巴斯和曲维亚的祭祀海芒尼德斯一身白衣白裤站在战场上，埃涅阿斯遇到他，追得他满战场乱跑，最后失足倒在地上，成了埃涅阿斯的剑下鬼。接着英雄埃涅阿斯又立即去追赶图尔奴斯的前线士兵们。他攻击了尼费阿斯赶来的驷马战车，又将拥有意大利田产最多的沃尔逊斯砍倒在地。这时，罗图勒将领卢卡加斯驾着一匹黑马迎过来，与他坐在一起的是他的兄弟利格。埃涅阿斯不等敌人靠近自己，已经迈开他那健壮的步伐主动迎了上去。疯狂的利格大言不惭地对高大的埃涅阿斯放出狠话："过了这个时候，你就再也看不见迪奥麦德斯的战马，或阿基里斯的战车，或弗吕吉亚的平原了，因为此时此地将成为这次战争和你的性命的终点。"利格的大话在战场很远处都能听得到，特洛伊的英雄没有出声，直接用行动作为应答，直接朝口出狂言者投出一把长枪。这时卢卡加斯正探身向前催马前进，准备战斗，埃涅阿斯的那把长枪直接穿透他的盾牌刺入左股，卢卡加斯被扔出战车，在地上滚了几番死去了。惊慌的利格也随即跳下战车，他一改刚才的狂妄自大，捉住埃涅阿斯的双手苦苦哀求道："伟大的特洛伊英雄，求你饶了我的命吧，同情同情我这个失去了哥哥的可怜人吧。"他还有话要说下去，埃涅阿斯却不耐烦地打断他："贪生怕死的家伙，你刚才可不是这样说的，既然你怀念你死去的哥哥，那我就成全你，让你在地下与你哥哥相见吧。"说着用利剑挑开了他的胸膛。特洛伊的英雄就这样杀得横尸遍野。最后,他的儿子阿斯科尼俄斯看到时机已到,便率领被包围的特洛伊人从营房里杀了出来。

埃涅阿斯与图尔奴斯之战

赫拉女神看到地面上的战争情形,觉得大事不妙,便急忙赶到奥林匹斯神山,低声下气地用各种理由说服宙斯,想让他把图尔奴斯从埃涅阿斯的手中救出来,把他送离战场。天上的奥林匹斯王简短地回答道:“假如你要求的是不立刻死,只是拖延他的死亡时间,使他逃脱眼前的这场劫难,那么还能通融,不过他来日终究是要死的。不过假如你的请求当中含有更深层的赦免的意思,想要借此改变战争的结局,那么你的希望会落空的。”赫拉听完丈夫的话,含泪说道:“哦,但愿你只是嘴上说不,心里却是应允我的请求的。如果图尔奴斯必须要死,也但愿你能为他设计一个稍微好点的结局。”

赫拉说完,立即从天空高处俯冲下来,直奔劳伦特人的营房。她抓了一把松散的云雾,做了一个没有灵魂的幻影,幻影的模样看起来很像特洛伊英雄埃涅阿斯。赫拉还给幻影穿上盔甲、戴上头盔,让他手上提着盾牌。它们都是模仿埃涅阿斯的装束制造的。最后,她还不忘让幻影具有埃涅阿斯般的动作和步态,只是没有他的灵魂和他说话的声音。幻影如同梦影一样,带着赫拉的嘱托,飞腾着来到前沿阵地,朝着图尔奴斯又是箭射又是投枪,企图激起骄傲的图尔奴斯的愤怒,引诱他出来交战。图尔奴斯果然中计,他急忙朝幻影扑了过来,还顺手投去一杆飞枪。幻影突然转过身来,夺路便逃。这时图尔奴斯以为埃涅阿斯真的是在逃避他,便嘲笑起来:“埃涅阿斯,你往哪里逃?不要抛弃你那海誓山盟的婚约啊,现在我就将你漂洋过海苦苦寻找的土地送与你。”他这样讥讽着,提着宝剑,跟着幻影追了下去,丝毫没有意识到眼前的埃涅阿斯只是随风飘荡的气体。不久,他就追赶着离开了战场。

紧靠海边停留着一艘伊特卢利阿的大船。幻影朝大船逃了过去,心急慌忙地在船上寻找藏身之处。图尔奴斯以同样的速度追上来,闪过一切障碍,一跃跳上那陡峭的浮桥,一直追上甲板。赫拉看到目的实现,心中十分欢喜。她等图尔奴斯刚一上船便急忙撕断缆绳,让船只顺着退潮一直漂入大海。

这时候,真正的埃涅阿斯还在激战中寻找仇敌。那个幻影已经离开了躲藏的角落,腾入空中,消逝于云朵之中了。图尔奴斯对自己的处境莫名其妙,他在船上找不到任何人,只能眼睁睁看着越离越远的海岸,心中急得毫无主张。他不明白也不感谢有人从中救了自己,望着茫茫大海,他向天伸出双手叫喊道:“万能的父啊,难道我犯了什么严重的罪行,要你这样严厉地惩罚我,让我陷入这样的境地呢?我是从哪里开始漂流,又是要漂到哪里去呢?我怎样才能回到我的战友们中间呢?我还能再见到我的营地和我的国家吗?我那些可怜的战士,他们周围都是残酷的死亡,难道我要眼睁睁看着他们四散奔逃,无所归属吗?”说着,他一会儿这样想,一会儿那样想,一种可怕的耻辱感让他心烦意乱,他想拔出剑来自杀了事。可是,他又寻思着能够重新回到伙伴行列中去，于是带着一身甲胄跳进了大海，企图能够游到岸边，重返营地。赫拉衷心可怜他，朝他送去了层层波浪，因此他慢慢向前漂去，一直漂到故乡的阿尔特阿城，在那里登陆。

争夺城墙的战争愈加激烈。特洛伊人逐渐占了上风，他们大声喝彩着更加勇敢地战斗。可是，被赶出阿格拉城的伊特卢利阿人的国王墨策提沃斯这时显露出强大的战斗力。他原来一直殿后，现在冲上前来扑向敌人。伊特卢利阿人看到他们的仇敌分外眼红，于是便集中所有的仇恨和所有的武器从四面八方把他围困起来。但是墨策提沃斯犹如屹立大海的山岩，杀退了伊特卢利阿人和夫利基阿人的一次次进攻。首先他把多利柴昂的儿子赫布拉斯打倒在地，接着又打倒了拉塔加斯和匆忙逃跑的帕尔马斯。帕尔马斯在地上痛苦地打着滚，断了筋骨，没有指望了。墨策提沃斯还杀死了弗吕吉亚的伊范西斯和米马斯，他就像一头可怕的野猪，多年来安安稳稳地居住在松柏掩映的山头，现在被一群凶猛的猎犬赶下山来，虽然最终难逃四面罗网，但犹鬃毛直竖，怒吼抗争。在场的士兵们谁也没有勇气上前去跟他对战，大家只是站在一个安全的距离朝他投掷标枪或者大声吆喝，以激起他的怒火。

战神阿瑞斯给了战斗双方同等的压力、同等的痛苦和同等的死亡。因为双方同时在砍杀，同时在死人，胜负相当，任何一方都没有想要首先退出战争的念头。在天父宙斯的议事大厅里，众位天神神色黯淡，都很可怜战斗双方无谓的愤怒和牺牲。令他们难过的是人类注定要死，却要经受这样可怕的磨难。阿佛洛狄忒和她的对头，赫拉女神，都在密切注视着战况。

墨策提沃斯在战场上疯狂地杀戮着，他身躯高大，穿着沉重的甲胄昂首阔步，他在寻找跟埃涅阿斯决战的机会。当他终于看到埃涅阿斯的时候，便立定脚跟，迅速用眼睛丈量着标枪的适当距离，并祈祷道："我的右手啊，我即将投出去的长枪啊，你们就是我的神，保佑我击中目标。我将从埃涅阿斯身上剥下来的甲胄为劳素斯穿上。"说完，便朝埃涅阿斯投掷去一根长枪。投枪正好打中埃涅阿斯的盾牌，哐啷一声弹落回去，却不料打中站在埃涅阿斯身边的安图勒斯。埃涅阿斯此时也朝对方投掷一枪，投枪穿透了墨策提沃斯盾牌的三重铁皮，一直刺进墨策提沃斯的下腹。埃涅阿斯看到他的对手血流如注，顿时意气风发，高兴地抽出宝剑，朝对手扑了过去。墨策提沃斯中了一枪，痛得浑身无力，只得慢慢地往后败退。他的儿子劳素斯深爱着父亲，此时看到父亲伤得如此严重，不由心痛得眼泪直流。劳素斯猛地冲上前去，加入战争。正当埃涅阿斯用右手高举利剑朝墨策提沃斯劈下去的时候，劳素斯用自己的身体和盾牌挡住冲过来的剑锋，救下了父亲。这时他的伙伴们高声呐喊着，一起跟着劳素斯冲过来。大家纷纷射箭投枪，逼他们的敌人保持距离，进而将墨策提沃斯安全撤退下去。埃涅阿斯虽然怒火中烧，却也必须小心应付。他只得停下脚步，举起盾牌，掩护自己，并冒着密如冰雹似的投枪对劳素斯大声喊叫说"你这是干什么？你难道疯了，竟敢上前来送死？对你父亲的孝心竟然使你如此轻率，做力所不能及的事情。”话虽如此，劳素斯却毫不退让，坚持他疯狂的挑战。埃涅阿斯怒不可遏，他挥上一剑，拦腰斩在劳素斯的身上。劳素斯跌倒在地，临死的面容一片苍白，他的生命离开躯体，穿过天空，悲哀地进入幽灵世界。埃涅阿斯看到时心中十分同情，不禁深深叹息，因为劳素斯让自己想起他对他父亲的爱。埃涅阿斯伸出双手，大声地悲叹道：“哦，不幸的孩子，勇敢的小少年，我多么希望看到你的勇气让你获得别的好结果。我会为你保留着你的盔甲，让你跟你的祖先们安葬在一起的，不过，至少应该让你明白，就算是死，你也是死在强大的埃涅阿斯手中，这也算是你的荣耀。”说着，埃涅阿斯亲自把孩子从地上抱起来，不让孩子的头发沾上尘土和污血。他一边责备对方被吓得不知所措的士兵们不该迟疑不前，一边吩咐他们迅速把劳素斯的尸体装运回去。

墨策提沃斯受伤以后一直撤退到台伯河边，靠在堤岸旁的一棵树下，用河水清洗伤口，给自己止血。他的青铜头盔挂在附近的树枝上，沉重的铁甲搁在草丛间。周围站着几个他挑选出来的年轻士兵。他用手撑着脑袋，伤口的疼痛让他不时虚弱地喘着粗气。他心中牵挂着自己的儿子劳素斯，不停地问劳素斯怎么样了。正在这个时候，劳素斯的战友们流着眼泪用盾牌抬着他们已死的少年英雄走过来。墨策提沃斯大老远就听到他们的哭诉声，本已经预感到凶兆，等他看清楚死去的原来是自己的儿子时，不由得抓起一把泥土洒在灰白的头发上，朝着苍天伸出双手，然后又抱住儿子的尸体。“哦，亲爱的儿子啊，难道我这般贪生怕死，竟让你，我的亲生儿子，代替我死在敌人的手里吗？难道你的父亲在知道你为他而死之后还能独自活着吗？我被放逐的真正痛苦，直到现在才体会到。儿呀，我真是痛苦万分啊！”他大叫一声后继续说道：“难道这是真的吗？我果然还能看到阳光和人群？可是我愿意离开他们。是我害了你，是我惹起的怨恨让人民放逐我，是我的罪过玷污了你的名声，是我让你不能承袭祖先的权杖和宝座。所以我应当自动回到祖国和人民中间，让他们报仇雪恨，情愿以各种死法来赎回我所犯下的罪过。”

说完，墨策提沃斯用受伤的大腿撑起身子，挣扎着站了起来，吩咐士兵备马。这匹马是他之前的荣耀，也是他现在的安慰，它驮着他经历了多少次胜利的战斗。今天，它好像明白主人的心意和悲伤，于是低垂着头，站立一旁。墨策提沃斯抚摸着他的战马，深沉地说道：“雷巴斯，活到现在，我们的命算是长的了，我们长期相交，长期相处，经历了许多美好的时光。今天，你应该跟我一起去为劳素斯报仇，战胜杀人凶手埃涅阿斯，取回他的甲胄和首级。如果我们没有战斗力再取得胜利，那么你就跟我一起死，因为我知道你绝不愿意屈身服从于一个外邦主人的命令。”说完，他迅速地武装起来，忍受着伤口的剧痛。士兵们看到他的头盔闪亮，马鬃飘扬，手上抓了一捆投枪。墨策提沃斯飞身上马，他的心中涌起一阵又一阵强大的混合着耻辱、疯狂和痛苦的复杂浪潮，爱子之心让他被强烈的复仇欲望所笼罩，他又上了战场，大声叫喊着，向埃涅阿斯挑战。

“这是天神宙斯和阿波罗送来的良机，”埃涅阿斯看到他的对手又过来了，高兴得大叫起来，“来吧，让我们再决一死战。”他一边这样说着，一边举起长矛上前去迎战敌人。

墨策提沃斯毫不畏惧地回答说：“野蛮的仇敌，你以为在你夺走了我的儿子以后还能吓唬我吗？你已经找到了毁掉我的唯一方法。我现在对死毫不畏惧，也不信任任何的神。所以，放下你的大话吧，我来之前已经准备好了要死，不过，在我死去之前你该尝尝我的厉害。”说着，他猛地投掷出了一根，又投掷出了一根，再投掷出了第三根投枪，然后催动坐骑冲了上来。埃涅阿斯转过盾牌，接二连三地挡住了投枪，那金制的盾心挡得住任何利剑，埃涅阿斯毫发无损，他继而取出自己的长矛朝敌人的坐骑投了过去。长矛击中战马的太阳穴。战马受了惊，竖起两条前腿在空中狂乱地划动，把背上的骑士掀在地上。最后，它沉重地摔倒在地，马背正好压在墨策提沃斯身上，接着在地上一阵挣扎。

两边特洛伊人和拉丁人的呐喊声响彻天空，埃涅阿斯快步跑到墨策提沃斯身边，拔出宝剑，嘲讽着大声发问：“昔日火爆的墨策提沃斯和他的疯狂脾气在哪里，这位骄横的不可一世的人躲到哪里去了？”

“残酷的家伙，”倒在地上的墨策提沃斯仰望着天，叹息一声说，“我的死期将至，你还笑话我。我想象不出还有比壮烈死在战场上更好的结果。杀我不是错事，我来向你挑战之前就已经抱定了死的决心。可是倘使战败者可以求情的话，我有一件事央求于你：请把我的尸体归葬地下。你知道，我从前的臣下对我恨入骨髓，他们恨不能寝食我的尸皮。我求你保护我，把他们的愤怒与我隔开，让我的坟墓紧挨着我的孩子。”说完，他伸出脖子，将喉咙靠近敌人的剑尖。

战争停止了

特洛伊人成了战场的胜利者。埃涅阿斯开始对神还愿，报答他们给予的战争结果。他在山坡上竖起了胜利的信号，这是一棵巨大栎树的树干，枝叶全部凋落。树干插在那里，披着墨策提沃斯的战袍，战袍闪烁着冷冷的寒光：右面挂着鲜血淋漓的头盔，被盾牌撞碎了的投枪，他的盔甲，盔甲上中了十二道枪伤，几乎被撕成了碎片；左面挂着他的盾牌和宝剑，象牙的剑鞘上闪亮着珠光宝气。埃涅阿斯把这些缴获物全部祭献给战场的神。接着他对战友们说着鼓励的话：“亲爱的朋友们，我们已经成就了一次伟大的胜利，接下来还有更艰巨的任务等着我们，但是大家不用担心，我们完全有能力战胜敌人。在你们面前悬挂着的战利品来自一个骄傲的国王，这是我们初次胜利的果实。现在我们必须重振士气，向拉丁奴斯王和拉丁的城池进军。战士们，好好准备你们的武器吧，一旦天上的神祇发出命令，我们应该立即竖起军旗，奔赴战场。”

祭毕，大家回到营房。年迈的亚加狄亚人阿屈忒斯正在那里看守着帕拉斯的尸体。阿屈忒斯是帕拉斯的先生，他作为给学生扛武器的人一路跟了过来。帕拉斯被安置在营房的厅堂里，周围站着一群仆人和特洛伊的男人与女人，大家都解开发髻，悲哀地哭泣着。埃涅阿斯看到帕拉斯放在枕上的头，他那白得像雪的面颊和柔滑的胸口上那意大利标枪所造成的创伤，不由得饱噙眼泪，大声地喊着说："啊，可怜的孩子，命运之神她心怀嫉妒，所以残酷地夺你而去。不让你看到我将要建立起来的王国，也没有能够让你凯旋返乡。我没能对得起你父亲的嘱托，好好照顾你。记得那天我们离开他的时候，他拥抱我，送我去赢得一个伟大的帝国，同时也急切地警告我说，我的敌人是些体力充沛的人，我们必须小心谨慎地面对一个强悍的民族作战。可怜你的父亲现在还不知道你的死亡，也许还在对着空幻的希望还愿。哦，那可怜的父亲，命中注定要看见自己儿子的葬礼，白发人送黑发人。难道这就是我们当初希望的凯旋吗？难道我的庄严承诺就是这样实现的吗？"英雄埃涅阿斯悲恸地大哭着，哭声感动了周围所有的人。

哭够了，他命人将那可怜的尸体抬进营房。接着从全军中选派了一千人参加最后的葬礼仪式。人们用灵巧的双手为帕拉斯做了一个柔软的柳条灵床，上面有树枝树叶的天蓬遮阴，他们把少年英雄的尸体抬进这个朴素的灵床里，供人瞻仰。埃涅阿斯取来两件紫金色的节日服装，那是狄多女王亲自织造的，衣服上镶嵌着金丝银线。这是他以哀痛之心向帕拉斯所致的最后敬意了。他把一件衣服盖在死者的身体上，又用另一件裹住死者的卷发。死者将以这样的装束被抬往帕朗图姆城去见父亲。埃涅阿斯还命人将帕拉斯在劳伦塔姆战争中缴获的所有战利品都摆列出来，此外，还有用以活祭的双手被绑的战俘，他们的血将洒在死者火葬时的火焰上。此外，埃涅阿斯还让人们找来几根树干，穿上敌人的甲胄，并标出他们可恨的名字，以表示敌人的首领们亲自来给帕拉斯送葬。年迈的阿屈忒斯在送葬队伍中痛苦地走着，不时用拳头捶打自己的胸膛，用指甲抓揉自己的脸皮。帕拉斯的坐骑像是通人气一样，此时它的眼中也滚落着大滴大滴的泪珠。最后是伊特卢利阿人和亚加狄亚人的首领们以及特洛伊人组成的送葬队，大家都把武器下垂着，缓慢地往前走去。等到整支送葬队伍走了很远之后，埃涅阿斯停下脚步，长叹一声，说道："永别了，帕拉斯，勇敢的少年英雄，愿你永远安息。"说完离开送葬队伍走向自己的营地。

正在这时，拉丁奴斯的城内走来一群使者，使者们手上擎着橄榄枝，他们称他们是埃涅阿斯的未婚妻的父老兄弟，恳求埃涅阿斯看在这个份上慈悲为怀，开恩把他们被杀死在平原上的战士还给他们，让他们得以安葬。

埃涅阿斯答应了他们的请求，仁慈地回答说："你们这批拉丁姆人是多么盲目啊，竟然拒绝我们的友谊，将我们卷入了这么一场巨大的战争。你们祈求和平难道是为了死这么多人吗？我多么希望从一开始就给你们的活人提供和平呀。来到这里，只是因为命运指给了我一个地方作为我未来的家，如果不是遵照天命的指示，我是绝不会到你们国度来的。只有你们的国王才不顾我们的盟谊而宁愿相信图尔奴斯的武器。图尔奴斯如果愿意用拳头结束战争，逐出我们特洛伊人，那么他应该穿上武装，亲自来跟我决斗一番。你们现在回去吧，把你们这些可怜的伙伴们抬回去，搁到焚烧尸体的柴堆上去吧。”

使者们听着特洛伊人的国王口中讲着这一番温和的话，十分惊讶，相互默默地对望着。最后，他们当中的老人得朗策斯走上前来，他一向对年轻傲慢的图尔奴斯深恶痛绝，老人开口说道：“特洛伊的英雄，我应该更多地赞赏你的哪一方面的美德，你的赫赫战功超过了你的鼎鼎大名，我该仰慕你的正直无私，还是你在战争中的坚毅不屈呢？我们非常感激你的仁慈，也很乐意将你的意志带回我们的城市。假如命运允许的话，我们将竭力促使我们的国王拉丁奴斯与你和解。我们甚至愿意帮助特洛伊人垒砌城墙，重新建立特洛伊城。”得朗策斯历来与图尔奴斯不和睦，使者们听到他的话齐声高呼，表示同意，并报之以热烈的掌声。双方约定，停战十二天，各自处理丧葬事务。

国王埃汪特耳不久前才收到儿子帕拉斯在战场上得胜的消息，现在却要面对冷冰冰的尸体。当送葬队伍快到城门时，亚加狄亚人急忙手持丧葬火炬赶到城门迎接，那一长列火炬将大路照得通明，特洛伊人的送葬行列和他们相遇，很快汇成一片移动的哭泣的人群。还有谁的悲伤能够比老国王埃汪特耳更甚呢？他在送葬的人群中间狂奔着，当灵床落地的一刹那扑到帕拉斯身上，抱着儿子痛声哭泣，周围的人群无不为之动容。过了好久，他才抬起他那张老泪纵横的脸，艰难地说着他内心的苦楚：“哦，狠心的帕拉斯，你就这样抛下你的老父亲去了吗？你当初对父亲的诺言不是这样的啊！你曾向我保证你知道如何小心谨慎地应付战神阿瑞斯的凶暴。哦，我可怜的孩子，一条年轻的生命，就这么咽下了死亡这苦涩的果实，没有一位神听到我的祈祷和许愿啊！你呀，我神圣的受人敬爱的王后，你死得多么有福气，没有活着受接二连三失去亲人的痛苦。我却不是这样，我多活了些岁月，到头来却只落得白发人送黑发人的下场。我只愿跟随特洛伊队伍去战场，死在罗图勒人刀剑之下的是我啊！可是，特洛伊人，我不是埋怨你们，我也从来没有后悔与你们结成联盟，现在你们报告给我的这场灾祸，是一开始就在等着我的啊。假如帕拉斯的死是不可避免的，那么我至少还有一点安慰，那就是他是为了帮助特洛伊人进军拉丁姆战死的，他也曾在战场上杀死无数敌人，取得了荣誉。”他低头抚摸着帕拉斯那苍白的脸颊，继续说道：“还有，帕拉斯，我能给你的哀荣，怎么也比不上英勇的埃涅阿斯，弗吕吉亚的贵胄们，埃楚斯卡王子们以及全体特洛伊队伍带给你的多。为了纪念你的胜利，他们为你带来了你在战场上的战利品。假如图尔奴斯跟你年龄相仿，力气相当的话，我相信，他现在也将是这些穿着甲胄的大树干中的一个。”老国王埃汪特耳悲戚地说着，接着又转向送葬的特洛伊人：“勇敢的特洛伊战士们，我不会让我一人的哀戚耽误你们的战斗。现在，你们快返回战场去吧，把我的话带给你们的首领埃涅阿斯，告诉他，他尚且欠我们父子一笔债，那笔债只有亲自杀死图尔奴斯才算清偿。我现在上了年纪，唯有苟延残喘地坚持活下去，等着他的好消息，以安慰帕拉斯的在天之灵。”

当东方晨曦初现的时候，埃涅阿斯和他的士兵们已经在海岸旁搭起火葬堆。

按照祖先的习俗，人们把死者的尸体搬到这里，举行丧葬仪式。冒着黑烟的火把点燃了高高的火葬堆，天空瞬时笼罩在漆黑的浓烟之中。人们身披光亮的甲胄，有的步行，有的骑着马，环绕死者的火葬三圈，他们大声痛哭着，同时把缴纳的敌人的头盔、宝剑、马笼头、车轮等物件扔在熊熊燃烧的火葬堆上，也有人将死者生前喜爱的东西，他们的盾牌和武器扔上去。他们还宰杀了很多牛羊，作为对死者的祭祀。就这样，整个海岸都笼罩在丧葬死者的悲伤氛围中，人们围在那里，看着自己亲爱的战友们焚烧，久久不忍离去。

在另一处，悲伤的拉丁姆人也搭起无数火葬堆。他们把有的尸体埋在地下，有的送到家中，其余的则成堆焚化，一大片田野处处都燃烧着熊熊的火堆。悲哀的母亲、遗孀和孤儿们诅咒着战争，诅咒跟图尔奴斯的婚约。人们听到使者得朗策斯回来后说，埃涅阿斯只向图尔奴斯一个人挑战，要跟他决一高低。这时，他们仇恨图尔奴斯的情绪更为高涨。当然，也有人起劲地举出各种理由为图尔奴斯辩护，强大的王后阿玛塔全力以赴地维护他。他的荣誉和取得的许多胜利也使他在部分民众的眼中成为光辉的象征。

拉丁姆人召开民众会议

在意大利的南部道尼恩地区住着希腊的大英雄狄奥墨得斯。他从特洛伊征战回来以后由于妻子不忠诚只得离开亚各斯王国，在意大利建造了阿尔吉律帕城。其实，关于这位著名英雄的最后命运有许多传说，其中有一点几乎是共同的——他必须离开亚各斯。他的妻子埃癸阿勒阿是亚各斯国王阿德拉斯托斯的女儿，由于阿佛洛狄忒的唆使，埃癸阿勒阿背叛了对丈夫的忠诚，甚至想谋害他的生命。他只得离家，长期漂泊在大海上，一直来到利比亚和伊贝利亚，最后在意大利的道尼恩驻扎下来。道尼恩位于亚得里亚海附近，狄奥墨得斯娶道奴斯国王的女儿为妻，在这里建立了王国，王国的首都是阿尔吉律帕。他死后被许多地方奉为半神，尤其在狄奥墨得斯岛上。

图尔奴斯知道狄奥墨得斯是特洛伊人的宿敌，所以在战争爆发以后立即派罗图勒人维奴鲁斯前去寻找狄奥墨得斯，希望得到他的帮助。现在，维奴鲁斯从希腊人的移民地区回来了，然而并没有带来好消息。那些礼物和诚心诚意的祈祷都没有发生效力。拉丁姆人要么向别处重新寻找战争的援助者，要么就得向特洛伊人求和，因此，老国王拉丁奴斯的最后一个希望也破灭了。他们面前竖起的座座坟茔，他们所见证的战争的残酷，都已经在警告他们，埃涅阿斯显然是受于天命的人。因此拉丁奴斯下令召集境内的重要人物，召开一场会议探讨战争的应对之策。议员们穿过挤满人群的街道，聚在宫中，国王自己阴沉着脸坐在王位上，让使者维奴鲁斯详细介绍请求援助的结果。

“市民们，”维奴鲁斯开始说：“我们看到了大英雄狄奥墨得斯和亚各斯人的新城，城市位于加尔加奴斯山的美丽的高坡上，周围是高大的栎树林。我们被他召见，把名字和国籍通报给他，把礼品搁在他的面前，还说了是谁把战争强加在我们头上，并说明我们来到他的城市的动机。他听了以后，安详地回答我们说：'呵，幸福的奥索尼亚人，在善良的农神的佑护下过着平静的生活的民族，是怎样的命运破坏了你们的安宁呢？我们是战胜特洛伊的人，是最高贵的凡人。可是我们所有以武器施于伊利亚地面的人，都在世界各地遭受着难以言喻的惩罚，为我们的罪过付出代价。唉，如果普里阿摩斯今天看过我们如何艰难地抵挡我们的骄傲，他也一定会同情我们的。战争以后，我们各自分散，流落在遥远的地方。洛克里斯人埃阿斯在大海里寻到了安葬自己的坟墓；阿伽门农被打死在自己的家中；墨涅拉奥斯在埃及到处流浪；奥德修斯在库克罗普斯巨人面前吓得发抖。神也没有给我赐福，没能让我回归自己的家乡，回到我父亲的祭坛和我日夜想念的妻儿身边。所以，让我们停止这个悲伤的赎罪故事吧。我自从在战斗中伤害了阿佛洛狄忒女神以后，从此就失掉了幸福，因此我再也不想参加任何战争了。特洛伊被攻陷以后，我就不再是特洛伊人的敌人了，也不愿意再回忆起从前的胡作非为，那些都是我强加给他们的。你们从家乡带来的礼物，不要送给我，还是送给埃涅阿斯吧。我曾在战斗中跟他交过手，领略过他那强大的力量和精湛的剑术。如果赫克托耳死了以后在爱达地面多生出两个像他这样的英雄，那么命运将反转过来，哀悼亡国的将是希腊人。因此，趁着为时未晚，我劝你们还是跟他握手言和，不管条件如何，都答应他吧。'"

"禀告陛下，这就是那位君王的答复和他对这次可怕的战争的意见。"维奴鲁斯说完便退下去。

使者结束报告以后，会场上出现一阵骚乱声，众意大利议员你望我、我望你，纷纷表达着相互冲突的意见。等到会场再度安静下来时，国王拉丁奴斯坐在高高的王位上说："市民们，我本来希望早些对我们的主要问题做出决定，不必等到敌人兵临城下才召开会议。现在，我们在进行着一场不幸的战争，他们是神的后裔，他们的力量是我们不可抗击的，所以，跟他们作战，并不合时宜。假如之前我们还指望着狄奥墨得斯的武力来帮助我们，那么现在这唯一的希望也破灭了。战争已经让我们的国力趋于衰落了，凡是能做的我们都已经做了。现在，我想向你们提出一个我考虑已久的建议，请仔细听着。在离台伯河不远的西部地区，我有一块从祖上传下来的土地，往西延伸到西坎尼安人的边疆以外，那是罗图勒人和奥龙克人耕种过的，周围是连绵不断的云杉山地。为了表示友好，我想把这块土地割让给特洛伊人，接纳他们作为我们王国的同盟兄弟，让他们在那里定居，建造他们自己的城市。假如他们愿意到别的国度去另外寻找土地的话，我们没有理由不让他们走，那么，他们可以获得我们赠送的金属、船只和工人。我们将为他们建造二十只摇橹的大船。此外，我们还会从拉丁姆的高贵家族中挑选一百名使者，让他们为我们传达并缔结可靠的和约。他们将手持橄榄枝，为特洛伊人送去黄金、象牙、长袍和宝贵的王座，这些都是王国的珍宝。"拉丁奴斯缓了缓，继续说道："这是我考虑已久的计划，现在请大家随意发表意见，商讨如何挽救败局。"

听完这番话，得朗策斯老人站起身来，用他那善于辩论的口才回答国王的话。他不善于打斗，可是商讨战略战策的时候，他被认为是一个值得尊敬的议论者。只见他说道："英明的国王，你刚才的提议大家都清楚地了解了，不需要我再多说。我们每个人心里都明白我们目前应该做的事情，只是因为害怕而憋在心里不肯说出来，可是我要说，我王陛下，在你慷慨赠送特洛伊人的礼物当中，还应加上你的女儿拉维尼亚的爱情。这样，你会给和平烙上永恒联盟的印记。英明的国王，请不要让任何人以暴力逼迫你放弃为人父的权利，而放弃将你女儿嫁给一个真正的英雄。'战争救不了我们'，现在，我们已经看够了败退和死亡，我们已经被夺去大片土地上的居民。难道我们眼睁睁看着图尔奴斯为了他的个人恩怨，为了能得到公主拉维尼亚的爱情，继续战争，让那些无辜的百姓横尸遍野吗？如果图尔奴斯真的不肯让步，那我们就直接向他求情，求他慈悲为怀，为了他的祖国和人民牺牲些他的个人权利。假如他真的是个有骨气的人，多少还有些他父亲的勇武气概，那么他应该当面去应付埃涅阿斯的挑战，我们不能再允许他把我们无辜的人民投入战争。"

图尔奴斯刚从他的营地回来。他也挤入议事大厅，听到得朗策斯老人的话，不由得怒从心起。图尔奴斯深深地叹了一口气，痛斥完得朗策斯，转过身来对老国王拉丁奴斯说道："尊敬的父王陛下，难道你对我们的武力已经丧失信心了吗？难道我们真的到了众叛亲离没有援军的地步了吗？难道我们的军队仅这一次败退就永无翻身之日了吗？就算这样的局面真的来临，那么，只要我们还留有一丝昔日的勇气，我们也要血战到底，宁可倒下去也不向敌军投降。"

拉丁姆人就这样争执不下，针锋相对地辩论着他们岌岌可危的战斗情势。这个时候，埃涅阿斯率领他的精锐部队已经突然来到了。

女英雄卡弥拉阵亡

特洛伊部队连同埃楚斯卡部队已经压进从台伯河起的整个平原地区。消息传到宫中，全城为之惊慌，老国王拉丁奴斯在这危急的时刻匆匆结束了他的会议和重大计划，心里一直后悔着当初没有慷慨地接待特洛伊人埃涅阿斯，没有把自己的女儿嫁给他，才招来今天如此严重的战事。

这时城里的男人们急忙朝城墙走去，在城门前构筑起战壕。人们运来了石块，筑起了栅栏。战号嘹亮，女人和男人全都登上城头。王后阿玛塔和她的女儿拉维尼亚乘坐高大的战车，携带供品朝雅典娜城堡顶上的神庙驶去，准备在雅典娜神庙摆祭祷告。人们相信拉维尼亚正是许多灾难的祸源。在那高大的庙门里，王后阿玛塔倾吐着她的愁苦并衷心祷告着："伟大的战斗女神，愿你用手折断那弗吕吉亚海盗的武器，还我们国家一个清静。"

战事在即，图尔奴斯吩咐着他的手下迅速部署护卫队，守卫通往本城的要道，把守城楼；其余的人迅速武装，跟随他沿选定路线攻打敌军。这时卡弥拉骑马来到这里与图尔奴斯相遇，身后跟着她的沃尔西安士兵们。当她看到图尔奴斯时，这位英勇的女中豪杰迅速跳下马来，对罗图勒人的首领说："图尔奴斯，如果一位强者有理由相信自己的力量，那么我发誓，我有足够的勇气与埃涅阿斯的队伍交战，而且我将亲自率领沃尔西安骑兵去迎战他。所以你先在此把守城门，让我先去打个头阵，探探情况。"

"勇敢的姑娘，意大利的光荣，这样的豪情壮志使你享有整个族第的荣誉。一切的赞美之词对你来说都不为过，你应该在男人的议团里占有席位和发言权。从现在起，你和我共同承担全部的战争事务。派出侦察的人告诉我，埃涅阿斯已经断然派出他的轻骑队先他出来，侦查整个平原地区。他自己则率领重兵选取一条陡峭而无人把守的山路，随时都有可能穿过山坡朝城市扑过来。现在我有一个计划，林中有一条峡道，我想在此给他设下埋伏，派兵占领狭隘山路的两头出路。现在你必须带领骑兵迎战伊特卢利阿的骑兵。我再给你一个由墨萨帕斯率领的拉丁姆骑兵中队负责协助你，无与伦比的姑娘，最高指挥权执掌在你的手上。"图尔奴斯这样分派着任务，同时也对墨萨帕斯以及他的队伍说着鼓励的话。

一条盘山小路曲折地延伸着直通一座狭窄的山谷，路的两旁是高峭的石壁和茂密杂乱的树木，投下了浓重的阴影，将峡谷遮得阴暗。通往峡谷的路径很不明显，入口处窄险可畏。峡谷上端是一个有利的地点，上面有一块高地，埋伏在那里的人不露痕迹，人们在这里可以左右进攻，在从高处往山谷砸石块。图尔奴斯引兵过去，在山坡和树林间驻扎下来，等候敌军到来。

这时，住在天上的阿尔忒弥斯看到地面上的一切，心怀忧戚地向她的女侍从奥皮斯说道："哦，亲爱的奥皮斯，看看可怜的卡弥拉吧，既然无情的命运注定她要牺牲在战场上，那么也请尽力保护她吧。现在，亲爱的奥皮斯，带着我的箭筒到拉丁姆地面上去，那里正在进行残酷的战争，用这个箭筒里的利箭杀死每一个想要杀害卡弥拉或者侮辱她神圣肉体的人，不论这个人是意大利人还是特洛伊人。将来我会把她可怜的身体裹在云雾里，连同她身上穿着的甲胄，完好无损地放入坟墓，让她在家乡安息。"奥皮斯听完女神的吩咐，驾着一团黑旋风从天空直奔战场去了。

再说特洛伊人和他们的伊特卢利阿同盟部队带着骑兵中队离城墙越来越近。他们分成几个实力均等的支队，骑着战马奔驰着冲上高地。整个平原上战马腾跃，枪矛成林。对面埋伏着拉丁姆人，墨萨帕斯、卡第鲁斯和库拉斯站在最前线。卡第鲁斯、库拉斯和提波尔托斯是著名的预言家安菲阿拉俄斯的孙子，他们在拉丁姆国建造了提波尔城。除了拉丁姆人以外，那里还埋伏着卡弥拉率领的沃尔西安人的骑兵队。等到双方军队相距一箭之地的时候，突然间一阵安静，随即便爆发出振动天地的喊杀声。双方军队疯狂地相互射杀着，飞箭如蝗，投枪似雨，遮天蔽日。没过多久，拉丁姆人的战斗队形开始动摇了。接着，'他们用盾牌护住后背，然后勒转马头朝城墙方向奔去，伊特卢利阿人在后面紧追不舍。可是，他们的逃跑只是伪装的，等他们来到城墙前时，他们又转过身子，掉转马头，喊叫着冲向迎面扑来的伊特卢利阿人，直到把追敌又逼了回去。这样又反复了两回，第三回合相遇的时候，双方呈现胶着状态，士兵们缠绕着厮打在一起，武器和身体在血泊里打着滚，拼杀得难解难分，战争越来越激烈起来。

这时卡弥拉装束得像一名亚马逊女战士，身背箭壶，骑马驰入乱军之中，她大声叫好，然后又弯弓搭箭，射向敌人行列。卡弥拉还提着战斧，又不时地投掷出投枪，身后跟着一群勇敢的年轻妇女，他们是拉律娜、图拉和拉尔佩亚，是卡弥拉亲自挑选出来的能征善武的女战友，无论在战争还是和平时期都是卡弥拉的忠实随从。这些年轻妇女个个像亚马逊的女战士一样，身穿鲜艳的戎装骑马奔赴战场，骁勇善战，许多夫利基阿人死在她们的手上。卡弥拉最为善战，第一个被她杀死的是克律霞斯的儿子尤纽斯。接着卡弥拉又杀死失足从马上跌落下来的利瑞斯和帕加萨斯，后来又杀死希波塔斯的儿子阿玛斯楚阿斯。这位骁勇的女战士探身向前，远距离将标枪投向特鲁斯、哈帕律卡斯和克鲁米斯。她每投掷出一杆标枪，便有一名弗吕吉亚战士倒在地上殉命。在战场一个较远的地方，有一个猎人奥尼塔斯正骑着一匹伊阿佩吉阿战马在战友中间走动，他不习惯于身披甲胄，而是用一张大牛皮遮住他那宽阔的胸膛，头戴狼皮帽，嘴里露出白森森的可怕牙齿，手上拿着乡下人捕获野兽时经常用到的猎矛。他的这身与众不同的装束让他在战场中特别显眼，因此在同战友们一同溃逃的时候，被卡弥拉一眼盯上，接着死在卡弥拉的利箭之下。紧接着，卡弥拉又冲入战场，杀死奥西洛卡斯和布特斯，两个力气极其大的特洛伊人。奥纳斯的儿子也不幸地死在了骁勇的卡弥拉手里。

对方阵营里也出现一位强大的英雄。伊特卢利阿人的国王特拉轰呼唤着每个士兵的名字，鼓励后退的士兵要有勇气，冲上前去与敌人较量。他自己则毫不畏惧地引着战马冲入激烈的战场，刚好劈面遇见直扑过来的维奴鲁斯。特拉轰伸出右手，把维奴鲁斯拉在怀里，按在自己的马上，转身骑了回来。这时所有的拉丁姆人吃惊地看着他的背影。他们看到特拉轰国王在奔驰如飞的马上抱着一个人和他的武器，飞速冲过战场，看到他设法折断维奴鲁斯的标枪，并摸索着维奴鲁斯没有保护的地方给以致命的一枪。维奴鲁斯抗拒着，用一只手死命护住自己的喉咙。看到首领特拉轰如此英勇的行为，伊特卢利阿人纷纷效仿，掉转马头重新冲进战场，与敌人厮杀在一起。

这时卡弥拉也遇到了伊特卢利阿人中的强手。英雄阿耳隆斯挥舞着长矛追逐着这个骁勇的亚马逊人般的女人，小心谨慎地窥伺她的行动，企图等待一个最有利的机会下手。不管卡弥拉愤怒地冲向哪里的战斗中心，阿耳隆斯总是跟她到哪里，默默地守在旁边，不离她的前后。卡弥拉正在追赶夫利基阿的库柏勒神的祭司克鲁洛宇斯。克鲁洛宇斯的铁甲编织着金丝，鳞光闪闪，穿在身上如同羽衣一般，十分惹人注目。此外，他在铁甲上还披了一阵紫金斗篷。他的头盔和箭袋全是金制的，连上装和东方式的护腿都是金线缝的。也许是出于希望把一套特洛伊甲胄挂在庙里的墙上作为祭祀之物，也许是想穿上掳来的金线衣以资炫耀，卡弥拉直瞪瞪地盯着这一身异国他乡装束的人，紧追不舍。阿耳隆斯看得真切，觉得是个下手的好机会，便出其不意地投掷出一杆投枪。沃尔西安人听到投枪呼的一声飞了过来，个个都转身寻找他们的女首领。卡弥拉自己却没有听到投枪破空而来的呼啸声，没有防备，直到投枪戳入她的胸脯，鲜血从伤口中喷涌出来。她的随从们抖索着奔过来，用双手扶住倒下去的卡弥拉。阿耳隆斯也被自己的一枪射中目标的作为吓了一跳，他又惊又喜，浑身抖动着逃走了。

卡弥拉奄奄一息地一手握住长枪，可是那铁矛头深深插入她的肋骨中间，牢不可拔。血流了出来，她垮倒在马背上，眼神黯淡，脸上的血色渐渐褪去，变得苍白。卡弥拉呼吸困难地转过头去，在人群中找寻阿卡。阿卡是她平日里最亲密、最忠诚的战友，两人年龄相当，卡弥拉时常对她说些心里话。这时她对阿卡说："阿卡，好姐妹，我就要不行了，这个重伤要了我的命。你快逃出去，对图尔奴斯转告我的最后命令，叫他加入战团，奋力抵御特洛伊人。从现在起，他必须一个人坚持作战，保护城市，不让特洛伊人占领。"说完，她松掉了手中的马缰绳，从战马背上一头栽倒下来，身体滑落到地上，灵魂渐渐离开了躯体。

杀害卡弥拉的阿耳隆斯突然中了一箭，箭是从一只看不见的手上射出的。原来，阿尔忒弥斯派使者奥皮斯在高山顶上密切观察战局，时时关注着战场上的卡弥拉。看到他身着甲胄，一脸得意扬扬地走过来，奥皮斯迅速跳出来拦住他的去路，从她那包金箭壶里抽出一支利箭，拉动弓弦，射向面前这个吓得浑身发抖的年轻人。阿耳隆斯甚至还未反应过来，那箭矢已经深深插入他的胸膛。

战场上一片混乱，士兵们踩踏着脚下的尸体继续作战，就这样，阿耳隆斯被遗忘在一个角落里，挣扎了几下，凄凉地死去了。

卡弥拉的骑兵中队看到女王落马，首先掉转马头逃回去了，后面跟着罗图勒人。同时，悲惨的消息传到图尔奴斯埋伏的林中深谷里。阿卡找到图尔奴斯，告诉他卡弥拉阵亡，敌人所向披靡，已经乘胜攻城的消息，并向他传达了卡弥拉的最后嘱咐。图尔奴斯又悲伤又愤怒，立即离开林木掩映的山头，朝高地扑了下去。他刚刚离开埋伏的地点，埃涅阿斯已经率领队伍从山间冲出深谷。因此这两位最高首领各自率领着自己的队伍，急急忙忙朝城的方向进发，两者相距不过数步的距离。埃涅阿斯隔着尘土弥漫的平原遥望，可以看见图尔奴斯的队伍，同时，图尔奴斯听见后面的马蹄声，也知道埃涅阿斯已经出现了。要不是天色已晚，眼前一片漆黑，无法厮杀了，他们本可以立即展开一场激战，决出胜负。

撕毁和约

战神阿瑞斯冲破了拉丁姆人的队伍，他们已经没有战斗力了。当图尔奴斯看到拉丁姆人充满谴责的目光时，他似乎想起来自己曾经说过的大话和诺言，于是又羞又恼，心中那股难以平息的暗火早已经不点自燃。他走上一步，来到老国王拉丁奴斯面前说道："我，图尔奴斯，不会妨碍任何人。假如特洛伊人遵守诺言的话，那么这回战争就不是由我引起的了。岳父，请你命令仆人准备好祭供用的牲口并开具详细的休战条款，和特洛伊人缔结条约吧。今天，要么由我把那个亚细亚亡命徒埃涅阿斯送下地府，要么让我丧身在他的剑下，让他娶你的女儿拉维尼亚为妻。”

拉丁奴斯稳住内心的情绪，平静地回答图尔奴斯，说道：“啊，勇敢过人的青年王子，你越是焦急，我越得三思而后行，为了保险起见，我必须认真考虑事情可能存在的每一种危险。既然你一个人成了实现和平的障碍，那么为了我们的祖国，为了我们的人民，也为了你那远在阿德亚家里的老父亲，放弃我的女儿拉维尼亚吧，别让所有人都陷入一场毫无希望的可怕战争中去。”

战神阿瑞斯

可是拉丁奴斯这一番情真意切的劝说一点儿都不能改变图尔奴斯的坚定主张。他回答道：“岳父啊，请你不要为我担忧，让我用死亡来摘取荣耀吧。我和埃涅阿斯实力相当，我就不信我会是失败者。”说定，他唤来一名伙伴，吩咐他：“伊蒙特，迅速前去找到特洛伊的统领，告诉他，请他在第二天早上晨光微露的时候前来，不要带领他的特洛伊队伍，双方部队应该休息。这次战争是属于我和他两个人的，拉维尼亚最后将成为谁的妻子只能以我的血和他的血来决定。”

图尔奴斯说完这些话后迅速回到宫中，吩咐仆人为他准备马匹。他的这些马匹色白如雪，疾驰如风。这时的图尔奴斯已经将他那硬挺的金鳞和铜鳞胸甲在两肩上套好，头戴佩有红色翎羽盔缨的头盔，他手拿火神亲自为他父亲道奴斯铸造的宝剑，并将从奥软卡人阿克托那里夺取的长枪举起来，大声喝道：“锐利的长枪，你曾经陪伴英勇的阿克托杀遍战场，现在你握在同样英勇的图尔奴斯的手中，在我与敌人埃涅阿斯交战的时候就靠你了，你要把这个特洛伊人打倒在地。”图尔奴斯一边自言自语地说着，内心激动不已，两眼冒出熊熊的战争之火。

特洛伊英雄埃涅阿斯同样在准备着战争的武装。令他高兴的是，终于有希望以拉丁姆人向他提出的新协议来解决战争了。他已经派人将他的回话带给国王拉丁奴斯，并宣布了他的和约条件。此时，他穿上他的母亲亲自为他打造的铠甲，将火神赫菲斯托斯锻造的长枪拿在手中，并对他的战友们，尤其是对忧虑的阿斯科尼俄斯说着安慰的话，让他们不用为自己担心，说这场战争完全是由命运支配的。

第二天，太阳刚刚升起，罗图勒人和特洛伊人已经来到强大的拉丁姆人的城墙下，为双方首领进行决战丈量出一个适宜的地方，并在战场的中央为诸神建造了草台祭坛，摆上火盆、祭礼用的水、火、祭司的花环以及祭祀用的牲口。草台旁边的祭司们个个身穿长礼服，头戴神圣草冠。接着，意大利人从城门内一涌而出，对面特洛伊和伊特卢利阿的联盟军队也急驰而来，携带着全副武装的钢铁武器。随着一阵信号声，双方各自退回指定方向，中间留下一块宽敞的地方供决战用。士兵们把长矛插在地下，把盾牌搁放在一旁。那些没有武器的群众则兴奋地从家中涌出来，纷纷聚在城楼上，自己在屋顶上或高高的城门顶上观看双方首领这一场惊心动魄的战争。

在距离战场不远的地方有一个没有名字的小山丘。这时女神赫拉站在山顶朝下嘹望，她看着眼前宽广的平原上劳伦塔姆和特洛伊的军队以及拉丁奴斯的城池，对身边的朱特那仙女说话。朱特那是图尔奴斯的姐姐，众神之父宙斯偷取了她处女的贞操，以给她掌管水塘和奔腾的河川的职务作为补偿。赫拉说道："哦，亲爱的宁芙，我的爱，你要想出一个计策来救你的弟弟免于一死，如若不然，就破坏拉丁姆人和特洛伊人订立的和约，重新燃起他们之间的战火。快去吧，我准许你这么做，只有这样，你们姐弟俩的前途才有可能光明些。"说完，女神赫拉便离去了，留下伤心又迷茫的朱特那仙女。

这时，国王们纷纷来到战场。拉丁奴斯乘坐四马套驾的华丽战车，光亮的额头戴着闪耀十二道金光的冠冕。从特洛伊阵营来了英雄埃涅阿斯，他的盾牌像一颗明星，铠甲是上天的女神所做，都闪烁着星星般的光芒。紧随着他走出来的是他的儿子阿斯卡尼俄斯，掌管罗马未来前途的第二号人物，充当埃涅阿斯的得力助手。

一位身穿白色宽袍的祭司送上一只猪鬃蓬乱的仔猪和一头长毛绵羊，把猪羊架在熊熊燃烧的祭坛上。国王们面向初升的太阳，把拌过盐的面粉洒在祭礼上，用利剑在猪羊额头上划出一道剑痕，再用碗将献祭的美酒倾洒在祭坛上。埃涅阿斯和拉丁奴斯庄严祈祷，准备订立盟约。只见英勇的埃涅阿斯抽剑出鞘，高高举起祈祷道："伟大的太阳神啊，请你为今天的一切作证。意大利的土地啊，我未来的家，我迄今为止所遭受的一切磨难，只是为了要寻找到你；万能的父神宙斯，还有你赫拉神后，我诚心诚意祈求你们能够对特洛伊人友善一些；还有你，阿瑞斯，主宰着一切战争的光荣的父；还有你们，一切河川流水、林木鱼虫，天上和地上的一切力量，请求你们为我作证，倘若今天的胜利属于拉丁姆人图尔奴斯，特洛伊人应该立即离开拉丁姆，退归埃汪特耳的帕朗图姆城，我们的人将永远不再主动开启战争，也不再踏入这个领域半步；然而倘若胜利是属于我们的，那么我绝对不会要求意大利人服从特洛伊人，我自己也绝对不会称王称帝，意大利人和特洛伊人将在自愿的基础上联合。拉丁奴斯还当国王，握有一切武力和享有一切政权的威严；而我将引进我们特洛伊的礼俗和我们的神祇，娶国王的女儿拉维尼亚为妻，并建造一座特洛伊人自己的城池，城名为拉维尼亚。"

埃涅阿斯祷告完毕，国王拉丁奴斯也接着祷告。他仰望苍穹，高声祈祷道："大地、海洋、星宿、阴间的神祇和我手里摸着的祭坛，请你们为我作证。无论将来的命运如何，愿永不破坏今天订立的这个和约。我的意志坚定不移，即使那力量有如山洪般凶猛。”

双方就以这样的誓词，当着在场排列的士兵以及围观的人民的面，认可着他们所签订的和约。

虽然和约订立，罗图勒人的心中却因为多种不调和的冲动而游移不定，他们也早就判断这次决斗双方的力量是不相当的，等他们就近看到两个决斗者时，愈加不安起来。埃涅阿斯身躯高大而又刚健，精神抖擞，满面红光。而此时的图尔奴斯面色苍白，脸颊瘦削，默默无言地走向前去，低着脑袋站在祭坛旁边。图尔奴斯的姐姐朱特那见到众人如此议论，觉得人们已经对图尔奴斯失去把握，因而内心十分焦急。她迅速变作英雄卡迈尔斯的模样，威风凛凛地站在罗图勒人一边。卡迈尔斯的祖先都是立下赫赫战功的光辉人物，卡迈尔斯自己也英勇善战，因此在人们中间享有盛名，深得战士们的尊敬。这时她混杂在士兵们身边，散布谣言。

听了朱特那的话，那些青年战士的内心像着了火，愈烧愈烈。纷纷的议论声在队伍间传递着，劳伦塔姆人和拉丁姆人都改变了原来的想法，先前埋怨图尔奴斯的人现在开始同情图尔奴斯不公平的命运，后悔订立了这项和约；先前厌战和袖手旁观的人现在都喊着要求武器，去战场杀敌。

特洛姆尼乌斯首先拿起投枪朝站立对面的敌人瞄准起来。那瞄得准确的茱萸木长枪划空飞去，发出一阵呼啸的哨声。罗图勒人的心情突然随之混乱起来，出现了一片喧嚣，个个激动不已。特洛姆尼乌斯的投枪正中亚加狄亚人吉里泼斯的儿子的胸膛。吉里泼斯共有九个儿子，是他的伊特卢利阿妻子为他生的。其他八个看到兄弟倒地死去，义愤填膺，立即提枪执剑，冲上去进攻杀害他们兄弟的人，劳伦塔姆的队伍迎着他们前进。亚加狄亚人、特洛伊人和伊特卢利阿人身着五光十色的甲胄，又集结起来，口中呐喊着，像凶猛的洪水般一齐冲了上来。双方军队都热切地期盼一件事情，那就是以刀枪剑棒解决当前的问题。霎时间，祭坛在混乱中被踩碎了，酒碗和火盆凌乱地抛洒了一地。一阵乱枪飞矢遮天蔽日，雨点般白天而降。老国王拉丁奴斯看到如此情形，悲哀地抹了一把老泪，带着那蒙了羞的神像急忙逃走了。和约已经失效，双方军队一场厮杀，直杀得天昏地暗。

墨萨帕斯纵马去挑战头戴王冠的伊特卢利阿王奥勒斯特斯，吓得他直往后退，匆忙之中绊倒了身后的祭坛，一头栽倒在地。墨萨帕斯抢到他前面，手执长枪怒目相向，也不顾他苦苦的哀求，狠命地给了他一击：“倒霉的伊特卢利阿王，就把你作为牺牲品贡献给伟大的战神吧！”意大利人迅速集拢起来，从还温热的尸体上剥去甲胄。科瑞奈阿斯从祭坛上抓起一个燃烧的火把，等埃比萨斯上来攻击他。科瑞奈阿斯先发制人，拿起火把烧他那满脸的胡子，那浓密的胡须燃烧着，散发出阵阵焦灼的气味。科瑞奈阿斯还不罢休，继续抓起他那心神涣散的对手的头发，用膝盖顶住他的肚子施加全力，将他按倒在地，以利剑穿透他的胸膛。波达利瑞斯手持利剑追赶着牧人阿尔萨斯，当波达利瑞斯逼近他的时候，阿尔萨斯迅速举起斧头，照着攻击他的人砍去。

英雄埃涅阿斯看到这种混乱的战斗情形，心中十分着急。他光着脑袋，朝天伸出没有任何武装的右手，走进士兵行列，朝他的战士们大声呼喊说："朋友们，你们急急忙忙地奔往哪里去？为什么突然又打了起来。哦，无论如何，忍住你们的怒气，立即站住，停战协定已经订立，条件双方也已经同意，打斗的义务只是我一个人的，不用为我担心，让我去战斗吧，命运将图尔奴斯交给了我一个人。"他的话还没有说完，一支冷箭呼啸着朝他飞来，谁也不知道是什么人或什么力量放出来的。埃涅阿斯负伤，只得离开了战场。

图尔奴斯看到埃涅阿斯撤离战场，看到特洛伊的首领们陷于一片混乱，于是心中又重新燃起希望的火花，命令他的手下为他准备好战车和武器。他手拿刀枪，催马驾车，扑进了战场。图尔奴斯在敌人士兵中大肆杀戮着，他刺死了泽内拉斯、塞梅瑞斯、弗拉斯，还从远处击倒英布拉萨斯的两个儿子格劳卡斯和勒得斯。勇猛的特洛伊战士欧麦迪斯冲入战场中央，他是从前著名的特洛伊将领多郎的儿子，他以他的祖父的名为名，像他父亲一样勇于冒险。此时，图尔奴斯看到身骑战马的欧麦迪斯，即刻向他投入一支锐利的标枪，正中欧麦迪斯的胸膛。图尔奴斯随即停住战车跳下马来，一脚踏在躺倒在地的欧麦迪斯身上，恶狠狠地说："愚蠢的特洛伊人，躺在这儿，用你的躯体丈量你要以战争夺取的我们的西方土地吧。这便是你敢以刀枪与我交锋的结果！"接着，图尔奴斯又杀死克劳鲁斯、阿斯拜特斯、塞西洛卡斯特洛伊战士。凡是图尔奴斯所到之地，特洛伊士兵们皆连连后退，转头逃跑。可是勇敢的菲古斯不能忍受图尔奴斯的攻势和那骄傲的呐喊声。他冲上前去挡住图尔奴斯战车的去路，用强有力的右臂抓起图尔奴斯那两匹飞奔的战马，将它们含着嚼铁的嘴扭向一边，抱住战车使劲儿拖着，图尔奴斯哪里料到竟然还有人敢阻拦他的去路，便将宽大锋利的矛头刺入菲古斯的胸甲。即使这样，菲古斯依然奋力迎战，他用盾牌挡住自己的身体，企图拔剑自卫，可是还没来得及拔出，那急速旋转的车轮便把他甩到地上。图尔奴斯趁机用利剑劈掉他的头盔和胸甲，斩掉了他的首级，只留一个无头尸体躺在战场上。

随营的医生伊阿佩克斯听到英雄埃涅阿斯受伤的消息马上赶了过来。伊阿佩克斯是神伊阿萨斯的儿子，他熟知各种药物的习性，医术高超，从不使用剧烈的方式治病。埃涅阿斯倚躺在长椅上痛苦地咆哮着，一群特洛伊战士围在他们的首领身边，阿斯科尼俄斯心疼地掉着眼泪。年老的伊阿佩克斯卷起袖子，试着用神效的药草贴敷伤口，借以缓和箭伤，然后用钳子抓住铁簇，用手轻轻地摇动箭杆。可是，一切方法都没有发生效果，箭镞稳稳当当停在里面，他的医术还不足以取出来。正当军营里的一群人在忙着帮首领治愈箭伤时，战斗的吼声越过平原传来，士兵们看到远方尘土飞扬，敌人的骑兵已经迫近营旁了。空中箭如飞蝗，长枪四起，纷纷落在营内，喊杀声震天动地，敌人的军队愈来愈逼近过来，在战神阿瑞斯手下作战并捐躯的战士们凄惨的嚎叫声直穿透云层，这注定又是一场无可避免的厮杀。

埃涅阿斯重回战场

女神阿佛洛狄忒知道埃涅阿斯受了箭伤，而且病势很重，内心十分怜悯儿子，急忙想着各种能帮助他疗伤的办法。阿佛洛狄忒在克里特岛的爱达山上采集了一株茎上多叶、花色鲜红的药草，然后抓了一片云裹住自己，悄悄地摸进军营，偷偷地往医生伊阿佩克斯煎熬草药的药罐内挤出草汁。挤罢药草的草汁，她还朝药罐内掺和几滴长生不老的食品汁和万灵药草。老伊阿佩克斯不知道事情的原委，当他仍然用他熬制的草药汁为埃涅阿斯清洗伤口时，神奇的事情出现了：埃涅阿斯箭伤的疼痛突然止住，从伤口渗出的血也全部凝住，而箭簇则轻而易举地被去除了。埃涅阿斯被治愈以后，浑身上下感到力量猛增。

急于奔赴战场的埃涅阿斯迅速披挂，麻利地绑上左右护腿甲，挥动起他那光亮的长枪。他高兴万分，庆幸自己终于又能头戴金盔，手执长矛，重上战场了。

特洛伊全军都离开营地，朝前进发。不久整个平原地区就呈现一片混乱，奔腾而来的战马迅速驰入战场，卷起阵阵尘土，连大地都在颤抖。图尔奴斯首先看到进发而来的特洛伊军队，接着他的士兵们也都看到了汹涌而来的敌军，一股冷气透彻他们的骨髓。英雄埃涅阿斯迅速上前去，催促着他的军队上去迎敌。全体特洛伊士兵们团结一致，紧密互贴，形成紧密队。这时辛布赖阿斯用剑劈死了庞大凶猛的奥西瑞斯。阿塞蒂阿斯、阿克特斯、古阿斯、乌芬斯等人也纷纷死在姆纳斯透斯的利剑之下。首先向对方投出长枪的是先知图伦斯阿斯，他最后也光荣阵亡了。特洛伊人喊声震天，追赶着敌军。这回该罗图勒人掉头逃命了，他们匆忙间在尘土弥漫的战场四处乱窜，奔忙逃命。然而英雄埃涅阿斯并不屑于杀死这些逃命的罗图勒人，也不追逐那些朝他扬起长枪进攻的罗图勒士兵，图尔奴斯才是他的目标。埃涅阿斯在混乱的战场中处处开道，寻找着仇敌图尔奴斯，要跟他单独决斗。

倏忽之间的胜败转变以及特洛伊士兵们的猛烈攻势让朱特那开始害怕，她不由得胆战心惊起来。这时，她将图尔奴斯的御用车夫麦蒂斯卡斯从战车上赶下来，她占领他的位置，坐在驾驶座上，并迅速将自己变成麦蒂斯卡斯的面貌、身材和声音。就这样，朱特那赶着载有她弟弟图尔奴斯的战车在特洛伊人中间飞驰，穿过整个平原地区，一会跑到这边，一会跑到那边，总是避免着让图尔奴斯接近战争。埃涅阿斯看到这一切，骑着战马紧随其后，在朱特那身后左旋右转，她将图尔奴斯带到哪里去，埃涅阿斯就跟到哪里去，一心要跟图尔奴斯交手。然而朱特那灵活地控制着马车，每次埃涅阿斯要接近的时候，她都能立即掉转马头离开。双方就这样来回打着拉锯战。这个时候，墨萨帕斯悄悄跑了过来，趁埃涅阿斯不注意之际将两根铁矛长枪向埃涅阿斯投去，不偏不倚朝着目标飞去。埃涅阿斯只得停在追赶图尔奴斯的脚步，弯腰躲在盾牌后面，然而那两根强有力的长枪还是击中了埃涅阿斯的盔顶，将顶部的盔缨削去。墨萨帕斯这个出其不意的偷袭彻底打破了埃涅阿斯的计划，拉着图尔奴斯的战车已经跑出去很远。埃涅阿斯愤怒极了，他首先祈求众神之父宙斯和缔结现在已经被破坏了的停战协定的祭坛为他作证,紧接着便杀气腾腾地朝敌人中间冲去,由于战神阿瑞斯的力量,埃涅阿斯像一头狂怒的雄狮,在战场中间驰骋着,不分青红皂白,见敌人就杀,一腔怒火在与敌人的厮杀中发泄着。埃涅阿斯同时杀死了塔朗、塔纳易斯和英勇的塞西加斯等罗图勒人。图尔奴斯也杀死了几个从律西亚来的士兵,还杀死了一个亚加狄亚少年麦诺特斯。埃涅阿斯和图尔奴斯心中的愤怒达到前所未有的剧烈程度,他们疯狂地驰骋于战场上,将所有的气力都用在杀敌上。这个时候埃涅阿斯的部下也都已经加入战团,所有的拉丁姆人、特洛伊人,伊特卢利阿人和亚加狄亚支队都在战场上尽情厮杀着,大家使出了全身气力。

埃涅阿斯的母亲阿佛洛狄忒劝说他的儿子率领部队从侧面进攻,以便搅乱拉丁姆人的阵线。埃涅阿斯步步紧逼图尔奴斯的战车,同时又把目光盯着城墙。他看到城内一片安静,没有受到骚扰,就像与这场战争没有关系一样,于是一个计划出现在他脑海里,他立即呼唤随从姆纳斯透斯、塞尔盖斯托斯和塞勒斯图斯速来见他。特洛伊的士兵们随着众位英雄一起过来,大家站成一圈,紧紧地围着他们的首领。

埃涅阿斯站在中间的一块高坡上,朝大家发布着命令:“大家不用迟疑,迅速执行我的命令。宙斯站在我们这一边。如果敌人今天不投降,我就攻打拉丁奴斯的城池,把它夷为平地。难道我应该在这里空等着,等到图尔奴斯高兴再来跟我决战吗?不,我们的目标就在大家的眼前。伙伴们,这里就是引起这次邪恶的战争的根源,快取过火把来,用火焰提醒他们应该遵守盟约。”

埃涅阿斯说完,他的士兵们十分踊跃,个个精神振奋地组成了战斗纵队,坚决地朝城墙进逼过去。特洛伊士兵们架设了云梯,点燃了火把,反复冲击着各座城门,有的到城墙门口近距离砍杀敌人,有的则投出疾旋的长矛,他们的武器遮天蔽日,敌人的哨兵纷纷倒下毙命。埃涅阿斯朝天举起右手,高声指责图尔奴斯,说意大利人两次破坏停战协定。他大声呼喊着,请求各位神明作证,谁是破坏和约的罪魁祸首。

这时城内的拉丁姆人惊慌失措,大家意见分歧,有的主张大开城门,放特洛伊人进来和解;有的则坚决要与特洛伊人抗战到底,保护城池。正在这个慌乱的时候,一场更严重的不幸降临在拉丁姆人头上,从而震动了整座城池的基础。可怜的阿玛塔王后以为图尔奴斯已经在战争中丧命,一时间受打击过度而精神错乱,她大声哭叫着,说自己是战争的源头,是造成目前这场局面的全部原因,说她十分内疚,要以结束自己的生命来谢罪。最后,王后脱下她那华贵的紫金长袍,结成一个活套绑在屋梁上,在卧室内悬梁自尽了。阿玛塔王后自杀身亡的消息迅速在整个皇宫传开了,拉维尼亚公主第一个得知母后自杀的消息,哭得晕了过去。皇宫里一片哭声,噩耗迅速从宫殿传遍整个城市。老国王拉丁奴斯这个时候穿着一身被他自己撕烂的衣服走了出来,他心智颓废,茫然迷乱,王后的命运以及整个都城的陷落已经让他失去了最后一丝希望。他痴痴地在偌大的城里走着，一边走一边自言自语地埋怨自己没有一开始就接受特洛伊人埃涅阿斯。

图尔奴斯命归西天

这个时候图尔奴斯正跟着一小群逃跑的人一路来到战场的最外端，战马奔跑得大汗淋漓，十分疲倦，他自己的行动也已经不像之前那样勇猛了。突然，一阵微风将从城池的方向传来的喊杀声和喧闹声送进他的耳朵，他不禁勒紧马缰，停下脚步四顾，想弄明白城池里到底发生了什么事情。这时他的姐姐——一路上都装扮成御马人麦蒂斯卡斯模样的朱特那说道："图尔奴斯，我们最后继续在这里追逐这些特洛伊人，继续我们刚才的胜利。至于我们城池发生的事情，我想，自然有人会勇敢地保护我们的家园。可恶的埃涅阿斯掀起战争的躁动，杀害了我们无数的意大利人，现在让我们也毫不留情地还击他们，将特洛伊人一网打尽吧。"图尔奴斯听完这些话，对朱特那说道："亲爱的姐姐，在你刚进入战场施用计谋破坏停战和约的时候，我就认出你来了。死没有什么可怕，我从来都不怕死，既然天上的神已经不再惠顾我，那么，我也将以一个勇敢的灵魂下到下界去，我绝不能让懦夫的称号毁了我那英勇的祖先们留下的光荣传统。"

图尔奴斯说着，从姐姐朱特那手上抢过缰绳，调转方向驾着马车往回奔去。他迎面碰上受了箭伤，满面血污的罗图勒人萨克斯。萨克斯骑着马奔驰而来，看到图尔奴斯，他踉跄着下马扑倒在图尔奴斯面前："图尔奴斯，可怜可怜你的人民吧，我们大家的命都靠你了。埃涅阿斯带领着他的部队进了城，扬言要铲平我们意大利城堡，他们四处放火烧毁我们的房屋，王后因为受不了打击悬梁自尽了，公主晕了过去，老国王拉丁奴斯也精神错乱了。现在只有墨萨帕斯和阿第纳斯还在城门坚持战斗，但是敌人的队伍密密麻麻，他们两个也坚持不了多久了。"图尔奴斯听着萨克斯的话，头脑中出现一幅幅灾难的画面，他站在那里一声不吭，心中涌起一股强大的耻辱，混合着疯狂和痛苦的复杂情感。"现在，"他大声地叫喊起来，"不要再企图保护我了，姐姐。幸福永远离开了我们。我们走吧，听从上天的召唤，去命运要我们去的地方吧。我决心跟埃涅阿斯决一死战，该发生的事情让它发生吧，任何结果我都不会惧怕的。"

说着，图尔奴斯跳下马车，冲进特洛伊人的飞枪羽矢当中。他冲过东奔西闯的骑兵中队朝城墙走去，那是战斗最激烈的地方，那些队伍所在的地方血流成河，空中飞枪哨鸣。他用手示意一下，同时高声喊着："罗图勒人，请停止战斗。你们拉丁姆人，也请立即停止，由我一个人带着武器来决定盟约的大事，无论未来如何，那是我一个人的命运。"战斗的双方士兵听到喊声，纷纷停下手中的武器，战成两排，在中间留出一片空地。

埃涅阿斯和图尔奴斯来到中间的空地上，相对跑着，距离还相当远的时候便相互投掷飞枪，接着近距离交起手来。他们各自执盾舞剑，铜盾相撞，激烈地砍杀起来，连大地似乎都在他们脚下震颤。混战之中，很难分清究竟谁是真本事，谁是命运的垂青。天父宙斯手持两个秤盘，小心翼翼地移动中间的舌头，让两端平衡，然后把两位战士的命运分别放在两个秤盘里，决定谁胜谁负。

图尔奴斯自信地以为抓住了一个进攻的机会，便紧逼一步，用尽力气砍去致命的一剑。特洛伊人和拉丁姆人害怕得大叫起来。可是，他们看到图尔奴斯的剑刚挥到一半就被对方挡了回去。他几乎丧身埃涅阿斯的剑下，吓得转身就逃。原来，当初图尔奴斯准备再度决战时登上他那新装备的马车，因为赴战心切，匆忙之际没有抽拔从父亲手上继承的奇剑，却拿起了御马人麦蒂斯卡斯的武器。麦蒂斯卡斯的武器只能用来迎战那些特洛伊士兵，可是当它碰到由神赫菲斯托斯制造的盾牌时，却顿时变成了软软的废铁。

图尔奴斯一时间不知所措，急于寻找一条逃路，可是又不知道路在哪里。因为特洛伊人已经密密麻麻地站成两行，将他团团围住。现在图尔奴斯一边是一大片沼泽地，另一面则有高高的城墙挡住他的去路，不过这段城墙上没有城门。埃涅阿斯在后面紧追不舍，只是他膝上的箭伤让他不能快跑。这就像是一只猎犬在追逐一只被困的鹿，知道它为河水所阻挡，或是被包围在有红色翎羽的猎网里。那鹿想尽一切办法逃窜，可是那只不知疲倦的猎犬却一路紧追不舍，大张着嘴巴，时时刻刻要将猎物抓住，却又回回落空，两者就这样周旋着。此时的埃涅阿斯就如同那只凶猛的猎犬，与猎物周旋着。

这个时候战场上的呐喊声变成了怒吼声，周围的山河都在回应着阵阵吼声。图尔奴斯一边小心逃窜着，一边大喊着罗图勒人的名字，让他们快把他自己的真剑递上来。埃涅阿斯则以死亡威胁着每个想要走近图尔奴斯的人。他扬言要踏平城市，把意欲走上前来的罗图勒人吓退了。就这样，埃涅阿斯一直与图尔奴斯左右周旋着，打着持久战。

在战场的中间有一颗野生的橄榄树，后来只剩下一根坚实的木桩。这是弗纳斯的圣树，历来为航海者所崇敬，他们被人从海里救回来的时候总是习惯于来到这里把祭供给劳伦塔姆神的祭品摆在这棵木桩上。然而特洛伊人并不知道这是棵有神性的木桩，埃涅阿斯在第一次战斗时曾把一杆投枪投掷在树上。现在经过这棵橄榄树时，这位特洛伊英雄弯下身去想从树上拔下投枪，然后朝逃敌投掷过去。可是投枪在树上插得太深，他无法拔得出来。图尔奴斯看到埃涅阿斯的所为，惊恐万分，急忙祈祷道："神圣的弗纳斯，我一向尊崇你的荣耀，我请求你，可怜可怜我的人民和土地。埃涅阿斯以战争亵渎了你，请你把那长枪抓得紧紧的，不要让他拔出来。"图尔奴斯的祷告发生了作用，埃涅阿斯挣扎多时，都没有从木桩上拔出投枪。正当埃涅阿斯在为拔出投枪而苦恼用力的时候，图尔奴斯的姐姐，仙女朱特那又扮作御马人麦蒂斯卡斯的模样，跑上前去把她弟弟的宝剑递给他。女神阿佛洛狄忒看着这一切，愤怒于一名寻常的仙女竟敢做出这等大胆的事来。于是，她也一步走上前去，帮助埃涅阿斯从树上拔出投枪。

两个英雄用新武器重新武装起来并恢复了精神，斗志昂扬地又相互对峙着。一个人挥剑，另一个人舞枪，两个人再度展开了激烈的战斗。

这时奥林匹斯的众神之父宙斯看到这场厮杀，回头对妻子赫拉说："我的王后，我们该结束这场战争了。一个神应该因为一个凡人曾经给她的创伤而一直耿耿于怀吗？我不会容忍你再有进一步的意图了。"

赫拉低垂着目光，对怒气冲冲的丈夫温柔地回答说："现在，我不再介入战争了，因为我发现战争是多么的令人憎恶。不过我有一个请求，为了拉丁姆人和特洛伊人的荣耀，好吧，让双方订立和约，让埃涅阿斯娶走国王的女儿吧。可是，你千万不要强迫拉丁姆人放弃自己原有的民族名称，改称特洛伊人。你也别强迫他们放弃自己的语言，改穿外国的服装，接受异国风俗。让他们保持原有的民族。让罗马人从意大利的根系上生长发展吧。特洛伊既然已经毁灭，就让它跟它的名字彻底消逝吧。"

众神之父微笑着回答妻子说："你所要求的，就让你得到满足吧。拉丁姆可以保留自己的语言、习惯和名字。特洛伊人混合在意大利人中，为意大利民族所吸收，我也将采用他们的风俗习惯和祭祀仪式，并且使大家成为使用单一语言的拉丁人。罗马人是由意大利和特拉人的血统组成的新族第，应该对你，赫拉女神，表示最大的敬意。"

听完这番话，女神朝丈夫满意地点了点头，心中快活起来。

宙斯考虑着如何使图尔奴斯的姐姐离开战场。相传从前有两个名叫恐怖的恶魔，是塔塔拉斯的麦盖拉一母同胞的姐妹。她们的母亲黑夜女神用蛇身绕住她们，并给了她们疾驰如风的翅膀。这两个恶魔守候在宙斯殿厅门内的宝座旁，听候天父的差遣。每当宙斯以死的恐怖或者瘟疫惩罚犯罪的城池时，她们便去加剧可怜的人类的恐惧感。宙斯这时派她们两个中的一个从太空来到下界去见朱特那，给她一个警兆。恶魔以龙卷风的速度飞扑到地面上，当快接近特洛伊人和拉丁姆人的时候，她倏忽缩小成那种夜间栖息在坟墓或空房顶，发出令人毛骨悚然叫声的小鸟。它在图尔奴斯的面前飞来飞去，用翅膀拍击着图尔奴斯的盾牌。图尔奴斯吓得毛发直竖，四肢僵冷。朱特那更是揪扯着头发，捶打着胸脯，因为她已经感到了宙斯的巨大神威。"图尔奴斯，"朱特那绝望地喊着弟弟的名字，"你的姐姐现在能怎样帮助你呢？所有的努力都做过了，我已经没有办法再延长你在人世间的日子了。我很熟悉这鸟儿扇动翅膀的响声，那就是死亡的声音。宙斯的命令我很清楚，现在，我必须要离开战场了。可是，亲爱的图尔奴斯，你死了之后，我哪里还有快乐可言呢？我宁愿放弃长生不死，穿过黑暗回到你的身边。"说完，她绝望地纵身投进身旁的台伯河急流。

埃涅阿斯急步赶了过来，愤怒地抖动着他那树干般的投枪，朝对手大喝一声："图尔奴斯，你还在犹豫什么？已经不再是赛跑的时候了，这回你必须跟我交手，以武器较量。请把你的胆量和勇气全部拿出来吧。"图尔奴斯摇了摇头，回答说："傲慢的特洛伊人,你的大话吓不倒我。现在,我害怕的只有一样,那就是宙斯的敌意。”说完,他看到路旁有一块巨大的山石,正好在地面上离他很近的地方,原来是块界碑,十二个凡人男子也休想搬动的了它。可是英雄的图尔奴斯愤怒之余一手将石块捞起,疾步前行,准备朝敌人投掷过去。可是,他突然之间感到力不从心起来,他的手臂发软,双腿打颤,连血液似乎都屏住不能流动了。他向空中投掷出的大石块没有砸着目标,甚至没有飞跃出本应该有的距离,图尔奴斯却无力地倒在地上。就像在梦中一样,他准备起跑,却不能迈步,准备说话,却发不出声音。

特洛伊英雄埃涅阿斯并不迟疑。他竭尽全力投出了长枪,那带着锋利矛头的长枪如同闪电一样呼啸而去,穿透青铜盾牌的边缘和胸甲下面的卷边,直直地戳到了图尔奴斯的腰间。高大的图尔奴斯中了枪伤,痛得在地上缩作一团。

罗图勒人看到他们的英雄中枪倒地,大声惊叫和哀号起来,周围的群山回应着他们的惊叫声,远出的森林也回荡着他们悲哀的哭声。图尔奴斯痛苦地躺在地上,抬起眼睛,伸出右手,低声下气地朝埃涅阿斯哀求道:“这是我命该如此。我并不求你原谅我,祝你自己享受你的好运气吧。可是,如果我的父亲的苦难能够使你动心,他跟我,就像你的父亲安可塞斯跟你一样,那么我请求你,可怜可怜年迈的道奴斯,让我回去;不然的话,那就把我失去灵魂的躯体交还给我的士兵。你已经胜利了,拉维尼亚属于你,请你息下心中的仇怨吧。”

埃涅阿斯一动不动,站在那儿,浑身甲胄,一派英雄的阵势。他的目光掠过躺在地上的失败者,心里突然起了同情,图尔奴斯的求饶在他心里发生了作用。埃涅阿斯刚想离开,突然图尔奴斯肩膀上披着的亚加狄亚王子帕拉斯的剑带又将他拉了回来。帕拉斯是被图尔奴斯打死的!埃涅阿斯呆呆地看着剑带,想起了自己好友死去时的情形,心中重新燃起了巨大的悲伤和愤恨。他大喝一声道:“怎么?你竟敢厚颜无耻地用帕拉斯的武装带装饰自己,还痴心妄想地企图逃脱我的惩罚?帕拉斯,我将以这一剑给你祭祀,给你申冤报仇。”说完这些话的时候,埃涅阿斯心中燃烧着熊熊的怒火,狠狠地将他的矛头整个儿插进图尔奴斯的胸膛。图尔奴斯倒在地上,四肢渐渐地冰冷了,那生命呜咽着,逃往阴间去了。

古罗马神话

徜徉于天庭的众神

很久以前，世界曾是一片混沌。那个时候，天地未判，万物混乱地分布在巨大而又荒凉的空间里。后来，天神乌拉诺斯和地神该亚感到非常孤寂，便通过神力使宇宙产生了巨变，之后出现了十二大主神，这十二大主神都生活在奥林匹斯圣山上。

生活在奥林匹斯山上的十二大主神包括：众神之王也是阳间之王的天公朱庇特、天后朱诺、太阳神福波斯、月亮女神狄安娜、美神维纳斯、海神尼普顿、谷物女神色列斯、智慧女神密涅瓦、火神伏尔甘、战神玛尔斯、众神信使墨丘利、酒神巴克斯。除这十二大主神外，还有众多的天神活动在奥林匹斯山上，活动于阴间和人世间的神也有很多，他们一起掌管着宇宙万物，才使得宇宙间不致再处于混沌状态。

朱庇特

居住在奥林匹斯圣山上的众神都有自己的宫殿。奥林匹斯山不仅雄峻，而且充满了圣灵的神气，那里总是风和日丽，没有出现过暴风或是骤雨，山上长满了奇花异草，在阳光的照射之下，散发出的香气醉人心脾。云雾弥漫于奥林匹斯山腰，好一处难得的极乐世界。众神们自然愿意在此建立自己的居所了。

奥林匹斯圣山上的众神是怎样生活的呢？每天清晨，曙光女神奥罗拉都会比其他神起得早，她用她玫瑰色的手指打开天门，把阳光放进天宫。当天神们看到金灿灿的阳光后，便会起床聚集到天公殿堂里，对天公朱庇特进行朝拜。天公朱庇特庄严地坐在金色的宝座上，与众神一起沉浸在喜悦和欢乐之中。说笑之余，青春女神赫柏会把一些精美的食品、仙酒奉献给大家品尝。有些时候，太阳神福波斯也会为众神们弹奏竖琴，在悠扬的琴声中，天公与众神如痴如醉，有时会不由得随着乐声手舞足蹈。穿着艳丽衣裙的美丽女神卡里忒斯（妩媚、优雅、美丽三位女神的统称）为众神们带来优美的舞蹈，缪斯（主管文艺和科学的神）唱上一段悦耳的歌……当满天的繁星在黑夜女神诺克斯的手中点亮时，众神们才恋恋不舍地回到各自的宫殿。奥林匹斯山沉浸在万籁俱寂之中，只有繁星在空荡的苍穹中俯望着大地。

在十二主神中，虽然天公朱庇特是万物的主宰，但其余的神并不是只为朱庇特服务的，比如卡里忒斯和缪斯，他们的任务就是给众神们表演歌舞，而三位时光女神赫耳则负责看护奥林匹斯的天门。当然，他们之间还有各种扯不断的关系，或是兄弟姐妹，或是夫妻。

朱庇特的权力很大，但他同样需要一位出色的助理，充当这一角色的就是正义女神忒弥斯。忒弥斯是时光女神赫耳的母亲，由于她执法如山，铁面无私，朱庇特非常器重她，让她坐在自己宝座的旁边，负责制定和保障法律的实施。除了做出正义的决定之外，奥林匹斯山及整个宇宙的治安也归忒弥斯掌管。

朱庇特一旦做出了什么决定，就会让女信使伊里斯去向众神传递，所以伊里斯一直坐在朱庇特的台阶上，从不敢离开半步。在睡觉时，她也不脱鞋，不揭面纱，朱庇特每每都夸奖她是一个忠实的仆人。

此外，朱庇特的三个女儿也会协助父亲治理宇宙，并且对人间的法律的执行进行监督。朱庇特的这三个女儿分别是克罗托、拉克罗斯、阿特洛波斯，她们又被人们合称为命运女神帕尔卡，掌管着天地间万物的寿限，各种生灵的生命之线都由她们来决定。每天，她们会把一些人的命运写在铜殿的墙壁上，一些天体运行的路线轨迹也是墙壁上的规划之一。这些规划一旦被写在铜墙上，就很难再改变了，所以帕尔卡在计划这些时也都是经过慎重考虑的。在命运三女神中，克罗托负责定型生命线，拉克罗斯负责起伏生命线，而阿特洛波斯负责规定生命线的长短。当计划内的某个生灵的生命线到期时，命运三女神便派信使墨丘利把这一信息送到阴间，由阴间冥王普路托执行审判。

众神很少会离开奥林匹斯，只是偶尔才会下凡到人间，但也是以不同形体展现在世人面前的，而不能自诩为天神。当然了，下凡后的天神是任凭我们怎么看也分辨不出与常人的异同的。他们下凡也大都是奉命去人间体察民情，然后向天公朱庇特汇报情况。

不过，这些天神也并不是一直生活在天宫，一直过着神的生活，他们也是有生命轮回的。如果天宫里的某个天神犯了错误，或是人间有某种凡人解决不了的问题，天公朱庇特就会命他们去下界投胎转世。脱生后的天神们也各有任务，或是去协助人间国王治理国家，或是去避免人间的某种灾难。即使天神们不满朱庇特的这种安排，也不能表示反对，天命不可违。如果有天神稍有反抗，雷电轰顶就会降临到他身上，大多情况下会被打入十八层地狱，永世得不到翻身的机会。当然了，众神们宁可下到凡间也不愿意得到这样的惩罚。

亚奴斯和萨图恩

台伯河下游的一段狭长地带是罗马的发源地，这条河流在朱庇特还没有掌权时就已经存在了，虽然当时没有名字，但毕竟是存在了，而且已经存在了很长时间。

在台伯河的一侧，耸立着满是参天古树的山峰，其中的一座叫阿文丁，另一座叫帕拉丁，其他的山峰一直都没有人知道它们的名字。沿着这条河流居住着一个土著民族，亚奴斯则掌管着这个民族，人们对这个国王则是既崇敬又惧怕，不知什么时候起，他就开始统治着这个民族了。

由于能力所限，国王亚奴斯的城堡非常简单，只能是就地取材。城堡建在台伯河右侧的一个叫亚尼库罗姆的小山坡上，不远处便是台伯河的入海口。这个民族没有离开过台伯河半步，不知道除了他们之外，世界上是否还有其他的民族，更不知道自己的生活风俗粗野，而需要美好、高尚的生活。他们没有种子，所以不会农耕，只会狩猎。在台伯河流域，除了自然环境给他们带来的艰险外，他们还面临着凶猛动物的袭击。总之，这个民族生活在愚昧与水深火热之中。

台伯河地区也从没有外人来过，但有一天一个不速之客闯入了这个地区，打破了这个民族的生活习惯。那天，这里的人们聚集在台伯河的岸边，原来他们看见了一条大船正沿着台伯河扬帆而来。船在离河岸不远处抛了锚，人们远远地观望着，不敢走上前去。这时，从船舱里走出一个神采奕奕的金发男子，他微笑着向人们打着招呼，并吩咐仆人从船上领下来几头牛。这里的人们只见到过野牛，且知道野牛凶残成性。男子呼唤着那几头牛走到自己身边，向人们解释这些牛都是驯服的，它们可以为人们犁地，并为人们提供牛奶。接着人们还看到了一群与山羊有些类似的绵羊，男子手指着羊身上的那厚厚的羊毛告诉人们："瞧，它们是不是和你们这里的山羊不同呢？它们身上的这些毛可以用来织成衣物，要比你们身上这些熊皮和貂皮柔软多了。"经过他这么一说，几个胆大的人走上前去，摸着软绵绵的羊毛，竟然有些陶醉。

金发男子还带来了一些会嗡嗡叫的小东西，它们被装在一个大竹筐里。男子告诉大家："这叫蜜蜂，它们会制造出甜美的蜂蜜，你们肯定会非常喜欢那种汁液，这些都是上苍赐给大家的。"人们的热情开始变得高涨起来，让谷粒慢慢地从手指缝里撒落下来，鼻子呼吸着谷粒的香气，耳朵听着谷粒落地的声音，多么美妙的享受啊。

正当大家被这突来的奇迹感动时，国王亚奴斯走了过来，金发男子很快意识到这个人与其他人的不同，忙走上前去自我介绍说："尊敬的陛下，我叫萨图恩，遭到了一个强大国王的迫害，所以来到了这里，希望你能收留我。同样，为了表达我对你的感激，我给你和你的臣民带来了享受高尚生活的本领和艺术。"萨图恩的诚恳打动了亚奴斯，萨图恩在台伯河地区住了下来。

接下来的日子里，台伯河地区的人们在萨图恩的带领下学会了使用农具、栽种谷物、建造房屋等。以前愚昧的生活渐渐被高尚的生活取而代之。在这里，没有主人和奴隶的区分，没有贵与贱的不平等，更没有仇恨与厮杀，处处呈现出一派和平与宁静的气氛。

萨图恩在亚尼库罗姆山的另一侧建造了一座名叫萨图尼亚的城市，他与亚奴斯一起统治着这块土地。在两人的共同努力下，这里出现了空前的太平盛世。

"我想给这个国家起个名字，"一天，满面容光的萨图恩回想着自己取得的成绩沾沾自喜地说，"这里收留并藏匿了我，使我免遭了灾难，所以，我觉得这个国家应该叫拉丁姆，即'藏匿的国家'的意思。我希望这里以后能永享和平与安宁，人们都能过上幸福的日子。"一边说，萨图恩一边骄傲地回忆着。

"依我看你的愿望有些不现实，"亚奴斯摇着头对萨图恩说，"既然有和平就会出现战争，和平并不是永久的。虽然我也有和你同样的愿望，但我觉得国家并不能保护人民永远不受战争的威胁。"

看到萨图恩脸上恐惧的阴云，亚奴斯顿了一下，然后接着说："我既是宇宙的开始，又是宇宙的结束，宇宙间的万物都是难以预料的，你我更是左右不了。"

从那以后，这片土地有了自己的名字——拉丁姆。但害怕眼前美好的一切都会过去，萨图恩开始回避所有的人。人们对萨图恩相当尊敬，但却不知道为何他总是对众人避而不见。后来，亚奴斯对人们说出了其中的缘故。原来，萨图恩是天神之父，但受到了天神的追捕，才来到了这个地方，而他担心他一手创造的这个世界会消失，所以觉得无颜再见给他以敬意的人们。在亚奴斯的建议下，人们建造了一座神庙，来感谢萨图恩给他们带来的幸福。后来，人们还按期举行规模盛大的萨图那利亚庆典，戴着萨图那利亚节日的面具结队游行。在这些活动中，不管地位尊卑都只扮演一个角色，以唤起人们对那个黄金年代的回忆。

一天，亚奴斯居住的那个宫殿里突然空无一人，就这样，亚奴斯作为国王的使命也不知不觉地结束了。为了纪念亚奴斯，人们把他奉为人世间最神秘、最深不可测的神。在意大利，人们对他更是尊敬。最古老的信息告诉人们，亚奴斯是起源神，执掌着开始和入门，也执掌着出口和结束，同时他又被称为"门户总管"，他永远都象征着世界上矛盾着的万事万物，所以，他的肖像通常被画成两张脸，有"双头亚奴斯"的说法。

萨图恩的族节

当萨图恩来到台伯河地区后，与凡间的一个女子一见钟情。两人结婚后，萨图恩对妻子关怀备至，女子也一直不知道丈夫是个天神。没过多久，妻子为萨图恩生了一个儿子，取名为皮库斯。皮库斯继承了父母的优点，英俊潇洒，且勤劳勇敢，是一名人人称赞的好猎手。当时的国王亚奴斯有一个女儿，长得国色天香，且能歌善舞。每当她引吭高歌时，人们都会驻足倾听，天上的云和地上的流水也会停下来，并为之打动。美女配英雄，亚奴斯的女儿自然嫁给了萨图恩的儿子皮库斯。

亚奴斯完成了国王的使命以后，皮库斯当上了拉丁姆的国王。他在台伯河的出口处建造了一座华丽的宫殿，人们在这座宫殿的周围又相继建造了很多的房屋，这里渐渐地形成了一座城市。这座城市里有很多的桂花丛林，当地人称为劳伦图姆，所以，这里的人们又自称为劳伦特人。

一天，皮库斯在外出狩猎时误进了巨魔妖女喀耳刻的地界。喀耳刻被皮库斯英俊的长相所打动，想尽了各种方法要把皮库斯留住，但皮库斯并没有被她的妖媚所迷惑，而是想方设法要离开那个地方。喀耳刻见皮库斯不为所动。便开始对他进行威胁。喀耳刻把一些也误进入这里或是她从别的地方捉来的人们都变成了动物，这些动物龇牙咧嘴地围着皮库斯所在的牢笼咆哮着，但勇敢的皮库斯依然不为所动。他觉得自己有一半是神的血统，喀耳刻的魔法应该对他起不到多大作用，但皮库斯还是低估了喀耳刻的力量。在喀耳刻的咒语之下，皮库斯变成了一只啄木鸟。在溪水前，皮库斯看到了自己的模样，他觉得自己丑陋无比。正当他悲愤交加的时候，他感觉到有一种神奇的力量在把他向空中推去，而且耳边响起了一阵能穿透他内心的声音："我是战神玛尔斯，我希望你从今以后能成为我的圣鸟，皮库斯，勇敢地飞吧。"果然，从那以后，皮库斯变成的啄木鸟成了战神玛尔斯肩头上的一个标志。有时候，皮库斯也会变成人形，在他曾经居住过的拉丁姆的每一片土地上徜徉。

自从皮库斯离开王宫后，他的儿子法乌诺斯继位。在法乌诺斯执政时期，出现了种种不同于以前的现象，那种黄金时代里和平幸福的日子开始被打破，人们隐约感到，黄金时代已经接近了尾声。尽管人们很想以各种方法把黄金时代留住，但天命不可违，黄金时代还是像天上的浮云一样随风飘得越来越远。

在亚奴斯统治时期，在阿文丁山上就住着一个可怕的巨人卡科斯，卡科斯是火神伏尔甘的儿子。可能是继承了父亲的丑陋吧，伏尔甘的这个儿子更是变异得有些让人害怕，他的身体没有固定的形状，而且体内会发出炽热的烈火，口内喷吐着冒着剧毒的蒸气，让人一见到他就会吓得屁滚尿流，甚至昏死过去。萨图恩来到这个地方以后，卡科斯慑于萨图恩的神力，没有再露过面。但当亚奴斯和萨图恩相继离开拉丁姆后，卡科斯醒了过来，而且他把路过这里的人们吓昏后背进山洞，作为自己的食物，大撕大扯之后就开始贪婪地咀嚼，满嘴鲜血淋淋，嚼剩下的骨头都堆成了山。然后，卡科斯用巨石把洞口堵住，没有一点缝隙，甚至连一根针都插不进去。任何人都不知道这个地方还隐藏着一个可怕的魔窟。

作为国王，法乌诺斯只能眼看着拉丁姆被卡科斯糟蹋，而找不出任何解决的办法，直到赫丘利的出现。

赫丘利是一个和神一样伟大的英雄，他完成了欧律斯透斯交给他的十项任务：恶斗巨狮，征服亚马逊人，等等。在完成了这十项任务以后，赫丘利在一个富庶的地方建立起了一座城市，取名赫卡托姆皮洛斯。随后，他又在大西洋岸边竖起了两根赫丘利大柱。紧接着,他又进行了长途跋涉,最后来到了台伯河山谷。

一天,赫丘利走近一个劳伦特人家,要了一杯甜酒解渴,这种酒是用葡萄酿造的。由于喝得过多,赫丘利感觉到身体有些飘飘然,看到旁边有一片碧绿的草地,他倒头便睡,被他牵来的一大群牛在附近吃草。

正在这时候,饥饿的卡科斯寻食到了这里,当他走近赫丘利时,意识到眼前的这个巨人是神之子,虽然只是半个神。于是,他把眼光转向了不远处的牛群,“多么肥壮的牛啊,要是能得到这些牛,最起码也能够吃上几天的。”想到此,卡科斯不由得口水直流。“要是赫丘利顺着牛的脚印找到山洞那该怎么办呢?”卡科斯心思还比较细密,眼珠一转,便想出了一个主意。他并没有去牵牛头,而是牵着牛的尾巴,倒着把牛牵回了洞里。这样,牛的蹄印正好与进洞口的方向相反,如果顺着牛正走的方向去找,是不会有人找到洞里的。

可出乎卡科斯的意料,这群牛刚到了黑乎乎的洞窟里就发出了一阵阵尖利的叫声。叫声把赫丘利惊醒了,他发现从革律翁那里牵回的牛都不见了,便顺着声音找到了阿文丁的山洞前。赫丘利轻而易举地把洞口的巨大石块搬走,用棍棒把卡科斯这个在拉丁姆横行的妖魔送去了普路托王国。

妖魔虽然除掉了,但世界还是开始了白银时代,出现了罪孽。

法乌诺斯的妹妹福娜是个崇尚贞洁的姑娘,虽然人们知道国王有一个妹妹,但却不知道他的这个妹妹叫什么名字,见到过福娜的人更是没有几个。一天,法乌诺斯去看望福娜,但他看到了一幕以前他从来没有看到的景象。往日那个矜持的福娜不见了,眼前的这个福娜则披头散发,衣衫不整,醉眼朦胧地望着哥哥,身体摇晃着走了过来。当福娜走到法乌诺斯面前时,法乌诺斯用力地摇晃着妹妹的肩膀:“你是怎么了?怎么会变成这样呢?你那圣洁的灵魂呢?”

尽管法乌诺斯已歇斯底里,但福娜还是妩媚地望着哥哥,唱着醉歌。法乌诺斯看到餐桌上杯盘狼藉,顿时明白妹妹已经喝醉了。

“你怎么能喝这么烈性的葡萄酒呢?你难道把以前的圣洁全忘了吗?是谁把这么罪恶的饮料送给你的?”无论法乌诺斯怎么问,福娜就是不说话。最后,愤怒的法乌诺斯急了,他抓住福娜的头发,用一根树枝抽打着福娜的身体。衣服被撕破了,但法乌诺斯还是没有停下来。最后,福娜倒在地上,鼻子和嘴都向外淌着血,法乌诺斯开始心疼起妹妹,忙走上前去,但他发现福娜已经死了。法乌诺斯非常后悔,他赐予了妹妹神一般的礼遇,但最终还是没有逃脱神对他的惩罚。法乌诺斯被朱庇特变成了一只长着羊角的丑怪,他整天在山野森林里游荡,追逐着漂亮的仙女,但最终都是落得个两手空空。

随着时间的流逝,白银时代也过去了,随之而来的是青铜时代。在这个时代里,无数的人为了权力而争斗,他们用鲜血才换回了暂时的和平。特洛伊人的国王埃涅阿斯则是神送给青铜时代的礼物。

美丽的天后朱诺

在罗马人的心中，天后朱诺的形象庄严肃穆：浓密的头发下面是一双亮晶晶的大眼睛，头上戴着象征华贵的冠冕，这使她的脸庞更加俊美。她一手执着权杖，权杖上面栖息着美丽的杜鹃，另一只手拿着象征多产的石榴。天后朱诺有着凡间女子的丰采和气质，戴着头巾，遮着头的后半部，显得那么贞洁、庄重、文静和严肃。

朱诺是萨图恩的女儿，也是天公朱庇特的妹妹。她掌管着婚姻和生育，是妇女和儿童的保护神。

朱诺是天宫里最漂亮的女神，虽然后来的朱诺处处与特洛伊人为敌，但她那时的确是温柔可爱，情操高尚。当朱庇特完成了统一天下的大业后，向朱诺表达了自己的爱意。朱诺那时还是个满脸稚气的少女，面对英俊潇洒的朱庇特，羞羞答答地答应了他的求婚。

随后，朱庇特与朱诺举行了隆重的婚礼。他们把婚礼选在了绿树成荫的西特隆山上。西特隆山离奥林匹斯山不是太远，那里有厚厚的植被，有浓密的森林，有清澈的泉水，有漫山遍野的鲜花，和圣山奥林匹斯一样充满了仙气。朱庇特选取了一块软绵绵的草地作为他们的新床，他们被花香包围着，四周的绿树成了他们的床幔，为他们遮蔽羞涩。泉水的叮咚声是他们的婚乐，森林里奔跑的动物为他们送来了美味佳肴。四面八方的各神都来参加天公朱庇特的婚礼，并带来了各样各色的礼物，地神该亚还为孩子们送来了金苹果。新郎朱庇特与新娘朱诺沉浸在幸福之中。

结婚的第二天，朱庇特握着朱诺的手，一朵金色的云彩便把他们送到了奥林匹斯山的宫殿里。朱诺在奥林匹斯山上的众神中，得到了像天公一样的待遇，分享着天公的各种特权和荣誉。比如，她同样能使用雷电棒让天空雷声大作，使狂风暴雨停止于瞬间，使春夏秋冬四季的转变听命于她。朱诺梳着漂亮的头发，穿着金光闪闪的纱衣，脚下是眨着眼睛的星星们，多惬意的生活啊！在奥林匹斯山上，美丽的朱诺走到哪里都受到众神的尊重。当她翩翩走入宫殿时，众神纷纷问候，如果天公朱庇特不在，众神们也会与天后朱诺商议些天宫里的事情。

虽然天后朱庇特与天后朱诺的生活大多数是甜蜜和谐的，但有时也会吵吵闹闹，在他们生活甜蜜和谐的时候，天空就会风和日丽；当他们吵闹的时候，天空就会乌云密布，狂风不止。总之，天空的各种现象都是天公和天后夫妻生活的体现。

但是，无论朱诺怎样对天公朱庇特不满，她都是忠于婚姻的，不过她的嫉妒心很强。天公与天后的争吵大多是因为天后的嫉妒引起的。

朱庇特经常会离开奥林匹斯山下到凡间，去私会一些仙女和半神的女儿，而这时候的天后则会觉得天公抛弃了自己，于是大发雷霆。每次天公从凡间回到奥林匹斯山时，天后都会大哭大闹，甚至也离开奥林匹斯山。

一天，天后朱诺和天公朱庇特大哭大闹之后来到了她第一次和天公约会的地方埃维厄岛。朱庇特通过神力早已经知道了朱诺藏身的地方，但他知道朱诺的脾气，如果硬是把她带回奥林匹斯山，她还会重新出走的，只有让她心甘情愿地回到天宫，才能保证以后的安宁。经过苦思冥想，朱庇特终于想出了一个使妻子与他和解的计谋。朱庇特来到埃维厄岛，让一个装扮得非常漂亮的木偶坐在一辆五颜六色的车子上，然后在埃维厄岛的各镇宣称天公朱庇特要娶一个双目明亮的仙女做天后，当然，天公的目的是想使天后朱诺的嫉妒心发展到白炽化程度。

朱诺听到天公要娶仙女做天后的消息后，果然怒不可遏，她来到衣饰华丽的假天后面前，把假天后的衣服和帽子撕得粉碎，但假天后却没有任何抵抗的行为，朱诺非常奇怪，忙抓下假天后的面纱，这才发现原来只是一个木偶。朱诺明白天公的用意后，破涕而笑，和朱庇特调笑着回到了奥林匹斯圣山。

还有一次，天公朱庇特下凡数日还没有回到天宫，朱诺本想也下凡去找天公理论一番，但她转念一想：我何不用我的美貌去使他回到我身边呢？如果老对他发脾气，说不定会适得其反。打定主意，朱诺就如同少女时代一样开始精心地打扮起来，她穿上了一条蓝色的纱裙，腰带镶着的珠宝金光闪闪，华丽的头巾使她的脸庞更加美丽动人。朱诺来到天公朱庇特栖身的伊达山，她像一颗灿烂的明星发着光彩，天公被妻子的妩媚所感动，当即和朱诺回到了奥林匹斯山。

朱诺的美貌虽然比不上爱神维纳斯，但却是完美女性的典范，她忠贞于爱情，对天公更是没有移情别恋过。

由于天后的美丽，有很多神都被迷得神魂颠倒，伊克西翁就是其中表现得最露骨的一个。伊克西翁与一位仙女要结婚时，曾答应给岳父送一件礼物，但伊克西翁却没有履行他的诺言，而且在一个宴会中把岳父推进火坑烧死了。伊克西翁的残暴行为使得他在原属地再也无法待下去了，于是他来到了奥林匹斯圣山，并表现得格外让众神可怜。天公朱庇特被伊克西翁的假象所迷惑而宽恕了他。在与众神共进晚餐时，伊克西翁双眼色眯眯地盯着天后朱诺，甚至还对朱诺讲一些下流的话。朱庇特看在眼里，把一朵云变成了朱诺的模样，想以此考验伊克西翁，谁知伊克西翁发疯似的朝着假天后扑过去。愤怒的朱庇特把伊克西翁关进了塔耳塔洛斯，把他绑在一个燃烧着的车轮上，以此作为对这个罪人的惩罚。

海神尼普顿

受古老预言的影响，每当妻子生下一个儿子，萨图恩就把儿子吃掉，后来，妻子用调包的办法使三个儿子免遭其害，留下来的三兄弟即朱庇特、尼普顿和普路托。朱庇特夺取了父亲萨图恩的王位后，把海洋、岛屿和海岸的势力范围交给了尼普顿管辖，把阴间交给了普路托管辖，但无论是海神尼普顿还是冥王普路托都必须听命于天公朱庇特。

作为海神，尼普顿经常在海上巡游，手执三叉戟，驾着由两匹或四匹马拉着的车子，威风凛凛。所以，在人们心中，海神尼普顿是一个强壮有力、虎背熊腰的神，他表现得庄重冷静，不管他裸露还是穿戴整齐的时候，海神特有的风采和气度都会表现得淋漓尽致。

尼普顿住在蓝色海洋的深处，那里有美丽的珊瑚，有五光十色的珍珠贝壳，有奇形各异的植物，游来游去的鱼群给蓝色的海洋增加了不少情趣。尼普顿的宫殿就在这里，那华丽的气势足以跟奥林匹斯圣山媲美。尼普顿每次外出巡视时，都会穿上金光闪闪的胸甲，海底的各种鱼类紧随其后。当尼普顿出现在一个地方后，那里就会一片欢腾，海豚、鲸鱼等跳出海面，给海神表演着拿手的舞蹈。某个海域出现事故时，只要尼普顿一到，海面上顿时风平浪静，取而代之的是涟涟的浪花，微风轻拂，一片欢笑。

然而，尼普顿也有发脾气的时候。与朱庇特一样，尼普顿发起脾气来也威力十足，最显著的表现就是海面上会狂风大作，海浪掀翻海船，甚至会波及到岸边的城市。如果尼普顿非常恼火，他会发动海啸，海岸震动，大陆抽搐。这时候，人们往往拿着海神喜欢的各色祭品，如骏马和公牛等去祭祀海神尼普顿。

一次，伊那科斯与人争夺阿尔戈里德这片土地，当时，伊那科斯的宫殿里缺水，他便派自己的女儿去各地寻找水源。他的一个叫阿美莫纳的女儿在森林里寻找了一天也没有找到水源，又累又渴。走到一棵树下时，阿美莫纳坐了下来，望着茂密的大森林，不由得酣然入睡。也不知过了多长时间，她被什么东西踩了一下，睁开眼睛一看，原来是一只野鹿正从她身边经过。

“多么肥壮的野鹿啊，要是我能射到这只野鹿的话，可以拿回去好好地美餐一顿了。想到此，阿美莫纳弯弓搭箭，但这一箭并没有射中野鹿，而是射中了睡在灌木丛中的森林之神萨堤罗斯。萨堤罗斯对这突如其来的伤害非常恼怒，开始追赶阿美莫纳。阿美莫纳在逃到海边时，向海神发出了求救。尼普顿出现了，他把三叉戟朝着萨堤罗斯掷去，三叉戟穿过萨堤罗斯的胸口，插进了岸边的一块岩石里。

看到身边被吓着的姑娘，尼普顿爱抚地问道：“你在寻找什么呢？你难道不知道这里有多危险吗？”

阿美莫纳很快明白了眼前这个高大威武的人便是海神尼普顿，忙充满敬意地说：“尊敬的陛下，谢谢你救了我，我是在寻找给我的国家解渴的水源啊。”

听后，尼普顿一阵大笑：“傻孩子，你把我刚才插进岩石里的那三叉戟拔出来就会找到水源了。”

阿美莫纳将信将疑，但她还是按照尼普顿的说法做了，把三叉戟从岩石上拔了出来。顿时，叉子插过的地方出现了三个泉眼，清澈的泉水从泉眼里汹涌而出，淙淙地流向了阿美莫纳所在的那个国家。

又有一天，尼普顿在巡海时看到了一群海洋仙女在纳格索斯岛跳舞，其中一个叫安菲特里特的仙女在一群仙女中长相突出，举止文雅。尼普顿顿时对安菲特里特产生了爱慕之心，但当他向安菲特里特表达了爱意之后，安菲特里特有些惊恐，跑到海底藏了起来。尼普顿派了一条海豚去寻找安菲特里特的藏身之处。最后，这只海豚终于找到了安菲特里特，并把她逮住送给了尼普顿。

虽然海神尼普顿的恋爱在一开始时有些一厢情愿，但他还是凭着热烈的爱恋赢得了安菲特里特的芳心。随后，两人举行了隆重的婚礼。婚礼上，奥林匹斯圣山上的诸神都送来了精美的礼物，天公朱庇特也派信使来祝贺海神夫妇。婚后不久，安菲特里特就为尼普顿生下了一个儿子，取名为特里同。特里同的长相并没有像他的父母一样是个人形，他的上身像人的身体，但下身却覆盖了很多藻类，且长了一条鱼尾。据说，这就是传说中美人鱼的祖先。

后来，海神尼普顿因觉得天公朱庇特分封不均产生了反叛心理。当时太阳神福波斯射杀了天公朱庇特身边的独眼巨人，也开始积极地筹划谋反。这时候，天后朱诺因儿子火神伏尔甘受到了朱庇特的惩罚也想谋反。福波斯、朱诺和尼普顿不谋而合，于是商量好叛乱的时间。在叛乱的关键时刻，西天门守神西蒂斯向天公朱庇特告发，叛乱失败了。太阳神福波斯被逐出了天国数年，海神尼普顿被罚到特洛伊筑城墙，天后朱诺则没有受到任何处罚。

智慧女神密涅瓦

密涅瓦被古希腊诗人荷马称为智慧女神。关于密涅瓦的出生有两种说法。

一种说法是，密涅瓦出生在利比亚的妥里通湖畔，三个利比亚女神发现了她，并把她哺育长大。当密涅瓦还是个少女时，在一次玩耍中失手杀死了自己的小伙伴帕拉斯，为了表示哀悼，她在自己的名字前加上了帕拉斯的名字，然后取道克里特，前往雅典。

另一种说法是，朱庇特与女神墨提斯结合后，命运向朱庇特预示，墨提斯将生下一个权力胜过父亲的孩子。为了防止这种结果的出现，朱庇特在墨提斯生产后即把孩子吞食腹内。可刚吞食完，他便感觉头痛难熬。最后，朱庇特不得不命令火神伏尔甘用斧头把自己的头劈开。脑袋刚被劈开，一个手执长矛的女孩跳了出来，她就是密涅瓦。这个关于密涅瓦是从朱庇特脑中“再生”的故事使密涅瓦具有了高贵的出生。一直以来，这种说法被看作是最准确的。由于这种传说，密涅瓦成了力量和智慧的象征。她头上戴着光芒四射的金盔，披着崭新的甲胄，手执闪闪发光的长矛，比战神玛尔斯还要威武，所以，人们也称密涅瓦为女战神。这一称号对她来说一点也不为过，在天公朱庇特与提坦神的战斗中，密涅瓦的加入对战斗的胜利起到了不小的作用。

密涅瓦不仅是一个女战神，而且是一个象征和平的女战神。她心地善良，爱憎分明，并不像战神玛尔斯那样一味地只知道屠杀。

一天，密涅瓦看到战场上勇敢的堤丢斯身负重伤，那是一个多么英勇的战士啊，怎么能在战争的关键时刻就战死了呢？于是，密涅瓦向天公朱庇特求援，希望得到能治好堤丢斯的药。当密涅瓦拿着药来到战场上时，看到的堤丢斯像换了一个人：眼里满是复仇的欲火，把敌人砍倒后，用手中的长矛敲打着敌人的头颅，然后疯狂地汲取头颅里的脑浆。多么残暴的堤丢斯啊。密涅瓦改变了原来的决定，放弃了救护堤丢斯的想法。

还有一次，海神尼普顿和密涅瓦为争夺阿提克地区的所有权举行了一场比赛，他们约定，谁如果能给人类赠送最有用的礼物谁就获胜，众神们都争着来做这次比赛的裁判。海神尼普顿把三叉戟向岩石上一击，一匹战马出现了；密涅瓦把她的长矛向地上一插，一株郁郁葱葱的橄榄树出现了。经过众神裁判，密涅瓦获胜，因为众神觉得象征和平的橄榄枝要比用于战争的战马要有用得多。从那以后，橄榄枝成了和平的象征，也成了智慧女神密涅瓦的象征。

除了英勇善战，充满智慧的密涅瓦还给人类提供了很多项发明。

一天，密涅瓦捡到了一根鹿骨，那根鹿骨已经被磨得相当精致。

“如果把这根鹿骨的中心挖空，然后再钻几个孔，那样不就能吹出像暴风雨的呼啸声了吗？”

这样想着，密涅瓦不禁高兴起来。她找来一把小刀，在鹿骨上细心地挖了几个小孔，磨细，并用了几天时间把鹿骨的中间挖空。最后，密涅瓦还在这支乐器的一侧系上了一条红丝带，以作为装饰。她给这种乐器取名为“笛子”。

看着自己的杰作，密涅瓦非常满意。她拿着她的笛子回到了奥林匹斯圣山，对每一位遇到的神极力夸奖自己发明的笛子，并在众神聚集的地方进行了吹笛表演。优美的声音从密涅瓦的笛子中飘了出来，地上的流水停了下来，天上的飞鸟驻足在枝头，众神不由得随着笛声开始哼唱。

密涅瓦骄傲地注视着众神，想得到意料之中的嘉许。众神都沉浸在悠扬的笛声中，只有爱神维纳斯和天后朱诺在偷偷地笑个不停。

“你们究竟在笑什么呢？难道我吹的笛声不好听吗？”密涅瓦停止了吹奏，有些怒意地注视着维纳斯和朱诺。

看到密涅瓦那严肃的目光，朱诺对密涅瓦说：“你吹出来的笛声的确很动听，但你吹笛子时，你的脸蛋鼓胀，脸上的线条都变了形……你还是去泉边用泉水自己照照看吧。”说完后，朱诺眼角又抑制不住掠过一丝笑意。

密涅瓦来到泉边，把笛子再次放在口里吹奏，然后把脸探到泉边的水面上。

“这是我吗？我怎么会这么丑陋呢？”密涅瓦惊叫起来，朱诺说得没有错，自己的脸在吹笛子时完全变了形。

“笛声再好听，也不能让我美丽的形象受损。”密涅瓦气愤地把笛子扔到了森林深处，从此再也没有吹过笛子。

此外，密涅瓦发明了陶瓷车，使人们能生产出各种陶瓷制品。农夫使用的犁耙和四轮牛车、木工使用的三角尺和直尺也是密涅瓦发明的，她还教会了海员如何绞帆和在船首雕刻头像。所以，众多行业都尊推密涅瓦为保护神。

密涅瓦，在希腊神话中也被称为雅典娜，由于雅典娜的名字与雅典城市的名字是同源的，所以每年雅典人都要以最隆重的仪式纪念这位女神。

月亮女神的浪漫爱情

狄安娜是天公朱庇特与拉托那的女儿，也是太阳神福波斯的胞生妹妹。哥哥福波斯是给人类带来温暖和灿烂的太阳神，而狄安娜则是在太阳下山后给人类带来光明的月亮神。狄安娜和智慧女神密涅瓦一样终身保持着贞洁。

狄安娜体态苗条，形象高大、美丽。她喜欢在森林原野上驰骋，背着一把弓和一个箭袋，身旁有时会有一头牝鹿或是一条猎狗，好一副狩猎女神的模样。狩猎归来，狄安娜有时会去巴那斯山上找哥哥福波斯，与卡里忒斯和缪斯一起载歌载舞。

皎洁宁静的月夜美得会令人浮想联翩：困乏的动物们在月夜中栖息，植物们也趁机呼吸着新鲜的空气，享受着太阳没有出来之前的甘露。人们呢？在这皎洁的月光底下则会产生甜蜜的温情。有时，狄安娜也会用云彩遮住脸庞去亲吻英俊少年的脸。而被月亮女神亲吻过的人则会具有奇特的想象力，或成为诗人，或成为预言家。

既然具有了生命，就不同于草木，所以，狄安娜虽然希望永葆贞洁，但看到令人心仪的男子也会动心。一次，狄安娜在一个山洞里发现了一个为了永葆青春而处于睡眠状态的青年。那个青年是一个牧羊人，叫恩底弥翁，在睡眠状态中的他依然保持着俊美的面容，嘴角似乎还挂着一丝欣慰的笑意。狄安娜被恩底弥翁的美貌深深地打动了。她每天夜里都会到那个山洞里静静地盯着恩底弥翁的脸颊和双目看上好一阵子，再甜蜜地在他身旁睡去。

除了爱慕过恩底弥翁外，狄安娜还热恋过一个叫俄里翁的青年。这个故事还与狄安娜的父亲天公朱庇特有一些关联。

在很久以前，一个农夫和妻子过着贫穷却幸福的日子，但好景不长，妻子还没有来得及为他生个一儿半女就去世了。对于妻子的过世，农夫非常伤心，他发誓不再娶妻，但他每天都祷告着上天能赐给他一个孩子，在他孤苦无助的时候，他很希望有个孩子在身边给他一些安慰。

这天，天公朱庇特带着海神尼普顿和儿子墨丘特来到了这个农夫家。农夫是个热情的人，他把客人让进屋里，给客人端上家里最好的食物，把家里唯一一间屋子让给了客人住，自己则去牛棚里睡了一夜。

第二天，客人们要走了，农夫斟上一杯酒，递给了海神尼普顿，尼普顿接过酒杯后恭恭敬敬地又递给了天公朱庇特。

朱庇特喝完酒后，礼貌地对农夫说道："谢谢你的款待，你是个善良、虔诚的人，我很希望能为你做些事情，不知你有什么希望？"

农夫有些不知所措，尼普顿忙解释说："你有什么愿望尽管说，你眼前的这位就是万神之王、万灵之父的天公朱庇特，他能为你实现你的希望。"尼普顿指了下朱庇特对农夫说。

听后，农夫忙拜倒在朱庇特面前，更加虔诚地对朱庇特说："我已经失去了爱妻，也不想再娶，但我希望有个孩子。如果你能帮我实现这个愿望的话，我会把家里唯一的牛作为供品献给你。"

朱庇特考虑了一下，然后对农夫说："去吧，把那头牛杀掉，然后把它的皮埋在门前的地里。"

农夫遵照朱庇特的吩咐把牛杀了，并把牛皮埋进了门前的地里。当他刚把最后一把土填到坑里以后，奇迹出现了：从埋牛皮的地方长出了一个小孩，而且越长越大，直到长到成年人的模样。当农夫拉着儿子来到屋里想向天公道谢时，朱庇特一行人已经不见了。

农夫给他的这个儿子取名为俄里翁。俄里翁相貌堂堂，心地和父亲一样善良。由于奇特的出生，他的力气要比常人大得多，经常会做出一些别人做不了的事。农夫死后，俄里翁到了月亮女神狄安娜那里，做了月亮女神的仆人。

自从新仆人俄里翁到来后，狄安娜开始魂不守舍。

"多么漂亮的一个年轻人啊！多么强壮的一个猎手啊！如果我能和他在一起生活那该多好，到那时，我会去请求父亲饶恕女儿的不贞。"狄安娜对俄里翁的思念太强烈了，她不顾别人的反对，总是让俄里翁陪着自己，以便能和自己心爱的人朝夕相处。

狄安娜和俄里翁的爱情非常浪漫，他们一起在大草原上追逐猎物，一起在海边嬉戏，一起在漆黑的夜里诉说衷肠。正当狄安娜准备要嫁给俄里翁时，哥哥福波斯表示了强烈的反对。福波斯越是阻止狄安娜对俄里翁的爱，狄安娜越是爱俄里翁。福波斯知道妹妹的脾气，她要是认准的事是没办法改变的，但福波斯不想看着妹妹违背她亲口定下的誓言。可怎么才能使妹妹对俄里翁死心呢？经过苦思冥想，福波斯终于想出了一个办法。

一天，福波斯去找狄安娜一起去海边游泳，两人游得累了，坐在岸边闲谈，只留俄里翁一个人在海里游。

"妹妹，听说你的箭法和我一样好，是吗？我怎么不知道呢？我猜想别人肯定是听错了，他们说的应该是密涅瓦吧。"福波斯看着已经游向远方的俄里翁对狄安娜说。

狄安娜最不喜欢别人小瞧她了，自己的箭法的确是不如哥哥福波斯，但总不至于比密涅瓦差吧。狄安娜不服气地答道："你真的觉得我的箭法那么差吗？那我就证明给你看。"

此时的俄里翁游得很远，已经成了一个小黑点。

"那好啊，你看到那个小黑点了吗？如果你能射中的话，我就服了。"福波斯指着俄里翁在远方变成的小黑点。

狄安娜只顾着和福波斯争辩她的箭法，根本没注意到那个黑点就是俄里翁。她拿过放在一边的弓箭，然后瞄准远方那个小黑点就射了过去。直到听到俄里翁的惨叫声，狄安娜才知道上了福波斯的当，这时候已经来不及了，俄里翁沉入了海底。

对于俄里翁的死，狄安娜痛不欲生，她怎么也无法原谅是自己亲手杀死了心爱的人。朱庇特见女儿日益消瘦，也为女儿对俄里翁的深情所打动，便把俄里翁变成了天上的一颗星星，即猎户座。那是一颗最壮观、最明亮的星座，它像一个身佩腰带和剑的巨人驻守在夜空中，与心爱的月亮又开始了形影不离的日子。

为了惩罚自己杀死俄里翁的过失，狄安娜不再让任何男人看到她，如果有谁不小心看到了她，这个人肯定会变成疯子、傻子，甚至死亡。

最美丽的爱神维纳斯

无论是在奥林匹斯圣山还是在凡世间，爱神维纳斯都是最美的一个，她是爱与美完美的结合体。作为爱神，维纳斯掌管着人类的爱情、婚姻和生育。此外，她还代表了每年的春天和每天的黎明，所以她还掌管着一切动植物的繁衍和生长。

维纳斯眉清目秀，皮肤白皙，身姿迷人。在人们心目中，维纳斯的形象比其他诸神的形象都要多。最初，她以裸体出现，站在海龟或海螺上面，一种纯朴的美顿然而生，这种形象表明她刚从海浪里出来。后来，人们把她的形象做了改变，把全裸的身体改为半裸，美感呼之欲出，尽在人们的想象之中。

维纳斯的这些形象与她的出生有关。据说，维纳斯是从海里波浪的泡沫中产生的。萨图恩把自己父亲乌拉诺斯的肢体投入到塞浦路斯海中后，从投入肢体的地方拥出了很多的泡沫，随后，一个美丽的巨大贝壳出现了，周围有很多的小贝壳或是珍珠相伴。巨大的贝壳被海风和波浪推到了岸边，微微颤动后两瓣自然分开，一个长发女孩从贝壳里走了出来，维纳斯诞生了。刚出生的维纳斯像曙光一样洁白无瑕，她赤脚向海滩上走去，走过的地方长出了很多美丽的鲜花。时光女神赫耳早已经在不远处等着刚出生的爱神维纳斯了。赫耳为维纳斯戴上金光闪闪的冠冕、穿上艳丽得体的服饰、系上一条金腰带，美丽的维纳斯更加楚楚动人。她坐上由一对鸽子拉着的车，离开了地面，向奥林匹斯圣山飞去。

看到美貌非凡的维纳斯后，奥林匹斯山上的众神都绝口称赞。有着诱人双眸、迷人微笑的维纳斯姿态优雅，举止庄重潇洒，使圣山上的众神为之倾倒。

维纳斯的美无可厚非，但也引来了不少嫉妒的目光，其中以美丽著称的天后朱诺和智慧女神密涅瓦为最甚者。天后朱诺、智慧女神密涅瓦和爱神维纳斯因一个象征美的金苹果而大动干戈，最后连天公朱庇特都不好加以判断，只好让伊达山上的一个英俊少年帕里斯来裁决她们三个谁最美。帕里斯本也分不出谁是最美者，但维纳斯答应如果帕里斯把金苹果给她，她会把天下最美的少女海伦嫁给他。最后，帕里斯把象征美丽的金苹果给了维纳斯。朱诺和密涅瓦虽然不服气，但也无话可说。

后来，维纳斯嫁给了火神伏尔甘，伏尔甘又瘸又丑，美丽的维纳斯根本就不喜欢他，只是因为这场婚姻是天公朱庇特亲自赐予的，维纳斯才不得不答应下来。她和火神伏尔甘结婚之后，恶贯满盈的战神玛尔斯倾慕于她的美丽，多次对她进行引诱，最后两人勾搭成奸。被火神伏尔甘发现后，维纳斯觉得无颜再在天宫待下去而回到了塞浦路斯。

爱神维纳斯不仅征服了奥林匹斯山上的众神，也征服了整个大自然，她走到哪里，哪里就有一片欢声笑语，哪里就会一派欣欣向荣的景象。但春天的时间并不是太长，花儿并不会长开不败，因为维纳斯的儿子阿多尼斯正是短暂春天的化身。

阿多尼斯是维纳斯回到大地后，从一株参天大树的树干中迸裂出来的。维纳斯担忧儿子的生命危险，经常劝说阿多尼斯不要去狩猎，但年轻的阿多尼斯哪里肯听。一天，阿多尼斯去追逐一头野猪，眼看要追到野猪时，野猪猛地回过头来，一口咬中正在向前追赶的阿多尼斯，阿多尼斯当场倒地，鲜血染红了身边的花丛。当维纳斯听到儿子的呼叫声时，急忙向出事地点跑去，慌乱中，不小心被玫瑰刺伤了脚，雪白的白玫瑰刹那间变成了鲜红色。当维纳斯赶到阿多尼斯身边时，儿子已经停止了呼吸。悲痛的维纳斯抱着儿子的尸体泪如泉涌，她的泪珠掉到地上后，长出了数株银莲花。

阿多尼斯的生命是短暂的，他的美就寄托在花丛中，花儿凋谢即意味着他生命的消失。当然，阿多尼斯的生命是无限期轮回的，当植物在夏日的骄阳中茁壮成长时，阿多尼斯就会获得新生。

小爱神丘比特也是维纳斯的儿子，这是一个长着一对金翅膀的美少年。丘比特喜欢拿着弓箭和火炬乘着飘拂的微风到处游荡，他所到之处，人们会享受到友谊的快乐、温存和乐趣，更会享受到爱情的甜蜜和辛酸。

爱美是人们的天性，所以人们非常崇敬家神兼美神的维纳斯。爱神木、罂粟、石榴、玫瑰、天鹅和鸽子等都是维纳斯的宠物。

在罗马，维纳斯的纪念日定在每年的四月，帝国时期的罗马对维纳斯的崇拜尤为流行。恺撒大帝还自称是埃涅阿斯的后裔，尊维纳斯为罗马人的祖先，由此可见维纳斯在罗马人心目中的地位。

丑陋的火神伏尔甘

伏尔甘是天公朱庇特与天后朱诺的儿子。朱诺刚生下伏尔甘时，就发现这个儿子不仅长相丑陋，而且天生一副瘸腿。一向嫉妒心强的天后朱诺本来就对自己没有亲生智慧女神密涅瓦而感到懊悔，现在见自己的儿子竟如此一副模样，顿时怒气冲天。为了不被其他的神取笑，她狠心地将刚生下来的伏尔甘扔下了奥林匹斯山的万丈深渊。

被母亲抛弃的小伏尔甘并没有死去，而是掉到了楞诺斯岛上。他遇到了一个好心的侏儒，侏儒不但救了他，而且还教会了他冶炼钢铁、铜和贵重金属的技术。

当然，伏尔甘也像孝敬亲生父母一样孝敬侏儒，直到侏儒老死。随后，伏尔甘在楞诺斯的一个火山口建了一座冶炼作坊，他花了九年时间在那个作坊里炼制了很多精致的工具和装饰品，把自己的住处装点得像个宫殿。

火神伏尔甘

伏尔甘知道自己是朱诺的儿子，对于这个母亲，伏尔甘既想念又痛恨。为了能回到母亲身边，伏尔甘在自己的作坊里做了一个非常精美的黄金宝座，这个宝座上有很多无形的连接线，这些线只有伏尔甘才能看得到，任何人和神都不会感觉到它的存在。金宝座做成以后，伏尔甘便派人把它送给了母亲朱诺。

朱诺看见这个金光闪闪的宝座后，马上情不自禁地坐了上去。她欣喜若狂地在宝座上给众神们摆各种姿势，以炫耀自己的高贵。但当她想从宝座上下来时，却怎么也动弹不得。朱诺脸上的表情非常难看，可她越是用力，束缚得越紧。刚才还频频夸赞的众神都过来帮忙，结果没有起到一点效果，连天公朱庇特都束手无策。

朱庇特赶忙派人去询问送宝座的人，才知道这个宝座是当年抛弃的儿子伏尔甘铸造的。朱庇特派信使墨丘利去凡间把伏尔甘叫来，谁知伏尔甘竟拿天公的话当耳旁风，并向朱庇特开出了一个条件，就是把爱神维纳斯许配给他。没有办法，为了能把天后从宝座里解脱出来，朱庇特只得答应了伏尔甘的要求。

回到奥林匹斯圣山的伏尔甘并没有抛弃他的老本行，他建造了一座比天公的宫殿还华丽的住所，并在金碧辉煌的住所旁边建了一间冶炼作坊，以用来冶制各种金属。伏尔甘几乎把所有的时间都用在了炼制金属上，当然了，他炼出的各种精美的用具让众神们叹为观止。

为了表示自己的孝心，伏尔甘为父亲朱庇特锻造了一个金宝座。除了对父母表示孝心外，伏尔甘对其他众神也毫不吝啬，为太阳神福波斯修建了宫殿，为太阳神和月亮女神狄安娜炼了一批箭头，为谷物女神色列斯打造了一把纯金的镰刀。天宫使用的各种金属物，如酒杯、各种金属乐器等都出自伏尔甘的作坊。

除了炼制那些没有生命的物品外，伏尔甘还创造发明了有生命的动物。世界上第一个女人就是火神伏尔甘捏制出来的。他把黏土和水捏成了一个具有女人模样的塑像，并赐予了她一颗火星作为灵魂。天公朱庇特给伏尔甘捏成的这个会讲话的美丽女人起名叫潘多拉。智慧女神密涅瓦为她穿上华丽的衣服，爱神维纳斯为她梳理头发，时光女神赫耳为她戴上满是花朵的花冠，潘多拉就这样出现在众神面前。

天公朱庇特递给潘多拉一个盒子,对她说:“美丽的姑娘,带上这个盒子到地球上去,你会是那里的第一个女人。你到地球上的任务是把灾难带到人间,以惩罚那个自作聪明的普罗米修斯,记住,盒子的最底层放着‘希望’,在它还没有飞出来之前一定要盖上盒子。”

潘多拉点点头,算是记住了天公的嘱咐。随后,信使墨丘利把潘多拉送到了地球上。潘多拉的美受到了人们的称赞,她来到普罗米修斯的弟弟厄庇墨透斯身边,厄庇墨透斯欣然接受了这个女子。潘多拉当着厄庇墨透斯的面打开了朱庇特交给她的那个神秘的盒子,其实连她自己都不知道里面到底是些什么。盒子被打开后,一大群灾难就像闪电一样跑了出来,并迅速向四周扩散。潘多拉按照朱庇特的意思,在盒底的“希望”还没有跑出来时,连忙把盒子重新盖好,结果,“希望”被留在了盒子里面。

正是因为伏尔甘捏造了潘多拉,才使得地球上充满了灾难,但人们并没有把这种罪过加于火神身上,因为伏尔甘是一个心地善良的人,而且天公的意愿他很难违背。

由于大部分时间伏尔甘都在自己的作坊里冶炼,所以冷落了美丽的妻子维纳斯。维纳斯一直都鄙视伏尔甘的丑陋,所以他们的夫妻生活不尽如人意。当得知妻子与战神玛尔斯偷情后,伏尔甘用一张钢丝网将他们捉住,并把众神都请来观看他们的丑态。事后,维纳斯回到了塞浦路斯,玛尔斯则到色雷斯地区隐居。

在妻子维纳斯走后,伏尔甘更是把心思放在了冶炼上。据说,地上火山口或地面裂口都是火神作坊的大烟囱,地震和火山爆发则是火神作坊冶炼金属时发出的噪音造成的。伏尔甘除了在奥林匹斯山上有冶炼作坊外,还在楞诺斯岛和欧洲的埃特纳山上开办了更大的作坊。

艺术家代达罗斯

代达罗斯是墨提翁的儿子,是厄瑞克透斯的曾孙,也是一位厄瑞克族人。

代达罗斯继承了家族的聪明智慧,成了一位伟大的艺术家,他不仅擅长雕刻,还精通建筑。他雕刻的肖像简直是有生命的造物。在代达罗斯以前,艺术家们雕刻的肖像没有一丝灵气,眼睛是闭着的,双手是与身体连在一起的,而代达罗斯的作品是第一个睁着眼睛的作品,双手与身体分离,显示出各种运动着的姿势。如果把代达罗斯的作品赋予灵魂,那会与真人无异。代达罗斯的艺术作品在世界各地都享有盛誉。

正因为有了至高的荣誉,代达罗斯显得非常自负,他唯恐有一天别人会把他的荣誉抢走。在这种缺点的诱惑下,代达罗斯开始了苦难的行程。

塔罗斯是代达罗斯的侄子,他非常羡慕叔叔的手艺。“如果自己也能雕刻出那么精美的作品该有多好啊！那又是多么幸福的一件事啊!”强烈的心理促使着塔罗斯去向代达罗斯学习。代达罗斯很高兴地收下了这个学生。不久后,代达罗斯发现,这个学生的天赋比自己要高得多。虽然塔罗斯还只是一个孩子,但他已经能在没有老师的指导之下发明很多连代达罗斯都不能发明出的东西,如制陶器用的转盘、最早的车床等。虽然人们还一如既往地尊敬着代达罗斯,但代达罗斯感觉到人们已经把本该对他的尊敬转移到了塔罗斯身上。这一点是最让代达罗斯忍受不了的。

经过强烈的思想斗争,代达罗斯的嫉妒心理还是战胜了理智,当塔罗斯和他一起在雅典的卫城上走过时,代达罗斯把塔罗斯从卫城上推了下去。在埋葬侄子的尸体时,代达罗斯对路过的人们说是在掩埋一条被打死的蛇。但他还是被送上了阿瑞俄帕戈斯法庭,并被判有罪。

自己的地位在希腊的一落千丈使代达罗斯选择了逃跑。他四处流浪,最后到了克里特岛。在那里,他凭着非凡的手艺征服了那个国家的人们,并被国王弥诺斯待为上宾。

在克里特岛,有一个牛头人身的怪物,这个怪物保护着国王的地位不受侵犯,但他的食物却是雅典每九年向克瑞忒国王进贡的十四个童男童女。国王命代达罗斯替这个怪物造一所能隐蔽的宫殿,接到这个任务后,代达罗斯创造性地建造了一座迷宫,人走进去根本就找不到出路,所以,国王再也不必担心人们怀疑他的王宫里养着一个怪物了。

离乡背井的代达罗斯非常思念自己的故乡,他早已经感到国王弥诺斯对自己的不信任,之所以他还被留在这里是因为他还有利用价值。

“我怎么才能离开这个地方呢?如果我去向国王请求,他肯定不会同意,还会把我看得更紧,可我真的不想再待在这个地方了。”代达罗斯绞尽了脑汁终于想出了自救的办法:如果我逃走的话,弥诺斯肯定会从陆上和海上追捕我,但这个国家还没有能飞行的工具,也就是说,如果我能从空中逃走,他是无论如何也抓不到我的。想到此,代达罗斯开始秘密地制作能飞行的工具。他收集了很多羽毛,把它们按尺寸粘在一起,拦腰捆住,再用蜡封牢,使之看上去像真正的鸟的羽翼。

飞行的工具做好之后,代达罗斯先做了个试验,在确保没有任何毛病之后,他把做好的一个小型的羽翼交给了他唯一的儿子。代达罗斯非常爱儿子伊卡洛斯,他一再地嘱咐儿子要当心:“在空中飞行时,你不要飞得太低,也不要飞得太高,太低会掠过海面,羽毛沾水后就会变得沉重,你就会被拉入水,太高的话,离太阳太近,你的羽毛会受热起火,或是蜡熔化后羽毛脱落,那样你就会掉到地上,所以你只能在半空中飞。”说完,代达罗斯吻了吻儿子。

父子俩都升上了天空,代达罗斯飞在前边,儿子伊卡洛斯在后,他们朝着西西里岛的方向飞去。起初,伊卡洛斯学着父亲的样子飞行得非常顺利,但由于太过自信,年幼的伊卡洛斯忘记了父亲的忠告,离开了父亲滑翔的轨道。由于飞得过高,强烈的光线烤化了羽毛上的蜜蜡,羽毛脱落了,伊卡洛斯再也不能浮在空中,一眨眼就落进了浩瀚的大海里。当代达罗斯发现儿子不见了时,绝望地降落在海岸上,他看见的只是儿子的尸体。悲痛的代达罗斯掩埋了伊卡洛斯，并把这个岛取名为伊卡里亚。

没有了儿子的代达罗斯从伊卡里亚岛起飞，继续向西西里岛飞去。当他到达西西里岛的时候，同样也给那里的人们带去了惊喜。西西里岛的国王科卡罗斯为了表示对代达罗斯的感激，把他也待为上宾。在西西里岛，代达罗斯带领那里的人们挖掘了一个人工湖，而且他还在一块大岩石上建造了一座城堡，这个城堡的通道只能通过三四个人，易守难攻，所以国王科卡罗斯在这个城堡里保存他的珍宝。随后，代达罗斯在西西里岛上又兴建了一个深邃的地洞，利用这个地洞，代达罗斯把地下火生成的热气引了出来，使人们不至于在岩洞里再感到湿冷。此外，代达罗斯还扩建了厄律克斯海峡上的爱神维纳斯的神庙，并把一个精心制作的金蜂房放在神庙里，每一个来到神庙的人都以为那是一个真蜂房，由此可见代达罗斯艺术的高超。

当弥诺斯国王得知代达罗斯已经逃到西西里岛时，为了维护自己国王的尊严，他决定亲率大军追捕代达罗斯。弥诺斯带领一只海上舰队来到西西里岛，受到了科卡罗斯隆重热情的接待，科卡罗斯还邀请弥诺斯洗个热水浴以解除旅途的劳顿，并答应弥诺斯把代达罗斯交给他。弥诺斯满心欢喜地坐在浴缸里洗澡时，水温越来越热，最后竟然被煮死在浴缸里。

从此以后，代达罗斯一直生活在西西里岛，他竭尽全力地为岛上的人们服务着，培养了许多的艺术家，代达罗斯则成为西西里岛建筑和雕刻艺术的奠基人。因为失去了儿子，他的晚年一直都非常苦闷，直到去世。

酒神巴克斯

天公朱庇特曾与塞墨勒在底比斯生下一个儿子，取名为巴克斯。巴克斯是卡德摩斯的外孙，被人们称为酒神。

刚出生后不久，天公朱庇特就让众女神带巴克斯去了印度。当长成英俊的少年时，巴克斯离开印度去周游世界。巴克斯教给人们种植葡萄的方法，向人们传播他的新教理。很快，他的声名就传遍了整个希腊，包括他的故乡底比斯。当然，供奉他的人们会得到他的爱护，而亵渎神灵的人们则会受到他严厉的惩罚。

彭透斯是卡德摩斯的孙子，是泥土所生的厄喀翁与巴克斯母亲的妹妹阿高厄所生的儿子。当巴克斯的声名传到底比斯的时候，卡德摩斯已经把王位传给了彭透斯。彭透斯是一位非常傲慢的国王，他藐视众神，更加嫉妒他的亲戚巴克斯，尤其是巴克斯在底比斯的声名极度上升的时候。

彭透斯的嫉妒心越来越强，甚至开始仇恨赞扬或追随神灵的人，并对这些人加以迫害。他对他统治下的人民大声嚷道："笨蛋们，你们是巨龙的子孙，怎能甘心让这个自称是神灵的娇生惯养的男孩征服底比斯呢？看来你们都疯了。巴克斯和我——他的堂兄弟一样，只是一个普通的人，根本不是天公朱庇特的儿子，但愿你们还是清醒的，不久以后，我将让你们看到他的真面目。"

愤怒的彭透斯骂完以后，命他的奴仆们把到处宣扬神道的巴克斯带上锁链抓起来。底比斯城里的人们对此都非常吃惊，他的亲戚朋友们尽最大努力劝告彭透斯不要如此傲慢，以免遭到神灵的惩罚，但彭透斯变本加厉，支持巴克斯的人越多，他越是气愤，甚至对反对他的祖父卡德摩斯大喊大叫。

坐在皇宫里的彭透斯正思考着一会儿如何羞辱巴克斯，他的仆人们回来了。

"巴克斯在哪里呢？你们把他藏在什么地方了呢？快把他带到这里来，我非得让他自己戳破自己的身份不可。"彭透斯欣喜若狂地站立起来。

"我们并没有抓到巴克斯，当我们快要抓到他时，他突然不见了，但我们带回一个他的随从。不过，他好像跟随巴克斯没多长时间。"彭透斯这才注意到仆人们的脸上都沾满了血，他朝仆人们摆摆手，示意把巴克斯那个仆人带上来。

"可恶的家伙，你叫什么名字？从哪里来的？你为什么要追随愚蠢的巴克斯呢？你必须从实回答，否则的话你将被处死。"彭透斯朝刚被带上来的巴克斯的随从咆哮着。"我叫阿克忒斯，迈俄尼亚人。"被抓的俘虏并没有畏惧之色，而是平静坦然地回答："我是一位航海人，遇到巴克斯是在一次航海中。一次，我们的船到达了一个不知名的海岸，我和我的同伴们都到陆地上过夜。第二天，当太阳刺眼的光照醒我时，我看见我的同伴们正拖着一个年轻人上船。那个年轻人喝醉了，两颊绯红，但看他那神态，我心里的直觉告诉我，这肯定不是一个凡人，于是我对同伴们说：'我相信他是一个天神，如果我们厚待他，他一定会保护我们航行顺利的。'

"听完我的话，同伴们都大笑起来，并大声地嘲笑我'你真是一个愚蠢的人，他怎么会是天神呢？我们绝不会向他祷告的。相反，我们会把这个漂亮的家伙卖到另一个地方的。'

"说着，同伴们把这个年轻人拖上船，我的反对差点使我丧了命。可能是因为不习惯海上的颠簸，年轻人很快醒了过来：'我这是在哪里呢？你们要带我去什么地方？那克索斯岛才是我的故乡啊。'

"'孩子，别怕，我们正是向纳克索斯岛的方向航行啊。'一个同伴假装安慰年轻人。'不是的，这是与纳克索斯岛相反的方向啊。'我同情地望着年轻人喊道。

"'别听这个疯子的话，他是想把你扔到海里喂鱼的，幸亏我们把你救了下来。'一个同伴一脚把我踢开。

"年轻人冷笑了两声，似乎已经看破了同伴们的诡计。当航行到大海正中的时候，船突然停了下来，同伴们努力地摇着桨，但起不到任何效果。只有那个年轻人笔直地站在甲板上一直微笑着。

"一瞬间的工夫，我的同伴们竟都变成了鱼形，并跳进了海里。看着眼前发生的一切，我惊呆了。

"'这就是加害我的结果。'然后他转过身对木然的我说：'你不用害怕，你的虔诚保护了你，将我送到纳克索斯岛吧。'到达他的家乡后，他传授我在他的圣坛前供奉他的教义。”

阿克忒斯充满虔诚地讲述着，彭透斯早已经不耐烦了：“闭上你的嘴巴，既然你对巴克斯这么忠诚，我就让你替他受刑一辈子吧。”他吩咐仆人们把阿克忒斯带到地牢里，用巨锁锁在一根大柱子上，但当天晚上，一只神秘的手就把阿克忒斯放了出去。

彭透斯把城里的所有巴克斯的信徒都抓了起来，其中也包括他的母亲和姐妹们。同样，关押这些信徒的门在没有任何人力的作用下敞开了，人们蜂拥而出，回到了巴克斯给他们讲神道的树林里。

负责追捕巴克斯的仆人们带着自愿被缚的巴克斯回来了，巴克斯充满智慧的眼睛一眨不眨地盯着彭透斯。彭透斯也被眼前这个年轻英俊的小伙子打动了，但冲昏头脑的他还是命人把巴克斯关进一个密封的山洞里。巴克斯并没有任何反抗行为，到了山洞之后，他一声大喊，山洞崩塌了，他却安然无恙地走了出来，回到了众多的追随者之中。

“国王啊，你快去看一看吧，那种力量只有神才会有的，如果你到了那里，你一定会改变你的看法的。”一位仆人跑来对彭透斯说。

盛怒之下的彭透斯非常想看个究竟，由于害怕女信徒们把他撕成碎片，彭透斯十分勉强地穿上女人的衣服，跟在巴克斯的身后。这时的彭透斯已经处于神的指挥之下，心里怀着对巴克斯的激情，他是多么希望得到一根酒神杖啊。

走进隐蔽的丛林中，巴克斯的女信徒们都围了过来。通过神力，巴克斯使这个愚蠢的国王坐在了一棵松树的最顶端，然后指着彭透斯对信徒们说：“那就是嘲笑我们神道的人，我们必须对他加以惩罚。”巴克斯的话音刚落，女信徒们就开始拿起地上的石块向彭透斯投掷。在彭透斯的母亲和姐妹们眼里，彭透斯变成了只凶悍的狮子，她们同样对彭透斯充满了愤怒。彭透斯用双臂拥抱着母亲，想使她认出自己的儿子，但母亲阿高厄却撕掉他的右臂，姐妹们也撕扯着他的左臂和两腿。最后，彭透斯的身体被撕成了很多部分，这就是酒神对亵渎神灵的彭透斯的惩罚。

人造物神和迈达斯国王

应该从太阳神福波斯被天公朱庇特逐出天宫贬到人间算起，地球上不但有了人类，还有了其他的生物，如农牧之神、萨梯和生活在山林水泽间的仙女等。所有的农牧之神、萨梯和仙女都受潘神管制。潘神本身就是一个丑陋的萨梯，住在希腊的阿卡狄亚，与奥林匹斯圣山上的众神基本上已没有了关系。

酒神巴克斯也不住在奥林匹斯圣山，而是住在地球上。如果说潘是野生物和天然物之神，那么巴克斯就是人造物之神了。

赛利纳斯是天底下最丑、最胖、最聪明的萨梯，是酒神巴克斯最好的朋友。一次，巴克斯带着女祭司和一些山林神怪到小亚细亚去，赛利纳斯自然在其中了。由于多喝了些酒，赛利纳斯行动迟缓，最后迷失了方向。他走到森林深处，在树丛中磕磕碰碰，倒在一棵树下竟然睡着了。他的呼噜声惊动了从附近路过的猎人，猎人们发现了这位酣睡的萨梯，给他的头上戴上美丽的花环，抬到了国王迈达斯那里。迈克斯一眼就认出了眼前这位萨梯是酒神巴克斯的朋友，所以热情款待了赛利纳斯。为了感情谢迈达斯的盛情，赛利纳斯教给了他很多治理国家的方法。

赛利纳斯待在迈达斯王宫的第十一天，已打听到酒神巴克斯下落的迈达斯把赛利纳斯送到了在吕狄亚旷野休息的巴克斯那里。

因为不见了赛利纳斯，巴克斯也正忧心忡忡，当迈达斯把赛利纳斯带到巴克斯面前时，这位酒神高兴得像个孩子似的又蹦又跳。

"亲爱的国王陛下，很高兴你能把我的朋友送回来。为了表示对你的感激，我会满足你的一个要求。"

听到酒神的许诺后，迈达斯抑制不住内心的高兴："伟大的神，你所说的是真的吗？如果我能选择的话，我希望把我所接触的东西都变成闪闪发光的金子。"

酒神巴克斯为迈达斯的这个要求感到遗憾，他觉得这是最愚蠢的选择，在迈达斯的坚持下，巴克斯还是满足了他的要求。

"我的朋友，现在你已经具有点金的神力了。但我还是要警告你，你所做的这个选择真是个错误。"巴克斯的话，迈达斯根本就没有听进去，他只想赶快试验一下酒神赋予自己的这一神力是否灵验，那样的话，自己就将成为天底下最富有的人了。

离开吕狄亚旷野后，高兴得有些发疯的迈达斯小心翼翼地用手去触摸一棵小树，顿时，奇迹出现了，这棵小树不再摇摆，通体发着金光。

"哇，真是太神奇了，以后我将拥有用不完的黄金，那是多么美妙的事啊。"迈达斯抚摸着眼前这棵金树，心里做着进一步的打算。

他从路过的麦田里摘下一株麦穗，麦穗变成了金子，他又从果树上摘下一个苹果，苹果也开始闪闪发光。他跑进他的王宫，触摸着宫门、柱子、桌椅等，最后几乎王宫里的所有一切都变成了金子。

但接下来发生的却让迈达斯苦恼不已。到处施展点金术的迈达斯累得坐到金椅子上，金光闪闪的桌子上摆满了他平时爱吃的烤肉和面包。可当他拿起面包刚要放进嘴里时，面包马上变成了金面包；当他把烤肉放在牙齿上准备撕扯时，牙齿却被震得痛了半天；连他要喝的葡萄酒到了嘴里也只能又吐了出来。

"我是多么的愚蠢啊，虽然我很富有，但我却什么也得不到，连最起码的饥饿都解决不了，如果再这样下去，我会被活活饿死的。"迈达斯意识到自己的错误后，悔恨占据了他的内心，他拿起榔头敲打着自己的脑门，但听到的是金子与金子的碰撞声。

"伟大的酒神啊，你是最善良的了，请你宽恕我吧。收回你所给我的一切吧。我宁可成为世界上最贫穷的人，只希望你能饶恕我的罪过。"迈达斯找到酒神巴克斯，悔恨地请求着。

“好吧，我说过你所做的是一个错误的选择。你到帕克托罗斯河去吧，那里的水能洗掉你的贪婪。”酒神友好地指点着眼前这个愚钝的国王。

迈达斯跑到附近的帕克托罗河，费力地脱掉身上的金衣，跳入河水中。一瞬间的工夫，迈达斯的点金术消失了，他又恢复了以前的自己。但他身上的魔力却被冲到帕克托罗河里去了，那时以后，小亚细亚的这条河流里就有了金子。

从此以后，迈达斯开始憎恶一切财富，不过却还是那么愚蠢。

英雄柏勒洛丰

西绪福斯是埃俄罗斯的儿子，是一个无比奸诈的人。在那个时候，国家的交界处通常都是无人看管的地方，一片荒芜。西绪福斯在两个国家之间建造了一座美丽的城市——科任托斯，并当起了这里的国王。从此以后，他的生活更加荒淫，对这里的人们进行欺诈与残害。为了惩罚西绪福斯，天公朱庇特把他打入地狱，他每天都要把一块巨大的岩石从平地搬到山顶上去，当到达山顶时，岩石又会从山顶滑落到平地上，第二天，西绪福斯不得不继续他的搬运。

柏勒洛丰是西绪福斯的孙子，也是科任托斯的国王，因为误杀了一个仆人逃到了提任斯地区。提任斯的国王普洛托斯非常喜欢眼前的这个憨厚青年，他不仅赦免了柏勒洛丰的罪行，而且对这个年轻人进行了热情的款待。

普洛托斯的妻子安忒亚是个放荡的女人，她被柏勒洛丰所打动：“仁慈的上天赐予了这个年轻人美丽的仪表，如果这个英俊魁梧的年轻人能成为我的情人那该多好啊！”于是，安忒亚想尽了各种办法去引诱柏勒洛丰。但她不知道，上天在赋予柏勒洛丰美丽仪表的同时，还赋予了他高尚的美德。对于安忒亚的引诱，柏勒洛丰以十分冷淡的态度回绝了。

安忒亚见引诱柏勒洛丰不成，恼羞成怒，于是向国王普洛托斯编了一个狠毒的谎言：“亲爱的，瞧你的贵宾柏勒洛丰啊，他竟然引诱我去背叛你，你应该将他处死，否则他还会对我进行非理的。”

听了安忒亚的话，普洛托斯虽然非常气愤，但他还是不忍心杀死他曾十分赏识的这个年轻人。最后，普洛托斯决定把柏勒洛丰派到他岳父吕喀亚伊俄巴忒斯那里去，并让柏勒洛丰带去一封书简。柏勒洛丰不明就里，高兴地上路了。由于他的善良，全能的神一路上都保护着他。

伊俄巴忒斯是一个英明慈爱的国王，他依照古老的礼节迎接远方来的客人，给予了这位年轻人最盛情的款待。从柏勒洛丰堂堂的相貌和高尚的举止中，伊俄巴忒斯看出了这位小伙子并非普通人，所以他没有询问柏勒洛丰从哪里来，直到第十天才问起客人的姓名和来此的目的。

“亲爱的陛下，我是普洛托斯国王的朋友，是他命我来这里的，这里还有他的一封书简。”说着，柏勒洛丰把普洛托斯国王密封的书简递给了伊俄巴忒斯。

伊俄巴忒斯看完书简后才明白女婿派这个小伙子来此的目的,他非常惶恐:"多么可爱的一个年轻人啊,我怎么忍心杀害他呢? 何况我已经喜欢上他了。可我该怎么办呢?"思量了好长一段时间,伊俄巴忒斯还是拿不定主意。

"我的朋友在书简里说了些什么呢? 你很难为此做出决定吗? 如果有什么需要你尽管说,我希望能帮上你的忙。"柏勒洛丰诚恳地对伊俄巴忒斯说。

这位老国王早看出了柏勒洛丰的真诚,他笑笑说:"哦,他只是在信里问候了几句,没有什么重要的事。小伙子,看得出,你很勇敢,如果你能做出一些让众人刮目相看的事,我相信,你一定能成为这个时代的英雄。"伊俄忒斯说着违心的话,只有这样,他才不至于亲手杀掉这个年轻人。而柏勒洛丰竟然对伊俄忒斯的这一建议表示赞同。

"真是太谢谢你能这么想。在吕喀亚有一个怪物喀迈拉,它的上半身像狮子,下半身像恶龙,中间的部分却像山羊,口里会喷射火焰,那是一个多么可怕的妖魔啊! 如果你能把它降服,吕喀亚的人民都会感谢你的。"伊俄巴忒斯引导着柏勒洛丰。

勇敢的小伙子接受了老国王的命令,但他却不知道该如何去捕杀喀迈拉。奥林匹斯圣山上的众神同情柏勒洛丰的遭遇,把海神尼普顿与默杜萨所生的儿子珀伽索斯——一匹带有翅膀的神马带到了柏勒洛丰的身边。但没有凡人驾驭过非常狂野的神马,柏勒洛丰忙碌了好一阵子都没有将他驯服,竟迷迷糊糊地睡着了。

"快醒醒,你怎么能睡着呢? 你拿着这副辔头,然后去向海神尼普顿献祭一头公牛,此后这匹神马就能听你使唤了。"睡梦中,柏勒洛丰听到了智慧女神密涅瓦的话,她还一边把一副华丽的金辔头交到他手里。醒来后,他惊奇地发现手里真的有一副金光闪闪的辔头。

柏勒洛丰忙找到预言家波吕德斯,把刚才在自己身上所发生的一切都对这个预言家说了。波吕德斯让柏勒洛丰照着梦里的去做。当柏勒洛丰祭拜完海神,又给智慧女神修建了一座圣坛,这些事都做完以后,珀伽索斯被驯服了。珀伽索斯头上戴着金辔头,腾空而起,马背上的柏勒洛丰轻而易举地射死了怪物喀迈拉。

看到柏勒洛丰毫发无损地回来了,伊俄巴忒斯感到非常吃惊,随即他又命令柏勒洛丰去攻打英勇善战的索吕默人,柏勒洛丰竟凯旋。在与亚马孙人的作战中,柏勒洛丰也渡过了许多难关。最后,伊俄巴忒斯只好选拔了一批精壮的武士狙击柏勒洛丰,只可惜这批武士没有一个生还。这时候,伊俄巴忒斯完全打消了加害柏勒洛丰的念头,也不再相信这位年轻人是一个罪人,他应该是神的宠儿才对。伊俄巴忒斯把柏勒洛丰留在王宫里,把自己的女儿菲罗诺厄嫁给他,一家人享受着天伦之乐。

菲罗诺厄为柏勒洛丰生了两个儿子,一个女儿。大儿子伊桑特洛在与索吕默人的交战中阵亡,女儿拉俄达弥亚与天公朱庇特生下了萨耳珀冬后,被月亮女神狄安娜射杀,只有小儿子希波洛库斯享受到了年老的快乐。

柏勒洛丰因为拥有了长着翅膀的神马日渐骄傲起来,他甚至想骑着神马去奥林匹斯圣山参加众神举行的会议。神马不愿再听他的指挥，又一次腾空而起，把他丢在了一个陌生的地方。柏勒洛丰也羞于见人，在没有人烟的荒山野岭度过了他的晚年。

赫丘利的结局

俄卡利亚国国王欧律托斯曾亲口答应如果有人在弓箭上能胜过他和他的儿子，便可以娶他的女儿伊俄斯为妻。但他的徒弟赫丘利不仅胜过了他亲手调教出来的儿子，而且还胜过了欧律托斯本人，欧律托斯却并没有履行他的诺言。赫丘利认为，正是欧律托斯的食言造成了他后来一系列的苦难。所以，欧律托斯成了他必须报复的对象。

赫丘利召集了一支队伍，围攻俄卡利亚，他身先士卒，攻城略地，打死了欧律托斯和他的三个儿子，依然年轻漂亮的伊俄斯成了赫丘利的俘虏。

当丈夫去攻打俄卡利亚时，赫丘利的妻子得伊阿尼拉留在家里。得伊阿尼拉深爱着她的丈夫，甚至把丈夫看得比自己还重要，此时，她正焦急地等待着丈夫的消息。宫殿里爆发出一阵欢呼声，得伊阿尼拉知道这是丈夫凯旋了，她急切地向跑进来的仆人利卡斯询问。

“尊敬的夫人，你的丈夫是多么的勇敢啊，他杀死了欧律托斯，还抓回来一批俘虏，他现在正在攸俾阿对众神进行献祭。不过，你可要好生对待这些人，尤其是那位不幸的年轻姑娘。”利卡斯指着伊俄斯对得伊阿尼拉说道。

善良的得伊阿尼拉拉起扑倒在她脚下的伊俄斯，流露出同情的眼神，她问利卡斯：“她是谁？看上去好像还没有结婚的样子，像是出身于高贵家庭，利卡斯，我说得对吗？”

“夫人，我哪里知道，我只知道她是你丈夫的俘虏。”利卡斯的目光躲躲闪闪，像是隐瞒一桩秘密，说完马上带着俘虏退了出去。

这时，一个跟随赫丘利已久的仆人悄悄地走了进来：“夫人，你不要相信利卡斯的话，你知道你的丈夫为什么要攻打俄卡利亚吗？就是为了刚才那个女子啊，她就是伊俄斯，欧律托斯的女儿，你的丈夫对她早有爱慕之心，她可是你的情敌啊。”

听到仆人的话，得伊阿尼拉像是听到了一个晴天霹雳，她是那么深爱着丈夫，可丈夫竟背叛她，但马上她又平静下来，命人把利卡斯叫来，诚恳地说道：“亲爱的利卡斯，我知道你不会骗我的，这位姑娘是多么可怜啊，即使我的丈夫对我不忠我也不会迁怒于她，我只想知道真相，我是多么希望能减轻这位姑娘的痛苦啊。”

利卡斯见夫人如此的通情达理，便把一切都告诉了她。得伊阿尼拉没有责备利卡斯，也没有责备她的丈夫，只是吩咐利卡斯给丈夫捎去一件礼物，以庆祝丈夫的胜利。

得伊阿尼拉从箱子里拿出一件衬衣，把它交给了利卡斯：“这是我亲手缝制的，除了我的丈夫之外，谁也不能穿这件衣服，这里可是融入了我对他的爱啊。”利卡斯捧着衬衣走出房间之后，得伊阿尼拉茫然地陷入沉思中。

只有得伊阿尼拉知道，在那件衬衣内，有一块具有魔力的血膏，那块血膏却有一段不凡的来历。

当年赫丘利从卡吕冬来到特拉奇斯时，去拜访他的朋友刻宇克斯，但这中间要经过奥宇埃诺斯河。赫丘利请肯陶洛斯人涅索斯抱着妻子得伊阿尼拉过河，但涅索斯垂涎于得伊阿尼拉的美貌，在河中间对她动手动脚。已经到达岸上的赫丘利见涅索斯这么无礼，弯弓搭箭，射中涅索斯的要害之处。当得伊阿尼拉要朝着岸边游去时，垂死的涅索斯叫住了她：“我侮辱了你，为此我希望能做出补偿，你把我的尸体掩埋掉，把我的伤口流出的最后一滴血保存起来。你把它涂在你丈夫的衣服上，他就不会再爱上别的女人，只会爱你一个人了。”

虽然得伊阿尼拉当时并不怀疑丈夫对自己的忠诚，但她还是把涅索斯的最后一滴毒血保存了下来，并制成了血膏，而当丈夫快要背叛她的时候，她想到了涅索斯的话。她把血膏涂在了那件衬衣上，不过她只是为了唤回赫丘利的爱情和忠心啊。

利卡斯回到攸俾阿，把家乡的消息向赫丘利做了报告，然后把得伊阿尼拉让他捎来的那件衬衣帮赫丘利穿上。赫丘利并没有产生任何怀疑，立刻把它穿在身上，然后十分虔诚地做着祷告。当祭祀的烈火熊熊燃烧的时候，赫丘利开始浑身冒汗，那件衬衣开始变小，赫丘利开始感到一阵阵的战栗，最后在地上翻滚起来。充满悔恨的利卡斯来到主人身边，告知这件衬衣是受夫人委托才交给主人的，赫丘利痛苦地咆哮着，让儿子许罗斯赶快把他带回自己的国家，他不想死在一个陌生的国土上。

刚走进宫殿，许罗斯就开始抱怨起母亲，得伊阿尼拉得知丈夫即将因为自己的错误而死去时，充满了绝望。她默默地走到丈夫的房间，拿起一把匕首刺入了自己的胸膛。许罗斯为自己对母亲说了过激的语言懊悔不已，他想找到母亲向她道歉，但他只找到了母亲冰冷的尸体。而此时的赫丘利也忍受着痛苦的煎熬。

神谕曾暗示过赫丘利必将死在俄塔山上，所以，赫丘利不顾身体的疼痛，命人把他抬到了俄塔山顶。坐在一堆木柴上，赫丘利把自己的弓箭送给了好朋友菲罗克忒忒斯，并命他点火。

当木柴被点燃的瞬间，天上闪过的几道闪电迎着火苗扑了过去，赫丘利被迎送到了奥林匹斯圣山上。在天宫里，赫丘利被列为神，天后朱诺也同他和解，并把自己的女儿——青春女神赫柏嫁给了赫丘利。

忒修斯登上雅典王位

忒修斯是埃勾斯和特洛伊国王庇透斯的女儿埃特拉的儿子。埃勾斯是雅典阿提刻国的国王，但却没有子嗣，他兄弟帕拉斯的五十个儿子对他的王位垂涎已久，对这个没有儿子的国王非常轻蔑。为了得到一个儿子，以使自己的王位不落到外人手里，埃勾斯决心再娶一房妻子。他最先把他的这一想法告诉给了他的朋友，也就是特洛曾小城的国王庇透斯。听完埃勾斯的决定，庇透斯吃了一惊："难道这就是神谕中的结果吗？我的朋友，我得到了一个神谕，说我的女儿会缔结一个很不光彩的婚姻，但她的儿子却将声誉卓著。我正不知道如何去解释这一神谕，看来你说的正是时候。"

就这样，庇透斯把自己的女儿秘密地嫁给了埃勾斯。埃勾斯要离开特洛曾时，和妻子埃特拉来到海边，把他的宝剑和鞋藏在了一块巨石底下，对妻子说："我和你结婚，是为了我的家族和王国。如果你生下一个儿子，就把他抚养成人，不要告诉他我是他的父亲。等他有足够的力量搬动这块石头时，你让他穿上这双鞋，拿着这把剑到雅典去找我。"

埃特拉果真生了一个儿子，名叫忒修斯。埃特拉和庇透斯没有对任何人讲过忒修斯的父亲是谁，庇透斯甚至对别人说忒修斯是海神尼普顿的儿子。忒修斯长成英俊少年以后，身体强壮，聪明才智日益显露。埃特拉把儿子带到海边那块巨石旁，告诉他真实的出身，叫他取出埃勾斯留下的证物到雅典去。

不费吹灰之力，忒修斯就搬开了巨石，取出了那双鞋和宝剑。外祖父和母亲都劝忒修斯从海上去雅典，因为当时陆上有很多的强盗出没，但忒修斯坚持要从陆上走："要是我从海上去父亲身边，人家会笑话我是依靠传言中是我父亲的海神的帮助才完成旅行的。如果父亲看到我穿着一尘不染的鞋子，他又会怎么看我呢？我才不充当懦夫。"

对于忒修斯的坚持，外祖父和母亲只能为他祝福。忒修斯非常钦佩英雄赫丘利，一直想有朝一日也能像赫丘利一样做一些惊天动地的大事。他同样知道去雅典的路上会遇到很多风险，但他还是义无反顾地踏上了征途。

一路上，忒修斯肃清了一些拦路抢劫的强盗，勇敢地与害人的野兽进行搏斗，如，杀死了一头叫菲阿的克罗米俄尼亚的猪。最后，忒修斯终于来到了雅典，但他看到的并不是一个和平欢乐的雅典，父亲埃勾斯也处于一个十分危险的境况中。

自从美狄亚离开伊阿宋之后，便来到了雅典，在得到埃勾斯的宠幸之后，美狄亚更是作威作福。依靠魔力知道埃勾斯的儿子到达雅典之后，美狄亚千方百计地陷害忒修斯。在美狄亚的挑拨之下，埃勾斯认为忒修斯是一个来侦察情况的奸细，便宴请忒修斯，想在席间毒死他。当忒修斯想切盘子里的肉时，拿出了父亲留给他的宝剑。埃勾斯一眼就认出了自己留给儿子的信物，立刻把已斟满毒酒的杯子打翻在地，紧紧地拥抱忒修斯，并命人把美狄亚赶出雅典。

忒修斯作为阿提刻的王子和王位继承人是无可非议的，埃勾斯对这个好不容易得来的儿子更是百般珍爱，但儿子做出的一个决定却让他痛苦不已。原来，雅典人要每年向克里特国王弥诺斯进贡，贡品是七个童男和七个童女。这些童男童女被送到克里特国后，会被关入迷宫，让凶残的怪物弥诺陶洛斯吃掉。每年进贡的时候，雅典国怨声载道，他们不得不看着自己的儿女们被送去异国让怪物吃掉。进贡的时候又要到了，国民们对国王埃勾斯越来越不满。为了使父亲从无限的痛苦之中解脱出来，忒修斯毅然地选择了去克里特国。埃勾斯是多么的想留住儿子啊，但忒修斯一再向父亲表示，自己一定会把这些童男童女带回来，还要征服弥诺陶洛斯。

在出发之前，忒修斯到太阳神福波斯的神庙里进行祷告。神谕让他选择爱神作为保护神，虽然忒修斯不解其意，但还是向爱神维纳斯献了祭礼。一切准备完毕，忒修斯带着另外几名童男童女乘船前往克里特。

当忒修斯出现在王宫里后，弥诺斯的女儿阿里阿德涅顿时被忒修斯的英俊潇洒吸引住了。在没有人注意的时候，阿里阿德涅向忒修斯表白了爱慕之心，并给了他一个线团和一把魔剑："你把线的一头拴在迷宫的入口处，带着线团进入迷宫，一直走到弥诺陶洛斯身边，用这把魔剑将它杀死，再顺着线走出迷宫。"

忒修斯一再表示对阿里阿德涅的感激。当他和同伴被送进迷宫后，他按照她的吩咐去做了，杀死了弥诺陶洛斯并安全地出了迷宫。然后，他带着他的同伴和阿里阿德涅一起逃离了克里特。在归途中，忒修斯和同伴们在狄亚岛休息。忒修斯梦到了神灵让他把阿里阿德涅留在岛上，否则他将遭遇一切灾祸。为了不惹恼神灵，忒修斯按照神意做了，随后继续航行。当天夜里，阿里阿德涅不知了去向。

对于阿里阿德涅的失踪，忒修斯和他的同伴们都非常悲伤，他们甚至忘了换下表示哀恸的黑帆。坐在海岸上等待儿子归来的埃勾斯看到船上挂着的黑帆，以为忒修斯已死，绝望地跳进了茫茫的大海里。

忒修斯刚上岸就听说了父亲跳崖而死，悲痛万分，一路号哭着走进了雅典城。忒修斯执政以后，在各个方面都表现出了他非凡的领导才能，这个时候，雅典才成为了一个公认的城市。

忒修斯的结局

忒修斯做了国王以后，废除了各城镇的议会和独立政权，建立了一个共同的议会。他还削弱了王权，使他的权力受到贵族会议和人民大会的约束。这一做法得到了全体雅典人民的赞同。

忒修斯的妻子希波吕忒是一个阿玛宗女人，当年忒修斯并不是堂堂正正地把希波吕忒迎娶回雅典的，而是去阿玛宗进行抢婚。阿玛宗本就是一个好战的女人执政的国家，她们一直在寻找机会进行报复。一天，雅典没有设防，阿玛宗妇女开始了她们蓄谋已久的入侵。希波吕忒在这次战争中牺牲后，双方进行了谈判，才使得双方的矛盾和平解决。

希波吕忒死后，忒修斯好长时间都没有再娶。后来，他听说他以前的情人阿里阿德涅的妹妹淮德拉美丽聪颖，遂打算迎娶淮德拉。这时候，克里特的老国王弥诺斯早已经去世了，新继位的国王——弥诺斯的儿子丢卡利翁并不仇视忒修斯，他高兴地同意了这门亲事。就这样，忒修斯娶回了年轻漂亮的淮德拉。在他们结婚的第一年里，淮德拉就为忒修斯生下了阿卡玛尔斯和得摩福翁两个儿子。

淮德拉并不像她的姐姐阿里阿德涅那样忠贞，她越来越讨厌渐渐老去的忒修斯，喜欢上了忒修斯年轻的儿子希波吕托斯。当淮德拉向希波吕托斯表明自己的爱意时，这位年轻的王子竟然回绝了继母，在希波吕托斯看来，哪怕有这种想法都是对父亲的不忠，更不用说想去推翻父亲的王权了。他开始厌恶在这个家里待着，父亲不在国内，与继母同住在一个屋檐下，使他感觉浑身不自在。于是，他换上行装，去野外狩猎，避免在父亲回来前与继母独处。

看到自己罪恶的计划不能实行，更加恶毒的阴谋在淮德拉的脑海里闪过，她决定以她的死来实现她的阴谋。当忒修斯从国外归来时，发现淮德拉已经自缢，她的右手里有一封信。读完妻子留下的信后，忒修斯暴跳如雷："天啊，我怎么会有这样的儿子？他竟然想强暴他的继母。尊敬的海神尼普顿，你像爱自己的儿子一样爱我，你答应过我会满足我的三个请求，现在我就请你不要让可恶的希波吕托斯活过今天。"说完，他伏在淮德拉的尸体前恸哭起来，希波吕托斯走进来，忒修斯没等儿子辩解就把他逐出了雅典。

夜幕降临的时候，一名仆人悲伤地来通知忒修斯："陛下，你的儿子希波吕托斯已经受了重伤，马上要离开人世了，正是你的诅咒害了他啊。"

忒修斯一阵苦笑，好像是在听人讲一个与他无关的人的故事："那你告诉我，他是怎么受伤的呢？"

仆人眼里含着泪继续说道："希波吕托斯从你这里走出去后，命令我们备好出行的马匹和车辆。在出发前，他对天祷告：'仁慈的朱庇特，如果我真的玷污了我的继母，你就把我消灭了，但你一定要让我的父亲知道他对我的处罚是不公正的。我知道，父亲平静下来之后会相信我的。'随后我们便出发了。当来到荒凉的海岸时，从大海的深处传来了一声巨响，一个巨浪蹿上天空，汹涌的海浪排山倒海般地向我们涌来，紧接着，一头硕大的公牛从海浪的最高处冒了出来。那几匹马一见到这么大一个怪物，便腾空而起，希波吕托斯顿时从马背上栽到了岩石上……"

仆人哽咽着再也说不下去了，而忒修斯依然面无表情，他呆呆地望着淮德拉的尸体，若有所思地说："希望我还能见他最后一面，我要亲口问问他是否对自己的行为感到后悔……"

忒修斯的话还没有说完，一个披头散发的老妇人就打断了他："可怜的国王，我实在不想再保持沉默了。你的儿子希波吕托斯并没有错，错的是他的继母，是她想勾引你的儿子。"

忒修斯抬头看去，原来是淮德拉的老奶妈。这一切来得都太突然了，还没等他回过神来，仆人们抬着希波吕托斯走了进来。忒修斯扑到了儿子身上，又开始痛哭起来。希波吕托斯用仅存的最后一口气问父亲："你一定知道我的清白了吧，我可怜的父亲，我并不怨你。"说完，闭上了眼睛。

妻子淮德拉和儿子希波吕托斯死后，忒修斯越来越觉得孤独，于是，他与年轻的英雄庇里托伯斯商议去抢一个妻子。当二人到达斯巴达时，被年轻美丽的海伦吸引住了。他们把海伦抢走，通过抓阄的方式，海伦归忒修斯所有。然后二人又继续远征，这次二人决定去冥界劫持冥后珀耳塞福涅。但这次的计划却失败了，他们不但没能掳走冥后，反而被罚永囚地狱。后来，赫丘利把忒修斯救了出来。庇里托伯斯却永远留在了那里。

在忒修斯囚禁在地狱的时候，海伦的两个哥哥——卡斯托耳和波吕丢刻斯进攻雅典，带走了海伦。雅典城内也发生了动乱，珀透斯的儿子墨涅斯透斯企图夺取王位。忒修斯回到雅典后，虽然镇压了墨涅斯透斯的政变，但已经不能使人心得到安抚。最后，他放弃了他的王位，去了斯库洛斯岛。斯库洛斯的统治者吕科墨得斯一直想除掉这个眼中钉，因为他不想把霸占的忒修斯的财产归还忒修斯。一天，吕科墨得斯带忒修斯来到岛上最高的岩峰上，让忒修斯从这里看忒修斯父亲留在这里的财产，当忒修斯高兴地向远方眺望时，吕科墨得斯从背后把忒修斯推下了万丈悬崖。

伟大的英雄消失了，他的人民很快就把他忘记了，墨涅斯透斯继承了王位。数百年之后，当雅典人在马拉松平原抗击波斯人时，忒修斯的神灵带领他的人民打败了敌人。这时候，他的子孙才对他表示出由衷的感激和崇敬。

英雄尤利西斯

尤利西斯是拉厄耳忒斯的儿子，是伊塔刻的国王。应斯巴达国王墨涅拉俄斯的邀请，他参加了攻克特洛伊城的战争。当幸免于难的希腊英雄们返回家园、尽享天伦之乐的时候，尤利西斯却不幸迷途，来到了俄奇吉亚岛。在俄奇吉亚岛上有一个叫卡吕普索的仙女，她把尤利西斯抢入她的洞里，希望尤利西斯能娶她为妻。虽然仙女美丽动人，但尤利西斯一直保持着对妻子珀涅罗珀的忠诚，所以他拒绝接受仙女的爱。

奥林匹斯圣山上的众神被尤利西斯所感动，决定让他重返家乡。墨丘利来到地面，向卡吕普索传达了朱庇特的决定。朱庇特的决定是不可违抗的，卡吕普索为尤利西斯准备了远行的筏子，依依不舍地看着心爱的人远去，不再受到约束的尤利西斯踏上了归途。

珀涅罗珀是卡里俄斯的女儿，她是一个忠于爱情的女人。特洛伊城已经被希腊人占领，而自己的丈夫却迟迟不见归来，珀涅罗珀陷入了巨大的悲痛之中，难道丈夫真的已经战死沙场了吗？那些嫉妒尤利西斯的人从四面八方涌来，他们借口向依然年轻的珀涅罗珀求婚，无耻而又蛮横地享用着尤利西斯的财产。这样的混乱持续了三年之久。

离开俄奇吉亚岛后，尤利西斯不敢闭上眼睛，他一直注视着天空，沿着卡吕普索在告别时教给他的识别记号前行。在茫茫的大海上航行了十七天之后，淮阿喀亚国的山影终于出现在尤利西斯的眼前。正当尤利西斯为此欢呼雀跃的时候，一阵波浪铺天盖地般地迎面扑来，竹筏被掀翻了，他跌落到海里。在大海中又漂泊了两天之后，尤利西斯才游上了岸，穷困潦倒的他连一件衣服都没有，只能赤身裸体。在智慧女神密涅瓦的安排之下，淮阿喀亚国王阿尔喀诺俄斯的女儿瑙西卡搭救了这个不幸的人。老国王和公主都被尤利西斯的苦难经历所打动，他们决定帮助这位希腊英雄回到故乡。

尤利西斯

当淮阿喀亚人把尤利西斯送回到伊塔刻岛时，他已经认不出这块地方了。为了让那些胡作非为的求婚者得到惩罚，密涅瓦使用神力没有让伊塔刻的人们认出他们的国王。在密涅瓦的指导下，尤利西斯找到了一直忠诚于他的牧猪人欧迈俄斯。在欧迈俄斯的家里，尤利西斯见到了年轻的儿子忒勒玛科斯。

"忒勒玛科斯，你一定已经认不出我来了，我是你的父亲啊。"尤利西斯忍不住泪流满面，一把抱住了儿子。但忒勒玛科斯却不敢相信眼前发生的一切，他呼喊着说："你是我的父亲吗？不可能的，一定是凶恶的魔鬼在欺骗我，让我感到大失所望。"

尤利西斯痛苦地对儿子说："我真是你返归故乡的父亲啊，我离家整整二十年了。我能回到家乡都是智慧女神密涅瓦的杰作，她使我变得干瘪得像个乞丐，使所有的人都认不出我，对神来说，这是举手之劳的事啊。"

这时，忒勒玛科斯才含着滚烫的热泪拥抱了父亲。尤利西斯向儿子诉说了自己在特洛伊战争后的遭遇和是怎么回到家乡的，然后对儿子说："忒勒玛科斯，我们应该商量一下怎么处死那些无赖的求婚者，如果我们两个人对付不了他们，我们可以去寻找同盟兄弟的帮助。"

父子俩商量了好久，决定让忒勒玛科斯返回宫殿，而尤利西斯继续装作乞丐到求婚者当中，直到惩罚了那些求婚者为止。

求婚者在大厅里对尤利西斯进行着辱骂，十分狂妄，他们已经看出了珀涅罗珀的诡计：她对所有的求婚者表示好感，可她心里想的却完全是另一个样子。她对求婚者承诺：等我为我丈夫年迈的父亲拉厄耳忒斯织好葬服，我就决定嫁给你们当中的某个人。珀涅罗珀的确是整天地坐在机前织布，但一到夜里，她就会把白天织成的布重新拆掉。这样，她才不会在这些求婚者中间做出选择。而此时，珀涅罗珀已经到了山穷水尽的地步，不能再用这个计谋摆脱这些求婚者了，她陷入了深深的苦恼之中。

乞丐模样打扮的尤利西斯走了进来，珀涅罗珀对他说："可怜的陌生人，你怎么也来到了这里呢？你看啊，自从我丈夫外出以后，我和我的儿子一直没有过上过好日子。外面那些人都是来向我求婚的，可我不想在他们之间做出任何选择。我深爱着我的丈夫，可我的父亲和儿子都已厌倦了这种生活，我实在不知道该怎么办了。"

尤利西斯有所隐瞒地向珀涅罗珀讲述了自己的故事，珀涅罗珀被感动得热泪盈眶，然后对他说："让忠实的欧律克勒娅为你洗洗脚吧。欧律克勒娅，你亲自把尤利西斯养大，这位陌生人和你的主人一样年龄，你去给他洗洗脚吧。"珀涅罗珀招呼着欧律克勒娅。

看到尤利西斯的那双脚，年迈的欧律克勒娅禁不住泪流满面："瞧这双脚，和尤利西斯的一样，人在不幸之中会更见衰老。你怎么会和我的主人尤利西斯长得一模一样呢？"

当欧律克勒娅触摸到尤利西斯右膝上那道疤痕时，惊愕地抬着头望着眼前的人："尤利西斯，我的孩子，我终于等到你回来了。"

"你没有看错，尤利西斯是回来了，但是，你要装成什么也不知道，否则我会被这些求婚者害死。"尤利西斯示意欧律克勒娅不要声张。珀涅罗珀正专心地想着别的事，并没有注意到主仆二人的对话。

"善良的陌生人，请你给我解一个梦吧，"珀涅罗珀对重新坐到她面前的尤利西斯说，"我在宫里养了二十只鹅，前几天我做了一个梦，梦到从远方飞来一只雄鹰，所有的鹅都被雄鹰拧断了脖子。那只雄鹰对我说：'伊卡里俄斯的女儿，你不是在做梦，这是一种预兆，求婚者是那批鹅，而我就是尤利西斯，我要杀掉所有的求婚人。'"

听完珀涅罗珀的叙述，尤利西斯笑着说："王后，我相信尤利西斯会回来的，而且正如你梦中所示，这些求婚者都难逃性命。"

"唉，可马上就到了决定我嫁给谁的日子，明天会有一场比赛，如果有人能使用我丈夫生前使用的硬弓穿过十二把依次排列的斧孔，我就嫁给他。"珀涅罗珀叹了口气。

尤利西斯鼓动着珀涅罗珀："你要相信神的预言，还没等到飞箭穿过十二个斧孔，尤利西斯就会回来了。"

尤利西斯取得胜利

赛箭的日子到了，珀涅罗珀带着尤利西斯的硬弓和箭筒来到了大厅里。求婚者正热闹地喧哗着，看到美丽的珀涅罗珀，马上安静下来。珀涅罗珀扫视了一遍大厅里的人，然后拿过丈夫的那张硬弓说：“这是我丈夫留下来的宝物，那里立有十二柄斧子，如果谁能轻松地拉开硬弓，让箭矢穿过十二柄斧子的穿孔，我就会嫁给那个人。”

大家正要回话，忒勒玛科斯站起身来：“你们为了一个女人来进行一场比赛，这样的比赛在全希腊还没有先例。我也要参加这次比赛，如果我赢了，我的母亲将永远留在家里了。”他首次拉动硬弓，但却因为力气小而失败了：“我承认我是一位弱者，你们的力气都胜过我，那就请你们来试试吧。”

忒勒玛科斯的话音刚落，勒伊俄得斯就走了过来，无论怎么努力，他没能拉开那张硬弓。

“还是让其他人来吧，看来我不是合适的人选。”勒伊俄得斯把弓放在了地上，走进了人群。求婚者相继试着拉开硬弓，却没有一个成功的。最后，只剩下安提诺俄斯和欧律玛科斯这两位强壮的人。

欧律玛科斯把硬弓放在火上翻动着，想使其在火的烧烤之下变得松软一些，但这张弓就是不听他使唤，依然纹丝未动。正当欧律玛科斯心灰意冷的时候，安提诺俄斯对大家说：“我们还是推迟比赛吧，先去喝酒，今天大家都在庆祝，张弓搭箭有点不合适。”

尤利西斯走上前去，面向骚动的人群：“是啊，经过一天的休息，太阳神福波斯说不定会把胜利的桂冠捧着送给你们的。不过，请容许我试试这张硬弓吧，说不定我能拉开这张弓。”

人群更加骚动起来，人们怎么也不会想到这么一位干枯的老乞丐会提出这样的要求。

忒勒玛科斯制止了骚乱：“至少这个时候，我还有权力做主，谁也阻止不了我把弓箭交给这位陌生人。母亲，请你到内房里去吧，射击本就是我们男人的事。”珀涅罗珀看着越来越成熟的儿子，顺从地走入了内房。

尤利西斯仔细地端详着自己二十年前用过的硬弓，心潮万般澎湃。他弯弓搭箭，沉着地射出了箭。箭从第一把斧子穿孔进去，从最后一把斧子的穿孔里飞了出去。

“第一轮比赛已经结束了，我们将举办一次节日的盛宴。”尤利西斯对惊愕的求婚者说，等一切安排妥当，尤利西斯又对求婚者说：“接下来进行第二轮比赛，现在该选择目标了。”

说完，尤利西斯拉开弓，瞄准了安提诺俄斯。可怜的安提诺俄斯正在把葡萄酒向嘴里送，根本没料到自己已经成了尤利西斯的箭把子。飞箭正中安提诺俄斯的咽喉，从脖子后面穿了出来。其他的求婚者看到安提诺俄斯倒了下去，都站起来寻找武器，但他们既找不到矛也找不到盾，只能以激烈的语言来发泄自己心中的怨愤。他们以为陌生人是不小心误伤了安提诺俄斯，但却不知道他们也面临着同样的命运。

“可恶的家伙们，你们挥霍我的财产，在我还没有死之前就向我的妻子求婚，多么可耻的事啊，今天我要让你们为此付出代价。”尤利西斯对所有的求婚者狂吼着，声震如雷。

顿时，求婚者吓得面如土色，各自寻找着逃跑的途径。但在强大的尤利西斯面前，所有的人都是跑不掉的。在儿子忒勒玛科斯和两个忠实的仆人——牧猪人欧迈俄斯和牧牛人菲罗提俄斯的帮助下，在智慧女神密涅瓦的佑护之下，除了无辜的歌手和使者墨冬没有被尤利西斯杀死，其余的人都倒了下去。

尤利西斯环顾四周，没有再看到一个活着的敌人。他吩咐忠实的女管家欧律克勒娅把不忠实于他的女仆们都召集到一起，对儿子忒勒玛科斯说：“让她们把这些尸体扛出去，用海绵把桌椅都擦洗干净。等把这一切完成以后，用利剑杀掉这些女仆。”然后，尤利西斯又对欧律克勒娅说：“用炭火和硫磺把大厅、宫殿内室和前院彻底用烟熏一遍吧，顺便把那些忠诚的女仆叫来。”

忠诚于主人的女仆蜂拥而来，她们围着主人，欢迎他的凯旋，尤利西斯激动得热泪盈眶。

当欧律克勒娅把尤利西斯已经回来的消息告诉珀涅罗珀时，珀涅罗珀怎么也不敢相信曾经的那个衣衫褴褛的乞丐就是自己英俊的丈夫，直到尤利西斯说出了只有他们两人才知道的秘密，她才激动地跑过去亲吻着尤利西斯，用眼泪诉说着二十年的想念。第二天，尤利西斯来到了父亲拉厄耳忒斯的庄园，与父亲相认后，向父亲诉说了这二十年的苦难经历。

当得知求婚者都被回来后的尤利西斯杀死之后，他们的家属从四面八方涌入了尤利西斯的宫殿。他们把亲人的尸体埋葬之后，聚集在广场上，举行了国民大会。被安提诺俄斯的父亲奥宇弗忒斯煽动起来的一部分人全身披挂，集合在城前的空地上，决心为死去的亲人报仇雪恨。

奥宇弗忒斯一马当先，站在队伍的最前列，带领大家向拉厄耳忒斯的庄园拥去。得知敌人的到来，拉厄耳忒斯、尤利西斯、忒勒玛科斯等组成了一个小的但却斗志昂扬的队伍。

尤利西斯和忒勒玛科斯及其他伙伴们像愤怒的老虎跃入了羊群，砍伤了大部分人。正在这时，受天公朱庇特的指点，智慧女神密涅瓦制止了这场战争，并把神的声音传入了每个人的耳中：“退出这场不幸的战斗吧，你们已经流够了鲜血，你们最需要的是和平。”密涅瓦又对尤利西斯说：“撤离战斗吧，不要再厮杀了，否则，你会惹怒宇宙之王的。”尤利西斯听从了密涅瓦的劝告，跟着密涅瓦进了伊塔刻城。

此时，所有的人都心平气和了，脱离了愤怒。尤利西斯和城里头人们的千年联盟得到了大家的承认。尤利西斯成为了这个国家的国王和佑护主。

帕里斯和海伦

在拉俄墨冬之后，普里阿摩斯继承了特洛伊的王位。普里阿摩斯第一个妻子死后，又迎娶了弗里吉亚国王底玛的女儿赫卡柏。赫卡柏为普里阿摩斯生下的第一个孩子叫赫克托耳。在生第二个孩子时，赫卡柏做了一个可怕的梦，梦到自己生下了支火炬，它把特洛伊城烧成了一片火海。当她把这个噩梦告诉丈夫时，丈夫也惶恐不安起来。最后，夫妻两个决定把这个可能给特洛依带来灾难的儿子丢到荒山里。

当仆人把孩子丢弃在深山里后，一只母熊哺乳了这个婴儿。过了几天，一个牧羊人发现了这个孩子，便把它抱回家抚养，取名帕里斯。

长大后的帕里斯英俊健壮，他和养父一样以放牧为生。偶然的一次，天公朱庇特让他做天后朱诺、智慧女神密涅瓦和爱神维纳斯的公证人，评判出谁是最美的神。帕里斯选择了爱神维纳斯，因为维纳斯给他的承诺是：把世界上最美丽的女人海伦嫁给他。但爱神对他许下的心愿一直没有得到实现。

一次偶然的机会，帕里斯被他的姐姐卡珊德拉认出，从此他便留在了皇宫里，并与俄诺涅结婚。爱神的承诺已经在帕里斯心里播下了爱情的种子，他朝思暮想着海伦，最后竟决定去海伦的故乡。正好此时，普里阿摩斯希望能把被赫丘利掠走的姐姐赫西俄涅接回来，便派帕里斯率领一只强大的舰队去希腊，如果对方拒绝交出赫西俄涅，那么便用武力征服希腊。

海伦是朱庇特与勒达所生的女儿，长得如花似玉，当她还是个少女的时候，就被忒修斯抢走，又被她哥哥夺了回来。在继父斯巴达国王廷达瑞俄斯的挑选下，海伦嫁给了墨涅拉俄斯，后来墨涅拉俄斯继承了岳父的王位。当帕里斯在斯巴达海岸登陆的时候，墨涅拉俄斯正好不在国内，斯巴达暂由王后海伦主政。

当帕里斯进入斯巴达王宫看见海伦的第一眼，即被吸引住了，他相信这是爱神维纳斯对他的爱情许诺，眼前的海伦比他想象中的要美得多，他已经忘记了父亲交给他的任务，而认为带走海伦是他唯一的目的。同样，海伦也被这个东方男子的美所打动，帕里斯的一头长发，东方式的华丽服装使海伦心中的丈夫墨涅拉俄斯黯然失色。海伦毫不掩饰对帕里斯的好感，当帕里斯提出让海伦和他一起离开斯巴达去特洛伊时，海伦竟开始动摇了。

帕里斯对当年爱神维纳斯的许诺坚信不已，他命令他的随从冲入斯巴达的王宫，把墨涅拉俄斯的财产抢劫一空。然后，他带着这些财产和海伦离开了斯巴达，虽然各种现象都表明帕里斯的这一行为必将给特洛伊带来灾难，但帕里斯还是没有认识到自己的错误，他与海伦在克剌奈岛生活了好几年后，才返回了特洛伊。

当墨涅拉俄斯得知妻子海伦被劫走的消息后，与他的哥哥阿伽门农迅速召集了全希腊的君主们，要求他们参加征讨特洛伊的战争。

特洛伊人对一支巨大的希腊舰队的出发一无所知。这期间,帕里斯带着他抢来的海伦回到了特洛伊。对于海伦的到来,国王普里阿摩斯并不高兴,但他的50个孩子们由于收了兄弟帕里斯的礼物而未加以反对。特洛伊人民出于对国王的敬畏才没有更激烈地去反对海伦的到来。普里阿摩斯想把海伦交给希腊人,以和平解决即将爆发的这场战争,但海伦声泪俱下地请求特洛伊人的保护,并声称虽然是被抢劫到这里来的,但现在她已经深深地爱上了她的新丈夫帕里斯。

就这样,特洛伊战争不可避免地爆发了。经过激烈战争,双方损失惨重。最后,在众人的压力之下,帕里斯决定与墨涅拉俄斯单打独斗,由此来决定海伦到底嫁给谁。双方士兵都为这一决定而感到高兴,他们早就盼望着这次灾难性战争快点结束。众神的使者伊里斯化身为普里阿摩斯的女儿拉伯狄刻向海伦报告了这一消息。此时的海伦也充满了对她丈夫墨涅拉俄斯的愧疚和对儿女们的思念。她匆匆地来到城门口,普里阿摩斯忙招呼海伦坐到他身边。海伦给老国王介绍希腊的诸英雄,如尤利西斯、埃阿斯等。

在爱神维纳斯的保护之下,帕里斯没有在这场战斗中被墨涅拉俄斯杀死,但却败得相当狼狈。随即,帕里斯从战场上逃回了城里自己的宫殿里。当海伦看到丈夫从战场上逃回来时,对帕里斯咆哮着:“我宁愿看到你被墨涅拉俄斯杀死,也不希望你活着逃回来。你可是说过你能战胜他的,去!重新回到战场上去。哦,我这是在做什么?你应该留下来,否则你会被他打得更惨。”

帕里斯气愤地回应着海伦:“我们是为了你才战斗的,而你却如此对我,墨涅拉俄斯虽然胜利了,但这次是因为密涅瓦帮助了他,我相信下次他就不会有这么好的运气了。”

战场上,墨涅拉俄斯还在来回地奔跑着,他想在军队中找到消失了的帕里斯,但却不知道帕里斯的去向。

阿伽门农攻打特洛伊

阿伽门农是斯巴达国王墨涅拉俄斯的兄长。海伦被帕里斯劫走之后,兄弟俩跑遍了希腊所有的国家,用利害关系说服各国元首,使他们同意组成希腊联军。希腊联军组成以后,阿伽门农被选为联军总统帅。

为了缓解战前的压力,阿伽门农经常去奥里斯港口附近的森林里打猎。一天,阿伽门农射中了一只肥壮的梅花鹿,为此,他夸口说,即使是狩猎女神狄安娜也不一定比他箭法好。阿伽门农的这些话被狄安娜听见了,女神一怒之下通过神力使那些停泊在港口的船无法从奥里斯港驶出,无法开始对特洛伊的战争。

大预言家忒斯托耳的儿子卡尔卡斯对众人说:“如果阿伽门农愿意把他的女儿伊菲革涅亚当做狄安娜供品的话,狩猎女神就会原谅你们,海面上才会刮起顺风,让希腊战船驶向特洛伊。”阿伽门农为了自己的出言不逊而悔恨,但为了顾全大局,他还是写信给在迈肯尼的妻子克吕泰涅斯特拉，说珀琉斯的小儿子阿喀琉斯向女儿伊菲革涅亚求婚，让妻子带着女儿到奥里斯来。但这封信刚发出，阿伽门农对女儿的愧疚之感就逼迫他又写了封信，信中他告诉妻子，他已经把女儿订婚的事推迟到了明年春天，让妻子不要带女儿来。但最后这封信却被弟弟墨涅拉俄斯所获，墨涅拉俄斯拿着信与兄长进行了一场激烈的争吵。正当他们争执不下时，克吕泰涅斯特拉带着伊菲革涅亚来到了他们面前。阿伽门农对妻子和女儿都充满了深深的愧疚，他心情沉重，却不得不对她们隐瞒真相。

一次偶然的机会，克吕泰涅斯特拉与阿喀琉斯相遇了。克吕泰涅斯特拉谈起女儿与阿喀琉斯的婚事兴奋不已，但阿喀琉斯却一头雾水："你是在说谁的婚姻大事？我可从来没有向你的女儿求过婚啊，我猜想一定是有人在和你开玩笑。"克吕泰涅斯特拉这才知道上了丈夫的当，当她从仆人那里听说阿伽门农是想把自己的女儿当做供品献祭给狩猎女神后，以一个母亲对女儿的爱来请求阿喀琉斯的帮助，英雄阿喀琉斯信誓旦旦地答应克吕泰涅斯特拉一定帮她救出伊菲革涅亚。

克吕泰涅斯特拉来到丈夫面前，疯狂地向丈夫咆哮着，伊菲革涅亚也向父亲哭泣着，她们想以此打动阿伽门农，但同样悲痛的阿伽门农却心如磐石："我并不是向弟弟墨涅拉俄斯让步，而是面对整个希腊人的请求作让步。你们看，我周围有如此大的一支船队。我可怜的孩子，我是那么的爱你，可如果不牺牲你，特洛伊就不能被攻陷。"阿伽门农高昂着头离开了，以使自己的眼泪不至于流下来。

阿伽门农身后的母女俩哭泣着，阿喀琉斯走了进来："你们跟我走吧，我将用生命保护你们。希腊人不会进攻女神的儿子的，我的生命和特洛伊的命运息息相关。"

但伊菲革涅亚却改变主意，她走到母亲和阿喀琉斯面前，目光炯炯，如同一位女神一样："亲爱的母亲，不要惹父亲生气了，他不能违反命运。我愿意去接受死亡，希腊人把眼光盯在我身上，如果我不死，战船就不能起航，特洛伊城就不能攻陷。我自愿为我的祖国献身。"说完，她毅然地走向了已经搭好的祭台。就在这时，奇迹出现了，祭台上的伊菲革涅瓦突然不见了，取而代之的是一只雄壮的梅花鹿。卡尔卡斯大声说："看看这个牺牲吧，这是狩猎女神送来的，她不愿意牺牲那位姑娘，宁愿让这头梅花鹿代替。女神已经原谅了我们，我们今天就可以出港了。"整个军队沸腾了，他们看到船只在起伏的洋面上摇动。

当阿伽门农回到自己的住处后，妻子克吕泰涅斯特拉已经离开了，虽然他没有能得到妻子的原谅，但女儿获救的事还是让他备感欣慰。于是，他把全部的心思都放到了征伐特洛伊上。

在阿伽门农的率领下，希腊联军驶出港口，登陆特洛伊所在的岛屿。强大的希腊人在战车掩护中向前挺进。特洛伊方面的统帅赫克托耳也把特洛伊部队集合起来，迎战希腊联军的进攻。

希腊军和特洛伊人厮杀起来，中午时分，希腊军队突破了特洛伊人的防线，成批的特洛伊人倒下了，鲜血染红了河水。在赫克托耳的指挥下，特洛伊人重整旗鼓，返回来继续和希腊军队作战。正当阿伽门农想打败特洛伊人的反击时，手臂被一支长枪击中，他只好离开战场。没有了主帅的希腊军被特洛伊人打得落花流水，希腊最英勇的英雄尤利西斯、狄俄墨得斯受了伤，医神埃斯科拉庇俄斯的儿子医马卡翁也受了伤。

阿喀琉斯的朋友帕特洛克罗斯来到了先知老人涅斯托耳的军帐，听说希腊军伤亡惨重，忙回去向阿喀琉斯报告。

双方的激战仍在进行中，虽然特洛伊人也有死伤，但他们却占领了围墙旁边的一块高地。当特洛伊人在赫克托耳的带领下决定把希腊的舰船烧掉时，阿伽门农带领着乌利西斯、狄俄墨得斯又重新回到了战场上，希腊军队士气大振。这时，埃阿斯抛出的一块大石头正好击中了赫克托耳的头部，赫克托耳生命垂危，然而，太阳神福波斯却使赫克托耳恢复了元气："我会保护着神圣的特洛伊城，快去加入战斗中去，把这群讨厌的希腊联军赶回希腊去。"赫克托耳精神抖擞，在战场上纵横驰骋。希腊人被特洛伊人杀得狂奔逃窜，特洛伊人取得了战争的初步胜利。

英雄埃涅阿斯寻找新乐园

埃涅阿斯一家逃离了一片火海的特洛伊后，来到了爱达山下的小城安唐特洛斯。在这里，已经聚集了一批逃难的特洛伊人，当他们看到埃涅阿斯到来后，纷纷向他围拢过来。

"埃涅阿斯，你是英雄安喀塞斯的儿子，带我们去寻找一块新家园吧。特洛伊已经毁灭了，但我们的信心并没有随之而去啊。"大家情绪昂扬，但却一脸茫然。

是啊，特洛伊消失了，但在这些逃出来的人心中特洛伊却永远存在着，因为那是一个神圣的族第啊。在埃涅阿斯的带领下，人们强打精神，从爱达山下砍伐了些树木，造成了一些大船。春暖花开的时候，埃涅阿斯率领船队扬帆击桨，载着哭泣的人们告别了故乡，驶入了茫茫的大海。船队鱼贯而行，在一望无际的大海上漫无目的地航行着。

人们已不记得船队在大海上漂泊了多少天，最后，船队来到了色雷斯地界。色雷斯曾是特洛伊的结盟国家，特洛伊国王普里阿摩斯把小儿子波吕多洛斯送给色雷斯国王波林涅斯托耳作养子。当特洛伊遭受劫难时，波林涅斯托耳毫无情义地把波吕多洛斯交给了希腊人，可怜的王子被希腊人当着父亲普里阿摩斯的面用乱石击死，色雷斯以此换得了和平。

这群逃难的人们并不知道眼前的国家就是色雷斯，当他们看到这片陆地时，欢呼着跳了起来，抛锚下船，准备在这里奠基新城。

"虽然现在不可能准备真正的祭坛，但我相信这样的天然祭坛众神会喜欢的，不过，我还需要把这块天然祭坛装饰一番。"埃涅阿斯一边想着，一边走上附近的一座山坡，打算给众神祭祀。

山坡上长满了灌木和杂草，偶尔的几株野花挺立其中，好美的地方！正当埃涅阿斯撼动一株矮树时，可怕的事出现了。从矮树的躯干上渗出了一滴滴黑色的污血，埃涅阿斯连忙缩回了手。“森林保护神巴克科斯，请佑护可怜的特洛伊人吧，为什么会出现如此怪异的现象呢？难道这里不是我们的立足之地吗？”说着，埃涅阿斯又抓起另一株小树，用膝盖抵住地面，试图把小树连根拔起。

“不幸的特洛伊人，你为什么要折磨我呢？要知道，我和你一样的不幸啊。这个国度是色雷斯，我是普里阿摩斯的儿子，波吕多洛斯，我被希腊人用乱石击死，同情我的色雷斯人把我的骸骨捡了回来，埋葬在他们国土上。这里也曾经是我孩童时期的游玩之地，我的灵魂停留在这块土地上。我劝你别伤害这块土地，离开这片海岸吧，它被叛徒的家族所统治，在这里建造新城是十分危险的。”地下传来了一串抱怨似的呻吟。

埃涅阿斯停止了他的行动，对着这片树林祷告：“可怜的波吕多洛斯，我们都是特洛伊的子民，保佑我们在不久的将来能顺利地重建家园吧。”

回到岸边，埃涅阿斯把波吕多洛斯的这番忠告告诉给大家，已经开始的工作立刻停止下来。大家拿出一些从特洛伊带出来的物品，作为祭供祭献给了波吕多洛斯，然后把船只推下海滩，一阵顺风又把他们送入了广阔无垠的大海。

不久，在这群逃难的人们面前又出现了一座美丽的小岛，它曾经是一座漂流的岛屿，名叫特洛斯，太阳神福波斯就出生在特洛斯岛上。福波斯把海岛固定在库克拉登岛屿中间的海底上，使它能够经得起狂风巨浪的袭击。埃涅阿斯的船队在特洛斯岛登陆，人们涌向了祭祀太阳神的庙宇。

“伟大的太阳神，给我们一块栖身之地吧，我们应该在哪里建立起第二座特洛伊城呢？”埃涅阿斯拜倒在神庙前。

“你们建立新城的地方是你们先祖诞生的地方，埃涅阿斯的子孙们将在那里成为世界的主宰。”敞开的神庙里传来了福波斯的声音。

大家欢呼着，可神谕中先祖诞生的地方指的是哪里呢？

“我们族第的摇篮叫克里特岛，那也是众神之父朱庇特诞生的地方，就让我们遵从神谕吧，从这里到达克里特岛只需要三天航程。”安喀塞斯提醒了大家。

果不其然，第三天清晨，逃难的特洛伊人航行到了克里特岛海岸。当地居民热情好客，用各种食物接待了难民们。埃涅阿斯率领大家努力开始建造新城的工作，不久，城墙和房屋从平地上耸起，人们把这座新城称为伯加马斯。

正当难民们为终于重建了家园而大肆欢庆的时候，一场新的灾难来临了。

当年夏天，克里特岛出现了少有的干旱，大地一片焦黄，颗粒无收。大批的特洛伊人死亡了，幸存下来的也陷入了绝望之中。有些人提议回到特洛斯岛重新聆听神谕，可又实在不忍心放弃这座几乎要竣工的城市。

在将要离开克里特岛的最后一个晚上，埃涅阿斯躺在床上毫无睡意：“真的要离开这座城市吗？神谕不是已经预示我们要在这里建造一座新的城市吗？”

正当埃涅阿斯左右为难的时候，特洛伊的几位家神来到他的床前：“你把我们从火海中抢救出来，带着我们转战南北，我们和你一起经历了惊涛骇浪。所以，我们将为你的子孙们寻找一块乐园，并让他们执掌统治世界的权柄，而你注定要为显赫的后代准备住址。福波斯派我们来告诉你，你的国家还在遥远的地方，那里被称为意大利，是根据当地的国王意大罗斯命名的。快去寻找意大利吧，朱庇特拒绝你们在克里特岛安身立命。”

埃涅阿斯从半睡半醒中惊醒，一骨碌从床上跳了起来，像是受到了极大的安慰。当他把家神的预言告诉给正做着开往特洛斯准备的人们时，人们高兴得大声欢呼起来，只要有确切的目标，哪怕再大的风浪他们也愿意往前闯。

没有病愈的一批人被留在了克里特岛上的伯加马斯城，另一批人则扬帆起锚，在埃涅阿斯的指挥下驶入大海。

朱诺的报复

在克里特岛，特洛伊的家神们为埃涅阿斯指点了迷津：幸存下来的特洛伊人将在一块古老的土地上——意大利居住下来，并且它将用武力建立一个强大的国家。但是，家神们也预言，意大利非常遥远，而且寻找的过程也相当艰巨。

难民们离开克里特岛后不久，踏上了斯特洛法登岛，在岛上，难民们遇到了半人半鸟的哈尔庇。特洛伊人吃掉了哈尔庇羊群里的几只羊，而哈尔庇则恶狠狠地预言说，只有当特洛伊人桌子上的面包被饥饿的人们一扫而光时，他们才能重建特洛伊。

不得已，难民们又进入了漫长的迷途航行中，又经历了很多的冒险。终于，特洛伊人看到了遥远的地方绵延着朦胧山脉的海岸线，他们站在船头呐喊起来，挥舞着手里的船桨，一定是到达意大利了。其实，他们看到的的确是意大利海岸，但是，当船开近海岸之后，人们首先看到的是四匹在海滩旁的草地上放牧的骏马。在特洛伊眼里，骏马意味着战争，于是，人们惊叫着离开了盼望已久的意大利海岸。

特洛伊人又驶过了很多岛屿，在西西里岛登陆时，埃涅阿斯的父亲安喀塞斯不幸遇难。埃涅阿斯没有时间耽于对父亲的哀悼，神的意志驱使他率领他的臣民继续前行，去寻找祖先生活的土地，他要在那里建立一个新的国家。

埃涅阿斯的船队刚刚离开西西里岛，天后朱诺就急切地从奥林匹斯山上向下俯视。朱诺是特洛伊的宿敌，当她看到埃涅阿斯的船只经过无数次灾难依然在找寻着意大利时，不禁暴跳如雷：“难道特洛伊不应该被彻底毁灭吗？普里阿摩斯的女婿和外孙真的要在意大利重建家园吗？那将是多么不幸的事啊，我做了这么多努力却还是没能彻底打败特洛伊人，作为诸神母，我是多么悲哀啊。我应该去想个好的办法，把从事战争的这一族第连根铲除才对。”

朱诺知道，丈夫朱庇特宠爱女儿维纳斯，而埃涅阿斯是维纳斯的儿子，自然这个特洛伊人得到了天公朱庇特的庇护，如果真的要消灭特洛伊人肯定会煞费工夫。

于是，朱诺决定找各路风神帮忙。她来到风源的领地，寻找各路风神的国王埃洛斯的山洞。

“亲爱的埃洛斯，你是多么的伟大啊，你能驱使所有的风神为你服务。你的威力连海神尼普顿都与之无法相比。看啊，海面上航行的那些特洛伊人是多么的可恶，他们制造了战争，却从战争中逃脱，他们应该得到惩罚才对，而你应该承担起这一责任。”朱诺软硬兼施，还掺杂着许多诱人的许诺，埃洛斯终于招架不住了，他召来了各路风神，命令他们去执行天后朱诺交给的任务。

顿时，各路飓风冲出来，在陆地上掀起了飞沙走石。

“终于可以自由地施展我们的威力了，在海神尼普顿的管理下，我们哪里有表现的机会啊，而现在，瞧我们是多么的劲猛，我们可以在宇宙间任意驰骋了。”东风一边骄傲地说着，一边在陆地上卷起一层沙土。

西风和北风更加肆虐，他们把海岸当作跑道，一边跑一边大声叫喊，他们的喊声化作了雷，吓得地面上的动物躲进行了洞穴，海洋里的动物潜入了海底。

“各路风神们，瞧你们是多么的勇猛，测试你们能力的时刻已经到了。你们看，在海中航行的那只船队就是特洛伊人的船队，你们尽情地呼啸吧，你们的目标就是让那只船队从海面上消失。”朱诺向各路风神们做着解释。

有了明确的目标，各路风神争先恐后地表现自己，他们又从四面八方涌入大海，海面上腾起了万丈狂澜。特洛伊人虽然已经过了大风大浪，但他们还是被眼前的景象惊呆了，粗大的缆绳被风吹断，船橹摇断，船里灌进了海水，顿时，哭声、喊声混成一片。南风把一艘满载着粮食的船吹向了岸边的礁石，特洛伊人慌乱地向岸上搬运船上的粮食，但还是损失了大部分。北风卷起一汪海水，揉搓成一道巨浪扑向其中的一艘船，船顷刻间化成了碎片，船上的特洛伊人奋力地向岸上游去，没有来得及游上岸的则葬身鱼腹。

海神尼普顿本来正在海底花园散步，突然一阵动荡让他站立不稳，他从汹涌的波涛间伸出头，想看个究竟。海面上，埃涅阿斯的船队支离破碎，各路飓风则洋洋得意地进行着彻底的扫荡。尼普顿宠爱特洛伊人，他怎么能让他的宠儿遭受到如此不幸呢。他把各路风神唤到眼前，咆哮着让他们回到各自住所，随后，他用双手把起伏动荡的波浪抚平，把海面上的乌云撕碎赶走，大海上又阳光普照了。

朱诺看到特洛伊人又化险为夷，不由得怒火中烧，但海洋是尼普顿的管辖范围，她这位天后也只能眼睁睁地看着埃涅阿斯和他的船队重整旗鼓而没有办法。

风平浪静后，特洛伊人登上了陆地，这是非洲的一个海岸，这里的人们善良朴实，像接纳亲人一样接纳了这批特洛伊难民。

特洛伊人现在只剩下七艘船了，他们把被水浸湿的粮食搬上岸来，燃起篝火烘干，用石磨磨成面粉，然后支起锅灶准备食物。

不大一会儿，埃涅阿斯和一批特洛伊猎手扛回了几只被射杀的梅花鹿。

“历经苦难的特洛伊人，准备美酒吧，祭祀完众神后我们便可以喝个痛快。虽然众多的苦难伴随着我们，但总会有一位神帮助我们度过这些苦难。应该相信，我们一定能到达意大利，而且我们将在那里建起第二个繁荣昌盛的特洛伊。”

朱庇特许下诺言

迦太基位于非洲，原是腓尼基农民居住的地方，那里保存着天后朱诺的盔甲和战车，所以朱诺极尽恩惠地保佑着这片土地。后来，腓尼基人茜克奥宇斯的遗孀狄多在那里扩建了新城和迦太基的城堡，统治着利比亚帝国。

当埃涅阿斯登上利比亚海岸的时候，天公朱庇特正站在奥林匹斯山的峰顶。

“高贵的主啊，我的儿子埃涅阿斯已经围着意大利转了一圈，受尽了种种苦难，可就是不能到达目的地，每当他瞅见和平的灯塔便又被推入战争的汪洋大海，请保佑我的孩子吧。你不是亲口告诉过我，说特洛伊祖先的血液会最终凝结形成罗马民族吗？自从特洛伊战争后，我一直担心我的儿子，是你的这番话才使得我放宽了心，可现在埃涅阿斯却面临着更大的困难，难道你又改变主意了吗？”爱神维纳斯眼眶里闪烁着晶莹的泪珠，她走近朱庇特身旁，十分悲伤地对父亲说。

朱庇特最宠爱这个女儿，怎忍心看到她如此伤心呢？他抚摸着维纳斯的头，吻去女儿脸上的泪珠：“亲爱的女儿，不要为此担心，埃涅阿斯的命运不会改变的，我所答应你的一切都会实现的，只不过埃涅阿斯需要经过许多磨难。最后，他会在拉丁姆国的大平原上建造一座新城，即拉维尼乌姆，会驯服他的人民，制定法律，并统治那里三年。埃涅阿斯死后，他的儿子阿斯卡尼俄斯将把国都移上阿尔巴纳山，即阿尔巴·隆伽城。特洛伊的子孙将在那里统治三百余年，直到战神玛尔斯与一位女祭司的儿子洛摩罗斯在台伯河畔的七座山峰间建造新的居住地。洛摩罗斯将成为罗马民族的先祖，罗马则会成为世界的主人。不要为埃涅阿斯眼前遇到的困难而悲伤，当罗马民族强大起来时，连一直折磨你儿子的天后也会和他们和解的。”

维纳斯悲伤的脸上平静了许多，谢过父亲后，她缓缓地走下了奥林匹斯圣山。

埃涅阿斯和他的船队被风暴吹到了一片海岸上，这是一个陌生的国度，从这里怎么才能到达他们的目的地意大利呢？

第二天，天刚蒙蒙亮，埃涅阿斯就带着他的朋友阿赫脱斯动身去考察这块土地。他们背着两杆投枪，在海滩边的树林里漫无目的地走着，希望能遇到一个当地的居民。

正当埃涅阿斯和阿赫脱斯疲惫地坐下来休息时，从树林深处走过来一位姑娘，姑娘背上背着一张弓，头发随风飘拂着，一件长袍卷至膝盖处，显然是一个女猎手。

“你好，姑娘，你的美丽告诉我你是一个仙女，但不管你是谁，请你告诉我们，我们脚下的这个地方是哪里呢？我们被一场风暴送到了这里，但却不知道身处何处，我们已经在大海上迷航很久，幸亏有海神尼普顿的佑护，否则真不知道已葬身何处了。”埃涅阿斯一边说着一边陷入了往昔的回忆中。

姑娘大方地朝着两位陌生人笑了笑，盯着埃涅阿斯，说道：“这里是腓尼基人的王国，是泰尔人居住的地方，我们泰尔姑娘都习惯于这样的装束。听说过非洲吗？你们靠岸的这个世界就是非洲，这个国家的名字叫利比亚，狄多是这里的女王。本来，狄多是一位富裕的腓尼基人茜克奥宇斯的妻子，她的弟弟皮格马利翁是泰尔国的国王，因贪图茜克奥宇斯的黄金而把姐姐的丈夫杀死了。茜克奥宇斯深爱着他的妻子，他的灵魂出现在妻子狄多的梦里，向妻子揭露了皮格马利翁的这一罪行，并把他埋藏黄金的秘密地点告诉给妻子，让妻子挖走，并迅速逃离泰尔国。狄多同样深爱着她的丈夫，她止住悲伤，按丈夫的指示把挖出的黄金装上船。许多因国王的不仁道而愤怒的人也随着狄多的船离开了泰尔国。就这样，狄多带领伙伴们来到了这里，买下了一块叫比尔萨的土地，后来，她凭着自己的财物赢得了越来越多的土地，直到建立了由她统治的强大王国。年轻人，我已经告诉你们这里是哪里了，不久以后你们将在这里看到迦太基高大的城墙和直入云霄的城堡。”

“感谢你告诉我们这么多，但是，我们要去的地方是意大利，这里又离意大利有多远呢？我们是特洛伊人，不知你听说过没有，一个曾经繁荣富饶的地方，却被希腊人毁灭了，只有这批幸运的人逃了出来。我们是多么不幸啊，神谕告诉我们，我们会在意大利重建家园，可是我们的船队经过了众多的苦难，却依然登不上意大利的土地。中途，我们迷失了方向，很多船只也不知了去向……”

姑娘打断了埃涅阿斯的话：“让我告诉你关于失散的船只和朋友们的预言吧。你的一部分伙伴登上了海岸，另一部分则将要到达海岸。你们现在只需要在这块土地上等下去，直到你的伙伴们到来。”

姑娘说完，转身走向了森林深处。这时候，埃涅阿斯才发现，姑娘的身影、步履和他的母亲维纳斯一模一样，原来是母亲在为儿子指点迷津啊。埃涅阿斯奔过去，想把母亲留住，但维纳斯已布下了一阵迷雾，雾散后，维纳斯不见了，只留下在原地发呆的埃涅阿斯。

埃涅阿斯在迦太基

在母亲维纳斯的指点下，埃涅阿斯又恢复了以往的信心，他沿着树林里的小路信步往前走着。不大一会儿，他来到一座山坡前。埃涅阿斯登高远眺，耸立云天的迦太基城堡就在眼前，气势恢弘的宫殿、宽敞的街道、巨型的城门，无不让人惊叹。

埃涅阿斯带着阿赫脱斯走下山坡，走进了迦太基城。迦太基城还在扩建之中，每个泰尔人都显得非常忙碌，街上的泰尔人更是行色匆匆，没有人注意到两个陌生人正走在他们中间。

迦太基城中心是一片树林，泰尔人曾经在这个树林里挖出一个马头，那是天后朱诺送给迦太基的吉祥物，预示着迦太基将成为一个世界帝国。于是，女王狄多在这里给朱诺立了一座神庙。走进神庙，埃涅阿斯在壁画中看到了有关特洛伊战争的画面，不禁激动起来，眼睛里闪烁着希望之光，将来的特洛伊城也会像迦太基一样宏伟吗？也会有神的佑护吗？如果有，那么特洛伊人也一定会为众神们建造庙宇。

正当埃涅阿斯想着心事的时候，一位貌美的女子走了进来，女子身上散发着高贵的气息，身后跟着一群随从。女子坐到神庙中心的宝座上，吩咐身边的人传令，让建城的工匠们加快速度。

"如此美丽的女子，又具有如此的威仪，那她一定是女王狄多了。"埃涅阿斯心里想道。

神庙前是一个巨型的广场，很多居民都聚集在这里，等候着女王为新的国家制订新的法令。

正如维纳斯所预言的那样，埃涅阿斯在广场上的人群中看到了失散的特洛伊人。这些人在航行的途中被风浪送到了其他海岸，而在这里，他们又相遇了。埃涅阿斯还注意到，这些特洛伊人都是从各个船上选出的代表，如塞尔盖斯托斯、克洛安托斯等。由于神庙前的人很多，他们并没有注意到他们的首领埃涅阿斯也在这里。

埃涅阿斯欣喜地看着不远处的特洛伊人，想等人少些以后再前去相认。那些特洛伊人也在人群里挤来挤去，好不容易挤到了神庙门前。

"尊敬的女王陛下，我们是特洛伊人，因为与希腊的战争失败而被迫逃亡。我们本是要到意大利去，但经过无数的灾难我们还是没有到达目的地。飓风把我们的船队掀翻，一些特洛伊人葬身海底，而我们则被抛到了暗礁丛中。可你们的民族是怎样一个民族啊，你们不允许我们上岸，还扬言要烧掉我们的船只，对于可怜的特洛伊人来说这是多么残忍啊。如果你们见到了我们的首领埃涅阿斯，一定会做出相反的决定的。他是一个多么伟大的英雄啊，只是他与我们失去了联系。高贵的女王，请允许我们靠岸，把我们支离破碎的船只修理好，让我们平安地到达意大利，我们将不胜感激。如果埃涅阿斯不幸被波浪吞没了，那我们的希望也破灭了，请护送我们回到西西里岛，我们会给你们丰厚的报酬。"一个特洛伊人的代表走到女王狄多面前请求道。

狄多看了看眼前的特洛伊人："外乡人，请原谅我的国民们带给你们的恐慌，他们只是为了保护国家而已。我们一直对特洛伊人心存敬仰，知道特洛伊英雄和他们的赫赫战功，对于你们所遭受的打击，我和我的臣民都深感同情。我们可以满足你们所提出的要求，只是不能让你们在我们的土地上居住繁衍。至于刚才你所说的首领埃涅阿斯，我会派我的臣民去寻找。如果他还没有上岸，我将同意让你们居住到他到来为止，也许他现在正迷失在迦太基的某个树林里呢。"

狄多的话音刚落，埃涅阿斯就迎着灿烂的阳光走到众人面前。

"尊贵的女王，我就是埃涅阿斯。我代表我的民族感谢你接受了特洛伊的这些不幸难民。不管将来特洛伊人的命运如何，你的恩德我们会铭记在心。让神保佑你们的民族吧。"

虽然历经众多磨难，但埃涅阿斯依然神采奕奕。失散的特洛人代表看到埃涅阿斯出现在他们面前，高兴得手舞足蹈。

女王狄多被英俊的埃涅阿斯吸引住了，微张着嘴巴，半天也没有说出话来。好一会儿，她才回过神来，为了掩盖自己的尴尬，她把盯在埃涅阿斯身上的目光转向了别处。

“埃涅阿斯，我从我父亲柏格洛那里听到过许多关于特洛伊的故事，你经历过如此多的苦难，这是怎样的命运啊。和你们一样，我也是被驱逐的人，好不容易才在这里找到了一块宁静的乐土，我尝到了什么是不幸，更知道如何帮助不幸的人们。特洛伊人，我们会尽我们所能帮助你们的。”

说完，狄多命人把特洛伊人引进馆舍，为英雄们摆下盛宴。

埃涅阿斯派阿赫脱斯回船队向其他的特洛伊人报告喜讯，并把儿子阿斯卡尼俄斯接到宫殿里来。

女王狄多之死

女王狄多虽然准许了特洛伊人各种特权，但是，泰尔人的两面派行为着实让维纳斯担心，而且迦太基地区的佑护女神是埃涅阿斯的宿敌朱诺，这怎么能让作为母亲的维纳斯放心呢？想来想去，她终于想出了一条计策。

“丘比特，你去变作埃涅阿斯的儿子阿斯卡尼俄斯的模样，看准时机走近女王狄多的身旁。当她抱起你的时候，你向她灌注爱情的迷毒，使她爱恋上埃涅阿斯。”维纳斯把儿子小爱神丘比特叫到身边。

丘比特

维纳斯把阿斯卡尼俄斯催眠后藏在她的领地，丘比特便按母亲的意思变作阿斯卡尼俄斯，任由阿赫脱斯牵着他的手朝女王的宫殿走去。

宫殿的大厅里，女王正盛情款待着她的客人们。当阿赫脱斯带着阿斯卡尼俄斯进入大厅时，人们的目光都朝这位英俊的男孩投去。

一切都进展顺利，丘比特变成的阿斯卡尼俄斯把女王心中关于她死去丈夫的形象抹去了，在她心里注入了向往爱情生活的渴望。

狄多举起手中的酒杯，脸色微红地对在座的所有人说：“让我们为泰尔人和特洛伊人的友谊干杯，我们两族人都会永远地怀念这一天的。天父朱庇特、迦太基的佑护神朱诺和赐人欢乐的酒神巴克斯，也为你们干杯。”说完，狄多从酒杯里抿了一口。

盛宴结束后，埃涅阿斯向泰尔人讲述了他的遭遇。狄多目不转睛地盯着她的英雄，心在剧烈地跳动着。

埃涅阿斯一行人离开宫殿后，狄多在床上辗转反侧，脑子里尽是埃涅阿斯的影子。

“安娜，这可怎么办呢？我不想破坏对我丈夫的忠诚，但我真的发现我已爱上了那个特洛伊英雄。”狄多把妹妹安娜找来诉说烦恼。

安娜爱她的姐姐胜过了爱她自己，她也非常同情狄多：“狄多，既然女神朱诺把特洛伊人送到了这里，那就证明你的爱情是受神的保护的。勇敢的姐姐，向特洛伊人赠送礼物吧，让他们放弃继续远航的念头，让他们融入我们的民族当中。”

狄多的热情被安娜煽动得迸出了火花，她放弃了作为国王的骄傲，带着埃涅阿斯参观迦太基的每一栋建筑，每天都举行盛宴招待她心中的英雄。特洛伊人除了感谢外，对远航意大利的概念也越来越淡泊。

天后朱诺看出了狄多对埃涅阿斯火热的爱恋，其实，朱诺并不是想置特洛伊人于死地，她只是不想看到一个强大的特洛伊民族再次崛起。如果能以狄多和埃涅阿斯的结合来使特洛伊民族消失，那样是最好不过的了。

一天，狄多组织了一场狩猎活动，当泰尔人和特洛伊人正竞相追赶着猎物时，天空突然下起雨来。在朱诺的牵引下，狄多和埃涅阿斯躲到一个岩洞下避雨。狄多勇敢地向埃涅阿斯表达了自己的爱恋，埃涅阿斯也早已被爱情迷惑得失去了方向。在隆隆的雷声中，两个人立下了山盟海誓，各自的心中都烙下了爱情的印记。

不知不觉中，冬天到来了，埃涅阿斯早已忘记了神的指示，再也不提航行的事了。

朱庇特在奥林匹斯圣山上看到发生在迦太基的一切，气愤地从宝座上站了起来“墨丘利，你去告诉埃涅阿斯，他还没有到达目的地，必须起航继续前行。当初我从希腊人手里救下他并不是为了让他能够在迦太基娶妻生子。”

墨丘利遵从父亲的吩咐，从奥林匹斯山直奔迦太基。此时的埃涅阿斯正在建造新的宫殿，他身上披着狄多亲手为他缝制的长袍，看上去已经和一个泰尔人没有什么分别了。埃涅阿斯招呼着工匠们加紧工作，根本没有注意到墨丘利的到来。

“埃涅阿斯，难道你忘记了自己的任务和国家了吗？你在陌生的国家建造城市，而把建造罗马的事忘记了吗？看来，你只是一个拜倒在女人裙下的奴隶。朱庇特命令你迅速离开这里。”

埃涅阿斯听到墨丘利的话后心中一阵悸动，他怎么会忘记建造罗马的任务呢？那是神交给他的，他也将因建造罗马而光耀史册，可自己为什么会在这里呢？埃涅阿斯赶忙把特洛伊人召集到一起，吩咐大家做好准备随时出发。

狄多还是发现了特洛伊人的骗局，其实，埃涅阿斯一直想找个合适的时机把命运的决定告诉狄多，但每每看到心爱的人脸上洋溢着的幸福，他就没有了这个勇气。

狄多发疯似的摇晃着埃涅阿斯的肩膀，埃涅阿斯咽下了巨大的悲伤，丝毫不为所动。

“只要我的身体里还有一丝气息，我就不会忘掉泰尔人的恩德。神命令我去意大利重建特洛伊，恢复普里阿摩斯家族。我必须离开，这一切都是神的旨意。”

狄多彻底绝望了：“离开迦太基吧，去寻找你的意大利吧，但请你不要用神的命令来欺骗我。”

但是，当狄多看到埃涅阿斯的船队准备就绪、升起船帆的时候，她的心都在滴血。她知道，谁也无法改变埃涅阿斯的主意了，而她只能选择自杀的方式来捍卫她的爱情。

晚上，狄多命人用松树和栎树堆砌起了柴堆，她宣布要举行一场祭祀仪式。祭祀仪式完毕后，狄多悲伤地回到自己的宫殿，登上屋顶的露台，透过东方的朝霞，看到海滨上特洛伊的船只已经离开了。爱情折磨着狄多的心，她痛苦地捶打着自己的身体，再次走到祭祀的地方，那里的柴堆上搁着埃涅阿斯的利剑、衣服和一张肖像。狄多抽出埃涅阿斯的剑，扑倒在柴堆上：“解除我的痛苦吧，结束我的命运吧。我建造了一座美丽的城市，但是，这个特洛伊人却搅乱了我本来的幸福。”说着，她把利剑往胸口刺去。

登陆意大利

强烈的爱灼烧着埃涅阿斯的心，但却再也不能动摇他寻找意大利的意志。不过，他没有想到的是，他的离开造成了狄多以死来殉情。埃涅阿斯受着良心的谴责，他只能以再度迷航来抵偿自己的罪孽。

悲伤的埃涅阿斯站在船头，心里忏悔着，茫然地望着远方。远处出现了一片岛屿，埃涅阿斯认出了那是他们曾经到过的西西里岛。船队在西西里岛登陆，再次受到了岛上居民的热烈欢迎。

天后朱诺看到自己毁灭特洛伊民族的计划又失败后，不由得暴跳如雷。她吩咐她的女使伊里斯去挑拨特洛伊人的关系。特洛伊妇女受到唆使后，对长途航行表示了厌倦，她们暗中烧毁了四艘大船。埃涅阿斯并没有责怪她们，长期遭受的灾难怎么能不使人灰心丧气呢？最后，埃涅阿斯决定把年龄较大的特洛伊人留在西西里岛上。为此，他专门在西西里岛建造了一座城市，让这批人移居到城里，自己则带着一批年轻力壮的人前往意大利。

埃涅阿斯的这次航行非常顺利，平静的大海没有一点风波，特洛伊人烦躁的心情也变得舒朗起来。远处的海岸越来越清晰了。

“看啊，意大利，意大利，一定是意大利。”船上的特洛伊人高兴地跳了起来。

埃涅阿斯深情地望着即将停靠的陆地：“真的是意大利吗？你让特洛伊人经历了多少苦难啊，我们要在这片土地上建立起新的特洛伊，保佑我们吧。”

船队驶入俄斯蒂亚港，特洛伊人走上海滩，进入岸边的一片树林里，他们决定先饱餐一顿再进城打听消息。大家把船上所有的食物都搬上岸来，然后席地而坐，在哄笑中，地上的食物被洗劫一空。

"半人半鸟的哈尔庇曾预言说我们把所有食物都吃完后就到达目的地了，这就是我们先祖的故乡，也是我们的新家园。"一个特洛伊人一边说着一边亲吻着这片神圣的土地。

"神预示我们已经到了意大利，但我们还需要打听清楚这里的居民到底是什么性格。"埃涅阿斯兴奋地吩咐着。

临近天黑，探听消息的人回到岸边："这儿的确是意大利，但它已经分裂成几个国家了，我们脚下所处的地方叫拉丁姆，是拉丁人生息的地方，现在由国王拉丁奴斯治理。由于拉丁奴斯在劳伦图姆宫殿执政，所以，他的臣民们也称自己为劳伦特人。我们还打听到，这条大河叫台伯河，是一位善神的居所。这块土地上还没有过屠杀和战争，拉丁人热情、善良，像招待亲人一样招待了我们。"

埃涅阿斯喜出望外，他带领他的臣民走上了这块陌生而又肥沃的国土，并迅速派出使者团，前去拜见拉丁国王拉丁奴斯。

使者们披着漂亮的衣甲，手中擎着作为和平象征的橄榄枝，在勇敢的伊里俄纽斯的率领下来到劳伦图姆。劳伦图姆是个热闹繁荣的城市，人们挤在街道上赛车赛马，投枪射箭，哄笑声不绝于耳。当他们看到排着长队的陌生人时，立即派人去通知拉丁奴斯国王。使者们被引进国王的宫殿大厅，宫殿宽敞华丽，摆设高雅，国王拉丁奴斯正坐在紫金宝座上。

"亲爱的拉丁奴斯国王，我们是特洛伊人，我们的家园被希腊人毁灭了，在天公朱庇特的指引之下，终于来到了意大利。我们的首领埃涅阿斯是女神维纳斯的儿子，我们带来了他的问候。尊贵的国王陛下，请施舍一块地方让可怜的特洛伊人安居吧。朱庇特曾预言，特洛伊人将在意大利的土地上找到自己的归宿。意大利不会后悔把特洛伊人收留在自己的怀抱里的，瞧，这是特洛伊人给你带来的礼物。"说着，伊里俄纽斯从怀里拿出一只金盏，"这只金盏是埃涅阿斯的父亲安喀塞斯祭祀神明的见证。"

拉丁奴斯接过伊里俄纽斯递过来的金盏，友好地对特洛伊人说："我并不熟悉你们的种族，但我记得你们的先祖达耳达诺斯出生在这个地方。当你们还在大海上漂泊的时候，我已经从神谕中知道了你们的到来。拉丁人衷心地欢迎特洛伊人来到拉丁姆，拉丁人是农神萨图恩的种族，比你们的种族还要古老，我们执掌公平，遵循古老而又虔诚的习俗。"

拉丁奴斯注视着这群特洛伊客人，想起了一则神谕："特洛伊人，我满足你们的愿望。但我的父亲法乌诺斯曾预言说，我的女儿不能嫁给当地的男子，而应嫁给一个外来者，而我的任务就是把我的王国交给特洛伊国王。回去告诉埃涅阿斯，让他亲自来见我，他将是我女儿拉维尼亚的丈夫。"

说完，拉丁奴斯命人挑选了百余匹良马，配上漂亮的马鞍，作为送给特洛伊人的礼物,他还给埃涅阿斯备下了一辆两匹神种快马拉动的战车。

使者们牵着满载礼物的骏马,神采飞扬地回到了岸边的营房。伊里俄纽斯把拉丁奴斯国王的话向埃涅阿斯进行了汇报,埃涅阿斯激动得半天没有说出话来,特洛伊人马上就要和拉丁人融为一体了,神圣的罗马将要在自己手里崛起,怎么能不让他激动呢？那将是怎样的一座城堡呢？埃涅阿斯憧憬着,久久不能入睡。

拉维尼娅的婚事

拉丁姆国王拉丁奴斯膝下无子,只有一个女儿拉维尼亚。自然,国王的全部遗产将落在这个唯一的女儿名下。

拉维尼亚转眼就出落成了一个大姑娘,温柔、漂亮、落落大方。来自拉丁姆和邻近地区的求婚者络绎不绝。求婚者不仅艳羡于拉维尼亚的美丽,对拉丁姆王位和拉丁奴斯的财产更是垂涎三尺。拉丁姆王后阿玛塔是一个骄傲的女人,她一直想给女儿寻找一位中意的丈夫。

在拉丁姆国的南部,有一个城市叫阿尔特阿,这里的人们称自己为罗图勒人。阿尔特阿国王道奴斯有个儿子叫图尔奴斯,图尔奴斯虽然年少,却勇猛过人。当他得知拉丁姆国王有一个漂亮的女儿时,也来到拉丁姆求婚。

当图尔奴斯出现在宫殿里时,阿玛塔兴奋得差点跳了起来,图尔奴斯英俊的外表和高贵的血统,与自己的女儿是多么相配啊。但是,拉丁奴斯对这桩婚姻没有任何表示,他早就得到过神谕,他的女儿要嫁给一个外来的人,而在这个外来人身上发展起来的家族命中注定要掌管全球。但是,这个外乡人究竟何时才能到来呢？这个神谕是否准确呢？面对已经到了出嫁年龄的女儿,拉丁奴斯实在不知该如何做出决断。如果神谕中的外乡人一直不出现,难道让女儿等上一辈子吗？因此,拉丁奴斯只能以沉默来应对拉维尼亚与图尔奴斯的姻缘,不过,这些都是在埃涅阿斯还没有出现之前。

在拉丁姆国王的宫殿里有一棵桂树。一天,拉丁奴斯看到桂花树上的桂花开了,便命人把桂树祭供给太阳神福波斯,然后在桂树的根基处为福波斯建造起一座神庙。当奴仆们正打算伐倒桂树时,突然树冠上出现了一个硕大的蜂窝,蜜蜂们从蜂窝里嗡嗡地飞出来,叮满了桂树。

拉丁奴斯唤来占卜师,问这一迹象所指何意。占卜师围着桂树转了一圈,然后来到国王面前:“依我所见,一个伟大的人和他的一支军队经过远涉重洋将要来到我们的国度,他最后将统治拉丁姆地区,繁衍起一支伟大的族第,最后他将统治整个世界。”

拉丁奴斯欣喜若狂,一个外乡人将要来到拉丁姆,难道是神谕中的那个人吗？老国王激动得一晚上不能入睡。

没过几天,图尔奴斯派使团来到劳伦图姆,并给未婚妻拉维尼亚带来一项王冠。在祭坛前,拉维尼亚把王冠戴到发间,正当她要对罗图勒人表示感谢的时候,祭坛上的火苗猛地升腾起来,窜到拉维尼亚的头发上,拉维尼亚的卷发顿时像着了火一样。王冠里掣起了闪电,拉维尼亚很快被熊熊的烈火包围。瞬间,整个宫殿里都燃起了一片神火。

宫殿上下的人们都慌乱得不知所措,不知道这种现象是主吉还是主凶。占卜师急忙赶来,向拉丁奴斯详示:"拉维尼亚和他的夫君将会建立起一个王国,但却也会带来一场可怕的战争,并且,这次战争将毁掉一个国王。"

拉丁奴斯陷入了沉思之中,陌生人将要登上拉丁姆这片土地了,他将建立一个统治全世界的巨大族第,神谕正一步步向这个国家走近啊。于是,拉丁奴斯对罗图勒人的使者说:"尊敬的罗图勒人,你们回去告诉你们的国王,就说神已为拉维尼亚选定了丈夫,所以,拉维尼亚不能答应这门婚事。"

没有办法,罗图勒人只能垂头丧气地回阿尔特阿复命。

过了几个月,几名渔夫报告说他们看到一批海船正向拉丁姆驶过来。拉丁奴斯从宝座上站起来,微笑着:"看来,神谕中的埃涅阿斯已经临近我们了,他正站在船上指挥着他的船队。不久,世界将会陷入黑铁时代,战争的火焰将永不熄灭,但却享受着永恒的赞誉。"拉丁奴斯像是占卜师一样自言自语。

埃涅阿斯和他的船队终于在拉丁姆登陆了,他们还派来了使者向拉丁奴斯叙说了特洛伊人的请求。拉丁奴斯欣然地同意了特洛伊人的要求,并给一路劳累的特洛伊人送去了礼物,还让特洛伊使者告诉他们的首领埃涅阿斯,众神已预言,埃涅阿斯将成为拉维尼亚的丈夫,成为拉丁姆大地的统治者。

埃涅阿斯也接受了这一切,眼前似乎已经出现了新建的家园,他陷入了无限的憧憬之中。但是,谁也不知道,一场战争正悄无声息地迫近特洛伊人和拉丁姆人。

朱诺煽动一场战争

埃涅阿斯终于到达了意大利,并且将与拉丁姆国王拉丁奴斯的女儿拉维尼亚喜结良缘。多么幸运的埃涅阿斯啊,不久的将来,一个新的特洛伊将会再次崛起。

在天后朱诺眼里,特洛伊是怎样一个可怕的民族啊,它虽然战败了,但却永不服输,经历了众多苦难,却总是在寻找自己的第二家园。作为天后,朱诺怎能允许自己的敌人有如此的好运呢?

"特洛伊人怎能逃脱我的仇恨的惩罚?我绝不能让维纳斯取得最后的胜利,我身为天后,却斗不过朱庇特的一个女儿,众神该如何取笑我啊。阿勒克托,你速去拉丁姆地区,在特洛伊人、拉丁人和罗图勒人之间挑起争端,最好他们之间的战争能使特洛伊民族消失。"朱诺把冥府的复仇女神阿勒克托叫到眼前,恶狠狠地吩咐说。

阿勒克托面目狰狞,她头上盘曲的毒蛇似乎也听懂了朱诺的话,发出了吱吱的响声。阿勒克托驾起乌云，来到地面。她先在拉丁姆大地上游荡了一圈，然后潜入到拉丁姆王宫的宫殿里。阿勒克托从头顶上取出一条毒蛇来，把它变做王后阿玛塔脖子上的金项链，然后悄悄地把剧毒注入到阿玛塔的皮肤里。

剧毒传遍了阿玛塔的全身，刚才还平静着的阿玛塔开始放声大哭起来。

"拉丁奴斯，你到底是怎么回事呢？竟然把我们的女儿许配给一个无家可归的难民，你不同情我，难道也不同情拉维尼亚吗？难道你忘了图尔奴斯是一个如何英俊的人吗？可怜的女儿啊，快来惩罚你这个残忍的父亲吧。"

阿玛塔向丈夫抱怨着女儿的婚事，但拉丁奴斯丝毫没有动摇自己的决定。

"虽然图尔奴斯具有高贵的血统，但神的意志不可违抗。"

拉丁奴斯试图去说服妻子，但妻子哪里听得进去，她身体里的剧毒正发挥着作用。阿玛塔冲上去要撕扯丈夫的衣袍，被众人拉开了。之后，她便在城内大街小巷狂奔乱跑，诅咒着她的丈夫和那些刚来的特洛伊人。

在这之前，拉丁人不知道什么是战争，什么是厮杀，当阿玛塔的话提醒了他们，他们单纯的思维方式被王后恶毒的话语征服了。

阿勒克托满意地看着这一切，驾起乌云又飞落到阿尔特阿。此时的图尔奴斯正在睡觉，于是，阿勒克托变作一个年老的女人，走近酣睡的少年："勇敢的图尔奴斯，美丽的拉维尼亚本该属于你，强大的拉丁姆也应该属于你，可特洛伊人的到来打破了这一切，难道你真的心甘情愿地把理应属于你的权杖拱手让给特洛伊人吗？你应该武装你的人民，去征讨特洛伊人，把应该属于你的都给夺回来。"

沉睡的图尔奴斯并没有像阿勒克托想象的那样充满仇恨："是朱诺派你来见我的吧，可我并不希望出现你所说的那些是非。我早就知道特洛伊的船队驶进了台伯河，但这些又与我有什么关系呢？拉丁奴斯说了，这一切都是神的安排，难道你让我与神作战吗？"

阿勒克托见简单的几句话并不能煽动起图尔奴斯的仇恨，于是从头上抽出两条毒蛇："我是复仇女神，专给人间制造灾难和死亡，难道你能违背我的意愿吗？"说着，她把两条毒蛇扔向了图尔奴斯的身体。

转眼间，刚才那个理性的图尔奴斯不见了，取而代之的是一个发了疯的少年："拿武器来，我要去征服特洛伊人，给拉丁人一些教训，用他们的鲜血来洗刷我的耻辱。"图尔奴斯从床上一跃而起，一股疯狂的战斗欲望在他的胸腔里翻腾着，他甚至等不到天亮就武装起了一支罗图勒人，率领他们离开国土，朝拉丁姆奔去。

阿勒克托洋洋得意地看着她的杰作，眼前似乎出现了一场战争，而特洛伊人正是这场战争的牺牲品。这些还不能满足阿勒克托的复仇之心，她又趁着太阳还没有出来之前来到了台伯河畔。

此时的台伯河畔正进行着一场狩猎游戏，埃涅阿斯的儿子阿斯卡尼俄斯追逐着一只雄鹿。这只雄鹿远近闻名，拉丁奴斯的牧场总管蒂耳荷斯让孩子们亲自放牧它，总管的女儿西尔维亚尤其宠爱它。当这头雄鹿发现有人追赶它时，不由得惊慌逃窜，跳进了台伯河。阿斯卡尼俄斯猎兴正浓，哪里肯放过这么好的猎物，他弯弓搭箭，一箭射中雄鹿的腹部。雄鹿拼尽全力游上了岸，拖着鲜血淋漓的身体回到了主人的屋前。当西尔维亚看到眼前的景象时，禁不住大哭起来，她一边给雄鹿包扎伤口，一边呼唤着周围的农民。

不大一会儿，附近的农民就把西尔维亚的家围了个水泄不通。

“拉丁姆国的所有人都认识这只雄鹿，干出这种勾当的人一定是刚来的特洛伊人，而我们的国王却要把女儿许配给特洛伊人，我们一定要把这群恶毒的人赶出拉丁姆。”农民们愤怒了。阿勒克托抓准时机，使战斗的号角响遍全国。顿时，拉丁人从四面八方聚集过来，他们手里拿着各式各样的武器，摆开阵式要与特洛伊人决一死战。

阿斯卡尼俄斯看到一群拉丁人朝着自己跑过来，不由得大吃一惊，他引弓搭箭，这一箭不偏不倚正中蒂耳荷斯的儿子阿尔摩的咽喉。特洛伊人的暴行使拉丁人更加愤怒了，女人、孩子，连拉丁姆最富有、最年迈的老人伽莱索斯都加入到战斗中来。不幸的是，伽莱索斯也死在了阿斯卡尼俄斯的箭下。

这时，图尔奴斯的部队开进了拉丁姆城，拉丁人与罗图勒人合为一处，一路来到拉丁奴斯的王宫，请求国王批准对特洛伊发动战争。按拉丁人的规矩，当要对外进行战争时，国王应该身穿战争的衣衫，亲自打开亚奴斯神庙的大门。

拉丁奴斯痛苦地在宫殿里走来走去，他可怜他的人民，却又不能违背神意。

“不幸的拉丁人，这一切都是神的安排。如果我们对特洛伊人宣战，将会以自身的鲜血抵偿罪孽，图尔奴斯，你也会难逃上天的惩罚的。”

朱诺早已经等得不耐烦了，她亲自降临到亚奴斯神庙，举手撞击神庙石柱，神庙的铁门轰的一声被打开了，战争的火焰熊熊地燃烧起来。

埃汪特耳的救援

在特洛伊人没有到来之前，意大利众多国家之间没有发生过战争，人们生活在一片宁静、祥和之中。而现在，由于特洛伊人的到来，整个意大利陷于一片混乱。

拉丁姆的各条道路上尘土飞扬，原野中武器林立，各路军队从四面八方向劳伦图姆陆续挺进。

图尔奴斯一马当先，他头盔上饰着狮头羊身蛇尾的吐火女怪，上面镶嵌的三根羽毛迎风招展，好不威风。一批古老英雄族第的杰出代表率领着拉丁姆人、罗图勒人、西卡尼亚人、奥素尼亚人、奥龙克人的军队，他们后面是佛尔西安人的骑兵队。佛尔西安人的骑兵队由年轻的女王卡弥拉率领，卡弥拉是在与粗野的男人的战斗中长大的，她没有爱恋过任何一个男人，没有像其他女人那样蹲在织机前织过布，她喜欢和男人一样驰骋沙场，建功立业。此时的卡弥拉腰间佩着硬弓和箭袋，手上高擎长矛，她的威武一点也不比男人逊色。

早有人把意大利军队云集拉丁姆的消息告给埃涅阿斯，他忙命人构建工事。

但特洛伊人如何能抵抗得了比它多出上百倍的敌人呢？于是，特洛伊人做出逃向大海的准备。

一天，忧心忡忡的埃涅阿斯沿着台伯河散步，他是多么希望占领陆地，建设新的特洛伊啊，可眼下，自身难保又怎能顾得上重建家园呢？要战胜骄傲的意大利人，除了获得援助别无他选，可特洛伊人刚刚到达拉丁姆，要想获得外援是多么困难啊。埃涅阿斯坐在河边休息，想着心事，不知不觉中竟睡着了。

恍恍惚惚中，一位身穿白色衣衫、头顶芦苇圈环的老者从台伯河中升腾而起，他声音洪亮地对埃涅阿斯说："大英雄埃涅阿斯，不要害怕，我是河神台伯律奴斯，朱庇特已经给你安排好了将来，所以你大可不必为意大利人的进攻而烦恼。你一会儿可沿着台伯河向前走，在一丛橡树林中会发现一只大母猪，它生下了三十只小猪，那里将是三十年后你儿子阿斯卡尼俄斯建立罗马之母阿尔巴城的地方。你把母猪和小猪献祭给朱诺，以平息她对你的仇恨，然后接着往前走到一块山地为止，那里是帕朗图姆城，是亚加狄亚的珀拉斯癸人移居的地方，国王叫埃汪特耳。图斯克人与拉丁人有不共戴天之仇，你将从他们手上获得援助。"台伯律奴斯说完就不见了。

埃涅阿斯醒来后，按照河神的指示往前走，果然在一棵橡树底下发现了一窝野猪。把这些猪祭献给朱诺之后，埃涅阿斯赶忙回到营地，把神的预示对大家说了。然后他挑选了两艘大船，率领一部分人沿着台伯河向前航行。

夏天的台伯河像是一面镜子，沿途的绿树丛林给台伯河增添了不少神韵。特洛伊人的船只在台伯河上航行了一天一夜后，远处耸立在山坡上的城堡终于出现了。

这天，亚加狄亚国王埃汪特耳和儿子帕拉斯正忙碌着给赫丘利准备年祭。亚加狄亚人聚集在祭坛前正要献祭时，突然有人大喊道："看啊，一队陌生人正沿着台伯河朝我们驶来，他们是送来战争的吗？听说拉丁姆上空已战云密布了。"

大家朝台伯河望去，不由得警戒起来。"尊敬的亚加狄亚人，我们是特洛伊人，意大利人正准备用明晃晃的武器击杀我们，可怜的特洛伊人遭受了特洛伊城的毁灭，如今又面临着巨大灾难。所以，在神指引下，我们特来向亚加狄亚求援。"埃涅阿斯高举着象征和平的橄榄枝站在船头向城堡里问话的守卫高声喊道。

当守卫听到"特洛伊"三个字时，忙向国王埃汪特耳报告。国王的儿子帕拉斯兴奋不已，他一边整理着自己的衣衫一边激动地对父亲说："特洛伊人，特洛伊人来到我们这里了，那是多么勇敢的一个民族啊，能够结识这批闻名天下的英雄是多么的荣幸啊。父亲，我这就把他们接来。"帕拉斯不等父亲作答便走出了城堡来到台伯河岸边。

"欢迎你们，勇敢的特洛伊人，我是王子帕拉斯，我带你们去见我的父亲。"埃涅阿斯一行人被带上了岸，来到了国王的宫殿里。国王埃汪特耳的宫殿很简陋，亚加狄亚人是乡村牧民，他们并没有什么贵重的珍宝，所以这里的宫殿像是茅草房，城里居民的住所更不用说了，要多简单有多简单。

埃汪特耳坐在宝座上,仔细打量着陌生的客人。

"埃汪特耳国王,我是安喀塞斯的儿子埃涅阿斯,带领特洛伊人在神的指引下来到意大利,但意大利人像对仇敌一样对待我们。我们势孤力单,难以和他们抗衡,不得不来求助友好的亚加狄亚人。"埃涅阿斯向埃汪特耳陈述着自己的意图。

"高贵的特洛伊人,你们的名字我并不陌生。当我还是一名年轻武士时,你的父亲和普里阿摩斯曾路过亚加狄亚。特洛伊人都是英雄,我是怀着无比敬畏的心情迎接他们啊。当然,我更不能忘记你父亲安喀塞斯,因为他临别时曾把利箭赠送给我,他还送给我一件金丝质战袍和金辔具。现在这些都由我儿子帕拉斯保管。为了报答你们,我多希望和你们一起作战,可我老了,而我的国家非常穷困,连给你们添置锋利的武器都难以办到,不过,我倒是可以给你们出一些主意。离开这里后,你们可以前往伊特卢利阿的阿格拉城,那里的国王墨策提沃斯前不久被居民们驱逐,但这个被驱逐的国王却在图尔奴斯那里得到了友好的接待,图斯克人和图罗勒两族人因此结了仇恨,在那里,你们将得到一支强大的军队。"

离开了埃汪特耳的宫殿,特洛伊人走进了亚加狄亚人为他们布置的住处,美美地进入了梦乡。

埃涅阿斯的盾牌

特洛伊人与意大利各族人的战争一触即发。

一天傍晚,维纳斯走近丈夫火神伏尔甘的身边:"亲爱的伏尔甘,瞧你锻造的武器是多么精良啊,恐怕天底下没有一个人能锻造出像你这样的武器吧。父亲朱庇特宠爱的特洛伊人正面临着一场战争,而我的儿子埃涅阿斯正是特洛伊人的首领,他还没有一件像样的武器,你要是能替他打造一件那该多好啊。"维纳斯以少有的柔情对丈夫说。

对于天公朱庇特宠爱特洛伊人,伏尔甘也早有耳闻,而且他也知道特洛伊人埃涅阿斯是爱妻维纳斯的儿子。伏尔甘是多么想取悦岳父和妻子啊,这真是个绝好的机会。

伏尔甘答应了妻子的请求后,迅速动身前往埃得纳火山,那里有他的炼铁作坊。伏尔甘刚一走近埃得纳火山就听到铁锤打在铁砧上的声音当当作响,他纵身从火山口跳进去,看到作坊里火花飞舞,库克罗普斯巨人们正率领着无数奴仆们忙着炼铁,已经炼好的各式各样的兵器摆在旁边的兵器架上,其中有天公朱庇特的一把利剑,有战神玛尔斯的战车,还有太阳神福波斯的一把弓箭。

"把你们手里的工作都停下,"伏尔甘站在一个较高的位置上,以使大家都能看到他,"现在我交给你们一项新的任务,我们要给特洛伊人的英雄埃涅阿斯打造一件武器。战争马上就要开始了,我们必须在明天天亮之前完成它。"

众奴仆一听要给英雄打造武器,自然高兴得不得了,他们齐心协力,把自己最精的技艺都倾注到这件武器之上。不大一会儿，一块巨大的盾牌成形了，那是由七块烧红的铁板锻造而成，最后一层盾面上布满了美丽的花纹，它叙述了罗马的历史。此外，伏尔甘还为埃涅阿斯锻造了一把利剑、一条护腰的金带、一套铁铠甲。

在帕朗图姆城，国王埃汪特耳正对客人们进行盛情款待，亚加狄亚人端上了丰盛的饭菜和飘着清香的葡萄酒。大家围坐在一起，举杯痛饮。埃涅阿斯多么想与这位老国王多待几日，但神命在身，他不得不于第二天清晨来向埃汪特耳国王告别。

"亲爱的埃汪特耳国王，虽然特洛伊人很想在此与亚加狄亚人民共同享受这美好的太平盛世，但是，意大利人正虎视眈眈地准备向特洛伊人发动进攻。我们必须起航了，去寻求图斯克人求援，对于你给的这个主意我们将不胜感激。"

年迈的埃汪特耳国王望着眼前的英雄有些依依不舍："特洛伊的勇士们，对于不能给予你们更大的帮助我表示遗憾。这些马匹就当我送给特洛伊人的礼物吧。埃涅阿斯，那匹最好的骏马应该属于你，当年你的父亲送给我那么贵重的东西，而我却只能以此来回赠你。"

这时，早有人牵过来数匹良马，其中有一匹马皮毛呈黄褐色，状如狮子，马蹄上还裹着黄金。埃涅阿斯对亚加狄亚人一再表示感谢，但神已经在命令特洛伊人加快前行了。

特洛伊人刚离开帕朗图姆城不久，就看到身后有一队人马朝这边跑来，原来是年轻的帕拉斯率领着四百名骑兵奔驰而来。

"埃涅阿斯，我父亲因不能出征，特命我带一队骑兵来支援你们。他还让我转告你，众神会保佑特洛伊人的，他会时刻为特洛伊人祷告的。"帕拉斯向埃涅阿斯陈述着埃汪特耳的话。

埃涅阿斯感动得热泪盈眶，这四百骑兵对特洛伊人是多么重要啊！他紧紧抓住帕拉斯的手，回头望了望渐渐远去的帕朗图姆城，用庄严的肃目礼表示着对国王埃汪特耳的感谢。

这一天，经过紧张的奔波，特洛伊人来到了一个幽静的山谷，山谷四周是一片茂密的树林。埃涅阿斯命令大家坐下来休息，他也在一棵高大的桦树底下打起了盹。

自从埃涅阿斯从帕朗图姆城出来，维纳斯就一直跟着儿子，想找一个合适的机会把伏尔甘锻造的武器交给儿子，眼下正是个好机会。维纳斯走近埃涅阿斯，呼唤着他的名字，把盾牌、利剑和盔甲放在儿子脚下。

埃涅阿斯睁开眼，看到母亲维纳斯站在面前，眼里不禁闪出着幸福的泪花，张开双臂想要拥抱母亲，但维纳斯已化成一道云雾蓦地不见了，只留下一句话在空中回荡："孩子，不要害怕，拿起这些武器大胆地去战胜那些骄横野蛮的敌人吧，我会随时保护你和特洛伊人的。"

这时候，埃涅阿斯才看到了放在脚下的闪闪发光的武器，多么精良的武器啊！他忙用这些武器把自己武装起来，走到一条小溪边，对着溪水照了又照，爱怜得都不想脱下来。埃涅阿斯举着手里的盾牌,左看右看,上面布满的文字和图像到底是什么意思呢?那是伏尔甘根据天公朱庇特的要求画的神谕,是有关罗马未来历史的神谕,只有众神才能看懂,凡人是无论如何也不能知晓的。

图尔奴斯兵临营房

朱诺是个充满仇恨的女神,虽然埃涅阿斯已经用一头母猪和三十只小猪对她进行了祭供,但还是不能消除她对特洛伊人的怒火。朱诺把女使伊里斯叫到身边,眼里放射出凶狠的目光:“去告诉图尔奴斯,埃涅阿斯已经到了帕朗图姆,已经得到了埃汪特耳的支援,现在正前去阿格拉城请求图斯克人的支援。愚蠢的图尔奴斯怎么还不开始行动呢?传达我的命令,让图尔奴斯乘虚袭击留在拉丁姆的特洛伊人。埃涅阿斯虽然只带走了少数人,但留下的却是群龙无首,是很容易被制服的。等埃涅阿斯一回来,看到特洛伊的营盘已被夷为平地,你猜他有什么样的表情呢?”朱诺边说边想,禁不住哈哈大笑起来。

伊里斯把朱诺的旨意向图尔奴斯进行了传达,他立即命部队向特洛伊的营地进发。图斯克前国王墨策提沃斯领兵先行,图尔奴斯的部队居中,蒂耳荷斯和他的儿子们次之。意大利军队浩浩荡荡地朝台伯河岸疾奔而来。

“伙伴们,快拿起武器来,意大利人来进攻我们了。”透过飞扬起的尘土,特洛伊哨兵终于看清了庞大的意大利军队。留在营地的所有特洛伊人都集合起来了,他们迅速进入战壕,按照埃涅阿斯临走时的吩咐封锁了各座营门。

图尔奴斯是个急性子人,他抛下大队人马,自己先率领一队骑兵,出其不意地出现在特洛伊人的营房前。图尔奴斯围着战壕转了一圈,希望能找到一个缺口冲进对方的阵营,但特洛伊人固守不出。图尔奴斯把手中的标枪朝敌人的方向投去,高声喊道:“怯懦的特洛伊人,你们的勇气到哪里去了?是不是被意大利人的武器吓破胆了?为什么不到野外来拼杀呢?”但不管图尔奴斯怎么叫嚣,特洛伊就是不出战壕。

猛然间,图尔奴斯眼睛瞥到了停泊在台伯河上的一排排船只,他高兴地命令着他的士兵们:“快去拿火把把那些船烧掉,特洛伊人想从海上逃跑,看来连神都在帮我们,我要让他们逃跑的希望彻底破灭。”

此时,意大利的大部队也来到了台伯河畔,他们听到图尔奴斯的命令,迅速跑到附近找来一些木柴,点燃后扔向了特洛伊人的船只。

当年,埃涅阿斯造这些船只时使用的是爱达山脚下的神木,爱达山上的众神曾乞求朱庇特:“万能的神啊,满足我们的要求吧,我们要把爱达山脚下的一片槭树和松树交给一个特洛伊人造船,可用这些神木造的船也会遭受到风浪的冲击啊,请保佑这些船只让它们免遭各种危险吧。”

朱庇特思考片刻:“不遭遇任何风险是做不到的,但我可以答应你们,当这些船到达目的地后，它们可以成为神器，或是成为永远生活在大海上的仙女。”正是朱庇特的许诺保护了这些船只，否则，特洛伊人的船队将会被彻底烧毁。

当意大利人把手里的火把扔到船上的时候，天空突然出现了一道亮光，接着是一阵震耳欲聋的雷声，一个神奇的声音从空中传来：“图尔奴斯，除非你先把大海烧着了，否则你是烧不毁这些船只的。特洛伊人，你们不必急着去抢救船只，这些船是烧不毁的，因为朱庇特已经赋予了他们灵性。船只们，你们已经变成了海洋中的女神，去大海中试试你们的威力吧。”

雷声消失了，闪电也不见了，但眼前发生的景象让所有的人大吃一惊：船只像有了生命一般，扯断缆绳后潜入水底，冒出水面后的船只竟成了一个个风姿绰约的少女。

意大利人开始后退，战马吓得引颈长鸣，台伯河的水也停止了流动。意大利人相信这是神在保佑特洛伊人，人怎么可以与神作对呢？但图尔奴斯却保持着镇静：“难道你们真的相信这是神在保佑特洛伊人吗？为什么不相信这是反对特洛伊人的吉兆呢？虽然特洛伊人的船只没有被我们烧掉，但它们已经不存在了，朱庇特已经剥夺了特洛伊人逃出拉丁姆的希望。成千上万的意大利人站在一起，难道还不能把特洛伊人打败吗？你们看啊，他们已经无路可逃了。”在他的安抚下，慌乱的人群稍稍平静了一些。图尔奴斯命令墨萨帕斯把特洛伊的各道营门包围起来，其余的人则在草地上驻营扎寨，等候战机。

特洛伊士兵们通宵达旦地站岗放哨，不敢有丝毫松懈，他们时刻注视着敌人阵营的同时，也不时地眺望着远方，埃涅阿斯的队伍怎么还没有归来呢？

勇敢少年尼素斯和欧律阿罗斯

大敌当前，特洛伊人轮流站岗放哨，这些放哨的特洛伊人当中有两个亲密无间的好朋友——尼素斯和欧律阿罗斯。尼素斯的年龄比欧律阿罗斯稍大一些，欧律阿罗斯还是个没有长胡须的少年，但他非常勇敢，凡是需要勇气和胆量的时候，他都会挺身而出。当然，这时候总也少不了他的朋友尼素斯。两人非常友好，并肩作战，在意大利人进攻特洛伊人时，他们又共同把守一座城门。

尼素斯与欧律阿罗斯留心地观察着敌人的动静，小声地议论着战事。

“欧律阿罗斯，你看那些图罗勒人，他们是多么盲目自大啊，竟敢在我们眼皮底下饮酒作乐，表明了一点都不怕我们，难道我们特洛伊人真的那么怯弱吗？想当年我们的祖先是多么勇敢啊。而我们为什么还要待在营房里呢？围墙外面的敌人只亮着几堆火，他们肯定是睡着了，我们应该采取一些行动了。”尼素斯脸涨得通红，眼睛瞄着外面的图罗勒人，咬着牙对欧律阿罗斯说。

“可是，尼素斯，埃涅阿斯出发前，命令我们只能坚守，我看还是不要冒险的好。”欧律阿罗斯紧张地望着他的朋友。

“欧律阿罗斯，我想冲出营去，跃过敌人的营房去帕朗图姆城迎回埃涅阿斯。我们不能老是死守，否则特洛伊人连尊严都失去了。埃涅阿斯还不知道他的臣民们被包围的事，我相信，埃涅阿斯回来后就会迎来特洛伊人的胜利。”尼素斯望着远方的眼神越来越坚定了，“我的这个愿望太强烈了，我要先去找姆纳斯透斯和塞勒斯图斯他们商量一下。不过，你要留在这里，我一个人已经足够了。”姆纳斯透斯和塞勒斯图斯是埃涅阿斯临行前任命的部队总管。

“尼素斯，难道你认为我是看重自己生命的人吗？你以为我比你年轻就怕死了吗？如果你真这样认为，我无话可说。可是我们同甘共苦，一起渡过了那么多艰难险阻，你还不了解我吗？在我眼中，荣誉也是高于一切的。”欧律阿罗斯脖子上的青筋暴起，举着胳膊，想以此向朋友证明自己的强壮。

尼素斯把脸转向欧律阿罗斯，激动地说：“我知道你把特洛伊的平安看得比生命还重要，但是，你怎么就不明白我的心意呢？如果我被敌人抓走，你可以设法救我；如果我阵亡了，你可以替我收尸，那样我死后也会感到欣慰的。而且，在你母亲眼里，你是多么重要啊，我怎么能平添一个母亲的忧愁呢？”

“可是，尼素斯，如果我的母亲知道我苟且偷生，你想她会原谅我吗？如果你死了，我还有脸独活吗？尼素斯啊，难道你真的愿意丢下我吗？”

在欧律阿罗斯的请求下，尼素斯同意带着他一起去找首领们，当二人走进临时的会议大厅时，首领们正在进行移居的讨论。

“考虑考虑我们的建议吧，我们发现了一条岔路，那里敌人防守最薄弱，如果运气好的话，我们可以从那里爬出包围圈。我和欧律阿罗斯将愿意充当送信的人，用不了多长时间，我们就会等到埃涅阿斯的援兵了。”尼素斯热情洋溢地向首领们表达着自己的想法。

首领们被这两个年轻人的勇气折服了，对他们的这种想法也表示赞赏。经过商议，他们同意了这两个年轻人的提议。特洛伊人把尼素斯和欧律阿罗斯送到营门前，在众人的嘱咐中，两个年轻人越过壕沟，趁着夜幕的掩护来到了罗图勒的营房。

罗图勒的哨兵全睡着了，醉醺醺地躺在草地上，武器也散放在一旁。尼素斯查看了一下地形，然后小声地对欧律阿罗斯说：“你在我后面跟着，我把这些敌人杀死后咱们从中间穿过去。”说着，尼素斯挥动着利剑，朝躺在草地上的敌人一剑一剑地刺去。可怜这些放哨的罗图勒人，没有一点反抗就成了刀下鬼。

尼素斯像一头饿狼扑进了羊群，一路砍杀。欧律阿罗斯也不示弱，他把尼素斯没有杀死的敌人又补上了一刀。

两人一路杀出了很远，草地上横尸一片，空气中散布着血腥味。

“欧律阿罗斯，我们还是趁着敌人没有醒来赶快冲出去吧，不要忘了我们的主要任务啊。”尼素斯小声地对他的朋友说。

欧律阿罗斯已经杀红了眼，但尼素斯说得有理，他只好停下手中的剑，拾起地上一个闪闪发光的头盔戴在自己头上。

“瞧,这顶头盔我戴着正合适,看来这是罗图勒人专门为我设计的。走吧,朋友,我们马上离开这里到帕朗图姆去。”两个人离开了罗图勒人的营房,来到了野外的小路上。

突然,一队骑兵从小路上急奔而来。这只骑兵是从劳伦图姆城内开出来的,是专门去援助图尔奴斯的。骑兵首领伏尔斯肯斯看到一顶头盔在月光底下闪着亮光,顿时提高了警惕。

“喂,你们两个大半夜的要到哪里去?”两个年轻人没想到会遇上敌人,听到喊声后慌忙逃进了路旁的树林里。

伏尔斯肯斯心里马上明白了一二,他俩肯定是特洛伊人前去求援的士兵。于是,他命令骑兵们封锁了附近的出口。

尼素斯好不容易从树林中逃了出来,但他回头却不见了欧律阿罗斯。

“他去哪里了呢?难道他为了救我去送死了吗?这个傻瓜,他怎么可以放弃希望呢?我这不是跑出来了吗?可要到什么地方找他呢?”尼素斯向众神作着祈祷,一转身又回到了树林里。

一阵马蹄声传来,尼素斯从丛林的缝隙里看到了被制服的欧律阿罗斯正趴在马背上,腿部似乎受了重伤。

“欧律阿罗斯,你可是我最好的朋友,如果我救不下你,我怎么对得起自己的良心呢?众神啊,保佑我击败这支队伍吧,胜利后我将给你们献上最好的祭品。”说着,他竭尽全力地向敌人投出了自己的长矛,然后像猛虎一样冲出丛林,朝着驮着欧律阿罗斯的马奔去。

“看来只有用你的血才能为刚刚死去的拉丁人雪耻了。”伏尔斯肯斯举起手中的利剑朝着马背上的欧律阿罗斯砍去。尼素斯大声喊叫着,一个箭步冲上前去,但朋友的脑袋已经滚到地上。尼素斯疯狂地把手中的长剑朝伏尔斯肯斯戳去,伏尔斯肯斯躲闪不及,长剑刺中了他的咽喉。尼素斯扑到欧律阿罗斯的尸体上痛哭起来,却不料身后的拉丁骑兵正朝着他的方向放箭。

可怜两个年轻英雄壮志未酬便进入了另一个世界,但他们的英名却将与日月同辉,与罗马的历史齐寿。

围攻特洛伊人

尼素斯和欧律阿罗斯没有能够完成他们的使命便牺牲了,特洛伊人哀悼着这两个遇难的年轻人,并传颂着他们的故事。而两个特洛伊人的死却给了罗图勒人极大的鼓舞,图尔奴斯命士兵吹响了号角,并带领罗图勒人冲向特洛伊人的战壕。

特洛伊人也不甘示弱,他们从长期的战斗中总结了足够的防守经验,看到敌人来势汹汹,他们把火器朝着冲向前来的罗图勒人的队伍中部投掷。只听轰的一声,火器在罗图勒人中部落地,被击中的罗图勒人被烧成了火球,周围的人慌作一团。

特洛伊人还把石块砸向敌人的盾牌,罗图勒人左右闪躲,但依然伤亡惨重。

一批一批的罗图勒人向特洛伊人的战壕涌来,他们在特洛伊人防守稀疏的地段架起了云梯。云梯上爬满了人,攀悬上城头的人被城上的守卫用长矛扫落到地上。罗图勒人不断地向上爬,也不断地有人从城头掉下来。

特洛伊人的战壕内有一塔楼,通过浮桥与营房前的城墙相连。图尔奴斯在塔楼下转了好一阵子,心想:如果从高大的城墙攻进劳伦图姆城是相当不容易的,如果从这个塔楼入手,说不定会有所进展。想到此,图尔奴斯命令罗图勒人集中力量攻打塔楼。不过,特洛伊人早组织了弓箭手向城墙下猛烈射击。

罗图勒人的大量伤亡使图尔奴斯意识到这种攻城的方法难以奏效,于是他站到一块比较有利的地方,然后奋力地向浮桥上投掷了一根火把,火把烧着了板壁,火势迅速地蔓延开来。特洛伊人根本没有注意到浮桥着了火,他们正与敌人进行着激烈的厮杀。守卫的特洛伊人还没有来得及逃跑,塔楼便轰的一声倒塌了。罗图勒人一拥而上,踏过废墟,朝战壕猛冲过来。

阿斯卡尼俄斯最擅长使用弓箭,他曾射杀了蒂耳荷斯的大儿子阿尔摩和拉丁姆老人伽莱索,当他看到敌人涌向战壕时,弯弓搭箭,这一箭正中图尔奴斯妹妹的丈夫雷姆罗斯。当阿斯卡尼俄斯再次举起箭时,太阳神福波斯阻止了他:“孩子,你该满足了,你已经射杀了罗图勒的一位英雄,太阳神命令你不能再战了。”特洛伊人看到太阳神显灵,忙叩首祈祷,并把阿斯卡尼俄斯送离了战场。

此时的图尔奴斯正在另一侧进行战斗,当他听到罗图勒人被击退的消息后,带领士兵冲了过来,在特洛伊人中杀出一条血路,一直来到特洛伊的营房大门前。

守卫大门的巨人兄弟潘达洛斯和皮梯阿斯是透克洛斯族人,兄弟俩为了寻找跟敌人面对面地进行搏斗的机会,做出了一个大胆的决定。图尔奴斯正在为不知怎么才能攻破大门而苦恼时,门吱的一声开了。发生的事实并没有像巨人兄弟想的那么简单,门打开后,敌人如潮水一样涌了进来,兄弟俩不由得开始后撤。

图尔奴斯一马当先,一枪把皮梯阿斯挑翻在地,皮梯阿斯大叫一声,伤口处顿时血如泉涌,眼睁睁地看着罗图勒人从他的身体上踩过。特洛伊人的防线彻底崩溃了,在敌人的逼迫下开始四散逃溃。图尔奴斯一路砍杀,朝特洛伊人的中心大营奔去。此时,增援的罗图勒人也正在向营门冲来。

潘达洛斯看到弟弟被敌人杀死,悲伤万分,他强忍住痛苦,用宽大的肩膀顶着敞开的大门,直到把大门重新锁起来。结果,许多特洛伊人被关到了门外,他们与罗图勒人激战不已。然后,满头大汗的潘达洛斯愤怒地挡住了图尔奴斯的去路,大吼一声:“受死吧,在敌人的营房里,你休想活着出去,我要为我的兄弟报仇。”说着,他从地上捡起一根长矛,狠命朝图尔奴斯投去。

图尔奴斯并没有注意到眼前出现了一个巨人,如果不是朱诺把枪尖引开的话,这个罗图勒的英雄肯定早就毙命了。图尔奴斯腾身跳起,怒斥潘达洛斯:“今天我就让你去普路托那里报到。”话到剑到,潘达洛斯的脑袋滚落到地上,吓得特洛伊人目瞪口呆。

战壕前的罗图勒人一直等待着里面的首领得胜后能打开营门，但此时的图尔奴斯完全被一股杀气笼罩。他一路向前，进入了特洛伊营房的纵深地带。

特洛伊人死伤惨重，一些人甚至被吓得浑身发抖。

“可是，我们应该往哪里逃呢？这里是我们的营房，我们的敌人只有一个，难道这么多人竟不能阻挡住一个敌人吗？我们辛辛苦苦才来到了意大利，难道我们要放弃重建家园的重任了吗？”特洛伊人姆纳斯透斯的一句话提醒了正在逃跑的伙伴们，他们停下了脚步，重新投入到战斗之中。

特洛伊人慢慢地与图尔奴斯拉开了距离，然后把手中的长矛和投枪投向了图尔奴斯。此时的图尔奴斯也感觉到了疲倦，他甚至没有力气杀回到门口。在朱诺的帮助下，他才不致让特洛伊人投过来的武器刺中。他一路躲闪，一路朝台伯河边杀去。

台伯河

台伯河出现在图尔奴斯眼前，他转过身来，感到危险就悬在他的头顶，他朝着天空祷告着：“令人敬畏的众神之母，在你的保护下我已经享有了太多的荣誉，对此我非常感激。看来结束战斗的时刻快要到了，我没有退路，也不想逃跑，既然没有了生还的希望，那么我将把自己托付给台伯河。”说完，图尔奴斯背朝敌人，纵身跳入了水流湍急的台伯河。

台伯河接纳了图尔奴斯，并用平稳的流水把罗图勒英雄救出了特洛伊人的营地。夜幕拉开了，冰冷的月光映照着台伯河，河岸两侧的尸体成了拉丁姆大地第一批用于祭祀的“牺牲”。

埃涅阿斯回到营房

正如亚加狄亚国王埃汪特耳所预言的那样，埃涅阿斯在图斯克国的阿格拉城受到了热情的款待。国王不仅把伊特卢利阿人的部队跟特洛伊人合在一起，还号召所有伊持卢利阿人的同盟城市共同参加到对意大利的战争中来。

埃涅阿斯再三对图斯克国王表示感谢后，便起程回拉丁姆的营房。他命令亚加狄亚的骑兵和图斯克人的骑兵在陆地上先走，自己则率领一支巨大的船队驶入台伯河。

夜已经很深了,埃涅阿斯还是睡不着,他独自坐在船头,望着漆黑的夜幕不禁陷入了深思。

"怎么会出来一队少女呢?难道是在做梦吗?"埃涅阿斯揉了揉眼睛,他并没有看错,一队仙女正围着战船翩翩起舞。

"伟大的埃涅阿斯,我们是特洛伊的旧船啊,罗图勒人想把我们烧毁,由于神的怜悯,我们才得以逃脱,变成了海上仙女涅瑞伊得斯。快些航行吧,你的儿子阿斯卡尼俄斯正被罗图勒人包围着,你应该在天亮前赶到台伯河口,然后迅速投入到这场战斗中去。"一个长着卷发的仙女向埃涅阿斯诉说着。

埃涅阿斯大吃一惊,看来战争已经开始了,留在营地的特洛伊人一定面临着巨大的危险。埃涅阿斯向仙女们表示感谢,请求她们把船的速度加快些。听到埃涅阿斯的请求后,仙女们沉入水中,每人推动一只大船,船队竟在波浪间飞驰起来。

当晨曦初现时,船队驶入了台伯河的海口。埃涅阿斯想起仙女的吩咐,站到甲板上,高举金光闪闪的盾牌。特洛伊人从城墙上看到了航行的船只,看到了像是从大海中升起的闪着万丈光芒的盾牌,发出一阵欢呼声,不由得勇气倍增,又纷纷把投枪朝敌人掷去。

罗图勒人诧异特洛伊人为什么会突然变得如此兴奋,当看到台伯河上帆樯林立,倒吸了一口冷气。图尔奴斯倒是镇定自若:"你们不是一直在盼望着杀敌的机会吗?争取荣誉的时刻已经到来,战争之神亲自把他们交到你们的手中,相信胜利是属于罗图勒人的。"在图尔奴斯的鼓舞下,罗图勒人一起朝海边拥了过去。

此时,准备登陆的特洛伊人和从埃涅阿斯船上下来的同盟兄弟们一部分穿过浮桥来到野外;另一部分拼命摇橹,他们不想在齐膝深的港道海水中登陆。

埃涅阿斯发现了前面有一块平坦的沙地,便命令大家:"把船向前划,让我们的船靠岸,随时准备拼杀。"船只长驱直入,一直驶进海湾的碎石堆前。船只刚一靠岸,特洛伊人便呐喊着迎上前来,跟留在拉丁姆的部分士兵聚集在一起,然后准备迎战。

图尔奴斯看到特洛伊人登陆,急忙调集部队,沿着河岸布置防守。处于前后夹击下的罗图勒人已显得非常被动,他们想尽了一切办法去重创特洛伊人,但已不如先前那样得心应手了。

亚加狄亚人在帕拉斯的率领下在一条小溪边厮杀。亚加狄亚人是生活在马背上的民族,他们不习惯拉丁姆地区的高低不平,不善于陆地作战,因此他们难以抵挡拉丁人和罗图勒人的进攻,四散逃溃开去。

正在混战的帕拉斯看到了人群中的劳素斯,劳素斯是被驱逐了的伊特卢利阿人国王墨策提沃斯的儿子,也算得上一位少年英雄。好胜心强的帕拉斯大声吆喝着:"劳素斯,你敢和我单独决战吗?亚加狄亚和伊特卢利阿都是勇敢的民族,让我们彼此都为了自己的族第获得荣誉吧。"

劳素斯也不示弱,提剑便朝帕拉斯奔来。

“住手，劳素斯，帕拉斯应该死在我的手下，可惜埃汪特耳不在，他应该亲眼看到他儿子的下场才对。”正当劳素斯快要与帕拉斯交战的时候，图尔奴斯驾着战车飞驰过来。

看着趾高气扬的图尔奴斯，帕拉斯毫无惧色：“我宁愿光荣地死去，也不愿意退后一步，我父亲会为我的死而感到骄傲的。图尔奴斯，拿起你的武器吧。”帕拉斯手执长矛，坦然地步入拉丁人和罗图勒人的队列中。

图尔奴斯从战车上跳了下来，扑向帕拉斯。当两人相距只有一箭之遥时，帕拉斯奋力将手中的投枪掷出，投枪正好击中图尔奴斯的盾牌，只是由于盾牌坚硬，图尔奴斯的身上只划出了一道口子。

“难道你不觉得你还是一个吃奶的孩子吗？瞧，你是那么的没有力气。现在该轮到我了，可惜你看不到你身体被穿透的壮观场面了。”图尔奴斯一边说，一边把帕拉斯投过来的投枪拣起来，在手中掂了掂，然后加快速度向前朝着帕拉斯投了过去。投枪穿过了帕拉斯的盾牌、盔甲和胸膛，从他的背后露出了枪尖。帕拉斯忍着剧痛把投枪从身体上拔出来，枪是拔出来了，帕拉斯也倒下了。

图尔奴斯走到帕拉斯的尸体前，略带同情地对在一旁大哭的亚加狄亚人说：“为这个年轻人修建一座坟墓吧，把你们的英雄运回到亚加狄亚去。”亚加狄亚人悲号着把帕拉斯的尸体抬离战场。

此时的埃涅阿斯正在另一侧进行激战，当他听到侧翼军队受损和帕拉斯牺牲的消息后，连忙带着勇敢的伙伴们赶了过去。埃涅阿斯像是获得了双倍的力量，手执利剑，在罗图勒人中间杀开一条血路，到处寻找着杀害帕拉斯的凶手图尔奴斯。

泪眼朦胧的埃涅阿斯已经杀红了眼，罗图勒人在他的剑下倒下了一片。他的儿子阿斯卡尼俄斯看到时机已到，率领着被包围的特洛伊人从营房里杀了出来。

埃涅阿斯扭转战局

帕拉斯的死激怒了埃涅阿斯，在他的鏖战下，战场上的幸运天平终于发生了偏移。众神之母朱诺看到她的宠儿受到了威胁，忙去请求朱庇特把图尔奴斯从埃涅阿斯的巨大压力下解救出来。

“如果你只是想延续他的生命的话，那你就去救他吧，但如果你想改变战争的结局，你的希望会落空的。”朱庇特想劝说妻子放弃继续与特洛伊人为敌的做法，但固执的朱诺哪里听得进去。她很快来到拉丁人的营房，用一把松散的云雾塑造出埃涅阿斯的幻影，这个幻影披着盔甲，能骑会射，只是没有埃涅阿斯的灵魂和声音。朱诺把这个幻影投入到战场中，并想方设法让幻影与图尔奴斯相遇。幻影朝着图尔奴斯又是射箭又是投枪，图尔奴斯也是个好胜的英雄，心中的愤怒像野火一样燃烧起来，他把利剑举过头顶，朝着幻影扑了过去，同时刺出一剑。幻影假意地大吃一惊，夺路而逃。图尔奴斯哪里知道这是朱诺的计谋，毫不犹豫地追了过去。

幻影和图尔奴斯一前一后，不大一会儿便离开了战场。幻影跳上了一艘停在海边的伊特卢利阿的大船躲藏起来，图尔奴斯紧接着上了大船。朱诺看到她的宠儿终于中计了，忙扯断缆绳，让大船飘入大海。

图尔奴斯在船上找了半天，可就是找不到埃涅阿斯，于是他跳入水中，想重新游回到战场，但波浪托着他顺流而下，一直把他冲到阿尔特尔城。朱诺终于成功地让他的宠儿避免了灭顶之灾。

此时，真正的埃涅阿斯正在苦战，他指名道姓要求图尔奴斯前来应战，但却不见图尔奴斯出现。眼看罗图勒人败局已定，不料，一直殿后的原伊特卢利阿国王墨策提沃斯率领部队赶到，罗图勒人不由得喜出望外。墨策提沃斯跃身杀入特洛伊士兵的行列，左冲右突，如入无人之境。顿时，战场上尸横遍野，血流成河。特洛伊人拼杀已久，显得相当疲惫，在敌人增援部队到来后更是节节败退。

墨策提沃斯一边砍杀一边寻找他的对手埃涅阿斯，埃涅阿斯看到墨策提沃斯，转过身子，大步流星地走了过来。墨策提沃斯冲着苍天喊道："众神啊，我现在就把这个可恶的特洛伊人送到地府去，而他那身闪闪发光的甲胄应该属于我。"说着，他向埃涅阿斯投出长矛。长矛呼啸着朝埃涅阿斯飞来，但特洛伊国王只轻轻地用盾牌一挑，长矛哐啷一声落到地上。墨策提沃斯看到对方躲过了长矛，竟愣在原地不知如何是好。

埃涅阿斯看准机会，向前猛跑几步，朝墨策提沃斯投去一根标枪。埃涅阿斯毕竟是神的儿子，标枪在空中划了一道弧形后深深地刺入了墨策提沃斯的下腹。这位凶狠的国王当场大喊一声倒在地上。"看你还口出狂言，今天应该是你的祭日才对。"埃涅阿斯看到对手的伤口血流如注，抽出宝剑朝他扑了过来。

眼看着埃涅阿斯就要冲到墨策提沃斯面前，突然，墨策提沃斯的儿子劳素斯冲上前来，舍身用盾牌挡住父亲。劳素斯举起手中的长剑朝埃涅阿斯刺来，罗图勒的一些士兵跟在劳素斯身后，纷纷投出长矛。埃涅阿斯只能举起盾牌掩护自己。"你这个疯子，我实在不忍心伤害你，你的孝心让你过高地估计了自己的力量。"埃涅阿斯冒着密如雨下的投枪对劳素斯喊道，他实在不愿伤害年轻的劳素斯。

此时的劳素斯只顾得救下父亲，哪里还听得进去敌人的劝告，他怒气冲冲地朝着埃涅阿斯又是一剑，结果却与埃涅阿斯挥舞着的利剑撞个正着。剑落地了，劳素斯也倒了下来，临死前他的眼睛还在怒视着埃涅阿斯。

"可怜的孩子，像你这样身穿金线衬衣的人应该得到隆重的安葬。你可以和你的祖先们在一起了，你遇到的是一个多么慷慨的敌人啊，而我又是多么希望你不要做这种无谓的牺牲啊。"埃涅阿斯命令对方的士兵们把他们年轻英雄的尸体运送回去。

在儿子的掩护下，身负重伤的墨策提沃斯一直撤退到台伯河边，他疲倦地躺在堤岸旁的一棵树下，刚想闭上眼睛休息一下，就听到不远处的一群士兵哭泣着。

"难道我可怜的儿子被埃涅阿斯杀死了吗?"他实在不敢再想下去，用手撑着脑袋，虚弱地喘着气，向不远处的士兵们招手。士兵们悲伤地走上前来，哽咽着说不上话，墨策提沃斯终于看清他们拉着的担架上放着儿子劳素斯的尸体。

墨策提沃斯仰望苍天，欲哭无泪，然后抱住儿子的尸体："可怜的劳素斯，你的死能救活我吗？虽然我又一次看到了阳光和人群，但我更不愿意离开你。善良的太阳神福波斯，请保佑我为我可怜的儿子报仇吧，否则，我愿意和我的儿子一起阵亡。"说完，他强忍伤口的剧痛，飞身上马，重新奔向战场。

看到马背上的墨策提沃斯，埃涅阿斯高兴地大叫起来："感谢朱庇特，难道你还不自量力吗?"一边说着，埃涅阿斯一边举着长矛冲了过来。

墨策提沃斯脸上悲愤的表情让人心惊胆寒，他向埃涅阿斯投去一杆投标，然后是第二杆、第三杆，但是，这一切都是徒劳的，对方闪着金光的盾牌戏弄般地迎接着这些无力的远击。突然，埃涅阿斯飞驰电掣般地围着墨策提沃斯的战马打转，然后一枪击中战马的太阳穴。战马腾空而起，把墨策提沃斯掀翻在地。埃涅阿斯上前一步，用利剑指着墨策提沃斯。

倒在地上的墨策提沃斯叹息了一声："死在特洛伊人的手上我觉得非常荣幸，但我有一件事求你，把我埋葬在拉丁人的土地上，挨着我儿子的坟墓。如果把我送回我的故乡，图斯克人会把我的尸骨敲碎的。保护我吧，特洛伊英雄。"说完，墨策提沃斯引颈靠近了埃涅阿斯的利剑。

停战

墨策提沃斯和劳素斯都死在了埃涅阿斯的剑下，罗图勒人和拉丁人也四散溃逃，特洛伊人取得了巨大胜利。埃涅阿斯在一座山坡上竖起了胜利的信号：那是一棵巨大栎树的树干，枝叶已经全部脱落。埃涅阿斯把树干披上墨策提沃斯的战袍，一根枯枝上挂着沾满鲜血的头盔，墨策提沃斯那支被盾牌撞碎了的投枪丢在地上，另一根枯枝上挂着敌人的盾牌和宝剑。特洛伊人点起了火把，扔向了山坡，这些缴获的物品被充当了献给战神的祭物。

特洛伊人疲惫地回到营房，帕拉斯的尸体已经停放在中心大营的厅堂里，周围站着一群亚加狄亚和特洛伊人，大家沉默着，女人开始大哭起来，男人也抹着眼泪。

埃涅阿斯几步跨到停放尸体的担架旁，泪流满面，他抚摸着帕拉斯身上的伤口，哽咽着说："可怜的帕拉斯，你和你的父亲都帮助了特洛伊人。面对强大的敌人你没有退后一步，可你却看不到即将建立的新的特洛伊城，那里也有你的一份功劳啊。你的父亲也许正在为你祷告，希望你能凯旋返乡，而你却躺在这里，对任何人的呼唤都不作答……"埃涅阿斯扭过脸，实在说不下去了，眼前又出现了在亚加狄亚临行前老国王埃汪特耳期待的目光。

厅堂里已经哭声一片了，几个亚加狄亚人来到埃涅阿斯面前："伟大的特洛伊英雄，帕拉斯是死在图尔奴斯枪下的。他壮志未酬，我们怎么能就这样把他送回亚加狄亚呢？我们请求伟大的特洛伊英雄为帕拉斯报仇，一定要把图尔奴斯碎尸万段。否则,我们是不会甘心的。"

埃涅阿斯被亚加狄亚人的言辞所感动,他走到兵器架上,拿过一把长矛:"你们大可以护送帕拉斯回帕朗图姆城,这个仇我一定要报,我相信,几日之后一定让图尔奴斯横尸沙场。"在埃涅阿斯的安慰下,亚加狄亚人才得以安心。

第二天,埃涅阿斯为帕拉斯举行了祭礼,帕拉斯的尸体被安置在长满青草的高坡上,他把狄多女王为他编织的一件镶着金丝银线的节日服装盖在帕拉斯的身上,并对这位少年英雄做最后的道别。一队亚加狄亚人抬起担架,背后跟着一队战俘和缴获的战马,马背上驮着各种武器和盔甲,后面还跟着亚加狄亚人的首领及特洛伊人组成的送葬队。埃涅阿斯依依不舍地望着远去的队伍,直到看不见了才回到营房。

接下来的几天,特洛伊人又进行了欢庆活动,埃涅阿斯也想趁机鼓舞一下士气。一天,正当埃涅阿斯想再次下达对拉丁姆城发动进攻命令时,一队拉丁奴斯国王派来的使者来到了特洛伊人的营房。

"尊敬的特洛伊国王,虽然我们之间发生了战争,但作为母亲、妻子和孩子的尚还活着的拉丁人是多么希望看到他们死去的儿子、丈夫和父亲啊。所以,拉丁奴斯国王派我们来请求你让我们把我们死去的士兵的尸体带走,他们的亲人正等着安葬他们呢。"一个拉丁姆使者擎着橄榄枝走上前来向埃涅阿斯说道。

埃涅阿斯脸上并没有出现敌意,他平和地对使者们说:"拉丁人不屑于我们之间的友谊,难道拉丁人制造战争就是想死这么多人吗?这就是你们所谓的和平吗?你们是多么的盲目啊。特洛伊人从一开始就企盼和平,但人已经死了,那就让我们把它提供给还活在世上的人们吧。如果不是命运指示我来到意大利,我绝不会踏上你们的土地。回去告诉你们的拉丁奴斯国王,为了避免更大规模的流血牺牲,他应该让他的好女婿图尔奴斯穿上战甲,与我单独决斗。如果图尔奴斯赢了,特洛伊人将继续漂洋过海,忍受流浪生活的巨大煎熬;如果图尔奴斯输了,我们将在这块土地上重建特洛伊。回去吧,把那些可怜的拉丁人和罗图勒人的尸体抬回去。"

使者们并没有想到埃涅阿斯会如此的通情达理,他们被深深地感动了。

"仁慈的特洛伊国王,拉丁人和罗图勒人破坏了和约,而你却以你的宽宏大量来对你的敌人进行惩罚,对此我们非常感激。回到拉丁姆后,我们一定尽力劝说拉丁奴斯国王,使拉丁人与特洛伊人再次缔结和约。"使者中最年老的得朗策斯恭敬地对埃涅阿斯说。其他使者也纷纷表示了感激之情。双方约定,停战十二天,各自处理丧葬事宜。之后,使者们回去向拉丁奴斯国王复命。

劳伦图姆城沉浸在悲哀之中,自从使者们出城以后,他们就走出家门,眼巴巴地看着城门口,希望使者们能把他们的亲人的尸体带回来。尸体终于被带回了,但失去儿子的母亲,失去丈夫的妻子,失去父亲的儿子,开始整天在劳伦图姆城里转悠,他们已经迷失了生活的路标,他们诅咒战争,甚至诅咒拉维尼亚的婚姻。

拉丁姆的民众会议

虽然胜利被众神判给了特洛伊人，多数拉丁人和罗图勒人也厌烦了这场战争，但图尔奴斯却并不甘心失败。被朱诺救走之后，图尔奴斯被海浪推到了家乡阿尔特阿的海岸，他在那里又招兵买马，重新杀回了劳伦图姆。

埃涅阿斯向图尔奴斯一人发起挑战后，一部分拉丁人开始仇恨图尔奴斯，甚至感激起他们的敌人埃涅阿斯来。但是，王后阿玛塔却极力为他中意的女婿作着辩护，这使得图尔奴斯所取得的一些荣誉和胜利在大多数人眼中成了光辉的象征。

为了继续扩大他的队伍，图尔奴斯还派使者前往希腊，请求国王狄俄墨得斯的帮助。使者们沮丧着回来说，狄俄墨得斯拒绝对特洛伊作战。消息传来，刚才还为准备战争而忙碌得热火朝天的拉丁人和罗图勒人顿时变得恐慌起来。

没有得到援助对图尔奴斯来说并没有多大影响，但对老国王拉丁奴斯来说，他最后的一个希望算是破灭了，开始后悔当初答应了图尔奴斯动用武力的要求。神谕早已经给他指明了道路，而他却违背神命，这又能怪谁呢？拉丁奴斯左右思量着，最后，他决定召开民众会议，让民众来决定是继续这场战争还是与特洛伊人再次签订和约。

国民会议开始了，拉丁奴斯高高地坐在王位上，周围聚集着他的子民。人们议论纷纷，持什么意见的都有。拉丁奴斯向大家挥了挥手，示意大家安静："市民们，我们已经与特洛伊人进行了一段时间的战争，有胜有负。我们企盼和平，但和平却带给我们灾难。我希望通过召开这个民众会议能把我们今后的目标确定下来，到底是应该放弃战争还是继续战争呢？"

拉丁奴斯国王的话音刚落，罗图勒人维奴鲁斯（曾经是前往希腊的使者）走到国王身边，面对看台底下的民众说道："我刚从希腊回来，看到了大英雄狄俄墨得斯和亚各斯人的新城。当我把拉丁姆的名字向这位国王做了通报，并把礼品放在他的面前时，他友好地告诉我：'我知道你来自拉丁姆，也知道你们正和特洛伊人进行着一场战争。你们曾经是多么幸福的人啊，在善良的农神萨图恩的佑护下过着平静的日子，而你们的安宁是怎么被破坏的呢？你们一定知道，我们是战胜特洛伊的人，几乎成了最高贵的人，但是，我们的命运又能怎样呢？洛克里斯人埃阿斯葬身大海，阿伽门农被打死在自己家中，奥德修斯经历千辛万苦才回到了他的故乡，墨涅拉俄斯在埃及四处流浪，看啊，神又给了我们什么呢？如果普里阿摩斯看到我们的遭遇，他也一定会同情他的这些敌人的。还有我，因在战争中伤害了女神维纳斯，失去了幸福。回去告诉你们的国王，我实在不想再参加任何战争了。自从特洛伊城被攻陷以后，我发现自己并不是一个胜利者，更不愿意去回忆这场战争。把我的话转告给你们国王的同时，顺便劝告他，还是和特洛伊人握手言和吧。在特洛伊战争中我与埃涅阿斯交过战，深知他是一个强大的人。'市民们，我并不想发表我的看法，只是把狄俄墨得斯国王的原话向大家作个汇报。”维奴鲁斯表情严肃地又走进了人群。

会场上的气氛浓重起来，市民们开始交头接耳，诉说着这场战争的弊端。国王拉丁奴斯从王位上站了起来：“看来，这场战争真的是一场不幸的战争啊，狄俄墨得斯国王曾经是多么伟大的英雄，他带领希腊人战胜了特洛伊人，但却为那场战争而悔恨，让我们也结束这场无谓的战争吧。埃涅阿斯是神的儿子，我们也看到了他的仁慈，难道我们还有必要对这样的人加以仇恨吗？在离台伯河不远的西部地区有一块土地，那里曾经是罗图勒人耕种的地方，我想把这块土地割让给特洛伊人，接纳他们为我们的同盟兄弟。如果他们不愿意留在我们的国家，我们可以为他们的远行提供帮助。”

听着拉丁奴斯的话，广场上的一部分人开始欢呼起来。

“英明的拉丁奴斯，你的这一决定真是好极了。不过，除了对特洛伊人给予帮助外，你还应该送上拉维尼亚的爱情。”人群中有人大声嚷道。

“你们就这样畏惧战争吗？既然埃涅阿斯向我挑战，我有什么理由不答应呢？时代要求战争，任何象征和平的语言都不会起作用了。拉丁人和罗图勒人是尊贵的族第，怎能任凭特洛伊人随便凌辱呢？你们应该紧紧地团结在我的周围，而不是去长敌人的志气。”图尔奴斯的一番话把那些好战的年轻人煽动得热血沸腾。

就这样，民众会议上群情激昂，一部分人主张与特洛伊人签订和约，一部人则主张血战到底。拉丁奴斯的意志也开始左右摇摆，实在不知道该怎么办才好。

卡弥拉之死

正当拉丁姆的民众会议处于胶着状态的时候，守卫劳伦图姆的士兵就前来报告：“埃涅阿斯已经拔寨起营，朝着劳伦图姆的方向而来。”听到消息，图尔奴斯立即命意大利的各族士兵拿起武器，准备与特洛伊人决一死战。战争的号角被可怕地吹响了。

拉维尼亚算是这场战争的起因，为了补偿自己的罪过，她在母亲阿玛塔的陪同之下前往神庙，请求众神保佑这场战争的胜利。

为了伟大的爱情，图尔奴斯是多么希望这场战争能够取得胜利啊，他全副武装地从城堡走了下来，在城门口遇到了女王卡弥拉。卡弥拉正率领着一队佛尔西安人的骑兵在城墙边巡逻。当看到图尔奴斯正朝城门走来时，卡弥拉从马背上一跃而下，友好地向图尔奴斯问候：“年轻的罗图勒英雄，你一定也听说了特洛伊大军正在翻山越岭地朝劳伦图姆而来。依我看，你可以率领罗图勒人和拉丁人到前面的山谷寻找歼敌的机会。特洛伊的骑兵队全是由精壮的特洛伊人和图斯克人组成的，但佛尔西安的骑兵足可以应付了，你就放心地把他们交给我吧。”

图尔奴斯对卡弥拉的提议也表示了赞同，他向这位巾帼英雄鞠了一躬：“你完全享有整个族第的荣誉，应该在男人的议团里占有席位和发言权。从现在起，你可以和我共同承担全部的战争事务。我委托你担任城防最高指挥官，我将亲自前往城外的山谷，在空旷之处设下埋伏，占领狭隘山路的两头出路。”说完，图尔奴斯领兵出发了。

特洛伊的骑兵离劳伦图姆的城墙越来越近，突然，一阵喊杀声划破天空，原来城外不远的战壕里埋伏着墨萨帕斯、卡第鲁斯和库拉斯率领的拉丁姆人的步兵，还有卡弥拉率领的佛尔西安人的骑兵。

两支军队冲撞到一起，顿时尘土飞扬，投枪像雨一样落下，两方的士兵纷纷倒地。不大一会儿，拉丁人有点支撑不住了，他们把盾牌背在背上，掉转头向城门口跑去。特洛伊人以为拉丁人战败，赶紧追赶，当他们眼看要追上拉丁人时，拉丁人猛地又把队列逆转，冲向迎面扑过来的特洛伊人。特洛伊人根本没想到拉丁人的逃跑是伪装的，只得掉转身败逃。就这样，双方拼杀得难解难分，呈现出拉锯状态。

卡弥拉不愧为女中豪杰，她一身亚马孙女人的装扮，一会儿弯弓搭箭，一会儿扔出长矛，一会又手执利斧冲进敌阵砍杀。卡弥拉身后跟着一群勇敢的年轻妇女，她们也都是百里挑一的士兵。像卡弥拉一样，她们在敌人丛中肆意冲杀，丝毫不逊色于战场上作战的男人们。

“佛尔西安女王，你不必去追赶那些逃跑的士兵，你们这些佛尔西安人只会骑在马背上作战，如果有胆量的话为什么不到地面上来进行决战呢？”一个图斯克人嘲笑般地对正打算追赶特洛伊人的卡弥拉挑战。

图斯克人的话音刚落，卡弥拉就从马背上跳了下来，她扬扬手里的武器，向没有离开马背的图斯克挑战者示威。图斯克人惊呆了，他没有想到卡弥拉真的会接受他的挑战，不由得害怕起来，牵动马缰绳想逃出卡弥拉的视线。卡弥拉哪里肯放走挑战者，飞身向前，把一把利剑插入了图斯克人的前胸。

看到女王杀死了敌人的一个首领，佛尔西安人欢呼起来，把女王从地上高高举起。

阿尔隆斯是伊特卢利阿人的首领，他看到他的士兵们纷纷丧命于这位亚马孙女人之手，不由得怒火中烧，便提着标枪追逐着卡弥拉，寻找着下手的机会。卡弥拉身轻如燕，动作敏捷，疾风闪电般地在敌阵中出没，阿尔隆斯一直没有找到投枪的机会。

卡弥拉终于放慢了脚下的速度，原来她看到了不远处一个特洛伊人身上的铁甲，那副铁甲上编织着金丝，鳞光闪闪，多么像一件珍贵的羽衣啊。

卡弥拉目不转睛地盯着：“如果把它挂在家乡的神庙里，那该是一件多么荣耀的事啊。”她似乎已经忘记了自己正身临战场，全然不顾地向穿着那件铁甲的特洛伊人走去，手中的利剑也显得不如先前锋利了。

卡弥拉弯弓搭箭，想把那个特洛伊人射死，然后把那副铁甲占为己有。阿尔隆斯看得真切，他默默地向太阳神福波斯祷告着，举起标枪向卡弥拉投去。卡弥拉的箭还没有射出去，阿尔隆斯的标枪已经正中她的胸膛，鲜血从伤口中喷涌出来。卡弥拉扔下手中的箭，痛得翻滚在地。女伴们奔到她的身边，企图把女王救走，但卡弥拉没有能够站起来，她凑到一个女伴耳前，用微弱的声音说道："亲爱的，快去向图尔奴斯报告，让他迅速撤兵，固守城池……"话还没说完，卡弥拉便气绝身亡。

失去女王的佛尔西安人顿时陷入了绝望，她们向劳伦图姆的城门跑去，刚才还英勇陷阵的妇女们为了他们的女王而失声痛哭起来。她们跑到城墙边，却不知道是该进城还是继续战斗。月亮女神狄安娜非常宠爱卡弥拉，她实在不忍心看到卡弥拉的族第为此遭受不幸，于是，她在半空中找到杀害卡弥拉的凶手阿耳隆斯，朝他射出了一只金箭，阿耳隆斯中金箭而死。

双方的战斗仍在进行着。

破坏和约

图尔奴斯听到卡弥拉阵亡的消息后，既悲伤又愤怒，急忙率领罗图勒人朝劳伦图姆城方面疾驰飞奔。图尔奴斯刚刚离开埋伏的地点，埃涅阿斯已经率领特洛伊人进入了山谷，特洛伊人也为此躲过了一场灾难。

特洛伊的骑兵中队和图斯克人正要催马进城，看到图尔奴斯率领一队人马从城外直冲过来，吓得一时间不知如何是好，竟然待在原地不敢动弹，图尔奴斯没费吹灰之力便打败了这支敌人。

埃涅阿斯停止了向劳伦图姆发动进攻，他希望与图尔奴斯单独决斗，以此来决定两支队伍的胜败。特洛伊使者来到劳伦图姆，向图尔奴斯重申了埃涅阿斯的建议。

图尔奴斯来到拉丁奴斯的面前："拉维尼亚引起了这场战争，而我对拉维尼亚的爱使我也成为这场战争的主凶。今天，要么我把埃涅阿斯送入地府，要么丧身于他的剑下。亲爱的岳父，如果在这次决战中我不幸身亡，美丽的拉维尼亚就只能嫁给埃涅阿斯为妻了。"

拉丁奴斯爱抚地看着这个罗图勒青年："亲爱的图尔奴斯，你从你父亲那里继承了强大的王国，而且王国的范围也越来越大，我实在不忍心让你为此失掉这一切。我告诉过你，神曾经预示过我，拉维尼亚不能嫁给你，她应该嫁给是外乡人的埃涅阿斯。这场战争本来可以避免，结果却使几个族第遭受了不幸。现在的情况对我们很不利，放弃我的女儿吧，你的这种做法会得到众神的惩罚的。"

早有人把图尔奴斯要和埃涅阿斯进行决战的事报告给了阿玛塔和拉维尼亚，母女俩急忙跑到宫殿的正厅相劝，但图尔奴斯的决定是没有人能够改变的。他看着心爱的拉维尼亚，抚摸着姑娘的卷发："亲爱的拉维尼亚，正因为爱你我才接受了挑战，请不要用你的爱来干扰我的心绪，我已经别无选择了。如果我不幸牺牲，请也用同样的爱来爱我们的敌人吧。"

拉维尼亚泪流满面，她只能默默地祷告图尔奴斯能够凯旋。图尔奴斯深情地望着心爱的姑娘，脑子里出现了一阵混乱，他是多么希望能与拉维尼亚长相厮守啊，可为了赢得有尊严的爱情，他必须与敌人决战。图尔奴斯一狠心，命一名使者前往特洛伊营房："告诉埃涅阿斯，他不需要前来攻打劳伦图姆，明天我将和他进行决斗，拉丁人和罗图勒人是不会向特洛伊人低头的。"

第二天，高大坚实的劳伦图姆城墙前划出了决战的场地，人们在这里设立祭坛，祭祀用的花环、牺牲都摆放齐全。意大利各族人从城内一涌而出，在指定的位置就座。拉丁奴斯坐在华丽的四驾马车上，头顶上镶着十二颗星星的王冠闪闪发光，人们看到受人尊敬的拉丁奴斯时，纷纷弯腰低头。图尔奴斯坐在两匹战马拉动的战车上，两只手各提一根标枪。埃涅阿斯从特洛伊营房走出来，他的盔甲和盾牌闪烁着金光，他的儿子阿斯卡尼俄斯站立一旁，算是给父亲充当助手。

祭祀过众神之后，拉丁奴斯和埃涅阿斯庄严祈祷，订立协议：如果图尔奴斯打败埃涅阿斯，特洛伊人撤出拉丁姆；如果不能取胜，意大利各族人自愿和特洛伊人联合，拉丁奴斯的女儿将嫁给埃涅阿斯为妻。

正在这时，一只金色的山雕从蔚蓝的天空盘旋而下，惊飞了台伯河间的许多飞鸟，山雕抓起正在河里游玩的一只天鹅。当飞鸟们从惊愕中回过神来的时候，遂聚集在一起，朝着山雕飞走的方向追去，山雕见人多势众，便扔下天鹅逃走了。

拉丁人被眼前发生的景象惊呆了，忙让资历最深的占卜师来解释这一预兆是主吉还是主凶。

占卜师激动地对大家说："这是给劳伦图姆城带来幸福的吉兆啊。意大利人可以放心大胆地进行战斗了。"人们并没有理解占卜师的意思，不是已经缔结协议了吗？难道不再是双方首领的决斗了吗？

图尔奴斯的妹妹朱图耳娜是一位仙女，此时，她正不知怎么才能把自己的兄长从这次失意的决斗中救出来。听到占卜师的预言时，朱图耳娜变成英雄迈尔斯的模样，混在罗图勒士兵中，小声地对罗图勒人和拉丁人说："我们怎么能够让我们的首领一个人面对危险呢？难道我们不感到羞耻吗？我们的军队要比特洛伊人更加强大，为什么要惧怕对方呢？图尔奴斯如果败在埃涅阿斯手中，我们将会遭到压迫，承受命运的灾难。所以，我们绝不能袖手旁观，而应该共同战斗。"说着，她用法力使占卜师拿起一根标枪向特洛伊人的阵营投去。

特洛伊的阵营一阵喧嚣，原来占卜师的标枪正好击中了亚加狄亚人吉里泼九个儿子中的一个，其他八个兄弟哪里能忍受得了这一打击，他们暴跳着提枪执剑朝意大利人冲过来。顿时间，祭坛前一片混乱，飞箭在空中呼啸着，投枪如冰雹一样纷纷落下。

埃涅阿斯找了一块高地，挥舞着双手说道："这是一场误会，请大家不要激动。协议已经签订，现在应该是两位首领进行决斗的时候了，大家安静，一切都会好起来的。"正说着，不知从哪里飞来一箭，正中埃涅阿斯没有武装起来手臂。埃涅阿斯只得在儿子阿斯卡尼俄斯的陪同下离开了战场。图尔奴斯把这一切看得真真切切，他挥动长矛，高声命令罗图勒人和拉丁人向特洛伊人发动进攻。

正当战场上两军厮杀到一起的时候,埃涅阿斯正试图把手臂上的箭镞拔下来,可是没有成功,不得已,只好求助于医生。众医生们平时都医术了得,可这次无论怎么努力,却无法把箭镞从伤口处取出。

维纳斯看到儿子受了箭伤,怜惜得眼泪都快出来了。她忙跑到爱达山上采集神药草,用一片云把自己包裹起来,悄悄地来到特洛伊军营,把神药草的汁液向药罐里挤了几滴。医生们哪知道有神的暗中相助,慌张地把药罐里的药一滴不剩地倒在埃涅阿斯的伤口上。奇迹出现了,伤口处不断向外流淌的鲜血立即止住了,外翻的肉自动地愈合。埃涅阿斯感到浑身上下充满了力量,一骨碌跳起来,稍一用力就把箭镞拔了出来。

“快把我的武器拿来,我要杀回战场。”埃涅阿斯拿过士兵递过来的武器,走出营房,朝敌人冲了过去。